追凶者

千羽之城 著

天地出版社｜TIANDI PRESS

图书在版编目（CIP）数据

追凶者 / 千羽之城著. —2版. —成都：天地出版社，
2021.10
　ISBN 978-7-5455-6603-1

　Ⅰ.①追… Ⅱ.①千… Ⅲ.①推理小说 – 中国 – 当代
Ⅳ.①I247.5

中国版本图书馆CIP数据核字（2021）第196266号

ZHUI XIONG ZHE

追凶者

出 品 人	杨　政
出版授权	爱奇艺文学
著　　者	千羽之城
特邀策划	张　曦
责任编辑	杨　露
特邀编辑	黄佳佳　侯力维
封面设计	陈绮清
责任印制	王学锋

出版发行　天地出版社
　　　　　（成都市槐树街2号 邮政编码：610014）
　　　　　（北京市方庄芳群园3区3号 邮政编码：100078）
网　　址　http://www.tiandiph.com
电子邮箱　tianditg@163.com
经　　销　新华文轩出版传媒股份有限公司

印　　刷　天津文林印务有限公司
版　　次　2021年10月第2版
印　　次　2021年10月第1次印刷
开　　本　880mm×1230mm　1/32
印　　张　16.25
字　　数　379千字
定　　价　48.00元
书　　号　ISBN 978-7-5455-6603-1

目　录 Contents

第 1 章

悬 案

雨从下午开始，一直没停。

老旧小区街道的一排路灯在暴雨天气中全部阵亡，傍晚的时候雷暴劈坏了电路，没人来修，附近十几栋楼没有一点光亮。浓墨般化不开的黑夜，万籁俱寂的城市，暴雨敲在玻璃上，如同黄豆砸在玻璃上的声音，成了为恶劣天气里的唯一伴奏。

临街那栋楼2单元502，装潢老旧的小单间里，已经熬了超过40个小时没阖眼的任非，即使入睡，脑子里绷紧的某根神经却仍旧没有放松警惕——他又陷入了那个无比简单而又恐怖至极的梦境，模糊的影子在他眼前倒下去，殷红的鲜血迅速覆盖他整个的视线。胶着在他记忆中的画面无论如何都挥之不去，睡梦中，任非放在胸前的手抖得不成样子。

梦里的这个人死了，死于凶杀，他知道。那么……就意味着，现实中同样也有人死了……

某种潜意识里已经根深蒂固的认知如同钢针刺穿混沌，年轻的男人骤然惊醒，猛地坐起来，凌乱的呼吸跟雨打窗棂的声音混在一起，让人心里瘆得慌。

就在这时，白亮闪电划过天际，惊雷骤响，喘着粗气的任非呼吸一滞，下一秒，放在枕边的手机狂震，他不由自主打了个哆嗦，几乎是下意识地抓过电话接通，声音紧绷得似乎下一秒就要断开，"喂？！"

"别睡了，赶紧过来！我去他大爷的，富阳桥下面又发现一袋子尸块！"

任非几乎是手脚并用连滚带爬跑下楼的，慌忙之中他甚至忘了手机有自带的手电筒功能，上车，打火，本田CRV猛蹿出去十几米才想起来自己没开雨刮器。

他满脑子都是谭队咆哮的那句"又发现一袋子尸块"和惊醒前那个挥之不去的梦，豆大的雨点连成串拍在挡风玻璃上，交织成一张无法挣脱的巨网，将任非连同他的车层层包裹，在黑暗中引着他走向更深的深渊。

视线极度不好的恶劣天气，这个刚从警校毕业没多久的年轻人，不要命地将车速飙到了90。快到富阳桥的时候，老远就看见雨幕里连成一串的红蓝灯光不断闪烁，将阴郁压抑的气息蛮横地揉进人心里去。

任非连伞都没打，停了车就往河堤下面跑。因为暴雨天，又是河堤下，本来就没什么人，现场没有拉警戒线。他们队里的几个同事已经在那里了，显然比刚入职的新人沉稳镇定得多，除了一个三十六七岁身材高大精悍的男人，其他人都穿着雨衣。而没跑几步就被淋成落汤鸡的任非跟跄地站在男人面前，紧绷的嗓音微微发颤，"谭队……"

15分钟前在电话里咆哮的男人已经完全冷静下来，他没说话，眉眼深沉，冲着地上对任非抬抬下巴——那是个装垃圾的大黑塑料袋，五六个袋子套在一起，里面装着几乎快要被剁碎的尸块。从某些特征明显的组织上可以看出的确是人的尸体，但是尸块被水浸泡且开始腐烂，塑料袋有破损，骇人的血色已经被河水冲淡，露出的惨白看上去却越发惊悚。

任非嗓子发干，眉心几乎拧成一团，目光与蹲在尸袋旁边的胡雪莉对在一起。他张嘴欲言，大队长谭辉却已经面无表情地先他一步开口："我们接到报案赶到的时候，现场已经被破坏成这样了。"

"……谁报的案？"

同队里又矮又瘦的石昊文哑着嗓子指指大约3米之外跟老刑警乔巍一起站着，双手环抱住肩膀并瑟瑟发抖的女人，"就那个姑娘，说自己原本打算跳河的，死之前看见这么个黑塑料袋，打开看见里面是尸块，才报的警。"石昊文语气里带着明显的怀疑。任非这才仔细打量起那个女人。纤细高挑，披着比她身材大了不止一号的谭辉的雨衣，遮在雨衣帽子下面的刘海到现在还滴着水。

任非死死盯着那姑娘，那姑娘也用惶然发颤的目光盯着他。半晌，他几步走过去，湿透的衣服将他身形包裹得更加瘦削凌厉，在姑娘面前站定的时候，那气势活像一支被拉了满弓蓄势待发的箭。

"你为什么要自杀？"

"……不想活了。"女人犹豫地嗫嚅着。

"一个不想活了的人，还对河边的垃圾袋感兴趣？这种鬼天气，你从堤坝上下来，打算走到河里去自杀，路过这里的时候忽然对这个黑袋子充满了好奇，于是冒着雨压着轻生的打算打开这袋子一看究竟——"任非冷笑着勾起嘴角，"你说这种话，你自己相信吗？"

双方距离太近，女人目光闪烁，嘴唇轻轻颤动着，似是已经吓傻，这会儿已经说不出话了。

乔巍在女孩身后半步的位置，隐隐挡住了她的退路。显然在场的人对女人的说辞都有怀疑，打算轻生的人，本该是万念俱灰，别说滩涂上一个大黑垃圾袋，就算是一沓人民币也未必能多看上一眼。

"谭队。"一男一女两个声音叠在一起。任非住了嘴，跟其他人一样，看向跟他一起叫人的胡雪莉。

这时，始终蹲在尸袋旁边的胡雪莉收了工具，摘了手套站起来。她是队里的法医，干这一行6年了，是个不苟言笑的女人，"与前两起案件一样，尸体是被利器肢解，从肢解切口看，痕迹不完整，可以初步判断凶手为女人、青少年或力量较小者。从部分指关节可以初步判断死者同样是个女人，年龄不会超过30岁。从能找到的手指皮肤表皮情况来看，已有一定程度的脱落，初步可以断定尸块浸水的时间至少已经有4天。除此之外，目前无法对其他信息做出判定，至于是不是与前两具遭碎尸的死者有同样的特征，得等我回去做了尸检才能得到进一步结论。"

谭辉点了下头，让人帮胡雪莉把泡白发胀的尸块连同分不出是哪里的碎肉做了简单封存后带回车上，然后走到报警的姑娘跟前。他连续几天几乎没怎么休息，粗犷的声音听上去如同在砂纸上磨砺过一般："姑娘，麻烦你也跟我们走一趟，回局里做个笔录。"

始终沉默的女人半晌之后摇摇头，声音抖得像筛糠一样，颤巍巍却很坚决地回应："……我不去。"

"你放心，我们不会——"谭辉深吸口气，他本来就不是有耐心的人，这会儿却尽量轻声细语地说话，可是话刚起了个头儿，就听见旁边任非跟着了魔似的反复嘀咕着什么。

他不禁顿住，侧耳细听，才听出来任非说的是"不对"。那声音惊疑之中充满压抑的恐惧，钢针一般挑在谭辉的神经上："……什么不对？"

"狐狸姐说……尸体，至少被水泡了4天。"

谭辉的声音紧了一下，"你有什么发现？"

"没有。"任非整个人都处于一种愣怔的、仿佛被抽空了的状态，他使劲咽了口唾沫，脱口而出的声音在一阵急过一阵的雨声中显得飘忽而不真实，"但在你给我打电话之前我总觉得又有人死了，是刚死的……但是死的人跟这个被碎尸的死者没关系，他是刚被杀的！"

谭辉的脸色一下子变了，"……你说什么？！"

"谭队！"所有人循声看过去，凌乱的脚步声伴随着胡雪莉去而复返，堤坝旁昏黄的路灯下她眉头紧锁，满脸古怪，手里无意识地死死抓着没有挂断的手机，往日镇定淡漠的声音如今充满异样的滞涩，"……前两起碎尸的DNA检测结果出来了，可以确定两名死者确实是日前失踪的东大学生陈芸和外来务工人员顾春华，但包裹顾春华肢体的尸包外面那滴血迹不是凶手的。"

她顿了顿，在众人惊疑不定的目光注视中，似乎竭力遏制住急促的喘息，双颊却因此僵硬地紧绷起来，下一秒，她终于塌下肩膀，"DNA比对结果证明，那滴血……是第一个被害人陈芸的。"

案子完全陷入了僵局。

风雨呼啸的后半夜，东林公安局昌榕分局刑侦大队的办公室里，亮如白昼。

胡雪莉回来就进了法医室，从富阳桥下带回来的自杀未遂的姑娘不符合拘留条件，做完笔录也回去了。会议室里的投影仪没有开，石昊文站在移动白板前，把刚打印出来的照片贴在上面。

石昊文深吸口气，指着白板最上面那个青春洋溢的女孩子的照片，开始做案情梳理："目前可以确定，我们发现的第一名被碎尸的死者就是这个陈芸，女，19岁，家住外地，东林大学艺术学院广播电视编导专业大二的学生。这个月5号，派出所接到她的失踪报案，18号那天刚下完雨，一位居民在小区遛狗的时候发现树丛里面渗到地表外面的血迹，随即发现装碎尸的尸袋，当即报案。当时也是由于下雨，抛尸现场已经遭到破坏，尸袋上无法提取有价值的指纹，现场也没有发现任何有其他勘验价值的证物。"他说着用手指点了点陈芸生前照片下方贴着的另一张被大黑垃圾袋装着的碎尸块照片，"通过DNA比对，目前已经可以确定，第一个被碎尸的死者就是失踪了13天的陈芸。"

"同样的，通过DNA比对也可以确定第二名遭到碎尸的死者就是第二张照片上的这个顾春华。顾春华，女，50岁，附近农村来城里务工的工地厨子。11号接到失踪报案，20号那天迎宾路上修管道，管道工人在打开一口80年代留下来的老井盖时发现了被藏匿其中的尸袋。但是尸袋上没有指纹，只有一滴已干涸的血迹，从检验报告来看，该血迹来自第一名死者陈芸。老井附近每天都有人经过，抛尸现场同样遭到严重破坏，无法得到其他有价值的证据。"

"从目前了解掌握的情况来看，两名死者之间没有任何联系，社会关系都比较简单，皆无不良嗜好，也没有与人结怨，尸检结果却存在很多相似的疑点——陈芸和顾春华的尸体内都检测出大剂量的麻醉成分，尸体都是被利器肢解，法医尝试把尸块拼在一起，但是凶手砍得太碎，只能拼起来这一部分。"石昊文说着又指向被拼接出的残缺尸体的照片，"另外，从尸块重量看，我们目前找到的这些不是完整的尸体，推测凶手把一部分难以完全毁灭痕迹的肢体抛尸，而另一部分，很可能已经……销毁了。并且，最重要的一点，陈芸和顾春华的尸块里都同样在XX染色体中检测出了少量XY染色体。"

　　男性的染色体是XY，女性的染色体是XX。那同时拥有XX和XY两种染色体意味着什么呢？

　　这就说明……死者身上同时具有男性和女性的特征。按这种逻辑顺下来，说死者是人妖都不够准确，更准确地说，死者都是雌雄同体的阴阳人。可偏偏不是，两名死者经家人证实确是女性无疑。那为什么染色体会有嵌合体的特征？

　　其实移动白板上的那些资料，在场所有人早就已经看得闭着眼睛也能回想起每一个细节的地步，但唯独这一点，想破了脑袋也百思不得其解。

　　石昊文说到这里也沉默下来，所有人几乎不约而同地被带到这个疑问里反复思索。任非手里捏着笔，看着笔记本上圈圈画画只有他自己才能看懂的记录，半晌，忽然抬头打破沉默，"你们说，有没有可能是死者怀孕了，并且怀的还都是男孩？"

　　他的语气中有认定某种猜想后无法克制的兴奋，却让坐在旁边的乔巍笑起来，倒是没有恶意，不过语气里的调侃谁都听得出来，"脑补得有点过了吧小任，那年纪轻轻的陈芸也就算了，顾春华都50岁的人了，这个岁数怀孕的概率有多低你知道吗？何况顾春华的丈夫都已经死了4年了。怀孕？亏你想得出来，听上去就跟你那玄乎的第六感一样不靠谱。"

这要是搁平时，以任非那种初生牛犊的脾气当时就得呛回去，但是此刻他张张嘴，全然被乔巍说的这句话吸引了，他隐隐觉得这句话里仿佛有什么关键的东西，但是还没等他抓住，那一点模糊的想法就已经在脑海里烟消云散了。

"老乔。"谭辉错把任非的沉默当成被戳了心，他瞪了乔巍一眼，把烟头狠狠在烟灰缸里捻灭，却也没有接着任非的猜测说下去，"今天发现尸袋的地点是富阳桥北岸，东林河上游是城里的水库，全市饮用水都从那里出，不可能出现这么个可疑袋子一直漂在河上而没人发现。可以推测实际抛尸地点很可能是在东林河下游北支流河段的某处。但按照雪莉的初步判断，尸块已经被水浸泡4天以上，而北支流河道相对较短，绝对没可能让那个尸袋漂了至少4天才上岸。那么很有可能……尸袋原本就被浸在水里，被今天这场暴雨冲上岸，只是个意外。"

谭辉说着，起身拿过红色签字笔在桌上铺开的地图上圈了几笔，对任非说："任非，你和石头天亮去这一带找人了解一下情况，看看有没有什么池塘水潭一类的，是从东林河北支流引水过去，或者与之相通的。"

说着，谭辉从地图上抬起头来看看任非，深邃锋利的眉眼一瞬间看起来有说不出的严厉，"小子，告诉你别再胡闹了啊！再火爆冲动的性子干了这行你也收一收——胆大心细是好事，但像上次那样无组织无纪律的混账事情你要敢再干一次，看我回来怎么收拾你！"

被点名的任非想起来上个月闹出的那一桩事，脸上一红，老老实实地点了点头，"……知道了。"

石昊文倒是跟任非关系还不错，虽然对这个初出茅庐的小子也是头疼，但是偏又觉得他直来直去的那股劲儿有趣，等了一会儿，咳嗽了一声，把话岔开："队长，那我继续了啊。"

谭辉嗯了一声，石昊文接着说道："然后就是本月17号失踪的谢慧慧，女，26岁，本地人，是东林音乐广播电台歌曲推荐栏目《'慧'陪你听》的节目主持人。而我们3个小时前发现的第3个碎尸袋，现场的情况大家都知道了，抛尸地点刚才谭队已经分析过，现在需要等胡姐那边的尸检结果出来，才能知道失踪者与死者的身份是不是能对得上。"

"不用等了。"虚掩的门被推开，石昊文话音未落，胡雪莉拿着尸检化验单走进来，把单子递给谭辉，目光落在白板最上面第三张照片那个明艳女人的脸上，"结果已经出来了，可以确定死者就是失踪的谢慧慧。尸块中残留大量麻醉剂，被肢解的痕迹与前两名死者相同，除此之外……死者身上同样有XX和XY两种染色体。"

"所以，"她说着走到移动白板前面，微微仰着头看3名年龄、长相截然不同的死者生前的照片，和照片下方已经看不出任何差别的、触目惊心又令人作呕的尸块，深吸口气，"基本可以断定，这三起碎尸案，系同一人所为。"

东林市一个月来的3起杀人碎尸案，凶手杀人、碎尸、抛尸，手段极其残忍，而且在藏匿碎尸的地点，全然没有留下任何有价值的线索。

怕引起恐慌，市局不敢声张，谭辉顶着难以想象的压力带着他的队友们连日奔波，案情竟然没有丝毫进展。

不仅没进展，这件被他们瞒着压着的连环杀人案，最后竟然还是见报了。

石昊文一手拎着一群人的豆浆、油条，一手抓着捏皱了的几份报纸冲到会议室的时候，几个人都以各种稀奇古怪的姿势趴着桌子靠着椅子迷糊着，他那天生带哑音的大嗓门嗷的一喊，任非吓得差点从椅子上掉下来，"妈蛋的见鬼了，兄弟们你们赶紧来看看这个！"

趴在桌子上的谭辉几乎一下子跳起来，他几天没睡过一个整觉，没工夫打理自己，下巴上全是青色胡楂，满脸疲惫，但是那双布满红血丝的眼睛却在一瞬间爆发出几乎咄咄逼人的凶悍，"又怎么了？！"

石昊文把几份报纸拍在桌子上，回来的时候跑得太急，喘得上气不接下气，"案子，被……被捅出去见报了！"

这下所有人都清醒了。离石昊文最近的几个人迅速把报纸一分，几份报纸大同小异，都不用细读，只扫一眼，在场的几个人脸色就都变了。

"真见鬼了。"乔巍下意识地摸了摸他留着寸头的大脑袋，"这事我们捂得够严实了啊，消息是怎么走漏的？还有板有眼，什么'推测目前至少已有三人遇害'，连昨晚我们刚发现的都知道。"

"我看了一下，其他报纸都是转载《东林晨报》的，晨报的发稿记者叫季思琪。"不爱说话，一直没什么存在感的马岩把刚才管同事们要的报纸一起放回桌上，起身从袋子里拿了杯豆浆插上吸管。

跟他一起在下半夜赶来分局的李晓野一直不太看得惯他，这会儿盯着他慢条斯理地喝了口豆浆，体型壮硕的胖子眼睛一眯，张嘴怼他："都这时候了，还有心情喝呢？"

马岩看了他一眼："你没心情喝，倒是找点比我更有价值的线索出来。"

"你俩差不多得了。从毕业一起分过来到现在拌嘴拌了4年半了，任非这个小鲜肉都来了，你们两个老腊肉还没吵够呢。"石昊文随口劝了一句。谭队把《东林晨报》抽过去看那个撰稿的署名。李晓野跑到谭辉旁边跟他一起端详上面的"季思琪"这三个字，偏偏那张贱嘴一刻也不消停，"嘿，我俩大学还吵了4年呢，算算这七年之痒都过去了，这辈子估计也就这么过了。"

马岩狠狠瞪他，把喝完的豆浆随手投进墙角的垃圾桶，骂了一句："滚你丫的。"

马岩没赶上昨天半夜富阳桥下发现尸袋的第二现场，盯着那名字看了半天也没看出个所以然，倒是谭辉，等他俩都消停了，慢慢从报纸中抬头："你们，就没觉得'季思琪'这名字耳熟？"

"是昨天在桥下发现尸袋的那个女生。"始终没说话的任非此刻脸色难看得紧，"昨天做笔录的时候她就说了她是晨报的见习记者，我明明警告过她不能乱写的——我找她去！"任非说着猛地从椅子上站起来，气势汹汹地一推门，差点把门板撞在外面站着的老头儿脸上。

任非不知道他们分局长已经在外面站了多久，只知道要不是老头儿反应迅速躲得够快，他推开的门板也许就要撞塌老头儿的鼻梁骨，顿时心虚，"杨局……您来了怎么也不吱一声。"

　　"吱了之后还能看见你愣头青似的往外跑吗？"杨盛韬瞪了任非一眼，恨铁不成钢似的数落中却没有责备，老头儿是昌榕分局的分局长，已经到快退休的年纪，依然面色红润、声如洪钟，"你们小辈儿的应该比我明白，现在都是网络信息时代了，一家消息百家转——尤其是负面的！你们以为我为什么在这里？我在手机新闻推送里都看见这消息了，头条！你现在去找人家能顶什么事？消息已经出去了，你现在去堵这一个，就能堵住悠悠众口了？堵不如疏，谭辉，你安排人以分局的名义写个公告，把案情简单地跟大家说一下，省得到时候以讹传讹说得越来越悬乎。"

　　"我这就安排。"谭辉点头，但是又有点犹豫，"但是市局那边……"

　　事情到了这个地步那就是闹大了，消息一上网，别说小小的东林市，怕是全国人民都会或多或少知道出了这档子事儿。对内，上级要问责，对外，群众要猜测，上上下下不知道有多少麻烦事等着处理，可是现在他们队里顶着的压力已经非常大了，杨盛韬不愿意他们再在这些事情上分心。所以摆摆手，示意谭辉不用担心这个，"市局那边我会去解释的，你们不用担心这个。当务之急，先把案子给我破了。"

　　杨盛韬说着，忽然又想起什么，"对了，再找人去仔细调查下发稿的这个女记者，虽然不符合拘留条件，但我总觉得她有问题——一个要自杀的姑娘，忽然对河边一个不起眼的黑塑料袋感兴趣，发现碎尸之后有条不紊地报了警，经历这么一个晚上之后回去竟然还有心思写稿发稿……这心理素质也太过硬了。"

所有人都想把这案子赶紧给破了，但是已知的线索几乎为零，再着急也得耐着性子去寻访查问，力求不漏掉任何一个有用的信息。

外面的雨还是没停，几个人草草吃了饭，分头行动。

考虑到三名死者都是先由家属报案失踪，谭辉安排老乔去打一圈电话问问市里其他分局最近有没有接到其他的失踪报案，又让队里的一个负责各类文书的妹子去写公告，另外派了人去查"自杀未遂"的季思琪，自己带着马岩和李晓野查找三名死者的身份线索和之间可能存在的联系，而任非和石昊文按谭辉说的，去他在地图上圈出来的那一带了解情况，查找跟东林河北支流相通的池塘、水潭。

东林河北支流沿岸是老城区，地形环境比较复杂，任非和石昊文在车上对这一片区做了功课，把卫星地图上能找到的池塘、水潭、人工湖都比照地图详细画出来，按照这些地址一个个地去，然后再去居民区问那种街巷之间穿梭而过的水渠，到后来别说是从支流引流过去的水潭，连废掉的绝不可能与之相通的水井都没放过。

然而一无所获。因为塑料袋里装的只有人体一部分肢体，质量较轻，所以假设凶手在没有做任何措施的情况下，碎尸袋就一定会浮起，可附近居民没人见过可疑的黑色塑料袋。这两天暴雨导致城市内涝，也没有任何一个人工湖或者水潭之类的湖水溢出向北支流回流。

其实他们几个在说这种可能性的时候就已经推测到，暴雨引发回流的这种假设，虽然理论上存在，但并不容易实现。

原本就不多的线索再次断得干干净净，和石昊文回到车上，任非机械地脱掉雨衣，闭着眼睛靠在副驾上不说话。

这是他入职以来遇到过最棘手的一件案子，完全处于被动的警方几乎成了凶手的职业收尸人，极度紧绷却又毫无头绪的处境让任非想起12年前轰动全城却至今也没有告破的悬案。

那时候也是这样子的，极度血腥残忍的连环杀人案，使得流言四起，人人自危，警方出动了全部的警力全城抓捕，然而在全城戒严中，血案还是接二连三地不断发生，而当初的案子的凶手到底是谁，至今还是个谜。

石昊文打电话跟谭辉说了他们这边的情况，挂了电话就看见任非目光呆滞地倚在车窗上愣神。"唉，想什么呢？"

任非想事情的时候就一直这么瞪着眼睛，这时候回过神来眨眨眼，眼睛的酸胀不适竟然引得灼热的眼泪涌上来模糊了视线，他仓促地用手背揉了揉，对于石昊文的询问，显然不想多谈："没什么，忽然想起来12年前的一个案子。"

他本来对石昊文的询问不欲多谈，谁知道话音刚落，旁边的石昊文竟然接口追着问了一句："你说的是12年前的'6·18'特大连环杀人案吧？"

霎时间，任非的心一下紧了，"你怎么记得这么清楚？"

"那时候上学，这案子最火的时候被不同的老师接连拿出来当典型案例讲，而且又是悬案，想不记住都难。再说，被害人中那一家三口，在闹市区先后被割喉放血，那时候引起了多大的轰动呢，怎么可能忘。"石昊文一边说一边打火开车，说完忽然想起什么，不经意地随口又好奇地问任非，"倒是你，12年前案子爆发的时候你才12岁吧？也关注这个了？"

"是啊……"任非坐直了身子，系上安全带，看着车子前方的雨幕略略出神。半晌，他微微低头，额前细碎的刘海落下来遮住了他晦暗不清的眼神，也掩住了嘴角若有若无的、比哭还难看的古怪的笑，"多大的轰动呢，想不关注……也难吧？"

回去的路上，任非和石昊文的手机同时收到了他们队微信群的消息，是马岩发的，主要是整理了各方人马搜集到的信息。

马岩最先说的是目前唯一的可疑人物——晨报记者季思琪的信息："据了解，季思琪的家庭和成长环境都比较简单，没有可疑之处。经走访了解到，她比较内向，患有轻度的社交恐惧症，在单位跟同事们的关系也比较紧张，而昨天上班的时候没有任何人发现她有轻生的意图。她已经结婚了，老公就是昨天半夜来局里接她回去的那个。两个人婚姻关系稳定，据她老公所说，昨天两个人也没有发生过任何摩擦，所以她老公也想不明白，她怎么忽然就有了轻生的念头。"

这条消息之后，紧跟的就是跟案子紧密相连的一些信息："东林市其他几个公安分局目前没有接到其他的失踪报案。因为几名被害人体内都检测出了大量麻醉剂残留，所以谭队他们把查访范围扩大到市内各大医院，但是近三个月来都没有任何一名被害人的就医记录。他们后来去了第一名被害人陈芸的学校，第二名被害人顾春华工作的工地，第三名被害人谢慧慧所在的广播电视台了解情况，发现了一个可疑点——谢慧慧电台的同事说她有个男朋友，两人确定关系后不久，她就搬去男朋友家住了，而她男朋友家所在的丰源东第小区，正是当初发现第一名被害人陈芸碎尸袋的那个小区，不仅如此，这个小区隶属于丰源集团，第二名被害人顾春华，是在丰源集团下属的另一家正在兴建的楼盘工地打工。"

马岩发完，胡雪莉接着补了一句："尸检结果表明陈芸死于顾春华之前，但②号碎尸袋上检测出①号死者的DNA，所以可以推定，两名被害人虽然是被先后分开杀害的，但尸体应该是在同一时间段遭到肢解的。"

暂且抛开季思琪的事情不谈，已知的情况下，3名被害人之间虽然仍旧全无联系，但是……似乎又被丰源集团这家地产公司和第二个碎尸袋上的那滴血隐隐地牵连在一起了。

那么，她们三人之间，到底有什么不为人知的秘密关联？

任非一边思索着一边给开车的石昊文念完，片刻沉吟之后，还是犹豫着发了一句话出去："其他系统有没有接到死亡报案？"

"没有，问失踪的时候我连带着把死亡也一起问了。"乔巍回得很快，任非却盯着那两行字，心里越发不安。

他始终对昨晚惊醒他的那个梦耿耿于怀，虽然没法解释，但是多年来的经验告诉他，昨晚那个死人的梦，不可能是无中生有。

自从12年前那件事以后，这么多年来，虽然出现在他身上的这种无法解释的死亡第六感玄之又玄且时有时无，但却从来没有出过错。总结来讲，并非所有凶杀案在被害人死亡的瞬间都能被他感觉到，可是一旦他有了这种感觉，那么就意味着一定有人死于非命。

他在入职后偷偷查过一段时间内凶杀案的发案率，得出的结论是，如果以百分数估计，他能随机感觉到有人被谋杀的概率大概为15%。

按说这个概率也不算低，毕竟第六感这种东西始终更像是玄学范畴，假设100起凶杀案中能凭借这种玄乎的技能侦破15起，也实在非比寻常。可比照丰满的理想，骨感的事实并不是这样的。

真正的事实是，他虽然能感觉到有人被杀害，但是并没有办法知道被害人身份、案发现场地点，甚至大致范围等一系列有用的信息。一切信息都要等到他们接警办案，才能知道。

综上所述，其实任非的"死亡第六感"就是个鸡肋，没有任何实质效果，大多数时候，只会让他深陷在梦魇与明知有人死亡却无法寻找的懊恼以及恐惧中，备受煎熬。

最初的时候，他尝试过有了预感之后去警局报案，但是几次之后，当时16岁的他被当作犯罪嫌疑人抓了起来。他爸把他捞出来，回家摁在书房的桌子上差点抽断了一条皮带，从那之后，任非就再也没有对谁详细说过"死亡第六感"的事情，也再没有去警局报过案。

因为从那时候他就已经明白，这种鸡肋般的能力仿佛是对他小时候临阵逃脱见死不救的惩罚。它救不了任何人，只会让他自己备受煎熬，在经过日积月累之后，兴许将会把他带入另一个万劫不复的深渊。

所以此时此刻，哪怕心里明白，也不能张嘴直说。虽然他入职之后偶尔会跟组里的人说起"感觉到有人死亡的第六感"，但那都是插科打诨中透露给大家的一点类似于玩笑的说法，是平常大家眼里年轻人闹着玩儿的东西，没人会真的相信，要不然的话，昨天在富阳桥下当他一时失控脱口而出说有人死了的那句话，也不会后来引得老乔在会上吐槽了。

可是昨晚死的那个人，究竟在哪儿呢？为什么到现在一点消息都没有？任非又看着手机屏幕出神，前面有车肇事，这段路有点堵，等了一会儿微信没再响，有个黄豆芽体格偏偏塞了个宰相胃口的石昊文等信号间隙摸摸自己肚子，"我说，前面就到大学城了，要不我们找个地儿先吃口饭？就早上那两根油条一杯豆浆扛到现在了，我真是……"

任非这才又回过神来，抬头看了眼现在的位置，离警察学院很近，那是他母校，西门有家小面馆，店里面脏乱差，但味道好得难以形容。

面馆儿离这不远，往左拐直走再转两个弯儿就到，任非有意缓缓紧绷的神经，于是朝左边的路努努嘴，"走左边儿，哥带你尝尝我们警院的招牌菜去。"

外面雨下了一天一夜了，这会儿没到饭点儿，任非和石昊文停好车进了面馆居然还等了十来分钟。好不容易坐下，面还没上来，就听到邻桌学生们讳莫如深的私语，任非和石昊文对视一眼，顿时觉得这警院西门的招牌面，也有点难以下咽了。

学生们拿着手机在议论早上本地各大媒体争相转载的头版头条——连环碎尸案。

大概是面汤太辣，坐在最左边中等身材挂着两个熊猫眼的男生擤了把鼻涕，"这都已经死了三个人了，也不知道案情到现在有没有什么进展。"

另一个男生推推黑框眼镜，手指在手机上滑动着，"昌榕分局的微博里面发公告了，说'目前的确已确认有三人死亡'，但谁知道真假呢？不是有句话说，'任何事在官方否认之前都不能相信'吗？"

"如果有机会能看到卷宗就好了……这样毕业论文的题目就有了。"另外一个留着利落短发的女孩子喝了口面汤，"不过最近晚上我还是不乱跑了，死的都是女性，挺吓人的。"

"论坛你们看了没？有知情人士爆料，说第一个碎尸袋是18号那天被发现的，这都过去快半个月了，警方竟然一点进展都没有，也不知道到底是怎么回事……"

学生们说的话虽然不怎么激进，但听在当事人耳朵里还是刺耳得要命，任非和石昊文这饭吃得已经完全索然无味了。任非叹了口气，一边机械地往嘴里塞面条儿，一边掏出手机翻他相册里已经看过无数次的翻拍下来的案发现场，以及肢解尸块的照片。

被肢解的顾春华的遗体发现的时候已经高度腐烂，画面血肉模糊不忍直视，任非一边吃着面一边仔细地看着照片，吃得面不改色，看得毫不含糊。

又一次看完了照片，他又打开手机里自带的备忘录，上面罗列着一些零散的信息和整理后依旧毫无头绪的数字——

1. ①与②失踪相隔 6 天，②与③ 6 天。

2. ①与②碎尸被发现相隔 2 天，②与③ 4 天。

3. ①从失踪到被发现死亡共 13 天，② 9 天，③ 8 天，①与②时间差为 4 天，②与③为 2 天。

4. 推测①与②是一起遭到肢解的。

5. ①被发现在丰源东第小区，②是发现在迎宾路老井下，③是富阳桥下。

6. ①被抛尸在③的小区，②的尸袋上检测出①的血迹，①和③都与播音主持专业有关。

7. 通过染色体、尸检推测凶手为女人、青少年或力量较小者。

8. 丰源集团。

…………

任非又从头到尾捋了几遍，直到面碗见了底，他把手机递给石昊文，语调有点飘忽，带着一种显而易见的迟疑，"石头，你说这些信息跟案情会有关系么？我是说上面我记录的那些数字。"

石昊文嚼着面条扫了一眼，迅速把满嘴的面咽了才说："谭队和老乔分析过这些，从目前所掌握的这些时间间隔看，都是随机的，没什么特别的联系。"

任非听完有点沮丧，他入职已经有段时间了，大点儿的案子也跟着跑了不少，但实际案件跟课堂上书本里的案例没法一概而论，他所能做的只是把学到的知识往实际案件里生搬硬套，多数时候并没什么用。

他有时候会觉得自己不适合干这一行，但是12年前的那件事、许多年的执念始终魔咒般束缚着他，他无法后退，别无选择，只能铆足了劲儿往前冲。

"你们说这案子的突破口到底在哪儿呢？"邻桌讨论案情的短发妹子发出疑问，末了忽然语气一转，充满崇拜好奇又夹杂唏嘘地感叹，"要是梁教授还在就好了，以他的本事，肯定能帮助警方很快破案的……"

梁教授？任非和石昊文对视一眼，哪个梁教授？

旁边熊猫眼的男生追问："哪个梁教授？"

"还有哪个？"戴眼镜的男孩儿又扶了扶他的黑镜框，"出事之前做过我们学校研究生院犯罪心理学专业客座教授的那个呗。"

"不止啊！"仿佛说起了偶像，女生忽然来了兴趣，任非这时候才抬头不露声色地细细观察那名女生，只见她看着熊猫眼男生的眸子里都闪动着灼灼的光，"梁教授当时在东林是多轰动的人物啊！才三年你就已经不记得他了？！"

熊猫眼男生撇撇嘴："风云人物又如何，还不是要在监狱里过一辈子。也真是全赖他那一身鬼才的本事，否则当初干下那么伤天害理的事儿，怎么可能保住命只被判了个无期？"

"你相信吗？"女生神情略黯，放下筷子，抽了张餐巾纸擦擦嘴，"我曾经蹭过他的课，我始终不相信……他那样的人，怎么会犯下那种龌龊的罪行。"

"你这是个人崇拜心理在作祟吧？当初庭审现场的视频后来都爆出来了，他当庭亲口认的罪，你还不信？"

听到这里，任非和石昊文的面已经吃完了。收回目光，擦了把嘴，他拍拍石昊文，"走吧。"

石昊文若有所思地跟着任非站起来，推门往外走的时候，终于忍不住问了一句："刚才学生们说的那个'梁教授'，是咱市监狱里关的那位吧？梁炎东？"

"应该是吧……"任非随口应和着，"学生们说的那些条件同时满足的，除了他，也没第二个了。"

"唉，要不怎么就说天才和疯子只在一念之间呢。你说他怎么就能做下那样丧心病狂的案子？多可惜啊，好好的前程就这么毁了。我以前听杨局提过，说他跟梁炎东早前有过交流，当时还感叹，说是那样的鬼才，在梁炎东之后，再也没见过了。"

随着石头的念叨，任非又想起3年前站在警院多媒体大教室里上公开课的那个男人——他在讲台上散发着强大而自信的气场，指点江山，谈笑风生，说看法讲案例谈经验妙语连珠，引得座无虚席的台下时不时爆发出阵阵掌声。那是任非第一次见到活生生的梁炎东，也是最后一次。

3年前，他是犯罪心理学的客座教授，是连续4年没有败诉记录的专职无罪辩护的律师，是警方偶尔也要请他帮忙的犯罪心理学专家。而3年后，这个曾经走向事业巅峰的男人……是东林市监狱的一名被判了无期的囚犯。

他褪掉一身光环，背负着罪名和骂名，将在监狱里度过余生。

这就是梁炎东。曾经任非最崇拜的梁炎东。

第 2 章

刑法第二百三十二条

车往回开的时候，任非斜靠在车窗上，始终克制不住地在想，如果梁炎东还在的话，如果这个连环碎尸案有他参与进来的话，会怎么样？他会从哪里着手？又会把什么当作突破点？

想来想去，任非还是叹了口气，他不是天才，没法模仿心目中大神的思维方式。

倒是后来，石昊文的电话响了，他在蓝牙耳机上按了接听，一向嘴贱的李晓野的声音传出来，"石哥，你们在哪儿呢？"

"快到队里了。你们已经都回去了？等等啊，我们马上到。"

"不是……我们也没回去呢，我就是告诉你不用回队里了，直接往去德武县的盘山公路开，半山腰上就能看见我们了。"

石昊文心里咯噔一下，他一分神，车子压着地上一个大坑开过去，哐当一下，差点把任非颠得头撞车门框上。但是这时候已经没人有心情管这个，任非一把抓住头顶的安全扶手，声音几乎跟石昊文的叠在一起，"又怎么了？！"

石昊文开了免提，顿时李晓野的粗嗓门响彻整个车厢，"这不一直下雨嘛，山路滑得厉害，一辆货车撞断护栏侧翻进山坡下边了，司机死了，交通管理局那边给我们打的电话。"

德武县那边属昌榕分局辖区，但任非和石昊文对视一眼，一时间都有点摸不清这电话打得到底是什么意思，"他们怀疑这是刑事案件？……谋杀？"

"不是，已经初步鉴定完了，是交通事故。"

"那给我们打电话干什么？"

"就是……交警在处理事故现场的时候，在现场的不远处……又发现了一个装有碎尸的黑塑料袋……"

李晓野说这句话的时候几乎快崩溃了，他打着电话的同时抬头往上看看，出事路段已经因为这起事故暂时封掉了，半山腰上那窄窄的路面已经被公安和救援的车辆挤满了，市公安局的老大任道远正以一种气势汹汹的阵仗甩开试图上前为他打伞的科员，深一脚浅一脚地往他们这边来。

"任局都来了……我觉得凶手是在有意挑战公安的权威——他在耍着我们玩儿！"他的腔调听起来简直比哭还难听，"可是他大爷的，悲哀的是我们到现在的确还拿他没办法。"

"不会没办法的。"电话的这边，任非坐在车里无意识地攥得指关节噼啪作响。从他们开免提的电话里隐约能听见警笛蜂鸣，李晓野在那边骂骂咧咧，车里石昊文气得踩着刹车一拳砸向方向盘，后面差点追尾的车主的怒骂声透窗而入。

现在我们拿凶手没办法，也许是因为被凶手带进了惯性思维的怪圈或者其他什么……总之我们没办法不代表别人没办法……还有谁？还有谁是身处案件之外，却有能力寻找到凶手破绽的？

任非反复想着，他嘴唇颤动着无意识地自言自语。石昊文过了半天才听见他在嘟嘟囔囔，侧耳仔细分辨了好半天，才听清他这会儿跟魔怔似的念叨的是"还有谁"。

"什么还有谁？"石昊文挂了电话，不太放心地推了他一把，"你怎么回事？冷静冷静啊，别凶手还没抓到你自己先疯了啊我说。"

石昊文推的这一把让任非从自己的思绪中回过神来，他抬头用古怪的目光定定地盯着石昊文，里面灼灼地燃烧着某种莫名其妙的光。石昊文开始还不明所以地与他对视，半晌之后，却被他看得直起鸡皮疙瘩。

就在这时，任非霍地披上雨衣，打开车门跳下车，大步流星地走到驾驶室一把拉开车门，"石头，委屈你，先下车，车先借我！"

石昊文简直被他弄得莫名其妙，虽说不知道他打的什么算盘，但任非违规乱纪是有前科的。因此他当即下意识地死死把住方向盘，脖子微微向后缩着，一脸戒备地看着这个最容易胡作非为的小子，"你想干什么？我跟你说，任非，谭队可警告过你不许再胡闹了啊。我不是信口胡诌，你信不信再乱来一次，就算你老子是市局的一把……，谭队也真能照样把你踢出局！"

谭队积威甚重，原本一脸急迫的年轻男人在石昊文提起谭辉的时候，脸上有一瞬间极其微小的僵硬，但随即张嘴露出一排小白牙，笑起来，"哪能啊石哥！我不就是忽然想起来，昨晚出门急，我忘了我家那水龙头关没关了。你也知道我那租别人的小破地儿，楼下就等着我跑水了给他们家刮大白呢，你说咱一个月工资就这么点儿，这冤枉钱我哪能花啊，我得回家去看看！"

"你回家看看，可我要去抛尸现场啊！你让我下车干什么？"

"你打个车。"

"为什么不是你这个干私事儿的去打车啊？"石昊文简直不能理解任非的脑回路，只觉得他是因为刚才李晓野的电话受到了莫大的刺激，他想安慰几句，可惜戒备一松，他来不及说什么就已经被任非这浑小子一把拽出了驾驶室……

石昊文差点没一屁股坐水坑里，而任非就这样在他眼皮底下以迅雷不及掩耳之势跳上车，当着他的面儿把队里的面包车风风火火地开走了。

末了，因为油门踩得太死，车蹿出去时水花还溅了石昊文一身。

被扔在大街上的男人愣怔地看着面包车消失的方向，隔了好半晌，才如同忽然被拧上发条的钟摆一样，甩手骂了一句："这浑小子！"

也只有石昊文这种实在人，才会相信任非所谓忘关水龙头的胡扯。他之所以非得要开队里的车走，原因简单得很——车是警车，打开警灯他就能畅行无阻，赶时间的利器。

现在已经快下午4点了，他要在市监狱探监会见时间结束前赶过去，那样还有可能赶在今天跟梁炎东见上一面。

在半个小时之前，他因为学生们的谈论，又想起这个当初被自己仰望着崇拜的男人，"梁炎东"这名字就像是个魔咒，迅速在他脑子里生根发芽，以至于在半个小时之后，他对这个名字的主人抱以巨大的希望，希望这个在当年被神化的犯罪心理学专家能宝刀不老地给这起连环杀人碎尸案的侦破指点迷津。

路上，任非给他警院时同寝室的同学打了个电话，那同学现在是东林监狱的狱警，叫关洋。他原本是让关洋帮他把梁炎东带到会见室来，可得到的消息偏偏是喜忧参半。忧的是梁炎东所在的十五监区，这个月的家属探视时间昨天刚过去，喜的是关洋管的就是十五监区，而今天刚好是他值班。

关洋是个循规蹈矩的好狱警，但他承过任非的情，所以愿意冒着违纪的风险帮任非这个忙，好在梁炎东入狱3年表现良好，已经属于宽管的行列，入狱到现在还没有什么人来探过监，所以关洋跟他们领导申请探视的时候，监狱领导考虑到梁炎东的特殊性，到底还是同意了。

任非下车的时候，下了一天一夜的雨好歹是停了，他跟着通过家属探监的通道走进这个高压电铁丝网下戒备森严的灰色地带，一时间只觉得监狱高不可攀的黑灰色墙体跟灰暗的天色快要融为一体，不知道是不是心理作用，任非觉得里面连空气都是拘束和压抑的。

关洋一路带着他到了会见楼。东林市监狱的会见楼上下两层，分普管和宽管，区别是一楼囚犯与家属之间有一层玻璃隔着，而二楼没有。

市监狱家属会见的时间今天马上就要到点了，已经没什么人的会见室里挂着铁丝网的窗户开着，雨后外面夹杂了泥土芬芳的风灌卷进这个空荡荡的会见室里。

任非被这种环境影响，心情有点沉重。跟着关洋爬楼梯上了二楼，离老远就认出了坐在靠墙角落里的那个男人。

那就是梁炎东。

即使过了3年的监狱生活，他的状态看上去已经与印象里那个公开课上意气风发的年轻教授大相径庭，但任非还是一眼就认出他来。

梁炎东坐在固定的椅子上，手肘撑着桌子，双手很随意地交叠着，任非印象里男人修剪得很细致的头发，如今已经剪得很短了，下巴上泛着青色的胡楂，身上的灰色囚服衬得整个人看起来有点无可避免的苍白颓废。

因为光线的问题，任非看不清他的眉眼，但从那轻抿着的薄嘴唇中，隐约透出他对任何事都不关心的漠然。

任非脚下不停，随着彼此距离的拉近，似乎梁炎东也感受到他的目光，转了头，隐在阴影中的那双眼睛看过来，那是深邃、细长而敛着光的眸子，随着彼此越来越近，不动声色地对视，身为警察的任非却被这个囚犯看得有点儿局促。

平生第一次与自己学生时代最崇拜的偶像这样近距离地面对面，却是在这种环境、这种身份下……任非在那瞬间简直没法形容自己复杂的心情，崇拜、惋惜、激动中隐约带了点高高在上，但是传说中的男人即使跌落神坛也还是格外高傲，任非有点尴尬地在桌子前站定，不知道为什么他似乎根本没考虑过要坐下，"……梁、梁教授。"

任非考虑了一下，还是用了他以前的称谓，可是梁炎东黝黑的眸子沉静地看着他，对他的打招呼置若罔闻。

一向大咧咧的任非被这样的目光盯得更加不自在，他垂在身体两侧的手不自觉地搓了一下，他是个警察，可是竟然被一个囚犯无视，他感到尴尬。

"那个……我是昌榕分局的刑警，我叫任非，以前上学的时候听过您的课。"他下意识地对这个根本没有人身自由的囚犯率先做了自我介绍。可是这个男人却连看都不看他一眼了，他只是索然无味地微微垂眼，倦意地动了动眼皮儿，墨黑的睫毛微微落下来，没说话，也没动。

就是这么一个表情，让任非觉得更加拘谨，而当任非意识到这一点的时候，连他自己心里都在暗骂自己，市监狱怎么说也算是他们公安系统的地盘儿，他在自己的地盘儿上被一个囚犯看得发怵——即使对方是他崇拜的大神，但面对自己这个尿样儿，他还是感到不爽。

他明明非常想要引得梁炎东的关注，可是显而易见却被忽视了，在梁炎东面前他甚至感觉自己不像个警察，还是课堂上那个听他传道授业的学生。可气的是他根本没法改变自己的想法，把梁炎东单纯地当成一个囚犯来看。

所以他看向关洋，用眼神示意关洋打个圆场，没想到关洋回答他的却是："其实有件事你打电话的时候我就想告诉你，但是你挂电话太快了我没来得及说……就是你来了也无济于事，因为从他进了监狱开始服刑那天起，他就再也没对任何人说过一句话。我们找过几个大夫给他看，但是查不出来问题，神经科的医生说，多半是当初入狱的时候精神受到刺激，得了失语症。"

窗外屋檐积水落下来的声音淅淅沥沥，心里七上八下的任非猛地怔住，他不由张大嘴巴，嘴角却微微抽搐，隔了好几秒，才满脸愕然地用干巴巴的声音反问他的老同学："你开什么国际玩笑？"

可是关洋的样子却跟开玩笑一点也挨不上边儿，以至于当他紧紧地盯着梁炎东的时候，眼神快要恨不得在他身上戳出个洞来，"他说的是真的？"

梁炎东从窗户外面转回目光，沉黑的眸子淡淡地扫了他一眼。

他果然还是不言不语，任非的心都凉了半截儿。

这本来该是根儿救命稻草，谁知道好不容易把草抓住，草下面却绑着石头。

这可怎么办？

任非舔了下干燥的嘴唇，掐着腰烦躁地在原地踱了几步，他事先没有预料过来会是这个情况，如今拼命说服自己冷静下来，把满肚子的花花肠子都挖出来想办法，十几秒之后，他脑子里灵光一闪，"梁教授，就算您不能说，但您总能写吧？"

梁炎东也没料到面前这个年轻人憋了半天会忽然说句这，但任非根本没顾得上看人家的反应，话一出口他立刻就转身去关洋身上搜纸笔。

关洋由着他把随身的笔记本和签字笔摸出来，看着他用那种跟小学生给老师交作业别无二致的动作递给梁炎东。

"您写，有什么您写行不行？"

也许是3年的牢狱生活毕竟无聊，梁炎东冷眼看着任非这一系列的反应，竟也渐渐觉得有趣，他终于把纸笔接过来，而当他坐在椅子上又一次微微仰头看向任非的时候，他第一次动心思认真地打量起这个年轻的刑警。

新进刑警，找自己的目的一定跟案子有关，想必是个严峻的、棘手的、毫无进展的案子。

从见面到现在，搓手、眨眼、跺脚、抿嘴唇，每一个动作都透露出此人潜意识里的焦虑不安，所以才会这样没有底气——估计没有上级委派，而是擅作主张。

梁炎东交叠的十指松开了，他一手轻轻转着那根签字笔，一手轻轻敲敲桌子，示意任非坐下来。

他忽然间有点好奇，驱使这个年轻刑警来到这里找他的案子，到底是什么。

任非坐下以后，梁炎东微微挑眉，撑在桌子上的手，做了个非常随意的"请"的手势，于是任非就把导致他来这里的直接原因——

连日来爆发的这几起杀人碎尸案，原原本本地跟梁炎东说了一遍。

"情况就是这样的。"最后，他从手机里把翻拍的照片找出来，把手机推到梁炎东面前，"从左往右滑，都是跟这案子有关的照片和相关化验报告，您看看。"

在任非叙述案情时，梁炎东始终转动签字笔的手终于停下来，转而用四根手指的指腹来来回回地轻轻敲击着桌面，他一手匀速地慢慢地滑过每一张照片，直到翻完大半之后，才开始在一些画面或者文字鉴定上做些停留。任非满心期待地看着他的每一个动作，期望他能帮他们找到突破点。

可是任非不知道的是，梁炎东起先根本没有深究照片里都有什么，会透露出哪些信息，因为他深知以自己现在的身份处境，他已经不适合跟这些案子有交集。

他之所以会一直坐在这里，只是无聊地想听个新鲜事儿，他不在乎这个"新鲜事儿"能否被侦破，那跟他一点关系也没有。

可让梁炎东自己都没想到的是，照片翻到一半，他渐渐开始有点无法控制自己……那些曾经他无比熟悉的、充满血腥暴力、诡谲又狰狞的现场照片就仿佛是一针兴奋剂，不疾不徐地扎进身体里，让体内那些被迫沉寂了3年的某种基因一下子霍然苏醒，他不受控制地兴奋起来，到后来他翻看照片的速度明显下降，脑子里开始下意识地整合信息。

而在整合信息的过程中，除了那些已知的疑点外，梁炎东注意到了一个不太会引起别人注意的问题：抛开刚被发现的第四名死者不提，目前已经做过尸检和身份调查的三名被害人中，除了第三名死者——电台主持谢慧慧外，其余两个人都是单身。陈芸没到适婚年纪，而顾春华在四年前死了丈夫。

梁炎东闭了下眼睛，重新睁眼之时，他轻轻敲打桌面的手指猛地停顿住，伴随着手指动作一起停住的，还有他本能飞快转动的思维。

这不是自己该做的事，梁炎东想。尽管他已经克制不住心里本能的悸动和流淌在血液里的那与生俱来的亢奋。

在梁炎东看照片的时候，任非也在注视他，当他动作停下来，前几分钟还在腹诽他不仔细看照片的任非，这一秒几乎是下意识地认定他一定是有了什么结论，于是不由自主伸长了脖子试图离梁教授这根救命稻草近一点儿，以充满期待的语气道："梁教授，您有什么发现？"

梁炎东摇头，放下铅笔，靠在了椅背上。

这样的表现让任非心里是真没谱儿。梁炎东是个成精的老狐狸，他的一举一动，任非这种初生牛犊根本就猜不透，但是自己也不能表现得太菜鸟，犹豫了一瞬，任警官堆砌起特别假的笑容贱兮兮地开始使诈："您别骗我了，我都看出来了，您肯定有发现。"

随后他心思一转，又开始给梁炎东这只老狐狸抛诱饵做交涉："这样，您帮我把您看出来的线索写出来，回头这案子要是真按您说的破了，我给您写减刑申请，怎么样？"

经验不足凡事欠考虑的任警官，在说出这句话的时候，自认为自己给对方抛出去了一个绝妙的大饼，他觉得几乎没有犯人能抵挡得住减刑的诱惑，即使那个人是梁炎东。但是梁炎东听他说完，微微愣了一下，随即笑了。

他笑出了声，那笑声里装着一半的轻慢和一半的遗憾。接着，他拿起笔，翻开任非给他的那个笔记本，终于写下了第一行字。

任非抻着脖子看，梁炎东的笔锋刚劲有力，连笔龙飞凤舞的，以至于从他的角度看不明白对方写的是啥。直到梁炎东把写好的本子和手机一起给他推过来，他才看清楚对方写得力透纸背的一行字：

知道我身上背的是什么罪么？

如同一桶冰水当头扣下来，任非当即就僵在那里。

乐极生悲，得意忘形——他还没来得及乐一乐，就把"形"给忘了。读完这句话，他甚至能从那笔走龙蛇的字上读出淡淡的、嘲弄的语气。

他这样的反应丝毫不落地全被梁炎东看在眼里，看他没反应，梁炎东又轻笑一声，把被任非压在手掌下面的本子拿过来，又写了几个字，算是对刚才的自问自答：刑法第二百三十二条和第二百三十六条。

故意杀人、奸淫幼女，情节恶劣，数罪并罚，处10年以上有期徒刑、无期徒刑或者死刑。

梁炎东身上背的就是这两条，判的是无期。无期减成有期，最好的结果是犯人至少要在监狱里服刑满15年。

况且他们彼此心里都清楚，即使梁炎东帮着破了这个案子，也不可能一下子从无期减成有期15年。

但是减成有期总比无期好，就算对未来已经没有期望，又有谁愿意在暗无天日的监牢里过一辈子呢？

任非这么想着，也就把这句话对梁炎东说了出来。从始至终他没考虑梁炎东能不能找出线索破案，他考虑的只有怎么才能说服这个男人出山。

但梁炎东的回应是，慢慢地活动了一下腿脚，作势要起来。他跟关洋打了个招呼，示意自己要回监牢。

谁都不愿意在四四方方的监狱里过一辈子，但很早以前，他就不愿意跟警察打交道了。

意料之外的是任非竟然在梁炎东有动作的同时腾地一下起身，赶在他站起来之前拦在了他面前。

年轻刑警紧紧地握着双拳，挡住男人的去路，"除了减刑，你立了功，我们也可以向监狱的领导申请，合理合法的范围内多给你些优待。"

梁炎东微微抬头扫了他一眼，似乎对这一切都不为所动。

任非离他距离太近，被挡住了站不起来的梁炎东逐渐也失去了耐心，伸手打算推他，可是让他完全没想到的是，这动作是个导火索，竟然把任非的脾气点着了……这小子竟霍然出手，双手扣住他的肩膀，猛地把他摁回到了椅子上！

嘭的一声，毫无防备的梁炎东一屁股坐回椅子，任非把他摁回去之后，扣着他肩膀的手也没有松开。

这是监狱，他一个囚犯当然不可能跟警察动手，而任非在他依旧沉静如水不动声色的脸上，也没有看到预料中的愤怒，相反倒是任非自己，激动的情绪仿佛开了闸，怎么都收不住。

"就算你对这些都不关心，那人命呢？"几秒的沉默对峙后，任非义愤填膺的声音在空旷的会见室里回荡。想不明白为什么梁炎东不肯帮忙的任警官，连自己都不清楚为什么自己这样出离愤怒，仿佛眼前这个梁炎东亵渎了他多年以来对梁教授的信仰一样，他胸口起伏，话也越说越快，"这案子已经死了4个人了，很可能还要死更多，也许你的某个发现或者一个判断就能救下一名受害者，这对你也有利无害，为什么你就不肯帮忙？非要见死不救，在这里把牢底坐穿吗？"

梁炎东没想到他会忽然这样，直到把话听完，他嘲讽地轻笑一声，放弃对峙，又拿过桌上那个笔记本，刷刷地写下一行字：

你跟一个杀人犯讲珍惜生命，不觉得可笑吗？

梁炎东写这句话，为的就是让任非死心回去，可是任非这小子却没有后退半步。不仅没后退，他反而干了一件让梁炎东大为吃惊的事情。

他慢慢俯身凑近，伏在他耳边，用连关洋都听不见的声音，对这个被判无期徒刑的囚犯说："可是……我不信。梁教授，我不相信你奸杀幼女，我不相信——当初那起案子是你做的。"

梁炎东猛地转头，动作太快，导致他的鼻梁差点碰到任非的脸，这一次他连字都没写，那双炯炯的眸子里黑白分明，隐约透出冷冰冰的金属光泽。此刻他完全不加掩饰的眼神在清清楚楚地对任非表达：

你凭什么这么认为？

"直觉。"任非直起身，低低的声音，既犹豫又倔强，"我就是觉得，你不是那样的人。"

梁炎东觉得眼前这个刑警有点傻傻的天真，他的手再次动起来，笔记本上多了一行字：

你是个警察，靠直觉办案？

任非无言以对，紧张地抿着嘴角，无论梁炎东承认与否，他都决定按照自己的想法继续说下去："所以，教授，这也许是您这辈子唯一可以扳回一局的机会，您就要这样放弃吗？"

梁炎东放下笔，靠在了椅背上。他闭起眼睛，没承认也没否认，刚才剑拔弩张的会见室一下子安静下来，紧张的气息却在无声中蔓延。

细碎的、微小的响动在这个瞬间沉寂的空间里被无限地放大，梁炎东始终闭着眼睛，任非也始终看着他。

没人知道这男人裹在灰色囚服下的心里到底在想什么。生怕最后依旧只得到拒绝的任非无声地吞了口唾沫，又舔了舔嘴唇。而与此同时，梁炎东却忽然慢慢睁开眼睛，把意味不明的视线再一次落到他身上，几乎是从上到下把他"刮"了一遍。

那样强烈的目光看得任非难受，甚至隐约有一种一瞬间所有的秘密都毫无遮掩地暴露在男人眼前的错觉。

最后，梁炎东逼人的目光在任非腰部以下的裤子上停下来。

那灼人的瞳孔一动不动地盯在那个让人尴尬的地方，任非强忍了半天，到最后完全是本能地，伸手往自己裆部挡了一挡。可是当他挡住，才发现原来男人看的并不是他两腿之间，而是他右侧的裤兜。

这下任非一下反应过来，如释重负地松了口气，转而去掏裤兜——任非穿的是牛仔裤，右边口袋里放了包烟，烟盒的轮廓在紧身的裤子包裹下显现得一清二楚。

他把烟盒和打火机都掏出来，一起递给男人，梁炎东果然接了，从烟盒里抽出一根，两指夹着放在嘴边，点着了火，轻烟升起的时候，他微微眯着眼睛，深深吸了一口。

他没别的表示，任非也忘了坐下，和关洋一起就站在那儿看着他抽烟，在这个过程中任非不停地在合计他松口的可能性究竟有多大。

没有烟灰缸，梁炎东毫不犹豫地把烟蒂扔在地上，随后踩灭寥落的烟头，他用手轻轻叩击着桌面，半晌后，终于停下来。

任非知道，这就是公布最终决定的时刻了。他暗自咬紧了牙，紧张程度不亚于高考出分查成绩的那一刻。

然后，他眼睁睁地看着，梁炎东这一次非常坚决地推开他，站了起来，绕过他，往外走去。

任非的拳头越握越紧，指甲几乎抠进肉里。他等了等，直到梁炎东已经走出去三米之外，他逐渐冷下来的心和不甘落空的期望，促使他在男人背后扯着嗓门喊了一声："梁炎东！"

男人站住了。

任非踩着凌乱的脚步几步追上去，又一次与他面对面。这次他没说话，因为已经不知道还能说什么，他只是死死地盯着梁炎东，满脸欲言又止的愤怒和想骂又骂不出来的郁闷。

反而是梁炎东，慢慢抬手，把握在手里的手机递给他。

心思完全在梁炎东身上的任非几乎已经忘了他手机的事情，机械地伸手接过来，下意识地低头看了眼亮着的屏幕：只见备忘录上不知何时被梁炎东输入了简明扼要的4个字：

卷宗，地图。

第 3 章

第四名死者

梁炎东的四个字，让任非直到走出监狱开车回去的时候，都还像买彩票中了500万一样兴奋。

他一回到局里就碰见开完会最后一个走出来的石昊文。他裤子上都是泥印子，看见任非就气不打一处来，"你大爷的，跑水淹了楼下几层啊？"

任非心情好得快要飞起，他脚下不停，对石昊文"问候"他大爷的话置若罔闻地摆摆手，留给他一个风骚背影的同时，煞有其事地回答："水龙头还真就没关，幸亏我回去得早，抢救及时，钱包算是保住了！"

石昊文在后面瞪他，看他越走越远，抬高了嗓门儿："你还上去干什么？杨局说了，除了今晚值班的、法医组和派出去办事儿的，其他人今晚都回家休息，他说熬太久了耽误办案效率！"

"知道了！"任非此刻已经转上了另一层楼梯，跟石昊文扯着嗓门儿喊，"刚才你们开会我不是没在吗，今天发现的碎尸什么情况还不知道呢，我上去补补课！"

补课是幌子，偷印卷宗才是目的。

这事儿只能他自己干，他不可能堂而皇之地跟他们谭队说，他跑到监狱去好说歹说地说服梁炎东答应帮忙——被谭辉知道不仅梁炎东看不到卷宗，他自己估计也会被谭队长打死。

这会儿他们办公室里已经没人了，法医室的灯倒是全亮着。估摸着两个值班的同事也在那边。

这倒方便了他作案，翻了卷宗守在一体机旁一边看一边印，虽然梁炎东答应帮忙，但也未必一切都能顺利解决，他要再看一遍，捋一捋有没有漏掉的疑点。

然而前三起案件已经没什么可说的了，唯独今天在德武县盘山公路半山腰处发现的第四个碎尸袋，现场情况任非还不知道，所以复印到这里的时候，他停下动作，决定就着旁边的小台灯，自己先把这部分看完。

死者女，30岁左右，身份不明，25日下午装有其部分肢体的尸袋被交警于德武县盘山公路半山腰处山坳中发现，推断死亡时间为25日0点至凌晨3点之间，肢体系被利器肢解，切口不平整，以此可推定凶手为女人、青少年或力量较小者。装尸块的为黑色垃圾袋，有破损，其内尸块仍不完整，无法复原完整尸体。抛尸现场尸袋下方有晕染血液痕迹，推定系死者血液。抛尸现场没有被破坏，但尸袋上无指纹，周围亦无可疑脚印，叠加在一起的尸袋破损处有同一断裂痕迹，综上所述可认定凶手是站在半山腰的公路上将尸袋用力抛出。根据尸袋坠落地点画出抛物线情况如下图，建议调取附近路况监控，排查过往可疑车辆。

法医鉴定下面有一张抛物线的全景地图，根据尸袋地点，抛物线的那头在盘山路半山腰的护栏某处标了个红圈，示意凶手是从那里完成抛尸的。

在这个图的下方，还有一行文字，写着：25日发现尸袋与前三起碎尸案情况基本一致，建议并案处理。

逐字逐句地看完，任非的眼神落在那句"推断死亡时间为25日0点至凌晨3点之间"。这是与其他案件不一样的地方，这次凶手杀人之后几乎立刻实施碎尸和抛尸行为，联想之前三起案件的案发时间和被害人死亡时间，任非发现，凶手的耐心越来越不足，到了第四个死者，凶手的耐心也许已经快被磨光了。

这让他联想起今天凌晨那个预知死亡的噩梦，他记得老乔说过，今天一整天市里没有接到任何失踪或者死亡报案，既然如此，那么可不可以判断为，下午被发现的这个遭到肢解的死者，就是昨天晚上他预感被谋杀的那个人？

如果是，那么具体的死亡时间推定就不是在0点至凌晨3点之间那么宽泛，而可以缩短为0点左右。

0点碎尸到被发现的下午3点，中间经过了15个小时，而15个小时没有接到相关报案，这证明死者或许是独居；或许失踪这么长时间，是在她正常的作息范围之内，所以家人朋友没人注意；或者家庭成员之间感情淡薄，人缘不好，否则的话，失踪的15个小时之内一定会有人给她打电话，而只要电话一直没法接通，很容易就会发现事情不对。

任非捧着卷宗背靠着一体机坐在小圆凳上出神，也亏得他陷入自己的思考中，不然偷印卷宗的事情就得被胡雪莉发现。

胡雪莉本来是上来拿东西的，结果路过办公室的时候发现里面亮着灯，她狐疑地摸过来，没想到竟然看见任非一个人呆愣愣地看着卷宗一动不动，甚至连她推门都没有察觉。

"啪"的一声轻响，她打开灯，办公室里瞬间亮如白昼。任非一惊，打了个哆嗦条件反射地看过来，正对上胡雪莉那双探究的眼睛，"……狐狸姐，人吓人吓死人啊！"

胡雪莉环抱着胳膊倚在门框上，身上的白大褂显得人格外的修长，"你要没干坏事儿，用得着这么心虚吗？"

"我今天开会没参加上，这不就回来补个课嘛，能干什么坏事儿……"冷冰冰的女王气场强大，任非缩缩脖子低声嘀咕了一句，紧接着就问，"尸检又有什么发现吗？"

"尸体内同样有大量麻醉剂残留。"胡雪莉蹙着细长的柳眉，"其他的，染色体和DNA比对还在进行，目前得不出明确结论。"

她说完离开倚着的门框重新站直，扫了一眼任非手里的卷宗，"我去拿东西了，你看完赶紧回去抓紧时间休息，走的时候记得关灯。"

"哦……"任非下意识地应声，听她说要去拿东西，就紧接着问了一句，"需要帮忙吗？"

胡雪莉已经关上了办公室的门，隔着门随口回答了一句："不用。"

半夜的时候，昌榕分局刑侦大队的所有人都接到胡雪莉发在微信群里的消息。

详细的尸检分析结果出来了。信息跟他们之前分析的都差不多，其中最重要的一点——尸体仍旧拥有XX和XY两种染色体。

这下都不用讨论，完全就是可以确定，四起杀人碎尸案，都是一个人干的。

手段极其残忍，性质极其恶劣，以至于他们队里很多人在看见这条消息的时候，翻来覆去在床上睡不着觉。

第二天一早，乔巍接到顺新区分局的电话，说是昨天夜里他们接到了一个失踪报警。

报警人是一个上初一的男孩子，自称他妈妈从前天早上去店里之后到现在一直没回来，电话也打不通。

男孩在电话里害怕无助得直哭，接警民警再往下问情况，得知失踪者叫孙敏，是个单亲妈妈，个体私营业主，在顺新区的一条商业街上有个不大的店面，主营少女类服饰。

接到通知，谭辉领着自己的人开车就往顺新区赶，在路上他们了解到失踪人孙敏的基本信息——孙敏，女，34岁，于25日早离家后至今未归，私营业主，离异，社会关系复杂，但不曾与人结怨。

当谭辉他们赶到孙敏店面的时候，顺新分局的警察已经带着男孩在那里了，他们撬开了店铺的锁，把大拉门推了上去。店铺里面没有可疑痕迹，无论是翻开的女性杂志还是堆放在柜台后面的水果，似乎都保持着主人离开时的样子。

昨晚胡雪莉忙活了大半宿，今早在办公室迷迷糊糊地睡着了，同事们没舍得叫醒她，所以跟谭辉他们来的是一个稍年轻些的男法医，他戴着手套在柜台下面的垃圾桶里找到了揉成一团的头发，从里面采集了样本，拿回去检测DNA。

服装店里没有开灯，在清晨的天光中显得昏暗而阴沉，憋了半天的男孩，终于忍不住害怕地呜呜哭了起来。

男孩的哭声重锤一样敲进在场每名警察的心里，谭辉从晦暗的店内抬头看连日来终于放晴的天空，咬牙切齿，眼神凌厉如刀。

就算不为那个3天的期限，为了避免更多的死亡，他也必须要用最快的速度把凶手揪出来绳之以法！

男孩的哭声还在继续，抽噎中他小声地问："我妈……我妈她会死吗？"

没人忍心回答男孩，他妈妈很可能已经死了。

任非从柜台上抽出一张纸巾，走过去给男孩擦了擦眼泪，随后揉了揉男孩的头，他深吸口气，想要安慰几句，但是张开嘴却什么也说不出。

犹自抽噎不止的孩子让他想起了自己曾经的某些记忆，他看着男孩手中自己递过去的那张快要被眼泪打湿的纸巾，多年之前那些晦涩而疼痛的记忆，几乎就要随着血脉的流动，冲破心中防线涌进脑海。无声地叹了口气，任非闭了闭眼，越发不想待在这里，他紧走几步追上先行走出服装店的法医，跟谭辉打招呼："谭队，我先送他回队里。"

任非把法医送回分局，就带着昨天复印好的卷宗，在街边买了张最新版的全市地图，偷摸又去了监狱。

因为昨天临走事先打了招呼，关洋今天准备得很充分，也不知道他用了什么方法，昨天刚被探过监的梁炎东今天还能坐在二楼的会见室里，还是昨天那张桌子，那个位置，不同的是，二楼剩余的5张桌子已经有3张都围坐着宽管囚犯和家属。

梁炎东还是昨天那个样子，关洋的纸和笔也还是摆在他手边，任非带着厚厚的卷宗和一张地图走到他对面坐下，多少还是显得有点惯性的局促和紧张，"梁教授，卷宗和地图。"

梁炎东一言不发地接过来，手指在那张复印的封皮上面轻轻抚过，表情肃穆，仿佛是在与卷宗之间建立某种神秘的联系一样，下一秒，手指轻捻，把卷宗翻开了。

与昨天看照片的状态不一样，任非注意到他每一页都看得非常仔细，偶尔还会在某一页停留较长时间，随后他会闭上眼睛，四根手指似乎习惯性地轻敲桌子，当重新睁眼的时候，他拿起笔，在那个笔记本上杂乱无章地飞快写下什么。

任非很好奇他写的究竟是什么，但他这个位置反着想看清楚实在太困难了，也不敢贸然站起来去瞅，怕打断梁炎东的思路，就这么心急如焚地等着。

梁炎东阅读卷宗用了很长时间，两个多小时过去，任非等得抓耳挠腮，他开始毫无根据地通过梁炎东的每一个动作、每一点细微的表情猜测男人内心的想法，直到手机一连震动了好几次他才拿起手机看。

都是微信，法医组那边DNA的比对结果出来了，第四名死者的确是34岁的孙敏无疑。

任非看完，把法医组发出来的结论给梁炎东看——他显然已经把梁炎东当成了可以信赖的自己人，丝毫也没觉得让这个因犯看刑警支队的微信消息有什么不妥。

梁炎东从头到尾把信息看完，手机没急着给任非。他还是不言不语，不急不躁地埋头在只剩几页的卷宗里。

快中午的时候，梁炎东终于把卷宗的最后一页看完了。

任非忍到这里实在忍不住了，看他放下卷宗立刻就问："梁教授，您有什么发现吗？"

梁炎东没理他。

男人此时的目光黯亮，那张没有生气的面孔仿佛莫名地有了神采，紧紧抿着又微微勾起的嘴角显得有些兴奋，而昨天看起来令人感到颓废的青色胡楂，此刻竟然给任非一种非常冷硬而坚毅的感觉。仿佛这本复印的卷宗就是他的战场，而他因为战场上的血腥、残酷和暴力而活了过来。

任非想，如果人生下来的天赋已经被造物主定下来，那梁炎东这种人，一定就是天生适合干这一行的人。

梁炎东捏着笔死死地盯着笔记本，沉寂片刻后，他眼神猛然一变，迅速又落下几笔，动作飞快地拿过地图展开，开始在上面圈出尸袋被发现的大体位置。

很快，他在上面标注出①②和④，唯独③，因为当初是被河水冲到了富阳桥下，所以至今无法确定准确的抛尸位置。

他皱着眉思考着，死死盯着地图，又再度翻开第三起案件的卷宗，大概过了15分钟，他眉心拧得更紧，然后拿过旁边任非的手机，打开搜索软件，输入了"东林市污水处理厂"这几个字。

污水处理厂搜索出来的结果中，梁炎东逐条消息点去看相对应的地址，最后把目光锁在了距离东林河北支流距离较近的一家一级污水处理厂——静华污水处理厂上。

仿佛抓住了什么要点，梁炎东心脏狂跳，他微微眯着眼睛把这个名称复制到新闻搜索栏，很快，关于这个污水处理厂的一些媒体报道被检索出来。

但是结果并不多，主要是一条大约一年前的政府消息，和一条距今已有2年零3个月的有关这个污水处理厂的负面报道。

政府消息说的是政府推动污水处理厂改造计划，将投入专项资金对主要使用"隔栅、沉淀池"等物理方法去除污染物的一级污水处理厂进行升级改造，这个"静华"在政府的改造名录范围内。而那条负面消息爆出来的是静华污水处理厂虚有其表，污水未经处理就违规排放，而排放的地点，就是处于东林河下游的北支流！

没错了！梁炎东心里喊了一声，他另一只手不自觉地攥紧，又转到本市地图上搜索这个名称，按照手机地图的标注地点，随即在那张任非带来的纸质地图相应位置圈了个"③"。

梁炎东回忆着卷宗上的一些信息：①被抛尸在③的小区……

他一边回忆着这个结论，一边拿着笔，若有所思地在地图上找到①所在的位置，然后慢慢画了一条笔直的线，连接到了③的位置。随即如法炮制，将②与④相连。

令人想不到的是，这样连接起来后，两条直线的交叉点竟然与①被抛尸的地方非常近。

梁炎东立即在手机地图上搜索交汇处的信息，然后面色古怪地看着手机屏幕上显示的那个小区的名字，片刻之后，屈指敲了下手机屏。下一秒，他放下手机，在纸质地图上两条直线的交汇处画了个大大的黑色的实心圆，在旁边毫不犹豫地写上两个字：

去查。

任非接过笔记本的时候，发现本子的前一页左右两边分别罗列着这些看似相互之间毫无联系的凌乱词组，而翻过去，是梁炎东写的一段整合四起案件案情后得到的判断：

四起连环碎尸案系同一人所为。凶手女，妇产科医生，年龄在30岁到40岁，身高在160到165公分，体重在60到70公斤，中等身材，微胖，体表特征不明显，未婚或离异，曾怀男胎，意外流产后不能再育，有强迫症且患有高度隐性人格障碍。

梁炎东写得很简略，但是罗列的信息实在不少，任非一个字一个字地看完，虽然他一个警院毕业的，对心理侧写技术不陌生，但是当亲眼看着对面的男人翻了卷宗比照了地图就能断定的时候，他还是感到震惊不已。

他的目光像是胶着在那笔走游龙的字迹上面了，那字所表达的信息像是有魔力一样吸引着他试图从中找到梁炎东的依据，直到后来梁炎东似乎没了耐性等他，隔着桌子伸手，把笔记本翻到了前面那一页。

那些零散的信息，才是找到案情突破点的关键。

4名被害人的尸检结果有5个共同点，第一，都是女性；第二，都是单身；第三，都是性染色体异常；第四，尸检都化验出麻醉成分；第五，均被利器肢解。

从凶案可实施性来看，凶手故意寻找阴阳人并将其杀死碎尸的可能性几乎为零。那么把5个共同点组合到一起，可以得到结论：死者都是未婚，拥有两种染色体可以证明她们已经怀孕，体内残存麻药证明她们死前都待在医疗机构。由此可以推断，她们是发现自己怀孕之后去做人流的过程中，被身为妇产科医生的凶手注入大量麻药之后残忍杀害。

性染色体异常是由于这些被害的女人都怀了男胎，但这不会是巧合，而是凶手故意为之，很可能是在彩超检查的过程中发现了这一点，同时这一点在某种程度上极大地刺激了她，导致她的隐性人格障碍爆发，把被害人当成了仇人，随即杀死被害人。从这一系列的心理活动上来看，就能得到结论，她极有可能曾经怀过一个男孩儿，却意外流产而丧失了生育能力。

第一名被害人陈芸的死应该属于临时起意。在顾春华的碎尸袋上找到陈芸的血迹DNA样本，表明凶手在将陈芸杀害后并没有立即分尸。从女性的心理属性来看，凶手当时存在一定恐惧，所以只是把陈芸的尸体藏了起来，但是她无法克服心理障碍，因此出现了第二名被害人顾春华的死亡。两具尸体堆在一起终于让凶手有了危机感，她开始动手碎尸，在碎尸中她体会到了正常人无法理解的快感，所以到了后来，她的胆子越来越大，作案和存储尸体时间变得越来越短。

另外，从尸检报告来看，尸体均是被利器肢解，刃缘锋利但断肢切口不完整，推断爆发力很大但蓄力较小，证明凶手体型较为壮硕但体质一般。从①到④，每个死者的肢体都被肢解得非常零碎，每包碎尸都被套了五层黑色垃圾袋，而且上面都没有指纹，抛尸现场也没有留下其他有效证据，这证明凶手思维缜密，有一定程度的强迫症，并且具有一定的反侦察能力。

除此之外，谢慧慧的尸袋被冲到东林河主干道富阳桥下的确是个意外，实际抛尸地点应为静华污水处理厂。凶手的本意是想要谢慧慧的尸袋被里面的净化程序消耗掉的，可惜她并不知道，"静华"早就有违规的前科，前天暴雨，始终等着政府专款升级二级污水处理的"静华"趁着暴雨将没经过处理的污水大肆排放到东林河北支流，谢慧慧的尸袋也因此被带出来，一路被冲到了富阳桥的滩涂上。

确定了第三个实际抛尸地点，梁炎东就发现，凶手选择抛尸的地点不是随机的。她在暗示着什么，两条直线的交叉点一定是个关键，但是在监狱服刑3年、与世隔绝的梁炎东现在已经无法准确判断交叉地点的地域环境，通过手机地图查找亦不够直观，所以想要找出准确答案，就得任非他们亲自去查。

这些是梁炎东下结论的依据，但是打死他也不可能把这因果原委，都在笔记本上捏着笔原原本本地写一遍。他从来就不是那种循规蹈矩的人，在这里装了3年"死"，就更不是了。

所以他只示意了任别揪着后面，要去看前一页，随后就收回手，把卷宗往前一推，眼皮一垂，又恢复到了昨天那个慵懒散漫，仿佛任何事情都事不关己的状态。

并没有刑侦天赋的任警官捧着本子看着那些字又开始仔细揣摩——他甚至把梁炎东不看的卷宗复印本拿了过来，仔细对着翻来覆去地研究，简直就跟梁炎东研究案件如出一辙地两耳不闻窗外事，反倒是梁炎东等不耐烦了。

从中午到下午，其他桌的犯人和家属已经换了两三拨，唯独他这里，穿了个便衣的刑警独自背对所有人坐着，活像个不忍离去的伤心人。

等他好不容易想明白了，浑然忘我地拍桌子喊了一嗓子"我明白了"之后，抬起头，才发现梁炎东和关洋不知什么时候已经走了。

傍晚日落时分，天幕厚重的云层终于被风吹得渐渐有了散开的迹象，夕阳暖黄色的光从云层的裂缝间透出来，天光乍泄，半边天仿佛都要被柔和的光烧着了。

这场暴雨，总算是就要迎来雨过天晴的时候了。

晚高峰，东林市昌榕分局的警车几乎都鸣笛呼啸而出，在红蓝灯光交错中，天网一般撒向全市各处，急促的警笛响成一片，仿佛成了这场缉凶战争最后的一轮冲锋号。

　　与此同时，距离丰源东第小区两条街道的旧楼群中挂着"爱华妇幼保健站"牌子的私人诊所门外，一个披头散发的女人，拿着钥匙打开诊所陈旧的大门，在那令人牙酸的金属摩擦声中，慢慢将门推开。

　　阵阵刺鼻的消毒水味道扑鼻而来，女人松开紧紧握住门把的手，走进这个太阳落山后却没有开灯的小诊所。

　　昏暗的室内，一切都影影绰绰，彩超检查设备与相距不远的简易手术台看上去如同衰败的古老刑具，白大褂像是无头的幽灵紧紧地贴着墙壁挂在那里，一扇落地窗没有关，风从外面灌进来，洗到泛白的老旧蓝布帘也随之被吹起，黑暗中像是一面来自地狱的巨大招灵幡。

　　女人的五官全都隐在模模糊糊的阴影里看不真切，她的身材并不好，微微有些发胖，走路的时候，夏季薄料的衣服隐隐被夹在了腰间的赘肉里，随着她左右晃动，反复被夹住、松开，再被夹住。她就这样一步步走到了落地窗边。

　　窗外是个用木质栅栏围成的小院子，后院杂草丛生，角落里堆放了一些饱经风吹日晒的儿童木马、秋千等玩具，从靠左边的跷跷板底座也能看出来，在变成暗地里赚黑心钱的小诊所之前，它曾经是一所带给孩子们天真欢笑的幼儿园。

　　仿佛想起了什么，她猛地转身，脚步极快地往回走，平底鞋落在地上留下窸窸窣窣的声音，借着昏暗的天光，她来到那张诊疗床边，猛地一把拉开蓝色布帘，神经质一般开始在无人的诊所里快速地四处寻找着什么。

　　最终她打开紧紧关闭的洗手间的木质门，五六平方米的狭小空间被收拾得异常干净。各种药剂和未开封的全新医疗器械堆满了里面的一面墙。女人走进去，四处翻弄，最终拉开洗手池旁边柜子的最下层抽屉，在里面，有打磨得异常锋利的分割刀和剔骨刀，一把斧头，还有一打已经被拆开的黑色塑料袋。

女人定定地看着抽屉里的器物，半晌，她慢慢抓起那把斧头，站起身来。

她注意到了洗手台上方的那面镜子。镜子里，是一张眼睛下透着乌青、憔悴而又颓唐的脸。可是她看得见镜子里自己眼底的光。那是已经忍耐压抑到极限，疯狂叫嚣着想要发泄、想要毁灭的憎恶和仇恨。

死寂中，她倏地一下把斧子重重放在洗手池里面，斧子锋利的锐刃磕在老式陶瓷上，发出哐当一声，在安静得可怕的诊所内显得格外响。可是女人却仿佛没有听到，她转头死死地盯着外面墙上那件白大褂，迈着僵硬的步子，把那褂子拿下来，又带着它回到了卫生间的镜子前。

她死死地盯着镜子里的自己，动作缓慢地将白大褂套在身上。

越来越弱的光线中，镜子里的女人涂着艳红色口红的嘴唇不断地微微颤抖，那如同筛糠似的频率透露出某种兴奋和恐惧，仿佛唇间的每一次颤抖都是一个恶毒的词语，诅咒着镜子里这个和她长得一模一样的女人。

良久之后，那如同被血色涂抹的嘴唇终于沉寂下来，可是随之女人却重新握住了洗手池里的斧头，下一秒，哐当一声！玻璃哗啦啦的碎裂声响起，镜子里女人的脸顿时分裂成碎片。举着斧头的女人对着镜子里支离破碎的一张脸，一字一句带着强烈的恨意说：".....你去死吧。"

"你又打算让谁去死？"空旷的诊所里突兀地响起低沉而尖锐的男声，女人大概打死也想不到，本以为空无一人的诊所内，她的一句诅咒竟然会得到回应。

仿佛是见了鬼，她"嗷"地大叫一声，猛地循声回头，手里锋利的斧头下意识朝着声源方向猛地砍去！

昏暗中黑影闪身的同时抬手，快而稳地一把死死抓住女人挥过来的手腕，下一瞬，只听细微的开关声音响起，霎时间，老旧的诊所里亮起惨白的光。

没有鬼，此刻抓着女人手腕正用力把斧子从其手里夺下来的，是任非。在他身后，是数名双手持枪严阵以待的便衣警察。

女人的目光越过任非径直盯着对准她的黑洞洞的枪口，霎时间疯了一般地嘶吼挣扎，她的爆发力很大，有那么一瞬间甚至任非这个年轻力壮的男人都差点控制不住她。

从女人手中抢夺下来的斧头落在地上，差点砍了她的脚，任非下意识把人往后推，谭辉趁机从外面钻进来，一手把女人试图去抓任非脸的手拉住，又二话不说地跟任非一起将女人的双臂扭到身后，用手铐牢牢铐住。

女人被按住挣扎不得，她霍然抬头，亮得吓人的惨白灯光下，眸子激动而绝望地闪着鱼死网破一般的光，"你们是什么人？你们要干什么？"

她声音太大太尖锐，以至于尾音都带着破碎的颤抖。她的脸上是几乎不属于女性的凶狠，激得谭辉狠劲儿上来，从怀里掏出工作证举到女人面前。他扫了一眼被拉开的抽屉里的两把刀具和地上的斧子，面容冷峻，瞠目欲裂，"有什么话，跟我们到局子里说去吧！"

警车载着连环杀人碎尸案的犯罪嫌疑人，从老旧的居民楼之间穿行而过，上车之前女人还在不停地嘶吼质问着："你们凭什么抓我？"

远远围观看热闹的人被甩在后面，任非坐在第三辆车里，在他前面，谭辉亲自押着他们从"爱华妇幼保健站"带出来的女人坐在第二辆车里。透过夜幕，看不清车里面的情况，但是小诊所的卫生间里，女人慌乱之中凶狠砍杀的一幕却让任非到现在都心有余悸。

凶手，女，黑诊所医生，年龄35岁左右，身高在163公分左右，体重在65公斤左右，中等身材，微胖，爆发力强，诊所位于丰源东第小区附近。

梁炎东对于凶犯的侧写在这个女人身上一一得到印证，所以……这就是凶手了吗？那个在手术台上连续杀了4名孕妇，并挥刀碎尸的"死亡医生"？

任非下意识地低头看了看手机，前一天梁炎东在上面输入的"卷宗，地图"4个字还在那里，他没有删。他清楚地记得跟梁炎东接触的每一个细节，那些细节此时此刻再回想起来，却让他觉得可怕。

一个在监狱里被困了3年的人，竟然只靠着卷宗和地图，就将整个案件的脉络完整地捋出来。以至于当任非从监狱出来，站在分局会议室移动白板前对同事们做侦查报告的时候，也是逻辑清楚、条理分明。

报告的内容包括凶手身份、作案动机、第三名死者实际被抛尸地点、死者遇害原因及死者的性染色体异常之谜。他回忆着梁炎东在本子上写字的顺序，把所有看似零散的、无用的信息完整串联起来，尽量用严谨的措辞，将梁炎东的推断说给在场的所有人听。当大家的注意力终于被他吸引的时候，他连最初站在台前的紧张感都消失了。

那是一个所有人——包括他自己在内，从未见过的自己，与以往已经深入人心的激动鲁莽无法无天的他大相径庭，他现在回忆起自己当时的样子，仿佛在自己的身上看见了梁炎东的影子。

就是这样一个被折断了双翼，禁锢在四四方方囚笼里3年之久的男人，仅仅通过两次交谈，就能影响他乃至整个案情！

简直不可思议……任非无声地倒抽了口气。他手里的手机屏幕黑了下去，街灯闪烁着一溜烟儿地向后飞快倒退，忽明忽暗的警车里，石昊文在开车的间隙不由得看了任非一眼，觉得这小子今天沉默得有点儿反常。

"唉，任非，我问你。"他不禁开口，试图打破沉默的同时，连带着把憋了半天的疑问都一股脑地倒了出来，"刚才开会，你那些判断都是怎么得出来的？从昨天起除了睡觉我差不多都跟你绑一块儿了吧？我记得今天早上你从孙敏店里离开的时候，还是一脸的压抑郁闷呢，怎么晚上回来忽然就百发百中大侦探附体了？"

任非下意识地张张嘴，话到一半却又硬生生憋了回去。他不是能藏住话的人，但现在还不能把梁炎东说出来。

任非有点头疼，一切都发生得太快，他还来不及琢磨如何跟大家解释。好在在石昊文的催促中，车里放着的手台忽然响了，里面传来谭辉仿佛酝酿着狂风暴雨又拼命按捺着隐忍不发的声音："见了鬼了，这女的说她怀孕了！"

她竟然怀孕了？

梁炎东写过，凶手一定有过意外流产的经历并且因此丧失了生育能力，所以才会专门挑怀男孩的孕妇下手，但是如果凶手是个孕妇的话……那这所有的推断就都不成立了。

到底是怎么回事？是他们抓错人了，还是梁炎东的推理从一开始就错了？

第4章

爱欲杀戮

后来手台里同事们说的什么任非根本就没听见，在自己如同擂鼓般的心跳声中，他僵硬地攥着手机拨通了乔巍的电话。

在锁定这家诊所出警的时候，他们队的人兵分三路。这边谭辉带着人来查诊所，那边老乔带着胡雪莉和剩下的几个刑警去迎宾路上的那口老井查证据，剩下的一组李晓野和马岩去查静华污水处理厂。

证据就是任非根据梁炎东写的"老井→指纹"而得出的。那是个80年代留下来的水泥井盖的老井，因为材质的关系，水泥井盖与地面之间不会像球墨井盖那样严丝合缝，通常会存在一定程度的缝隙，但是那种缝隙较小，戴着手套很难将手指伸进其中将井盖搬开，凶手为了快速抛尸，很可能摘掉了手套，徒手将井盖搬起。

而那个年代的习惯是在制作井盖的水泥凝固前，在下面放上光滑的纸避免其与地面粘住，所以即使年代久远，依旧会在一些井盖下面找到纸张附着物，同时夏天手指分泌油脂较多，加上用力出汗，假设凶手的手指恰巧按在上面，那么指纹应该是较为清晰的，并且被破坏的可能性很小。

这是个容易被忽略的细节，但是当任非拿着第二个抛尸现场的照片做证明的时候，所有人都认同了这个推测。

乔巍的电话接得很快，铃声都没响，那边已经传来了他严肃而兴奋的声音："任非？我正要给你们打电话呢！你说的没错，我们真在井盖下面采集到几枚指纹，这就准备回队里进行数据库比对了。你们那边怎么样了？凶手抓到了吗？对比下指纹马上证据就能出来了，由不得她不认罪！"

任非张张嘴，向来伶牙俐齿的他一时哑然。

他的沉默一下子让乔巍意识到出了问题，"你们……那边出什么问题了？"

任非没有解释，回答老乔的是一阵节奏感十足的断线声音。

挂了乔巍的电话，任非立即又给李晓野打过去，他这个时候已经越发不镇定了，电话再一次接通的时候，他听见自己的声音像一根马上就要崩断的弦，"你那边情况怎么样了？污水处理厂到底有没有问题？"

李晓野那时候已经开着车在往回走了，接了电话莫名其妙，"我已经跟谭队汇报过了，你怎么还不知道？"

"我知道你妹！"任非当时已经完全快要不受控制了，车里开着空调，他急得一脑门儿的汗在那儿咆哮，"问什么你说什么行不行！"

"你小子吃枪药了？"

"行行行，别吵别吵。"两个人在电话里跟开了个扩音器似的，可怜开着车的石昊文还得腾出精力来劝架……他一边看着前方一边伸出手试图把任非的电话拿过来挂断，视线跟不上，下手也没准，一把下去正摸在任非脑门上，抓了满手心的汗渍，恶心得他低声骂了句，扫了眼任非，手往他衣袖上一抹，接着不由分说地把手机夺过来挂了，"李晓野确实是打过电话了，情况刚才谭队于台里都说了，你打电话没听见。"

任非死死抿着嘴唇，紧张的眸子看向他。

"说是静华污水处理厂确实存在违规操作，未经处理的污水直到现在还在往东林河北支流中排放，被李晓野和马岩逮个正着。"石昊文也拧着眉毛，侧脸颇带了几分安抚的意味，"别这么紧张，目前为止除了嫌疑人，你说的其他几点都对得上，就算人不对，对案件侦破也是不小的贡献了。"

他以为这个刚入职的小子是着急想立功，可只有任非自己知道，他是着急不知道究竟问题出在哪儿。他怕案子到期破不了，让市局和其他分局看笑话，他怕自己丢人，也怕曾经崇拜到不行的梁炎东在经过3年牢狱之灾后从神坛跌落。

目标诊所没问题，指纹、嫌疑人外貌、第三被害人实际抛尸地点，从梁炎东那里借来的推论都一一得到认证，可是唯独抓回来的嫌疑人有问题。

任非猛地靠在副驾靠背里，重重呼出口气。

他强迫自己冷静下来，然而直到回到分局，他的心还是怦怦作响，尤其是当胡雪莉拿着化验单回来说结果的时候。

"嫌疑人与从井盖下方采集到的几枚指纹对不上，我们的指纹库也没找到能对上的指纹。"女人还是那副冷冰冰的样子，灯光下，精致的脸孔显得越发的白，"另外，你们抓回来的女人的确怀孕了，已经16周。而且从影像来看，也不是男孩，是个女婴。"

"你也别沮丧，至少关于4名死者的特征，我对你的推论是持赞同意见的。"她说着，看了一眼靠在桌子上沉默不语，低头不知道在想些什么的任非，一向不怎么待见这个毛躁小子的女人这时倒挺了他一句，"性染色体异常的原因是死者怀上了男孩儿，这不会有错，第四名死者的家庭情况可以侧面印证这一点。孙敏的尸检报告你们也都看到了，依旧是XX和XY两种染色体，凶手连续4次命中阴阳人的可能性微乎其微，更何况，她还有个儿子，而阴阳人是绝对不可能生育的，这是常识。"

"既然别的都对得上，那女人黑灯瞎火地出现在诊所，就算不是凶手也有问题。"大马金刀坐在椅子上，始终没说话的谭辉深吸口气，环顾众人，捻灭了手里还剩半截的烟站起来，"总之，先审了再说。"

他说着，看了眼旁边站也不是坐也不是的任非，带着三分戏谑七分鼓励地朝他痞气地勾勾嘴角，"别在那儿杵着了，走吧，跟哥一起去。"

……

任非进了审讯室跟着谭辉在桌子后面坐下，对面就是从诊所带回来的那个女人，据她自己供述，她叫秦佳馨。

不久之前还歇斯底里的女人此刻已经完全安静下来了，她被铐着的双手攥得紧紧的，因为最开始激动地挣扎，手腕上还留着手铐勒出来的红印子，微胖的脸上满是汗渍油污，微微红肿的眼睛在看到谭辉的时候，目光明显颤抖了一下。

任非看得出来她怕谭辉，这不稀奇，他们队长身上匪气很重，基本上脱了警服说他是个要砍刀的社会混子也毫无违和感。

任非翻开本子，把谭辉例行公事问的基本信息记下来。

秦佳馨，女，34岁，本地人，已婚，无业，丈夫是一家做网页游戏的互联网公司老板，结婚以前是该公司出纳，没有任何从医经历。

任非微微皱起眉，谭辉哼了一声，跷起二郎腿，声音很严厉，"没有从医经历，大晚上的你去诊所？诊所大门上的钥匙是你的吧？那诊所要跟你没关系，你能有钥匙？你能穿着白大褂在别人地盘上的厕所里照镜子？"

"我去那个地方是有原因的，但是那个诊所确实跟我没关系。"秦佳馨不敢迎面对上谭辉和任非的目光，微微颤抖的嗓音轻而易举地泄露了她并没有底气证明自己所言。

"你应该知道，我们为什么抓你。"谭辉顿了顿，没有等女人回答，鹰一般锐利的眸子死死盯着女人每一个细微的反应，"为了4条人命，而你现在是嫌疑最大的那个人。"

"我没有！"女人猛地抬头，刚才已经喊哑的声音此刻听上去尤为凄厉，"我根本不知道你在说什么，你别含血喷人！"

"你可以不知道我在说什么，你只需要知道你出现的那家诊所是个凶案现场就够了。如果你想摆脱嫌疑从这里出去，就必须告诉我们你都知道些什么。"

"凶案现场？"秦佳馨像是一下子被石化了般猛地顿住，她不可思议地皱着一张脸，眼底渐渐浮现出一些显而易见的后怕，片刻之后，仿若又忽然挣脱束缚猛然活了过来一样，圆瞪双目，"我知道了！你们——你们抓错人了！我不是她，我不是她！你们要找的是张帆对不对？她才是那家诊所的主人！她杀人了？她杀谁了？……不是我！我没杀人……我今天过去我就是——"

仿佛忽然想到了什么，女人语无伦次的话戛然而止，谭辉猛地从椅子上站起来，几步走到女人跟前咄咄紧逼，"你过去就是什么？"

"我……我……"秦佳馨咬住嘴唇，她被谭辉逼得不由自主地使劲向座椅后面靠，试图与眼前男人的距离拉得更远些，她模糊的瞳孔中，似乎隐藏着拼命压抑的难堪和痛苦。

秦佳馨是个孕妇，谭辉到底不敢真把人吓出个好歹，因而紧绷着脸后退了两步，朝单面可视玻璃看了一眼，低声吩咐守在玻璃窗后面的人："去查她说的那个'张帆'。"说完又转向秦佳馨，"你的难言之隐，比被怀疑是四起连环杀人碎尸案的嫌疑人更严重？"

秦佳馨动了动手腕，下意识地想要抬手捂住脸，然而固定在桌子上的手铐阻止了她的动作。她看着手铐微微有些出神，谭辉注意到之后，拿起钥匙给她双手上的手铐开了锁。

女人愣了愣，片刻之后，她终于颤抖地抬手挡住了脸，嘶哑的声音隐隐有些呜咽，"我过去，的确是想要找张帆那个不要脸的女人拼命的……"

谭辉把椅子拖过来坐在了她跟前，声音微带沙哑，"张帆是什么人？"

"她就是那家诊所的主人……是我老公的前女友。"

大概是职业敏感，谭辉和任非几乎同时警觉起来，女人话音刚落，谭辉立即追问道："你们现在是什么关系？"

"什么关系？呵……"女人笑起来，尽管那笑声比哭还难听，"我也不知道……也许在我老公眼里，我只是她的替身，自始至终都是。"

任非的笔猛地一停，仿佛有什么思路电光火石地从他脑子里闪过，然后就听见女人说："说起来应该挺好笑的，我以前是我老公那个游戏公司的出纳，刚进公司那会儿比现在瘦，也比现在年轻好看，偏偏那会儿我老公从没注意过我，倒是后来跟部门同事一起吃得越来越胖，成了现在这个样子，高高在上的大老板竟然莫名其妙地跟我热络起来。"

"后来我们结婚了，公司人人都说我飞上高枝，我跟做梦似的，一下子从小员工成了老板娘。"秦佳馨说着倏然自嘲地冷笑一声，"后来我才知道，哪有那么好的事情，他娶我，只是因为我胖起来之后，跟另外一个女人很像罢了。那个女人就是张帆。"

"再后来，我偷偷找了私人侦探去调查，才知道在我之前，我老公跟这个叫张帆的女人已经到了谈婚论嫁的地步。我老公条件好，张帆当时在市第一医院，是妇产科最年轻的主任医师，也配得上他。他们的婚事本来双方家里都不反对的，所以也没人在意未婚先孕这件事——反正有了就生下来呗，本来就两情相悦，结婚也是顺理成章。可惜啊，人算不如天算。"

秦佳馨说到这里忽然笑起来，那笑声沙哑刺耳，莫名地让人有种毛骨悚然的感觉，"但是你们知道吗？张帆后来流产了！意外！被她的未婚夫不小心绊倒跌下楼的！据说那是个已经成型的男婴！而且她因此再也不能怀孕了！可是我男人在他家里是一脉单传啊！娶个不能生蛋的母鸡回去不是断了自己的血脉吗？所以我婆婆当时说什么也不肯让这女人进门儿了，好好的婚事，就这么吹了！"

任非猛地从椅子上站起来，凳子腿在地面上划出一声刺耳的响动，他无意识地紧紧攥着拳头，定定地看着这个神情恍惚的、充满仇恨与得意的怨妇。

秦佳馨嘴里这个"张帆"的特征，与梁炎东说的全部符合！而如果秦佳馨是张帆的替身，那么从外形上看，张帆外貌也一定符合梁炎东侧写的特点！

"谭队！"任非刚张嘴却被谭辉抬手拦住了，男人一语不发，旁边的女人对任非的反应恍若未觉，完全陷入了自己的思绪中无法自拔。

"据说后来张帆的精神就不太正常了，有一次剖宫产手术中差点把产妇刚出生的孩子掐死，她因此被吊销了从医资格，被第一医院辞退了。再后来，她就盘下了一家倒闭的私人幼儿园，开了那个'爱华妇幼保健站'。当时我以为这只是她走投无路的维生手段，但是直到前几天，我才得知，这个保健站——根本就是我老公在三年前给她置办的！我老公甚至有她那间诊所的钥匙！"

秦佳馨说着猛地放下手，失去遮掩，她布满血丝的双眸凄厉得吓人，"三年前我们已经结婚了！我老公凭什么拿着我们的婚后财产去资助那个女人？何况昨天晚上我还收到了一封匿名彩信！那是今年情人节的时候，我老公跟她在一起的自拍！当时他说他要出差，原来却是去跟那个女人厮混！"

女人的胸膛剧烈地起伏，她急促喘息，半晌之后，她双手在脸上搓了搓，深深吸了口气，试图让自己从快要无法控制的嫉妒和仇恨中平静下来。"所以我今天去找她，就是想让她离我老公远一点。"她说到这里，忽然笑了起来，"是啊，我是动了杀她的心思——有她没我，有我没她。我做够了她的替身，做个了断不是挺好的吗？"

"你杀她？……"谭辉磨着牙也站起身来，他似乎觉得这戏剧性的一切都很好笑，可是偏偏又笑不出来，"谢谢我们今儿晚上把你当嫌疑人抓回来吧！否则的话，你有没有命在这儿说话还难说呢！"

事到如今，一切都已经很明朗了。

秦佳馨不是凶手，而是凶手的第五个目标。以现阶段掌握的情况看，她很可能是凶手最后一个要杀的人。

可惜，被嫉妒蒙蔽双眼的女人，落入将死之局却不自知。

谭辉和任非从审讯室出去的时候，石昊文已经把有关这个"张帆"的资料整理出来了。

"谭队，"石昊文迎上去，把资料递给面色沉静的男人，"做了排查之后，可以肯定秦佳馨口中说的那个张帆确有其人，从照片来看，长相也的确与她相似，其他信息跟秦佳馨的供述也完全对得上。"

"但是……"石昊文欲言又止，谭辉眼神扫过去，他紧紧皱着眉毛艰难地开口，"我按照资料上张帆的现住址调取了附近监控，从案发到现在，都没见过她的出入记录，她应该是从杀人之后就再没回去过。"

谭辉用最快的速度翻完资料，灯光下，男人如刀锋般锐利的眸子慢慢眯起来。"张帆昨天给秦佳馨发彩信故意刺激她，应该就是打算今天对秦佳馨下手。那么她不可能畏罪潜逃到别处。"谭辉说着，紧绷的声音微微一顿，"假设我们去晚一点，秦佳馨就会死，以此推断，我们冲进诊所把人带走的时候她一定就在附近，躲在暗处，全程围观了我们的一切动作。现在，她很可能已经畏罪潜逃。"

任非手里还攥着他从审讯室带出来的本子和笔，桌子就在他手边，他却紧张到忘了把东西放下。谭辉话音未落，他就立即追上去问道："需要封锁全市各个车站和高速口，对过往人员车辆进行排查吗？"

"要，但是不止。"谭辉把手里的资料重重拍在桌子上，一声沉闷的响动让在场所有人的目光都聚集在他身上，男人堪称凌厉的目光从同事们身上一一扫过，倏然拔高了嗓门儿，"所有人都动起来，通知相关系统配合，就算掘地三尺，也要把这个张帆给我挖出来！"

那天晚上，东林城几乎风声鹤唳，警车晃着刺眼的红蓝光，鸣着尖锐的笛音在大街小巷呼啸穿行，所有出城口都设了路障，警察甚至半夜敲响了能查到的跟张帆有关系的所有人家的大门，然而，却没找到这个女人。

她像是人间蒸发了。

但是让警察吃惊的是，搜捕中他们发现失踪的并不只有张帆一个，同时失踪的，还有秦佳馨的老公，也就是张帆的前男友，苏衡。

也是因此，本来供词已经足够摆脱自己嫌疑的秦佳馨没法离开警局，因为谭辉他们怀疑苏衡跟张帆杀人案有关，而作为凶手的第五个目标，在一切尘埃落定前，谭辉他们有责任保护她的人身安全。

可是当秦佳馨得知这消息的时候，好不容易恢复平静的女人一下子疯了似的跳起来："这不可能！我老公绝对不会杀人！一切都是那个女人干的，跟我老公有什么关系？"

"我们没说你老公杀人，你冷静一点。"奉命留在局里的任非，跟胡雪莉一起挡住这女人，几乎是半强迫地摁着女人重新坐回椅子上，"但是现在凶手还没找到，你又是她的目标，这么贸然跑出去，万一真出点什么事儿，哪怕就不是要命的，吓着了孩子你犯得着吗？"

女人别无他法，"可我老公真的不可能跟这案子有关系，别说杀人，我们家连从市场买条活鱼都是我杀的，他都不敢看……"

任非跟胡雪莉对视一眼，不以为然地挑挑眉。有多少杀人犯是连鸡都不敢杀，手上却攥了好几条人命。在这种情感冲动杀人、心理障碍杀人的凶手眼里，他们的目标与其说是一条生命，不如说是一种符号——一种能够刺激他们的符号，使他们在这样的行为中找到心理上的满足、安慰、发泄或者解脱。干刑警这一行，哪怕是刚入职没多久的任非，对这种事情，也已经见怪不怪。

搜捕行动一直持续到第二天清晨，始终没有让人振奋的消息传回来，但是让所有人都没想到的是，失踪的苏衡竟然自己找到昌榕分局来了！

任非永远无法忘记那个男人走进警局的那一幕。

他看上去已经筋疲力尽了，修长的双腿没有力度地支撑着这具晃晃悠悠的身体，艰难地、犹豫地一步步走进来。他身上带着清早晨露的湿气，头发被不知道是汗还是水浸湿了，软趴趴地贴在头皮上，看上去像是十几天都没洗头了一样黏腻不堪。而当他抬眼看过来的时候，那两个厚厚的镜片也掩盖不了眼睛下面的乌青，毫无血色的嘴唇剧烈颤抖着，憔悴得像是一个已经病入膏肓、无药可救的病人。

任非看他走进来，如果不是身边的女人一声惊呼扑过去死死搂住他，把头埋进他瘦弱的胸膛里，任非几乎无法把他跟秦佳馨彩信里看到的那个男人联系在一起。

苏衡无力的双臂轻轻环抱着女人颤抖的肩膀，安抚着啜泣的妻子，眼睛却从进门开始始终盯在任非身上。而被盯住的年轻刑警甚至连一瞬的犹豫都没有，大步流星地径自迎上去。然后，就听见他无力的颓丧声音："我是苏衡。……我知道张帆在哪儿。"

这几个字无异于炸弹，几乎是在任非耳朵里炸开的，霎时间他激动得甚至有点变了调儿："人在哪儿呢？"

男人轻轻放开他的妻子。那一瞬间，女人的哭声止住了，整个大厅里顷刻间陷入死一般的沉寂。

"我可以带你们去找她，但条件是，你们让我跟她再单独说一次话。"

这种事情，按说任非是决定不了的，他可以跟苏衡交涉，也可以打电话请示队长，但是当时急于抓到真凶的迫切，却让他甚至连思考都没有，就直接点头答应了。

把孕妇交给胡雪莉照顾，任非拽着男人就往外走。队里已经没有车了，他把苏衡带上自己的本田CRV，发动了车子才想起来给谭辉打电话，"队长，我们在团结路和秀水西街交汇口会合，张帆在金汇购物中心的天台上！"

电话那边尽管谭辉语气依旧铿锵，可连轴转这么多天后声音却透出难掩的疲惫，"你怎么得到消息的？"

"苏衡自己跑咱们局里来了。他说能找到张帆，我现在正带着他赶过去。"

哪怕是打电话，任非的一根神经仍旧是警惕提防着的。苏衡的嫌疑还没有完全排除，他怕身边这魂不守舍的男人万一真做出点什么出格的事儿，结果凶手没抓到，他自己反而"交待"在这里。

然而没有。直到任非把电话挂断，把车开上了秀水西街，穿巷子走近路就要到金汇购物中心的时候，苏衡自始至终都没有一句话，整个身体像是完全静止了似的，维持着最初上车的姿势，眼睛直愣愣地瞪着前方。

任非犹豫再三，最终还是按捺不住地开了口："你们……是怎么认识的？"

似乎没头没尾的一个问句。任非这一刻没把自己当成警察，而是被男人身上始终萦绕着的绝望感染而有所触动的一个普通人。

"大部分事情，佳馨都已经跟你们说过了吧。"男人木然的脸上没什么表情，涣散的眼神却慢慢聚起一抹晦暗的光晕，"但是她不知道，我和张帆，我们已经认识20年了。"

任非轻轻倒抽口气，转过头，难以置信地看了男人一眼。

然而男人没有注意到任非的目光，似乎所有的专注都投入到了他的那些回忆上，"我们是高中同学，大学同校。情侣关系，是在大二那年确定的。现在说起来，那也是16年前的事情了。上学的时候忙着学业，毕业后又各自忙着事业，我们处了10年，直到6年前，我们的事业都稳定下来，结婚的事情被提上日程。帆帆就是在那个时候怀孕的。因为这个孩子的到来，我们加快了筹划婚礼的脚步。我们的事情双方家里早就知道了，也同意，所以结婚是顺理成章，不存在什么阻碍。我们的婚期定在了那一年的8月30号，是我和帆帆高中时代第一次见面的那一天。"

"临近婚期的时候，帆帆已经怀孕六个半月了，那天下午她给我打电话，说到底没按捺住，彩超给自己看了一下，肚子里的是个男孩儿——我高兴坏了。"哪怕此时此地，苏衡说起当初的事情，嘴角依旧不可抑制地浮起浅浅的笑，"那天晚上有一个应酬，关于新游戏开发的，我约了一家投资商，因为高兴，所以我喝多了。那天我在车上没找到家里的钥匙，就在楼下按门铃，让帆帆给我开门……"男人说着，仿佛难以接受一般，狠狠抽了口气，他痛苦地抬手抱住头，"我该死啊！我喝得没了脚后跟，看见帆帆的时候不小心踉跄了一下，帆帆下意识要来扶我，混乱中却被我推了一把！我……我看着她要倒，一时心急地想要拽住她，谁知道竟然又一脚绊倒了她！"

男人痛苦得攥着拳头一下下发狠地捶自己的脑袋，如同要把这些年的悔恨和愧疚发泄出来一般，他声音呜咽，那动静让任非听着都心里发酸，"她的指尖从我的手里滑出去，我就这么眼睁睁地看着她从楼梯上滚了下去！帆帆当时就昏迷了，当我抱起她的时候，地上和手上都是血，都是血……"

苏衡哽咽到声音已经完全变了调儿，拼命想要压抑却怎么也控制不住恸哭，哭声很快就溢满了小小的车厢。

"我知道后来张帆流产并且失去了生育能力，你也另外娶了秦佳馨。但是你为什么婚后又出轨？既然忘不了张帆，你又何苦把秦佳馨娶回来？"

"我也没有办法。我妈当时以死相逼，让我俩分开，后来闹到绝食，半夜送医院，我真的没办法了，只能跟帆帆分开。说到底是我对不起佳馨，因为这么多年，我的确是把她当成了帆帆的替身。"苏衡说着苦笑一声，"也怪我软弱无能，如果当初不妥协，可能就没有后来这么多悲剧发生了。但是，我没有出轨。"

苏衡深深地吸了几口气，慢慢地放下手臂，他看见金汇购物中心的大楼已经近在咫尺，楼下停着的警车连成一排，他知道有些事情在今天终于要走向完结。他吸吸鼻子，"我知道这听上去很荒谬，但我的确没有。我给帆帆盘下那间门市，是因为她被吊销从医资格离开医院后精神状态非常差，也没有经济来源。她到了今天这个地步是我一手造成的，我不能不管。事实上她开黑诊所也是我给她出的主意，因为我知道有那么一部分人，因为各种各样的原因，怀孕堕胎不敢让人知道，所以一家医疗技术有保障却没有登记在册的诊所，很能满足社会某些需求。我的确对她旧情难忘，也的确跟她依然有联系，但是我们没有干过对不起佳馨的事情。她和佳馨，谁是过去，谁是现在和未来，我分得清楚。"

"你分得清楚你还骗你媳妇出差，情人节跟旧情人鬼混？"

"那次是有原因的。"苏衡看着越来越近的其他警车，不由紧张地攥紧拳头，"这几年，她的状态越来越不好，2月14日，是我俩当初确定情侣关系的日子……昨天晚上她联系我说想见见我，如果我不来的话，她就要找个没人能找到的地方，直播自杀给我看……我不能眼睁睁地看着她死，可是那时候佳馨已经发现了我跟她的过往，看我看得紧，我只能撒谎说出差，然后才有了那张照片。"

这个距离，任非已经能看见他们谭队那张紧绷着严肃到不行的脸了，不知道为什么，他莫名其妙地有点心虚，把车速降下来，语速也因为紧张而变得更快："昨天晚上到今早去我们局里之前，你在哪里？"

"昨晚我接到帆帆的电话，现在想想应该就是你们带走佳馨之后吧，她打给我，说了很多莫名其妙的话，逻辑很混乱，她从小到大极度紧张害怕的时候就会这样。她跟我道歉，她说她嫉妒佳馨，她想杀了佳馨，她想杀了所有怀了男孩却不知道珍惜的女人。她说那些胎儿都是一条条的小生命，那些女人不知道珍惜和疼爱，所以她们都该死。她说她也快死了……"苏衡的语速极快，任非把车停在谭辉面前，苏衡瞪大了眼睛盯着眼前的警车，急促起伏的胸膛泄露了男人无法自制的情绪，"我知道她一定出事了，所以就出门来找她，我走遍了她所有可能去的地方都没有找到，金汇是最后一个目的地。"

苏衡抬头看看头顶上方"金汇购物中心"几个偌大的金字，颤抖地深深呼吸，"本来我想自己过来的，谁知道半路得知佳馨被你们扣住了，我只好先去找你们……"

任非待在驾驶座上，没开车门锁。

谭辉皱着眉上来敲窗户，任非顶着队长压迫感十足的气场，拖延着时间也抬头看向越来越亮的天光中商场上方那显得苍白却又耀眼的几个漆金大字。片刻后，他问了这场交谈的最后一个问题："那么……你怎么能肯定，张帆一定会在这里，而不是畏罪潜逃去其他更安全的地方？"

副驾上，苏衡惨然一笑，抬头看向那商场的天台，"这世上，没有人比我……更了解她了。她一定会在那里，因为就是在这个天台上，她把她的第一次……给了我。"

那天早上，昌榕分局的刑警们，真的在金汇购物中心顶层的天台上找到了张帆。

那真的是个跟秦佳馨非常神似的女人，只是较之秦佳馨的疯狂，这个女人的身上，似乎萦绕着更多疲惫和阴骛的气息。

但是在场的刑警们都没能真正踏到天台上去。

楼道跟天台之间是一道双开的闸门，门的上半部分是半人高的两面玻璃窗，外面挂着铁丝防护网。几乎楼道里做好缉凶准备的所有刑警，都能透过窗户看到那个在天台防护水泥台上坐着的女人。而那边的女人，也透过玻璃，麻木地遥遥望着他们。

门没锁，站在最前面的谭辉跟兄弟们打了个手势就作势要冲进去，谁料原本被隔开在最后面的苏衡猛地推开刑警冲过来，一把拉住谭辉的手，用身体死死挡在了门前，扑通一声朝着谭辉他们跪了下去！

"你们别进去！"男人抬头看着谭辉的时候脸上满是祈求，快要崩溃的号啕声震得清晨安静的楼道里发出阵阵空洞的回音，"你们不能进去！……她会跳下去的！我了解她，你们进去她真会跳楼的！你们让我去跟她说说话，你们让我去劝劝她，我——"他说着兀然一顿，倏然转向任非，"你答应我的，我带你们来找她，你们给我和她单独相处的机会！你们让我进去，你不能出尔反尔！"

任非和谭辉试图把男人拽起来，却都被苏衡甩开了，闸门外一个手握四条人命的杀人凶手漠然而坐，闸门内一米八几的大男人号哭着委身跪地，一众警察被挡在门外蓄势待发，场面一时说不出究竟是古怪压抑还是一触即发。警方这边没人说话，几乎所有人的目光都因为苏衡而聚焦到任非身上。半晌，任非硬着头皮上前两步走到苏衡前面，隔开了他与谭辉。

他背对着他们分局的所有同事，手上下了死力气把已经瘫软的男人从地上揪起来并伸手去把门打开。仔细听的话，很容易就能听得出来，年轻的刑警的声音中透着些微的颤抖，不知道是源自当面违抗队长的心虚，还是对眼前这个男人之前所说那个故事的动容。总之，所有人都听见他说："你去吧。"然后他就把门关上了。

剩下的刑警面面相觑，谭辉的脸沉得跟个黑面阎罗似的，他咬牙切齿地掐着腰隔空狠狠点了点任非的脑门儿，说了句"你小子"，数落的话刚开了个头儿，却最终没有说下去。

隔着一道门，他们看着男人走向那个他爱了许多年的女人，他们看着男人的哭诉和女人歇斯底里的爆发，他们看着方才好像一摊烂泥一样的男人冲上去死死抱住作势要跳下天台的女人，看着他们相拥而泣，看着他们相视而笑……

没有人知道天台上的那个背负着多年情债的男人和背负了4条人命的女人究竟说了什么，他们等了40多分钟，终于等到男人陪着女人，一步步朝他们走来。

在谭辉的刑警生涯中，他抓捕过形形色色的罪犯，但是这样的抓捕现场，却是平生第一次。

那其实是很有意思的一幕，这扇门的两侧似乎是两个世界，刑警与凶手彼此之间仿佛近在咫尺，又似乎遥不可及。

世界似乎都在那一瞬静止，直到谭辉手摸向后腰的那一刻——门的另一侧，苏衡不由自主地抓着女人试图后退，然而张帆定定地站在原地，没动。

谭辉掏的也不是枪，是一副手铐。下一秒，男人哗啦一下拉开闸门，粗犷的声音对眼前的女人做例行问话："张帆？"

女人直愣愣地看着他，没有回答。

谭辉其实也没打算等她回应，他就是走个过场，"你涉嫌四起故意杀人碎尸案，现依法对你进行逮捕，有异议吗？"

出乎意料地，本以为从始至终都不会说话的女人，却在话音刚落的时候，转头看向她旁边的苏衡。她声音很清悦，听上去轻飘飘的，一点都没有显露出任何悔恨或者丝毫紧张，"起始亦是终。我们以后，不要再见了。"

起始亦是终。当初，她在这里把自己的第一次献给这个男人，以为这是开启另一段人生的起点。现在，她背负着四条人命在这里跟苏衡诀别，独自走向生命的终结。

苏衡下意识地想要抓她的手，而她却在同一时间向谭辉抬起了双手。

"咔哒"一声，谭辉的手铐落下，轻微的声响让在场的刑警们松了口气——这标志着连日来闹得人心惶惶的连环杀人碎尸案，终于告破。

天光破晓，城市迎来早高峰，街道嘈杂的声音隐约传上天台，几乎昌榕分局刑警支队在场的所有人都忍不住面对万里晴空深深呼吸。而就在此刻，短暂的沉默中，任非的手机铃声响了起来。

那是个很特别的铃声，如果可以，他恨不得一辈子不接这个号码。

可是不接不行。从12年前开始他就有非常严重的强迫症，他身边的人，喜欢的、讨厌的、关心的、腻烦的，每个人打来的电话他都不敢拒接，就算漏接也要第一时间打回去，手机24小时开机，出门必须随身带着移动电源，因为他怕对方真的出了什么事而自己却无法第一时间赶到。

同事们已经押着张帆往楼下走了，任非落后几步，厌烦地拧着眉毛，按了接听。

电话里，是个中年人的声音，温暾浑厚，不怒自威，"这次事情做得不错，改天给你庆功。"

从中气十足的声音中确定对方仍旧精神矍铄得令人生厌，任非讥笑着一言不发地挂断电话——不图立功，他只求没有落下处分就好。

第 5 章

隐 痛

张帆的案子很快结案了,让所有知道底细的人感到惊讶的是,张帆的供词几乎与当初任非的推断完全一致。

市局那边传来了话,说准备开个表彰会,给昌榕分局这边评先进集体和先进个人。先进集体必然是刑侦大队,至于先进个人,对方话里话外都没透,不过大家都心知肚明,非得是任非这个不按常理出牌的浑小子不可。

一声声恭喜祝贺,听得任非头皮都发麻。先不先进其实他原本也不怎么在乎,何况这个表彰他受之有愧,在他的逻辑里,立功的是梁炎东,因犯立功理所当然地可以申请减刑,所以这个头衔他说什么也不能领,在听见风声的第二天,他就拿着减刑申请书敲响了杨局办公室的门。

大案之后难得的清闲时光,杨盛韬正在办公室里摆弄他养的那一大盆郁郁葱葱的文竹,玻璃杯里的云雾青芽绿得通透,空气中也浸透了淡淡茶香。

分局长办公室什么都好,就是没开空调。任非也说不上自己到底是被这屋子里闷得出汗，还是心虚盗汗，总之捏着申请书在老杨办公桌前站了半天，话没说出来，豆大的汗珠倒是从脖颈滑进了衬衣里。

他这个样子实在是太反常了，印象里，他上次出现这种心里没底身体没魂的样子，还是刚进队不久的时候。那次跟着谭辉他们一起出警，遭遇持枪歹徒，他一时激愤冲上去徒手夺枪，结果导致枪支走火，差点伤了旁边的群众。如果不是有人暗中保他，当时还是实习身份的任非，恐怕这辈子都没机会再跟刑警这个词儿挂上钩了。

杨盛韬放下手里给文竹浇水的喷壶，恨铁不成钢地叹了口气，在椅子上坐下来，看向任非的同时屈指敲敲桌子，"说吧，又怎么了？"

"我就是……来跟您坦白个事儿。"任非是做足了心理准备之后才来的，但是他没想到，真到了杨老头儿跟前，准备好的说辞到嘴边竟然溜不出来了。没别的辙，只能认怂，他老老实实地把手里的申请规规矩矩放在杨盛韬的桌案上，"要不，您先看看？"

抛开让他头疼的时候不谈，杨盛韬大多数时候其实挺喜欢这个生龙活虎的浑小子。他把端端正正放他眼前的文件拿起来，"也算有长进，犯了事儿知道主动坦白写检查了？"

然而话说到一半他就说不下去了，任非眼看着这位老局长的目光扫到文件上的时候猛地一顿，紧接着嘴角抽搐着话锋一转，"减刑申请？还是梁炎东的！你跟他是怎么扯上关系的？"

任非想说，就是为了破张帆的案子扯上关系的，要没有我跟他扯上关系，兴许杨局您现在就因为市局限期破案的军令状被退休了。

要是搁平时，这话他非得说出来不可，然而现在心里想的和嘴上说的没法统一，实际上他说出口的，就只有干巴巴的一句："里面都写了，要不您先看看再说？"

他是怎么找上监狱里那个无期罪犯的，梁炎东是怎么协助破案的，减刑申请书上面事无巨细、桩桩件件都写得清楚明白。杨盛韬看完恨不得把那叠纸甩在任非脸上。

"你小子……你可真给我长脸！"老爷子气得把文件扔回桌子上，哐当一声拍着桌子猛地站起来，"这边热热闹闹地要给你评先进，你倒好，自己先在怀里揣了个雷！现在拿出来，是想炸死谁？你说！"

"杨局，您别生气。"任非眼见着杨盛韬拄在桌子上的胳膊都有点抖，连忙上前两步，伸出手想扶却又不敢，就这么虚虚地举在半空，动作尴尬怪异得不行，"当时市局就给了三天，我这不就是……想了个或许能破案的办法吗？"

"你这是什么态度？"杨盛韬一把挥开他的手，"违反纪律！你还有理了？就算你认为梁炎东对案件侦破会起到作用，为什么不提前打报告？为什么擅自行动？"

任非低着头挨骂，自己小声在下面嘀咕："那我要提前跟你们说了，你们还能让我去吗？"

"你说什么？"

"没，"在外面天不怕地不怕的初生牛犊，这会儿在他们局长面前硬着头皮赔着笑，"我就说我不评先进了，反正实际立功的那人也不是我，我顶多就是起了个传话跑腿的作用。真正立功的人是梁炎东，所以杨局您看能不能……把这个减刑程序给走一走？"

"我怎么走？我拿着一纸文书到监狱，到检察院去跟他们说，这案子是梁炎东帮忙破的，梁炎东立功了，你们给减减刑？"杨盛韬说着拿起先前被他摔在桌案上的申请书跟任非比画了一下，"他是怎么立功的？我们是怎么给他提供便利让他立功的？前期申请在哪儿？相关文件又在哪儿？"

向来嘴上不吃亏的任非被问得哑口无言。他确实没考虑那么多，事实上，在他敲门进来之前，对这件事抱有比较乐观的态度，因为就算出发点违规，但结果毕竟是好的。梁炎东帮忙破了案，这是事实，法外还有人情在，道理一说，他觉得还是能讲得通的。

可是终究没想过，减刑的流程要从监狱一路走到东林市高级人民法院，真论起来，个个都是讲法不讲情的地方。他让杨盛韬两手空空光凭一张嘴去给重刑犯申请减刑，这本身不光是为难老局长那么简单，这是拉着他一起违纪。

任非汗颜地不敢抬头看杨盛韬，老爷子看他那样子就知道他心里在想什么，"你以为只是拉上我违纪吗？整个刑侦队，侦破案件却是背地里靠了重刑犯指挥，你一个刚入职的警员这么胆大妄为，是不是别人指使的，有没有上级授意？"

任非一听猛地抬起头，"杨局，这跟谭队没关系！他到现在还不知道这事呢！这是我一个人的主意，有什么责任我自己担着。"

"我信你别人也信？就谭辉那个脾气，这些年明里暗里得罪了多少人？有多少人暗地里等着看他出错？否则他立了这么多功，为什么到现在还只是一个大队长？这些事，我不明着跟你讲，是不是你这辈子也看不明白！"杨盛韬从桌子后面绕出来，围着办公室踱步，一边想办法收拾这个突然冒出来的烂摊子，一边怒不可遏地朝任非吹胡子瞪眼，"毛毛躁躁为所欲为屡教不改！你自己担着？——你就不能想一想，你不是孤军奋战，你们是一个团队！绑在一根绳上的蚂蚱！这种事，你说是你一个人的问题，实际上哪个不得跟着你一起吃瓜落儿！"

"……我错了。"任非脸上阵红阵白，他刚才是不敢抬头，这会儿是真的没脸抬头了，"杨局，您别着急，这事是我闹出来的，我想办法解决，处分什么的，我都受着，不会让其他人受牵连的。"

杨盛韬脚步猛地顿住，他转身朝任非看过去，这小子到队里半年多以来，这还是他头一次听见任非这样正儿八经地道歉。其实他知道，任非虽然经常性地冲动妄为，但本质并不是那种有劣根性的孩子，他也相信任非之所以这么做，只是希望队里能在市局的限期内尽快破案。

仅此而已。他冒进，但是没想贪功。

半晌，老局长叹了口气，摆摆手，"你先回去吧，这事跟谁都别说，其他的交给我处理。"

任非小心翼翼地抬起头，欲言又止地问："……您打算怎么解决？"

杨盛韬知道他最关心的是什么，几步走过去，把那份减刑申请书拿起来拍进任非怀里，"单我一个，我不怕被谁牵连，但我得对其他人负责。你觉得我胆小怕事也好，自私官僚行，总之很抱歉，我没法对其他人说这案子是你违规找梁炎东破的。至于表彰会，我会跟上面说取消，丢不起这个人。"

"可是……"任非直直地看着杨盛韬，"这对梁炎东不公平。他只是——"

"够了！"杨盛韬很少会这么断然打断谁说话，但是如果不打断，老爷子觉得自己的血压马上就要不受控制了，"你要觉得良心不安，非要把这事闹出来，我也不拦着你。但减刑这事找我没用，我办不了。你要非得闹，就去找那个真正说得上话的人吧。"

任非一怔。他没想到，从他入职那天起就知道他底细，却从来三缄其口的老局长，这会儿竟然会把那人直接抬到面上来说。

任非灰头土脸地从局长办公室出来，手里的那份减刑申请书怎么拿进去又怎么带出来，他抹了把额头上细密的汗渍，往回走的一路上都在思考老爷子最后说的那句话，纠结着要不要给那个"真正说得上话"的人打电话。

好巧，他正犹豫不决，手机偏就在这时候响起了那个让人听了就讨厌的铃声。

任非这回接得比往常快，电话那边的人说了个位于市里一家购物中心顶楼的中档餐厅的地址，理由是："非非，你快俩月没回家了吧？晚上出来吃个饭，咱父子俩聚聚，顺带给你庆功。"

没错，父子。

任非是个不大不小的官二代，市公安局的"大老板"任道远就是他亲爸，而他则是那个不靠关系路子，在亲爸一万个反对下打死也要进刑侦队的不肖子。

打从任非进警队的第一天开始，任道远就私下里嘱托杨盛韬照顾着点他儿子，但是市公安局局长家的小公子，除了之前夺枪差点伤及平民的那次，在他们分局混到现在，真没靠过他老爸什么。

对任道远，任非心里始终有个死结打不开，所以看不上他爸，更不愿意求他爸，这么多年来，上次差点被撸掉警籍是第一次，而今天为了履行对梁炎东的承诺，他豁出去了，准备去求第二次。

父子俩的饭局这些年来第一次没费什么周章地简简单单就约成了，但是任非怎么也没想到，晚上这顿饭，不是父子间的家长里短，而是他爸想方设法给他安排的相亲宴！

一张靠窗的桌子，一个长相酷似某网红的姑娘坐在他爸斜对面，姑娘坐的那一侧外面留出来的位置不用想也知道，是给他的。

餐桌几步远之外，任非实打实地愣了一下。当了多少年的公安局局长，任道远的职业敏感，对周围情况的洞察力不是盖的，任非转瞬之间从愣怔中缓过神儿来，二话不说转身要走之际，被他逮了个正着儿，"非非，这儿呢。"

任道远好脾气地对儿子招招手，示意他过来。

知道任局底细的人都清楚，在局里说一不二的大老虎，跟他儿子是没有半点"积威"可言的，他把任非这根独苗当眼珠子疼，然而"眼珠子"不领情，总是变着法跟他杠。

至于任非跟他"作"了十几年的原因，他自己也知道。也是因为这个，他愧疚，他觉得自己欠儿子的，所以这些年来由着任非跟他杠，能忍则忍，忍不了父子俩偶尔也会吵得不可开交，吵完任非摔门而去，他听着下楼的动静儿，一边骂"小兔崽子"，一边嘱咐任非"开车小心点"。

听见任道远喊，任非刚转了半个脚跟便顿住，暗自摸了摸自己那个装着一叠文件的单肩包，叹了口气，最终还是说服自己，走到姑娘的身边坐下了。

落座之间，目光不经意跟姑娘的眼神碰在一起，年轻的刑警同志触电似的收回目光，眼角一不小心又瞥到姑娘雪白的大腿，顿时浑身不自在。

这都什么年代了，老爷子领着姑娘来给自己儿子相亲是什么鬼？

他还不能说走就走！都是这个减刑申请给闹的！

任非心里咆哮着，表面上垂着眼睛，目不斜视地把自己的挎包摘下来，进退之间，自己的目标也很明确——他是为了梁炎东才坐在这里的，至于相亲什么的，想都别想。

打定主意，他悠悠地拿过茶壶给自己面前的茶杯倒满了，至于对面他爸在介绍旁边姑娘的时候都说了什么，他根本一个字都没听进去。

等任道远说完，他已经慢条斯理地喝光了一杯茶水，放下茶杯，吸了口气，终于转头重新看向自己旁边羞答答低着头的姑娘。声音虽然透着些掩饰不住的不耐烦，但是胜在娓娓动听，"小姐，我想我们大概不太合适。我这人性格不太好，脾气暴，还毛躁，再说我现在也没有定下来的打算。而且我吧，现在就是一个小警察，工作平时也不得闲，我觉得你条件这么好，应该找一个更好的人来照顾你，你说呢？"

他几句话说得谦和有礼，贬自己捧对方，兼之还隐晦地说明了，今天这个相亲完全是他爸安排的，他不知情，所以就算姑娘觉得打脸，也跟他没关系。

前前后后，几乎滴水不漏。同样的话让他队里的同事们听见，一准儿得认为这浑小子吃错了药。

姑娘垂着眼双手握着杯子不说话，全景窗外面夕阳的颜色洒进她的茶杯里，在水面铺上一层淡淡的暖色，映得女孩的双颊更加绯红。

那边服务员在陆续上菜，骨瓷杯摆在红木桌面磕出的轻微声响，反而让饭桌上沉默的一对小年轻更显尴尬。任道远皱眉清清嗓子，拿着公筷给姑娘碗里夹了块酱汁浓郁的红烧排骨，话却是对自己儿子说的，"男子先齐家而后平天下，终身大事定了心才能定。工作再忙，跟找女朋友也不冲突。"

"那齐家之前还得修身呢。"任非从鼻子里哼哼了一声，嘴角勾起那种摆明要跟他爸对着干的神态，自己也往嘴里塞了一块排骨，耸耸肩含糊着说，"我身都没修好，怎么齐家？"

任道远闻言一扬眉毛，"你身上哪儿坏了，说出来我给你修！"嘴上训斥着，手下却是很诚实地又往任非碗里夹了一筷子那个排骨——他儿子爱吃。

任非任由他爸夹菜倒也不拦着，只是碗里香气诱人的排骨浓油赤酱，他却偏偏就把筷子放下，不肯再动了。咂咂嘴，刚才对姑娘的谦和早就在跟他爸的一来二去中灰飞烟灭，明知道他爸看不上他吊儿郎当的样子，偏偏痞气全开地靠到椅背上，跷起二郎腿抖着，故意噎对面那只市局没人敢惹的老虎："我功能不全，您也给修得好？"

"说的什么混账话你！"

任道远一声咆哮，旁边的姑娘也不知道是被任道远的嗓门吓的，还是被任非的话骇的，刚夹起排骨的筷子一松，桌边的盘子也跟着掉下去，一溜鲜艳的油亮酱汁印在她的白色包臀连衣裙上。

姑娘"哎呀"一声，赶紧拿着旁边的湿毛巾往身上擦，可是为时已晚，好好的一朵白莲花似的小裙子，顿时脏污，狼狈不堪。

"这可怎么办，我怎么回去呀？"姑娘手足无措，尴尬万分，又是着急又是狼狈，求助地看向任非的时候，眼圈竟然都已经微微红了。

任非略略皱眉，目光从姑娘沾满汤汁的胸前一直扫到那盈盈一握的小蛮腰上。姑娘被他看得越发不自在，情不自禁把手放在腿上挡了挡，任非才直截了当地问："穿多大码衣服？"

"啊？"他问得太突兀，女孩有点没反应过来，愣了一下才下意识地回答："……M。"

然后任非就站了起来，从挎包里把钱包翻出来，离席之际，没管他老子，自顾自地给姑娘留下两个字："等着。"

姑娘惊疑不定地看着他走又不敢多问，大概十几分钟后，他拎着一个很精致的黑色手提袋回来，在姑娘呆怔的表情中，把手提袋递到她面前，"拿去换上吧。"

里面也是一件白色的连衣裙。

姑娘感激地道了谢，拿着手提袋挡在身前飞快地去了洗手间。餐桌上终于只剩下父子俩，任道远抽空点了根烟，品着他儿子的一系列反应，觉得今天这场相亲有门儿，"怎么样，这姑娘不错吧？"

任非轻飘飘地瞟了他爸一眼，不痛不痒地冷哼："您要喜欢您娶，反正我不要。"

"少跟我扯淡！"这些年，任道远面对任非，修养都快要修炼到了第十层，嘴上严厉，态度却并未在意，"你要没那个心你给人买那衣服，我看那包装，一件至少花你半个月工资吧？"

"这好歹是个姑娘家，被你骗来相亲，还得穿着脏兮兮的衣服灰头土脸地回去，有这道理吗？"任非翻了个白眼，"您要是看不过眼，那您把买衣服的钱还我就行了，反正我也是替您善后。"

"越说越不像话！"任道远呵斥一句，这时候服务生来清理刚才被打碎的盘子，任非站起来给服务生让地方，顺势把包里的文件抽了出来。

看见那一叠白纸，任老板的眼皮儿跳了一下，"我就知道，你个小兔崽子今儿这么痛快地答应出来跟我吃饭，肯定有事。"

任非吊儿郎当地梗了梗脖子，把文件递到他爸面前，"那您约我出来吃饭，不也是'有事'吗？"

任道远拿到文件看着上面"梁炎东"三个字，震惊之下连跟儿子拌嘴的事儿都忘了，"梁炎东？哪个梁炎东？"

"还有哪个？就是前几年经常协助你们破案的那个梁教授啊。"任非奇怪地看了他爸一眼，"我就挺不理解的，他才淡出公众视野多久，你们怎么就都不记得这个人了？"

任道远把还剩半截的烟重重地戳在烟缸里，一对透着严肃的刚正剑眉狠狠地拧成"川"字——梁炎东……三年前在自己最器重他的时候，干出伤天害理的奸杀幼女案、被判无期的梁炎东。

任道远再没往下看文件，把它背扣在餐桌角落里，神色渐渐严肃起来，"你自己说吧，怎么回事？"

任非也不犹豫，同一件事，下午跟杨盛韬说这件事时他嘴都张不开，现在对面坐的是他爸，因此没有丝毫障碍，"您不说这顿饭要给我庆功么？我就跟您说一声，这功用不着庆，因为立功的人不是我。"

"不是你？"任道远神色微变，眉毛登时一竖，"任非，你给我把话说清楚。"

于是任非就一五一十地把事情的始末又说了一遍。

讲到最后，他烦躁地抬手搓乱了自己的短发，"反正差不多就是这么回事儿，您手边那个是我给梁炎东写的减刑申请书，您看看能不能把这事帮我办了？就当是我求您一回——我都答应他了，我不能言而无信。"

"你不能言而无信？"市局的大老板听完，怒不可遏地拍了下桌子，震得碗碟都发出巨大的声响，"好啊，我回去就把你这减刑申请变成你的离职申请！不在其位不谋其政，从今以后，你也甭想再给我瞎胡闹下去！"

任非一听，眼睛也顿时一瞪，针尖对麦芒，父子俩的表情简直如出一辙，"凭什么？我堂堂正正考进去的，您凭什么说撸就撸？"

"凭你无组织无纪律，不知天高地厚，还自以为做得都对！"

"那是谁逼我去找梁炎东的？还不是您么？要不是您给杨局定下三天破案的军令状，我怎么可能贸贸然地往监狱跑？"

"军令状那是你上级跟上级之间的事情，你一个刚进队的兵，只需要服从命令，谁给你擅自行动的权利的？"

"少说得这么冠冕堂皇，您敢说几天前您说三天这个期限，不是对杨局蓄意打击报复吗？当初我考刑警你死活不让，百般阻挠，就因为杨局后来收了我，您心里不始终就有根刺儿吗？"

"怎么说话呢！"任道远这下是动了气，盛怒之下嗓门大得引得周围的食客都循声望来，好不容易换了衣服捯饬好自己的姑娘刚走到近前，就又被吓了一跳，手里装着旧衣服的袋子差点没掉地上。

这种事儿不方便当着外人谈，即使吵得再不可开交，这时候也必须偃旗息鼓了。任非粗喘口气，知道这事儿在他爸这里也是行不通的，于是再也不想浪费时间在这儿跟他爸互相生厌。起身越过姑娘之际，被任道远一声断喝停住了脚步——"你给我站住！"

堂堂东林市的公安局局长，这时候被儿子气得火冒三丈，根本顾不上体面，"人姑娘就站你面前呢，连招呼都不打一个转身就要走，上了这么多年学，连点最基本的礼貌都没有了吗？"

"有关系吗？"任非隔着几步远的距离，没转身，回头看着他爸满脸的讥诮和冷意，"礼仪礼仪，我无礼你无仪，咱俩这不正好是父子凑一对吗？"

任道远脸色一变，"你……"

"爸，"任非抢在任道远要说什么之前打断他，比起刚才他现在已经非常平静，毫无波澜的语气，"您还能不能想起来，明天是我妈的忌日？搁今天给我安排相亲——您心可真大。"

最后的几个字，任非说得一字一顿。掷地有声的每一个字，都仿佛一把重锤，将一根根钉子，重重刺进了任道远心里。

任非说完，转头之际对旁边不知该做何反应的女孩子抱歉一笑，抬脚毫不留恋地离开了餐厅。

而在他身后，任道远看着儿子消失在餐厅外的身影，仿佛浑身力气都在瞬间被抽空，一屁股颓然跌坐回椅子上，原本到了嘴边要训斥儿子的话，此时此刻，却是再也说不出来了。

任非他妈已经去世12年了。

忌日扫墓应在阴历，但任非更习惯于用阳历来计算日子，他清清楚楚地记得，按阳历算，今年扫墓的日子比12年前他妈邓陶然死的那天，提早了两个星期。

那时候已经入伏了，印象里，那是任非这么多年来经历的最难熬的一个伏天。

仿佛半夜蒙着被偷偷哭落下的眼泪都化成了萦绕周身的水汽，黏腻腻地糊着他，被白天的太阳一炙烤，潮湿闷热得让他痛不欲生。

从那以后，任非就对夏天有种说不出来的厌恶和畏惧，别人眼里阳光明媚欣欣向荣的季节，对他来说，却总蒙着一层厚重的阴影，充斥着黑暗和死亡的记忆。

因为要去扫墓，昨天下班之前他就跟谭辉打了招呼请一天假，但是一大早，他还是开车往单位的方向去了，不过目的地不是他们局里，而是隔了一条街的一家小花店，上面挂着的木质复古小招牌上面写着两个字：路口。

花店不大，胜在装潢风格清雅别致，最重要的是，这家店开得早。

因为担心自己控制不住情绪，在妈妈坟前跟任道远吵起来，让妈妈死也不得安宁，任非这几年去给妈妈扫墓的时候总是不遗余力地避开他爸，所以他走得早，一般七点半左右就能到公墓。

这个时间出门，想找家花店给妈妈孝敬一束她生前最爱的百合花实属不易。所以当他大四快毕业的那会儿发现这家花店之后，一到祭扫的日期，总是一早到这里来买一束百合，哪怕不是祭祀的日子，偶尔想老妈了，也会买花过去看看。

算算，这习惯也保持了近一年了。一年时间，足够任非从当初买了花就走的过客，变成一个跟老板谈天说地的熟客。

花店老板叫杨璐，是个温柔、和善、漂亮、年轻的女人。她有着一张清秀的脸，皮肤白得近乎透明，纤细脆弱的脖颈下，齐腰长发格外柔顺。有的时候她会扎一根发带，映衬着她素色的连衣裙，秋水般的眸子里，激滟着说不清的情愫，嘴角总是习惯性地轻轻抿起，素淡的表情，似乎永远都透着某种道不明的温存。

这样的女人，仿佛有种奇妙的魔力，让人只是看着她，内心就会跟着一起安然平和。

有的时候任非会觉得，这样宜家宜室的女人，才当得起"女神"这样的字眼。

然而，她那样美好，却是个已经离过婚的女人。

也许是真的亲身经历过刻骨铭心，反而看淡了悲欢离合，她身上才会透出在29岁女人身上极少见到的、真正的恬淡素雅，一颦一笑尽是与世无争的安然。

仿佛她沉静如水地生活在自己的世界里，任何人的自由来去，都无法搅乱她内心的频率。

任非很喜欢待在她花店里的感觉，特别是在即将去祭扫的这种时候。他或坐或站地在那里一声不发地等杨璐帮他挑选最娇艳的百合包成一束，看着女人不疾不徐的动作，嗅着满屋子沁人心脾的花香，那个瞬间，仿佛被埋怨仇恨和懊恼忏悔填满的心，也能跟着得到片刻的安宁。

可是今天那安宁却被人搅乱了。

40多岁的男人堵在花店门口，脚边是一盆叶子已经掉得差不多的大盆栽，吵嚷的声音在清早安静的街道显得尤为刺耳，"你卖有病的植株给我，凭什么不能退？这花要是没有毛病，怎么可能回家不到半个月就开始发黄掉叶子，这才多长时间，就变成这样了！你不给退，那么多钱我白花了？"

"栀子娇贵，在北方更不好养，水肥掌握不好很容易发生黄化病，这些当初就都跟您说过了。"眼前的彪形大汉把柔弱的女人衬得更显单薄，杨璐微微皱着眉头柔声细语，用很有分寸的言语解释，"而且本来这两株栀子我放在店里也没打算卖，是您好说歹说非得要，我才割了爱。当初这花是满株花骨朵交到您手上的，患病的栀子不可能有那样的状态，再有，这么大一株栀子，我卖给您的价格远低于市场价……"

"你少跟我狡辩这些没有用的！这花现在这个要死不活的样子，从你这儿买的你就得给我负责，要不退钱，要不再给我换盆好的！"

"之前都给您换过一株了……"

女人沉静的眼神安抚不了一个存心找碴儿的男人，也许是知道不会有人来给这个独自经营店面的女人撑腰，男人变本加厉，"换的这不一样还是有病的！谁知道你是不是看我不懂，故意卖不好的给我？要不怎么就说你男人不要你了呢？哪个男人能看得上你这么多花花肠子的女人！"

"你！"杨璐语塞，任非在这时候恰巧把车开到了店门口，从他这个角度，能看见她蹙紧的眉心、紧抿的唇线和委屈又愤怒的表情。

半晌之后，杨璐轻轻垂眼，嘴角勾起面对无奈和委屈时惯有的包容妥协的笑，平淡如水的声音透着浅浅的疲惫，似乎连一丝抵御侵略的能力都没有，"算了，我退你钱，你走吧。"

任非目瞪口呆看着剧情急转直下，心里的激愤骤然暴发，他暗骂了一声，紧接着动作利索地从车上跳下来，大步流星地走到店门前，一把抓住了准备回身去拿钱的杨璐，"你钱多啊？他让你退你就退？"

手腕猛地被人抓住，杨璐本能回头的同时听见来人理直气壮的数落，她微微一怔，就见身边男人梗着脖子冷笑一声，二话不说从怀里掏出自己的公安证，"大叔，您这钱，老板是退不了了。您要是觉得自己的消费权益受到了侵害，欢迎到隔壁公安局去报案。"任非说着无所谓地挑眉耸肩，满嘴戏谑，"东林公安局昌榕分局，竭诚为您服务。"

本来已经坐等退钱的男人，眼见着煮熟的鸭子要飞了，目瞪口呆地看着突然搅和进来的警察，瞬间石化。

这花本来拿走的时候的确是没问题的，但是他就是养不活，上次过来耍无赖，闹了一通换了一盆之后，没过多久又是这副死样子，他知道自己的确是没辙了，就想过来再闹一通把钱退了。毕竟当初买这盆花花了200多块，就这么死了，他觉得钱打了水漂，心疼。

尤其是看花店的老板是个不多言不多语的姑娘，平时就是一副逆来顺受好欺负的样儿，这才起了犯横捡便宜的心。

没想到，偏就中途闯出来个警察搅了局。

他到底没胆子跟手里有证又满脸都写着不是善茬儿的年轻小伙对着干，喉咙里嘀咕着骂了一句，抱起地上那盆被糟践了的栀子花，灰头土脸地走了。

任非没管他，转头的时候就听见杨璐轻轻吐了口气，轻柔且不好意思地对他笑笑，"谢谢你啊。"

任非眼睛落在她身上，看着那张晨光中静谧素净的脸，直到手下传来细微的挣扎，他这才意识到，刚才一时情急抓住杨璐的手腕，竟然这么久都忘了放开。

他不知道要怎么化解这尴尬，反倒是女人落落大方地把他引进店里，波澜不惊地问："还是要百合吗？"

她记性很好，任非下意识地点头。她于是就自顾自地走向角落里刚装着进回来的尚来不及侍弄的花桶，从里面挑出还带着清晨露水芬芳的百合花，回头的时候，温和地对他笑笑，"那今天不收你钱，算是谢你。"

"呃……不用……"恍惚中忽然对上女人秋水似的眸子，任非慌忙中避开眼神，飘忽地看向窗台，往日伶牙俐齿的男人，现在舌头活像是打了个结，"就是赶巧……应该的。"

女人抱着挑好的花枝过来包装，走到他身边的时候，顺着他的目光看向窗台边一大一小两盆生石花，里面清一色都是绿福来玉，被照料得健康茁壮。

"对了，那个小盆的福来玉，你也拿走吧。"她利落地选了一张很素雅漂亮的包装纸，熟练地把百合打成花束。

"……啊？"任非的脑子已经完全转不过来了，他实在不觉得自己打发走了那个中年男人算是多大的功，要受这么大的禄。

"那不是上次你来的时候说想要的吗？"杨璐也有些意外地抬头看了他一眼，"清明那会儿你问我窗台上的多肉卖不卖，我说卖了你也养不活，等分株的时候我就帮你移出来这几株。"

她记性好得让任非吃惊，这一说，任非才想起来，他当初也就是那么随口一说，压根就没寻思她会真的兑现，所以当时也就敷衍着大咧咧地说了声"好"。

"你已经忘了啊？怪不得花期都过了，我也没见你过来取。"看出任非的反应，杨璐也不介意，把花束递给他，眉眼间弯起的弧度，映衬着那张粉色的嘴唇，不知道怎么，竟然让任非联想起大学时在某本小说上看见的那句"适合接吻"。

任非越发觉得自己的眼睛看哪里都不对劲了。他心里犯嘀咕，想着也许是昨天那场闹剧似的"相亲"留下来的后遗症，否则的话，为什么会忽然对潜意识里的"女神"有了这样的邪念。

任非觉得自己这样有点莫名其妙，他一手抱着花束，一手接过杨璐递过来的装着福来玉的袋子，他竟连钱都忘了给，慌忙道了谢，逃也似的出了店门。可是走到车门边上，一手捧着花一手拎着盆的车主结结实实愣了一下——在他的车门玻璃上，贴着一张处罚单。

刚才那男的耍无赖，他情急之下把车停在路边就下去了，没想到就这么短短一会儿的工夫，竟然被贴了条。

任非下意识转头四处寻找那个见缝插针给他贴条的混蛋，寻思着要是找着了，他就假公济私一把，说自己在执行公务。

然而人没找到，倒是本来打算送送他的杨璐从店里出来，看见违停处罚单，尴尬地抱歉道："……实在不好意思，给你添麻烦了。……那个，罚款我来交吧。"

"啊？啊！没事没事。"任非一下子反应过来，三两下把那张罚单从窗户上撕下来，把百合花束和多肉盆栽一股脑都轻轻放在副驾上，他挠挠脑袋，有点不太自在，"我自己路边停车活该被贴条！哈哈哈，跟你没什么关系，你不用这样。"

女人忍不住扑哧一声笑出声来，"那这样吧，下次你再过来的时候，我请你吃饭，也算是还你人情，这样成吗？"

鬼使神差，任非看着眼前纤细单薄的女人柔和的眉眼，张张嘴，干巴巴地回答了一句："……好啊。"

任非往公墓去的一路上心情都有点发飘。也不是说有多高兴，甚至还有点后悔，觉得这么应了人家姑娘一顿饭，实在有点不靠谱。

这是个离过婚的姑娘，比我大，她会不会比较敏感？会不会觉得我今天是见缝插针？会不会觉得我是想占她便宜？

任非被这些"会不会"灌了满满一脑子，以至于他在顺着公墓台阶拾级而上去看望老妈的路上，差点没被自己绊倒……

他拎了一兜祭扫的东西，把花束放在一边，从口袋里拿出白色的毛巾蘸了水，仔仔细细地把妈妈墓碑的前前后后擦干净。黑色墓碑上，早逝的邓陶然那张年轻温婉的脸，干干净净地对着任非，笑意盈盈。

那和煦温暖的样子，看起来，竟然跟杨璐有三分神似。但是看着墓碑上这张遗照，谁也想不到，邓陶然12年前被人当街割喉的那一幕，有多残酷血腥。

任非凝视着照片，叹了口气，又去擦旁边的一个墓。

那个墓里面埋着两个人，是父女，男人的名字跟任非他妈之间只差一个字，叫邓陶勋。那是任非的舅舅和表妹。跟他妈死于同一天，同一个地点，被同一个凶手杀死。

混乱的闹市区，融洽的一家人正在逛街，凶手突然骑着机车冲向他们，当时去给表妹买甜筒的任非就隔着一条街，眼睁睁地看着戴头盔的凶手用手中那把明晃晃的尖刀，一瞬间准确无误地抹断了妈妈的脖子。鲜血从喉管喷溅而出，邓陶然死不瞑目地重重倒在地上。

当街杀人，尖叫四起，场面一时混乱得无法控制，任非的舅舅愣了一下，下意识去抓凶手，被吓蒙了的表妹本能地跟着爸爸，谁都没想到，驱车而逃的凶手竟然嚣张地折回来，又捅死了这对父女，随即扬长而去。

任非当时瞪大眼睛，脸死死地贴着肯德基大门上的玻璃，然而他没敢出去。他看着凶手消失在视线之外，直到他妈妈、舅舅和表妹出殡的那天，都没敢再去看一眼。

这是当初震惊省厅的"6·18特大杀人案"，凶手前前后后一共杀了8个人，任非的家人，既不是开始，也不是结束。没人知道凶手的杀人动机，当时全城追凶，时任东林公安刑侦副局长的任道远丧妻之痛中亲自坐镇指挥参与破案，然而没有结果。

这是个悬案。悬了12年，凶手至今逍遥法外。

一朝之间痛失一对儿女，任非的外公当时就病倒了。在外公病逝后没多久，任非那终日思念丈夫女儿、精神恍惚的舅妈，也住进了精神病院。当初幸福到让多少人羡慕的家，就这样毁了。

这就是任非父子之间的那个心结，12年后，任非依旧没有办法原谅他爸。

他觉得是他爸的无能，导致了凶手的逃脱，让他外公到死也无法闭眼。即使任道远无数次地给他解释当时破案的困难和条件的限制，但是任非依旧不能原谅他。

所以任非执意要上警校考刑警就只有这一个目的——他要破这个案子，哪怕是12年后更加困难重重，他也要给他妈，给他舅舅和表妹，给他还活着的舅妈，给12年前懦弱躲藏的自己，一个交代。

可是他从警也有半年多了，当年的卷宗明里暗里查过不少，至今却依旧没有半点头绪。

沮丧地叹了口气，任非盘腿坐在两座墓碑的前面，看着眼前三个至亲的黑白照片，略略垂下眼角，把贡品摆好，点了三炷香，站起来行了礼，依次插在妈妈、舅舅和表妹面前的香炉里。

"你们再给我点儿时间，当年那个凶手，我迟早会找出来，给你们报仇的。"

……

从公墓出来，任非改道去了监狱。从昨晚回来，那份没人肯收的减刑申请书就一直被他放在车里，去监狱的路上，任非从后视镜中时不时地扫几眼后排座椅上的文件，恍惚觉得，这份跟他一起去见了他爸，又祭拜了他妈的减刑申请书，才是自己这辈子的真爱。

可即便如此，他也没脸见这个曾经让他拍胸脯保证一定能减刑的男人。

不知道如何启齿才能自圆其说。思来想去，当他到达监狱会见室的时候，这个人民警察，已经怀抱了一种对重刑犯梁炎东诚心请罪的态度。

然而，梁炎东却没有见他。

关洋去了又回，行色匆匆，走到任非面前的时候，把一张字条递给了他的老同学，"这是梁教授给你的，他说让你别再来了。"

任非皱眉展开纸条，只见上面力透纸背的4个字：知悉，请回。

这4个字，几乎是在明明白白地告诉任非：我当初答应帮忙的时候，就已经知道会是这样的结果。事情到此结束，你也不必再来。

梁炎东不是为了减刑才出手，那么，促使他这么做的原因又是什么？

他一个警察，前前后后竟然被一个囚犯看得通透，他做一件事，起因为何，结果如何，连他自己都无法弄清，梁炎东却从头至尾把控得不差分毫。

任非第一次感觉到这个男人的危险。他捏着手里有如千斤重的纸条说不出话来。

"任非，你自己出去吧，监狱里今天出了点事，我得走了，待会儿就不送你了。"关洋声音焦急。尚没从震惊中回过神来的任非狐疑地瞄了他一眼，随口问了一句："怎么了？"

关洋皱着眉，平时别在武装带上的警务通今天被他握在手里，"就你来之前，十五监区死了个人。"

"十五监区？"任非猛地一激灵，"那不就是梁炎东所在的那个监区？"

眼见着关洋点头，一股不好的预感夹杂着丝丝凉意从脚底猛然蹿起，任非几乎在关洋点头的一瞬间就立刻追上去问："怎么死的？他杀？"

"哪可能，这是监狱啊，要杀人就杀人？"关洋意外地看着他，随即又想了想，兀自解释，"自己跳进做工的染池里溺死的。反正判的也是无期，活着和死了也没区别，估计可能自己想不开了吧。"

"……自杀？"任非捻了一下手里薄薄的纸条，眉宇间透着掩藏不住的犹疑，"可我总觉得哪里不对劲儿呢。"

"任非，你这是职业病了啊。"关洋反倒是有点担心地扫了任非一眼，警务通里他们老大在叫集合，不能再耽搁，关洋也就摆摆手急忙往监区跑去了。

任非一个人心事重重地出了会见室，远处，只见几个管教带着抬担架的急救人员一路从监区出来，而担架上，从头到脚盖着白布的人，一条胳膊垂落在外，无论是袖子上的囚服还是裸露在外的皮肤，皆被染料浸染得血红血红。

这就是关洋刚才说的，他们监区刚死的那个犯人。

任非微微眯眼，脚步倏然加快，从家属探视的通道一路跑了出去。他说不上哪里不对，也不太确定自己究竟要干什么，只是直觉上非常肯定，自己应该赶在死者被推进殡葬车之前，去看一看那人的死状。

狱警第一时间严密封锁了消息，所以除了现场目击者，十五监区的大多数犯人，并不知道他们区刚刚有个狱友自杀了。高墙之内，一切还在按部就班地正常运转。

这个时间，监区狱友都在工厂，梁炎东走到最里面把纸笔放进属于自己的储物柜，也没存什么偷懒的心思，紧接着就转身往外走。

监舍走廊里安静得落针可闻，甚至梁炎东脚上那双黑布鞋也能在地上带出极其微弱的沙沙声音。

半晌，梁炎东稍稍展眉，从鼻子里长长出了口气，似乎放弃了什么似的，兀自摇了摇头。

而突如其来的变故就发生在那一瞬间——本该除梁炎东之外再无一人的监舍走廊里，突然斜刺里蹿出个黑影，眨眼间就到了梁炎东背后，手里一根极细的绳子，以迅雷不及掩耳之势，猛地从后面勒住了梁炎东的脖颈！

梁炎东动作极快地试图挣脱，然而以毫无准备的反抗应对蓄谋已久的谋杀，再快的速度，一切仍旧显得太迟。

绳子卡进皮肤带来刀锋一般锐利森寒的威胁，对方下了死手，勒住之后立刻不遗余力地收紧，梁炎东的呼吸几乎立刻被绳索阻断，他本能地抬手抓向脖颈试图拽开凶器，下一秒，却感觉细韧的绳子被来人从他脖子后面交叉，又死死地向两边拉开！

男人只觉得浑身的力气都在那个眨眼的时间里被迅速抽走了，拼死挣扎中，他用所剩无几的清醒，抬脚用力踹向旁边监舍的大铁门！

他不知道这个动作有没有奏效，他已经逐渐失去了身体对外界的感知，绛红的脸色中逐渐透出可怖的青紫，耳边只剩下绳索纤维被拉到极致时发出的几不可闻的细微声音。

那是这个世界向他发出的最后的声音，属于死亡的声音。

第6章

特殊存在

监狱后门，殡葬车已经等在外面。管教和医生们抬着死者从监狱出来，没人说话，场面显得凝重而紧张。

医生们从管教的口中得知，死者被判的是无期，如无减刑条件，就要把牢底坐穿。

注定是活生生地走进去，到死的那一刻，才能被抬出来。与其行尸走肉地活着，选择这样死去，倒也不失为一种解脱。

只是，蒙在死者身上的白布逐渐被死者衣物浸透的红色染料浸染出斑驳的血色——就算生无可恋，选择溺死在染池的化学制剂里，这样的方式，也实在太惨烈了一些。

任非紧赶慢赶绕到后门的时候，看见的就是这样一幅画面——管教跟着殡葬人员一起把死者运上殡葬车，出于对生命的敬畏，每个人脸上凝重的神色，让场面有一种别样的肃穆。

"等一下！"眼见着殡葬车的后门就要关上，任非一声断喝，在场所有人随之看过来，管教下意识地警戒。任非一边跑一边从兜里掏出自己的证件，"警察！"

他跑得太急，冲过去的同时一把将自己的公安证拍到一名40多岁的管教手里，"你们准备把尸体带到哪儿去？殡仪馆？"

管教低头仔细查看了他的证件，"昌榕分局刑侦科……"男人犹疑地嘀咕着，抬头皱着眉上下打量任非一眼，不答反问，"你有什么事？"

任非有了上次私自行动的教训，这次到底是知道收敛了。知道刚才自己的语气太冲惹人家不高兴，喘了口气，他带点歉意地赔着笑，因为找不到说得通的借口，干脆就实话实说："我今天过来探视朋友，刚才出来的时候看见你们抬着蒙白布的担架往外跑，我怕出什么事儿。嘿，您看，职责所在，总不好视而不见。"

管教狐疑地紧锁双眉，拧出很深的沟壑，毛孔粗大的鼻子在阳光下冒着油腻的汗渍。他似乎在很严肃地思考什么，半晌之后，他似乎想通了似的点点头，把手里的公安证件还给任非，并且回答他："人是自杀的，正要送去尸检证实这件事。"

任非眼底一亮，"我可以跟过去一起看看结果吗？"

管教犹豫一下，他环顾四周，目光从一个个人头上一一点过，"去是可以去，但是车上应该没有你的位置了。"

"啊，不用担心这个！我自己开车来的。"

任非一路驱车跟在殡葬车、救护车和一辆监狱公务车后面，没人跟他说人要送去哪里做尸检，他也没问，路上抽空给关洋打了个电话，这才知道前面的救护车是东林二院的。

关洋说他们监狱跟二院是长期合作的关系，监狱里偶有犯人之间寻衅打架受伤或者病重的情况，不管是做伤情鉴定还是住院治疗，他们都是把人带去二院。

二院门诊楼后面有一栋单独的二层小楼，挂着"法医门诊"的牌子，是专门做司法鉴定的。

专门做伤情鉴定的地儿，做尸检到底靠不靠谱？任非心里犯嘀咕。跟尸体打交道的法医，他只信他的狐狸姐，但是这是别人家的地盘儿，他插不上这个手。坐边上眼睁睁地看着两个跟他年纪差不多大的戴口罩男法医围着尸体忙碌，从烈日初升到夕阳渐落，最后终于听到了初步尸检分析结果："死者身体表面无明显外伤，口腔与鼻孔有蕈样泡沫，气管、支气管有泡沫并附着化学漂染制剂沉淀，肺脏呈水性肺气肿，解剖后切面有泡沫和溺液流出——以上特点都区别于被抛尸入水后的尸体现象，所以基本排除死者是死后被人抛尸入水的可能，从而可以断定，这个人的确是溺水死的。"

虽然可以判断死者是溺水而亡，但是溺水并不等于自杀。

任非从椅子上站起来，目光越过旁边的两个法医，看向解剖台上那具尸体。

死者身上的化学染料在尸检之前就已经被清理干净了，但是染料的浸入性和腐蚀性太强，即使皮肤表面的液体都被擦干净了，还是有一部分红色的染料腐蚀体表，以至于死者从头到脚所有皮肤都呈现出了淡淡的桃红色，乍看之下，如同被蒸熟了一般，可怖得让人作呕。

而从得知这个人死了的那一刻开始，始终困扰着任非的诡异和不安的感觉，并没有因为法医给出的结果而减弱半分。

他的死亡第六感通常在发生谋杀事件的时候才会起作用，没道理会因一起自杀事件一个劲儿地给他鸣警钟。那么，是这个人的死另有隐情，还是他从没出过错的第六感忽然有了问题？

任非思来想去，在两种可能之间犹疑不定。他不敢完全相信直觉，也不想彻底否定它。

任非舔舔干燥的嘴唇，思考片刻，他对上法医的眼神，"会不会有这种可能，有人先在他身体里注射了什么药物，致使他自己跳入染池？能不能检查一下血液和肌肉中有没有药物残留呢？"

他说完，被问的法医就用揶揄的目光笑着看了他一眼，"相关的体液样本已经采集完送去化验科了，分析结果最快也要明天上午才能出来。不过，据说有监狱的管教和囚犯全程目击了死者从走上高台到溺水自杀的全过程，按照管教的描述，死者全程行动自如，被药物控制的可能性不太大。"

任非环抱双臂，微微偏头，挑着眉梢睨了对方一眼。

像这种模棱两可的话，放胡雪莉嘴里她是绝对不会说的。不过他也不好吐槽，点了点头，拿上东西准备撤，临走的时候，死乞白赖地跟刚才看他证件的那名管教说："曹哥，明天化验结果出来了，麻烦您跟我说一声哈。"

市公安局局长家的小公子，性格里有个不好不坏的特点——大咧咧的自来熟。他现在已经知道了，这个监狱管教名叫曹万年。

再三嘱托曹哥明天给他打电话的时候，任非的手机微信响了几声，他打开一看，是刚才托石昊文帮他查的事情有结果了。

"钱禄，男，38岁，4年前因强奸和故意杀人罪被判处死刑缓期执行，一年后因表现良好被减成无期，后来一直在东林监狱服刑，为人孤僻，没有直系亲属。"

这条消息下面，是石昊文用手机从显示器上拍的一张照片。本来就年代久远，资料库里存的报纸扫描件再用手机拍出来，画面模糊得像是打了马赛克。

即便如此，刚才在法医门诊里看完全身泛红的死者就开始隐约反胃的任非，此刻差点翻江倒海地吐出来。

图片上是个赤裸的女人，仰面朝天地大睁着眼睛，双手被木楔钉死在地上，从大大张开的两腿之间，红的黄的肠子被掏出来，流了满地。

那个场面，骇得任非差点没甩了手机。

他心里一个劲儿地骂，闭了闭眼睛，稳定了下情绪，才又深吸口气往下看去。图片下面，还有石昊文发来的一句话："之所以当初判死缓，就是因为这起案子社会影响极其恶劣。钱禄活生生从被害者下体中将内脏掏了出来，死者是在极度的痛苦中逐渐丧失生命的。据当时的报道说，从女人下身流出来的血，染红了她身下好大一片土地。"

"妈的！"任非看完，猛地闭上眼睛，他死死握着手机。

任非不知道这死者竟然有这样一段犯罪经历，如果他早点知道的话，或许他压根就不会在这里枯坐大半天浪费时间。

有那么一瞬间他甚至想，那种人渣就这样痛痛快快地死了……这种死法，太便宜他了。

梁炎东是在医务室醒过来的。

恢复意识的时候他并没有立刻睁开眼睛，直到嗅着双氧水的味道，确定自己在医务室内的时候，他才慢慢有了动作。

他尝试着转头——脖颈没有问题，脖子上被绳索勒伤的地方随即传来钝痛和毛针刺入般的麻痒，微微倒抽了口气后，他本能地抬手要摸摸脖子上的伤痕，一动之下才发觉，自己的一只手是被手铐锁在铁床栏杆一角的。

他试图坐起来，手铐与栏杆触碰发出清脆的声响，引得正在整理医疗用品的医生疾步走过来查看。男人泛着血丝的眸子迎上去，狱医韩宁宁脚步微顿，随即笑起来，"你别这么看着我呀，怪吓人的。"

梁炎东沉默着把目光从她身上挪开，深邃的眸光微微收敛，习惯性地扫了眼所处的环境。

十五监区的医务室跟两年前他最后一次来时相比没什么变化，靠窗的那边放着狱医的坐诊台，坐诊台左面靠墙是两个放资料的大柜子，柜子上面挂着四个写着各种规章制度的宣传板，柜子对面就是梁炎东此刻坐着的病床，两张床并排放着，坐诊台的正对面，靠门的那面墙上挂着一个备忘用的白板，上面的告示板上一个贴着值班医生的名卡，一个写着医务室工作制度。

不同的是，印象中两年前从资料柜上方到门角之间是拉了一条晾衣绳的，如今晾衣绳没有了，一些需要及时清洗的医用物品零零落落地挂在医务室各个有棱角的地方。

韩宁宁是这所监狱里少数几个与梁炎东有过较多交集的人之一。当初梁炎东被诊断为失语症，很长一段时间，就是韩宁宁在给他做心理疏导和复健治疗。虽然没有效果，但是接触得久了，偶尔这男人眼神想要表达的意思，她看得懂。

黑溜溜的眼珠随着梁炎东的目光在自己的工作区转了一圈，韩宁宁努努嘴，抬手在资料柜和门框之间比画了一下，"你在找之前搭在这里的那根晾衣绳吗？"

梁炎东沉默着点点头。

"可能是前几天挂的东西重了，固定绳子的那个钉子掉了，还一直没得空请工程队那边过来重新打孔。"韩宁宁知道他有话说不出，一边解释一边转身去隔壁的处置室里拿了碘伏、药膏和医用药棉回来，然后一股脑放在他床头的小柜子上，"你脖子上的勒伤挺严重的，现在天热，回去以后你记得按时消毒上药。"

梁炎东深深地看她一眼，略微勾了勾嘴角，扯出一个略显僵硬的弧度。

他太久没有值得高兴的事，已经快要忘了该怎么笑。但即便如此，他看见韩宁宁的眼神还是亮了起来，可一瞬之后，又迅速地晦暗下去。她微微偏着头，探究地打量着他，单纯的眉眼，逐渐浮出纠结和不理解来，"梁炎东，好好的，你为什么要自杀呢？"

女孩发问的语气自然，而梁炎东却在听见之后赫然抬头，锐利的目光在转瞬之间牢牢钉进女孩清水般的眸子里！

男人眼底的震惊让韩宁宁下意识地迅速把刚才说的话回想了一遍，确定没有说错什么之后，狐疑地眨眼睛，脸上有点不明所以的震惊，"你不会把昏迷前的事情都忘了吧？"

当然不可能忘。他从监舍出来，在走廊里被人从后面勒住脖子，情急之下他踹向监舍的铁门——他甚至能够想象，他濒死的时候踹门的动静一定非常大，以至于昏迷之际引来了狱警，他才得以捡回一条命。

从醒来到现在，梁炎东一直认为他之所以在这里，是狱警及时赶到，从背后对他下毒手的那个人已经伏法。

他怎么会被人认为是自杀？当时对方那么明目张胆地对他下手，就算狱警后来没有抓到人，也应该从监控中确认对方的身份才是。毕竟那是监舍内的走廊，根本不存在监控盲区！

男人的眼睛习惯性地慢慢眯起，那张表情寡淡的脸上，除了轮廓深邃的眸子透出暗沉的幽光外，漠然平和得就如同一尊石头雕像。他的手指在腿上轻轻敲打，那是他陷入思考时的习惯动作。

韩宁宁没等到他的回答，条件反射似的往门的方向看了一眼，到点了，她今天有事，着急下班，何况犯人醒了，她也有责任立即通知负责的管教过来，"总之你别再起轻生的念头啦！就算你身上背的是无期，但是人活着才有希望啊，你好好表现，万一再过几年就能减刑了呢？死了可就什么都没啦！"

梁炎东停下手上的动作，缓缓睁开眼睛，微微颔首，在镣铐叮当作响中换了个让自己更舒服些的坐姿，然后朝看诊台上面摆放着的笔筒抬了抬下颌，又看了韩宁宁一眼。

韩宁宁几乎秒懂，"你要纸笔？"

梁炎东很轻地点了下头。

"我要下班了，你们队的王管在外面等着呢，我去叫他进来把你接回去。"姑娘如他所愿，把笔和一个带夹子的本子放在他能够自由活动的那只手里，一本正经地嘱咐，"你要是想跟他说话，纸笔都随便用，但是有一样哦，不许带走！"

韩姑娘风风火火，医务室的大门开了又关，出去一个美女，换了个穿监狱警服的彪形大汉进来。

梁炎东不动声色地看着负责管理他们班的男人，看得出来，男人虽然气势汹汹，但是已经在努力克制情绪了。

只是观察着对方这个表情，梁炎东的心就倏地往下一沉。

狱医说的是个事实，一个啼笑皆非但所有人都认为真实的"事实"——他们认为他要自杀。

王管走到床边，先是一言不发地掏出钥匙打开手铐，随即把梁炎东的两手铐在一起，直起身的时候，晒得黝黑的管教顶着一张犹如钟馗的脸，瓮声瓮气地冷声嘲讽："刚进来的时候是受刺激得了失语症，梁教授，请问您现在拿着根绳子勒自己，勒到一半又叫人救命这碴儿，是被害妄想了，还是精神分裂了？"

　　梁炎东自始至终都没有跟管教的眼神对上。他在沉默中让管教把他的两手铐在一起，等对方说完，动作有些困难地把韩宁宁留在手边的本子拿过来放在腿上写了几个字：

　　没有自杀，有人袭击我。

　　"哦，有人袭击你。"王管冷哼着从裤兜里掏出一团极其柔韧的棉线，看得出是几段接在一起的。他拎着这团棉线到梁炎东眼前晃了一下，"是不是用这个袭击的你？"

　　梁炎东认出，对方手里的棉线是从水泥编织袋上拆下来的，是用来缝底袋的特制粗棉线。回忆当初被勒住脖子的感觉，梁炎东知道，这的确就是当时打算置他于死地的工具。

　　但是梁炎东没点头。

　　他忽然想起来，三天前，监区曾抽调他们三班和隔壁四班、五班的人去修缮监区建筑外墙，当时他干的就是拆袋子倒水泥灰的活儿。

　　当时分工明确，除他之外，不可能还有别人有机会能通过这个活儿摸到那些缝边儿的棉线，而他完全有机会趁监管不注意的时候偷偷将拆掉的棉线藏起来。

　　王管的猜测有理有据，梁炎东闭了下眼睛，几乎在看见这棉绳的同一时间就反应过来，自己在不知因果的情况下，完全被动地走进了对方早有预谋的一个局。

为什么这么做？杀人之后好伪装成自杀？

不对，这说不过去。

当时他被勒住时的样子，只要智商不是为负的人都能看出挣扎的痕迹。何况还有监控器。

再好的伪装，在这个高墙之内没有隐私的地方，如何能凭一根绳子就逃过天网恢恢？

梁炎东一时木然，毫无反应。王管把棉绳又塞回自己的裤兜里，"怎么，看见物证，这回不狡辩了？"

男人话音刚落，梁炎东忽然抬头扫了他一眼。梁炎东双目炯炯，目光极为豁亮，可是眸子里什么情绪都没有显露。

管教被看得竟有一瞬间的愣怔，等他反应过来的时候，梁炎东已经重新低下头，以一个囚犯的姿态，执笔在纸上对管教写下请求：

王管，方便的话，请带我去监控室看看。

王管目光随着他写的速度，一个字一个字地看完，末了从他手下把夹子和笔都拿过来。梁炎东没有任何抵抗地看着他把写字的那张纸撕下来丢进垃圾桶，然后将夹子和笔重重摔在医务室的坐诊台上，"走吧，带你去看，我也想知道，你这高智商的罪犯，又准备耍出点什么新花样。"

走得急，梁炎东走出医务室才想起来自己忘了拿韩宁宁放在床头的药。不过，很快他就没有多余的心思惦记那两瓶药了。

王管带他去了监控室，应他的要求，回放了当时走廊里的全部监控视频。

因为设备较老，无声的图像里画面有些模糊，但是也足够看清监控之下行人的一举一动。

监控室里，梁炎东看着自己通过空无一人的走廊，走进监舍很快又走出来，然后在没走出多远的时候，忽然他脚步一顿，抬手抓向自己脖子。这个时候正在看着录像的梁炎东自己是知道的，他已经被绳索缠住了脖颈，但是棉绳太细，在不够清晰的画面中看不出来。在监控里，他整个人骤然仿佛上了弦一样发疯地用力扭曲挣扎，片刻之后，他似乎就要虚脱了，然而就在那个瞬间，他在拼命挣扎中的身体扭成了一个诡异的姿势，抬脚轰然踹向身边监舍的大门！

一切都只是静默的画面，梁炎东无法从中得知自己的那一脚到底使铁门发出了多大的动静，他站在屏幕前看着自己失去意识倒在地上，片刻之后，手持警棍的王管和另外两个管教一起冲了进来。

从事发到结束，走廊里，除了梁炎东自己外，真的再没有其他任何人的身影。

而那个想要弄死梁炎东的凶手，竟然如同鬼魅一般，消失得无影无踪，如果不是监控拍下来的画面有问题，就真是梁炎东精神错乱、被害妄想。

梁炎东当然知道他自己的精神状态，所以被押回监舍的一路上，他都在考虑监控录像的问题。

但是刚才站在屏幕前面从头看到尾，就那么一遍，匆匆一瞥，对于此时此刻行动、自由处处受限的犯人而言，实在无可奈何。

那种感觉就是，他明知道肯定是监控录像被人动了手脚，但是他看不出来破绽，没有证据，无法锁定怀疑目标，所以他只能顶着一个·"故弄玄虚，耍花招或意图炸号"的嫌疑，无从辩解。他隐隐觉得今天这牢里不太对劲，沉寂了3年，终于有大事要发生。

回去的时候，刚过了做工的时间，晚饭的点儿还没到，十五监区一大队三班关着的那几号人都在牢号里。里面咋咋呼呼的交谈声忽然就断了，大家盯着梁炎东脖子上那道青紫的勒伤，听管教语气严厉地说道："1537，警告你老实着点，少给老子扯幺蛾子，这次就算了，再有一次，信不信老子关你一个星期的禁闭！"

王管一边说一边把梁炎东的手铐解开，知道这人说不出话，于是抬眼逼视着他，那架势，似乎非要眼前这男人当着全班狱友的面，给他认个错、服个软才算完。

进了监狱这个浑水缸，人的确没有什么尊严可言，没有深仇大恨，谁也不会想不开跟管教犯横。梁炎东没看王管，视线落在自己被手铐磨出红印子的手腕上，抬手在上面来回搓了一下，随即抿成一条线的嘴微微勾着，赔了个笑，点点头。

王管走了，监舍里，一双双好奇、探究的眼睛时不时地落在梁炎东身上，伴随着他走到紧靠里的下铺，直到他躺上去。

斜对面坐在铺上的一个精瘦男人起身去上了个厕所，回来的时候从自己的柜子里拿了管药膏递给他，"咋不跟大夫要管药回来？看你就没事儿找事，就落单这么一会儿也要整幺蛾子，还真下得去手，把自己勒成这样，真死了还好，现在没死成，不还是自己活遭罪。"

这人姓林，是他们三班的二铺，所以狱友们都习惯管他叫二木。二木虽然说话语气不咋样，但是药膏却是实打实地扔到了梁炎东枕头边上。

牢号里先前吵闹的氛围在二木说话之后恢复。梁炎东拿过药膏，那张面无表情的脸，在狱友看来，始终有点麻木不仁。

他在这里三年，跟谁都没交情，也没谁愿意来招惹他。从入狱那天开始，就是东林监狱十五监区里特殊的存在——监狱这个地方，集合了众多作奸犯科、罪行累累，为社会所不齿的恶徒，但是除了监区明文规定的管理条例外，犯人们之间，暗地里很有些不成文的规矩。

比如监狱里约定俗成的，相比那些扎堆蹲在这里没上过什么学的大老粗，那些有学历有文化的高智商罪犯反而是个新鲜物种，大家都会对他感到好奇，希望能从他嘴里听到些跟他们这些人完全不同的故事，也希望能从他这里得到些别人不知道的"知识"，方便以后跟人唠嗑的时候吹牛用。

但梁炎东的情况却比较特殊。他们监舍里10个人，除他之外，9个人中只有一个是勉强把高中读完了的。而梁炎东呢？说文凭都寒碜了他，他是大学里的教授，还是专门教研究生的那种，可是刚到这里的时候却没落着什么好。

理由也简单，一个是他以前在外面是跟警察有合作的，干的事桩桩件件都在跟犯罪分子做斗争，东林监狱里有几个人就是被他亲手送进来的，犯人们对这类人通常都有点同仇敌忾。再一个，他入狱的那天，狱警着重跟三班的其他人介绍了一下，说梁炎东是奸杀了幼女进来的，判的是无期。

在监狱里，另一个潜规则是：犯了强奸罪这种"花案子"进来的人，猥琐又龌龊，跟动刀动斧斗狠拼命进来的纯爷们儿完全不一样。哪怕进了监狱，也被人戳破脊梁骨，活该被人骑在脑袋上摁着整治。

而这位不只是强奸罪，也不只是奸淫幼女！而是把孩子先奸后杀，这简直就是畜生干的事儿。所以梁炎东刚来的那几天，所有人都憋着劲儿地要给他点颜色看看，梁炎东开始也忍了，身上带着新伤混着旧伤的见天来往在医务室和牢号之间，直到两个星期后，也不知道究竟是想通了还是受了更大的刺激，一次三班的大铺的故意找碴儿，梁炎东忽然就动了手，几根手指铁钳子似的既准又狠地差点掐断了大铺的脖子。

偏就他动手的时候还非常讲究技巧，把大铺堵在卫生间的门口，那是个监控死角，掐上去的时候，手上还抓了块毛巾垫着，真要较真儿找证据的话，大铺脖子上连他一个指纹都不沾。

这事儿是个转折点。在那以后，他们班所有人都知道了，梁炎东是个高智商的疯子，不能随便刺激他，不然指不定哪天他就炸那么一回，炸一回，他就能要你的命，并且还不留证据。

梁炎东的日子就是从那时开始逐渐清静下来的。狱友们不待见他，也没人敢轻易惹他，独来独往，没人能看明白这人心里究竟是怎么想的。但是时间久了，三班这3年来始终是他们10个人，没有新人进来也没有老人出去，潜移默化，大家也就都习惯了这么个人存在。甚至因为他从不说话的特点，有的时候，狱友们愿意背着人对梁炎东说几句掏心窝子的话，把梁炎东当成一个锯嘴葫芦，满腔负面情绪倒进去，也不会担心再被吐出来，被不该听见的人听见。

就像今天，他们做工回来就看见管教过来查梁炎东的东西，没翻出什么可疑物品，临走的时候反而训斥他们："把你们那些花花肠子都给我收起来！都盯着点儿1537，他要有什么可疑的地方，一早来跟我汇报！"

后来他们才知道，梁炎东下午的时候在走廊里自导自演了一场自杀的戏。他们实在想不明白高智商的1537这么做究竟有什么意义，虽然好奇，但是没人问，因为知道问了也没有答案。

但是之后吃饭的时候，他们发现今天的梁炎东的确跟平时不太一样。男人面前的东西没吃几口，一双细眯的眼睛时不时来回回地在其他桌的犯人身上逡巡，那一脸的讳莫如深，眸子里偶尔闪过的光却跟X光似的犀利得要命，仿佛要把人骨头都看透似的。

全桌的人一边扒饭一边时不时地抬头瞅他两眼，然而完全陷入自己思绪当中的梁炎东对此毫无察觉。直到后来他们班长，也就是大铺周志鹏把筷子往饭桌上不轻不重地磕了一下，出言警告："差不多得了啊，我不管你怎么想的，要死也别牵连上大伙儿。"

梁炎东收回目光。按着记忆里的顺序，他趁着吃饭的工夫，把他们一大队所有狱友的人头儿都对了一遍。

对完了，终于知道了，他觉得不对劲的地方在哪里——今天来吃饭的少了个人，九班的，叫钱禄。梁炎东记得他也是犯了强奸杀人案被判无期进来的。

他自己和钱禄的罪名、刑期都是一样的。他今天在走廊里差点被人勒死，而钱禄，却不见了。

他刚从医务室回来没多久，钱禄不在那里。做工回来后管教会挨个点一遍名，发现谁不在，那是一刻都不能等的事情，为了找人，势必要声势浩大地把监狱翻个底朝天。

但是狱警们直到现在都没有动静。这就说明，钱禄的失踪，狱警都知道。而狱警们知道了却不声张，就只有一个可能——他死了，死得蹊跷，所以不能说。

钱禄尸检后的第三天，看上去不怎么靠谱的狱警曹万年，倒是真给任非打了个电话。电话里他说昨晚下班之前，二院法医的化验结果出来了，死者体内没有药物残留，已经可以肯定，是自杀无疑。

任非听着钱禄这个名字就想到那天石昊文给他发的照片儿，当即心里发堵，在电话里嗯嗯啊啊应了几句，挂了电话，对着眼前刚从食堂打回来的红烧肉，胃里翻滚，咽不下去了。

对钱禄这号人，他已经倒了胃口，既然法医都已经认定确系自杀，几天前他心里再感觉古怪，此刻也没什么好反驳的。

"真倒胃口……丧尽天良的人渣。"任非拧开水龙头把饭盒里最后一点肉汤都涮干净，满心不爽的嘟囔让上完厕所过来洗手的李晓野听见，嘴炮男立刻起了八卦心，"哟？这话骂的，是哪个女子占了你便宜还没对你负责啊？来来，小任，跟哥说说，哥给你评理去。"

"走开。"任非把面前拦路的一座山扒拉开，"你才是小人，你全小区都是小人！"

说完头也不回地从水房出去了，李晓野手指上滴答着水珠，愣了愣，在任非后面扯着嗓子叫嚣："我小区人都是你情敌还是怎么着，还我全小区都是小人！……"

"你小区有你一个能给我辟邪就够了，情敌什么的，不稀罕。"任非头也不回，无比高冷地摆摆手，话音刚落的时候，转身进了自己的办公室。

在他们队里，李晓野嘴炮是出了名儿的，嘴贱，语速快，斗嘴的战斗经验也足，从他嘴里跑出去的火车能绕地球三圈，刑侦队里无人能及。而任非呢，即使他骨子里没有纨绔子弟的那些恶习，但是这些年来所处的环境也让他养成了牙尖嘴利、争强好胜、不肯吃亏的特质。两个人凑一起，嘴仗的炮声一打响，没人拉架，那俩能把人从天边儿挤兑到海底。

但是跟拿斗嘴消遣的李晓野不同，任非其实不愿意这样。所以他前脚进了办公室干脆回身把门带上，身后的李晓野说没说什么他搁这儿再听不见了，这才舒坦地放下饭盒，拿起手机看了眼有没有漏接来电。

他手闲不住地轻轻拨弄之前从杨璐那里拿回来的那盆福来玉，这一摸不要紧，抬手的时候，忽然注意到指腹沾了略带点黏腻感觉的白色物质，再弯腰往生石花上仔细一瞅——得，就朝向阴面的那一边，好好的多肉表皮上不知为何起了一层一层的白，跟他手上的一样。

刚拿回来还好好的花，没到一周，这就长毛儿了？任非有点崩溃，这要是他平时自己路边随手买的，倒也不觉得心疼，可是一想起这花是花店女神送的，任非就有点坐不住了。

他想了想，把花盆拿起来抱在怀里，风风火火地往外走。反正是午休时间，正好赶这个空儿让杨璐给他瞅瞅，看看是什么毛病。

相隔一条街，也没必要开车，任非顶着中午的大太阳，迎着同事们意味深长的目光，抱着一盆长毛儿的多肉往外走。到了"路口花艺"的时候，老板杨璐正枕着角落里临窗的那张桌子浅眠。

一屋子娇艳欲滴的花，红白黄绿，女人一身麻衣布裙安枕其中，嘴角轻抿，柳眉微微蹙起，白得透明的皮肤，出尘得好似七月临水的荷花，美得不可方物。

大咧咧的任非放轻脚步，是害怕打搅女人的美梦，却忍不住蹑手蹑脚地靠近她，想要更加仔细地看看她。

等他走近，他注意到杨璐手边有本厚厚的精装《圣经》，书被合上了，而女人手里还保持着睡前的姿势，轻轻握着笔，笔下是一张素色便签，上面是一行娟秀的英文：For love is strong as death.

看着这一串英文，他勉强能翻译个字面意思：因为爱情像死亡一样坚强。这是给客人写的，还是她自己有感而发？

任非轻轻把手里的花盆放在一旁，他这辈子从没对哪个异性产生过像此刻一样强烈的好奇心，他忽然生出想了解这个谜一样女人的想法，想知道她的过往，想听她的故事，想走进她的生活……

于是鬼使神差地，他拿起《圣经》，翻到夹着书签的那一页，一眼看到了上面那段被铅笔勾画出的繁体字——"求你将我放在心上如印记，带在你臂上如戳记。因为爱情如死之坚强，嫉恨如阴间之残忍。"

他还未及细看，却被细微的响动打断，一低头，正迎上从午睡中醒来的女人懵懂而潮湿的眼睛，她脸色一红，有点不自在地抬起头，下意识地捋了捋松散的长发，腼腆地笑起来，"不好意思，让你看见这副样子。"

"啊，没什么，我推门的时候门口的风铃响了，你没听见，看你睡得挺沉，我就……"杨璐看了眼他手里的《圣经》，眼底流出轻浅的笑意。于是任非就像触电一样，尴尬地把书放下，

"不好意思啊，我就……有点好奇。"

杨璐也不介意，她的目光顺着被放回到桌上的书又落在自己写的字上，语气里带着些许期待的好奇，"你也对《圣经》感兴趣吗？"

杨璐说的不是宗教，她只单指这一本书。

任非听懂了，但是没有答。他搓搓鼻子，硬着头皮，跟复读机似的下意识附和："还……还好吧，就好奇，好奇。"

男人牙尖嘴利的技能面对这个女人的时候全部失效，而当任非朝着杨璐说"好奇"的时候，他忽然发觉，他真正感兴趣的，不是这本书，而是眼前这个女人。

第 7 章

死亡约会

夏季阳光明媚的午后，浸染着丝丝沁凉花香的店里，年轻男人的目光落在花店老板的身上，一时间看得出神。

杨璐被他看得有点尴尬，她站起来，目光落到被任非放在一旁的福来玉上，笑道："怎么又拿回来了？"

任非就像个情窦初开的毛头小子似的，局促得手都不知道该往哪儿搁："……上面长了白色的东西，我不知道是怎么回事儿，就想着拿过来给你看看。"

杨璐看了看："水大了，有点'二脱'的迹象。没事，你可以回去控制一下浇水量再观察看看，或者你先放我这儿，我再给你养一阵子，等花缓过来你再拿回去。"

"不用不用，"任非忙摆手，"我回去自己折腾就行了，哪好意思再麻烦你。"

"你知道怎么'折腾'？"

杨璐微微偏头笑着看他，比起动了邪念的任非，她反而大方主动。她把手机拿过来，打开了自己的二维码，"你加我微信吧，我存有养福来玉的链接，那个说得比较简单，做法也相对专业，回头我发你，你照着养就可以了。"

于是任非忙不迭地点头如捣蒜，同时，肚子咕噜一声在静谧的室内突兀地响起，尴尬得不行，杨璐也忍不住轻轻笑出了声。她转身从桌子里面绕出来，走到柜台后面拿出钱包，"走吧，上次说请你吃饭的。"

"不用，真不用，杨……老板。"任非差点就要直接喊杨璐的名字，脱口之际才惊觉这样不太合适，硬生生改了口，就跟喝多了似的，舌根硬得不像话，"我真没那个意思，我就是过来让你帮我看看这花。"

杨璐动作不紧不慢却毫不拖沓地把钱包和钥匙装进一个小巧的拎包里，又拿了把伞。大概是觉得他这样子有趣，忍不住也调侃他："没那个意思？大中午的，不吃饭就往我这儿跑？你们局里不管饭？"

"管是管，今儿个的不好吃……"

"所以啊，带你吃好吃的去。"

于是平时大大咧咧，此刻却画风突转成扭捏男的人民警察，顶着一张腼腆的脸，揣着一颗雀跃的心，跟在杨璐身后一起出了花店。

屋外热气糊脸，任非同志却觉得有汪清泉缓缓渗进了心底，凉丝丝的，舒坦得要命。

杨璐说对面那条街的巷尾有一家味道不错的私房粤菜，两个人本来正往那边走，任非反复纠结过后终于做足了心理建设，从女神手里把伞拿过来替她打着，然而伞刚到手，任非就猛地浑身一震，僵在了原地。

那样子活像有人趁他不备从背后捅了他一刀，极度的震惊、疼痛和恐惧瞬间席卷而来，让他浑身僵硬到不行。

火辣辣的太阳死命地烧烤着一切，任非的脸骤然变色，瞪大眼睛、满脸惊悚，他整个人都在转瞬之间透出一种如临大敌的严肃。

杨璐不知道到底发生了什么，她想去拽拽任非以便让他快点回过神来，但是手伸出去，却在半路停了下来，最终她还是垂下手，用发紧的嗓音不确定地问："到底怎么了？"

任非吞了口唾沫，心里控制不住地直骂娘——他也想知道到底怎么了！为什么又死了个人！

这个人是谁？在哪里死的？他为什么被杀？是谁杀了他？

每每这种该死的预感袭来，这些问题就跟滚雪球似的在他脑袋里越转越大，眨眼之间，就如同海底骤然卷起的旋涡一般，足以将任非整个吞进去！

下一秒，任非把刚接过来的伞塞回杨璐手里。他眼神有点慌，手无意识地抓着自己的裤子，手心里黏腻的汗液却仿佛怎么也蹭不完，"抱歉，杨璐，我忽然想起来局里还有急事没处理——我其实很想跟你一起多待会儿的！但是实在不好意思，今天这饭真吃不上了，我现在就得回局里。"

因为没来由地心里发慌，所以连刚才不好意思叫出口的女人的名字，不敢说出口的内心的想法，也就这么直接脱口而出。

杨璐微微张着嘴，下意识地点头说好，她甚至没来得及说两句宽慰的话，任非就在她点头之后，一阵风似的向昌榕分局所在的方向跑远了。

任非脚下不停地一路冲到分局电话接警室，"有没有……哪里发生命案的报警？"

梁炎东他们监区今天中午不怎么太平。

东林监狱的作息制度比较人性化，午饭之后到下午出工之前是有一个小时自由活动时间的，很多人习惯在这段时间去监区活动室。

梁炎东在监狱外头的时候是什么样儿，他的狱友们不知道。但至少他服刑的这几年，性子是有目共睹的清冷孤僻。

他不爱热闹，活动室里几乎看不见他，但是今天，十五监区活动室的其他犯人们，看着这个斯文的强奸犯走进来，一言不发地坐在角落里一动不动，不由得都感到一阵莫名其妙。

十五监区是个关满暴力犯的大监区，因为犯人多，活动室的地方也大，即便如此，梁炎东进去的时候，棋牌桌、乒乓球桌、电视机……哪块地儿都没闲着，尤其其中一张棋牌桌周围聚集的人最多，梁炎东就坐在距离那个桌子不远的角落。

围着那桌子的人倒也没玩牌，而是在聊八卦。监狱里服刑的日子单调无趣，日复一日在同一个轨迹上行走的一群人，总是对那些新鲜事趋之若鹜的。

代乐山是个身材瘦小，略微有些佝偻的中年汉子，在入狱之前是个路边摆摊儿给人算命的。批八字、看手相、看风水，这些活儿他都能接，当时做生意喊的号子是"看得不准不要钱"，但实际上在他入行的那么些年里，算得准不准，都没谁缺过他那点儿嘴皮子上的辛苦费。

这是他以前谋生的行当，也是他现在混烟的资本。

在高墙之内关得久了，总有那些心有牵挂的人来找他看相，有问自己媳妇儿能不能等到出狱团圆的，有问自己爹妈是不是身体康健没病没灾的，有问自己孩子能不能考上大学将来成栋梁的……问什么的都有，而无论问什么，代乐山要的报酬都是一根烟。

把烟点上，这个瘦小的汉子端详着对方掌心深深浅浅的纹路，一番故弄玄虚的话说完，看着对方从皱眉到展颜，带着期待欣慰地离开——其实谁都知道，所谓的算命看相，也不过是对渺茫的未来求个心安而已。

但是今天代乐山没给谁看相，他那张似乎只会说吉祥话的嘴，今天吐出来的句子，平白无故地让人觉得瘆得慌："我这两天总觉得，咱们监狱这阴气比往常重了。"

起初的时候，大家对于这话是并没怎么在意的。旁边凳子上还有个光头在开玩笑："你的意思是说女人犯罪比重增加，咱隔壁女监的犯人越来越多了？"

"此阴非彼阴。"代乐山佝偻着的身体在凳子上不自觉地又缩了缩，"我是说的邪祟之物。这两天，我夜里做梦总是梦到死人和鬼。"

代乐山的目光落在牌桌摊开的扑克里那两张鬼牌上，那眼神有点执拗、疯狂，看着叫人莫名地跟着心惊，"死人是男的，鬼是女鬼。女鬼衣不蔽体凶恶非常，而死人身着囚服死状凄惨无比。"

监狱里是不允许说这些封建迷信怪力乱神的，因此代乐山说话的声音非常低，说话的气流从粗哑的嗓子里费力地吐出来，如猎猎阴风，无端地刮得人后脖颈子发凉。

人群后的梁炎东也不知道听没听见这话，只是偶尔略略撩下眼皮儿，很快又垂下，身上有股子拒人于千里之外的气场，将他与窃窃私语的人群隔开。

"左东右西地瞎扯什么，"光头摸摸自己锃亮的脑袋，冷笑一声，"你直接说，你梦见遭强奸而死的女人找那些畜生来索命不就完了！"

坐在旁边的另一个男人推推眼镜，"代大哥，你说你这梦有几成可信度啊？要是真的，那些花案子进来的可是要倒霉了。"

光头从鼻子里发出不屑的一声哼哼："那些个人渣，被鬼吃了也活该！"

桌子周围的目光，全都心照不宣地看了后面角落里的梁炎东一眼，又同时转头向隔壁桌正跟同班打牌的一个高瘦男人身上瞄去。

梁炎东不动声色地眯着眼，而早就注意到这边谈话内容的高瘦男人却在同一时间站了起来。

他是一大队五班的大铺，叫穆彦。他一站起来，跟他同桌打牌的三个小年轻也一起站了起来。

气氛毫无预兆地骤然绷紧，就在那一瞬间，仿佛有什么东西在活动室每个人的脑子里都"啪"的轻轻弹了一下，继而整个活动室突然瞬间安静了——停电了。

关在东林监狱里的犯人们从进来那天起就没遇见过停电的状况。不只犯人们没反应过来，连狱警都有一瞬间的发蒙。

外面阴风阵阵，豆大的雨点噼里啪啦地从开着的门窗外拍进来，然而打破沉默的，是光头摸着脑袋惊疑不定吐出来的那句："不是说着说着，那些冤死的姑娘就来找色鬼们索命来了吧？"

"我叫你危言耸听！"毫无预警，阴沉沉的天幕中，先前站

125

起来的穆彦恼羞成怒地抡圆了拳头朝算命的代乐山砸过去，愤恨和怖畏的脸上，是与身型截然相反的凶悍。

所有的事都发生在停电的那十几秒钟里。

高瘦的男人动手，场面一下子骚动起来，狱警吹着哨子提着警棍冲过来，所有人抱头蹲下，监狱备用电源被启动，活动室乍然亮起，代乐山被高瘦的男人一脚踹倒在地，也不知道踹到了什么要害，佝偻着身体脑门沁出冷汗，半晌没爬起来。

暴力犯聚集的监区，哪个班都不是善碴儿，冲突摩擦时有发生，犯人们司空见惯，狱警们反应迅速，把受伤的代乐山带到医务室，把打人的高瘦男穆彦带去说服教育关禁闭。雷厉风行，毫不含糊。

对东林监狱的人来说，这只是个小摩擦小冲突，也就是给大家茶余饭后多个谈资八卦而已，没人会真的把这事儿放在心上。

但是就是这么个没人"放心上"的小插曲，到了下午的时候，却让所有人始料未及，演变成了一场高墙之内突如其来、诡谲至极的可怖浩劫。

本来应该在副监区长办公室接受全面思想教育的穆彦，死了！

仿佛在印证代乐山那个"女鬼索命"的梦一样，穆彦死得蹊跷，朝夕之间，闹得十五监区人心惶惶。

可能是中午突然断电之后紧急抢修没修好，下午两点左右的时候，正在监区内的工业粗染房做工的犯人们，干着活儿的时候又遇上了一次突然断电。

这个工业粗染的厂房是在东林监狱扩建的时候向周围征地留下来的。工业粗染不是什么赚钱的行当，工厂的老板本来就是要死不活地经营着，正好碰上那个时候政府给厂商征地，老板拿了钱，连设备都留在厂房，欣然拍屁股走人。他一走，监区领导看着留下来的现成设备，本着节约成本不浪费的原则，当即拍板，把工厂原封不动地留下来，改成了监狱做工的一个项目，让它继续为社会做贡献。

按照东林监狱有关劳动改造的规章制度，监狱里边的劳动项目是各监区大队半个月换一次，比如上半个月你在穿手串抠核桃，可能下半个月就会被分去做针织裁衣服。

梁炎东所在的一大队是前几天才被换到粗染工厂的，反正他们这些人，最晚归到一大队的也有个一年半载了，都是熟手，换到哪里也不用废话，说干就干，带着这帮人的管教们除了每天要提防这些人动手，其实相对其他监区省心不少。

可是无论平时再怎么省心，人命的官司碰上一次，那都是个极大的心理阴影，以后想甩也不太容易能从记忆里甩出去了。

何况，他们今天碰上的，还是这么一起匪夷所思到让人头皮发麻的命案现场。

工厂里面本来就阴暗，加上天气不给力，场地更不比一目了然的活动室。刚一停电，几乎在同一时间，管教就乍然吹响了集合哨，那哨子尖锐刺耳的声音震得人耳膜跟着发颤，手上多多少少都沾着染料的犯人们迅速放下手中的工作，小跑着到管教面前去集合。

哨子停住，吵吵嚷嚷的工厂一下子静下来，只听见管教中气十足地点着一个个犯人们的名字，一声声"到"从排列站好的灰色囚服方阵里此起彼伏地响起，起起落落的音节几乎在无形中连成一道流畅的波浪线，直到管教点"穆彦"的时候，波浪线乍然断开，管教抬头，目光中透着严厉的审视，在眼前的囚犯中飞快地搜寻一圈，"穆彦？"

中午围在代乐山旁边听八卦的眼镜男犹豫着举手，"报……报告！穆彦中午不是被狱警带走了么？一直……一直没回来吧？"

他这么一说，点名的管教才想起来，对于穆彦这个寻衅滋事的惯犯，今天的事儿，没有三天的禁闭他回不来。

管教吁了口气，了然地点头，像是放下心来，没再说话，低头看手里的本子，准备找到排在穆彦后面的那个犯人，接着点名。

就在沉默的这么几秒钟，在场的好些人，都听见了仿佛吊着重物的粗布不堪重负左右摇摆晃荡的声音——嘎吱……嘎吱……

那声音一下一下非常规律，却无端地让人牙酸，隔了几秒之后，终于有人忍不住好奇，偷偷转头四下寻找声源。

这一找不要紧，找到目标的刹那，有人突然极尽恐慌地猛打了个哆嗦，惶惶大叫起来："穆穆穆……是穆彦！他在上面！"

犯人连着管教，在工厂里紧急集合点名的所有人都转头，朝着那人手指的方向看去，不看还好，一眼看过去，如同冷水被浇进了油锅，所有人立刻就炸了！

本来应该在副监区长办公室接受教育，然后被狱警带到禁闭室关押的穆彦，竟然赤身裸体被一根还没染色的粗布绕过脖颈吊在了房梁上！

他头颅低垂，四肢自然地向下垂着，没有任何要挣扎的迹象，整个人如同一个苍白而破败的布偶，身体随着勒住他脖颈的那根布条机械性地晃动。

除了布料摩擦木质房梁的声音，布料不堪重负而被一点点崩断的声音，丝丝缕缕地夹杂进来，叫人浑身发抖，脊背发寒。

在穆彦身体下方，正好是之前溺死了钱禄的那个沁满红色染料的染池。如果布料崩断，一丝不挂的穆彦，将直直地朝染池坠下去。

穆彦怎么会在这里？无论是副监区长办公室，还是禁闭室，甚至是去往这两个地方的途中，不都应该是有管教全程押送，狱警层层看守的吗？

这究竟是怎么回事？

霎时间人心惶惶，场面几乎乱了套。

管教们不约而同按响身上的警报器，拔腿就往被吊起生死不明的穆彦方向狂奔，犯人们在震惊之余勉强忍住脚步留下来的两名管教的厉声呵斥下，停住脚步收了声音，一个个心惊胆战地看向穆彦。

三班的二木趁乱挤到梁炎东身边，用胳膊肘顶他："……梁教授，这事你是行家吧？你说，绳子上的穆彦，是死是活？"

梁炎东也跟其他人一样，一双眼睛一眨不眨地紧盯着如摆钟一样在半空晃荡的高瘦男人。二木等了片刻，他却始终没有反应，然而就在对方觉得他会一如往常般对一切都不予置评漠不关心的时候，却见他微微地摇了摇头。

二木问："你这是在说没死还是不知道？"

二木最后一个字音未及落下，系在房梁上的白布终于不堪重负，从中间轰然断裂！

原本为了方便工人漂染，厂房两侧砌了楼梯，是可以通到房梁夹层的。管教们不要命地顺着楼梯往上冲，试图冲上去抓住白布把穆彦拽上来，然而他们刚上到一半，就听见令人心悸的"扑通"一声。管教们猛抽一口凉气，如同被钉子钉在原地。

犯人们的尖叫和骂声混杂在一起。

被赤条条挂在房梁上的穆彦，就这么在众目睽睽之下，脖子上套着剩卜的半截白布，如献祭一般，直直地掉进了下方血红色的染池里。

染池里殷红的颜色因此飞溅出来，像血，冷冰冰地落在场内每个人的心里，瞬间叫人遍体生寒。

短短几天，在戒备森严的监狱里，莫名其妙丢了两条人命。如果说跳染池溺死的钱禄只是一次意外的自杀事件，在管教三令五申的警告下，目击者人人对此讳莫如深无人敢言，那么穆彦在众目睽睽之下被布条悬空吊着坠入染池的事件，则混着先前的人命官司，让流言蜚语瞬间拔高了不止一个档次。

众口悠悠，管教再怎么严令警告，私底下的窃窃私语，是再也拦不住了。

代乐山中午在活动室说的话如同在每个人心中都种下了一根刺，人人都知道，一队五班的大铺穆彦，那也是因为千夫所指的"花案子"进来的。

但是这人跟其他的强奸犯又有些不同，他是职务性侵。在进来之前自己经营着一家模特儿经纪公司，据说那时候公司效益不错，也是这个公司，为他的兽欲提供了无比顺畅的条件。

但是这些潜规则的事情，原本就讲究个你情我愿各取所需，穆彦深谙此道，几年下来倒也相安无事，但是坏就坏在他脾气不好，人又执拗骄傲，某年某月，突然就对一个自己公司还没出道的小嫩模一见倾心了。

车接车送，送首饰买名牌，他难得上心真正追求一个姑娘，对老板过往还不了解的小姑娘开始还含羞带怯，谁知道后来不知道哪个人欠嘴，就把穆彦以往的风流韵事跟小姑娘从里到外地都抖搂个精光，姑娘一听，当时就心灰意冷，跟穆彦提了分手，从此也不再去公司了。

穆彦什么时候被拒绝过呀？生生碰上这当众被打脸的事，再去公司只觉得所有人看他的眼神都好像是在看笑话。那天晚上，他喝得酩酊大醉，开车到了小姑娘出租屋的楼下，堵在了楼道里，浑浑噩噩地就把哭得伤心不已的小姑娘拽上车，开回去，扔到了他家那张曾经不知道跟多少女人发生过风流韵事的大床上……

当时那女孩儿挣扎得厉害，她觉得自己被侮辱了，觉得自己的真心也不过就是配合了穆彦的一场游戏，她片刻也不想多待，穆彦松开她的手她就要走，如此反复几次，穆彦双目赤红，血液里那些暴躁的、残酷的、不能为外人道的癖好全都被她激出来……

那一晚上没人知道两个人之间究竟发生了什么，直到天快亮的时候，楼上邻居听见男人撕心裂肺的狂吼恸哭。目睹小姑娘被穆彦拖走的室友带着警察找到那里撞开门的时候，活泼好动的女孩已经成了床上一具遍体鳞伤惨不忍睹的尸体，而跌坐在窗根的穆彦，面如土色失魂落魄，握紧的拳头生生揪下来额前一大绺头发，头皮渗出血来。

人人都知道他后悔了，可后悔有什么用，如花似玉的小姑娘再也回不来了，他背着奸杀的罪名入狱服刑，最受不了的，却是别人用那种看强奸犯的眼神看他。

他对那姑娘是真心的，可到后来，一切都不受他控制了。

"我跟你们说个事，你们也就是听听就完了啊。九班的钱禄，你们都知不知道？三天前，就是自己溺死在这个池子里的！"被管教遣散带离事发现场的犯人中，有个跟代乐山同班的，按捺不住在人群中心有余悸窃窃低语。

正好经过的梁炎东闻言眉梢抽了一下，稍稍放慢了脚步，却始终低着头，连一眼都没有看过去。

有人开了这个头儿，那些平静表面下的暗涛汹涌，就再也藏不住了。

"是真的，那天我亲眼看见的。好好一个人，莫名其妙就自己跳里面去了！"

"这几天到底是怎么了，别真是代乐山那个劳什子的梦应验了吧？真有女鬼回来索命？这多玄乎啊！"

"难说，你看九班的钱禄，和今天的穆彦，要说关系，他们八竿子也打不着吧？唯一就那么一个共同点……"

"你说是……强奸杀人？"

"除了这个还有别的吗？要没那么点儿玄乎事儿，那为什么犯别的事儿的人不死，非得死他们两个背着'花案子'的呢？"

"你要这么说，我也忽然想起来，就三天前，三班梁炎东不也……"

话说到这里，窃窃私语的几个人不约而同地朝梁炎东的背影看去。

男人的脊背挺拔，只是步子略显沉重似的缓慢。看梁炎东脖子上那道明显的勒痕，每个人脸上都是一副讳莫如深的犹疑表情，方才起头儿的那个人又说："管教说他要搞事情，自己拿着根儿绳子差点没把自己勒死。现在这么看，哼哼，被死在他手里的女鬼盯上了也不一定！"

正说着，一个年逾50头发花白的男人拨开他们，颤巍巍地走进了自己的监室，那被劣质烟草侵蚀多年的嗓音，听起来就像是在砂砾上碾磨过一般，"善恶到头终有报啊……"

方才说话的那人愣了愣，开口似乎想说些什么，却欲言又止，"……田叔。"

田永强摆摆手，眼眉下眼珠露着涣散而浑浊的光："都散了吧。议论这些给人知道，又是麻烦事。"

梁炎东推开他们班的门，在即将走进去的时候，貌似不经意地往刚才议论他的人堆里看了一眼。监室的门被他反手关上，阴沉沉的监仓里，那双敛着光的眸子里到底装了些什么，再没有人能看得清。

当天晚上，任非跟同事换了值夜班，他始终守在接警室，从下午2点到5点，再到第二天凌晨，电话铃声每响一次他的心就跟着收紧一分，可直到第二天上早班的同事陆续进来，任非也没有等到他要等的那通命案报警。

谭辉一边打电话一边风风火火拉开接警室的门的时候，看见的就是个神经病一般双眼赤红直愣愣盯着电话机的任非。见他目光呆滞、脸色蜡黄，谭辉忍不住张嘴问道："怎么了这是？"李晓野从谭辉身后冒个头看一眼，当即摆了个极度夸张的嫌弃表情，"任非，该值班不值班，跑咱们小警花的位置上干吗？"

任非熬了一宿也没等来个结果，一颗心被不上不下地吊着甭提多难受，这时候又困又乏又焦躁，听见李晓野那张贱嘴在门口嗡嗡，如果不是有谭辉站在前面，他当即就能把手里的那部电话机撇过去，恨不得砸死这丫的。

"行了，一大早就听你那嘴跟个机关枪似的哒哒哒没个消停。"谭辉朝后面怼了李晓野，继而朝任非扬扬下巴，"不让你值夜都不行，非得横插一杠子。等什么，走吧，回去歇着去。"

任非虽然没有破案的天赋，但他好歹有职业的敏感，平时没事儿的时候顶着一头鸡窝不修边幅地来局里打卡，直到吃完早饭才能完全清醒的谭辉，今天清清醒醒整整齐齐地站在这儿来找他，身后还跟着个同样整装待发的李晓野，他都不用问，就知道队里这是来活儿了。

他推开凳子站起来，狠劲儿搓了把脸，甩甩头，边活动着僵硬的肩膀腰肢边走向谭辉，"我没事。哪里出事儿了？我跟你们一起去。"

他们队里谁都知道任非执拗得很，犟起来九头牛都把他拉不回来。谭辉也不跟他啰唆，只是说起出事的地点，那张棱角分明的脸上，表情霎时间有些古怪。这古怪从谭辉脸上一直蔓延到任非心底，把他刚刚放回去的心又提溜起来，吊在了嗓子眼里。

"这回倒真是稀奇，案子是发生在市监狱的。按说他们监狱自己是有侦查权的，监狱里边有个风吹草动的，跟我们也扯不上关系。但今儿一大清早的，市局那边的领导电话直接打到了杨局那里，说是东林监狱反映，昨天下午做工的时候死了个服刑人员，已知案情比较复杂，体系内处理不了了，请求刑侦方面支援。市局刑侦那边支队长不是在接受组织调查吗，副队手术住院了，没人主事儿，正好市监狱属于咱们区，就把案子给咱们了。"

霎时间任非猛地睁大眼睛，从昨天下午开始一直萦绕在他心头的那团阴云乍然散去，他终于意识到问题出在哪里——死亡时间是在昨天下午，这就对上了！

怪不得他一直守在这里却没等到任何消息，原来这次的命案现场在高墙之内！

驱车往东林监狱去的路上，谭辉照例通过手台把现阶段掌握到的情况跟大家做简明扼要的说明："死者名叫穆彦，男，是东林监狱十五监区一大队五班的服刑犯，两年前因为强奸致人死亡入狱，判处15年有期徒刑。这个人入狱之前社会关系就比较复杂，入狱之后仗着身手不错，好勇斗狠，在里面也结了不少梁子。昨天午饭后，穆彦跟人又有摩擦，打伤了人，被带到副监区长办公室说服教育，但是不知怎么回事，受教育后本来应该被带去关禁闭的穆彦，在下午2点左右却被吊在了监区内的工业粗染房的房梁上。当时吊在他脖子上的就是等待漂染的布料，后来布料断裂，一大队众多正在做工的服刑人员就这么集体目击他坠到了染池里。等管教们想办法把人捞上来的时候，人已经死了。"

李晓野听着就忍不住插了一句："这是昨天下午的事情，怎么今天一早才想起来找我们？"

"监狱那边原本是打算按自杀处理的，但是后来尸检，发现疑点颇多，这才又报上去，等到他们上级领导知道其中内情再派人去看，就已经是今天早晨的事情了。"谭辉说着沉默了片刻，用那种让人分辨不出是嘲讽还是辩驳的语气，接着又道，"无论如何，自杀也好他杀也罢，监狱里平白无故死了个人都不是小事情，他们想着把事情压一压大事化小，也是人之常情。"

后面谭队和李晓野说了什么，任非通通都没听见。他坐在石昊文车里，回想着谭辉的话，脸色越来越难看。几天前钱禄的死相仿佛一根被烤红的钢针，骤然间刺进他脑子里某根始终紧绷的神经，瞬间他就已经把这两起死亡案件联系在了一起！

强奸致死，坠入染池——如果一个人死于染池是意外，那么两个因同样罪名而入狱的人都在池子里殒命，就绝对不可能是巧合！

"石头……"任非叫石昊文的声音有点发抖，"你还记不记得几天前你帮我查的那个……"

石昊文脸色也不太好看，他当然记得，当时资料上那个惨烈画面即使只是随便一眼看过去，也足够他心有余悸半个月。

石昊文飞快地转头看了任非一眼，探究的目光里是不言而喻的询问，"你到现在还没跟我说呢，你让我查他到底怎么回事？"

任非几次三番往监狱里面跑，在头顶上两个大老板三令五申的警告下，仍旧假借"探监"的名义拖着关洋冒着违纪的风险打探梁炎东的消息，别说是任非这么个精怪的猴子，就是换个稍微有点儿脑子的人，他也知道这事得背着人、在私底下偷偷摸摸地搞。

所以他那天虽然撞见钱禄的尸体被抬出监狱，但是找石昊文帮他查这个人的时候，任对方询问再三，他仍旧咬紧牙关没松口。

他们队里没人知道他去过监狱，更没人知道，几天前他刚刚目睹了一个同样死在漂染池里被捞上来的强奸犯被送去医院做鉴定。

鉴定的结果还是自杀的。

任非想到这里就禁不住地腹诽，就知道那个含糊其词的法医不靠谱。

杂乱的信息在脑子里来来回回地绕了几圈，任非的脸色也跟着不断变幻，石昊文开着车等了半天也没等到回音，没耐心了，"嘿，我说你小子，别给我装傻充愣当听不见啊。我要没记错的话，市里那些犯了事儿的重刑犯可都在东林监狱蹲着吧？你让我查的那个钱禄是不是也在那儿？虽然市监狱处于咱们昌榕区的这个辖区范围，但是就算退一万步，哪怕你跟着片儿警去巡逻，也不可能那么巧就走监狱去了吧？哦，还那么巧，你去了那儿就死个人，偏又让你看见了？"

石昊文这前前后后兜了一大圈子的推论简直让人细思极恐，偏老司机自顾自分析情况的时候车速半分不减，任非一边把着副驾上方的安全扶手，一边用余光扫着道路两侧飞速向后掠去的景物，在狂鸣不止的警笛声中看着石昊文磨磨牙，"你说这话什么意思啊？哦，我柯南附身，走哪哪都得有场命案伴我左右是怎么着？"

那边石昊文头哼哼两声，心虚地摸摸鼻子，"你自己说……"

话还没说完，就被他们谭队冷凝严肃的问话打断了，"石头，把车速给我降下来。"

谭辉原本是坐在头车里的，眼见着石昊文开车飞速越过他们，一副打算飞起的样子，谭辉先是控制了老司机的条件反射，转而用同样的语气问他们两个："你们刚才的对话是怎么回事？钱禄是谁？任非，把你知道的给我说一遍。"

速度慢下来的车里，任非一脸生无可恋地看着刚才忘了关

137

的手台，深吸口气，隔着玻璃对着后视镜扯了个虚伪到不行的假笑。

他是活够了才会想跟他们脾气火爆的队长坦白从宽，说自己去监狱是为了去找梁炎东。漆黑眼珠一转，他扯着嘴角在手台里干笑了声，"那个什么，我有个关系不错的同学在东林监狱里当管教，我那天是去给他送东西，出来的时候正好遇上管教们把一个在染池里溺死的人抬上车，准备送去医院做尸检。我怕有什么事儿，就跟过去看看……"

接下来，不用谭辉问，任非把剩下的、那天发生的所有事情的经过和结果都跟队友们汇报了一遍。

听完之后，几乎车上的所有人都把这两个人命官司联系在了一起。车内一时陷入沉默，半晌没有动静的沉寂中，突然只听任非一拍大腿，吼了一声："坏了！"

石昊文离他最近，听着骤然一声吼，被吓得握方向盘的手猛地一抖，"怎么了，怎么了！"

"现在说，钱禄的死都已经是4天前的事了，但是按普遍的习惯，人死第三天就该被家属推进殡仪馆火化了啊！"任非整个人都有点蒙，他的手下意识地摸上车门把手，"当时二院给钱禄尸检的那个法医我看着就不靠谱，他非说钱禄是自杀的……但就算不是死于自杀，尸体一火化，也就无迹可寻了啊！"

说话间车已经到了东林监狱，十五监区的副监区长早就带着人等在那里了，任非抬眼看过去，一眼就从副监区长身边认出了那天带钱禄尸体去做尸检的曹万年。

见他们下车，副监区长搓着手几步迎上去，看着谭辉的脸上表情一言难尽，"谭队，你看这……"

昌榕分局和东林监狱，虽说不在一个山头，但都在昌榕这一片儿，偶尔工作有交叉，开个会办个案之类的，大家低头不见抬头见，彼此都能混个脸熟，奈何谭辉这么多年来始终学不会称兄道弟握手寒暄那一套，刚才任非车上说的话他也着急，副监区长迎上来，他记起来这人也姓穆，却没在意这个，当即一摆手，开门见山张口就问："4天前，你们这里是不是还死了个叫钱禄的犯人？"

"这……管教们一眼没顾到，那人自己溺死在漂染池了，你们是怎么知道的？"

"先别管这个，您先回答我，能不能找到钱禄家里人的联系方式？"

"有啊，都有备份的。"

谭辉一听，当即头也不回地朝身后喊乔巍："老乔！你快跟人去把钱禄家属的联系方式找出来，联系他家里！看人入没入殓，没有的话赶紧把人给我拦住喽！"

副监区长一愣，"……谭队，您这唱的是哪出儿啊？"

"唱哪出儿？"谭辉眯眼望向炎炎烈日下监狱里高高耸立的灰白塔楼，嘴角勾起一个匪气十足的笑来，让他整个人的气势显得更加冷峻凌厉，"怕是监狱里有人想要唱一出瞒天过海。我们几个，正准备找找材料，给他搭个台。"

第 8 章

尸语者

副监区长带着谭辉他们去看现场的时候，穆彦的尸体早就不在工厂了。

出了事，监狱方面暂时把在这里做工的服刑人员安排到了别处，将这里封起来。工业染房里还保持着昨天出事时候的样子，从灰败的老旧大门走进来一直往里，没多远，就看见地上红色染料飞溅的、被拖曳的痕迹，那个吞噬掉两条生命的水泥浇筑的巨大池子中的一摊浓稠血红的死水里，仿佛蛰伏着不知名的怪物，转眼就要把人吞没。

染池的一侧，水泥地面上被人用白色石灰粉圈出来了一个人形轮廓，谭辉几个人看着那个圈圈，彼此对视了一眼，知道这是穆彦尸体被从染池打捞上来拖到地上时，尸体所保持的一个形态。

那个人形圈圈里的地面透着染料的红色，旁边还留着从死者脖子上解下的同样被染红的布条，那些已经干涸的红色，就好像是死者身上流下来的血，触目惊心。

而更加让人打心眼里发怵的，是此刻染池上方，挂在房梁上

140

仍旧在随风飘荡的半截白布。

真真就是三尺白绫荡在头顶迎风而舞，凄厉的白，如鬼似魅，站在下面稍微回想谭辉早上做的案情描述，就能立刻脑补出昨天穆彦被挂在上面荡来荡去的情景。

任非禁不住打了个冷战。有一个能感受死亡的第六感不是什么值得高兴的事，那反而就像个诅咒，冷不丁地冒出来，死死禁锢着他，让他夜不能寐。但是从警以来，任非在他的第六感指引下遇到的几起案子，死者被发现的时候大多都不是在第一作案现场，要不就是现场已经遭到严重破坏，所以他没机会直观地感受到死亡现场的惨烈。

像今天这样，站在保存完好的第一现场，这样直接近距离地观察夺走死者生命的东西，还是第一次。

也不对，确切地说，这是他从警之后的第一次。最早的时候，是在12年前，他这辈子见过的第一个案发现场是他妈妈邓陶然被杀的那一次。

当时是什么样呢？那么多血流出来，如果当时都流在这样一个染池里，是不是也要把一池子的水都染红了？

任非只要一想起当年的事情，状态就有点游离。他出神地看着染池边缘的水泥台子上飞溅出来的染料，出神地伸出一根手指在上面某个溅落的痕迹上抹了一把，薄薄的，略微有些黏腻和颗粒感的干涸物顿时沾了一些在他指尖。

池子里都是已经勾兑过的漂染水了，水状的东西干涸之后不应该是这种形态。任非抬起胳膊，将那根黏了些细碎红色干涸物的手指凑近鼻子，微微吸气闻了一下。

他原本混沌的目光一下子重新凝聚起来，他死死盯着指尖那一点点粉末状的东西，手指将那细微的东西轻轻捻开，紧接着又放在鼻子下面，缓慢地，悠长地，深深地吸了口气——任非的脸色完全变了。

这不是染料，这是血！

"老大！"任非猛地回头，那时谭辉正带人顺着角落里的楼梯往夹层上爬。任非震惊中的一声狂吼在空旷的厂房里回荡，那边谭辉几乎同时看过来，接着就毫不犹豫地问："有什么发现？"

在出事地点发现可疑血迹，对目前毫无头绪的案情来说的确是一个至关重要的线索。一同来的胡雪莉不用谭辉吩咐，径自走过去，用戴着手套的手拿着工具把那一滴干涸的血迹从池子边上铲起来封好，准备带回去化验。

他们在案发现场搜寻一圈，疑点很多，从现场能直观看出的线索却寥寥无几。

"夹层那边属于工作区，鞋印凌乱已经失去提取价值。"胡雪莉一边说一边在石昊文的协助下把那条半挂在房梁上的白布取下来封存。说话间，带着任务去钱禄那边的老乔给谭辉打来电话。

老乔在电话里说了几句，谭辉听完一语不发地挂了电话，他握着手机，微微垂眼吐了口气，一时间脸上晃过一丝难以描述的神色。

看着他这个反应，队里的其他人心照不宣，都知道怎么回事儿了——钱禄的尸体肯定已经不在了。

果然，过一会儿就听见他用低哑的声音说："家属前天就已经把钱禄的遗体火化下葬了。就算我们怀疑钱禄也是死于他杀，但那边的线索已经算是彻底断了。没别的辙，玩命往深了挖吧。"

什么叫"往深了挖"？就是死者生前接触过的人、遇到过的事、监狱外面的社会关系、监狱里面的服刑表现，从头到尾，一个个走访，挨个排查，力求找到任何一点能证明他们猜测的蛛丝马迹。

这是个相当庞大而琐碎的工程，光是想一想就让人头疼。

但是头疼的也不只是他们几个，在场陪着他们的穆副从始至终听着他们云山雾罩的对话，头疼得都快有两个大了。

"谭队，您这到底是怎么回事？您好歹给我说一下情况啊……您看我们报案报的是这起'工厂上吊'事件，您怎么不问这个，反而来了就去查钱禄的情况？钱禄是自杀，虽然我们监区必须要为此负看管不力的责任，但法医也鉴定过，钱禄的死因是不存在疑点的。"

"是个在二院做伤情鉴定的法医。"任非在一旁翻了个白眼，忍不住张嘴吐槽，末了特意重重咬了结尾那两个字。

副监区长本来从进到工厂之后，就已经保持相当难看的脸色很长一段时间了，听任非忽然在后面插了一嘴，当即眉毛一立，"你这是什么意思？"

"任非。"谭辉淡淡的一声喝住市局长家的小公子，话却是对穆副说的，"是这样的，钱禄和穆彦，这两名死者身上有诸多共同点。首先，他们都是隶属于十五监区一大队的人；其次，他们都是因为强奸杀人进来的；最后，又在短短几天之内死在了同一个地方。钱禄的死因也许会对穆彦的案子侦破提供线索和依据，因此需要多了解一些情况。"

穆副恍然大悟，"那勘查现场有什么可疑的情况吗？"

谭辉摇头，"暂时没有，搜集到的证据，要回去化验后才能知道结果。既然钱禄的尸体已经没了，当务之急，我们得去二院看看穆彦的。"

从监狱出来去二院的时候，记仇的任大少爷以"我们车里坐不下了"为由，毫不客气地拒绝了穆副和曹万年等人要搭车的意图，他们几个人跳上车，关上车门，从后视镜看着不远不近跟在后面的隶属东林监狱的车辆，开始通过手台梳理案情。

依旧跟石昊文一台车的任非首先对现场做了简单的还原。他说的跟当时被所有做工犯人目击的现场基本上无甚差别，末了提出疑问："但是这里面疑点重重。第一，关于看守问题。监狱方面一直强调在押送穆彦的整个过程中看守很严密，但实际上，就目前从押送穆彦的狱管那里了解到的情况，从办公室出来后，穆彦曾申请去了位于办公楼北角的厕所——问题就出在这里。在穆彦去厕所的过程中，起初并没有任何异常，但是当监区突然断电的时候，管教去里面揪穆彦，这个人就已经不在里面了。第二，凶手既然能做到这一步，那么说明当时他杀死穆彦易如反掌，可是他却偏要以这种近乎'示众'的方式，让在场所有人都眼睁睁看着穆彦死在眼前，这么大费周章地折腾一圈风险相当大……"

石昊文心不在焉地开车，他的脑子都在案子上，任非说完，他立刻把话接下去："另外，凶手对十五监区的地形非常熟悉，所以初步应该可以判断，凶手就是这座监狱里的人。至于'示众'，我觉得，如果联系前面钱禄溺亡的话，那么就完全有理由怀疑，凶手是个对强奸犯深恶痛绝之人。"

任非拍大腿表示对石昊文的赞同，"好石头，我也是这么想的。"

"得，你别这么夸我，我瘆得慌。"

"给队里打电话，再叫几个人到监狱去，先搞清楚穆彦到底是什么时候失踪的，再去那个厕所查查，作为死者失踪的第一现场，看能不能捞着点有用的东西出来。"谭辉点了根烟含混地说道。

而他的那辆车里，胡雪莉的声音在他之后传来。因为坐后座离手台比较远的缘故，她的声音听起来有些模糊，"你们有没有人注意到，那个穆副监长跟穆彦，都姓穆。这本来就不是个常见的姓。"

"还真是！"旁边的李晓野用余光快速扫了他们队长一眼，眼底跃动着烈焰一般的光，"老大？"

随后，谭辉的声音传来，很沉很稳，毫不犹豫："去查吧。我们看看，这位副监区长跟死者之间，究竟是什么关系。"

谭辉把人都派了出去，李晓野中途开车回了分局，谭辉换到任非他们那辆车上，加上胡雪莉，4个人接着往东林二院开。

他们从分局出来得早，一路上畅通无阻地到了监狱，但是从监狱穿越中心城区往二院去的时候，却正好遇上了早高峰。

东林虽然是个省会城市，但只能算是二线，没有限号，也没有地铁，好几条主干道都是四车道，在这个大家有事没事送个孙子买个菜都要开车的年代，早高峰的路上再有那么几辆不遵守交通规则的三轮摩的加塞乱挤，那基本就是水泄不通，没半个小时都别想从这条路上出去。

他们头顶上的警灯明晃晃地闪着光，但是没人给面子，车跑得比驴拉爬犁都慢，边上路过的某个大爷骑着载客的小三轮左冲右突地从他们眼前挤过去，后视镜上挂着的小红旗随之迎风招展，活像在跟各路堵车大军炫耀，老子这个体量的，那才是轻松应对各种状况的城市小精灵。

石昊文在车里把喇叭按得震天响也出不去这条拥堵路段，末了看着那三轮车上的小红旗，狠狠砸了下方向盘，气得连痛骂都卡在嗓子眼儿，一个劲儿地喊任非："任非，快快，赶紧掏手机把那小红旗的违章拍下来，拿回去给隔壁队的哥们儿到时候抓典型用！"

"抓个毛线球，就这车，你在咱们昌榕区这一片儿搜罗搜罗，眨眼能揪出个百八十辆来。"任非头也不抬地随口回答他，手上却不停——他习惯性地把今天知道的所有案件信息都简明扼要地在手机的备忘录里记下来，方便他没事的时候就拿出来捋一捋。

"其实你们没必要跟我过来，医院那边我一个人也搞得定，与其在这儿堵着，还不如抓紧时间在监狱了解情况。"胡雪莉坐在他后面，她很少笑，不说话的时候，那张瓷白细腻的脸上会透出点生人勿进的冷艳味道，眸子里如藏敛了一幅黑白的水墨画，深沉悠远中透着让人着迷却猜不透的神秘。

闻言，任非正在摁手机的手指微微顿了一下，然后终于抬起头，看着石老司机从一条两车留出的小间隙里七拐八扭直冲向前，他微微吐出口气，解释道："本来谭队是说让我留在那边的，但是我想……看看死者的样子。"任非微微抬头，看着窗外逐渐刺眼的阳光，微微眯了下眼睛，"钱禄火化已经死无对证，但我是咱们这里唯一见过他死相的人。我想看看……穆彦的死相，跟他一不一样。"

当一行人终于到了东林二院，在停尸房里看见死者的时候，任非发现，乍一看，穆彦跟之前的钱禄，其实是差不多的。

穆彦身上的化学染料显然也已经被清理过了，但是跟钱禄一样，一部分染料沁入表皮，尸体浑身上下都染着一层淡淡的桃红，就好像整个人是被塞在蒸锅里蒸熟了才死去一般。

带他们过来的法医还是那天给钱禄做尸检的那两个。在几个人简单看过尸体之后，当天跟任非说尸检结论的那个人对正从工具箱里掏手套戴上的胡雪莉说："该检查的该化验的我们都已经做完了，现在就是有几个疑点想不通。报告在这儿，要不你先看看？"

胡雪莉戴手套的动作微微一顿，继而把戴上一半的手套又摘下来，从对方手里接过了那薄薄的两页纸，一行行看下来，她很快就发现了对方所说的"疑问"。

按照监狱现场的情况和相关目击证人的陈词来看，穆彦是被吊在工厂房梁上的，刚才在监狱的时候，当时在场的管教说，穆彦被吊在上面毫不挣扎一动不动，所以他们无法分辨被吊上去之前，穆彦是不是就已被勒死了——这一点从尸检报告和尸体情况来看，死者是不可能被勒死的。

一般被勒死的话，勒绳在脖子上留下的索沟呈水平的环状，索沟的深度均匀而结扣处有压痕，死者颈部肌肉有断裂或出血，并且多见抵抗伤。

但是穆彦的脖子上，索沟着力处水平两侧斜形向上，索沟的位置在舌骨与甲状软骨之间，索沟中间着力处深而两侧浅，颈部肌肉不见出血——从这几点上看，死者脖子上的伤痕是符合缢死典型特征的。

但是让胡雪莉感到奇怪的是，尸检报告上还写着一句：死者舌骨大角及甲状软骨无骨折，颈动脉内膜有少许断裂伤。

这与缢死的特征却是完全相悖的。

舌骨大角和甲状软骨骨折，颈动脉内膜断裂，这是缢死之人的致命特征。可是在眼前这具尸体上，却没有。

那么从上其实可以初步得出结论，死者被吊在布条上的时间尚短，掉进染池的时候，致命伤还没有形成。

可是，如果他不是缢死的，当时死者手脚皆没有被束缚，他掉进染池的时候为什么不挣扎？真的是自杀？谁会把自己脱得一丝不挂跑到工厂去，让诸多狱友目睹自己吊在房梁上，再挣断绳子落进漂染池里淹死？除非穆彦是个怪异，有暴露癖，否则稍微正常点的人都不会做这样的事。

然而，再往下看那份报告……胡雪莉微微拧了下浓黑的秀气眉毛，表情变得越发难看。

死者的口鼻检测出蕈状泡沫，气管、支气管、肺泡和胃内皆有少量溺液——这是溺死者的特征，可是这些特征非常不明显。

刚才说话的那个男法医始终观察着胡雪莉的反应，看她脸色凝重起来，这才又开口："就是这样的。照目前的尸检结果来看，我们无法确定死者究竟是缢死还是溺亡。"

他说话的时候尾音微微上挑，态度有点儿轻慢，任非当即眉毛一立，有点想揍他的意思。

但是没等到任非出声，胡女王先是眉毛一挑，瞥了说话的法医一眼，随即反问了一句："无法确定？"

"从目前已知的信息看，就是这样的。"男法医摊摊手，"得等解剖之后才能得出更加深入确切的结论。但是之前你们没人过来，我们不方便就这么把尸体打开。"

胡雪莉最后深深地看了他一眼，没再说话，把那份尸检报告往谭辉手里一塞，径自戴上手套口罩，直接越过站在前面的二院男法医，轻车熟路地朝尸体伸出手，用两根手指捏着死者的下颌稍稍抬起，同时毫不客气地指挥旁边对男法医一脸不爽的任非，"任非，我说你记。"

"好嘞！"

"死者脖颈索沟3.5厘米，从伤痕来看，与我们在现场看见的布条吻合。索沟着力处及两侧有轻微摩擦痕迹，由此可以推断死者生前被吊在房梁的时候曾有过短暂的小幅度挣扎。"胡雪莉说着微微顿了一下，她小心扭过穆彦脖子的时候，在穆彦右侧颈动脉上发现了一个拇指大小的、在染料颜色的掩盖下显得非常不起眼的、类似于尸斑样的痕迹。

她抬头看了一眼谭辉，想说什么，却最终咽了回去，"右侧颈动脉有一处不明瘀痕……"正说着，她的话忽然又顿住了，紧接着她的眼睛亮了亮，像是突然想到了什么，她用戴着手套的手指轻轻抚过那处瘀痕，继而一把拉过旁边的谭辉，把他拇指掰开，然后摁着，在距离尸体皮肤表面不到毫厘的位置，虚虚地停下来，左右对比了一下。

半晌，胡女王放开谭辉的手，语气非常笃定地说："不对，不是不明瘀痕。"

她说着，思索片刻，小心地稍稍抬起穆彦僵冷的左手，果然如她所料，掩盖在红色染料之下，有一道细细的割痕，她在伤口

149

边缘摁了摁，使得因僵冷而闭合的伤口随之再度裂开，胡雪莉抬头又看了任非一眼，"伤口深约0.5厘米，已经伤及静脉。"

胡雪莉的那一眼含义非常明显，几乎让任非立刻就想起了他在漂染池边上偶然发现的那滴血迹，"所以那滴血是死者自己的？"

胡雪莉略一颔首，将死者的左手轻轻放下，直起腰来，"极有可能。不过准确的结论，还要回去做化验比对才能出来。"

她想起二院的尸检报告上写明的，死者背部有摩擦伤，当即毫不犹豫，也不知道哪里来的力气，一个看上去瘦瘦弱弱的姑娘，竟然一个人俯身弯腰半抱着尸体翻了个个儿！

穆彦被吊在工厂房梁上的时候就已经未着寸缕了，死后更没人给他穿衣服。而作为一个未婚女性，面对这样一个浑身透着诡异桃红的裸体男尸，胡雪莉竟然能面不改色地一手扳着他的肩，一手托着他的腰，目不斜视地把人翻过去！

而就在在场男人们震惊的时候，胡雪莉已经检查完了尸体背后的伤痕，又把人正面朝上放好了。

完事后，她稍稍松了口气，"背部创伤跟二院给的尸检报告内容一致。不是致命伤，应是在石台阶、质地较硬棱角锋利的木板或者铝合金一类的坚硬的东西上拖拽磨砺所造成的。"

按目前初步尸检所掌握的情况来看，机械性窒息和溺亡的特征都不明显，无法确定真正的死亡原因。别说是任非那有限的从警经历，就算是胡雪莉，从事法医这些年，也鲜少遇到。

接下来再要有进一步的结论，事情就比较麻烦了，要解剖要化验，等结果出来，最快最快也是明天的事情了。

当务之急应该是让法医方面立刻着手对尸体做进一步检查化验，但是谭辉和胡雪莉是合作多年的老搭档了，谭辉那双微微眯起的眸子淡淡往对方脸上扫了一眼，当即就察觉出，胡雪莉有话含在嘴里没说完。她现在不说的，多半就是跟案情有着密切联系，但是需要保密，不方便在闲杂人等面前讨论的。

谭辉那双天生透着一股子匪气的眸子快速地在停尸房里的人身上转了一圈，随后毫不客气地对他们队里的人招招手，"石头、任非、小狐狸，走，你们跟我回车上，咱把目前掌握的线索梳理梳理。"

等他们都走了，姓穆的副监区长一脸晦气地从停尸房快步走出来，在门口跺了跺脚，吐了三口唾沫，朝着走廊尽头昌榕分局刑警大队一行人消失的楼梯又啐了一口，"我呸！怪不得谭辉这些年立了多少功也还是个大队长，就这样茅坑里的石头又臭又硬的，活该他一辈子升不上去！"

隶属昌榕分局的警车里，"活该一辈子升不上去"的谭队长，关起门来后的第一句话就是直接问胡雪莉："你有什么发现？"

"尸体脖子右侧颈动脉处那个手指压出的瘀痕，我怀疑是凶手在死者生前曾用力按压此处致使死者昏迷所留下的。"

胡雪莉一边说，任非在旁边一边按照她的想法模拟了一下凶手作案的手法——他用右手朝着石昊文脖子掐过去，直到石昊文后脖颈上激起一层鸡皮疙瘩，他才若有所思地把手收回来，"但如果是我想让谁窒息昏迷，就算是对自己的手法非常有自信而只用一只手，我也一定会从前面把他半个脖颈都掐住。相比于后脖颈，前面才是要害。这样的话，穆彦脖子上应该至少有半圈掐痕才对……"

"未必是窒息昏迷。首先，按压颈动脉的话，最可能引起的是低血压、脑供血不足而造成的休克。其次，这一根手指就可以办到，留下的痕迹少，不容易被发现。最后，一旦被害人落入染池，事后尸体清理染料之类，指纹随之淡化消失，法医也无法从中获取更多信息。"胡雪莉摇摇头，她正盯着任非手里的手机，屏幕上是刚才任非根据她的结论记录下来的信息。

她就这么定定地看着，注意力却好像游离在屏幕之外，半响，车里的三个男人听见她慢慢地说道："联系一下死者身上其他几处伤痕……我觉得，死者很有可能是先被凶手按压颈动脉致昏迷，随后凶手从什么地方把他拖拽到某处——死者背后的伤痕可以明确证明这一点。凶手将死者拖走，再将他的衣服扒光，套上那种等待漂染的布条。然后在吊到房梁之前，在死者左手腕静脉上割了一刀放血。在整个过程中，死者应该都是处于昏迷状态的，这是因为在死者身上，我没有发现除这三个伤痕外的其他痕迹，证明死者并没有与凶手正面进行过抗争。"

谭辉在腿上来来回回转着他的打火机，"结论呢？"

"在被吊起来的过程中，死者应该曾有短暂的意识，所以他试图挣扎，作为凶器之一的布条也在死者脖颈索沟周围留下了摩擦痕迹，但是那也不过就是短短一刹那，很快他就因颈间压力而陷入了更加深重的窒息和失血性休克当中，后来，布条断裂，他因此坠入身下染池，勒住自己的布条带来的压力消失，生命的本能促使他呼吸，但是没有多久他就死在了里面——这是为什么他口鼻检测出蕈状泡沫，气管、支气管、肺泡和胃内皆有少量溺液，并且肺脏没有呈现出溺死者典型标志的水性肺气肿的原因。简单地说，死者丧命应是布条、手腕伤以及溺水三方面共同作用的结果。不过相关证据得等我回去做了化验和检查才能拿给你们。"

胡雪莉说着，露出一个充满嘲讽味道的淡薄的笑，"不过就算不检查化验，照目前尸检得出的结论来看，这起案件也百分之百是他杀。不知道报案的时候他们监狱长有样学样说'无法辨明他杀或自杀'的时候，有没有自己去看过现场和死者。"

监狱长有没有看过现场没人知道，但是沉默半晌的任非再发声的时候，却让几个人同时注意到一个先前谁也没顾得上的细节，"穆彦的尸体到现在还赤条条的。之前监狱那边也说，穆彦被吊在工厂的时候未着寸缕。那么……他被扒掉的衣服哪儿去了？现场没找到，也始终没人提起。但是监狱这个地方，要把那么一大堆东西夹带出去，不太可能……"

任非说着，眼睛微微亮了亮，"那么，有没有可能，是它上面有泄露凶手身份的蛛丝马迹，所以被凶手藏起来了？"

"有。"他的话音未落，谭辉立刻回答道，接着他啪的一声打燃了手里一直把玩着的打火机，淡蓝色的火苗燃起来，微微的幽光给他下颌的部分镀上一层诡异而沉静的幽蓝。他动动嘴巴，下巴上的那束蓝色火光随之跳跃，"而且，案发之后风声紧，凶手没法处理。所以此时此刻，穆彦的衣服，应该还在监狱的某处！"

"啊啊啊啊啊啊啊！"一声受惊丧胆的尖叫冲破监狱的重重罗网直冲云霄，东林监狱十五监区"算命先生"代乐山所在的二班里，一个刚满19岁的小年轻惊慌失措地一屁股坐在地上，指着

153

其中一个空着的床铺，脸色惨白如见了活鬼一般。

一大队里接连死了两个人，正值多事之秋，监狱领导下了命令，十五监区暂时进入严管，所有罪犯取消自由活动和放风时间，连出工也暂时停止，以往的做工变成了集体军训，由管教统一带领，大批人共同进出。

因为取消了自由活动，所以东林监狱原则上每周两次的早操在十五监区就变成了每天的活动，管教狱警多人联动严防死守，硬生生把整个监区守成了铁桶，然而就是在这种情况下，又出了一件匪夷所思的怪事。

出了早操吃完饭回来，管教各自看管着自己辖区的犯人们回监仓整顿内务后再集体出去训练踢正步走方块，然而谁都没想到，就这么一会儿工夫，一大队里竟然又翻出个耸人听闻的事儿来！

小年轻号叫，左右狱友闻风而动，顺着脸色煞白的小伙儿指过去的方向一看，紧接着二班瞬间炸开了锅！

这天正好赶上关洋值班，那声石破天惊的尖叫声出来的时候，看似文弱的男人迅速反应，在喧哗骤起的同时拎着警棍狠狠敲在二班的铁门上，瓮声瓮气的动静把一时的骚乱生生压下去，然后他拎着警棍一个箭步冲进二班，抓着小年轻的衣服把他从地上薅起来，厉声呵斥："喊什么？"

小伙回头一看是他，甚至没在意男人那张冷若冰霜的脸上透露出来的警告和怒意，反而如同抓住了救星一般，反手一把抓住关洋，"关……管……"他舌头打结，关和管的读音已经分辨不清，但手还始终僵硬地朝斜前举着，原本没好气的关洋下意识地顺着他示意的方向看过去，也愣住了。

在他们斜前方，一张被铺折叠整齐的空床位上，摆放着一套

154

折叠整齐的囚服。囚服背后印着的编号朝上，4个硕大的数字清清楚楚：1559。

空着的床是代乐山的。上面的囚服是五班穆彦的。

那正是谭辉他们要找的东西。

昨天中午，因为寻衅滋事、散布谣言，代乐山和穆彦分别被带走，一个去医务室看伤，一个去副监区长办公室接受教育，但是原本，两个人昨天的最终归属地都是一样的，那就是禁闭室。

而现在，代乐山还待在禁闭室里没回来，而穆彦，已经在昨天下午死于非命。

至于代乐山和穆彦之间唯一的也是最后的联系，是昨天中午代乐山说有女鬼来索强奸犯的命，随后他就被躺着中枪的穆彦忍无可忍地削了一通。

但是很快，穆彦就真的死了。所有人都看见了那个男人白条鸡一般赤条条被挂在房梁上，而现在，他的衣服竟然突然诡异地出现在了与之有过节的代乐山床上。

关洋怔住，眼睛直盯着雪白床铺上灰色的囚服，一股冰冷的凉意从脚底蹿起，逼得他激灵灵地打了个冷战。

他推开在面前挡路的小年轻，手指微微颤抖着朝代乐山的床铺走过去，等走近了，他才发现，那衣服是潮的，就好像被扔在外面草地上一宿沾染了深重的露水一般。

关洋稳了稳心神，扯过代乐山的床单，将那套标着1559的囚服包起来，拎在手里。

他转过头，正想对二班这几双眼巴巴盯着他的犯人警告点什么，这时候三班的王管安顿好他们班，从旁边过来，"怎么了？"

于是关洋把二班那几个被蹊跷出现的死人囚服震得战战兢兢的犯人交给王管，自己拎着这充满莫名惊悚的衣服，往监区领导办公室走，准备去打个报告。

他一路上心里乱糟糟的，几乎跟所有犯人那令人悚然的猜想完全一致：真的闹鬼？女鬼索命杀了穆彦？穆彦又因为代乐山的断言而怀恨在心无法释怀，所以死了之后又找上了代乐山？

他甩甩头，强行把脑子里那些胡思乱想扔出去，铆足了劲儿往前走，直到差点迎面撞上了人，才恍然抬起头来。

十五监区的监区长，他们老大，正右手护着差点被他撞翻的茶杯，皱眉审视着他。

关洋眨眨眼，看着老大才想起来，他们一大队的穆副，今天配合警方调查去了。

"科长……"关洋张张嘴，连他自己都觉得，他说着话把手里拎的衣服递过去的时候，口吻特别的沉重，"……又出事了。"

那个瞬间，监区长长着皱纹的眉角狠狠跳了一下，接着就严肃地厉声追问："又怎么了？"

老实巴交又不善言辞的关洋，跟在他们监区长后面走进办公室，举着白床单做成的拎兜，隔着办公桌递过去，"……您自己看看吧。昨天死的穆彦，他的囚服……刚才……在代乐山的床上找到了。"

原本要坐下的监区长骤然睁大眼睛，仿佛座椅上被人突然塞了个针板，倏地一下子蹦起来，震惊之下，连声音都变了调儿，"什么？愣着干什么，调监控！到底是谁在装神弄鬼，赶紧，让监控室的人把今天早上的监控都给我调出来查！"他说着，焦躁地从椅子前面绕出来，围着桌子快步转了两圈，末了脚步一顿，把正准备往外走去监控室的关洋叫住，也不知道是气的还是吓的，吼了起来，声音听起来竟然有一点哆嗦，"给昌榕分局打电话，把情况跟他们说，让他们再把人派回来！"

在十五监区查监控的同时，相互交流完意见，从警车里下去的谭辉接到了李晓野从分局打过来的电话。

电话里，李晓野的语气中透着一丝凝重，一板一眼地跟他们队长汇报道："头儿，查到了。一大队那个穆副，是死者穆彦的亲叔叔。"

第 9 章

目标猎物

十五监区的副监区长竟然是死者亲属！

穆彦出事前就是被他叫到办公室去说服教育的，按说，穆副就是他们家里唯一看见穆彦最后一面的人。

亲侄子在他眼皮子底下就这么莫名其妙地没了，但是从头到尾，穆副跟警方接触的时候，谭辉就没在他脸上看见丁点儿悲痛的意思。

穆彦见了他之后没多久就死了，而穆副对他与死者之间的特殊关系只字不提。

他们之间有什么故事？那天中午在办公室这位叔叔和他的亲侄子都说了什么？穆彦的死跟这位副监区长有没有关系？

一连串的疑问冒出来，联系之前所了解到的一切情况，莫名其妙，错综复杂，谭辉接完电话就觉得脑袋里有一根筋突突地跳着疼。

他看了一眼距离他们警车不远，正站在二院3号楼门口抽烟的几个狱管，脸色微微沉下来，正准备迈步上前客客气气地

"请"这几个人到分局去喝杯茶，另一边任非的电话也在这时候好巧不巧地响起来。

在谭队的注视下，任非赔了个笑，翻出电话看了眼来电显示，接起电话就问："关洋，你怎么这个节骨眼给我打电话？监狱又怎么了？"

于是被监区长命令再把刑侦的同事们叫过来的关洋，把在代乐山床上发现穆彦囚服的事情，一五一十地讲了一遍。

任非始终一语不发地听着，直到挂了电话，他面如菜色地对着谭辉低声说："监狱打过来的。我们要找的囚服，已经出现了。"

谭辉一句国骂卡在嗓子眼，把眼睛生生憋出了红血丝。

......

7月5日下午，东林监狱十五监区一大队五班服刑人员穆彦，经尸检确定死于谋杀，该案件在昌榕分局正式立案，成立了专案组，展开案件调查侦破工作。

因为案件发生在监狱，环境封闭，案情扑朔迷离，怀疑对象较多，牵扯甚广，昌榕分局必须慎之又慎，力图尽快破案。前不久刚被任非那份自作主张的减刑申请书闹得心有余悸的分局长杨盛韬亲自坐镇，把带了一票人回来喝茶的谭辉叫过去特地再三嘱咐一切行动必须按规章制度进行，有任何问题任何发现，必须立刻跟他汇报之后，才把人放回去。

穆副全名穆雪刚，40来岁，7年前从清义区看守所调到市监狱，两年后，又从第十监区调到第十五监区，职位也升成了现在的副监区长。

谭辉他们和监狱方面关系微妙，没有直接证据，就算对方是目前为止最可疑的人员，谭辉也不好真把穆副带到审讯室去一板一眼地问讯，于是就把人带到了接警大厅后面的会议室里，拿着从杨盛韬办公室带出来的一包茶叶，给对方泡了杯茶。

　　把茶杯放在穆雪刚前面，谭辉没去拿放在桌尾的本子，在他旁边坐下，开门见山地说："穆老哥，您知道我为什么请您来。"

　　穆雪刚的国字脸微微一抽，继而露出一个毫不掩饰的冷淡表情，"想问什么，你问吧。"

　　谭辉看着他说："说说昨天中午，你和死者在你办公室里的事情。"

　　"没什么好说的。他惯常好勇斗狠，容易与其他犯人产生口角摩擦，我照常把他叫过来说服教育，教育完了就按照规定让管教把他带去关禁闭——你们不是已经去调取监控录像了吗？他全须全尾从我办公室里走出去，我门口的监控肯定拍到了。"

　　"之后他就死了。"

　　"但自他出门再到离奇死亡，这段时间我没有从办公室走出去过，监控可以证明。谭队，我建议，您还是派人去查查他是从哪里突然消失的，要比在我这里浪费时间的好。"穆雪刚话锋一转，似乎是照着谭辉脸上抽了下。

　　谭辉脾气恶劣得很，可是审案的时候，周旋刺探，耐心得可怕。他闻言倒也不恼，那张透着彪悍匪气的脸反而笑起来，"嘿！劳您挂心。您跟我们回局里的时候，技术组的同事们也已经把监控录像都从监狱带了回来，这会儿正做着技术分析呢。等会儿我一定得按您的意思知会那边的同事，您办公室门口的那个摄像头拍出来的影像，重点调查重点分析，好还您个清白。"

他把两个"重点"的字音咬得很重，然后就看见了穆雪刚神色起了变化，随后满脸轻松地把话锋一转："亲侄子在自己眼皮子底下死了，你这当叔叔的无动于衷，到时候没法跟他爸爸交代吧。"

穆雪刚的手倏然不受控制地一颤，碰到旁边的茶杯，几滴滚烫的茶汤溅到手背，激得他打了个哆嗦。

而与此同时，任非、李晓野，连着今天本来请假休息，中途又被叫回来干活儿的马岩，三个人都围在他们技术组的办公室里等结果。

没人说话，除了偶尔敲键盘点鼠标的声音，这办公室里唯一的动静就是闷热的天气里老旧空调的嗡嗡声。半晌，坐在任非旁边戴眼镜的哥们儿就伸着一只瘦骨嶙峋的手在办公桌上四处划拉，同时另一只手动着鼠标，眼睛还一眨不眨地盯着显示器。

但是他划拉了半天也没摸着自己想要的，任非把他的保温杯从桌角递到他手里，他下意识地拿过来就往嘴边放，凑近了嘴边却又忽然停下来。

他机械地放下水杯，全神贯注地盯着屏幕，一边点着鼠标一边在键盘上快速敲了几下，而后，因干渴而滞涩的声音突然打破了一室沉默——"这影像被人剪过。"

眼镜技术男一言道出，满座皆惊。

任非离他最近，正看着他查一大队监仓走廊的视频，播放被技术男暂停了，画面记录的时间定格在06：48：35。

几个同事闻讯都赶忙围了过去，只见眼镜男抬手推推镜框，没再说话，他滑着鼠标把播放箭头往回退了一点。

这一退就退出了问题。都不用解释，因为紧接刚才那一帧画面的时间是06：45：35。

从监狱带出来的这部分监控影像，缺了整整三分钟。

马岩和李晓野面面相觑，两人都看出了对方眼中的悚然。

半晌，李晓野咽了口唾沫，似难以承受内心震惊，自言自语地骂了一句。

马岩弯腰把那监控的前后两帧画面反复确定了三遍，随即摸着下巴站起来，磨了磨门牙，"难不成还真是……兔子啃了窝边草。"

能有机会摸到监控室，对监控录像做手脚的，一定不会是监狱里面被层层围困、严密看守的犯人。

而且按十五监区临时调整的作息时间，早上6：30是犯人们集体出早操的时候。管教全程看守，监仓内不留人，所有人都要去，不能中途离场。

所以，很简单就能得出结论——监控视频是被监狱内部的公职人员剪掉的。

那缺失掉的三分钟里究竟发生了什么？凶手是不是趁着这三分钟，将穆彦的囚服送到了代乐山的床上，借此混淆视听，掩盖可能在囚服上留下的犯罪证据？

答案是非常可能。如果是监狱内部的管理人员在搞鬼，那么在早上6：30到7：00之间，的确是最方便下手的时候。但是，怎么才能证明这件事？

任非黑白分明的眼珠提溜转了一圈，计上心头，扔下战友，一个转身就头也不回地往接警大厅走。

仓促间任非突然想起来，有个现成的、可以信任的"知情人"，现在就在他们分局——关洋。

关洋是监狱方面第一个发现穆彦衣服，又打电话给昌榕分局求助的人。谭辉安排人去取证据，去的人直接把当时拎着裹囚服的被单的关洋也一起"打包"带了回来，现在就跟曹万年以及另外两名一起被"请"过来的同事一起坐在大厅旁边的那排椅子上。

会议室里谭辉跟穆雪刚还没谈完，他们那个角度只能看见穆雪刚的背影，虽然对他们谈话的内容一概不知，但是在场的谁都知道，等穆副出来了，他们每个人都要像穆副那样，到会议室里去跟赫赫有名的谭队喝上一杯茶。

那感觉怎么说呢……不是紧张，就是有点犯膈应，隐隐有点自己一个狱警竟然被当嫌犯怀疑的耻辱难堪。

任非三步两步跑过去的时候，看见关洋手里攥着手机，目光凝滞在脚下不远处的一块地砖上，不知道在想着什么。

关洋天生老实胆小，现在看上去仿佛嫌犯害怕被拆穿的样子。任非走过去，瞥了一眼旁边坐着的曹万年等人，把关洋从椅子上拉起来，"你跟我来。我有事问你。"

任非着急的牛劲儿上来，关洋几乎被他半拖半拽到了对面，走廊尽头马岩和李晓野远远地跟过来，任非瞟了他们一眼，对关洋径自说道："就你们一大队监仓的走廊，从外面进来走到头，多少米？"

关洋茫然地眨眨眼睛，虽然不知道任非为什么突然问这个，还是下意识地回答："大概……150米吧。"

任非一双闪着光的眸子一眨不眨地看着他，"你别大概，你想想，给我个准确的数。快点儿的，我有用。"

"我又没量过！"关洋挠挠脑袋，半晌后，他终于反应过来，却还是对任非摇摇头，"我只能估摸个数，确切的我真没法说。反正就按我平时往二班走的正常速度的话，就是一分半钟左右。"

　　路程一分半钟，来回三分钟。走得急点，加上把衣服放在床上的时间，似乎……刚刚好。

　　关洋只看见眼前这个平时飞扬跋扈的混世魔王现在愁眉苦脸的，有点不适应地又接了一句："你要准确的，要不等我回去了，我拿个尺子量量再告诉你？"

　　"好的。"任非无暇他顾，顺溜地接了这句话，提手用力拍了拍关洋的肩膀，"你回去等着谭队跟你说话吧。"

　　"啊？"

　　任非又对关洋点了点头，"去吧，别担心，我相信这件事跟你没关系。还有，刚才我问你的，对那儿个同事，你谁也别说。"

　　他把关洋推走，一转头，就看见他们队里那一个锯嘴的葫芦和一个嘴贱的大仙儿，正在距离他不远处站着。他走过去，对两人耸耸肩，"你们都听见了？"

　　李晓野靠着旁边接待台，"看着倒挺像那么回事儿。"

　　任非懒得理他，狠狠瞪了他一眼，就看见旁边马岩用胳膊肘碰了李晓野一下，转而问他："你怎么看？"

　　"目前所掌握的线索全都指向监狱方面，而且能在监控视频上动手脚的绝对不可能是囚犯。可是我又觉得，如果这起凶杀真是里面公职人员做的的话，"任非说着顿了顿，抬手指了指自己的脑袋，"那这智商可有点欠费。"

他说完把手放下来，那条胳膊就势撑在接待台上，另一只手无意识地在台面敲了几下，他猛地停下来，眼底迅速滑过一抹来不及被人捕捉的光。

因为他忽然意识到，他几根手指按顺序反复敲击桌面的动作似曾相识——自己竟然在无意识当中，本能地模仿了梁炎东。

任非收回手指，脑子里忽然冒出来的"梁炎东"这三个字，就怎么也抹不去了。

东林监狱十五监区一大队就是梁炎东所属的监区，梁炎东又是因"强奸杀人"被判入狱，跟死者具有相似性。

穆彦的死会不会演化成连环案件？梁炎东现在怎么样了？有没有危险？这起命案离他那么近，他会有什么特别的猜想和发现吗？

一连串的问题冒出来，在脑子里萦绕徘徊不去，直到案情调查告一段落，从分局出来的时候，任非依旧有点心不在焉。

这种心不在焉使他在下楼梯的时候，一脚踏空，差点在梯上磕掉两颗门牙，还好他们老局长一把拽住了他。

"强度太大，吃不消了吧？"

杨盛韬语调轻松，声音却透着疲惫。任非站起来，看见老爷子略显浑浊的眼底爬上了道道红血丝。

那时候已经晚上快11点了。晚饭之前杨盛韬跟着他们开完案情讨论会后，法医组那边的尸检结果还没出来，他们几个小年轻留在会议室想再等等，杨盛韬没说什么也就走了，大家都以为他先回去了，没想到他竟然一直留到现在。

任非不好意思地笑了一下，跟着杨盛韬一起往楼下走，顺便活动了一下刚才抓栏杆时扭到的手腕，"我有什么吃不消的。倒是老爷子您，一把年纪了，悠着点儿。"

"你小子，越来越没大没小。"

"关心您也不对了？"任非远远地掏出车钥匙打开车锁，一串钥匙在他手里随着走路的起伏被晃荡得叮当直响，成了这寂静深夜里唯一的声音，"这么晚了，我送您回吧！"

"两天一宿没睡了吧？典型疲劳驾驶、违章乱纪。"杨盛韬说归说，但到底还是拉开车门，坐在了任非那辆CRV的副驾上。

从任非第一天上班开始，他就是开这车来的，但是杨盛韬还是第一次坐。任非跟他爸之间的紧张关系他是知道的，而人上了岁数，总是爱撮合些什么。他坐在上面，看着任非打着了火。他是把任非当个小辈儿看的，因此也没什么铺垫，直接就说："你一年到头又租房子又不回家的，好像跟任局有关的一星半点儿你都不想沾，爷俩儿闹得水火不容。这车，你老子给买的吧？"

任非撇撇嘴，一脸矜傲地嘲讽道："车是我老子买的，但不是我那个日理万机的爸，算是我妈留给我的礼物吧。……她出事之后赔的保险。"

杨盛韬没想到是这样的答案，沉默片刻，因为夜里温度降下来，老爷子把副驾的窗户开大，靠在旁边吹风，"任非啊，你母亲的事，已经过了这么多年了……"

当初任道远的妻子被人当街取走了性命，这在他们公安内部传得沸沸扬扬，不是什么秘密。

老爷子说着顿了顿，任非这回不知道他接下去要说什么，却立即打断了他，"这么多年了，也还是个悬案。"

"我很抱歉。"

老局长黯然的一句道歉，让在那一瞬间没能控制住自己的任非反应过来，"不关您的事。"他说着，踩着油门提高了车速，白色的车子在漆黑夜幕中如离弦箭矢一般冲了出去，而驾驶着它的年轻人冷淡而压抑的脸上，在夜色中逐渐透出鲜活的信念、孤注一掷的笃定，"凶手，早晚会找到的，无论是昨天的那个，还是12年前的那个。"

杨盛韬没看他，他把车窗又升上去一半，点了根烟，指尖火光明明灭灭，"今天这案子，你什么看法？"

"该说的，大家会上都做总结了。以我的能力，也看不出什么其他的了。"任非说着，把车拐进老局长家那个市中心的旧小区，路上光线陡然暗下来，任非握方向盘的手下意识紧了紧，"我就是感觉，穆彦的死，不是第一个，也不会是最后一个……"

杨盛韬在任非那个装烟灰的口香糖瓶子里弹了弹烟灰，"感觉的依据？"

"没依据，就是感觉。"任非有点头疼，抬手揉揉眉心，"硬要说个依据，就是钱禄的死和穆彦的死，相似点太多，这么巧合的事情，说不是人为，我不信。如果他们俩的死能做并案处理的话……"

杨盛韬打断他，"那至少需要有证据证明钱禄死于他杀。"

任非低着头不说话，把车停老爷子家楼下，杨盛韬看着他，把烟在口香糖盒里掐灭了。短暂的沉默后，老局长似乎有了什么决定，在任非紧绷的肩膀上拍了拍，"有怀疑就去查证据。凭感觉，再怎么也当不了呈堂证供。钱禄不比穆彦，尸体都火化了，几天下来，监狱那边该处理的处理，该让家属领走的也都已经被领走了，你们去取证，能找到的直接证据非常少，最多只能通过钱禄生前接触过的人排查了解一些情况——工作量非常大，接下来，做好加班的准备吧。"

听见杨盛韬的话，任非猛地抬眼，嘴角都有点掩不住的惊喜，"您这是给授权，同意让我们去调查钱禄了？"

杨盛韬拉开车门，临下车的时候伸出手指隔空点了点任非，警告道："把你分内的事干好。再敢给我惹是生非，就趁早给我卷铺盖回家。"

任非赔了个笑，"老爷子，瞧您说的，哪儿能啊。"

"私自去监狱找梁炎东的不是你？"杨局关上车门，隔着车窗瞪了他一眼，"别以为我不知道你打的什么算盘。那个梁炎东，你趁早给我离他远点。"

"……那万一他要是凶手呢？"

"你要是能查出他来……"任非对梁炎东有种莫名的认可和信任，他刚才就随口说个假设，拿来堵他们老局长的，没想到杨盛韬对此竟然丝毫不以为意。老爷子话没说完，任非搁嘴里仔细咂摸他这句话的味道，觉得他虽然貌似认可自己的猜测，但更好像是在否定任非的能力，肯定梁炎东的清白一样。

任非莫名地有一种自己的思路被其他人认同的兴奋。他张张嘴，然而还没等他再问出什么来，就被杨盛韬后面的话硬生生堵回去了，"正好枪毙，也算是给社会除害了。"

任非："……"

……

第二天一早去东林监狱，任非还是见到了梁炎东。

但是跟前两次的偷偷见面不同，这次他来得正大光明，踏着昨天跟谭辉他们走过的路，跟乔巍、石昊文一起，被监狱方面带

168

着往监狱内的审讯室走。

调查的过程冗长而烦琐，他们跟监狱方面协调，跟死者生前有过接触的犯人一个个拎出来问，除了狱中生活上的鸡毛蒜皮，没问出什么有用的线索，时间却从早上一直耗到了下午。

任非那时候已经有点坐不住了，他把目光从自己写的问讯记录中移开，头晕眼花地单手用力掐了掐两边的太阳穴。

梁炎东就是在这时候被三班的王管教带进来的。

可能存在嫌疑的，可能提供线索的，这几天以来跟死者有过密切接触的人已经审完了，这时候带过来的人可以说就是在例行公事。王管也没觉得分局的人能从一个入狱开始就得失语症的人嘴里得出什么结论，轮到他们三班的时候，他把梁炎东带过来，纯粹就是觉得这个人邪乎，比三班的其他犯人嫌疑更大而已。

"他叫梁炎东，三班的。三年前因为奸杀幼女被判无期。"王管说到这里，就看任非和石昊文脸上都显出了古怪。

王管对这倒也不奇怪，毕竟此刻坐在这里的人，曾经是东林的风云人物。三年前声名赫赫的梁教授，如今落到这个境地，任谁看见，都要难免侧一侧目。

迎着对面两名刑警的目光，王管接着说道："不过他进来后精神受刺激得了失语症，你们要他回答什么，可以让他写在纸上。"他说完，把一同带进来的纸笔放在了梁炎东面前的小桌上就出去了。

可是梁炎东怎么会不能说话了呢？当初罪案现场心理侧写时慷慨激昂，法庭辩护舌灿莲花的鬼才教授，竟然得了失语症？

石昊文感到有点不可思议，他不太相信地看了任非一眼，试图在他那里找到同样的怀疑以肯定自己心里某个甚至还没有成型的猜测。但是他脸转过去，却看见任非整个人就仿佛是被钉子钉在了凳子上一样，那双因为没睡好觉而浮肿得跟熊猫没差别的眼睛，一眨不眨地看着对面那个身穿囚服的男人，目光灼灼，仿佛恨不得在他脖子上戳两个洞出来。

石昊文狐疑地顺着任非的视线看过去，下一秒，他也钉在了梁炎东的脖子上——男人囚服最上面没系的领口里的脖子透出一截非常明显的紫黑的痕迹，极细，不仔细看的话可能会忽略，但是一旦发现，就能看出来，那是被用细而柔韧的东西，生生地在脖子上勒出来的。

"你脖子上的伤，是怎么来的？"话问出口，任非才把视线勉强从梁炎东的脖子移到对方的脸上。

他们系统里除了杨局和任非他爸任道远以外，还没有人知道他前不久私下请梁炎东帮忙破了案子的事。石昊文在他身边，老乔在那面单面可视大玻璃的后面，他没法熟稔地跟梁炎东打招呼，更没有办法把一直哽在心里的那个减刑申请书的事情，当面跟梁炎东解释一遍。他只能发问，激烈而急切，声音带着不易察觉的颤抖。

没人跟他们提过几天前梁炎东"自导自演"玩自杀又踹门救命的事情。在连续出了两场人命官司的监狱里，狱警、囚犯人心惶惶，几乎所有人的心思都放到了穆彦的死上面，连钱禄的自杀都甚少有人再提起，何况是梁炎东这么一个不大不小的插曲。

任非怕自己所谓的感觉真的应验，他怕凶手真的还准备对谁下手，也怕同样背着强奸杀人罪名进监狱的梁炎东，会成为凶手的下一个目标。

可是他话落良久，梁炎东却一直没理他。

他兴味索然地垂着眼，轻抿着的削薄嘴角，透出与任非第一次见面时相似的、对任何事都毫不关心的漠然，被手铐铐着的手就交叠着放在纸笔边上，可是他却一点拿起来的意思都没有。

任非知道，梁炎东这个样子，肯定是在想什么。他急躁的性子到了这个男人面前就像是被上了一个紧箍咒，无论他再怎么急，也得按捺下来，坐在这儿等。

石昊文的眉毛都快拧成疙瘩了，他等着任非追问，可是目光在同事和囚犯身上来来回回逡巡半天也没等到任何一方的结果，他等不了了，就抬手敲了敲桌子，"梁炎东？"

也正是在那个时候，仿佛一尊颓败却依旧威严的石像般的梁炎东，仿佛终于在一番权衡后拿定了什么主意，他手指动了动，把旁边的签字笔拿在手里。

任非几个箭步走上去，迫不及待地想要知道梁炎东的答案。就在他走到梁炎东身边的同时，那男人已经放下了笔。

王管留下的笔记本上，此刻已经有了几个笔力刚劲的字，只看着那几个字，仿佛都能从中嗅到那种没有半点犹豫的笃定。

任非打眼看过去，只扫了一眼，当即心中巨震！

梁炎东写的是：

有人要杀我。

梁炎东那双细长的眸子里闪着沉静而幽冷的光，在任非看清笔记本上字的同时，他定定地看着任非那张年轻的、神情讶异的脸。

大概有十几秒，任非就这样被梁炎东看着，心里犹如翻滚着惊涛骇浪，嘴上却一个字也说不出来。

他身后，石昊文按捺不住，从审讯桌后面站起来，朝这边走，询问的声音因为急于知晓答案而显得异常急切，"任非，怎么回事？"

下一秒，梁炎东倏然收回目光。他脸上无甚表情，手下动作却极快……将那页写字的纸从笔记本上撕下来，递给了任非。

任非下意识地接过。

石昊文走到跟前，作势要去拿任非手上那张纸。而任非在那瞬间猛地一收手，略厚的纸张被他团在手里，迅速收进了衣服口袋，"没什么。"

石昊文朝单面玻璃扫了一眼，他知道老乔在玻璃后面肯定对任非的这个举动有了一系列的腹诽，他不想让乔巍对任非的印象更加恶化，所以隐隐地挡在了玻璃和任非之间，"你干什么？他写什么了？给我看看。"

任非放在口袋里的手把那张纸紧紧攥成了一团，半晌，才慢慢地坚定地摇了下头。

"任非。"石昊文脸色陡然严肃起来，他警惕地盯在任非脸上的目光近乎逼视，然而他还没说完，却被任非打断了。

年轻的刑警回应他的时候，目光清洌明朗，那双眸子里含意复杂，仿佛坦坦荡荡，又好似急切焦躁，"石头，你先出去，我想跟他单独聊几句。"

石昊文此刻的表情简直比他审讯犯人的时候还严厉，"理由？"

从进队到现在，石昊文还是第一次听见任非用这种妥协的甚至是恳求的语气说话，"我有理由，但现在不能跟你说。你先出去，我之后跟你们解释。"任非说着，目光极快地向审讯室里的监控摄像头扫了一眼。

这一眼好像提醒了石昊文什么，他微微皱眉，用探究的目光在任非和梁炎东身上逡巡一圈，最后回头看了一眼单面玻璃，犹豫半晌，还是出去了。

审讯室的门被打开，外面的空气短暂地流进来，顺着任非的鼻腔钻进脑子。

他为什么要配合梁炎东藏起那张纸条？他凭什么认为眼前这个囚犯接下来要向他透露至关重要的信息？他怎么会仅凭对方写的几个字，就这么笃定地相信了这个人并打发走了自己的队友？

没有理由，但很可怕。

站在主导位置的明明是他，可是每次碰上这个男人，任非都不可避免地被牵着鼻子走。

想到这些，他心跳比平时快了些许，隐约的戒备让他下意识地看了一眼旁边的窗户，之后却还是像刚才石昊文挡住他那样走到梁炎东和窗户之间。

他张口，声音很低，但还是能从审讯室清晰地传到隔壁乔巍和石昊文的耳朵里，"……梁教授？"

视线被任非挡住了，梁炎东说不了话，隔间里的乔巍和石昊文既听不见犯人的回答，也看不见他落笔写字的动作。

老乔气得眉毛都快竖起来，他把手里的笔重重摔在桌子上，"这小子又在搞什么？"说完，气势汹汹地转身就要往审讯室里面走，石昊文从后面一把拽住了他，"乔哥，再等等，兴许任非真能从梁炎东那里得出什么线索也不一定。我看他们那样，好像是之前就认识。"

而这个时候，低头写字的梁炎东，又一次放下了笔。

在笔记本上，他这次写的是：

监控有问题。

任非站在他面前，目光随着他的笔，一字一字地看完。他是担心审讯室这个监控的后面，此刻正坐着真正的凶手，因此说话简略而含糊："查过了。"

梁炎东点了点头。

任非等了又等，他以为接下来，梁炎东会接着这个"监控有问题"，像上次那样，写下一系列凶手的侧写画像或者明确线索，但是没有。之后，这个失去了说话能力的男人就又一次沉寂下来，交叠的手指轻轻放在桌上，一副仿佛事不关己的冷漠样子，甚至让任非有一瞬间怀疑刚才自己看错了他写的字——有人要杀我。

可是，性命之忧如鲠在喉，为什么他现在能这样冷静，仿佛那条命不是他的一样。

任非等了等，这话不好直接问，所以他弯腰俯身在梁炎东面前的那个小桌子上，拿过笔记本，急切地写下了一行潦草的字：

你脖子上的伤是凶手勒的吗？你逃脱了？那有没有看见是谁要杀你？有什么线索吗？

任非写完也没直起身，就着半趴在小桌上的姿势转头看梁炎东那张近在咫尺的脸。然后，他就看见梁教授摇了下头。

那一刹那，任非只恨自己没去学唇语。

他本来就不是那种有耐心的人，但是这会儿即使恨不得挠墙，也不得不沉下心来琢磨梁炎东的动作。半晌后，他试探着又写：

没看见人，也没线索？

任非写完，在心里已经有了一个比较清晰的考量——如果他说没线索，那一定是在说谎。

他不相信梁炎东那样的人被凶手勒了脖子，又目睹了穆彦死亡的整个过程，却半点发现都没有。

可是这次梁炎东却若有所思地看了他一眼，不置可否。

接着，在他视线之下，梁炎东接着写了石破天惊的几个字：

尽快破案。还会有人死。

任非如遭雷击，一口气骤然提在气管里，将他那颗本来就紧绷而警惕的心猛地吊了起来！

第 10 章

强奸犯之死

任非到底也没从梁炎东嘴里问出什么来，他为什么会那么笃定地下结论说还有人会死？

但是当他们晚上回局里的时候，梁炎东在纸条上写的"有人要杀我"，倒是被技术组那边查到的视频证实了。

画面里，空荡的走廊上，身穿灰色囚服的梁炎东突然抬手抓向自己脖子，那个刹那，他就仿佛是被人从背后用绳索紧紧勒住了脖颈一样，整个人骤然发疯地用力扭曲挣扎，但是他的身后空空如也。这使得整段监控看上去非常诡异，就好像有不知名的恶鬼盯上他，扑上去缠住他的脖子索命一般……而片刻之后，似乎已经是强弩之末的梁炎东倒在地上，同时抬脚轰然踹向身边监舍的大门！

他们队里，常年跟在谭辉身边混的几个人当时都在技术组，一个个大老爷们儿目不转睛地盯着无声的监控画面，看得心惊肉跳。

"视频是被处理过的。"昨天的眼镜男习惯性地抬手推推架在他鼻子上的镜框，"应该是时间紧急的缘故，后期处理非常粗糙。你们看这里和这里的对比。"他动手放大了梁炎东起初被勒住的和最后挣扎倒地前的两个画面，"做后期的人应该是个高手，最初画面处理得非常干净。犯人起初不知被什么力量勒住，在画面上看是没有任何破绽的，但是后面这张就不一样了。"

他拿着鼠标将第一幅画面中梁炎东脖颈后方的一处圈出来，随着他的动作，任非他们都看见了视频画面里那节非常模糊的、不仔细看根本无法发现的手指。

眼镜男说着又把画面往后调到梁炎东倒地即将踹向监舍大门的时候，然后放大画面，在梁炎东倒下后头部斜上方画了个圈，"还有这里。一段很细的线，从这个角度看的话，很可能是当时嫌疑人握在手里的。可能是嫌疑人的时间有限，所以越往后处理得越粗糙，类似的破绽，在后面暴露得很明显。"

谭辉磨着牙，目光如鹰隼一般看了眼视频上的日期和时间。他站得笔直，双手叉在腰间，显然正在努力压抑着即将喷涌而出的愤怒情绪，"再往前的监控你们带回来了吗？"

"有的。这方面监狱那边很配合。"

"再往前查。在穆彦之前死的那个钱禄，看看他自杀时有没有什么蹊跷。还有，看看他生前都接触过哪些人，有奇怪的反常举止没有。"

技术组全力配合，所有人员加班加点继续往前翻监控，谭辉带着他们队里的人回自己的会议室，坐下来的时候，每个人的脸色都不好看。

任非从监狱出来之后就把梁炎东写的纸条给老乔和石头看了，这会儿纸条在他们谭队手上。谭辉把之前蹂躏得不成样子的两张纸展平铺好，眼睛直勾勾地盯着上面最后那句"尽快破案。还会有人死"，目光凶恶得如同盯着一个不共戴天的宿敌。

任非坐在谭辉对面，手在桌子下面攥得死紧。他知道谭辉肯定有话要问他，果然，等了片刻，就听他们队长忽然开口道："任非，你和梁炎东，你们之前认识？"

"……我上学那会儿，他给我们上过课。"

谭辉点点头，对此不置可否也没有深究，转而问道："梁炎东写的，你觉得可信度有多少？"

任非知道他们队长此刻是针对"还会有人死"那一句。

他垂眼考虑了一瞬，然后还是点点头，一五一十地说："我信。"接着又补了一句："但是他跟我说这些，是想自保，不是想帮我们破案。背着监狱方面把纸条塞给我不让别人看见，一定是因为他也知道，东林监狱里的公职人员有很大的犯罪嫌疑——也许是特警，也许是管教，也许是监区领导，但无论是什么，他堂而皇之地说出来，都是增加对他的潜在威胁。"

任非的表情有点奇怪，不是怀疑尴尬，也没有急于强调什么撇清什么。硬要追究的话，那仿佛是一种被信任之人拒绝的不自在，"……他一定知道什么，但是却不肯告诉我们。"

"但也许他是在故弄玄虚。"乔巍冷冷地插进来，"谁不知道梁炎东曾经都干了什么？在公众最相信他的时候，他却做下那样寡廉鲜耻的残忍暴行——按当时的案情，他本来是要判死刑的，硬是凭着那诡诈的心思巧言善辩把自己辩成了无期！这样的罪犯，还有什么可值得相信的？"

乔巍语气里透着不加掩饰的厌恶、嘲讽和轻蔑，任非听在耳朵里，浑身不自在。

在一个立场严肃、时间紧迫的案情讨论会上，任非本来是不想接碴儿的，可是他忍了又忍，觉得老乔那浑身不屑的态度像巨大的水柱就快顺着他喘气喷到自己脸上了。他深吸了几口气，到底还是控制住语气，仿佛不经意地反驳了一句："可是梁炎东奸杀幼女的事情本来就存在疑点。"

"什么疑点？人证物证俱在，证据确凿！"

"证据确凿？"任非轻轻地从鼻子里哼了一声，动静不大，但足够他们这小会议室里每个人都能听得清，"'证据确凿'本身就是个疑点啊。您也说了，梁炎东那种人，心思诡诈。他一个做刑事辩护的，在出事之前，人生中的大部分时间都是在跟调查取证打交道吧？这么个人，会在自己强奸杀人后，在现场留下能够证明其犯罪的证据？这跟您对他的定位可不太相符。"

"你！……"论巧言善辩，话里话外怼人的功夫，任非在他们队里绝对是数一数二的。但偏偏老乔是那种能在问询查案各项汇报里把问题写得滴水不漏，可嘴上却不太能说得出来的人，当下被任非顶在那里，憋得一句话说不出来，半晌愤怒地将自己手里的笔记本重重地摔在了桌子上。

"又吵呢？"胡雪莉带着一大堆证物和资料推门进来的时候正巧遇上老乔摔本子。偶尔意见不合动动嘴什么的，这在谭辉他们队里是常事，胡雪莉见怪不怪，径自在长桌靠门的那边坐下来，"那我先耽误大家一会儿，我把尸检结果说完就走，我走了你们可以接着吵。"

"穆彦的死亡原因为联合死因，吊在脖颈上的布条，手腕静脉的伤口，以及水下窒息，以上三种因素共同导致了穆彦的死亡。针对穆彦脖子上的瘀伤，尸检过程中我们发现，穆彦右侧颈动脉先天性狭窄。"

"对于颈动脉偏细的患者，用力按压其血管达到一定时间，会引起低血压和大脑缺血等问题，造成被害人短时间内陷入深度昏迷——凶手应是知道穆彦这一特点，死者脖子上的瘀伤应该也是因此留下的。"胡雪莉用沉稳而肯定的语气，有条不紊地说着法医组的结论，"所以，由此可以推定，凶手是先按压死者右侧颈动脉导致其昏迷，而后将其拖到了另一个地方。穆彦背后的拖曳伤应是这么来的。此外，他被吊绑在工厂房梁上后，曾经短暂清醒过，因此脖子留下了挣扎和摩擦的痕迹。"

"至于你们送过来的囚服，因为送来的时候已经浸了水，无法在上面提取有效指纹。不过，囚服背部有破损，"她顿了一下，戴上手套，把一起拿过来的穆彦的囚服背部朝上铺在了桌子上，用手指指向背心部位，"你们看这里，这里因为剐蹭，不仅勾了线导致布料抽在一起，而且还缺了一块布。应该是凶手在拖拽穆彦的时候，造成穆彦后背伤的利物同时钩坏了囚服。"

根据胡雪莉所指，所有人都看见，皱皱巴巴的囚服背后那个小手指指甲盖大小的三角形的破洞。

那块破损既然这么真真切切地出现在众人眼前，那么基本可以肯定，被挂掉的那块三角形的布，一定还留在凶手拖拽穆彦的案发现场。

如果找到了，对案件会有很大的推进。

但十五监区是个大监区，能造成拖拽挂伤的可疑钝物多如牛毛，要找一块小手指指甲盖那么小的碎布，简直无异于大海捞针。

谭辉靠在椅背上脑袋向后仰，片刻之后，他直起身来，吸了口气，"还是得去找。多派些人手过去。实在不行，我跟杨局申请，向市局那边借调些人手过来。”

话是这么说，但不到万不得已，谭辉他们这伙人，谁都不愿意跟市局张嘴。

这是他们辖区内的工作，也是他们自己的战斗，是跟责任、义务与信仰、荣耀紧紧相连的骄傲。

“我明天带人过去摸排。”乔巍刚才一直在做记录，这会儿放下笔抬起头，他唇角紧绷，眼底隐藏着熬夜后留下的疲惫，但是目光炯炯，“哪怕掘地三尺，也得把那块布给挖出来。”

谭辉点点头，“另外去调查穆彦失踪现场的那组也有消息传回来，从穆彦进去到发现他失踪，这之间大概有10分钟，其间管教守在厕所门外，因为这个厕所在办公区，所以周围没有监控，据管教所说，直到穆彦失踪前，没有发现任何异常。另外，厕所里面也没有找到有价值的证据。”

会议室里一阵沉默。胡雪莉从文件袋里拿出一沓资料递给谭辉，“任非在染池边上发现的血迹，经化验是穆彦的。你们说的钱禄，尸体已经火化，我看过二院提供的尸检报告和照片，没有发现异常。”

意料之中的答案，没有人就此提出什么。谭辉把资料翻了一遍，从乱七八糟的纸中抬起头来，“二班那个代乐山，你们去了解情况没有？”

“问过了。”石昊文说，“这老小子也够可怜的。本来让穆彦给打了，又因为散播谣言被关禁闭，好不容易快出来了，结果穆彦的囚服扔他床上了……监狱那边拿不准他在这案子里有没有扮演什么角色，怕他回牢号再闹出什么事情。但人长期在禁闭室关着也不是办法，所以监区长拍板，把他隔离，给暂时关到死囚监仓去了。狱警把他带过来的时候也不知道是禁闭和死囚室给吓的，还是他自己吓自己的，总之整个人看起来精神恍惚。据他自己交代，他是犯故意伤人罪进来的，入狱前是个算命的。这人嘴皮子功夫溜得很，我和任非俩人轮番轰炸，他竟然始终把那个没头没尾的梦咬得死死的。"

谭辉咂咂嘴，他有点想吸烟，但是看看不远处的胡雪莉，想想还是忍住了，"你说那个'女鬼索命强奸犯'的梦？"

"是。十五监区都知道他是算命的，有名得很。本来他的断言就已经让人半信半疑了，结果没一会儿穆彦就死了，这简直是给他那个梦做证明一样。"石昊文皱着眉，他回忆着审讯室里跟那个半大老头儿的交锋，想起对方疲惫心悸却还要堆着谄媚的一张脸，滚刀肉似的打太极的样子，又把眉毛皱紧了，"但是做梦这个东西，随他怎么说，根本无从查证。后来我们问了二班的管教，就那个叫关洋的，出事后他搜查过代乐山的东西，没有发现疑点。"

提到关洋，任非就想起来昨天带回来的那几个狱警管教，"老大，你跟那个穆副的架打得怎么样了？"

白天的时候他们该查案的查案，该走访的走访，剩下谭辉自己继续去查穆雪刚。

他们把穆雪刚列为第一嫌疑人，但是又没有确凿证据能证明什么，当然也没法拘人，谭队只能自己顶着盛夏毒辣的太阳，颠颠地在穆雪刚的社会家庭关系上找线索。

穆雪刚这条路走不通，谭辉转而就找上了穆彦的父亲——穆雪松。

穆雪松是东林本地有名的企业家，穆彦那桩丑事没发生之前，东林市政府表彰会或者哪个大项目跟市领导一起剪彩，都能看见他的身影。

后来穆彦那案子轰动一时，穆雪松在那个位置上也待不住了，主动从集团高层退下来，提前过起了退休生活。

不过退休之后的生活应该也不安生，因为谭辉见到穆雪松的时候，这个60出头的男人的头发已经全白了。

他看起来比他那个挂着副处级头衔做副监区长的弟弟老多了——不只是长相上，从精神上看起来简直就是两代人。

穆彦狱中被谋杀，对于谭辉的到来，穆雪松全力配合，那些曾被穆副掩藏的家族故事，也就顺着穆彦他爸的口道了出来。

如他们猜测的一样，穆副跟穆家人的关系非常不好。

不好的原因在于，当初穆彦他爷爷把老穆家的天下刚打下来就撒手人寰，一份财产都没给那个比穆雪松小了将近一半的小儿子留。

那个时候穆彦他奶奶已经过世多年了，穆雪刚才拼完高考，但是穆老爷子在临终前的病榻上立了遗嘱，让小儿子净身出户，一个子儿都不给他留。

身为大哥，穆雪松于心不忍，违背父亲的死命令，偷着在外面租了个房子给穆雪刚暂住，而就是在那个出租屋里，穆雪刚当着他的面，报考了千里之外的警察学校并一字一顿地跟他说："你们穆家开门做生意，我就不信没有个违法乱纪的时候。早晚有一天，我要找到证据，我要你们全家都栽在我手里。"

少年时孩子气的泄愤威胁，当时孩子都已经上小学的穆雪松根本没放在心上。他本意是自己找机会买一套房让弟弟至少有个安身立命的地方，但是意图被老爷子的心腹得知，竟不知轻重直接捅到了老爷子那里去，穆彦他爷爷当即气得一口气儿没上来，就这么去了。

穆雪松追悔莫及，从那以后，直到穆雪刚大学毕业回来考进看守所任职，他跟这个弟弟都再没见过面。开始的时候，他经常暗中给上大学的穆雪刚汇钱过去，但是无一例外，都被退了回来。久而久之，兄弟俩就连这最后的联系也断了。

穆雪松直接跳过了前因跟他讲后果，谭辉听得云山雾罩，于是就追问："穆老爷子为什么突然要把穆雪刚赶出家门？"

穆雪松当时非常忌讳地瞅了谭辉一眼。

他刚失去独生子，案情未明，儿子躺在法医的解剖室里，就连入土为安都是奢望，老人痛苦哀愁得几天几夜睡不着觉。他布满红血丝的浑浊的眸子显得非常凄厉，普通人可能当即就会被他骇住。

可是谭辉这种长相气质都跟亡命之徒异曲同工的刑侦队长不在乎，他甚至在老人看过来的时候，用一种更加冷冽、更加形若有质的目光，回视过去。

良久之后，穆雪松终于长叹一声，松了口："因为家父住院不久，有人告诉家父，说雪刚非他亲生。"

谭辉张张嘴，瞬间觉得自己好像一不小心穿进了某个豪门宅斗的小说里。

没等谭辉接话，穆雪松深吸口气，便继续说道："之后家父派人偷偷取了雪刚的头发跟自己做亲子鉴定……没想到，结果竟然真如那人所说，雪刚……不是我们穆家的血脉。"

平白给不知道哪里来的野男人养了快20年的孩子，穆老爷子这辈子大概没这么窝囊过，原本只是心脏病住的院，没想到拿到鉴定结果那天，竟生生喷出一口血来，从此再没从病床上起来。

他也许恨极了欺骗他的人，因此越发不能忍受这个人给他留下的这个孩子。所以他活着的时候把穆雪刚逐出了家门，死了也不肯跟昔年恩爱的妻子合葬。

"但是这件事，雪刚到现在都是不知道的。"穆彦他爸说，"我一直没有告诉过他。当年的事，对他来说已经够残忍了，何苦把这么耻辱的事情再推给他。不说，至少他还认为自己是姓穆，还知道自己的根在哪里。我说了，他就真连自己是谁都不知道了。所以，也请谭警官你替我继续保守这个秘密。"

谭辉怎么也没想到他来家访，竟然听到这样一段豪门秘闻，他有点尴尬，胡乱地搓搓脸，但脑袋还是清醒的，也许是职业敏感，他下意识地追问刚才穆雪松含糊其词的地方："当时向穆老爷子告密的那个人是谁？"

穆雪松这次却没有直接回答他，而是说："这都是20年前的事了，跟穆彦的死挂不上干系，只是我穆家的家事……谭警官就不要再追问了吧。"

理由合情合理，谭队长没道理咬着不放。非常肯定地说："穆雪刚恨你们穆家。"

"恨。"穆雪松肯定地点了下头，但是还没等谭辉再说什么，他又非常笃定地道，"但就算他有明显的作案动机，我也不会相信穆彦是他杀的。"

"理由？"

"理由是当年他那句孩子气的泄愤。"表情痛苦的他闭上浑浊的眼睛，又一次叹气，然后睁开眼，"当年他说，有一天要找

185

到证据，要我们全家都栽在他手里……当年我没当回事儿，可是在穆彦……做了那件事之后，他主动约我见了一面。当时他只跟我说了两句话。第一句说的是天谴报应。第二句跟我说的是，总有一天，我也会像穆彦一样，形迹败露，锒铛入狱，受他摆布。"

谭辉面色突变，"形迹败露？"

穆雪松扯出一抹疲惫的苦笑，摇了摇头，"他总觉得，我和家父这生意做得不干净，被人查到头上是迟早的事。我不知道他这想法是哪儿来的。"

一般人跟警察说起这些违法乱纪的事，不管是真是假，多少都会有些忌讳，可是穆雪松却没有。他说得直白清楚，神色泰然，反叫谭辉一时无语。

"他是等着看老穆家笑话呢。最好就是像穆彦那种，干了龌龊事，让人在背后戳脊梁骨，那才是他想看到的样子。当年他被赶出家门，这辈子连死也入不了祖坟，对他而言，这是他一辈子的耻辱，而洗刷耻辱的最好办法，就是让这个他无论如何也再难踏入的门槛，被蛀虫啃烂，被所有人踩在脚底下——这样他才会觉得，是这个丢脸的地方配不上他，这对他而言才是最好的慰藉。他要的是心理上的补偿，不是杀人的快感。"

谭辉没抬头，他拿着茶杯，目光落在精致的骨瓷上，"看不出，这么多年不联系，您还挺了解他的。"

穆雪松当即苦笑一声。"谭警官，我儿子在监狱里被人杀了，我没道理袒护嫌疑人。我之所以这么肯定，是因为穆彦被判入狱，竟然真就到了他手底下……我别无他法，请他在狱中对穆彦稍加照料。刚才那些话，都是他亲口对我说的。"

几年前呼风唤雨的企业家，如今就这么成了无妻无子的孤老头。谭辉了解了情况之后，老人苍白而憔悴的脸在他脑海里久久挥之不去。

另外，穆副不在场的证据也比较充分。除了他自己提到的办公区域的监控摄像外，在穆彦被吊在房梁之前，十五监区曾出现短暂断电，虽然这部分监控缺失，但是在断电前一刻，监控镜头还拍到他拿着壶到水房去倒茶叶的影像。还有，有关十五监区一大队狱警管教的底基本摸完了，没有发现他们中的任何人家里或身边有人遭强奸迫害。如果凶手行凶的动机是源于对强奸犯的仇恨的话，监狱的管理者并没有杀人动机。

哪里出了问题？是他们猜错了凶手的动机，还是他们把目标嫌疑弄错了？

监仓里勒人，对监控动手脚，神不知鬼不觉地把死人的囚服放在犯人床上——这绝对不是被严密看守中的囚犯能办到的事。

并且，从凶手抓住短暂的、突然的断电故障时机，完成行凶这一点来看，可以证明，这是一次经过精心策划的杀人案，凶手在短时间内把穆彦从某处带到工厂吊在房梁上，他的力气应该非常大，体力很好，行动不似犯人一样受限，他至少在监狱中有相对的自由，并且种种迹象表明，他的反侦察能力很强。

"那么有没有可能，这个人并不是因为强奸罪而杀人，而是他要杀的人，恰巧犯了强奸罪？"任非盯着自己面前涂写得乱七八糟的笔记本，手里拿着笔一下下敲在那些鬼画符似的字上，他始终没抬头，像是完全沉浸到自己的世界里了，"如果并不是憎恨强奸犯的类型案件，那凶手可能的杀人动机，有没有可能是情杀、复仇，或者……为了掩盖某种不为人知的利益、秘密？"

他嘟嘟囔囔地说完，半晌才意识到，不知道从什么时候开始，整个会议室竟然鸦雀无声。狐疑地抬头，任非就看见会议室里八九双眼睛正齐刷刷地盯着自己，让他起了一身的鸡皮疙瘩，"我又不是凶手，你们这是干吗？"

谭辉把一条腿架到另一条腿上，胳膊肘撑着椅子扶手，双手交叠抵在下巴上，隔着一张桌子打量着他们队里最没谱的大少爷，沉吟片刻，慢悠悠地问："那你觉得，如果不是仇视心理的话，凶手最有可能的作案动机是什么？"

有那么一瞬间，这个场景让任非联想到前不久破解那个碎尸案时，他拿着梁炎东的线索在这张办公桌前头头是道娓娓道来的满足感。他张张嘴，却在话说出前及时遏制住了自己那突如其来的是虚夸心理，不太自然地挠挠头，老实交代："这我也不知道啊……我刚才就是想着把可能的原因都列出来，不过我个人比较倾向于最后一种情况。就是有没有可能是梁炎东和穆彦，都触及了某个团体或是某个人的某种利益，而导致那个人灭口？或者更直接一点，穆彦和梁炎东的存在，挡了谁的路？"

谭辉紧盯着他，"理由？"

"没理由，就是感觉。"任非放下笔，回答得干脆利索。

"也不是完全否认你的直觉。"李晓野拿着水杯去接了杯水，回来的时候经过任非后座，胳膊杵在任非背后朝他们队长看过去，"但是这样一来，范围太广，调查的难度就更大了。"

"那我们先来点没难度的。"任非这辈子最受不了的就是有人在他背后贴自己太近，那姿势让他极度没有安全感，毫不夸张地说，李晓野的声音在他耳朵后面响起的那一瞬间，任非后背的鸡皮疙瘩眨眼之间就又起来了……他等了等，李晓野毫无自觉地赖在后面不走，忍无可忍，张口就呛了一句："李晓野同志，您能从我背后起开吗？您那门牙怪兜风的，风一兜住，吐沫星子就容易喷出来。我洁癖，您这样我有点儿受不住。"

李晓野："……"

半晌后，第一次互撕中没接上词儿的李晓野同志，端着水杯回到座位上，谭辉提示性地咳嗽了一声，吩咐道："去查查，穆彦和梁炎东，服刑期间关系如何。以及入狱之前，他们有没有交集。"

这活竟然直接派给了任非。

不只队里的其他人，连任非自己都感到意外。

意外之余，还有那种终于要独立去完成一个任务的激动、兴奋。谭辉刚说完，任非接下去就问："调查梁炎东的话，我可以再去监狱提他问话吗？"

"可以。"谭辉说，"这件事相关的审批我都会去找杨局跟相关单位协调给你搞定。你就老实干你的活儿，有问题及时跟我汇报。记住一点，按章办事，不许给我捅娄子。"

"那梁炎东说有人想杀他，他的生命安全依然有潜在威胁，我可以给他申请狱内保护吗？"

谭辉磨了磨牙，考虑到自己刚刚把这件事交给他去查，勉强忍住了生气，"……老子刚跟你说，按章办事按章办事！我再强调一遍，杨局接这个案子，是因为东林监狱那边申请援助。他们没这个申请，我们就管不到别人头上去，批不批准，那都是他和监狱方面的事，轮不到你管，我们也没权限去处理这个需求，懂不懂？"

任非被谭辉吹胡子瞪眼地吼了一通，直到从局里出来耳朵还是嗡嗡的。石昊文跟着他一起出来，原本是怕他被骂之后产生消极情绪准备劝劝，谁知道这小子根本没受半点影响，一路上还有心情拿着手机刷微博。

"干吗用这种眼神儿看着我啊？我这不是怕咱们手里这案子又上了头条，关注一下舆论动态么。"

任非说着退出微博，石昊文正使劲往他手机屏幕上瞄，任非一眼看过去，正好跟他的目光撞了个正着。石昊文有点偷窥被抓包的尴尬，干笑一声，没话找话："之前我猜测凶手是个对强奸犯深恶痛绝之人的时候，你还持赞同意见呢。怎么刚才忽然口风就变了？"

"我就是觉得凶手如果真是因为这个理由杀人的话，似乎有点脑残。"

"……怎么说？"

"假设这个动机成立，而凶手是狱管的话……监狱里关着的都是已经认罪伏法、受到制裁的人，而他既然都这么痛恨强奸犯且有行动自由的话，为什么不挑那些依然逍遥法外的社会毒瘤下手？如果只是泄愤，杀一个已经受到法律严惩，这辈子可能都无法从高墙之内出去的犯人所得到的快感，怎么能和'替天行道'的快感相提并论？"

"可是监狱里的强奸犯是现成的，他在外面未必找得到。"

"对，在这一点上我也存疑。但是我想，如果他真的对'强奸'这种事厌恶到了无法忍受的地步，想找个人杀了泄愤，这也不难。毕竟……在大晚上灯红酒绿的那些地方背地里干逼良为娼的勾当的人也不少——上次我们节前那个扫黄的特别行动里头，不就抓了个搞这事儿的鸡头吗？"

石昊文觉得任非说得很有道理，一时竟无言以对。

"然后，如果凶手不是狱管而同样是犯人呢——如果真是这样，我觉得这个人就更脑残了。能正常待在普通监仓过集体生活的没有死囚，最重就是无期。就算心里再恨，犯得着为了杀人泄愤而赔上自己一条命吗？既然是囚犯，他就知道，自己迟早都是要被挖出来的。这种人多半是亡命徒，而且，他既然知道自己被查出来早晚都要死，又何必大费周章对杀死穆彦做诸多掩饰？"

石昊文现在觉得，任非说得真的挺有道理。

在他的感觉里，任非这个毛毛躁躁怎么教也不太上道的小子，自从上次在碎尸案上一鸣惊人之后，就好像有哪里不一样了，硬要形容这种感觉的话，就像是被什么东西一下子捅破了糊在任非脑子里的那层窗户纸，这小子现在似乎开始有点儿上道了。

"这些话，刚才跟谭队你怎么不说？"

"说了也白说。反正我也就是自己瞎猜，别提说服谁，连我自己都不确定呢。"任非说着撇撇嘴，"再说了，你没看老乔在边上一副随时准备上来对我施展手撕鬼子技能的样儿吗？我狐狸姐在呢，我得保持风度，惹他干吗。"

"你小子……回头李晓野要是调走了，你这张嘴，准能接他的班儿。"在院里的停车场，石昊文跟他分开之前充满鼓励和殷切关怀地拍拍任非的肩，"我觉得你跟刚来队里的时候有点儿不一样了。估计谭队也是这感觉，所以这次才有信心放开一直拽着你的那根绳儿，让你自己去单独历练了。好好表现啊！"

石昊文说完朝他挥挥手，任非站在他身后勾着嘴角痞痞地笑着，既没说话也没动。半晌，他仰头看向月朗星稀的天空，攥紧手指，不知怎么，忽然想起那句曾经不知道在哪本书上看见的那句话——黑暗总会过去，而黎明，将在每个人的心中，悄然醒来。

悄然醒来的，也许不只是同事们对任非的认可，也许还有那些在心底里偷偷萌芽滋长，却不敢被任何人发现的、胆怯而又赤诚的爱情。

那天晚上，难得的清风吹开燥热的暑气，年轻的小任警官精神抖擞，准备开车回家放下一切睡个囫囵觉，养足精神，明天好尽职尽责地投入到案件的侦破中去，但是他的算盘没打成。因为当他走到自己车附近的时候，他一眼就看见了那个手里拎着白色塑料袋，微微低着头有些拘谨，却娉娉婷婷等在那里的杨璐。

眼睛看见杨璐的一瞬间，平时遇事反应速度奇快无比的任非蒙了。他下意识觉得杨璐是在等他，但又不太确定。而当杨璐那双氤氲着流光的眸子看过来的时候，这么几步路的距离，任非甚至觉得，泰然自若地走到她身边都有点儿困难。

最后，当任非迈着那种越想自然就越是僵硬的步子，朝杨璐走去的时候，杨璐腼腆地笑了一下，迈着轻盈的步伐，迎上了他。

"任警官。"杨璐笑起来眉眼弯弯的，像一对小钩子轻轻钩在任非心上，让任非有点儿怯懦，"那个，你怎么……"

任非从来就不是那种支支吾吾说不出来半句话的人，但是此时此刻，在杨璐面前，他确实不敢把心里的猜测吐出来，因为怕说出来的话不是人家想表达的意思，更怕隐隐的那种期待落空。

反倒是杨璐落落大方地举起手里提着的那个塑料袋，递给他，解释道："你的福来玉。那天你走得急，又落在我店里。我等了你两天你一直没来，我想着你应该是忙，就直接过来了。但是你们办公的地方我好像不太方便进去，所以就在这里等等你。"

她说话的声音还是那么好听，温温润润的，像是最好的丝绸轻绕在皮肤上，总是让任非感到舒服又安心。任非从她手里把袋子接过来，借着院里的灯光和天上的月光往里面看了一眼，果然它之前上面长着的一层层"白毛儿"，已经没剩多少了。

"你站在这里很久了吗？"任非张张嘴，跟李晓野扯皮口若悬河的这条舌头，现在就跟打了结似的有点不听使唤。他本是想对眼前这个女人说"站了这么久肯定累了，我送你回去"，可是说出口的却是，"那什么，我送花回去。"话音未落，任非就恨不得举手抽自己一巴掌——怎么就这么笨呢！

他懊恼得简直要跺脚，抬手搓乱了自己那办了一天案子也依旧有型有款的发型，放下手的时候，他看见杨璐这就要走，一着急，再顾不得什么含不含蓄风不风度，挽救似的补了一句："你别一个人回去了，要不你跟我上楼吧，我把花送回去就走，我请你吃饭！"

原本已经准备挥手告别的女老板怔了一下。

"……上次我走得急，扔你一个人在路上，还没来得及跟你道歉。请你吃饭就当跟你赔罪吧。"任非有点紧张，他觉得自己用这种蹩脚的理由来约会简直就是掩耳盗铃，可是此时此刻，他确实想不出什么比这更好的说辞了。今晚明明月朗风清，然而这么几句话的工夫，男人后背的衬衫已经快被汗水给浸透了。

而杨璐半天都没有回应。她有些奇怪地看着他，那张半点杂色都没有的瓷白面孔透着三分打量七分迟疑，可就在任非以为她一定会拒绝的时候，身着素衣白裙，如月色皎洁美好的女人，终于仿若昙花盛开似的，浅浅而友好地笑了一下，"你办公楼我就不上去了吧，不太合适。在这里等你吧。"

任非眨眨眼，霎时间他只觉得一股难以克制的热流从心底涌上来，脸也烧了起来，"好……好的！"

CRV在车流中悠然穿行，夜风将旁边女人身上的天然花香送进鼻腔，电台里的都市频道播放着舒缓的小夜曲……一切的一切，都与白天那处处都透着诡谲阴谋和凶险杀机的案件截然不同。任非熟练地打着方向盘，载着杨璐在刚过了晚高峰的街道里穿行，恍惚中觉得，眼前此刻正在经历的才是一个正常人的世界——温暖。放松，富有期待，充满了蓬勃的生机。

开车七扭八拐，最终任非带着杨璐去了一家位置相当偏僻，但是味道却非常地道的闽菜馆。下车的时候，任非已经镇定多了——至少表面上看，又变回了那个杨璐所熟悉的，总是去她的花店买花的任警官。

"有没有什么特别想吃的？"任非觉得杨璐是不会主动点菜的，于是他把菜单拿过来翻开，在目光刚一触及上面熟悉图画的时候却微微怔住，但是很快恢复如常，"忌口的呢？"

其实任非问这句的重点在前面。在他的潜意识里，觉得杨璐这么随和的人吃饭一定也没那么多讲究，他猜也许只要是环境安静、卫生干净、口味清淡就好了，所以他问也没问，直接把杨璐带到了这里。

这是他喜欢的地方，这么多年没带任何人来过，但是今天却想跟杨璐一块儿分享，想带杨璐来感受一下他喜欢的地方，尝一尝他眷恋的味道。

然而他没想到，杨璐想吃的没说，忌口的倒是丝毫没扭捏："吃不了海鲜，也不吃辛辣和葱姜蒜。其他都可以。"

"啊……"任非有点意外，但还是点头，"好的。"

杨璐在他对面端端正正地坐着，脸上露出温润柔和的浅笑，在这装潢古色古香的餐厅里，端庄得同如画儿一般，"你不问我为什么？"

任非轻车熟路地点了几个菜，拿着精致的小茶壶把杨璐杯子里的水斟满，"不喜欢就不吃呗，这有什么好问的。"

杨璐道了声谢，静静地看着他，"可是我好奇，你为什么会带我来这里？"

任非原本没打算跟杨璐说他母亲的事情，但是对方忽然问到这里，多年来不愿意跟任何人提起有关妈妈任何事的他，此刻坐在女人面前，却不想隐瞒，"以前我妈喜欢带我来这里吃。可能潜移默化吧，后来她不在了，我还是喜欢这个味道。"他说着，故作轻松地耸耸肩，"所以偶尔还会过来，怀念一下当初的感觉和当年的味道。"

杨璐想了想，"你点的那些菜……都是你母亲曾经喜欢的吗？"

她这么一问，任非立即就慌了。他刚才只是想着选些女生会喜欢的菜，所以凭感觉点了些，但是现在猛然回想，里面多数竟真的是当年他母亲喜欢的、这些年来他自己也常点的菜品。

我莫名其妙地把她当成了谁？我对她究竟抱有的是一种怎样的意念？

我带她过来，真的只是单纯地想请她吃饭，试图与她更进一

195

步，还是说，我的潜意识里，是希望她能来到这里，就这么坐在我对面，圆一个多年以来我潜藏在心底、不敢揭开也不敢触碰的……念想？

如果真的是这样，那我实在是……太龌龊了。

"对……对不起……我……"他尝试着开口解释，可是这句道歉实在太让人难堪了，他几次张嘴，却无论如何也凑不出成句的话。

而就在这时候，杨璐却开口说："你不用这么紧张，我没有别的意思。我只是想告诉你，这家店，以前我和我男朋友也常来。你点的那些菜，不少都是我们以前每次必点的。"

任非张着嘴瞪着眼，对这个神转折，多多少少有点反应不过来，他知道杨璐离过婚，想着她这个年纪的女人应该是对离婚这件事比较抵触的，所以他从来都不问，即使他心里很好奇，也还是次次都小心地避开这个话题。可是现在看着杨璐，他忽然发现，这个女人对于自己过去的感情经历竟然是如此坦诚。

"我们在一起有很多年，他口味儿很重，嗜辣如命。用他自己的话说，他不喜欢清汤寡水的东西。但是我喜欢，我从小就不吃辣，后来一起住的那几年，他硬生生改掉了每个菜都要放点朝天椒的习惯。知道我喜欢这家店的味道，时不时会主动提出带我过来……"杨璐说着，慢慢低下头捧着茶杯清浅地抿了口水，她的眼神由此而暗淡下去，当她放下茶杯的时候，不知是不是错觉，任非觉得她嘴角时常挂着的那抹恬淡的笑，此刻看上去有点儿发苦，"后来我们分开了，我自己一个人再也没来过这里。"

任非直愣愣的，"那……好好的，你们为什么分开？"

"如果一直好好的，当然不会分开。既然已经分开了，那就说明，我们之间……已经不合适了。"

"为什么不合适？"小任警官觉得自己现在像一个八卦的鸡婆，然而，他控制不住自己的嘴，他急切地想要知道答案。

"因为……我们能够在一起的最基本的条件，已经不存在了。"杨璐没瞒他，说得含糊，让任非有点儿听不懂。

基本条件已经不存在了？什么是在一起的基本条件呢？是金钱压力吗，还是那个男人找小三了？思来想去，毫无感情经验的任非同志觉得，很有可能就是后一种。

真是个杂碎，有这么好的女人在家等你，你竟然还跑出去打野食！这婚离得好，渣男配不上这么好的女子！吃完饭送杨璐回去的路上，任非在心里默默地吐槽。

车上还是听着都市频道，晚上9点，正好是一档集结了少年中年男女、大爷大妈等各色人群情感问题的栏目。基本上的套路是，被导播选中接进直播间的人，把自己的情感经历以及在其过程中遇到的种种糟心事儿剖白给主持人，被主持人措辞委婉地痛骂一顿，然后那人顿悟，从此发誓踏上人生新征程的这么一个过程。

这种"都市情感大评书"任非平时是不听的。但是今天他一心都在吐槽那个渣男上面，根本就没留意从车载音响里冒出来的究竟都是些什么内容。

可怜一声不吭的杨璐，一路上都在被女主持的粗嗓门震得头昏脑涨，说又不好说，躲又没处躲。

"现在有请导播帮我们把下一位听众朋友接进来……您好，尾号1684的这位朋友——您好？您好？尾号1684的这位听众，您

197

信号不好吗？喂？信号不好的话，我们先接下一位听众——"广播里，主持人连喊了好几声，那边也没有回应，却隔空把神游太虚的任非给生生拉了回来。

他皱皱眉，一手扶着方向盘，另一只手凭着感觉在他车上那块触控屏上瞎摸乱摁，摸了半天也没摸着换台，正好前方路口红灯，任非就借此减速的同时朝屏幕看去，准备换个台清清耳朵。

但是就在这时，广播里传来了一个听上去像是处于青少年的变声期，有些微微粗粝沙哑，听上去有点像男声的女音，"……别，我……我在。"这声音听上去非常怯懦，仿佛裹挟着无法遮掩的恐惧，几乎就要从CRV的音响里溢出来了。任非准备换台的手，因此而微微停顿了一下。

"我……我叫赵……赵慧慧。我想……想寻求帮助……"女孩儿似乎有些磕巴，加上紧张，说话断断续续的，犹豫反复了老半天，才勉强凑出这么一句话。

主持人虽然嘴狠，但心是好的。她听见回应之后便没有掐断这个电话并且耐心地回应她："好的，我在听。你遇到什么事了？方便具体说一下吗？我们大家好帮你一起想办法。"

"我……我有个舅舅，叫钱……钱禄。他犯了法，原本在监狱服……服刑。可是几天前，他突然就死……死了！监狱、监狱的人说他是自……自杀……可是我觉得……我觉得真相不是这样的！他……他是被人害死的！"

任非猛然瞪大眼睛，他准备换台的手完全僵住，广播里的赵慧慧磕磕绊绊的几句话，如同平地惊雷，在他脑子里轰隆隆地滚过。

嘀！嘀嘀！！路口的信号灯绿了又红，白色的本田CRV堵在最前面不走，后面的车主愤怒地摁喇叭抗议，一时间安静的街道上喇叭声如同破锣连成一片，连路过的行人都在捂耳朵。可单手死死攥着方向盘的任非，却仿佛魂儿都被抽走了，竟然丝毫都没有注意到。

第 11 章

遗书与求助人

可能真是没缘分，第二次"约会"，依然没能圆满。

他原本是想压着心思先把杨璐送回家再做打算的，然而杨璐半路上主动开口，让任非把她放在一个公交车站。自始至终她什么也没问，只是临下车的时候，嘱咐了任非一句："注意安全，好好休息。"

可是那个时候的任非，根本没心思"好好休息"。他精神紧张亢奋到极点，一路飙到广播电视台，拿着工作证要来了那个自称钱禄外甥女赵慧慧的电话，然后打到杨盛韬那里，让他帮忙查了这个号码的信息。接着就直接开车到了40公里外的东林市辖下的一个县城的村子里——电话是从那里拨出来的。

任非驱车赶路的途中，赵慧慧的身份得到了确认，竟然真的是钱禄的外甥女儿，她在镇上一所中学上初一。

钱禄是个光棍儿，父母过世，无妻无子。为了调查他的死因，这两天谭辉他们刑侦队上上下下已经把所有跟钱禄有关的关系，能查的都查了。而这个赵慧慧的母亲钱喜，原本就是他们的重点调查对象。

她并不是钱禄的亲妹妹，是钱禄爹妈抱养的。不知道是不是预感自己亲生的儿子靠不住，他们把钱喜养大，最后，倒也真是钱喜为他们养老的。

据了解，钱禄成年之后就去城里混了，他没什么学历，也就在工地干些粗重的体力活。本来是个很敦实质朴的汉子，可是后来不知道跟谁学坏了，染上了赌博的毛病，从那以后，钱禄再也没给过家里一分钱。

那时候钱禄只有过节会回来，多数是两手空空，过完年初二就走。他从钱喜结婚那天起，就打心眼里看不上自己的妹夫，这种看法在他染上赌瘾之后越发强烈。钱禄跟妹夫年年都要在大年三十晚上打一架，钱禄几次把妹夫打得鼻青脸肿。后来妹夫称要外出打工多赚点钱供赵慧慧上学，离开了村子，从此杳无音讯，再也没回来。那年赵慧慧5岁，钱喜从此成了村子里的活寡妇。

妹夫离家出走的第二年开始，钱禄连年也不回家过了。就像是赵慧慧那个人间蒸发的爹，也跟家里断了联系。钱喜向人打听过几次，只听闻说是欠了一屁股的赌债，东躲西藏，指不定哪天这个人就废了。

再后来，钱家二老相继病重，钱喜一个没技能也没文化，这辈子都没怎么离开过村子的女人，养着两个老人，带着一个孩子，已经让她不堪重负，老人病了更没钱治，所以那年，她托邻居先照看一下家里的老人孩子，自己咬着牙离开村子去找钱禄。然而她没找着人，回来的时候，只见一个孩子守着两位老人的尸体，哭到声嘶力竭。

钱喜从那时候恨上了钱禄，处理了二老的后事后，再也没提过去找钱禄。直到4年前，接到法院通知，她便懵懵懂懂战战兢兢地坐在法院旁听席上，听完了钱禄强奸杀人案的整个过程，听着她没有血缘关系的大哥被判了死缓。

尽管后来死缓减成了无期，钱喜也从没去探过监，但大概谁都没想到，时隔4年，当年的法庭上的那一面竟成了她和钱禄此生的最后一面。

最后的最后，钱禄狱中自杀。尸体火化前是她坐了一个多小时晃晃荡荡的城乡大巴，从乡下到了东林市殡仪馆，在火化单子上面签的字。

签完字，看着这个这辈子都不太光彩的大哥从人形变成一盒粉末，然后带着钱禄的骨灰和他在狱中被清理出来的为数不多的遗物，又回了乡下。

这是她这辈子和钱禄全部的纠葛。

当时走访的同事，还特地请她带着去看了埋葬钱禄骨灰的地方——就在钱喜家地里，上面插着一只孤零零的幡，随风摇曳，要多凄凉就有多凄凉。

走访的时候，赵慧慧上学住校没回来，同事们也没去惊动这个原本应该跟钱禄的死完全挂不上边的小女孩，而当时他们也对钱禄的遗物进行了调查，并没有发现什么可疑之处。

那么，赵慧慧是如何确认钱禄的死有蹊跷的呢？她发现了什么，还是……她原本就知道什么？

任非按地址找到赵慧慧她们家的时候已经快到凌晨了。这个时间，只有那么几盏路灯勉强照亮的村子里十分安静。孤儿寡母的低矮土坯房近在咫尺，但是任非没敢敲门，怕吓着她们母女，所以就把车停她家门口，在车里窝了一宿。第二天，伴着公鸡打鸣和他自己的手机震动，带着浑身的蚊子包去敲响了钱家的大门。

同一时间，谭辉带人到监狱，第二次提审了代乐山。连续几天，技术科的人一个个快要在显示器上盯瞎了眼睛，好在功夫没有白费，他们发现钱禄死前曾连续几天跟代乐山有过密切接触。

钱禄自杀前的一段时期里，午饭后的午休时间，晚饭后的自由活动时间，视频里的钱禄抓紧一切机会，就差把那算命先生绑在自己裤腰带上了。

"我问你几个问题，你老实交代。"监狱的审讯室里的监控下，昌榕分局的刑侦大队长靠在审讯桌上，半句废话都没有，直接就问。

但熟悉谭辉套路的人都知道，这跟他以往的风格是大相径庭的。平时审讯的时候，这男人狡诈得跟只狐狸似的，在审讯室小小一方空间里跟嫌疑人相互要诈斗智斗勇，嬉皮笑脸地聊天也好，冷嘲热讽地讥诮也罢，抑或是故意激怒对方，从开始到结束埋下许多地雷，多数时候他能把满心戒备的嫌疑人绕进去，对方所有的防线伪装顿时瓦解。

可是现在那一套在这里不适用。这里是东林监狱，这起案子嫌疑最大的是这里的狱管们，因此排查问案，一切的一切，都极有可能是在幕后凶手的监视下进行的。

他们不可能把犯人带出去审，他们也没有那么多时间跟怀疑对象兜圈子，只能抓紧时间在一定的范围里问更多的信息。因为一个不小心，后面会发生什么状况，谁都不知道。

代乐山被关完禁闭又进了死囚仓，整个人萎靡得不行，但态度却是很配合。面对询问，他照旧堆起那虚假的笑，脸上的皱纹随之都充满了谄媚，"是，是是。"

他本以为这次警方提审他，还是为了调查穆彦的事，但是没想到，谭辉开口问的却是另外一个人："九班的钱禄，你认识吧？"

算命先生有点错愕，但还是下意识地老老实实点头，"认识，认识。他那人孤冷不爱说话，但是……但是跟我话还是挺多的。"

谭辉挑了下眉。他没想到自己还没问，代乐山竟然就自觉地朝着这个方向走了，"钱禄死之前有段时间总找你吧？都说什么了？"

"也……也没什么。"代乐山皱着眉，他这些天被折腾得已经快要精神崩溃了，整个人都浑浑噩噩的，脑子也不太好使。他紧紧拧着眉毛似乎想把他脑海里逐渐沉下去的记忆翻出来，半晌之后，才慢吞吞地说："就是他缠着我问……人死了是不是真的还有冤鬼索命什么的……这到底是不是真的。"

"知不知道他为什么这么问？他跟你说起过原因没有？"

"没有……但是那段时间他确实挺奇怪的。他这人孤僻得很，平时整天冷着个脸，煞神似的，好像没什么牵挂，也什么都不怕。其他要老死在这监狱里的人，有时候或多或少都会后悔犯罪啊什么的，但是他从来没有，差不多就是那种什么都豁出去了，就混吃等死的样子吧，一大队里少有人敢惹他。但是那阵子，他忽然问我那些神啊鬼啊的问题……我不敢问他为什么要问这个，就随口敷衍他。后来有一天，他跟我说，他那阵子做梦，总是梦见那个死在他手上的女人，还有他爹妈……"

谭辉猛一抬眼，眉心紧拧，就在代乐山说完最后一句的时候，他始终紧绷着的脑子里，忽然捕捉到了某个至关重要的点。

同时，坐在赵慧慧家炕头的任非，从赵慧慧略微有些颤抖的手中，接过了一张皱巴巴的纸条。

上面的字歪歪扭扭，比刚上小学的孩子写的还不如。加上那张纸条已经被踩蹲得破败不堪，任非展开的时候，勉勉强强能够分辨出上面铅笔留下的模糊的字迹：

他说得对，我该去熟罪。

我死了，就解脱了，一切就都结束了。

这个东西，应该勉强算得上钱禄的遗书。任非把它拿在手里，第一个注意到的是上面那个笔画生涩的错别字——熟。

是文化不高所以写了错别字，还是……钱禄故意把"赎"写成"熟"？

赵慧慧不安地站在他面前，到现在也没弄明白究竟发生了什么，而她的母亲钱喜，干燥粗糙的脸上透着谨慎的戒备，把女儿揽在怀里，向后退了两步，拉开了赵慧慧与任非之间的距离。

任非倒不介意母女俩的动作，他还是坐在农家的炕头上，阴暗而灰败的屋子里，棚顶是被多年烟熏火燎出的焦黄，炕头是一个老式的组合柜子，上面玻璃后面印着粗糙的花鸟鱼虫的图案，一面玻璃已经坏了，硬生生把那些画切割得更加凌乱。

任非举着纸条朝赵慧慧示意，"慧慧，你是从哪里找到的这个？"

赵慧慧昨晚打的那个电话，是拿着钱喜那个扔到手机回收市场，贩子们最多只肯给10块钱回收的旧手机，背着她妈打的。

舅舅死后，妈妈对这件事讳莫如深，问都不让她问，她也知道妈妈不想再提这些事，所以一连几天，她都装作什么都不知道，该上学上学。

家里条件不好，也顾不上什么忌不忌讳的，钱禄在狱中的遗物都被钱喜抱了回来，能用的拆拆洗洗、修修补补，大部分都被她留了下来，其中包括钱禄在狱中的一个笔记本。

钱喜没读过书，不认识字。当时她翻这个本子的时候，看到前面几页被钱禄涂涂画画也不知道写了什么，她就想着，把这些用过的撕掉，剩下的还能给他们家慧慧用。

撕掉了前面几页，再抖落抖落，一块比笔记本纸明显薄出许多的、巴掌大的纸随之飘落，钱喜把它团团揉揉，扔进了家里装垃圾的大铁皮油漆桶。

上次谭辉派人过来调查的时候，钱喜就已经把这团废纸给丢掉了，所以当时的同事无功而返。直到昨天晚上赵慧慧从学校回来，钱喜把本子给她，细心的小姑娘看见了前几页被撕掉的痕迹。出于对舅舅身上所发生的一切的好奇，赵慧慧借口自己弄丢了东西，去翻她家那个几天也装不满的垃圾桶，然后从下面翻出了被揉成一团的字条。

小姑娘背着她妈把这张小纸条偷偷捡起来，把上面的"遗言"仔细看了一遍，又趁着妈妈做饭的工夫，偷偷打开妈妈放各种证件的小抽屉，从里面翻出了死亡证明和尸检报告的复印本。怎么看，都觉得不对劲。

任非从头到尾把赵慧慧的话听完，直到她停下来，才在钱喜惊愕的目光中，沉定而和蔼地问她："为什么你会觉得不对劲？"

"我不……不知道……就是觉得那个'熟'字很……很奇怪。"赵慧慧说话磕磕绊绊，"而且我舅舅也没上过几年……学，我小时候他教……教我认字，他写字从来都……都不带标点的。可是这个纸条上，标点用得很标准……"

任非瞄了一眼遗书上的标点，感觉自己心跳如擂鼓一般，但脸上却丝毫也看不出来，"你见过你舅舅写字？你觉得这个是你舅舅写的吗？"

"是……是的。他写字有个……习惯，只要是带钩的地方，钩都特别大、特别长。"赵慧慧说着挣开她母亲越搂越紧的怀抱，从一个五六十年代的长桌下面的柜子里，拿出了一本已经非常陈旧的田字格本子，"这是我上小学之……之前，舅舅教我写字的时候留……留下的。上面有舅舅的字，你……你可以对比。"

赵慧慧说着把田字格本递给任非，他接过一看，上面写的都是最基本最简单的字，再跟手里那残破的遗书一对比，果然是一样的笔体！

任非不露痕迹地慢慢深吸了口气，他的目光轻飘飘地在眼前这对母女脸上划过，带起一丝仿佛形若有质的凉意，"小时候的东西，为什么你会保留到现在呢？"

赵慧慧咬着嘴唇低下头，没接碴儿。

任非微微眯眼。半响，他忽然想通了什么，眼神里的审视和拷问骤然消散，取而代之的是一点点糅杂了感慨的遗憾。他叹了口气，对小姑娘说："……你很喜欢你舅舅吧？"

就这么一句话，赵慧慧却霎时间红了眼眶。"舅舅他……我小时候……他对我很好的。"大概是因为语速很慢的缘故，她不再像刚才那样磕巴，"我……没上过幼儿园，最初会写的那些字……都是他教的。"

其实任非这种小时候变着法子装病不上课的捣蛋鬼，不太能体会小时候因为家里穷上不起学，而非常羡慕别人家孩子背着书包被父母送去上学的感觉。但是他能理解，这件事给那些性格三观都在初建的年纪的孩子所带来的创伤。

情况到这里也了解得差不多了，他从炕头站起来，活动了一下被硬邦邦的边角硌得发麻的腿，一只手捏着笔记本和遗书朝赵慧慧母女示意了一下，"钱禄的手书是重要证物，暂时不能还给你们了，我得拿回局里去。还有这个田字格本，我要一起带回去请笔迹专家做比对。"

他说完，在赵慧慧直愣愣盯着他的目光中，又解释了一句："放心，等案子结了，这两样东西我都会给你完完整整送回来的。"

沉默半晌，赵慧慧看着他把那张遗书夹进田字格本，然后再小心地收进他的公文包里，忍不住怯怯地问："我舅舅……他……不是自杀……对吗？"

老实说，任非不知道。虽然遗书证明案件疑点重重，但是这些信息的含意晦涩不清，都不用问谭队，他自己就知道，没办法凭这个东西就否定钱禄自杀的结论。所以任非没回答。

他也不知道该怎么安慰死者家属，所以只能拍了拍小姑娘瘦弱的微微有些颤抖的肩膀。

没想到赵慧慧一把抓住他，他回过头，看见女孩儿那双盈满水光的眸子，那眼神仿佛是溺水之人最后绝望的呐喊，是断然不该出现在这个年纪孩子眼里的情绪。可是当任非这样真切地看见它的时候，却觉得那样的目光出现在孩子眼里，比在大人眼里看见更加地强烈，更加地灼人。

"警察叔叔，求求……求求你了。"一激动，赵慧慧说话又开始磕磕绊绊，但是她每一个字音咬得都是那样的清楚，"我知……知道我舅舅他是个杀……杀人犯，他该为自己的行为付出……付出代价。可是既然……既然减成无期，就算一辈子要在监狱度……度过，可是，他也还是有生存的……权利，对不对？那如果他……他不是自杀，你们会给他……做主的，对不对？"

不知道为什么，当初任非看见了钱禄行凶现场的照片后连吃饭都恶心得要吐，可是今天他面对钱禄的外甥女，在她如泣如诉的声音中，却鼻子发酸，嗓子眼儿发紧。

他惊奇一个初中的小女孩儿竟然能说出这样的话，震惊自己在这种委托似的哀求中体会到了一种从未体会过的，如此真切、郑重、压力十足的责任感。

那一刻，他突然觉得，原来他读警校、当刑警，每天起早贪黑，工作日以外拼命在办公室加班，并不仅仅是为了找出12年前杀他母亲的凶手。虽然破12年前悬案的执念是促使他最终站在这里的原因，但是此时此刻，他站在这里，身上盈满的，却是一种无法形容而在不知不觉中悄然累积叠加的使命感。

他要保护更多的人，要伸张更多的正义，要让经过他手的案子中所有枉死的人的灵魂终有一天安息。

就如赵慧慧所说，即使是手上染血的杀人犯，即使天地不容，但法律给了他应有的惩罚，他逃过死劫，他就有继续生存的权利。

任非狠狠咽了口唾沫，压下喉咙里翻滚着的酸涩，反手在女孩抓着他的手上重重回握了一下，仿佛是一个掷地有声的承诺，"放心。如果证明你舅舅是枉死，我们一定为他鸣冤。"

赵慧慧重重点头，那颗在她眼底蓄谋已久却倔强不落的眼泪，终于随着她点头的动作而倏然滚落。

任非轻轻带上院外的大门，上车准备回去的时候，习惯性地摸出手机看了一眼。早卜敲门之前，他怕跟赵慧慧交谈的过程中会有电话进来打扰，所以破天荒地调了静音。现在一个人独处，他查看手机，结果还真就有两个未接——都是谭辉打来的，就在10分钟前。

任非立刻拨回去，谭队像是在等他电话，他这边电话彩铃甚至都没响，谭辉那边已经接起电话，"喂？"

"谭队。"任非叫了一声，他下意识地看了眼被他放在副驾上的公文包，犹豫着钱禄遗书的这个大发现，是现在说还是回局里当面汇报。

但是在他犹豫的时候，谭辉已经开始问他了："你在哪儿？"谭辉的声音很低沉，而每当他用这种语气说话的时候，熟悉他的同事们都知道，这就是有急事儿。

任非当即精神一振，"钱禄的妹妹钱喜她们家大门口。"

"你别走了，蹲那儿吧，等着我让人过去接应你再回来。"

任非瞬间感到一阵难言的紧迫感一下子从脚底蹿了起来，他甚至下意识地眯起眼睛在四周扫了一圈，"老大，怎么了？"

"钱禄的死的确蹊跷。技术组从监控视频中查到钱禄死前曾跟代乐山有过密切接触，我今天早上带人去提了代乐山。据他供述，钱禄临出事的一个星期前，曾含糊其词地对他说过，'那个人不想让他活了，他该去赎罪'。代乐山说那之后的几天，钱禄的精神似乎一天比一天恍惚。他原本只以为钱禄是被梦魇困扰得睡不踏实，但是那之后没几天，钱禄就'自杀'了。

"但是，无论是我们的走访结果，还是狱友对钱禄的印象，钱禄都绝不可能是畏罪自杀的人。亡命徒，无期是捡条命，死刑他也不后悔。怎么在监狱圈了这些年，反而突然就对谋杀对象心生愧疚，想着要以死谢罪了？

"现在想着，多半是有什么人，把他当年的旧事翻出来，拿着什么理由，逼着他去死。"电话里，谭辉的冷笑清晰地传进了任非的耳里，"殚精竭虑步步为营，这种手段，也是够高明。"

"这么说的话，就能对上了。"任非听到这里，深深吸了口气，正色说道，"我在钱喜家拿到一封钱禄的'遗书'，上面本来有个地方非常蹊跷，但是现在看来，或许正好可以印证你刚才的话。我这就带回去。"

"你先在那里守一会儿，等接应你的人到了再回来——钱禄的这个案子被昨天晚上那小姑娘通过电台的那通电话闹得人尽皆知，今天早上就有记者在监狱那边蹲点等新闻了！我总觉得这档子事从头到尾都不简单。情势未明，我怕钱喜母女那边有什么麻烦。"

任非跟他们队长派去接应他的人做了交接，拿着从赵慧慧家里带回来的东西回市区，他本来想着把证物尽快带回局里做分析鉴定，奈何天不遂人愿，自打进了城开始，他发现有人在跟踪他。

一种被人窥视，被某种隐晦的、蠢蠢欲动的目光如影随形地跟着的感觉仿佛是看不见的丝线，将他紧紧缠绕住。他握着方向盘的手紧了紧，一边从后视镜注意着那辆始终不远不近坠在他后面的白色小车，一边驾驶着他的CRV从周末川流不息的车海中滑了出来，当机立断往东边的老城区开去了。

老城区道路环境复杂，到现在还保留着一片半拆半建半滞留的城中村的风貌。长街窄巷如蜘蛛网一般，而巷子里那些堆放起来非法占道的破烂东西就是被困在这蜘蛛网上的小昆虫，它们牢牢占据一隅，跟每一辆进到这里的机动车死磕，不熟悉地形的，很难从这里出去。

但这是任非很熟悉的一块儿地界。

他刚从他妈妈的死讯中缓过神来的很长一段时间内，都保持着一种神经质的习惯——那段时间他已经很不愿意面对他爸了，所以放学不回家，经常随便从一个公交站坐到另一个公交站，然后下车，在公交站一定范围内漫无目的地走。

一边走一边看周围每个从自己身边经过的人。悄悄看他们的表情，看他们的动作，心里有种如同在查案似的快感，仿若发泄一般。混杂着隐秘的刺激感、难耐的焦急和深切的不安盘桓在心头，陪伴他度过了少年时代最难熬的那两年。

因此，任非对东林城内大多数地方都很熟悉，但是，对方却未必如此。既然甩不掉，不如就迎上去，看看车里究竟是什么人。

任非疯起来不要命，但是也不是没脑子。他在车里给谭辉打了个电话，说了地点，叫他派人来增援。然后他自己开车，瞅准依旧不远不近跟过来的白色车子，绕进了弯弯绕绕的小巷道。

眼看着不远的CRV消失在视线尽头，后面车子里的人顾不得被发现，一脚油门跟上去，车身当即被一把支棱在外面的扫大街专用的竹扫把划得刺啦啦作响，车子里的人咬着牙，死盯着前方路面试图追上去，然而就在快经过一个"T"字形路口的时候，斜刺里突然闯过来一辆体量不小的CRV直愣愣地冲到车前面，伴随着如尖啸般的刹车声，一大一小两辆白色车子，在对方面前骤然停住！

任非的车子横在前面把对方的去路堵死，车停下来的那一瞬，他丝毫没有停顿地打开车门，一脸冷厉如凶神恶煞般从车里跳了出来，危机之下任非从思维到表情都相当冷静镇定，相反跟踪者却在毫无防备的惊愕中"啊"地一嗓子尖叫了出来。

这一出动静把浑身肌肉紧绷准备迎接一场凶恶搏斗的任非也震了一下，舌头底下滚出一圈儿的国骂。

说好的幕后黑手呢？说好的穷凶极恶的跟踪者呢？副驾上放着采访设备的小白车里，抖成一团快要被吓破胆的妹子是怎么回事？最重要的是，这个妹子的身份不用调查他就能确认，是季思琪！

这姑娘当初被他们当成怀疑对象调查过，前前后后查了一通发现她除了行事作风比较奇葩外，跟当时那案子不怎么能挂得上边儿，后来也就把她的事儿放下了。

任非怎么也没想到，迎面撞上的竟然是这么个情况。深吸口气，任大少爷勉强按捺下心头的烦躁，他本想把季思琪从车里面拖出来数落几句，奈何他还没来得及动，一队警车就鸣着警笛风驰电掣般地从巷子的四面八方开进来，把他和季思琪的小白车围在了正中间。

警车一停，昌榕分局的刑警们飞速下车包抄而来，队长谭辉一马当先："任非，跟踪你那孙子呢？"说到最后尾音已经消失，谭辉使劲眨巴着眼睛看看车里微微发抖的季思琪，又看看车外面的任非。

赵慧慧的电话暴露了钱禄死亡的线索，任非带证物回来的途中被人盯上尾随——分局里正因为监狱杀人案毫无头绪而焦头烂额的刑警们，都指望这次能守株待兔捕个大的，谁知道竟然又是这个小记者等着拿头条。

本来铆足了劲儿的李晓野，这下只能把那股"劲儿"又憋回去，发泄似的抬手在自己脑袋上搓了几把。

"……季小姐，我们上次就警告过你吧？"任非缓了缓神儿，错愕而愤怒，"警方查案细节属于机密，不允许对外公开——你闹一次还不够，非要给自己闹出个'妨碍公务'的罪名来才高兴？"

任非觉得自己这辈子没干过这么乌龙的事儿，他真想在这帮同事面前找个地缝钻进去。他尽量克制着自己不对姑娘发火，但是语气的确不善。

在季思琪眼里，任非浑身上下都冒着腾腾杀气。季思琪生生吞了口唾沫，飘忽不定的目光往行车记录仪上瞄了一眼，片刻后，舔了舔嘴唇，从车里出来，在一众刑警的注视之下，惯性地关上了车门。

"我这次跟踪你……不是为了'抓头条'。"季思琪终于犹豫着小声开了口。她说话的时候把头埋得很低，仿佛是个做错了事被揪出来的孩子，"我是……我是想，我手里有条线索，或许你们用得到……"

任非他们几个迅速交换了个眼神。

谭辉看着任非，又朝女人的方向抬抬下巴，任非打心底里泛起一阵急切，他舔了舔干燥的嘴唇，深吸口气，用尽量平稳的语气回应季思琪："你说。"

"都市广播那档都市情感话题栏目的主播是我师姐。"季思琪嗫嚅着轻声说，"我们是同校，我实习的时候她恰巧还带过我一阵子，关系一直不错。我们约好昨天晚上等她下了节目一起出去吃个宵夜的，所以我就在楼下等她。等着无聊，索性就在车里听她的栏目。然后……就听见了那通电话。"

任非眉梢微微挑了一下，"你当时一直在电台大楼下等？"

"是，所以我看见你的车了。"季思琪是认识任非车子的，之前在富阳桥下面，刑警们把她从桥下提溜上来送回家，用的就是任非这车。

"我看见你来了又很快走了，就猜是刚才那通电话的缘故。所以师姐下了节目出来，我就向她打听，一问之下才知道，原来当晚节目中奇怪的电话不只那个小女孩的那一通——小女孩的电话挂断没多久，又一个号码打进演播室，但是没有接直播。那个电话是导播接的，刚一接通，连个'喂'都没有，对方直截了当地问刚才打电话来求救的小女孩的电话号码。"

在场的刑警们听得心里一哆嗦。任非微微眯了下眼睛，声音有点发紧，"导播给了？"

"当然不可能给，都是有保密责任的。"季思琪先是摇头否定，但紧接着她顿了顿，细长的手指在身前交叉紧扣在一起，几秒钟的犹豫后，她深吸口气，仿佛下定决心一般，"但是后来我拜托师姐，帮忙要到了后者的那个号码……然后又拜托在电信公司工作的亲戚，查了这个号码的机主姓名。"

季思琪说着，从她半袖雪纺衬衫靠近胸口的口袋里拿出一张便利贴，上面果然写着一串号码和一个姓名——本地的号码，机主名叫李泉。

谭辉当即打电话回队里让人去查这个机主，很快，就得回来一个让人颇有些意外的消息——这个李泉，是东林县殡仪馆的入殓师。

"是咱们这儿的老员工了。这个……呃……入殓的经验非常丰富，人也踏实稳重，是不会出问题的。"待在殡仪馆半辈子的馆长就没见过警察跑到这里来查案的，按说，这是一个人生命画上句号的地方，证据是不该留在这里的。

所以他猜测，警方来这里是怀疑李泉把这个什么钱禄的骨灰跟别人的搞混了。他心想，这损阴德的事情虽然在同行里时有听说，但在他们这里是绝对不会出现的！

"钱禄……钱禄钱禄……找到了！"馆长一边帮李泉辩解，一边翻谭辉他们要找的值班记录，"钱禄的尸体火化当天的确是李泉值班，不出意外的话，应该就是经他手给推进炉子里去的。李泉我已经让人去给你们叫了，但是警官，我以人格担保，我们殡仪馆在入殓流程上是绝对不会出问题的！"

谭辉不耐烦地摆手打断了馆长，他想在心里挖出来几句宽慰的话说给老馆长听，但是这时候眼角余光忽然瞥见一个高瘦的中年男人推门走了进来。

"李泉？"对方在一众警察打量的目光中脱掉了白手套，然后点了点头，垂下眼的时候，双眼下面浓重的乌青看起来让人发怵。"几位警官过来，是因为昨天我打的那个电话吧？"他开门见山地径自坦白道："是这样的，那个钱禄，因为尸体情况比较特别，加上入殓的时候他的家属选择的是我们这儿的'豪华套餐'，遗骨从炉子里出来的时候，因为跟正常骨质区别很大，所以我对这位死者印象非常深刻。"

李晓野觉得自己嗓子发干。干他们这一行的，整天跟各种刑事案件打交道，看见什么样儿的尸体都不稀奇。但是看尸体是一回事儿，听着"资深入殓师"描述那什么的整个过程，又是一回事……李晓野觉得自己每一根汗毛孔都往外噌噌地冒着凉气。但是即便如此，他还是咬着牙问了一句："……什么是'豪华套餐'？"

"传统入殓的话，就是把人直接化成灰，但是这种方式保存下来的骨灰其实只有一部分。现在技术升级，选择另一种炉子的话，可以保存人的大部分骨架——这个对死者来说更圆满，不过，价格会贵些。我们习惯上管这个叫'豪华套餐'。"

李晓野觉得后背凉得有点发麻，"钱喜的家庭情况都差成那样了，竟然还有钱选'豪华套餐'？"

"这个倒是可以理解的。"馆长接过来说，"农村的一些地方现在还保留着土葬的习俗。有些人在观念上是很讲究这个的，他们认为尸骨不全的人没法入轮回。钱家的这个情况的确比较特殊，本来在火化单上签字前我们就是例行公事问一下，没想到钱家人犹豫半天还是选了这个，但是这个钱对她来说太多了，她哭得跟个什么似的。最后看她情况特殊，我们给她减了三分之一的费用。"

"那么，李先生刚刚说钱禄的遗骨与正常骨质区别很大？"任非说话的时候扯动干裂的嘴唇，一道浅浅的伤口裂开，渗出血丝来，他下意识地舔了一下。他站在这里，脸色凝重，几乎在场的所有人都会觉得这个男人此刻是非常肃穆的，然而只有他自己知道，那个勉强撑起的坚硬外壳下面，他的内心却非常恐惧——他害怕这个地方。每当李泉说一次"炉子"，他就觉得心里被针狠狠刺了一下。

12年前，他的妈妈就是被推进了那个炉子，从此，他想妈妈的时候，就只能抚摸冰冷相框里那张毫无生气的脸。

所以他接过李晓野的话问，语速飞快，直戳重点，他想赶紧结束这一切，尽快离开这个地方。

而李泉，也确实没叫他们失望，"因为跟尸骨打交道了这么些年，所以对遗骨的状态是很熟悉的。钱禄的遗骨出来，明显是不正常的——他生前一定患有非常严重的骨质疏松，骨密度很低，断面的骨质基本上就是个马蜂窝了。"

"如果死者生前身体状态一直都良好，没有因疾病而造成骨质疏松的话，那么只有一种可能——死者生前有吸毒史。"胡雪莉"啪"的一声合上二院鉴定科当初给钱禄做尸检时的鉴定结果，站在会议桌前面又哗啦啦地翻开从监狱调过来的钱禄就医档案，"但是死者入狱前曾接受过体检，血检没有查到吸毒特征。"

"全市所有戒毒所的记录都查过了，没有钱禄的信息。"马岩看着笔记本电脑的屏幕，幽冷的光映在他的脸上，"可是，如果骨质疏松症状明显到了入殓师看枯骨都能一眼认出来的地步，那他生前一定是吸得很重。那么大的毒瘾，说戒就戒了？"

"我没看见遗骨，只是照着入殓师说的情况来推断。"胡雪莉把资料放下，"所以对你们来说只是个参考方向，如果要确切答案，我得亲眼看见才行。"

"看什么？钱禄的遗骸？人都下葬了，再挖出来？"谭辉搓了把手，当即摇摇头，"就算钱禄生前有过吸毒史，但是目前看，跟本案的案情没有必然联系，挖坟这事儿先放放。"

胡雪莉不置可否，这时候，被派去市局找笔迹专家做鉴定的刑警连门也没敲，就风风火火地带着一个文件夹从外面旋风似的钻了进来。

"谭队，笔迹鉴定结果！"小旋风在谭辉面前停下来，把资料往谭辉前面一放，"还真是同一个人写的！"

任非一下子从椅子上站了起来，三步并两步地走过去，看完鉴定结果就说："放投影吧，大家都看一下。"

于是任非简单地排了个版，把钱禄的"遗书"，赵慧慧提供的田字格本，和市局笔迹鉴定专家的鉴定结果通过投影仪放了出来。

放大数倍之后，那个"熟罪"的"熟"字，在此刻看起来，似乎充满了诡异，让人看起来触目惊心。

"既然确定是钱禄本人所写，那么同时也可以确定，的确有人背后操纵，或者说是影响他走上了'自杀'这条路。"谭辉扭着身子出神地盯着投影，抬手搓着长出青胡楂儿的下巴，"既然他死了一切就都结束了，那么就说明，在他活着的时候，一定有什么东西是还在进行的。而钱禄是为了结束'这件事'而死的。"

任非的眼睛同样盯在幕布上，"操纵也好，影响也好，总之，钱禄不是心甘情愿去死的。或许……他是被什么逼到非死不可的份儿上了。"

石昊文往他的方向看了一眼，"怎么说？"

"我去赵慧慧他们家的时候，那小姑娘说，她舅舅是不会用标点的。但是你们看，这'遗书'上的标点没一个错的，也是因此，赵慧慧怀疑这封'遗书'有问题。"任非拿着鼠标一边说着一边在投影的标点符号和那个"熟"字上面来回画圈，"所以我觉得，钱禄离开家的这些年间，一定有人教过钱禄使用标点。按照正常的逻辑，既然有人会想到要教他标点的用法，那首先，对方最可能做的是教他识字写字，在这个过程中，发现他不会用标点，才会想起来教。"

谭辉从烟盒里又抽出了支烟，夹在指间没有点燃，"你是想说那个错别字？"

"如果单纯因为钱禄不会写赎罪的'赎'，想找个字来代替，那么他为什么不选择笔画更简单的字反而要去选一个更加难写的'生熟'的'熟'？"任非慢慢地把视线落在投影仪上那封"遗书"上，"联想钱禄的死法，他是不是在写这封遗书的时候就已经知道了自己要溺死在那口红色的染池里，所以故意写成这样来提醒看见这封遗书的人？但是——究竟什么人会教钱禄这样的人写遗书呢？"

谭辉长长地出了口气："好歹也是个线索。老乔你明天再带人重新去重点查一下，钱禄与家人彻底断了联系到他入狱之前的这段时间的社会关系，他都干了什么，都接触过什么人，越详细越好，尤其是感情方面——我估摸着，有耐心教一个糙汉写字的，多半是女人。把人找出来，看能不能再查出什么有用的线索。"

昌榕分局的警察同志们人仰马翻、焦头烂额地过了一个加班的周末。

周一早晨，在钱禄烧"头七"的这一天，昌榕分局请来东林监狱的监狱长和十五监区的监区长旁听，谭辉提出了证明钱禄非正常死亡的证据，对钱禄与穆彦的死因做了介绍分析。

两名死者都因强奸杀人入狱，都在做工时间里死在了工厂那口浸泡着红色工业燃料、池深两米的漂染池里。

两起案件完全符合一般并案条件，在监狱方面没有异议的情况下，分局方面正式对钱禄溺亡事件展开立案调查，同时将钱禄与穆彦的两起案件做并案处理。

他们开会的时候，任非跟同事们一起出去调查穆彦和梁炎东的社会关系去了，按照那天开会的说法，试图找出穆彦与梁炎东在入狱之前可能存在的交集。散会之后，把东林监狱的领导客客气气地送走，谭辉让石昊文给钱喜打了个电话，把情况跟她做简要说明。

石昊文用尽量不太刺激被害人家属的措辞把情况说完，电话那头，不言不语的女人终于用颤抖、犹豫的语气说了一句：
"……警察同志，有什么需要我做的，我一定配合。求你们——求你们……"说到一半，她却说不下去了。

石昊文的双商和三观跟他们支队里其他人比算是比较正常的，当下把女人那咽回喉咙里的话估摸了一遍，便嚼出味道，随即再三保证一定还钱禄一个公道。他挂了电话，正好看见任非从外面大步流星走了进来。

他路过墙角的时候弯腰从塑料箱子里拎出来一瓶矿泉水，边走边仰头灌了半瓶，然后一屁股瘫坐在他工作的椅子上，扔下矿泉水，又从他抽屉里拿出一罐红牛，二话不说仰头就喝了个底朝天……

任非浑身腾着热气，平日里打理得很时尚的头发，那刘海儿如今都快背到脑后去了，往日清爽帅气的样子消失不见。他从桌上抽出两张纸巾胡乱擦了几把，终于从方才的暴晒中缓过一口气儿。注意到石昊文目瞪口呆地看着自己，这才反应过来，不太自在地打了声招呼："你那么看着我干吗？今天橙色高温预警，我都快晒成狗了——"

谭辉去了趟杨盛韬的办公室，这时候刚巧进屋，听见任非说话，迫不及待就问了一句："有收获吗？"

任非被突然出现的谭队噎了一下。末了，他把手里差不多快被汗渍浸成湿巾的纸巾泄愤似的扔进垃圾桶，接着刚才的话道："……没什么有用的。据目前所掌握的情况看，梁炎东和穆彦完全生活在两个不同的圈子——一个是靠自己爹打下的根基创业，小有所成的猥琐纨绔富二代，另一个是要能力有能力要人品有人品的律师，是深受爱戴的心理学教授，是特殊案件时连警方也要去请教的特别顾问。最可能的联系就是穆彦曾经请梁炎东做过代理律师，但是事实上没有。我们往前查了5年之内的记录，穆彦公司的法律顾问一直是委托另一家律所做的，跟梁炎东半点联系都没有。"

因为头疼，任非一边说情况一边抬手用力掐眉心，这些天他们差不多是连轴转，加上上次的杀人碎尸案结束到这案子开始总共也没相距多长时间，不像队里的几个老司机，任非多少有点儿缓不过神来。

他眼睛通红，眼睛下面硕大的黑眼圈跟被人打了两拳似的。谭辉看他的样子有点不放心，想说让他今天早点下班回家休息，但是还没等开口，任非的电话铃声响了起来。

任非扫了一眼来电，连忙接了，电话里关洋故意压低声音说："任非，你不是告诉我，梁教授那边有什么情况都跟你说一下吗？"

任非狠狠吞了口唾沫，语调骤紧："怎么了？"

"嗨，没大事儿，我都犹豫要不要跟你说这个。就今天吃完午饭回监仓，梁教授跟负责他们班的王管报备说丢了支签字笔。"

"签字笔？"

关洋说："对。就钱禄死的那天，你来监狱找他，他当时不是给你写了个'知悉，请回'的纸条吗？就是我借给他的笔写的。事后笔记本连着签字笔我没往回要，都给他了，然后这笔现在丢了。他跟王管报备的时候我正好经过，听见这么一碴儿。"

任非话筒声音开得大，他也没特意避着谁，电话那边关洋的声音附近几个人都听得见。关洋说完，任非把手机拿得离耳朵远了些，下意识往谭辉和石昊文的方向看。

谭辉和石昊文的目光，几乎同一时间落在了被随手扔在桌上的签字笔上面，方才吵吵嚷嚷的办公室，顷刻间十分安静。

第 12 章

越　狱

　　监狱里犯人有个什么东西丢了，跟狱管打个报告，这实在没什么值得拎出来特意说的，何况丢的还是支普普通通的签字笔。但是如果这个人是梁炎东，那就很耐人寻味了。谁知道那个心眼儿多得跟马蜂窝似的男人，是不是又要要花样了呢？

　　所以梁炎东说明情况的时候，王管声色俱厉地问得非常详细。他询问的内容包括，签字笔是怎么来的，用来干什么的，原本被他放在哪里，最后一次用是在什么时间……

　　他问什么，梁炎东就老老实实地拿着笔在纸上写什么，只有当初拿到这笔的原因被他搪塞过去，其他都写得清清楚楚。

　　写完了，王管又严厉地警告一番，然后就走了。丢笔的事儿，就此完结，再无下文。

　　这结果在梁炎东的预料之内——其实他原本也没指望能有什么结果，之所以打这个报告，只是为让自己远离在之后可能会有的麻烦。

　　一支笔能干什么？写写画画？不止。

紧急情况中，懂得些技巧的人用巧劲儿就能用它把人戳个透心凉。而那是他的笔，上面有他的指纹。

　　万籁俱寂的仲夏夜，闷热如蒸笼一般，让人浑身难受。十五监区一大队三班的窗户开着，如练的月光在夜晚从窗外投落在监仓里，窗户外面铁栏杆的影子因此落在水泥地上。

　　靠窗户最近的位置，梁炎东平躺在狭窄的床上，在满屋子没心没肺此起彼伏的呼噜声中，全无睡意，眼睛直直地盯着上铺的床板。

　　他的签字笔丢失3天了。东林监狱在他所能了解到的范围内，没有任何动静。他不知道这几天警方有没有再来过监区调查，更无从知晓案件侦破有没有进展，只知道一大队表面上看起来逐渐恢复了平静。

　　上次他被袭击，凶手准备充分、目标明确，如果不是他情急之下踢响了门板，自己现在就已经是个死人了。

　　梁炎东大概猜得出对方为什么要对他下手——绝不可能是因为他曾经奸杀幼女，如果是，出于对强奸杀人犯的报复心理，要杀他，不会等这么久。细论起来，大概是因为他前不久插手那个连环杀人碎尸案的缘故。

　　监狱外面有人不愿他插手任何一件案子。一旦得知他不再"安分"，必然急于杀之而后快。

　　为了自保，入狱后，他人前人后尽量弱化自己的存在感，能多低调就多低调。

　　他这样龟缩了3年，外面的那些人认为他这是服了软认了命，终于开始放松警惕，本来这应该是个好的发展势头，可惜，却被他自己打破了。

那个小刑警来找他，带着卷宗，说着案情，期盼而祈求的眼神，4个被砍成碎块的无辜死者，让他完全失控。

从许多年前他在大学里选了犯罪心理学这个专业开始，从污秽不堪的泥沼中抠根刨底扒真相，还原犯罪现场，给无辜死者讨公道，还家属一个安慰——这已经逐渐成为一种本能，这本能深深地刻在他的骨血里，哪怕必须封存，但是从未冷却。

而任非的到来，似乎在这不息地流淌着使命的血液里浇了一把热油。霎时的激动，几乎是他无法控制的。既然当时无法控制，事后就必须承担这个后果。

梁炎东目前没有明确证据证明走廊里勒他的人，跟杀死穆彦的凶手之间有联系。但是有一点他非常肯定——在走廊里勒他的人一击没有得手，势必会寻找第二次机会置他于死地。

那支从他手里偷走的笔，很可能跟当初那段从水泥袋子上拆下来的棉绳一样，成为对方杀人的工具。所以他夜不能寐，时刻警惕，小心提防。

睡不着，就在脑子里过这些天发生的事情。

10天内，监狱里死了两个人。一个是九班的钱禄，一个是五班的穆彦。都是凶神恶煞的人，都是强奸杀人犯，都死在那口工业漂染池里。

按监狱的条件来说，凶手把人扔在工业染池里显然是比较合适而"稳妥"的。

漂染溶液水深2米，新加染料进去的时候水深会在2.1到2.3米之间，染池外围水泥高约1米，沉入地面约1.3米，钱禄不会游泳，跳进去说什么也扑腾不上来，穆彦无论会不会游泳，意识不清地沉进去，同样不可能轻而易举地浮起来。

池水是化工染料，人沉到里面，哪怕发现及时，也没人敢直接跳下去救。等找来合适打捞的工具，无论如何，人都已经死了。

穆彦被扒光衣服吊在房梁上，当天中午到下午事发前曾两次断电——凶手是在这期间将穆彦绑上去的，趁着突发情况紧急集合的短暂混乱离开，或者干脆混入人群里。

而在两起死亡发生中间，有人曾想要杀他，事后又将监控抹掉了。

那么现在，在他所知道的为数不多的线索中，有三点存在明显疑问：第一，穆彦死的那天监狱两次断电的原因。第二，在处处监控的监狱里，监控镜头中的穆彦，是从何时在监控下失去踪迹的？第三，穆彦的囚服在代乐山床上被找到，凶手既然有意把代乐山拖下水，那么，起先危言耸听造谣说女鬼索命的算命先生，又在整件事中扮演什么角色？

梁炎东翻了个身，清冷月光中，他微微眯着那双透出冰寒冷冽的眼神的眼睛，还有，做个假设，如果杀我的跟杀穆彦的是同一个人，那么……凶手杀人的目的何在？

梁炎东慢慢闭上了因长时间没有眨眼而酸涩的眼睛，一边回想一周前穆彦死亡的那一幕，一边在脑袋里挨个回想十五监区狱警管教和服刑人员的脸。

他对人脸的面部特征非常敏感，很多时候，哪怕只是在大街上偶然一眼，过一段时间后，他仍旧能记起对方的样子。何况他已经在这个地方待了3年，十五监区的每一张脸、对应的名字、名字主人的基本信息，他闭着眼睛都能一个不落地回想起来。

但是因为目前他所能掌握的信息实在太少，没办法对凶手进行心理侧写，只能是做一个最笼统的排除。

每个人的脸都像电影画面一般地迅速在他脑中闪现，最后，倏然停顿的那张脸，让梁炎东自己都感到意外——是九班的田永强。因故意杀人罪入狱，被判了15年，这是他服刑的第四年。

田永强，53岁，已是知天命的年纪，农村人，头发已白了一半，身体不好，有心脏病，尤其是一犯病的时候，后遗症能让他走路都颤颤巍巍好几天。

真说起来，梁炎东跟这个田永强倒是有些渊源的，在田永强刚入狱的那年，当时还是自由身的梁炎东，甚至来探过他的监。只是当梁炎东进了监狱，得了失语症后，他们在监狱里反而形同陌路，再没什么交集了。

根据梁炎东对田永强的了解，那是一个非常老实巴交的小老头儿。从前连自家院子里养的鸡都不敢杀，为人本分，爱看新闻，关心国家大事，爱跟人论道理，当时在他们村子里很受人尊重。如果不是被逼急了，也不至于拿刀子捅人。

而无论是当初拿绳子勒自己，还是把昏迷的穆彦拖到工厂房梁吊起来，这都需要凶手有比较好的身体素质，力量要足够大并且持续力强——单从这一点上，田永强就应该被排除，不应该是他。

梁炎东缓缓睁开眼睛，在腿上不断轻弹的手指停下来，下一秒，仲夏夜寂静的监狱里，乍然响起的直刺人心的警报声彻底打断了他的思绪。

监仓里此起彼伏的鼾声霎时消失，男人们一股脑从睡梦中惊醒，二木一个激灵差点从铺上滚下来，"我操，怎么了这是？"

梁炎东从铺上坐起来。他望着天际依旧沉静如水的月光，看着乍然亮起的应急灯下，从四面八方涌往同一个方向的狱警管教，心中剧震，浑身肌肉不自觉地紧绷，骤然间，仿佛连血液都凝固了。

半个小时后，昌榕分局的值班刑警接到了来自东林监狱的报警电话——原本应该被关在死囚仓里的代乐山死了。

监仓门禁森严，门锁完好，而他死在了堪称密室的死囚仓外面的围墙下。

致命伤是那支三天前梁炎东报告丢了的签字笔——它插进了死者的太阳穴。

今日凌晨2点17分，东林监狱再次发现恶性凶杀事件。死者代乐山，男，汉族，现年45岁，因诈骗和故意伤害罪被判处有期徒刑8年，现为东林监狱十五监区一大队二班的服刑人员。

死亡地点为死囚监仓窗户外墙下拐角处，为监控死角。死者身着东林监狱统一制式囚服，呈俯卧状，体表除头部左侧翼点有可见性刺伤外，双手臂有瘀痕，系生前与人扭打所致。经法医鉴定，死因为锐器损伤左侧翼点致使颅内出血，翼点内取出签字笔一支，与创口吻合，可确认为凶器，死亡时间在凌晨2点10分左右。

此外，现场凌乱的脚印中提取到40、43码鞋印，40码为死者代乐山本人，43码应为凶手所留。凶器上找到不完整指纹，经比对核验，与十五监区一大队三班在押人员梁炎东指纹基本相符。经梁炎东本人确认，该凶器确为他三天前丢失的签字笔。

至此，梁炎东再一次成为重要嫌疑人，被狱方连夜带走，严密监控起来。

本来昌榕分局的刑侦大队这几天一直在进行烦琐而枯燥的走访调查工作，分局刑侦人手不够，除了必须在局里值班跑内勤支撑出警工作的同事，局里几乎所有人都派了出去，但是这么多人去查一个已经入狱4年的钱禄的生前轨迹，无异于大海捞针，一天下来脑袋恨不得要胀成热气球，每个人都是晚上回家倒头就睡。

快凌晨3点，人睡得最香最沉的时候被催命似的手机铃声惊醒，任非觉得自己刚从沙漠里跋涉出来似的，瞪着一双比兔子还红的眼睛，顶着一脑袋比刺猬还扎人的头发，跟同事们汇合，一起直接去了监狱。

到了监狱，在犯罪现场转了一圈儿，几个人都清醒了。

"猖狂，太猖狂了！"老乔狠狠嘬了口烟，不死心地在代乐山生前待着的囚室又搜了一圈，"监狱本来就是个封闭环境，这囚室前后两道门一关，监道外面还有锁，耗子也钻不出去一个，而且两道门锁一个也没坏，都锁着的，警卫也没听见动静，密室啊！凶手他是怎么把人拖出去杀了的？"

这些天都在跟东林监狱两起凶杀案死磕，谭辉这次多了个心眼儿，在分局集合临出发前把技术科的小眼镜也带上了，早上5点，天光破晓，在监控室坐镇的小眼镜似乎刚跑完一场马拉松似的，呼哧带喘地把电话给谭辉打了过来。

"谭队，死亡时间前后，死者监仓所在监道上的监控我都查过了——没问题，没被人动过手脚！"

"外面的，直对着监仓窗户那面墙的呢？"

眼镜语速飞快地回答："看过了，能拍到那面墙的只有监狱院墙西南角的那个监控，但是上个礼拜那监控就坏了，据说是采购流程没走完，到现在一直没换上。设备我亲自去看过了，的确是年头太久，寿命到了。"

谭辉愤怒地吼道："……这是监狱！坏的竟是监控！这是多大的事，用得着从头批到尾，采购一个星期吗？简直就是玩忽职守！"

电话那边，小眼镜语气变得很为难："谭队，这……"

谭辉挂了电话，就看见蓬头垢面的监狱长一脸吃了死耗子还吐不出来的表情，讪讪地解释："咱们单位换大件得我签字，报采的单子送上来那几天碰巧我家里有事，这不就没签上，压了两天。"

你们监狱连续死了两个人，我们外面的刑警跟着忙到几天几夜不阖眼。你们监控坏了没人管，作为监狱里最大的领导，在这多事之秋说休几天就休几天——你们这口公家饭吃得可真舒服。虽然不是一个系统，但按级别说，监狱长算是他的领导。出于对领导的尊重，谭队长几乎用光了这辈子的涵养，才把差点脱口而出的话给咽了回去。

监道内监控没被动过手脚，可以看到代乐山出事前后，整条监道有狱警在规定时间里巡逻，代乐山所在监仓前后两道门从始至终没人动过。房间没被破坏，但是本该被关在里面的人，却匪夷所思地死在了外面。

谭辉几乎是用掐人的力道在自己眉心狠狠摁了几下。凶手在挑战警方的底线。只这一点，就足够让在场的所有人跟他一起出离地愤怒了。但是更让人无法忍受的是，直到现在，他们还在一步步地被凶手牵着鼻子走。

正在这时，派出去调查首要嫌疑人梁炎东的任非和石昊文一起回来了，石昊文多少还有点敬畏之心，看着把他们老大围在中间的监区领导，还在心里盘算怎么过去靠近队长，任非却根本不在乎，两只手毫不客气地在监狱长和监区长两个壮硕的躯体间扒拉开一条缝，钻了过去，"老大！"

他用的力气不小，毫无准备的监区领导被他扒拉得稍微一趔趄，不约而同地朝他看过去。任非也在同时挑高了眉毛，火药味儿十足地一眼看了回去——大少爷眼里对监区的不满准确地表达了他们全队人此刻内心的想法。随后任非开口，跟他们队长汇报："梁炎东有非常明确的不在场证明。案发期间他就在监仓里，监狱警报响起的时候他们仓里的人都被惊醒，相互都看见了对方，他们一个班的人都可以对此做证。而且，就监区'严密'的看守情况来说，他也不存在作案条件。"

任非故意把"严密"两个字音咬得很重，然后看见监区领导脸色有点发绿，这才觉得稍稍出了口恶气。

参与调查这起监狱连环杀人案的刑警们对监区早就有些不满。在他们看来，钱禄死的时候监区调查不够仔细深入，认定钱禄自杀而草草结案，导致钱禄尸体被家属火化下葬——这也是导致他们后来办案过程复杂化的直接原因之一。

而已经连续出了这么几起大事儿，监区戒严——说得好听，任非心想监区戒严主要领导还有工夫休息几天回家办事儿，根本就是把案子全都推给了分局。分局上上下下这几天跑断了腿，他们这边，倒是一点心也不操了，不操心也就算了，但您能把主要职责抓好，少死个人，少给咱添点儿乱吗？

昌榕分局刑侦队虽然人手不足，但是在杨盛韬的统筹之下，谭辉带着的这些人没一个是吃闲饭的。也正是因为这个，任非进了他们队，因为对刑事案件不敏感，加之急躁冲动又自作主张，有一段时间总被李晓野吐槽是"神一般的猪队友"。但任非从入职到现在却已经习惯了队友们的雷厉风行，现在跟监区打打交道，总算是有机会切身体验一把"神一般的猪队友"有多糟心。

监狱长辩解道："坏了个监控没及时采购，这是我们监区的责任，事后我会向领导打报告申请处分。但是不能因为监控坏了没拍到一个画面，就质疑我们监狱的看管问题——谭队您几位也看见了，死囚仓这边虽然是10多年前的老房子，但是近两年也翻修过，就连窗外面的防护钢条都是新换的。房间内没有遭到任何破坏，犯人却莫名其妙从囚室跑到了外面——我个人浅见，这跟监狱的看守实在没有直接联系。"

"等等，"谭辉忽然抬眼看了监狱长一眼，那目光锐利得几乎可以刺穿对方的皮肤，"您刚刚说什么？"

监狱长差点被他一眼看蒙了，回答几乎是下意识的，"这跟监狱的看守没直接联系……"

"不是，上一句。"

"上一句？"监狱长往旁边监区长的方向看了一眼，茫然地问，"我上一句说什么了？"

监区长犹豫了一下，说："您说囚犯莫名其妙跑到外面。"

"不对，再上。你说防护钢条……"一瞬间，所有人的目光都不由自主地落到监仓内唯一的那扇窗户上！

窗户内层的玻璃窗开着，外面那层钢筋铁条在逐渐豁亮的阳光下闪着冰冷的银色金属光泽，几乎要刺伤所有人的眼。

"钢条！"谭辉一声断喝，在场的几个刑警精神一振，离窗边最近的老乔都没等他再发话，迅速戴上手套，在所有人的目光注视下，两步走到窗下，用双手小心地握住窗户上的防护钢筋，用力上下活动了几下。没反应，钢条完好无损，纹丝不动。

监区的领导们吊在喉咙里的那口气终于舒了出来。

然而这口气刚吐了一半，下一瞬，又不约而同地憋了回去——抓着钢条检查的老乔似乎发现了什么不对。他收手凝神端详了那几根钢条，紧接着，他忽然又握住两根钢筋，竟然徒手将两根崭新的、手指粗细的钢条，生生掰弯了！

众人皆惊。

监狱长用衣袖在眼睛上胡乱蹭了好几次，颤抖的手指着那窗户，在惊愕中一甩头，怒视监区长，"这——这是怎么回事？"

被质问的监区长整个人都不好了，瞪着乔巍手里几根弯曲的钢条，因睡眠不足熬红了的眼睛几乎要从眼眶里凸出来，"我……我也不知道啊！这不可能啊！"

监区长说着再也稳不住了，他大步上前想要抓那被掰弯了的钢条确认情况，手刚伸出去一半，被戴着手套的老乔一点儿不客气地拦住了。

极度震惊的监区长眼底涌着强烈的不安和焦躁，朝抓住自己的刑警怒目而视，老乔粗重杂乱的眉毛连动都没动一下，"我们要保护现场。麻烦您，向后退退。"

监区长觉得刚才卡在喉咙里的一口气，这会儿快把自己憋死了。

看他压着火又退了回去，老乔凑近窗户，头凑到钢条旁边，皱着鼻子仔细闻了闻。

"谭队，"很快，老乔退回来，用戴着手套的手背揉了下鼻子，"是强酸。"

监区长瞬间活见鬼了一样惊叫道："开什么玩笑，这地方怎么可能有强酸？"

没人回答他。下一秒，谭辉的嗓门完全盖住了他的尾音，在太阳终于完全升出地平线的时刻，有条不紊地吩咐："去把法医组的人叫过来，化验钢条上的残存物质，看还能不能在上面找到指纹。"

他说着，转头朝已经完全发蒙的监狱长点了下头，尽管此刻事情在他们来看已经逐渐明朗了，但他对领导说话的时候还是尽量克制着，用了比较耐心和客气的语气说："就目前所掌握的情况来看，我们有理由怀疑凶手是监狱内的公职人员。您是这边的一把手，所以接下来还得麻烦您协调监区内部，协助我们调查。"

谭辉说完第一句话的时候，监狱长的脸色就已经完全变了。听说钢条被强酸腐蚀的时候，他震惊过后还能勉强维持个表面上的不动声色，可是当谭辉后面的话一说完，他莫名其妙地从监狱管理者变成了凶案嫌疑人，愤怒最终从五味杂陈的情绪翻涌上来，老狱长当即沉了脸，眉眼中带着阴沉和犀利，"谭队，你这是什么意思？"

"现在所有的证据都指向监区。无论是对监控做手脚，在神不知鬼不觉中把穆彦带到染池，在代乐山床上放穆彦的衣服，还是腐蚀死囚室的钢条。——这些事情，我不说您也知道，别说是市监狱了，就算是个区县拘留所，管理再松懈，在看管的眼皮底下，嫌犯也不可能做到这些。"谭辉说着，又看了一眼弯曲得不像话的钢条，胡雪莉已经带着法医组的人开始取证了。

"我需要您配合我们调取代乐山在监狱羁押期间的全部资

料，尤其是最近两个月中，他在狱中的人际关系、就医记录、家属会见细节等。也请您协助查查，给我们一份十五监区上到管理层下到狱警管教、工人、厨师，穿43码鞋子的具体名单。另外，这三起案子的调查，为了避嫌，就请监区这边不要再参与了。相关文件我这就让人走流程，最快今天下午就给您送来。"

监狱长虽然不愿意承认，但现在既然警方已经把话挑明了，他再不愿意，也得配合调查——自己管的监狱里出了内鬼，杀了人，他不查，不把藏匿在他们中间的凶手揪出来，他们全监区的人都没好儿。

事情到了现在这步，刑侦大队的人已经对监狱这边失去了基本的信任。谭辉三言两语地把监区领导请了出去，几个人在小囚室仔仔细细搜了一圈，除了监狱统一配发的被褥衣物和生活物资外，另从床尾地上找到一兜水果、三包真空包装的香肠，床头一件皱皱巴巴的包边都开了线的破烂黑背心，以及从床中间部位的地上直径6厘米的管道里掏出来的一只死耗子。

任非把死老鼠扔在地上，十分嫌弃地脱了手套。哪怕是这样，他还是觉得捏了耗子的两根手指头放哪里都觉得不对，"床底下有个排水管，应该是早年监狱改建的时候废弃不用的，论粗细也就这些耗子能自由穿行。"他说到一半，忽然就顿了一下。

似乎想到了什么，他突然又弯腰去拿起被他扔在地上的手套，只见雪白的手套上指尖的部分沾染了些许灰尘。

任非微微皱眉，在那只被他扔开的死耗子旁蹲下来，又戴上手套，捏住死耗子的尾巴把它拎了起来，"……老大，你说这耗子是怎么死的？"

任非就这么拎着耗子，那小生物的尸体在他眼里倒映出十分诡异的影子，"耗子为什么会死在管道口呢？监区就算放灭鼠药，也不可能放在牢号里。门从头封到顶，老鼠也不可能从走廊进来。这房子刚翻新过，没有什么被老鼠打过的洞或者能容老鼠来去的缝隙——床下的管道可能是老鼠在外面和房间来去的唯一路径。"

　　谭辉微微挑了下眉，"你在它身上有什么发现吗？"

　　"没有。"任非把老鼠的尸体又放回地上，他用没捏过耗子的那只手从兜里拿出手机，打开了手电筒，一束白亮的电光明晃晃地落在死老鼠身上，一种令人厌弃的感觉顿时袭来，"我就是奇怪，如果老鼠是吃了灭鼠药怎么刚好死在这里？如果是自然死亡，死在管道口，似乎不太符合这种生物的习性，而且……按说排水管常年废弃不用，里面积尘应该很厚才对，可是你们看，我在里面掏了一圈，手套也没怎么弄脏。"他说着又拿着手机往床底下晃了一下，"我再去瞅瞅。"

　　结果这一瞅不打紧，还真就"瞅"出了至关重要的可疑物品。

　　床底下，蜷着长胳膊长腿几乎就是跪趴在地上的任非发出一声含混的低骂，他又管外面的石昊文要了个证物袋。

　　等任非出来，所有人不约而同倒吸了口气——袋里装了一卷被缠绕整齐的结实麻线和一个直径大概4厘米的褐色玻璃瓶。

　　老乔接过袋子，隔着证物袋握着药瓶，用戴着手套的手拧开了瓶盖，凑近闻了一下，神色当即为之一振，"闻这味道，恐怕跟腐蚀钢条的是同一种东西。"

　　"从监仓里搜到的药瓶和钢条上残存的制剂是同一种物质，都是硝酸。麻线总长164.5厘米，一端检测出少量动物毛纤维残留，我们对组织结构进行分析鉴别，初步确定属于鼠类。钢条表面提取到的不完整指纹，经过比对，可以确认是死者代乐山的。"

"这是东林监狱没翻新改造之前的排水管道图纸。"任非放了投影，拿着笔在上面指指点点，"这里是关代乐山的死囚仓，当时监仓内如厕的地方应该在这里，跟我们今天发现的废弃排水管的位置可以对应。这条排水管通向监区外的一条小河道。"

他说着放了张河道现阶段的图片做对比——小河沟已经干涸了，河床底部已经杂草丛生，周围环境荒凉得很，"在还没开始环境治理前，这一排死囚监室的生活废水都是直接排到这条河道里的。当年河道周围还没有拆迁，居民对此常有抱怨，为此上访过几次，正好赶上全国开始重视环保，市政府拨钱，监区这边才又重新改了管线。另外，我按比例尺算了一下，如果图纸和比例尺准确的话，从监仓到河道，实际距离正好是150米。这跟狐狸姐说的麻线总长对得上。"

马岩往自己的记录本子上扫了一眼，"另外，代乐山的家属会见记录也查过了。从他入狱到现在，多数都是他媳妇带着闺女一起来看他的。但是比较奇怪的是，近半年来，探监都只是他媳妇一个人来，女儿再没来过。"

谭辉把烟头重重摁在烟灰缸里，当机立断地一拍桌子，"查这半年来他的家庭情况，看看有没有什么变故，他女儿应该是个突破口。另外再去查清楚，他家里祖上有没有什么人，当年曾参与过东林监狱的管道建设，或者能摸到施工图纸的。"

说着，他站起来，目光落在投影的那张图纸上，微微勾了下嘴角，带着一丁点不明显的嘲讽，语气却非常笃定："代乐山八成不是被凶手弄到监仓外面的。他是想越狱！"

可他为什么要越狱？

代乐山跟那些判了无期的狱友们不一样。他一共只判了8年，好好表现申请减刑，甚至用不了8年就能出去。他为什么要冒着巨大的危险，在刑期过了一半的时候，才开始计划筹谋，非出去不可呢？

代乐山的媳妇是个有些市井气的女人。她个子不高，黝黑的脸上有着晒斑，手上皮肤粗糙皲裂，浑浊的眸子旁皱纹遍布。她刚40岁，但岁月在她脸上毫不留情地刻下深深的痕迹，让这个新寡看起来更加憔悴。

"我丈夫已经死了，你们还想怎么样？"问询室里，女人散乱的碎发让她看起来十分狼狈，甚至有几根发梢黏在了嘴角。但她对此毫无知觉。她坐在阴暗的房间里，并不怎么害怕。没等警方发问，她已经先开了口，带着质问的语气，眼睛看向警方的时候，有种怨念透出来。

跟石昊文搭档准备做笔录的任非迎上这眼神，仿佛被针刺了一下，他手中的笔停顿在了原处。

"他越狱，有罪，罪该万死……他现在已经被你们杀了，你们还想怎么样？再逼死我们娘俩吗？"女人恍恍惚惚地说着，忽然就神经质地笑了起来，仿佛是找到了一个困惑已久的答案，终于顿悟了一般，眼泪顺着脸颊落了下来，"也对。你们这些人，不是一向不给人留活路的吗？"

当听她开口说到"越狱"时，任非和石昊文心里顿时"咯噔"一声，等她把话全说完，在场两个刑警心中感觉简直不能用震惊来形容了。

她根本就没打算隐瞒。她以为代乐山是在越狱过程中被狱方发现杀掉的。那么，至少可以有两件事能从她的话里得到证实：第一，代乐山的确是越狱。监室里蹊跷死亡的老鼠、麻线、空药瓶，还有窗户上被硝酸严重腐蚀的钢条，都是代乐山的杰作。第二，代乐山的妻子是他越狱的同谋。

这女人一定知道代乐山越狱的整个计划，但是她不知道，代乐山不是死在狱警"执行公务"上，而是被未知的凶手杀害的。

任非是不能忍受被人误会的。他听完就要开口跟女人解释她丈夫的死因，但刚一张口，转念却又住嘴了。他旁边，石昊文绷着脸刚要对女人阐明立场，却被他一把摁住了手背。

石昊文不明所以地拧着眉毛，一时间实在弄不清旁边这不知道什么时候可能就会抽风一次的少爷又在打什么主意，但是任非却没有看他，只微微地摇了下头，话却是对代乐山的妻子说的：

"既然你都知道了，那就老老实实把你们暗度陈仓的那些事儿都交代出来吧。也省得我们彼此磨，费心费神。坦白从宽的原则还是有效的，你老实认罪，我们争取给你宽大处理。"

任非说着，干脆放下笔，环抱着双臂，脚尖着地往前蹭了一下，借力把椅子往后一推，凳子划拉着水泥地蹭出令人牙酸的声响，他舒展了双腿，瘫坐在椅子上。

"谁稀罕你们的宽大处理？你们直接判我死刑吧！"仿佛被任非的话刺激了，原本失魂落魄的女人像是一下子活了过来，她狠狠地瞪着任非，充满敌意和仇恨的脸僵硬着，如同就要磨牙吮血一般，"老代已经在前面等着了，反正活着没个团聚，死了在黄泉下求个团圆，也算是圆满！"

"你是一心准备给亡夫殉葬了？那我倒是无所谓。就是你们那闺女挺倒霉的，小小年纪就没了双亲，亲戚不愿意接手，就只能放到孤儿院去了。"任非眼皮儿微微向上，嘴角微微翘起，带着轻慢和嘲讽。

眼前的女人一看他这个样子，再听完他这事不关己的话，整个人都要炸了。如果不是前面有张桌子挡着，任非简直毫不怀疑这女人立刻就要一跃而起挠他两把解恨了。"你少拿糖糖的情况来压我！就因为她有病，就因为她快要活不成了，你们就等着看笑话是不是？你们故意不让老代出监探病去看看女儿，你们故意等着看好戏是不是？你们……你们还是人吗？啊？别人的痛苦，能让你们觉得那么高兴吗？你们都没有妻儿，都没有良心吗？"

说到最后，憔悴的女人已经声泪俱下，她狠狠拍着面前那张小桌子，声音在狭小的空间里振聋发聩一般，轰得任非和石昊文同时僵在了原地。

石昊文梗着脖子回头僵硬地看了还瘫在椅子上的搭档一眼。

任非张张嘴，一时间，这伪装有点维持不下去了……恰巧这时手机震了一下，他摸出手机扫了一眼。没想到，竟然是一条及时雨一样的信息。

刑侦队办公室的微信群里，出去调查代乐山家庭情况的李晓野发了条简短的文字："半年前代乐山的女儿代糖糖被检查出脑瘤，恶性的。一个半月前代乐山提出回家探视申请，狱方没批。"

过了几秒，又一条信息进来，还是李晓野的：

"代糖糖现在还躺在医院，大夫说也就是这个礼拜的事了。

小孩挺可怜的。"

方才装瘸子的任非拿着手机，忽然感到一阵透不过气的压抑。他也不瘫了，好好地坐起来，搬着椅子回到桌了前，好不容易才见发出声音，"代乐山越狱……是为了去看女儿？"

终于，对面的女人伏在桌上号啕大哭，"医院已经下病危通知了，我姑娘一共也没剩几天了！他这个当爹的，他能不想去看看闺女，能不去见她最后一面吗？就这……就这你们都不准啊！你们都不准啊！老代的刑期没剩下几年了，要不是为这个，谁会不要命地琢磨越狱，你们以为我们想吗？"

问询室里，女人歇斯底里哭得上气不接下气，对面的两个刑警连着窗户外面看着听着的同事们，一同沉默了。

有关代乐山越狱的前因，都在女人断断续续发泄似的控诉里，逐渐勾勒成形。

新学年的时候，代糖糖学校开秋季运动会。她被老师、同学半推半就报了个1500米，但小姑娘平时连跑800米都呼哧带喘勉勉强强，跑1500米，就是赶鸭子上架。

但是代糖糖没拒绝。因为爸爸是个服刑犯，上了高中后代糖糖的性格越发内向、胆小、自卑，平时也没什么要好的朋友，还时常被一些男生捉弄。那次运动会，老师、班长说破嘴皮子，也没哪个女生报名跑1500米，后来不知道哪个男生在后面恶作剧，喊了代糖糖的名字，结果一个喊，班级里许多人都跟着起哄，就这么着，把她硬给推了上去。

跑就跑了，顶多拿不到什么名次，最后再被班上那些小欠儿登们笑话一番，也要不了命。但是任谁都没想到，代糖糖竟然昏倒在了跑道上。

她被送到了校医院，等代乐山的妻子火急火燎赶到的时候，小姑娘已经醒了。校医说，昏迷可能是赛前过度紧张和激烈运动的缘故，建议家长带孩子到大医院再仔细检查检查。

代乐山入狱前给人算命看风水批八字，多多少少赚了点儿钱财留给她们娘儿俩。代糖糖的妈是在农贸市场批发蔬菜的，干的活儿虽然辛苦，但是赚得也不算少，家里虽然少了个顶梁柱养家，但是家庭经济情况总体还算不错。

听完校医的建议，糖糖妈立即就要带女儿去检查，可是代糖糖不去。因为怕打针，说什么也不去。所以只在运动会之后请假在家休息了一天，然后就照常上学。

但是从那开始，代糖糖总是时不时地说头疼。开始母女俩也没太在意，都以为是学习用脑过度的关系。糖糖妈开始有意识地换着花样给女儿补充营养，但是代糖糖的头却疼得越来越厉害。

就这么着，一直拖到了期末考试前夕。代糖糖头疼得终于再也受不了了，她妈妈带着她去了医院。

农历腊月二十七，家家准备着即将团圆喜庆过新年的日子，糖糖妈拿到了一纸磁共振检查报告单——脑瘤，恶性。

大街小巷上张灯结彩，家家户户燃放鞭炮，烟花在天边炸出五颜六色彩光的时刻，代家的天却塌了。

代糖糖的病情已经耽误了，诊断出来第二天就被要求立即住院治疗。妈妈瞒不住敏感的女儿，一边开导她，夜以继日地守着她，掏出全部积蓄给闺女治病，一边强颜欢笑地照例在每个月的家属会见日去探望代乐山。

那女人真是坚强，她怕代乐山出不去干上火，同时也对女儿的病抱有一丝侥幸，面对代乐山一次次追问女儿为什么没来时，她都用课业太忙随口搪塞了过去。

她装得很像，这么瞒了将近半年。在这个过程中，她取光了家里所有的存折，卖了房，又跟亲朋借了钱，凑够了手术费用，一个人担下了女儿开颅手术的一切焦虑和痛苦。

还好，医生说手术很成功。有一段时间，代糖糖的术后反应非常好，她几乎就要相信老天爷真的开眼了，可是没过多久，代糖糖的病情忽然急转直下。

就在一个半月前，医生遗憾地给代糖糖下了病危通知单。拿到通知单，糖糖妈再也坚强不下去了。但是她守着女儿，连哭也不能哭。大夏天，她穿着黑裤子，指甲在大腿皮肤上生生抓出了好几道深深的血槽，却也丝毫觉不出疼。

这是女儿最后的日子了，她再也不能瞒着丈夫了。所以她找医生开了病情证明，申请了监狱的特批，在非家属会见的日子，面对面地把闺女的情况告诉了代乐山。

那个时候，因为孩子的病情而申请特批的会见还非常顺利。所以当她再次用同样的理由跟代乐山见面的时候，怎么也没想到，涕泪纵横的丈夫会说，回家探视的申请石沉大海了。

孩子很坚强，也许是为了撑着最后一口气再见爸爸一面，两个星期以来，她三次从死亡线上被抢救了回来，她靠着氧气机和每天从早输到晚的各类药品营养液跟死亡抗争着。

探视申请没有批，想到时间越来越少的孩子，夫妇俩完全慌了。慌乱之下，代乐山辗转难眠，他在每个不能成眠的夜里一遍遍地回忆着自己跟闺女在一起的每一个细节，然后，他想到了曾经陪女儿看过的那个故事——是从一本名叫《世界推理小说大全》的盗版书里看到的，他到现在还记得那个故事的名字，叫《逃出十三号牢房》。

在什么都没有的情况下，怎么从守卫森严的牢房逃出去？

故事里面，主人公用了硝酸、棉线、布片、钱和老鼠。最重要的是，需要单人独处的监仓，并且里面得有一根能通往外界的干燥的排水管。

主人公逮一只老鼠，把写好字的布片和足够长的线缠在老鼠身上，把老鼠放在废弃管道入口，老鼠受惊必然会选择一条能逃出去的路，这样会把线带到监狱外面的管道另一端。然后等有人看见，用钱诱导得到布片的人按照上面的地址去帮他找外援以获得更多的酬劳，接着外援按照他的要求，将硝酸绑在绳子的另一端，让他拽进监仓，然后他便用硝酸腐蚀钢管，掰弯钢管，从窗户钻出去，再把钢管扳直，神不知鬼不觉地逃出去。

也许某些细节，在这所监狱里完全可以复制。束手无策的焦急之下，代乐山决定铤而走险。

他比故事的主人公有更多的便利条件。他岳父是个老管工，就参与过多年前东林监狱的管道铺建。他记得老丈人以前就当他面吐槽过，当年监狱临河最近的那排监舍，为了省事省钱省材料，生活废水的排放口都开在了后面的河道里。

有了这个主意，代乐山如同热锅上的蚂蚁熬过了几天，终于迎来了每个月一次的家属会见。

他坐在会见楼的二楼，把这个想法告诉了自己的妻子。彼时糖糖妈也已处于头脑完全不清醒的状态，她豁出去了，连劝都没劝，就跟代乐山一起犯了罪。

家属会见日过去没几天，糖糖妈往监狱给丈夫送了些吃食用品和内衣裤。外面的东西要带到里面去，是要过检的。糖糖妈知道，所以她没敢在里面夹放违禁品。而是买了个黑背心，小心翼翼地拆开包边，把非常细的麻线按着背心包边小心翼翼地埋进去，来来回回走了数圈之后，又按照原来的针脚，一针一线地把包边缝了回去。为了不被发现，她做好这些之后，又把背心下水洗了一遍。

有了线，其他就很好办了。只要再想个办法，让狱警把自己关进那片儿管道跟河道相连通的监室，就可以了。

起初他们也不知道自己这么一出儿究竟有没有胜算，但是所有的事情都是死马当成活马医，没办法只得勉强一试，碰碰运气。

但是没想到事情竟然进展得很顺利。仿佛是老天爷故意捉弄人，在极度的绝望之中，偏又留了一道让人忍不住想要抓住、无论如何也舍不得放手的微弱的光。

按代乐山妻子的供词，代乐山是怎么做到的，她并不知道。她就是按照代乐山的吩咐，一个星期后，晚上请爸妈帮忙看护孩子，每天固定在凌晨一点之后，按照她父亲凭着记忆画的图纸，带着一瓶装好的硝酸，在道上的排水口等老鼠。

因为当年那一片监室所有的生活废水都是从这个排水口流入河中的，所以排水口较大，她怕一不小心那只老鼠从眼前跑了，所以那些日子她站在排水管前，连眼睛也不敢眨。

直到一个星期前的一天，她抓住了那只老鼠，被毒蚊子叮满大包的手，因为紧张而剧烈颤抖着将那瓶硝酸牢牢绑在了从老鼠身上摘下来的绳子上。然后，那瓶硝酸真的就这么被代乐山拽进了监仓。后面代乐山都经历了什么，她就完全不知道了。哪怕她拿着糖糖又一次的病危通知去求特批求见面，也仍没有获得批准。

再有消息，是被通知，丈夫死在了狱中。

第 13 章

开　口

　　任非和石昊文从问询室里出来的时候，心里仿佛都压了块重如千钧的大石头，让他们透不过气。

　　谁也没想到，代乐山死亡的背后，竟然隐藏着这么一桩令人唏嘘的事。

　　直系亲属病危，如果犯人的情况符合特许探亲的条件，是可以被准许回家看望的。而且，既然糖糖妈带着女儿的病情证明申请特批的见面可以通过，那么，有什么理由，一直不批准代乐山回家探视的申请呢？

　　代乐山越狱之后立刻被杀害，是凶手明知他有此行动，故意等在那里守株待兔，还是说这只是一个巧合，凶手"顺手"把他给杀了？

　　代乐山的死亡特征与前两名死者钱禄和穆彦完全不同，他也不是强奸犯，因此任非之前做过的"凶手不是为了杀强奸犯，而是他的死亡名单中，恰巧有人因强奸罪而入狱"的猜想，就是正确的。

还有一点……杀代乐山的凶手既然偷了梁炎东的笔，初衷是什么——是杀人嫁祸？

案发当时不是活动时间，每个监仓都牢门紧锁，凶手不可能不知道，梁炎东此时会有非常明确的不在场证明。

而且，按梁炎东自己的说法，上次监狱有人勒他没有得逞。事后管教查监控，说那件事是梁炎东自导自演搞的鬼。那件事被说成"梁炎东自杀未遂"。那么对凶手而言，一击不中，所以筹划第二次，打算用梁炎东的笔杀死梁炎东本人，再制造为梁炎东自杀的假象，这也是很有可能的。

跟老大汇报审讯结果的事情用不着任非，兢兢业业勤勤恳恳的石昊文同学从问询室出来就追着谭辉跑了。任非脑子里胡乱地一遍遍放电影似的回忆着这些天发生的所有事情，偶尔那么一两个念头从脑海中一闪而过，让他自己觉得很有道理。他一边低头用手机飞快地把这些一时闪现的灵感和想法记录下来，以此防备着自己说不定什么时候给忘了，一边被肌肉记忆指引，没魂儿似的往办公室走。

还没进门，手机就响了，是关洋打来的。电话来得正好，他不打过来，任非也琢磨着待会儿要打给他。

"我听说你们调代乐山的探视记录了？"

如果不是上学的时候就认识关洋，太了解这小子什么样儿了，这种急切的口气一准儿得让任非给归类到嫌疑人行列去，但是任非自己知道，关洋这人的行事做派就跟印在田字格里的字似的，太循规蹈矩了。杀人？借他八个胆子他也不敢。

"啊。"即便是知道，任非还是生气。他知道关洋是代乐山所在二班的管教，犯人提的什么要求，都是从他这里往上报，对他们监区的不良印象导致他对关洋的态度也起了变化，他尾音下沉，硬生生扯出了一个十分不满的腔调，"怎么着，那个出监探视的申请是被你扣下的？"

"……你可别瞎说啊，我是好心好意当知情人给你汇报情况来的。"

任少爷从鼻子里哼哼一声，眼睛却亮了，"坦白从宽，朕恕你无罪。"

"我手下一共就管这么两个班，所以他们每个人的情况我都很清楚。代乐山家里的情况太特殊了，他回家探视的申请还是我指导他写的。"

"是你亲手上交给领导的？"

"对。我亲手给的穆副。其间一直没回复，我还追问过穆副几次。开始的时候穆副说上面领导还没回复，后来再问，他说上面领导没批。"

任非沉吟一下，"那你知道申请最后走到哪儿了吗？"

"那我不知道，穆副是我的直属领导，他说没批，我也不好再往下问啊……"关洋知无不言，但最终代乐山那个申请书到底怎么回事，还是不清不楚。

说完了正事，又随随便便唠了几句没用的，也算是缓缓精神、清清脑子。但是没说上几句，任非手机就又有电话进来了。电话是谭辉打过来的，但说话的人居然成了杨盛韬，"任非啊，我跟你们谭队借了人，你把手头的工作先放一放，跟我到监狱去走一趟。"

任非坐在车上的时候还是蒙的。他坐在副驾上欲言又止，往后瞄了一眼，然而老局长完全没有会意，只坐在后座自顾自地问："前阵子，你私底下跟梁炎东见面的情况，跟我详细说说。"

"哦……啊？"任非下意识地回答，可是等他回过味儿来，干脆扒着副驾的靠背半个身子都向后座拧过去，"杨局，好端端的，您怎么想起来问这碴儿？上次我去找您的时候您不是视他如洪水猛兽吗？"

杨盛韬没有说话，他似乎有心事，长着厚重鱼尾纹的眼角耷拉下来，有着一种非常严肃的、不怒自威的气场。

那气场是镇得住任非这只不服管的猴子的，所以任非揉揉鼻子，从头到尾，把当时的情况跟老局长一五一十地说了一遍。

杨盛韬一言不发地听完，车子等了一个红灯之后，才讶然道："失语症？梁炎东哑巴了？"

"嗯。"任非身子拧累了，也不管什么领导面前得不得体了，他转回身子靠在椅背上，自顾自地点了点头，"嗯，几次交流，他都是靠写的。要不然，也不会在监仓里留了支笔……最后还成了凶器。"

任非前前后后这么一说，对于梁炎东为什么会突然跟审讯的刑警提出要见自己，杨盛韬心里也就大概有了个谱儿——监狱杀人案已经威胁到他了，他没法再独善其身了，所以选择用这种方式自救。别人梁炎东都信不着，所以他跟审讯的警察递话，说希望能见自己一面。

而对于梁炎东要见自己的请求，其实他可以不来，但却又不能不来。可以不来，那是理。至于不能不来……那是情。

但是为了提防着待会儿那个满肚子都是鬼心眼儿的混账要心

眼，他临时把任非带了过来。老话说：知己知彼，百战不殆。任非大概是这三年来，公安系统中唯一跟梁炎东打过交道的警察。从任非的嘴里，他能对过了三年狱中生活的梁炎东有个大概的了解。

可杨盛韬再怎么也没有想到，梁炎东竟然哑了。那个当年在法庭上舌灿莲花，凭着一张嘴救过多少冤屈被告人的梁炎东，因为入狱，不堪打击，精神上受到了极大的刺激，所以把自己憋成哑巴了？

开玩笑，这怎么可能。

杨盛韬临时借了监区长的办公室。

警方怀疑十五监区内部管理人员参与犯罪，市里正式的批文已经下来了，十五监区相干人等都要配合警方调查，尤其像副监区长穆雪刚这类跟死者有间接联系的人，为了避嫌，这几天都没来上班。

办公区的走廊内，几间办公室锁着门，显得冷冷清清。虽是如此，杨盛韬还是留任非和另外带过来的两个人守在了办公室外面。

梁炎东被狱警带过来的时候，就看见任非倚在外墙护栏上，嘴咬着没点火的烟的过滤嘴，跟个刚长牙的小耗子似的，反反复复地磨。

任非显然也看见梁炎东了，梁炎东仿佛漫不经心却让人没法忽视的眼神从自己身上一晃而过，仿佛怔了一下。在梁炎东快要进门前，任非拦住了他。

梁炎东随着他的动作微微偏了下头，任非叼着烟在自己身上摸了一把，翻出来个烟盒，连着打火机一起递给了戴着手铐的男人。

这个动作，倒是让梁炎东微感诧异，他轻轻挑了下眉。

任非把嘴里滤嘴快咬烂了的烟拿下来，朝梁炎东十分熟稔又不甚在意地勾了下嘴角，"你犯烟瘾吧？拿着吧，杨局戒烟呢，你管他要肯定没有。"

任非带了点故意不把自己当正经人的痞气。看他的眼神是平等相交，没有把他当成犯人看。梁炎东微微撩起的眼皮儿从任非脸上看到他手里的烟盒上，伸手接了过来，朝任非点了点头，开门进去了。

在他身后，送人过来的王管冷眼瞧着，上下打量了任非一眼，"老弟跟梁炎东挺熟的？"

"是啊，审案子审出感情了。"任非成心恶心人，皮笑肉不笑地从同事那里又借了火，终于把他那根快嚼碎了的烟点燃，抽了一口又漫不经心地补了一句，"不过可当不起王管教您的'老弟'，跟您不熟。"

梁炎东嘴角微微抽了抽，回身关上门，把任非的嘲讽和挤兑关在了门外，再转身，看到杨盛韬坐在离办公桌不远的沙发上，不动声色地看着他。

老局长表情深沉，严肃中透出一丝审视，那微微下垂的嘴角，酝酿出明显的怒气，此刻正因为梁炎东的出现而愈演愈烈。

梁炎东走到杨盛韬跟前，隔着桌子，跟他微微欠了欠身，抬眼的时候，既不是面对审讯刑警的冷淡漠然，也不是跟狱警周旋时的含蓄隐忍——他身上能收的气场都收敛得差不多了，那是沉静谦和的脸色，是晚辈对师长的态度。

杨盛韬冷眼瞧着他，"说，还是写。"

梁炎东的眼神落到了茶几上那个事先准备好的笔记本上。

有一瞬间，老局长的表情是十分复杂的，"真哑了？进监狱受刺激，连话都说不出了？"

梁炎东站在原地，没点头也没摇头，眼神落在纸笔上再也没动过，但是一直在等他回应的杨盛韬一看他没否认，立刻就反应过来这其中的猫腻。

在法庭上跟人唇枪舌剑，为了搜证据套口供，嘴里跑过的火车围起来能绕地球三圈的梁炎东，有个不为人知的习惯，他不会跟被他所信任的人说谎，有些事情真问到点子上，不能说，他就沉默以对。所以当他沉默的时候，基本上可以等同于默认。

而就是这个"默认"，惹得年过半百的老爷子一下子怒火中烧。这几年他就没跟梁炎东见过面，当初他奸杀幼女当庭亲口认罪伏法，杨盛韬得到消息时恨得摔碎了那个他用了多年的宝贝紫砂壶。此刻被梁亚东一激，这些年压在心中的怒火全都炸了出来，雷霆之怒下，老局长一掌拍在桌子上，"哐当"一声闷响，桌子上摆着的监区长的小茶盘都跟着颤了几颤，"没哑巴就给老子说人话！装神弄鬼的作什么死！"

梁炎东苦笑着摇摇头。他早就料定既然求了杨盛韬来见他，有些事情今天就一定瞒不过去。而这是监区长的办公室，没有监控，外面有分局的人守着，不会被监听……

站在茶几前的男人舔了下干燥的嘴唇，张了张嘴——实在是太久没出过动静儿了，试图发声的那一刻，竟然真的有一种失语之人重新尝试开口时难以形容的紧张。

声带摩擦，气流浅浅滑过喉咙，梁炎东甚至感到嗓子眼儿无端的一阵干渴，他闭了闭眼睛，又抿了下嘴唇，半晌，终于用非常滞涩的声音和极度生硬的语调，说了他入狱三年以来的第一句话："师……叔。"

那动静跟杨盛韬印象里的声线完全不同，就跟说话的人在开口之前先吃了一把沙子似的，实在难听得很。——他本以为梁炎东的"失语症"只是做给别人看的，现在看来，倒真是把自己当哑巴在这里蹲了三年。

老爷子脸色稍缓，慢慢吸了口气，"为什么？"

"……有人不想让我开口。我这张嘴有多不招人……待见，师叔应该是知道的。"

即使当年梁炎东名声斐然的时候，也很少有人知道，昌榕分局的分局长杨盛韬是他师叔。

梁炎东在推理和心理学上很有些天赋。就因为这个，上大学那会儿，他的老师萧绍华是真正把他当自己徒弟来教的。入狱前，梁炎东和他老师的关系一直非常好，而杨盛韬是萧绍华上大学时同窗四年的好兄弟。

梁炎东刚毕业，萧绍华第一次把得意弟子引荐给杨盛韬的时候，对梁炎东张口说的就是"这是你师叔"，梁炎东也从那时候开始，就一声"师叔"叫到了现在。

反正伪装的马甲都已经脱掉了，在杨盛韬面前梁炎东也没什么好隐藏的，他两步转到杨盛韬身边坐下，"活着不闭嘴，会死得更快。"

梁炎东那态度压根就没把自己当个犯人，如果不是身上的囚服和手铐，言谈举止就跟当年在萧绍华家陪自己喝茶一般。杨盛韬眯着眸子，训斥的话到了嘴边又咽了回去，从鼻子里哼了一声，"你怕被威胁？"

梁炎东盯着手里的烟盒，"我怕死。"

杨盛韬若有所思地看了他一眼。

果然，梁炎东顿了顿，又用那格外艰涩的语气补了一句："要不是门外那小子给我招了事，我也不会找您。"

"你们的事任非都跟我说了。上次那案子结了之后，他带了你的减刑申请来找我，被我骂一顿撵出去了。"杨盛韬说，"你也甭怪他招惹你。你要不是自己想减刑，凭他来说两句，你就跟着掺和上了？"

"……我没想出去。"

他不这么说还好，话说到现在杨盛韬一下子就想起他身上背着的那桩案子，遂从鼻子里重重哼了一声，"坐穿牢底，给当年死你手里的那丫头赎罪？"

梁炎东胳膊拄在两条大长腿上，弓着身子，没吭声。那样子像极了一头受伤的狮子，全然不见往日的威风，浑身上下的气息都透露着显而易见的压抑和忍耐。

从当年出事到现在，亲朋好友，多少人都想听梁炎东亲口说一说他身上这起案子的真相原委，但是三年了，从闭口不言那一刻起任谁也没能掰开他的嘴，梁炎东亲手把自己推到了一个孤立无援的境地。

现在忽然被杨盛韬提起来，仿佛隐蔽的旧伤被揭开了一样，一瞬间让他无所适从。

如果曾经亲近而敬重的人对你所犯下的暴行、所背负的罪孽，没有一点怀疑，完全地相信了判决书上写明的一切，你该怎么办？

还能怎么办？反正，我蹲在这里，就是为了活成别人眼里的那个人。

半晌后，梁炎东缓过神来。他不想在这件事情上多做解释，不想跟人讨论，也不想给自己开脱，他只是随口换了个话题："老师他……还好吧？"

"不好。"杨盛韬迎着梁炎东倏然转头看过来的目光，叹了口气，"半年前突发心梗，没了。"

就像被人扔了颗地雷，轰的一声在身边炸开了，梁炎东一向冷静的脑子几乎停摆了。

他的老师，萧绍华，半年前，心梗，没了。

梁炎东活到现在，生命中的一大部分时间都在跟死亡打交道。不只是刑事案件，还包括多年前送走自己的双亲，但是没有任何一种面对死亡的心情，能与此刻他得知萧绍华过世的心情相提并论。

震惊，难以置信，沉痛，悼念之外，六神无主的心悸感几乎一刹那将他从头到脚密不透风地包裹住了。

他在监狱蹲了三年，从没害怕过什么。从始至终，他都非常清楚他是怎么来到这里的，他在这里要做什么，也有十足的把握，等时机成熟的那一天，能全须全尾堂堂正正地从这里走出去。

这一切的把握，都是因为监狱外面有一个从未探过他的监，但对他的信任却从未动摇的授业恩师，萧绍华。

认罪之前，他曾把他的底牌交给了老师，那是他身上背负案件的关键性证据，是未来他想从监狱里出去的时候，为自己翻牌的最关键的东西。

可是现在老师突然没了，那么……他放在老师那儿的东西呢？再者，老师身体一向健朗，怎么会突然就——有没有人在暗中捣鬼？真是心梗，还是他杀？

梁炎东不是怕事的人，但是那一刻，他简直不敢往下想。他无意识地紧紧盯着杨盛韬，震惊、悲恸和更深处的愤怒、茫然从眼底透出来，看得杨盛韬叹了口气。

"我知道你想问什么。"杨盛韬摇摇头，他说着转过脸，忍不住又叹一口气，"不是谋杀，只是一场……意外。事后我亲自去出事地点看过，也找人给老萧做过尸检，没有疑点。"

不知从什么时候开始，梁炎东已经坐直了身子，"那怎么突然……"

"去年年底的时候，老萧的闺女和女婿闹离婚，后来干脆就分居了。快小年的时候，老萧就想着快过年了，赶紧让这个事儿翻篇，还能好好过个年。就背着小夫妻，以自己的名义约了双方出来。谁知道在饭桌上，夫妻俩又是一场鸡飞狗跳，女婿当即离席，女儿还在饭桌上把他数落了一顿。你也知道，你师父也就是一个蘸碟的酒量，结果那天就失控了。女儿数落完就走了，所以也没人说得清他究竟喝了多少，完了他就骑自行车回家。结果回家的路上就……"

梁炎东半晌没说出话来。说不清是什么东西堵在了喉咙，让他无法呼吸，生生憋红了眼。他有些急切地弯腰摸起根烟点上，深吸一口，憋了很长时间，直到尼古丁的气息似乎把所有感观都麻痹了，他才重重一口把卡在胸口的浊气吐了出来。

他不说话，杨盛韬也不说，杨盛韬就这么看着他把一根烟抽得只剩个烟蒂，看着他红着的眼圈强迫自己一点点冷静下来，终于，梁炎东慢慢张口道："老师的遗物，都怎么处理了？"

"……啊？"杨盛韬怎么也没想到他竟然问这个，怔了一下回答说，"老萧的房子听说是卖了。至于房子里的老物件什么的，我还真不知道，不过估计也都是该扔扔该烧烧了。老萧最值钱的就是他那几柜子的书，但是他闺女不是个爱书的人，怎么处理，谁知道？你问这干什么？"

梁炎东沉默着，又掏了根烟点上了。

办公室里的人一根接一根地抽烟，办公室外面，把烟奉献出去的人百无聊赖，在大太阳底下灌着冰水降火。

任非肠道不太好，凉的喝多了就想上厕所，他找了监狱的人问厕所，按对方给他指的路往北角那个单独建的卫生间走，脑子里乱七八糟地想着这些天发生的事儿。

也不知道杨局跟梁炎东在里面都说了什么。他随手拉开隔间的门，一边心里嘀咕着，一边解裤子准备蹲下去，可是条件反射的一系列动作却在中间顿住了，天光直射……蹲厕所跟搁露天广场裸奔似的感觉是怎么回事？

任非一下子站起来，下意识地顺着阳光的方向往后看，厕所隔间上方一扇大的换气窗敞开着，阳光透过窗户，正巧落在他这蹲位上，把这一块地方照得豁亮。

"妈啊……男厕怎么了，男厕就能大敞窗户吗……"任非回身准备把窗户拉上，可是等他伸手的时候，余光瞄到了一个不起眼的东西。

一块被夹在窗户缝上的小碎布。灰色的，三角形，小指甲盖大小，边缘不整齐，像是被窗户的合金边儿钩下来的。

这个卫生间就位于办公区北角。穆彦也是在北角的厕所失踪的。

任非看着那块破布，想起之前胡雪莉拿着穆彦的囚服跟他们说的话："你们看这里，这里因为剐蹭，不仅勾了线导致布料抽在一起，而且还缺了一块布。应该是凶手在拖拽穆彦的时候，造成穆彦后背伤的利物同时钩坏了囚服。"

"我去！"任非猛地一激灵，摸出包纸巾，把里面的纸全掏出来，他拿着一张纸垫在手上，捏起那个夹在窗户缝里的碎布，小心地放进了空出来的纸巾袋里。

怪不得当初来搜现场的那组人没找到可疑物，这么大点个东西，卡在窗户缝里，实在很难发现。幸亏他有强迫症，不习惯在光天化日下蹲厕所。

这下他连上厕所的欲望都没有了，揣着那片碎布又仔仔细细把这个隔间都看了一遍，又在各个隔间里转了一圈，再没什么发现后，他转身洗手，绕着卫生间转了一圈，往楼上走去。

如果说这块布跟穆彦囚服上面缺少的那块吻合，那么就可以证明，穆彦就是从刚才那个换气窗被人捞出去的。卫生间周围没有监控，后面有条不算宽的水泥路，通往哪里不知道。得尽快把这个跟谭队汇报一下，而且要尽早把布片给狐狸姐送去。

任非边走边琢磨，要不先跟楼上同事说一声，自己先回局里去，可是刚上楼，还没等他开口，同事就把他往门边推了一把，"杨局找你呢，让你回来就进去。"

任非意外地皱了皱眉，"找我？找我干什么？"话虽这么说，他还是抬手敲响了门。

杨盛韬根本没想到，梁炎东会主动提出帮忙查案。

他问萧绍华的事情，问他老师的遗物怎么处理，问完之后，就直接跟老杨提了条件："师叔，来做个交易吧，这个案子，如果我能找到关键线索，协助你们把案子破了，门外站着的那小子上次欠我的减刑申请，您帮他还了怎么样？"

这话一出来，杨盛韬拧着眉毛瞪着梁炎东。

以他对这人的了解，梁炎东突然说起什么绝对不会是无缘无故，所有的"临时起意"的背后都有一个非常明确的目的，比如他问萧绍华遗物的去向，比如他突然说起这个交易。

两者之间肯定有联系。杨盛韬猜着，肯定是萧绍华遗物里有什么他特别在意的东西，现在不知去向，所以他忽然改变了要在监狱长久蹲下去的决定。

桌子上的烟缸里已经有好几根烟头了，整个办公室以梁炎东为中心弥漫着一阵浓浓的烟气，杨局不客气地抬手把梁炎东手里的烟夺过来掐掉了，话说得也非常不客气："三年过去了，你还以为警方离了你就破不了案了？"

"师叔，真没。"舌头无意识地舔了下干燥的嘴角，"但是有我的话，破案的进程会更快些，毕竟我就在这监狱里。您也知道，这案子拖不下去，拖晚了，不仅省里要被惊动，而且还有人会死——也许是别人，也许是我。"

杨盛韬说："你是觉得有人要杀你，所以你才找我来？"

"原本是这样的。请您过来，就是想让您帮我从这件事里脱身。"

杨盛韬的表情很严肃，"现在为什么又变了？"

梁炎东垂下眼皮，"因为突然明白，无论如何躲，也没法自保了。"看杨盛韬没说话，等了等，他叹了口气，"师叔，当年我的那个案子，老师一直是信我的。"

梁炎东说这话的时候语气十分平静，他微微低着头，半边脸隐在窗外阳光落下的阴影里，整个人介于明与暗之间，被衬得如同一幅没有丝毫生气的肖像画。

杨盛韬还是没说话，他眯着眼睛，不放过梁炎东身上任何一个微小的动作细节。他以为梁炎东会跟他把当年那个案子的真相说出来，可是没有。

很久之后梁炎东才抬起头来，表情是那种他身上非常少见的、郑重其事的期盼，"现在换作您，您的态度呢？能否信我？"

扪心自问，这几年杨盛韬把梁炎东的信息与自己隔绝开，一切的一切，都是因为难以置信。不敢想象梁炎东这样的人能干出那么畜生的事，所以当梁炎东当庭对犯罪事实供认不讳的时候，自己才会气恼得无以复加，认为梁炎东辜负了自己曾经对他的信赖。虽然是不敢相信，却因为梁炎东的亲口认罪，还是信了。

杨盛韬觉得，如果现在梁炎东愿意把整件事跟他和盘托出，他是不会对这人的言辞有怀疑的，可是偏偏他又一副咬死了不肯说的架势。

什么都不说，只问你信不信。凭什么信？凭老友萧绍华就信？

杨盛韬有点啼笑皆非。他活了半百，还从没做过这么没道理的事情。

好吧，就凭萧绍华信——他知道萧绍华是什么样的人，在一定程度上⋯⋯也非常了解他眼前的这个浑小子。

可他还是不愿意说"相信"这两个字，自己心里的判断是一回事，当面回答梁炎东，是另一回事。

所以杨盛韬从鼻子里哼了一声，带有非常明显的拒绝的意味。

然而在他观察梁炎东的同时，梁炎东也在看着他，每一个细微的表情，每一点细微的反应，落在这个被监狱困了三年的男人眼里，依然是那些了然于心的密码，能够帮助他找到最真实的答案。

梁炎东以很恳切的姿态和语气继续说："师叔，当年的案子是怎么回事，我为什么会在这里，等事情了了我一定会一五一十跟您说明……但不是现在，现在我不能说。"

杨盛韬看着他冷笑一声，"真不愧是老萧教出来的徒弟，跟他一个德性！"

这是杨局准备发火的前兆，梁炎东赔了个笑，没敢吱声。

过了一会儿，杨盛韬自己把那股火气消化了，问他："有期15年？"

梁炎东点点头。

重大立功表现，从无期减成有期15年，这就算是到头了。

杨盛韬吸了口气，"就算你在这个案子里立功，刑期给你减了，你也最少还要在这里面待12年。你也知道，这是硬性规定，天王老子也改不了了。"

"看您想不想给我机会，"梁炎东笑了一下，"能把案子翻了，也就不用继续服刑了。"

杨盛韬刚把茶碗端起来，听见他后面的话，又把杯子重重搁回了桌上，"你究竟在想什么？你要有把握翻案，你当年认什么罪？"

梁炎东收了笑，"我没把握。为今之计……我就是，走一步看一步。"

师侄二人谈话的最后，杨局还是跟走一步看一步的囚犯做了交易。

东林监狱这个案子必须要尽快破，除了案情棘手外，市里领导施加的压力也非常大。此外，从现在这个案情走向来看，梁炎东的签字笔成了凶器，同时他又被人袭击过，杨盛韬也担心梁炎东在这里真出什么事儿。真出了事儿，老萧泉下有知，自己没法交代。

为了破案，谭辉那头几乎忙得不眠不休，而他知道刑侦队那边的情况不是没有头绪，而是头绪太多。一个个线索，非常零碎，要挨个摸排挨个过滤，但是无法整合，并且翻不出重点。

杨盛韬相信谭辉的能力，也相信整个刑侦队的能力，只是从这些线索中挖出真正有用的，的确需要时间，而现今恰恰最缺的就是时间。

梁炎东在这所监狱里蹲了三年，了解这里的一切，对每个狱友都很熟悉，在一定程度上，有梁炎东的协助，的确能够有所帮助，事半功倍。

杨盛韬点了头。

跟杨盛韬这个面见得不容易，梁炎东也没耽误，接着就了解警方已知的全部线索和进展。

"按现在这个情况，就算是我出面，也不能明着把你从嫌疑人变成协助办案的角色。卷宗是没法给你看了，我找个人来跟你详细说一下吧。"杨盛韬这么说着，就起身出去叫任非。

带了块碎布回来的任非推门进来的时候，就看见梁炎东和他们局长俩人一起坐在沙发上抽烟。扫了眼桌上的烟盒，俩人抽的都是他的烟。老爷子戒烟的定力竟然被梁炎东给破了。任非心里腹诽一声，还是规规矩矩地跟老局长打招呼："杨局，您叫我？"

然后他就在杨盛韬的吩咐下，揣着一腔子的莫名其妙，捞了把椅子坐他们对面，把案子前前后后的经过、进展和已知信息又跟梁炎东说了一遍。

一边嘴上说着，一边心里嘀咕：大神果然是大神，才这么一会的工夫，竟然和当初差点把减刑申请甩他脸上的老局长统一战线了……了不起。也不知道自己什么时候能成为跟他一样的人。

因为没有卷宗也没有其他人证物证能直观地反映整个案件，说到后来，任非干脆站起来走过去倚在梁炎东那侧的沙发扶手上，把手机翻出来，一边说着案情，一边给他看手机里对应的照片。末了想了想，又站直了，跟杨盛韬打了个报告："另外，杨局，我刚上厕所，就是在穆彦失踪的那个厕所里发现了这个。"他说着把装在面巾纸袋里的灰色碎布递过去，"我怀疑这个就是穆彦囚服上缺失的那块。"

梁炎东从杨盛韬手里接过那个面巾纸袋看了一眼，掐了烟，也站了起来，看了杨盛韬一眼，意思很明确：师叔，带我去现场看看。

第 14 章

父母之爱子

既然已经答应了梁炎东，他提出要去看现场，杨盛韬就没有二话。

"就是这里，"任非打开厕所隔间的门，抬手在窗框上比画了一下，"布片夹在这儿了，我要不是关窗户，也发现不了。"他说完站在厕所最里面，半转过身子，看着在门口站着、始终都没说话也没动作的梁炎东。

半晌后，梁炎东舔了舔嘴角，伸手指了指任非手里的手机。任非立刻会意，毫不犹豫掏出手机找出之前已经给梁炎东看过的案件照片，递了过去。

男人苍白的指尖一张张翻过照片，半晌，在尸检报告上停下来。

时间像是静止了，站在卫生间里的几个人谁都没说话。直到梁炎东的手指在任非的手机屏上轻轻敲了敲，做完这个动作，就面无表情地回身往外走。莫名其妙的任非从厕所里面追出来，看着男人围着卫生间周围绕了一圈。

杨盛韬没让押送梁炎东过来的管教跟过来，此刻待在这里的只有他自己、任非、梁炎东和另一个刑警。直到梁炎东在那扇有问题的窗根底下站定，老爷子皱眉看着墙后面一条窄窄的水泥道，中间被一道铁丝网的小门拦着，转头问梁炎东："这路是通哪儿的？"

梁炎东用任非的手机在备忘录上打了一行字：

粗染厂房。离这儿不远是放胚布的仓库。

杨盛韬看着他打字眉毛就是一跳，这才反应过来……梁炎东又不说话了。

这会儿外面人多，杨盛韬虽然不知道梁炎东非要在监狱装哑巴的目的，但也不会在这时候逼着他说话。一行字看完，就看见他又打了一行：

仓库有狱警看守。在粗染工厂做工的宽管犯自己推车往来工厂和仓库间运胚布，路上全程有监控，没有狱警管教随行。

他把这些话打完，没删，把手机还给了任非。任非快速扫了一眼，还没说出什么来，梁炎东已经旁若无人地往回走了，他面无表情，身上的镣铐随着动作带出零碎的声响，这东西让他走得很慢。

可即便如此，任非还是很兴奋。看着偶像就在自己身边循着蛛丝马迹抽丝剥茧，大概就跟粉丝在大街上偶遇明星，看他拍真人秀节目的感觉差不多。虽然不知道梁教授此时此刻心里究竟在盘算什么，但是跟着跑前忙后，也是很珍贵的体验。

任非在猜测梁炎东的想法，梁炎东却在心里回忆着他在任非手机上看到的信息：死者右侧颈动脉先天性狭窄，右侧颈动脉处上皮组织有瘀伤；背部有摩擦伤，应是在石阶、质地较硬棱角锋利的木板，或者铝合金一类的锋利且坚硬的东西上拖拽磨砺所造成的；囚服背部有破损。

再往前，警方已与监狱方面确认，死者从副监区长办公室出来后曾到办公区北角的卫生间，也就是他们此刻所处的地方，在监狱大面积断电时失踪。

梁炎东又站在了卫生间的门口，转头往楼上穆副办公室的方向看。此刻走廊空空荡荡，送他过来的王管倚在监区长办公室外面的栏杆上，从上面往下俯视着，眼神跟他交汇在一起。

梁炎东的目光在他身上一晃而过，他闭了下眼睛，再睁开的时候，结合已知的各种情况和线索，在脑子里勾勒当天案发前的情景：穆彦从穆副的办公室出来应该还是那副不羁的、不以为意的模样——他从那里受完教育出来通常都是这副模样。有一名狱警押着他，沿着刚才他们下楼的那个楼梯往下走，到了一楼，穆彦提出要去厕所，狱警跟他一起过来。

梁炎东垂眼看了自己的影子。阳光下，他大脑虚构出来的穆彦与狱警就站在他面前，踩着他的影子，除了他自己，这里其他的人都看不见。

监狱里，这种情况下去上个厕所，狱警是不会跟进去的，所以穆彦自己进去，负责押送他去禁闭室的狱警守在门外。

梁炎东的目光随着脑海里勾勒出的"穆彦"一路进入卫生间——那个时候里面没有别人，之前他们发现碎布的隔间门锁上没有刮擦痕迹，而且假设穆彦是自己走进隔间，作为一个战斗力不弱、意识清醒的成年男子，不会被人攻击后毫无反抗的，所以穆彦不是过来上大号——他是去小解。

他正在小解，这时候有另一个人进厕所——那个人应该是个熟人，穆彦对他没有戒心，并且这个人十分熟悉穆彦的身体情况，知道他右侧颈动脉先天性狭窄的弱点。他对穆彦下了手，同时捂住他的嘴，下狠手压死了他右侧的颈动脉，导致穆彦供血不足而昏迷，而后他把人带到了任非发现碎布的隔间。

梁炎东随着"正在作案的凶手"，眯着眼睛走进厕所，他又拉开那个隔间的门。

打开通风窗，把穆彦从通风窗弄出去，自己再跳出去，把摔在后院的人运走——不对，时间不够，打晕穆彦的人不可能在这么短的时间内绕过看押穆彦的狱警，再来到后院把人运走而不被怀疑。所以凶手不是一个人，这是两人在协同作案。

一个人打晕穆彦，把人弄到窗口，另一个人在窗外接应，然后把人拖出去运走了。所以穆彦背部有摩擦伤，而囚服在这个过程中被窗框刮坏了一点。

打晕穆彦的那个人在这之后，在狱警的眼前大摇大摆出了厕所，而另一个人，在后院把穆彦一路运到了工厂。但他是怎么把人运走的呢？

梁炎东闭着眼睛又在脑子里过了一遍刚才他在厕所外面转的那一圈看到的环境：那条水泥路直通粗染厂房，从铁门开始往前都是一路监控，而能逃脱监控的方式是……运送胚布的手推车！另一个人把昏迷的穆彦装进手推车，上面码好胚布，同样大大方方一路推了过去！

能到这个办公区卫生间打晕穆彦的一定是监狱方面的人，而有机会推车穿行于这两地之间的，只能是当天负责运胚布的犯人。

梁炎东闭起眼睛回想了一下：穆彦坠染池那天，一大队的十个班里，一共有5个人被派去干这个活。他记得这5个人是：一班的刘岩、他们班的孙敬业、五班的周涛、七班的赵志舫和九班的田永强。

这五个人里面，刘岩和赵志舫是经济诈骗进来的，孙敬业是参与贩毒，周涛是过失杀人，田永强是故意杀人。

穆彦是九班的，而那个田永强……

梁炎东睁开眼睛，难得地浅浅叹了口气。

他朝任非伸手，任非意会地又把手机递给他，想说"梁教授，手机你就先拿着，啥时候你用不着了再还我"，最后还是憋住了，没吐出去。

梁炎东在手机上打字：

当天事发前进出这厕所的人？

任非的眼睛跟着看完，直接就说："不知道。问过当天执勤的狱警，他说他不记得了。"

梁炎东抬头，看了任非一眼。

任非知道他是什么意思，耸耸肩，"审问过了，后来我们老大亲自审的。那个狱警承认，他等在外头的时候玩了会儿消消乐。他只知道在中间有人进去又出来，穿衣服的颜色跟狱警狱管是一样的，隐约记得个子不高，但没注意脸。停电警报响的时候跑进去，人已经不见了。"静默片刻，梁炎东在备忘录上输入：

杀穆彦的凶手有两个。一个是当天负责运胚布的犯人，一个是监狱工作人员。

当天运胚布的一共五个人：一班的刘岩、三班的孙敬业、五班的周涛、七班的赵志舫、九班的田永强。

狱方人员：男，年龄在40岁到45岁之间，身高在171到

270

173公分之间，体重在70到75公斤之间，穿43码鞋子，掌握心理学相关知识，有一定视频剪辑能力。

梁炎东指尖顿了顿，考虑片刻，又在后面加了6个字：

已婚，近期丧偶。

在这之前，警方并没有将代乐山的死与监狱里前两起死亡案件做并案处理。因为代乐山的死亡不具备跟之前案件的相似条件。

但是梁炎东却非常肯定地把在代乐山死亡案中得到的线索"43码鞋子"，写进了对杀害穆彦凶手的画像中。在他看来，杀死代乐山的凶器是他的签字笔，联系上次他遇袭的事情，这次凶手的目标很明显依旧是他，只是因为代乐山谋划越狱的事情，碰巧让代乐山做了自己的替死鬼。

如果凶手的目标是他，那么这件事就非常容易解释——他跟穆彦以及钱禄，都有一个共同点，强奸杀人。

但是无论是他，抑或是其他两名死者，他们已经在监狱里服刑这么些年了，一直相安无事，凶手选择这时候动手，一定是有什么事情刺激到他。如果是女儿被侵害，作为父亲的爆发绝对不会压抑忍耐这么久。所以受害人应该是他的妻子，他的妻子已经遭受过这方面的侵害，事情发生后曾经受辱的妻子处于舆论的压力不敢声张，一直劝慰着他，而最后妻子的离去，让他积压着的怨恨一下子全都爆发出来了……

梁炎东在手机上输入了最简明扼要的结论，虽然听起来有点匪夷所思，可是任非却毫无保留地选择相信。

对他而言，相信的理由有两个：一个是上次梁炎东坐在监狱里凭着那几个关键字帮他们破了那个碎尸案；另一个，是因为他

271

自己本身的死亡第六感就是个很玄乎的东西。所以他觉得，有些人的某种能力就是天赋，没有道理，可就是很准确。

但是让他意外的是，他们杨局竟然也对梁炎东的这些推断并未持反对意见，回局里之后他叫了谭辉，让他照着梁炎东说的重点去查。

调查的范围一下子缩小了。工作安排下去，有了目标，所有人终于不再像之前那样无头苍蝇似的到处乱撞。

但老乔对梁炎东依旧充满敌意，"就他说的这些东西，没根没由的，只要掌握案情的人，换谁也未必写不出来。"

"是，"站起来准备出会议室的任非闻言回头看了一眼，朝顽固的老头儿扬扬下巴，"纸上谈兵谁都能写，我也能。可是像他这样一句一个句号，吐口唾沫就敢拍板钉钉子的，还有谁？"

任非不想跟老乔吵，毕竟是队里的老人，大家多少都会给他面子，他偶尔这么呛两句也就是极限了，真要针尖麦芒地尽，谁都不好看。而且，老乔这人就是有点刚愎自用，但人没毛病，是个好人，任非也不想跟他闹僵。

所以回了这么一句他立刻就转身逃出了会议室，没想到他刚离开不久，另一组在钱喜那边调查的同事们，有消息传回来了，是个挺让人毛骨悚然的消息。

任非怎么也没想到，就这么大半天的时间，胡雪莉竟然说服了谭辉，真就让人带着她去了钱喜家田地里钱禄的坟头，征得钱喜同意，把钱禄的骨灰盒子挖出来了……不仅挖出来了，遗骨还是胡雪莉亲自上手检查的。

任非光是想着那个画面就觉得有点不寒而栗，但是好在这一趟没白跑，坟也没白刨，钱禄在天有灵，知道警方这么尽心尽力地为了给他一个公道，也会原谅的。

当初胡雪莉的推断没错，钱禄还真就是个瘾君子。

另外，同事们在不惊动赵慧慧的前提下去了她的学校，钱喜靠着家里那点地过日子，早前还养着养父母，手里能用的钱十分有限，可赵慧慧现在在镇子里上学，小学和初中都是在一个学校，从小学三年级开始住校，到现在已经初一了，不仅是学费，就连住校的住宿伙食费都从没少过一分。这对钱喜的家庭情况而言，不太寻常。

同事们深入调查，果然查出了问题，这4年来，赵慧慧每学期的学费和住宿伙食等一应杂费都是从一个固定账户里打过来的。每学期都打一次，每一次都是缴齐一学期的学费和住宿伙食费。

问了钱喜，钱喜说这事儿她知道，钱禄之前告诉过她，慧慧上学，钱的事情不用她管，他已经准备好了账户，每学期缴费的时候从户头直接划款。

然而当警方追着账户查下去的时候发现，这个开户人根本不是钱禄，是个叫林启辰的人。

再问，钱喜和赵慧慧一起蒙了，这人娘俩根本不认识。

马岩还在县里没回来，夕阳下，他顶着一张被太阳快烤熟的红脸跟谭辉打电话说："谭队，这条线看着跟案子没什么联系。还有没有必要继续追？"

谁会在钱禄知道的情况下，瞒着钱喜母女暗中资助赵慧慧上学，这人可能也就是钱禄的哥们儿铁子什么的，似乎没什么好奇怪的，毕竟人在江湖混，谁还没有那么一两个过命的交情。

但是谭辉眯着眼睛琢磨着，却总是觉得不太对劲。他们之前查过钱禄的探视记录，他入狱这几年，没任何人来看过他。如果监狱外有个能暗中给他小侄女交学费的铁子，为什么4年来却没来探望兄弟一次？

考虑片刻后，谭辉说："还是去查查，看看这个林启辰是干什么的，跟钱禄有什么过往。"

这个插曲过去，东林分局上上下下又把精力投入到符合梁炎东描述特征的犯罪嫌疑人身上。一方面把符合梁炎东描述特征的监狱公职人员找出来做汇总和分析；另一方面李晓野和老乔一组，到监狱去把梁炎东提到的5个服刑人员挨个拎出来审，另有民警把这5个人的档案翻个底朝天。

这一查就查了三天，结果却不尽如人意。

监狱那边，谭辉亲自带着任非和石昊文把人都捋了一遍，符合身体特征的人有8个，但是都没丧偶。符合丧偶条件的也有一个，可那人是监狱传达室快退休的老大叔，前不久刚没了老伴儿，这人高瘦带罗锅，跟梁炎东描述的体型对不上，而且询问之后，也没发现作案动机。

服刑人员那边，五个人的档案翻完了，人也审过了，九班的田永强作案动机非常大，可是当天这人有明确的不在场证明。

真是见鬼了。任非在会议桌上戳着笔，搁心里骂了一句。上次也是，逮错了人，绕了一圈才把凶手抓回来。

"我就说梁炎东给的线索有问题。"乔巍的脸色挺难看，折腾这些天，跟几个面对审讯都练就了一身本事的囚犯斗智斗勇的，他那把强健的老骨头也要顶不住了，蜡黄的一张脸下巴快要拉到桌面上，"杨局也是，还真就信了，千方百计想办法往上面递材料让那孙子协助咱办案……啧，本来他自己都还是嫌疑人呢，葫芦里卖的解药毒药，谁知道。"

任非没接碴儿就在心里吐槽梁炎东：梁教授你写的话是不是按字儿算钱，所以惜字如金的，没个前因后果，我都没法给你辩驳。

"田永强那个不在场证明，"谭辉抬手敲敲桌子，"谁给他做的证？"

老乔在旁边把材料给他推过来，"那天在仓库值班的是五班的管教，叫曹万年的。他们一大队一共10个班，5个管教，一个人带两个班。轮到他们大队去粗染房那边干活的时候，一般是3个管教在工厂，两个管教在仓库。穆彦出事儿的那天在仓库值班的就是管五班六班的曹万年和管九班十班的刘学亮。那天九班的代乐山被穆彦打了，刘学亮带着代乐山去了医务室，仓库那边就剩下曹万年一个人。"

听着乔巍说完，任非往他们老大那儿看了一眼。

这个曹万年他印象太深了。当时带着钱禄尸体出来做尸检的就是他，当时为了拿到尸检结果，任非还故意跟他称兄道弟混了个脸熟。

他们几个这几天搜集体貌信息做排查，最后找出的8个符合梁炎东描述的人里头，也有他。只不过唯一对不上的是，这个人的妻子还好好地活着，虽说不怎么出门。石昊文暗中走访的时候问他们家的街坊邻居，说人妻子前天还好端端地下楼买菜呢。

但是……一个有可能有嫌疑的人，给另一个他们重点怀疑的人，做不在场证明，这怎么看都有些蹊跷。

谭辉听乔巍说完，显然也有所想，伸手把他面前的一份材料推给了老乔，"看看这个。"

那上面就是符合梁炎东描述的身体特征的8个狱警管教以及

一个近期丧偶的传达室大叔的个人信息。

老乔一眼就在上面看见了曹万年的名字，脸上肌肉抽了抽，忍不住骂了一句。

这件事其实梁炎东心里是有计较的，他知道那天仓库值班的是曹万年和刘学亮，那天看着刘学亮把受伤的代乐山带去医务室，也知道田永强是为什么进监狱的。

在田永强犯事儿之前，他们老田家有个案子，是梁炎东免费接、亲手办的，因此他知道田永强的底细。虽摸不准曹万年的背景，但他写在任非手机备忘录里的，都是他有办法证明的结论，那些带有未知性、可能给警方查案带来一定麻烦的猜测推论，他是不会写上去的。

而他是个不太容易信任别人的人，所以有些事，他还是得亲自去做。

在昌榕分局刑侦队兵分两路，分别往曹万年家和监狱调查的同时，严管了一周的十五监区终于在服刑人员怨声载道的抗议中迎来了连日来的第一次放风。

大夏天，即使傍晚也还是闷热，在头顶上岗亭狱警端着枪严阵以待的监视下，多数人都窝在操场上有阴凉的地方，年轻力壮的在球架子那边挥汗如雨，只剩下老弱病残待在太阳地儿里，三五成群地胡侃瞎聊。

田永强作为"老弱病"三样占全的九班大叔，在篮球架子不远的木质长条椅子上坐着，脸上的皱纹堆叠出很深的沟壑，一双泛黄的浑浊眼珠放空地看着天边将落的太阳。发现以往不合群的梁大律师正不声不响地坐在了自己身边，他嘴角不自觉地动了一下。

梁炎东胳膊撑在腿上交叉着手指，弯着腰，垂着头，让人看不清五官。跟田永强一样，他好像完全沉浸在自己的世界里似的，一动不动。

　　田永强等了一会儿，看梁炎东没有要走的意思，而他也不想继续跟这个人这么近地坐着，于是抻抻腿，准备站起来要走。突然，一个低沉的、生涩却异常平稳的声音从旁边传来，"田叔，"梁炎东始终维持着雕像一样的姿势，"坐下。我们聊聊。"

　　田永强惊愕地瞪大眼睛猛地转头，梁炎东这时候才抬起头来貌似不经意地扫了他一眼。梁炎东脸上表情平静得很，刚才的声音就像是他头脑臆想的诡异幻觉。

　　田永强的嘴唇哆嗦了一下，"你……"他尚在犹疑，并不能确定这个"哑巴"是不是真的开口了。

　　"不想现在就引起狱警注意的话，田叔还是淡定一点。"梁炎东在田永强惶惶的眼神中，又把头低了下去——他这个姿势，就连坐在旁边离他最近的田永强，也看不清他嘴唇翕动。这一次，田永强却实实在在地确定了，这个伪装蛰伏了三年的男人，又"活"过来了。

　　一个在整个监狱所有人面前装了三年哑巴的人，如今突然让自己知道了他的秘密，这意味着什么，田永强不用想太多也能琢磨明白。所以他深吸口气，眼神从梁炎东身上挪开，又望向方才一直盯着的夕阳，"梁律师，原来您能说话。"

　　梁炎东没接这碴儿，转而直接就问："小旭还好吗？"并不喧闹的小广场上，除了他们自己，没人能听见两尊雕像的谈话。

　　田永强放在膝盖的手攥成了拳，半晌后，他回答说："死

277

了。"

如此答案，梁炎东并不感到意外。如果那孩子还在的话，当年老实巴交的庄稼老汉，也不至于做出这些不计后果的事情。

"什么时候的事？"

"半年前，跳井里了。"

梁炎东沉默着，半晌没说出话来。

他跟田永强的渊源始于6年前的一桩案子。

当时，田永强从村子里受人尊敬的老大哥变成被人戳碎脊梁骨的强奸犯，他二婚的老婆带着自己写的不甚清楚的"状书"，四处求人打听着找到梁炎东的律所，扑通一下直接跪倒在地上的情景，梁炎东现在想起来还历历在目。

周旭是田永强的继女，上小学时跟着她妈妈一起到了田永强家，田永强年轻的时候丧偶又没孩子，自从周旭到了他家后，他就一直把这孩子当成自己的亲闺女看。

田永强是个务实的农村汉子，又有点经济头脑，地里收东西的季节，他就把附近几家地里的菜一收，连带着自己家的，开着换了好几手又拆了后座的小面包，日复一日地往城里送菜赚差价。

他家日子在村里算是过得不错的，继女也把他当成亲爹，算得上是家庭幸福。田永强靠着自己种地卖菜赚差价，就这么供着他们家周旭上了大学。

事情就出在周旭大二那年的暑假。那年周旭刚过完19岁的生日，为了给家里减轻点负担，从小学习就好的她从上大一就开始给人补课。暑假回来的时候，她通过高中同学的介绍，接了个给读高二的学生补课的活儿。

刚开始的时候，周旭回来总是跟田永强和她妈妈说，补课的这家看上去挺有钱的，刚谈妥就预付了一个月的费用，见第一面的时候她觉得那孩子傲慢娇气不好相处，但是没想到真正开始上课之后，表现得还算听话。

可是渐渐地，周旭说这孩子的事就越来越少了。她总是欲言又止，像有心事，她妈问了她也不说，只是在第二个月中旬的时候，跟爸妈说，她要把费用退回去，下半个月她不去给那男生补课了。

田永强只当是她跟雇主家闹了不愉快，当时也没觉得能有什么事儿，可是怎么也没想到，周旭这一去，竟然失联了。

等他找到女儿的时候，周旭躺在医院里，像个没了魂儿的木头人，怎么叫也没反应，她补课的那家家长都在病房里，只说周旭进了他们家门就晕倒了，他们给送医院来，说是中暑了。

田永强夫妇跟个傻子似的点头道谢送他们走，谁知道他们一走，周旭就突然间号啕大哭……问了之后，才知道她被补课的男生在奶茶里兑了致幻剂，拖上床侵犯了……

周旭是那种长得文静耐看的类型，19岁，而那男生是个不服管的浪荡子弟，17岁，他原本也没把姑娘当老师看，补课时间长了，他倒是看上了老师。

周旭就是在察觉他对自己有意思之后才打算不干的，她本来想着有始有终地干完这个暑假，可是到了后来，男生穷追猛打的，她承受不住，这才想退钱辞职。

那天男生家里没人。辞职的话说完了，退的钱男生没收，倒是喝了男生给兑了致幻剂的奶茶，之后的事情，一切都不可控了。

田永强反应过来，带着一腔愤怒和怨气，冲到了男生家里讨说法。可是没想到的是，男生家里在当地很有些势力，说法没讨到，甚至他连罪魁祸首都没看着，就被男生的父亲塞了钱准备打发走。他当场把挺厚一摞钱甩男人身上，几句言语冲突，男人就撂下狠话："要报警爱去就去！敬酒不吃吃罚酒，报警的后果你想着兜好了！"

他被男人从大宅里推出来，脑子嗡嗡地响，一门心思地要去报警，就被周旭妈妈打电话叫了回去，说是周旭情绪不稳定，闹着要回家。

他跟老婆一起把孩子接回家，然后才在当地的村镇派出所报了警。当时接警的警察表示震惊，可是田永强也不知道为什么，警方调查了几天之后，竟然破他家门而入，把他给带走了，说他们有明确的物证，在上面化验出了田永强的精斑，说田永强一把年纪迷奸了自己的继女，畜生都不如。

田永强就这么被带进看守所关了起来，等着警方继续取证调查。事情发展到这一步，别说还击，他连半点给自己辩解的余地都没有。

田永强妻子拿来的所谓证据琐碎凌乱，然而在基本没什么用的"物证"中，却有一个至关重要的证据——事情发生的时候，喝了奶茶察觉不对的周旭，在自己还有一丝理智的时候，开了手机的录音，那些屈辱的过程，全都留在录音里。

后来，这个案子从证据搜集到法庭辩护，梁炎东就像以前他打过的任何一场没有硝烟的仗一样，赢得漂漂亮亮。可是让人无能为力的是，迷奸了周旭的男生在犯罪时才17岁，正好卡在满了16周岁要负刑事责任，但需要从轻或者减轻处罚的阶段。

在证据确凿，男生颇有势力的父母也使不上劲儿的情况下，因为法定事由，男生只被判了一年零七个月。

后来这案子就算是尘埃落定，但是没两个月，休学在家的周旭发现自己怀孕了，这是对饱受折磨的家庭的又一记重击。

打击几乎是致命的。周旭从那时开始就精神失常，越发害怕跟陌生人接触，不让人碰她，原本带她去做流产的计划也半途而废。

没办法，田永强和老婆商量之后只好咬着牙，让闺女把这孩子生下来。为了不让村里人在背后说三道四，田永强带着老婆孩子，在城郊筒子楼里买了个小单间，一家三口就这么蜗居在那里了。

从那以后，田永强开始出去打工，每天早出晚归勉力支撑起这个家，而媳妇儿则在家日复一日地哄着不知道什么时候就要犯一次病的怀孕的女儿。

再后来，孩子生下来，大半年后，那个男生出狱了。也不知道他是怎么找到田永强他们这个筒子楼里的小单间的，更不知道为什么罪魁祸首反倒满腹委屈，总之田永强打工下班回家，刚进走廊就听见周旭恐惧的尖叫、孩子的啼哭和老婆的歇斯底里，跑回家推开虚掩着的门，就看见那畜生正满腔怨恨地指着周旭的鼻子冷嘲热讽。

当时他什么都没想，脑子里一片空白，转身进了乌漆墨黑的小厨房，从里面拎了以前砍猪骨的斧子，挥手给男生后脑开了瓢儿……满眼的血色，老婆的歇斯底里不见了，耳朵里只能听见周旭更大的叫声和孩子更凄厉的哭声。等反应过来，男生已经倒在了血泊里……

后来田永强去自首，被判了15年，进了东林监狱服刑。

梁炎东没犯事儿之前，得知这件事，还特意去监狱探了他的监。

那个时候田永强说，他虽然杀了人，但他没后悔。善恶到头终有报，他替他女儿报了仇，现在他坐牢来还那个男生的那条命。

他觉得命这个东西很公平，曾经从别人那里拿走了什么，最终都要从自己身上取下来偿还。算来算去，得到也好失去也罢，都相等了。

那是他跟田永强的最后一次交流。在那的一年后，他就以田永强当初最厌恶不齿的罪名，也入了狱，并且从此闭嘴不说一句话，与田永强形同陌路。

梁炎东现在对田永强的认识还停留在4年前探监的时候。虽然代乐山死亡的那天晚上他梳理前前后后的事件经过，脑子里出现过田永强的脸，但梁炎东没有把他当最大的怀疑对象。

直到在任非的带领下，他跟着杨盛韬去了那个办公区的独立厕所，看见了厕所后面的通道。当天的5个人里，除了田永强，别人没有犯罪动机。

原本早就认命了打算在监狱里老实服刑的田永强，突然改了性子，一定是有什么事情刺激到了他。而能让他失去理智，以一种"替天行道"的心理把人杀之而后快的，只能是他那个曾经被祸害至深的继女周旭。

周旭死了。本该如花似玉的姑娘，半年前终于承受不住精神折磨，趁着她妈不注意，独自跑出家门，跑回了他们家以前在村子里的老房子，跳进了院后的那口井里。

梁炎东本来做好了再逼一逼田永强的准备，可是没等他再问，苍老的男人已经自己把事情的原委都倒出来了。

一声不响地听完，梁炎东意识到，其实田永强一直在等这一天。等有人把他的罪行翻出来，然后他就此停手，再去给那些被他杀死的人偿命。

梁炎东叹了口气，"田叔，特憎恨强奸犯吧？"

田永强笑了一声，那个动静跟梁炎东印象里憨厚的庄稼老汉十分不同，是那种操纵了人命见多了杀伐之后的冰冷。他没回答，反而是说起梁炎东："梁律师，我真没想到，你也会做这种禽兽不如的事情。"

梁炎东不置可否，"所以你也想杀我？"

田永强说："都要杀。你们这样的垃圾，刑期一满，回到社会，就又有女人要遭殃。"

梁炎东抬起交叉的双手碰了碰两根食指，声音很稳，始终没什么情绪在里面，"死的人，也就穆彦是15年，除此之外，钱禄，包括逃过一劫的我，都是无期。"

"别以为我不知道。穆彦家里有个有钱的老子，早晚能把他捞出去。你是个有脑子的，也不可能真老死在这里面。"

梁炎东貌似不经意，随口就问："这谁告诉你的？曹万年？"就好像这已是人尽皆知的事实，而他只是顺便多嘴又提了一句。

始终健谈的田永强却卡了下壳。等回过味儿的时候，他惊诧地瞄了梁炎东一眼，"曹管？莫名其妙的，想起来提他。"

"莫名其妙？我倒没想到，你会替他扛罪。"梁炎东直起身来伸了个懒腰，仰面靠在椅背上，眼睛瞪着慢慢暗下去的天空，他声音还是很小，甚至嘴角的动作都微乎其微，但是足够田永强听得清，"把强奸犯一个挨一个地杀掉然后伪造成自杀——田叔，我们打过交道，我自认对你多少是有些了解的，我刚才说的那些，都不该是你会有的点子。是他给你出的主意吧？代乐山死于我的签字笔，没猜错的话，那天晚上他应该是准备趁夜里把笔给你，让你对我动手的。"

梁炎东从头到尾都没有询问对方的意思，每个字说出来，都是掷地有声的笃定，敲山鼓一般，震得田永强心慌。

老头儿有点坐不住了，屁股在板凳上蹭了几下，梁炎东看不见他的表情，但是从他的语气中能猜得出，此刻的田永强应该是强作镇定的，"梁律师。你为什么没哑却非要装哑巴我不知道，也没兴趣知道。但是你在监狱蹲了3年，别真是把脑子也蹲傻了吧？代乐山的死可跟我没关系。"

"代乐山为什么要死，到时候问问曹管就知道了。"梁炎东说，"但是那天在我背后拿绳子勒我的应该不是你，也是曹万年吧？如果不是我一脚端响了门引了人来，现在我估计已经是个死人了。而正因为他是管教，从我端门到昏迷再到狱警赶来的这短短数秒之间，他就摇身变回赶来查看情况的管教，顺理成章地脱了身。"

田永强的手指有点哆嗦，没接话。

梁炎东接着说："设计凶杀手法，篡改监控录像，留下心理暗示，在事发前说服你拉你下水，在案发后又让你自愿替他扛雷——曹管在这里当管教真是屈才了，可惜以前没有人察觉到。"

田永强几乎控制不住自己了，他一下子转过头，眼神里透着病态的凶狠和执拗，目光直勾勾地落在梁炎东那微微扬起的下颌上，"梁律师，你是不是对自己太自信了？你要真这么算无遗策，那就算自己犯了罪，也不该在这里才对。"

梁炎东对着天空闭上了眼，"我做的是无罪辩护，至于有罪的，该按您老的说法，遵循善恶到头终有报的天理循环才对。让犯罪的逍遥法外，岂不是太罪过了。"

"你……"他的话让田永强有些不明所以。老头儿眯起了眼，非常仔细地打量他，试图从他岿然不动的状态中窥见这人的心思，老半天之后，他终于又想说什么，可是集合哨声响了，伴随着呼啸的警笛声。

田永强没动。

梁炎东站了起来，微微垂着头，带着歉意地说："田叔，我非常抱歉。如果当年我能找到更有利的证据，让那个男生多判几年的话，这些悲剧就都不会发生了。"

田永强彻底愣住了。他从来没想过，眼前这个男人竟然会在此时此刻旧事重提，并且对他道歉。

他作为当事人，再清楚不过，当年他被冤进看守所走投无路的时候，顶着压力接了他这案子的梁炎东付出了多大的努力，最后在法庭上梁炎东出示的那些证据，甚至是他和老婆都不知道的。

他从来没在这件事儿上怪过梁炎东。但是他没想到，这件事梁炎东竟然一直放在心里，并且，因为今天的局面，反过来给他道歉。

如果那男生多判几年，那天就不会来他家找麻烦刺激周旭，周旭的精神状态会慢慢地恢复，他们一家会慢慢接受周旭生下的那个无辜的孩子，再有几年过去，他们也许会搬家，也许……他就不会让怒火冲昏头脑，一斧子砍死了那个男生，他就不会入狱，周旭也不会自杀。

可是人生没有如果。走到了这一步，谁都别想再回头。

田永强出神地笑着，对正朝他浅浅鞠了一躬的梁炎东摆摆手。

他知道这是梁炎东所表达的歉意，但是他不需要。他以前无比感激这个律师，后来也无比憎恶这个强奸犯，但是他从来没有觉得，当初男生只判了一年零七个月，是梁炎东的错。

管教已经在吹哨警告逗留在广场上的两人。田永强在椅子上坐着没动。梁炎东头也不回地往队伍的方向走。

监区尽头，乔巍和李晓野带着人，加上检方的人和监狱的狱警，一大堆人呼啦进到监区带走了田永强。

末了，李晓野到队里找到梁炎东，脸色不太好看，但是语气挺客气："梁教授，您也跟我们走一趟吧。"

第15章

另一个嫌疑人

李晓野带人去东林监狱拿人的时候，谭辉带着队里的其他人来到了东林监狱管教曹万年家的大门前。

他们还没拿到搜查令，搜捕行动和审批程序是同时进行的。有谭辉坐镇，刑警们敲门无果后毫不犹豫地找人撬锁。

然而撬开大门后，堵在门前率先看见曹万年家里内室情况的那么两三个人，都呆住了。

任非感觉自己后脑勺有凉风在钻，他愣在门口，没说出来话。几秒钟之后，被旁边刑警的一身国骂震醒了。

艳阳高照的大晴天，曹万年家遮光的窗帘拉得严严实实，除了从被撬开的大门口透进去的光线外，屋子里唯一的光源，是客厅里朝西摆着的香案上的两只烛台灯。两个烛台灯之间，摆着一个灵位。

灵位往前，香案上水果、饭菜、香炉、碗，一应俱全，一个铝盆儿塞在香案底下，旁边放着成捆儿的黄纸，铝盆儿里还有烧尽了没倒掉的黑色纸灰。

这一切的一切，使这间老式装修的房子里的每个角落都显得阴气沉沉。

开门之后，屋里屋外空气对流，呛人的烟味儿扑鼻而来。等走到里面，就看清了，那个灵位做工粗糙，像是手工刨出来的，上面写着"爱妻范晓丽"。

谭辉看了一眼一起进来的老乔，老乔神色几经变换，最终抬手挠乱了脑袋顶上稀疏的头发，骂了句"见鬼"。

不久前，老乔还信誓旦旦地保证，曹万年家的邻居前天还看见了他媳妇儿下楼买菜。

前天还能下楼买菜的人，为什么今天在这屋子里就只剩下了个牌位？而且看这架势，香炉的烟灰已经快要漫出香炉碗，下面的黄纸、纸灰，加上这满屋烟熏火燎的气息，说明曹万年在家里给妻子摆这些，已经不是一天两天的事了。

他妻子范晓丽早就死了，但是他一直瞒着，所以没人知道。那么，邻居们看到的那个"范晓丽"是谁？

刑警们快速地在房子里搜了一圈，一个地方查完了再按照记忆给摆回去，回来的时候跟谭辉汇报："队长，房间里搜到不少跟心理学有关的书，专业性都很强。另外，在主卧的床头柜里发现了这些。"递到谭辉面前的是一摞医院的诊疗票据。

任非打开屋里的灯。病例上的字龙飞凤舞，谭辉勉强辨认出来，范晓丽生前一直在进行心理干预治疗。

医院就是东林二院的心理科，看诊时间从3年前持续到了2个月前，最开始的时候看诊频率是每周一次，到了最后这一年，频率降低成一个月一次。

频率有所降低，按这个判断的话，应该是治疗起效，范晓丽的心理问题有所好转才对。可是为什么人死了？

在场刑警们几乎都可以判断，对于曹万年的作案动机，范晓丽的死因是个关键。谭辉舔舔嘴唇，跟任非说："去二院要范晓丽的病历。她一连看了3年的心理科，那边医生肯定对她很熟悉了，去查清楚范晓丽有什么心理问题，是因为什么造成的。"

任非点点头，一刻也不耽误地往外走，他的脚步很快，紧绷的背影像是在逃离。

他对这样的情景有说不清楚的恐惧，待在里面，闻着祭奠焚烧味道，他几乎无法呼吸。这是12年前，他妈妈死后，盘桓在家里的气息，是分离和永世不见的味道。

任非走到玄关，室内颓靡的气息被楼道里带着尘土味儿的空气代替，他深吸口气，抬脚跨过门槛，一只脚刚迈出去，眼睛瞥见一个人影迅速逃离。

没时间思考，任非一个箭步追出去的同时暴喝一声："什么人？站住！"

逃跑的人当然不可能站住，但是好在任非有两条非常占优势的大长腿。

在曹万年家搜查的同事们听见动静，一部分人立即追出来，在屋里压阵的谭辉在刑警们追出去的第一时间一把拉开曹万年家阳台窗户紧闭的遮光窗帘，曹家的阳台正对着楼下的单元门，他打开窗户探出头，只见从楼道里跑出来的女人被随后追上来的任非一把抓住脖领子往回一薅，女人失去平衡向后趔趄，紧接着被任非一把抱住了腰。

他一串动作非常连贯，然而在楼上看的谭辉不会知道，任非控制着这女人的手正在不住地发抖。

任非早上刚在老乔带回来的资料里看见过曹万年妻子范晓丽的照片，而他在后面追着这个女人的时候，他就看出来，这个女人的身形几乎跟照片上的范晓丽一模一样。

女人还在他怀里不断挣扎，任非大声喊着"不许动，老实点儿"，觉得自己的嗓子几乎要撕裂开来。他靠着这样的动静给自己壮胆儿，也让女人冷静下来。

很快，其他同事从楼里追出来，人一多，任非再也不用勉强自己，转手把铐着手铐的女人扔给了老乔，上前一把掀开了女人头顶上的帽子，又拽下了她的口罩。

帽子一摘，在场的刑警和任非自己都愣住了。这个身形和相貌都像极了范晓丽的人，年纪最多也就十七八岁。

在任非诧异的时候，被抓住的女孩儿先声夺人，充满敌意地瞪着任非，喊道："你们凭什么抓我？"女孩子的声音是哑的。

任非重重地吐了口气儿。他看着女孩，偏头抬了抬下巴，"你是曹晴吧？曹万年和范晓丽的女儿。"

曹晴那细细的小眉毛几乎快要在脸上拧成钢丝儿了，"是又怎么了？"

任非上上下下打量她，眼神里带点揶揄又带点审视，"挺好的小姑娘，你干吗扮成这样？"

曹晴立马冷静下来，也不挣扎了，就任凭乔巍这么抓着她的胳膊，扬了扬下巴，跟任非呛声："我平时就这么打扮的，你管得着吗？"

任非作为一个从小就不服管的个性少年，长大了之后自问对"各种问题少年的相处之道"有着独特的应对之策。闻言他笑了笑，把从曹晴头上拽下来的帽子、口罩又给她套了回去，"行，你喜欢,我再给你扮上。"然后他又把人从老乔手上拽出来,当着大家的面儿,给小姑娘解开了手铐。

老乔离他最近,当即压低了声音警告:"你别胡闹!"

任非摇了摇头。

这时候,围观群众已经越来越多,而曹晴自己也看得清楚,她一圈儿都是警察,就算解开手铐也跑不了,所以她待着没动,而是大声问了一句:"警察叔叔,我可以走了吗?"她这话是说给看热闹的群众听的。

任非笑了一下:"走啊,没拦着你。"

曹晴转身就走。

乔巍一个箭步就要追上去,被任非拦住,转头气急败坏地伸手隔空指着他脑门儿,"你知不知道你在干什么?"

任非没回答,问了一句:"乔叔,你上次调查的时候有人说前天看见'范晓丽'是什么地方?"

老乔看了他一眼,又看了看已经离他们10米开外的曹晴,耐着性子回答:"就小区东边那个占道摆摊的小市场。"

任非点点头,也是盯着曹晴的背影,"孩子未成年呢,没个证据这么把人拷回局里逼着审也不合适,先找个理由才好下手。"

话音一落,表情跟个等鸡吃的贼狐狸似的任非就追上曹晴,走在她身旁将她往乔巍说的那个市场引。

这阵子经常往外跑,刚才虽然是坐警车过来的,但几个人穿的都是便装,等走得远了,也没人看出来他是警察。

"你不是让我走了吗?能不能别跟着我了?"

任非无辜地挑了挑眉,带着点痞气,"这大路朝天的,我想往哪儿走你管得着吗?"

"你！……"曹晴被他堵得一句话没说出来，往前走的脚步更快了。她急迫地想要尽快摆脱这个人，因为有他在旁边一刻不停地聒噪，她没办法静下心来思考接下来到底应该怎么办。

警察为什么会突然跑到家里来？香案他们肯定是看见了，那他们还在家里发现什么可疑的东西没有？爸爸在哪儿？该不该给爸爸打电话？哪里安全？我能去哪儿？

通通都不知道。

曹晴只觉得自己脑袋里嗡嗡嗡地乱成一团，任非寸步不离的跟随让她感到慌乱和害怕，但是她尽力表现得若无其事，控制着自己逃跑的冲动。

曹晴脚步很快地经过那个在小区街道两旁的"菜市场"，任非始终紧跟在她身边，低头对她说笑。尽管小姑娘对他的厌恶溢于言表，但在大帽子和大口罩的掩藏下几乎不能被人看出来。

曹晴和任非一直在往前走，很快就要穿过这个小市场，而明白了任非的意思，从后面追上来的老乔找到昨天刚问过的那个推车卖豆腐的摊儿，拿出证件，跟摊主指着前面曹晴的背影，又问了一遍："那个人您认识吗？"

摊主是个微胖的中老年女人，家就在这个小区，又长年在这里卖豆腐，邻里之间都熟得很，一眼看过去，又莫名其妙地看了老乔一眼："那不就是晴晴妈吗？昨天你刚来跟我打听过呀。"

这一来，就什么都对上了。

曹晴后来被任非他们带回了局里，谭辉领着剩下的人去抓始终没见人影的曹万年。

昌榕分局的审讯室里，任非拎了罐牛奶放到曹晴面前的小桌板上，转身又回了自己座儿，"喝吧，没给你下药。"他一边说一边自顾自地打开易拉罐，"你看，我们也折腾了大半个晚上，我也喝口咖啡提提神，你没意见吧？"

曹晴一脸敌意地瞪着他。

小姑娘本来很有骨气，看也没看面前那罐牛奶，偏偏盯着任非，看他一口接一口地灌咖啡，自己早就干渴的嗓子也就禁不住诱惑，也小心地拉开易拉罐，试探着慢慢抿了一口。

曹晴捧着小罐子，浑身上下都紧绷着，满是戒备，等了半天也没见任非再开口，她按捺不住了，咬着嘴唇问道："你们抓我来，究竟想干什么？"

任非没回答她。他把喝干了的罐子放在桌子一角，转而问她："你嗓子是怎么回事儿？"

从见面开始，曹晴的嗓子就哑得不辨雌雄。

曹晴也没想到警察会突然问这个，她怔了一下，低头又喝了口牛奶，"你管不着。"

"以前不是这样吧？要一直这样，回头剃个小平头，换上T恤衫，跟哥拜个把子吧，出去我就说你是我弟，肯定没人说不对。"

其实曹晴长得挺好看的，就是眉眼间透着些长久焦虑积压出来的憔悴。这个年纪的孩子，无论男女都开始在乎自己的形象，渐渐学会了打扮自己，大多容不得谁在这上面有一两句的冒犯。曹晴心里堆积下来的沉重情绪当即就被这一把火点着了，她发泄一般，嘭的一声把刚喝了几口的奶罐摔在地上，"你是不是有病啊？我容易上火我嗓子哑跟你有什么关系，你管得着吗？"

要不是离得有段距离，任非觉得曹晴摔的那罐子奶能直接糊他脸上。他心有余悸地起身，把淌着奶的易拉罐捡起来，放在自己桌角上。难为他那个沾火就能着的脾气，现在竟然能和和气气地笑脸相迎，"哟，这是上火了？你母亲过世也有两个来月了，你怎么还这么想不开，看看这嗓子哑得跟公鸭嗓似的。"

　　任非说得跟闲话家常似的很不经意，但是话刚说完，坐在椅子上气得直喘的小姑娘猛地抬起头来，"你怎么知道我妈过世两个多月？根本没人知道才对，就连我家的邻居都——"说到一半，她倏然停住了。

　　她连忙把目光从任非身上移开，两只乌黑的大眼睛滴溜儿乱转，不知道看哪儿，她想站起来，却被面前的小桌板拦住了，看着任非笑意盈盈地走过来，小姑娘彻底慌了。

　　任非站在她面前，双手撑在她的小桌板上，声音很轻，没有逼迫的意思，"你是承认你母亲已经在两个月前过世了，对吧？"

　　他刚才明显就是诈供，换在成年人身上，不至于被这么三言两语逼出来，但是对方是个涉世未深的小姑娘，早就被警察又追又抓吓坏了，脑袋没转过来，就下意识地回答了警方的疑问，但一切都已经晚了。

　　曹晴一下子就红了眼睛，她嘴唇哆嗦着，矢口否认："我没有！是你说的，我只是顺着你说的说下去，我本来就已经……"

　　"嘘，嘘嘘。"任非竖起手指在唇边示意她噤声，然后又抬手向上面墙角指了指，"监控监听都开着呢，你说什么已经录下来了，你冷静一点儿，配合我们调查，兴许还能给你爸爸争取个从轻发落，嗯？"

曹晴浑身都抖起来，转眼之间色厉内荏的小姑娘已经脸色惨白，她瞪着眼睛咬着嘴唇跟任非僵持了一会儿，忽然捂住脸呜呜哭了起来。

任非站直了身体，看着她，没劝止。

其实他能懂，曹晴一个才上高一的小丫头，在母亲去世后，过着暗无天日的生活，打扮成她妈妈的样子，扯着个哑嗓子在邻里之间混脸熟，让大家认为她母亲还活着，即使这一切看起来都像是曹晴自愿的，可这种日子在孩子心灵中长久积累下来的阴霾，是很难驱散的。

任非犹豫了一下，伸手摸了摸小丫头的头，却被曹晴发狠地一把打掉。他没有放弃，又摸了上去。如此反反复复好几次，曹晴终于不再抗拒他，任非就这么轻轻抚摸着女孩儿头顶透着些潮气的头发，希望这种动作能给曹晴一种暗示，告诉她，此时此刻，她不是一个人。

即使这个人是警察，是即将把她爸爸缉拿归案的人，也好过她一个人面对这一切。

任非始终没劝她，等她发泄够了，哭声渐渐小了，他从兜里掏出一包用了一半的面巾纸递给她，"擦擦眼泪鼻涕再抬头，不然录到监控里去太丑了。"

曹晴顿了顿接过去，胡乱擦了把脸，这回她倒是没扔，把半湿的纸巾团成一团紧紧地攥在手里，就像是在抓一个能给她带来安全感的药丸一般。

任非叹了口气，"为什么要扮成妈妈的样子？"

曹晴垂着头，看着手心里的那团纸，声音很轻，还带着鼻音："……因为不想别人知道我妈已经不在了。"

"你爸让你这么做的？"

曹晴沉默着，任非能感受到她的挣扎和犹豫，过了一会儿，豆大的眼泪又落了下来，"……不是，没人让我这么做。我自己的主意。我知道我爸都干了什么，也知道早晚有一天警察要找上来。我没办法说服他停下，就只能帮着他遮掩……我已经没妈了，不想再没爸……我不想没有家。"

任非一口气卡在嗓子里，发酵成感同身受的酸楚，又被他一口狠狠咽回肚子里。

他没法宽慰曹晴什么。像她这样的孩子，聪明而敏感，既然知道她爸都做了什么，那么也一定早就在网上查过，很明确地知道她爸会受到怎样的法律制裁。

除非曹万年自首，否则的话，法律不会对这样一个监守自盗的人宽大处理。而就目前的情况看，去抓捕曹万年的同事们还没有任何消息传回，嫌疑人明显是逃了，所以他也没有能力给曹晴任何承诺。

沉默中，曹晴突然仰头问他："你们在找我爸吧？"

任非笑了一下，伸手又摸摸她的头，语气很肯定："你知道他在哪儿。"

"我知道。"曹晴点点头说，"但如果你们就这么漫无目的一直找，一时半会儿是找不到的。"曹晴手里的一团纸被她攥成了一个小小的圆球儿，"如果我告诉你们他在哪儿，能算他自首吗？"

任非摇摇头，"不能。"

曹晴没说话。

任非的手插进裤子的口袋里，"他的手机一直关机，但是你还可以联系上他，是吗？"

曹晴看着他。

任非把手从兜里伸出来的时候，手里多了一部手机，是曹晴的。他把手机递还给小姑娘，"如果你能劝他来自首的话，那就另当别论了。"

曹晴的眼睛亮了一下，很短暂，像萤火虫飞过的微光弥漫在绝望的漆黑瞳仁里，转瞬即逝。

曹晴打通曹万年电话的时候，任非往审讯室的单面玻璃看了一眼。一直守在玻璃后面的老乔立刻会意，安排人根据曹晴的电话追踪曹万年的位置。

但是这种默契之下，任非和老乔做这件事的目的是完全不同的。对任非来说，这是个保险措施，他想着，如果曹晴没有办法劝说曹万年来自首，那么他们可以根据曹晴拨通的号码锁定曹万年的位置进行抓捕。但是老乔那个不苟言笑疾恶如仇并且认死理儿的男人，跳过了曹晴的问题，想直接抓捕。他不相信曹万年这样的杀人犯会自首，也不想给他自首的机会。

老乔的打算如果换作平时，任非不用过脑子也能明白，可是审讯室里曹晴哭得他心乱——一个过世的妈和一个让人指望不上的爹，这种相似经历让任非在对这小丫头的怜悯和同情中，又多了那么一点说不清楚的责任。

想要拉她一把，不想让她沉到暗无天日的谷底，虽然没法子救赎什么，但好歹也能让她在黑暗中看见一点光，往后一个人过日子的时候，有个牵绊，也就有个盼头。

电话响了很长时间，曹万年才接起来，"晴晴，你在哪儿？"

曹晴手机的通话声音不小,虽然曹万年的声音很低,但在安静的审讯室内,任非还是能听见——曹万年的声音很紧张,像一根绷紧的弦。

曹晴的手在发抖,她看了任非一眼,牙齿在嘴唇上吱了一道很深的印儿,勉强维持着镇定,尽量用跟平时一样的声音说道:"爸,我在警察局……"

"警察局"三个字刚说出口,曹晴突然意识到她爸的下一个反应会是什么,好不容易维持住的声调陡然一转,小姑娘几乎歇斯底里地吼起来:"你别挂电话!!!你听我说!你别挂电话!!!"

同一时间,坐在东林市辖下某镇老林子里一个新坟前的曹万年,摸上关机键的手指顿了一下。

他把手机从耳边拿下来,脸上始终没什么表情,拿着手机的手也一直很稳,他低头看着通讯上曹晴的头像,手指轻轻地触上去,终于还是没挂电话,但也没再说话。

那边传来曹晴已经完全崩溃的哭号,在寂静的山野里,在他妻子范晓丽的坟前,宛如一曲悲凉的哀歌。

"爸,你自首吧!我求你了!我查过了,自首不会被判立即执行的!哪怕是个死缓,你也还有机会活着!爸爸,我求求你了,我已经没妈了,我不能再没爸了!我求你了,你想想我,家里没别的亲人了,你死了我怎么办!我怎么办?!!!

"我一直没跟你说过,你开始做那些事情,我装成妈妈的样子帮你掩饰,你以为我是支持你给妈妈报仇吗?根本就不是!我就是不想让你被抓!我就是不想让自己变成孤儿!爸!你自首吧,我求求你,你自首吧!……"

曹万年闭上眼睛，手机掉在坟头的石碑边儿上，磕出轻微的一点声响。这动静又让他睁开眼睛。

因为妻子自杀得没有一点征兆，那天晚上，他把已经没有体温的她背到农村老家的后山上安葬后，第二天他就刻好墓碑，立在了妻子的坟前。

没火化，没仪式，甚至墓碑上连一张供他和女儿怀念的照片也没有。

范晓丽生前，他没给过她锦衣玉食的生活，死后他也没能给她一个体面的安息之所。其实他本可以把范晓丽好好安葬，让这一切悲剧终结，但是他不甘心。

凭什么他的家庭就要承受这样的伤痛？他做错什么了吗？范晓丽做错什么了吗？还是孩子做错了什么？都没有。这都是害了范晓丽这一辈子的那个畜生的错。那样的杂碎，有什么资格活在这个世界上？

所以他选了最极端的方式。他要让那些没有得到法律严惩的杂碎们，一个一个，都对他的妻子以死谢罪。

他只不过是让那些杂碎尝到了因果循环的报应，那些杂碎们罪有应得。所以他凭什么去自首？可是事情已经败露了。今天监狱那边传来田永强和梁炎东同时被警方带走的消息后，他就知道事情不好了。他知道警察早晚会找到他，也知道被找到后他会面临检方什么样的起诉。

他会死，这样很好，他就能去陪范晓丽了。这些年，范晓丽的精神越发地敏感脆弱，只有他陪着才会放松下来。他不在，范晓丽一个人在那边，一定过得很不安。

从准备在监狱上演一出连环杀开始，他一直打的就是这个主意。可是现在曹晴一哭，他突然感到茫然。

他一直以为女儿是跟他站在一条线上的，支持他的一切想法和决定。他潜意识里始终认定他们一家都会在另一个世界团圆。

但是为什么会这样？曹晴说不想让他死。曹晴说不想成为孤儿。曹晴说她想有个家……他死了，曹晴怎么办？

曹晴，这个他和范晓丽唯一的孩子，他和范晓丽曾相爱过的证明。她没想过要跟着他们一起死吗？原来她想要活着？那如果他死了，剩下女儿一个人，在这个冷漠的世界，她要怎么生活？

她刚16岁，还没成年，她活不下去。如果她也被杂碎欺负了怎么办？如果她成了孤儿被送进收容所该怎么办？谁来照顾她？谁来保护她？

曹万年睁开眼睛。

电话里曹晴哭得上气不接下气，曹万年伸手轻轻抚摸过墓碑上妻子冷冰冰的名字，静静地搂住墓碑，另一只手重新捡起了电话。

他看着电话上女儿那张与妻子相似的脸，哆嗦着嘴唇低低地说了一句："晴晴，爸爸都是为了你。"之后，他挂断了电话。

他对妻子说："老婆，小妮子真像你，永远都知道该往哪儿戳，才能叫醒我。"

然后，他在妻子的名字上烙下一个吻。

把手机埋进了妻子墓碑旁的土地里，曹万年站起身，朝山下走去。他开始走得很慢，一步步仿佛割裂什么一般充满了犹豫和不舍，但是慢慢地，他越走越快，下到半山腰的时候，他跑了起来。

他知道警察很快会根据曹晴的电话找到他的位置，他要在警察追来之前跑到最近的派出所自首，为了曹晴。

　　曹万年挂了电话后，曹晴拿着手机，双眼哭得通红，激烈的情绪反应过后，小姑娘整个人僵在那里，表情茫然，很长时间都没回过神来。

　　刑警们的反应却足够迅速。曹万年挂断电话的同一时间，同事推开了审讯室隔壁的门，跟乔巍喊："找到了！地址在这儿！"

　　任非是没听见他们说地址的，但是等老乔拿着地址回到玻璃窗前的时候，他在没关的麦克风前跟谭辉打电话的内容，一字不落地传进了任非的耳机里——老乔根本没提曹晴给曹万年打电话说服其自首的事儿，他只跟谭辉说找到了曹万年。

　　任非脸色就猛地一变，等他转身夺门而出一把推开隔壁门的时候，浑身的刺已经全都炸开了。

　　他一个箭步冲过去夺过老乔的手机，力道之大，甚至把没反应过来的老乔带了个趔趄，但是任非已经顾不上了，他胸膛剧烈起伏着，怒火中烧地瞪着眼睛，"你干什么？"

　　老乔一把扶住桌子堪堪站稳，他伸手狠狠拍了拍任非，想骂，最后竟然忍住了，"你真以为曹万年能来自首？别做梦了！他只不过是要个时间差逃跑！再不去抓，毛都找不见一根了！"

　　"那你凭什么认为他不会来？凭你的直觉，还是你多年的办案经验？没犯过法的人就没干过一件坏事？犯过法的人就都天生泯灭人性罪有应得？"任非眼睛都红了，"乔叔，你把规矩看得太死，也把人性看得太简单了！你按照你所知的规矩和习惯法则把人性分成了三六九等，你以为这是天经地义，可这本来就不公平！"

"没有三六九等，为什么有人安安稳稳地过日子，有人就要受到法律的制裁？天理循环、惩恶扬善本来就是天经地义，你的规矩里没有三六九等，那好人凭什么要被恶人荼毒？无辜的人凭什么要因为杀人犯兴许只是偶然间的一个念头家破人亡？你非等着曹万年自首，你拿什么打保票，你等着他的这段时间，他不会狗急跳墙做出其他极端的事情？不会潜逃？不会挟持个无辜的人，跟我们打游击？"

任非瞪着他，把抢过来的手机重重拍在了桌子上，"乔叔，你说得很对，你有你的道理，但你无法说服我。今天我们就来打个赌，看曹万年究竟是跑还是留。"任非说着，把自己的警察证也放在了桌上，"我拿警籍跟你赌。"

这场抓捕，在任非与乔巍之间，就这么变成了老刑警与小刑警之间的观念对冲。但是彼时谭辉并不知道局里发生的一切，他拿着地址在山下找到了曹万年的车，最终又找到范晓丽的墓地，从墓碑旁挖出手机的时候，谭队长忍无可忍地磨着牙骂了一句。

而等谭队研究了路线部署警力继续搜捕的时候，昌榕分局接到了青石镇辖下派出所打来的电话。

乔巍虽然没有官职，但是毕竟岁数和资历都在那儿呢，大动作的时候谭辉和乔巍一般是分开行动，所以谭辉不在的时候，局里其他科找刑侦队，都习惯先找他。

女接线员敲门而入的时候，老乔和任非已经从针锋相对进入到冷战阶段，但尽管如此，接线员还是被监控室里剑拔弩张的氛围吓了一跳，直到老乔一眼看过来，她才不自在地咳嗽了一声，说道："青石镇辖下的一个派出所打电话过来，说有个自称曹万年的人杀了人，去他们那儿自首了！"

靠墙站着的任非和坐在椅子上的老乔同时跟被通了电似的，猛地跳起来，冲出了监控室，"哪部电话？"

谭辉是在曹万年自首的那个派出所把人带回分局的。接到老乔电话说曹万年去自首了的时候，谭辉等人距离目标派出所不到一公里。也就是说，曹万年和谭辉之间，只差了10分钟。曹万年要是再晚10分钟，根本都不需要过庭，他自己就可以给自己判了。但就是这10分钟的时间差，给了曹晴最后一点希望，也保住了任大少爷的警证。

曹万年对自己的杀人事实供认不讳。至于杀人的经过，跟警方后来的推测基本一致。但是当这个鲜血淋漓的故事从当事人的口中慢慢讲述的时候，作为旁听者，却仍然觉得不真实。

这个故事真正开始在8年前。

那时候曹晴上了小学，学习各种课外才艺，曹万年还是个没有拿到编制的协警，家里最赚钱的人是在一家广告公司做视频剪辑的范晓丽。

范晓丽是个长得很漂亮的女人，所在的公司本来也不是太忙，但是为了多赚点钱，她开始在单位加班接私活。她每天回家都很晚，而曹万年因为工作性质的关系，也没有时间去接他。时间长了，范晓丽就被人盯上了。

那件事没什么悬念，警方处理得很迅速，范晓丽在曹万年的陪伴下，当庭指认嫌疑人，后来那个人被判了5年，被判到东林监狱服刑。

从法律的层面上来看，这事儿就算是了了。但是对受害人家庭来说，真正的苦难才刚刚开始。

从那以后范晓丽再没有去上班了，在家里接一些零碎的工作，赚得不多，但她把活儿排得很满，她开始怕黑，开始自卑，没办法再跟曹万年过正常的夫妻生活。

这种问题在开始的时候并不明显，曹万年小心翼翼地呵护，为了陪妻子，曹万年辞掉了在县城的协警工作回了家，开始让范晓丽教他视频剪辑，陪范晓丽一起做她接的那些似乎永远也做不完的工作，同时开始考公务员。

也许是化悲愤为力量，出事后的第二年，范晓丽的心理状态在丈夫夜以继日的陪伴下有所好转，而曹万年也终于成了东林监狱的管教。

生活里的一切都在向着好的方向重建，直到6年前，范晓丽的心病突然加重。这一次，曹万年再也治不好他的妻子，从那一年开始，他们成了东林二院心理科的常客。

这一点跟警方从二院调出来的病例档案能对上，范晓丽的心理干预治疗，的确是从6年前开始的，而不是他们在曹万年房子里找到的挂号单据上显示的3年前。

范晓丽死于两个月前，自杀。

那天晚上，曹万年正好值夜班，大半夜，曹晴强自镇定地给他打电话，电话里，女儿用颤抖的声音对他说，她觉得妈妈好像不太对，让他快点回来看一看。

何止是不太对，他进门的时候，范晓丽的身体已经冷了。

床头柜里，她常吃的那瓶安眠药被倒得一片不剩，里面卷着一封手写信。

老曹：

对不起，我走了。

我活着，既不能给你一个完整的我，也不能给孩子一个
幸福的家，我不知道自己继续这样挣扎有什么意义。我一个
人看不见希望，却把你也拽进深渊，这是我的错，而我也不
想你一错再错。那年的事情，我走不出来了，但你不应该陷
进去。

我走了。我离开你，希望你能重新找回自己，好好爱孩子，
爱这个家。在另一个世界，我与你们同在。

任非作为他们谭队的小跟班儿，在谭辉审讯的时候，尽职尽
责地把曹万年说的都记录了下来，听到曹万年口述这封信的时
候，他抬头看了曹万年一眼，又转向谭辉询问："一错再错？这
什么意思？"

谭辉没说话，朝嫌疑人的方向抬了抬下巴。

曹万年是真豁出去了。他反正已经自首了，就知无不言言无
不尽地坦白开了，现在法律上能不能"从宽"，其实已经不是他
最关心的问题了，他就像是个快被保守了多少年的秘密压垮的
人，急于摆脱心底让他无法喘息的压抑。

曹万年笑了笑。任非注意到，他那个笑容比起刚才，竟然多
了些得意，让人看起来格外的刺眼。

谭辉也看见了，挑了挑眉，眯了下眼睛，"你笑什么？"

曹万年说："你们都知道了，是我和田永强对监区里那些有

花边案子的杂碎下的手。让钱禄自己去跳染池其实没费多少功夫。可能是当初手段太残忍遭了报应，钱禄本来就对当年死在他手上的那个姑娘有恐惧，随便给他点心理暗示，再时不时地刺激刺激他，他就觉得自己该去给横死者赎罪了。至于穆彦，他倒是费了点事儿。不过把他绑上漂染架子的过程跟你们刚才说的基本没什么差别——比起行凶，我之前准备的时间有点长。出事那天中午，我是故意让代乐山在娱乐室说闹鬼的闲话给穆彦听的，我知道按穆彦的性子，听见了就肯定要炸。作为报酬，我答应代乐山，有机会跟领导再提提他那封被搁置的回家探视申请。所以说，这些事情发生的时间都是我算计好的。

　　"而我知道，穆彦每次从副监区长办公室出来都要去趟厕所，也知道他右边脖子的动脉先天性偏细。所以我掐着时间进去，把穆彦弄晕，从窗户塞给了推车等在外面的田永强，那天正好是他负责送胚布。他把穆彦扒光了塞进推车里，路上把囚服扔在我跟他预先说好的位置。他运'猎物'的这段时间，我就把囚服先收走藏好了，然后就去断电——电闸的手脚早就做好了，要在指定时间断电很容易。而田永强则利用这段时间把穆彦吊上架子，把布割断一半，因为知道穆彦会水，怕他死不了，所以又在他手腕割了一刀放血。"

　　曹万年说这些的时候比说他和范晓丽的过往冷静多了，嘴角始终带着嘲讽的冷笑，就好像一个冷血的看客置身事外在看一场精彩的屠戮，轻松的、得意的，甚至是有些鄙夷的语气，令人齿冷。

　　"不过最后杀代乐山是个意外——那天晚上我本来是要去处理梁炎东的，正好半路有人打了个电话进来，我正接电话呢，哪知道说了大半，竟然看见代乐山从铁窗里面爬出来——他听见我说话了，我不能留他。"

谭辉磨磨牙，"你电话里说了什么？竟然到了要灭口的地步。"

曹万年说："跟我女儿说我那天晚上的计划。"

任非震惊了，"你每次杀人还会先给你女儿预演一遍？"

"那倒没有。就是告诉她，那天晚上要杀掉的人是最后一个，杀了梁炎东我就收手，然后我就辞职，带她走。"

曹万年一边说一边哂笑地耸耸肩，"没想到梁炎东命还真大，竟然两次都没弄死他。"

任非无法理解这个城府阴沉穷凶极恶的罪犯的脑回路。他也不想懂。在这种时候，他不得不承认在监控室吵的那一架，在一定程度上，乔巍说的是有道理的。

无辜的人凭什么要因为杀人犯兴许只是偶然间的一个念头家破人亡？代乐山他们家，那个饱经风霜的妇人，没了丈夫，又守着命不久矣的孩子，现在也不知道怎么样了。

任非叹了口气。曹万年感慨似的，又接着说道："告诉你们个秘密吧。我自己要是不说，估计你们这辈子都查不到。"

"查不到什么？"始终冷着脸没太多表情的谭辉勾勾嘴角，"查不到8年前曾玷污你妻子，5年前狱内劳作不慎划伤大腿，进而伤口恶化，最终死于炎症感染的孟磊，是你的杰作吗？"

曹万年猛地抬眼，变幻不定的神色里，犹自不敢置信，"你……你们怎么知道的？"

谭辉站起来，走到他面前，双手撑着他面前的小桌板，眼睛眨也不眨地冷冷看着他，半响，没什么感情地哼笑一声，"你该感谢自己的坦诚，它在关键时刻又救了你一次。"

他说完，转身准备结束这次审讯，刚直起腰，审讯室的门被人从外面敲响了。

李晓野推开个门缝，问谭辉："老大，那个梁炎东想要跟里面这位说儿句话，杨局已经准了……现在让他进去吗？"

谭辉看了任非一眼，冲李晓野点点头，"让他来吧。"

梁炎东目前的身份虽然是经过上级领导特批的协助办案人员，但出监狱的时候，手上还是被铐上了铐子。

梁炎东不紧不慢地走进来，站在审讯桌旁边的时候，看着对面被困在椅子和小桌板之间的人，像是觉得有趣，嘴角勾起了一个很浅的笑容，在他线条如刀削斧凿般硬朗的脸上，一闪即逝。

这真的是个有意思的场景，囚犯穿着囚服戴着手铐跟刑警站在同一边，昔日的狱警成了被审问的对象。

曹万年的表情一时间非常复杂。梁炎东站着打量了他半响，转身很熟稔地拿过任非手里的笔，眼睛飞快地在他记录的供词上面扫了一遍，然后翻了一页，简明扼要地写了一行字，是给曹万年看的：

十五监区强奸犯并不只有钱禄、穆彦和我，为什么把我们当目标，而不是别人？

他写完就把本子放到曹万年面前，曹万年看看，先是晃了下眼睛，接着皮笑肉不笑地斜睨了梁炎东一眼，"老子高兴选谁就选谁，你管得着？"

梁炎东面无表情地看着他，曹万年被他那看死物一般的眼神瞧得发慌，不自在地别过头。梁炎东也随之收回视线，心里已经有了猜测，于是弯腰又写了几个字：

有人帮你挑选"猎物"。是谁？

这次写完，梁炎东没把笔记本给曹万年看，而是给了始终在旁边站着的谭辉。

谭辉接过来瞄了一眼，顿时神色一紧——梁炎东提出了一个他们谁都没注意到，但是却十分关键的问题：曹万年陪伴患有严重心理疾病的妻子这么多年，身体和精神的双重压力早就已经让他极度压抑。在妻子死后，这种压抑甚至扭曲了人格，让他变成了一个"类型杀人犯"。这一类凶手在杀人的时候，往往是在同一类型的目标中随机挑选，在不止3个强奸犯的大监区里选3个来杀，谭辉本来以为这是巧合，但是现在看曹万年的反应……这个"巧合"怕是不那么"巧"了。

谭辉放下笔记本，抬手强行把曹万年扭到一边去的头转了回来，"曹管教，他没资格，管不着，我总管得着吧？说说吧，监区那么多人，你怎么就看上他们仨了。"

曹万年原本不说，其实就是瞧不上梁炎东的身份，就算自己现在已经被捕了，但还轮不到一个曾经在他警棍下讨生活的犯人来问话。但是既然谭辉问了，他也没什么好隐瞒的。

"人是田永强挑的。说起来那小老头也挺有意思，都是强奸犯，杀谁不是杀，他还非得挑嘴，不可口就不肯配合我。"

在场的人包括梁炎东在内，不约而同地抽了口凉气。曹万年背后有人主使，这一点梁炎东猜到了。但是他没想到，那个人竟然会是田永强。

一个无论是在社会上还是监狱里，都没有任何背景的老头儿，他又为什么会选了梁炎东他们几个来杀？

田永强用"不可口就不肯配合"的理由驱使了曹万年的"狩

猎"，那么，有没有什么人在背后主导田永强的选择？

细思极恐。谭辉立即让人再审田永强。

而当乔巍带人打开田永强所在的那间审讯室的时候，田永强已经死了。

在昌榕分局自己的地盘上，重重守卫的审讯室里，明晃晃的监控镜头下，下午还好好的犯罪嫌疑人，竟突然就这么死了。

第 16 章

千头万绪

监狱的连环杀人案表面上看起来算是了了，但是里面牵扯出来的那桩更加晦涩黑暗、不为人知的秘密，随着田永强的死沉溺江底，一时再无人能探得水深。

谭辉为这事连发了好一阵子的火儿。他就像头喷火兽，走哪儿对着谁都想喷一口，分局里谁见了他都绕着走。

刑侦队按部就班地把案情做了书面的整理报告，连同证据和起诉意见书一起，按流程移交检方，后续该怎么审怎么判，那都是检方和法院的事了。唯一棘手的就是东林监狱的犯人，本案的另一个凶手，在他们的审讯室里死了。

田永强的死因是大剂量服用硫酸奎尼丁引起的恶性心律失常并突发严重低血压。死亡现场也就是拘着田永强的审讯室里，找到两片掉落的奎尼丁药片，监控录下了他吞服的整个过程，胡雪莉对此做了详细的尸检报告，检方也派人来核查过，对此没有提出异议。

硫酸奎尼丁是监狱的医务室给犯人开出去的，此前监狱病案记录，田永强有阵发性心动过速，硫酸奎尼丁本来是给他治病的，每次医务室开出去的药量都严格控制在标准之内，就是怕犯人在药品上折腾出幺蛾子，没想到这小老头不知什么时候起竟然不再服用，而是悄没声息地攒了起来，还贴身带着，进了警方的审讯室，他看苗头不好，找了个屋里没人的时机就偷偷吞了。

关于田永强的自杀，药是从监狱合理合法的途径给出去的，昌榕分局落下的主要责任是监管不力。

当天负责监控田永强的刑警先是被谭辉骂得狗血淋头再又被停职调查，刑侦大队原本完成得挺好的一份答卷，因为这个，一个好也没捞着。

多少年也升不上去的谭队长注定仕途多舛，外人以为他是为失去了又一个升职机会而暴跳如雷，但其实刑侦队里了解内情的人都知道，导致他们队长内分泌失调的直接原因，是田永强死了，他所背负着的另一条不为人知的犯罪线索也随之断了。

引诱狱警在监狱里挑着强奸犯杀，田永强是被什么人指使？他们为什么点名要杀钱禄、穆彦和梁炎东？背后隐藏着什么见不得人的目的？

田永强一死，这些全都无从查起，但职责所在，既然知道了案件有疑点，他们就必须要查下去。

"杨局我跟你说，您可别再跟我说段鹏宇他爹是谁谁了，是谁我也不买账！"午休时间的办公室里，杨盛韬端着茶杯进来，本来是要给刑侦队进行"心理疏导"的，正巧赶上姓谭的喷火兽例行咆哮，立刻被无差别地当成了重点突击目标，"那孙子最好别回来，回来也别往我队里塞，本来我养个吃闲饭的就够费劲了，吃闲饭还拖后腿的祖宗老子伺候不了！"

无端端躺了一枪的杨局摸摸鼻子，挺无辜地往任非那儿瞄了一眼。然而跟其他同事一样已经在炮火洗礼中摸出规律的小任警官眼观鼻、鼻观心地专心扒饭，眼皮都没抬一下。

但是杨盛韬并不知道，看上去都低头听训一派和谐的队员们，其实都在心里整齐划一地数着：一、二、三。

三声落地，谭队按时调转炮口瞄准老乔，"还有你，乔巍！你那天从家出来没带脑子吗？安排谁不好，你让段鹏宇去盯田永强！"

谭辉这段时间发飙已经形成规律——不管开始是骂谁，最后铁定要再把那天安排段鹏宇去监控室的老乔骂上一顿。

乔巍开始的时候内疚得不行，前几天一进办公楼就如同进了殡仪馆，奈何谭队长狂暴状态经久不衰，发飙用词却没有历久弥新，时间一长，连乔巍挂不住的老脸都免疫了，"队长，那天咱队里一大半人都跟着你出去抓人了，剩下的不是在审曹晴就是出去摸排还没回来，咱们能说会动的大活人就剩段鹏宇一个了，除了安排他顶一下，我真找不着人了啊……"

谭队长依旧咆哮："不能从别的科室借吗？分局上上下下这么多人，你跟谁说谁不能借你个管事儿的？"

老乔无奈了，"我……"

这事儿他原本不想解释，因为事情已经发生了，有多少个理由这也是他的责任，但是后来谭辉逼得太紧，他不得不把当时的客观情况说明白。奈何内分泌失调的喷火兽还是听不进去，"你别给我说那没用的！写检查！"

"写过了……"

"重写一个！"

在杨盛韬震惊的目光中，老乔站起来，"老大，我已经写三个了……"

"不够深刻！再写一个！"

杨局给老乔一个自求多福的眼神，抱着茶杯逃离现场，乔巍被第四个检查唬得心慌气短，又坐下了，"……是。"

低头装不在的众人松了口气，到此为止，谭辉今天的火药差不多就用光了。

谭辉也坐回去，掏了根烟没点，叼在嘴里啄吧啄吧，算是缓过劲儿来了，在显示器后头闷声加了一句："我跟你一起写。这事儿归根究底，还是我统筹调配不到位。"

乔巍一听没崩住，笑了，"你不也已经写了仨吗？"

谭辉叼着烟，嘴里含混不清地说道："老子跟你一起写第四个！"

谭辉和乔巍当初的第一份检查写完的确是上交了，但后续的几份是谭辉自己发飙轰出来的，写完了就在电脑里摊着，并没有拿出去给谁看。

说来说去，还是田永强死在自己家地盘上，自责、恼恨又后悔。但是那又能怎么样呢？人是没办法改变前一秒发生的事情的，只能拼了命地去弥补。

任非把最后一口饭扒进嘴里，借着刷饭盒的机会出去追上杨盛韬，"杨局。"

杨盛韬看了一眼他手里连个饭粒也没剩下的饭盒，"你不在屋里跟同事们共患难，跑出来追我干什么？"

任非看看杨局的脸色，迅速在拐弯抹角和开门见山中选择了后者，"梁炎东那个减刑的事儿，这回上面给批了吗？"

"哪那么快。"杨盛韬想了一下，"估计八九不离十了。"

任非松了口气，"那就好。"

"好什么好？梁炎东跟你是亲戚？他减不减刑，你这七天里有五天把他挂嘴边上念叨。"

"我这不是欠他一回吗。"

杨局从鼻子里哼哼一声，瞪他一眼，"嗯，我看你是挺'欠'的。"

任非摸摸鼻子，目送着杨局捧着他的小茶杯，优哉游哉地上楼了。

没日没夜连轴转了这些天的刑警们再加班就要崩溃了，监狱的事情结案之后，在谭辉不接受任何反驳的监督下，整个刑侦队难得的作息规律。一到点，办公室里的人一哄而散，该接孩子的接孩子，该搞对象的搞对象，该孝敬父母的也回家尽孝去了，剩下任非一个既没孩子也没对象，既没老妈也不想孝敬老爸的，在办公室里不慌不忙地收拾东西换衣服。之前忙惯了，突然放松下来，有点不太适应，下了班也不知道干什么。

他换好了衣服脚蹬在桌子边上，想先叫个外卖，琢磨着这时候点餐回去正好能吃上，拿起手机，却又无所事事地翻起了朋友圈。

他微信里的好友不多，大部分都是十天里有八天能见着的同事和有事叫捧场没事不联系的同学，剩下一小撮是基本不联系的亲戚。最近频繁联系的只有两个，一个是比任局还关心他终身大事的发小，另一个是这两个月越走越近的杨璐。不过曹万年被捕后，他跟曹晴的联系也相对多些。

监狱那边后来的事任非不知道，只是有次跟关洋吃饭，偶尔听他说了两句，说他们人事大调动，原来管着三班、四班的王管被调去别的监区了，他现在带着一班、二班、二班。不止他们这些小管教，就连监狱长也换了人，连着几个监区的监区长也换了，说现在十五监区的监区长任非也认识，就是当时被他们当成疑犯审了半天的穆雪刚。任非当时喝了点酒，咂咂嘴，支着脑袋吊儿郎当地说那穆副还得谢谢他们，要不是最后查了他祖宗十八辈证明了他没有问题，万一留下个污点，这肯定就升不上去了——就像他们队长，也不知道招谁惹谁了。

和关洋见面后不久，梁炎东的减刑申请也批下来了，从无期减到有期15年，杨盛韬跟任非说这个的时候，他松了口气，当初他对梁炎东的承诺虽然最后不是他办到的，但也总算是殊途同归。可高兴过后又觉得空落落，因为无期减到15年之后就不能再减了，也就是说，无论再怎么折腾，梁炎东都必须要在监狱蹲满15年才能出来。

半个月前，曹万年的判决书下来了，果然是死缓。母亲没了，父亲被判成这样，家里没有其他亲戚长辈的曹晴一下子成了没人管的孩子。法庭上看着她爸被人带走一声不吭，回去路上默默掉眼泪的小姑娘倔强地拒绝一切形式的收养帮扶结对子，撑起孤勇的骄傲，一个人撤了家里的灵堂，拉开了窗帘，打开全部的门窗，让光洒进来，让风吹进来，照亮屋子的每一个角落，吹散空气里阴郁的气味儿。

她撤灵堂的那天，任非带着全队的心意过去了。一早猜到小丫头不要，张口就说："这是我们队里借你的，等你有钱了不但要还，我们还得收个利息。"

任非作为一个资深问题儿童，对付起这类小破孩比他查案子得心应手多了。曹晴虽然那天在审讯室里朝他摔易拉罐，但到底念着他的好，对他比对队里其他人多了几分耐性和礼貌，加上这段时间偶尔照面，任非让她左右没辙却又烦不起来，久而久之，她奈何不得的任非反而成了她最能接受的人。

曹晴不是个矫情的丫头，当下什么也没说收了钱，然后加了任非微信，并当着任非的面堂而皇之地把备注改成了"大魔头"。从那以后，她家下水道堵了电路坏了等一系列她搞不定的事情，她都在微信里叫小任警官来帮忙。

微信好友人少，朋友圈刷新率也就不高，任非随便扒拉了两下，就看见曹晴上午发的一条不知道从哪儿转来的"给我一根鸡毛我就敢与天地斗乾坤"的鸡汤，下面还配了一张她自己学校的正面照——这是经过了心理上的挣扎和调整，终于鼓起勇气去上学了。任非深感欣慰，因此在她下面评论：加油啊少年，你是最胖的！

他回完越发地觉得心情好，再往下翻翻，就看见早上杨璐发的一条朋友圈，没有文字，就是分享了一张图，一看就是她拍的自己店里的花，图片上配着5个字：远方和心房。任非看着照片琢磨着这几个字，品来品去，也没明白这是什么意思。

他先是给图片点了个赞，准备留言，可左思右想都没想到跟女神的"远方和心房"相匹配的字眼，于是偃旗息鼓，拿起车钥匙站起来，也不叫外卖了，这个时间，他刚好可以去帮女神关个店，顺便再约个饭。

任警官计划得好，到花店的时候，杨璐正好在里面关了灯，准备出来拉卷帘门。她看见任非也没有意外，反而意料之中似的笑了一下，目光温温润润的，"你来啦。"

任非诧异，"你知道我会来？"

杨璐当真是水做的血肉，竹化的风骨，无论什么时候见，她永远都是那副柔软又清雅的样子。她笑着看任非帮她锁上门，"猜的。按之前的规律，一般当天微信上要是没联系的话，你晚上多半要上我这儿来报到。"

任非语塞，回想了一下，发现好像还真是这么回事儿，一边锁门一边打趣她："心这么细，赶明儿改行跟我混吧。"

"不要，"杨璐扬起的眉眼弧度很好看，跟任非认识的时间长了，彼此已经非常熟悉，她也难得地开了个玩笑，"工资太低。"

任非被硌了一下，"比你开花店……"

"我这店赚的肯定比你工资多。"杨璐也不问去哪儿，很自然地跟着他往停车的地方走——早前被贴条之后，任非再来都会把车停在距离这里四五分钟的一家超市停车场里，"不信我可以给你看账本。"

小任警官觉得自己受到了暴击。

杨璐很喜欢看任非这种有点小窘迫急红了脸的样子，看上去就像个青涩的大男孩，但其实以她这么长时间对任非的了解，她知道任非曾经历过很多这个年纪的人没有经历过的、极其痛苦的事，那些经历不可能不对他造成影响，因此杨璐更加觉得，能像任非这样，任性却干净地活着，是件很难得的事情。就像任非不会让杨璐知道，他最初被她吸引，是因为她身上有某种跟他母亲相似的特质一样，杨璐也不会告诉任非，他的身上有她曾经追求的美好，那美好因为从前求不得，现在重新看见，才飞蛾扑火般地想靠近。

可是不管为什么，感情原本就是件互看顺眼后各取所需的事情，既然相互吸引，那么就没有谁对不起谁的说法。

舌头暂时打结的任警官闷头只顾往停车的地方走，他人高腿长两步迈出去能顶杨璐三四步，很快杨璐有点跟不上了。好在任非虽然窘得不行，但始终在杨璐身上分了注意力，听见身后的脚步声远了，立刻停步回头找人，杨璐就在距离他四五米的马路边上，笑着对他摆摆手，"没事，我追得上你。"

任非看着喘得脸都红了的女人，挑挑眉，突然计从心起，顺坡下驴道："反正杨老板钱袋子赚得满满的，底气也打得满满的，不如今天干脆带我这劳苦大众中的一员去好地方开个荤，作为回报，在下今天专心侍奉鞍前马后，也不离开您周围超过三步远，杨老板意下如何啊？"

他很少跟他女神贫，好容易今天找着了突破点，逗得杨璐站在路边乐了半天。

乐的时候，也忘了这是在大马路上，眼看着身后一辆黑色轿车为了抢信号，轰着油门就冲了过来，可能速度太快失了准头导致驾驶员方向盘打偏了，紧接着那车就跟个猛兽似的，张开血盆大口奔着杨璐就过去了！

任非连"小心"都没来得及喊，下意识地用最快的速度，两腿跨出能够参加110米栏的步伐，在千钧一发之际一把拉住杨璐，猛地往自己怀里一带！杨璐一头撞上他胸口，黑车从他们身边擦过，在路面画了个"S"后，才堪堪地稳住，咆哮着跑远了。

任非惊魂未定地盯着杨璐，"你没事吧？看什么呢？"他晃了晃怀里的女人，生死一瞬的时候也没顾上女神扎进他怀里这历史性的时刻，只是觉得杨璐始终盯着那车开远的方向，"怎么了？那车你认识？"

"不认识，我就是觉得……那车这么开，迟早是要出大事的。"杨璐收回目光，摇摇头。而他的目光追上已经跑出去老远的那辆车，眯紧眼睛皱着眉，好不容易才勉强看清那车尾号第二位好像是个"0"，最后一位如果不是"B"，那么，最后两位的号码就是"1"和"3"。

任非有时候会琢磨，是不是自己上辈子对不起过很多人，所以这辈子感情注定命途多舛，无论是亲情还是恋情，都走得磕磕绊绊。

他妈没了，他跟爸不亲，活了二十几年从没谈过恋爱，好不容易有了个让他牵肠挂肚的女神，十次见面里得有八次横生出乱七八糟的枝节来。

买花被贴条，约饭出命案，送人回家偶尔听个广播都能听见案件线索，刚才差点出场车祸，这会儿在途经公园的路上又碰见一伙打架斗殴的小混蛋。

如果这是一群陌生的小崽子，任非绝不会耽误约会时间管这个闲事，但偏巧被这群小混蛋围在中间的那丫头他认识，正是这些日子来跟他频繁联系的曹晴。

任非满心恼火地踩了刹车，副驾上的杨璐心领神会，"那人你认识？"

任非点点头，打开车门下去了，"我过去看看。"

他说着要走，又想起什么，从口袋里把自己的警察证拿出来递给杨璐，嘱咐："如果再有人要贴条，你就说在执行公务。"

以权谋私的任警官说完迈开大长腿就往公园的那条巷子里跑。杨璐拿着他的警察证愣了愣，警察证照片上的任非一身警服，脸上绷出了非常正气凛然的气场，配上他那五官，拿出去能当治安宣传照。

任非哪次来找她都是便服，在这张照片之前，她还没见过任非穿警服的样子，跟他平时固执骄傲、青春朝气的感觉不太一样。杨璐犹豫了一下，拿出手机，对着手里的警察证拍了张照。

任非奔着少年们的斗殴现场过去的时候，脑补了一大段狗血的校园霸凌戏码，其中心思想是：同学们知道了曹晴家里发生的事情，于是饱含优越感地找碴欺负她。

然而当他走近了，却发现现在熊孩子们的剧本远比他想的要精彩多了。曹晴被堵还真就不是因为同学们知道她家里的事情欺负她，她被堵是因为……拒绝再向校霸们交每个月一次的"保护费"。

"你家出事儿也不是你不交钱的理由！"任非站在距离他们不远的小路尽头，听见为首的学生说，"你也知道规矩——或者交钱或者挨打，你不会是想每个月都被我们几个打一次吧？"

围着曹晴的有五个人，三男两女，一个个生怕别人不知道自己是不良少年似的，一身的鸡零狗碎。曹晴站在他们中间，强撑着孤勇，可伪装的功夫不太到家，眼神还是露了怯。

"你们知道我家里出了事，就更应该知道我不可能再有钱给你们。"曹晴拳头攥得死紧，"可是我也不会站在这里给你们白打的！反正我就是孤家寡人一个了，大不了咱们一起鱼死网破——你们有种就打死我，否则的话，你们敢碰我，过后我一定报警！"

听墙角听到这里，任非在心里给曹晴的表现打了满分。他觉得，就是应该这样，奋起反抗校园霸凌，不能助长学校里的这些歪风邪气。

校霸们后面是什么反应任非已经没兴趣知道了，在一帮熊孩子准备动手之前，任非走上去朝曹晴勾勾手，"曹晴，过来。"

曹晴听见声音猛地回头，看任非的眼神有如看天降神兵，她二话不说转身就要越过包围，却被为首的小混球挡住了去路。

"哪儿去啊？"男生一用劲儿把曹晴推回去，看曹晴一个趔趄，咬牙怒瞪着自己，男生又往前晃荡了两步，"话没说完呢，你走什么啊？"

"你有什么没说完的，可以直接跟我说。"任非晃荡着比男生还不羁的步子走过去，二话没说，单手扣住男生肩头向旁边一扭把他扒拉开，走进校霸们的包围圈，随手搂住曹晴紧绷的肩膀，挑着一边的嘴角，对几个他光看外表就知道不耐打的小混蛋勾了个十分不屑的笑容。

为首的男生被他看似不经意的一个动作推得原地转了个圈，旁边的女生扶了他一把，他猛地甩开女生的手，摆出一副自以为非常凶狠的嘴脸，"你谁啊？管什么闲事！"

任警官平日见惯了穷凶极恶的杀人凶手，今天遇上这样自以为歹毒，实际一戳就尿的小痞子十分新鲜，连原本想要用警察的身份直截了当吓走他们的念头都打消了。任非搂着曹晴，懒洋洋地挑起眉毛，从眼睛缝儿里看男生，"我谁？我她哥。"

曹晴莫名其妙地看他一眼。男生怒道："曹晴哪来的哥！"

"刚认的。"任非说，"你们这些小混混们不都好认个干哥干姐干妹妹的吗？打架的时候吆五喝六姐姐妹妹一起来。曹晴有个干哥哥有什么奇怪？"

围着曹晴的几个人相互看了一眼，为首的混混又问："你要替曹晴出头？"

"这不明摆着么，"任非噘着嘴吹了下额前的刘海，抬手解开袖扣挽起袖子，攥起拳头活动手指，小臂肌肉绷出硬朗的线条来，"我不跟菜鸟动手，不过今天曹晴得跟我走，你们要是哪个皮痒了，我也委屈委屈，就当替你们老师教育学生吧。"

他勉为其难的语气深深刺激了校霸们好勇斗狠的自尊心，只听男生"嗷"的一嗓子，带着他的人一起朝任非扑了过来。

任非就算不上警校，大学之前他打架也没在谁手里吃过亏。他一手护着曹晴，在几个熊孩子扑过来的时候另一只手一把抓住领头冲过来的那男生，借着惯性猛地一扔——男生直接压倒了对面两个队友，三人摔作一团，剩下两个打扮得花里胡哨的小女生脚步一顿，惊在了原地。

躺倒一片中，重新回味了一次年少气盛的任警官带着曹晴头也不回地走了，"没有打架的本事，就都学点好。下次再让我知道你们胡作非为，就把你们都送进少管所去。"

二人世界是没戏了，任非带着大号电灯泡跟杨璐一起吃了个饭，他挺不好意思的，杨璐倒是毫不介意。

曹晴一边吃一边给他们讲刚才的事儿，末了抹了抹嘴，放下筷子，"反正差不多就是这样了。我们学校本来就挺乱的，高年级向低年级的要保护费，一个月40块钱——以前我妈在，她太敏感了，我怕惹出什么事儿来让她心理负担加重，所以他们每次来要，我都直接交钱走人。但是现在我妈不在了，我爸脑袋上也悬着一颗子弹，我觉得我没什么好顾忌的了，所以就不打算继续给了。"

言之有理，但不知为什么，任非和杨璐都从曹晴对待这事儿的态度里感受到了那种孤注一掷的悲哀。

任非说："虽然不向恶势力低头是对的，但你这个想法是不对的。"

曹晴把手里的纸巾拧成一根细长的"纸棍"，闷声闷气地反问："我说这些都是事实，哪儿不对了？"

任非皱着眉，要说话，却被杨璐抢了先，"其实也没有不对，只是可以有很多种选择。"一顿饭，杨璐一直听得多说得少，曹晴虽然不知道她是干什么的，但看任非对她的态度，就对这个看上去柔情似水的女人充满了好奇。

"我们是觉得，"她说，"就算孤勇，也要给自己留条退路。"

女神张嘴就是金句，曹晴微微张着嘴，似懂非懂地咂摸着杨璐的话，一时没反应过来。任非沉浸在杨璐把他和自己归类到"我们"的喜悦里，加上她劝说的对象是个未成年人，这让他莫名地有了种夫妻一起教育孩子的错觉，这种错觉让任非心里泛起非常微妙的甜蜜，但是还没来得及细品，转瞬间就被突然震动的电话打断了。

电话是关洋打来的。他接起来，打断了寒暄，直奔主题："找我干什么？"

关洋跟他大学四年的同学，知道任非的毛病和习惯，听他这么说就知道他是手头有事儿，因此也没含糊，直接就回道："明天是一大队的家属会见日。梁教授托我问问你，能不能去见他一面。"

梁炎东怎么突然想起来要找自己？任非的第一个反应是监狱里又出了事。他没有二话一口答应，第二天上午跟队里请了半天假，按照关洋跟他说的时间，一早就到了监狱。

之前他见梁炎东都是关洋给他想辙，这还是头一次这么按部就班地走正常程序，跟许多犯人家属等在一起见犯人。他想，也许对梁炎东来说，相比他能接触到的其他人，至少自己是可以信任的。要不然就算监狱里出事，他为什么不找别人，为什么不上报监狱上级，偏偏要找自己呢？

时间到了，任非跟着家属们进了会见楼，梁炎东还是坐在以前的那个位置上，十指交叉地放在桌上，远远地看见他上楼——哪怕是梁炎东自己要求见面的，这男人脸上却还是面沉如水，半点情绪也不露，只在他走近时对他点了点头。

任非在他对面坐下。从外表看上去，从无期减到15年，对梁炎东而言似乎没有任何实质性的改变，他面前桌上还是摆着纸和笔，在不知道他所谓的"失语症"是装出来的任非眼里，这人还是那个因为入狱而受刺激变成哑巴的梁教授。

任非犹豫了一下，觉得交流靠写的梁炎东不会愿意跟他用笔在纸上寒暄，所以短暂的沉默后还是直接问道："您找我来是为了……"

抛开别的不谈，对入狱之后始终不跟任何人有交集的梁炎东而言，纵观这3年，眼前这个刑警确实是跟他接触最多的狱外人员。其实任非琢磨得也没错，擅长扒皮挖骨直窥人心的梁教授很大程度上，是能够信任任非的。信任之外，任非对他有潜意识的个人崇拜，还始终对他当年强奸杀人的案子持否定态度。如此种种，一起构成了今天他主动找任非的原因。

梁炎东拿过笔，也没犹豫，刷刷刷地写了一行字，然后推给任非，任非低头一看，颇感意外。

纸条上写着：

能否帮我在狱外寻一个人？

任非抬起头："您要找谁？"

梁炎东接着写道：

季思琪，女，25岁，传媒大学新闻学本科毕业，已婚，夫妻不睦，有可能已离异。母亲季凯琳，多年前已病故，父亲萧绍华，半年前死于心梗。

梁炎东罗列的信息极全。任非拿过来从头到尾仔细读了一遍，先是奇怪为什么待在监狱的梁炎东能这么肯定一个狱外人员半年前的死因，末了又觉得季思琪这个名字很耳熟。

任非把那个名字在嘴里咂摸了半天，片刻后他抬眼看了梁炎东一眼——他认识的人里，还真就有个姑娘叫季思琪。

就是当初那个要跳河，看见了碎尸又报案，被他们当嫌疑人查，排除嫌疑后转头就把案子当头条报出去，闹得他们焦头烂额的那个晨报见习记者。之前还跟踪过任非，又给警方提供了电台的来电线索，使他们找到了入殓师，进而得到钱禄生前曾有严重吸毒史结论的那个季思琪。

是重名么？还是真就这么巧，她就是梁炎东要找的那个"季思琪"？

任非努力回忆跟这个名字有关的全部信息，但是早前对这姑娘展开的调查不是他经手的，梁炎东上面罗列的很多信息他无法确认，只记得当初她被他们带回局里，是她老公来接的她。

那么他认识的季思琪也是已婚，并且既然是记者，很可能也是新闻学毕业。除此之外，剩下的就不得而知了。

不过虽然线索有限，但向来有敏锐第六感的任非认为，他认识的季思琪，十有八九跟梁炎东要找的是同一个人。

但是任非没说，他留了个心眼，三分意外七分怀疑地皱着眉毛打量着梁炎东，问："这人是谁？你为什么要找她？你在监狱好几年，为什么会知道有关她这么详细的信息？"

一连三个问题问出去，任非在梁炎东面前终于不再紧张局促，看上去像一个正儿八经的警察了。梁炎东的四根手指来来回回地轻轻敲着桌面，就在任非以为他不会回答自己的时候，他却又拿过纸笔，简短地写了一句：

她是我导师的女儿。前不久我听说导师心梗过世了，想找到她详细问问。

萧绍华过世的消息，梁炎东就是从任非他们老局长嘴里知道的，但是他没说。他不想让更多的人知道他和杨盛韬之间的关系，虽然不得不找任非帮这个忙，却不想任非过多地涉足跟他有关的事情里。

任非问他："你怀疑你导师的死有蹊跷？"

梁炎东短促笑了一下，没回答。

既然当初杨盛韬对他亲口确认萧绍华的死因，那么他对这件事就没有疑问。但他入狱前曾把能为自己翻案的关键证据交给老师保管，老师突然辞世，那么证据现在何处，这才是梁炎东要找季思琪的真正原因。

萧绍华过世，没有人在监狱外面给他坐镇帮衬了，监狱内部又因为连环杀人案大洗牌，之前他不惜背着杀人罪名入狱要查的那些东西，随着线索被一个个揭露、罪行被一件件曝光而即将浮出水面，最好的时机虽然还没到来，但情势所迫，他已经不能继续蹲在这里坐以待毙了。

他得脱罪，他得出去，而让他走出监狱的至关重要的线索，目前只能先从季思琪身上碰碰运气。但这些都不能跟任非说。

找别人办事儿还欲言又止，根本一点求人的态度和自觉都没有。任少爷有点不太高兴，他推开梁炎东写字的那张纸，环抱着双臂靠在了椅子上，拉开的距离充斥着隐约的距离感，"理由、目的，梁教授您通通都瞒着，什么都不跟我说……那么凭什么让我帮忙呢？"

任非的本意是逼一逼对面那个人，好让他把压在肚子里的话倒出来，可是任少万万没想到，梁炎东再次写了字推过来的时候，上面竟然写着：

我没有能说服你帮忙的筹码。

硬生生被噎了一口，任非拧着眉毛笑了，"您这是跟我空手套白狼呢——您哪来的自信我一定会帮忙？"

"要不您跟我说明白前因后果，要不……"任非放开手，在写字的纸上点了点，他面对梁炎东一直是崇拜又尊重的态度，还没有哪次像此刻一样坚决强硬，"这纸条我帮您处理掉，今天这事儿我们都当没发生过。"

梁炎东敲桌子的手停下来，眼神毫不回避地跟任非的目光撞在一起，瞳仁幽黑深沉看不见底。

任非跟他对视片刻，觉得再这么看下去，自己很可能就要败阵了。所以他移开目光，推开椅子，站了起来。

"既然如此……很抱歉梁教授，"任非把桌上那张纸拿起来，瞟了一眼监控的方向，侧了下身子，把纸折成小方块，不露痕迹地就近塞进了袖口，"我帮不了你。"

任非塞好纸条转身就走，一点犹豫都没有。但是转过身的任非根本不知道，在那一刻，身后喜怒哀乐都让人看不出来的男人，那

328

张染着风霜和沧桑的脸上，逐渐透出难以掩饰的犹豫、挣扎。

任非无声地叹了口气，多多少少对今天的事情感到遗憾。但是还没等他走到楼梯口，身后突然传来哐啷的一声响——梁炎东一巴掌狠狠拍在了桌子上，在犯人与家属都小声低语的会见室里如同平地炸雷，任非跟着所有人一起猝然转头，只见梁炎东神色冷然地从椅子上站了起来。

即使改变了主意，梁炎东也不可能在这儿贸贸然朝着任非追上去，他又不能说话，情急之下只能用这种方式叫住了任非。

听见动静的狱警眼看就要过来，任非来不及多想，几步又窜了回去，朝正往这边走的狱警双手合十，作了个非常狗腿的揖。

狱警站住脚步，往他们这边盯了好一会儿，又狠狠地瞪了他们一眼，退回了原来的位置。

梁炎东和任非同时松了口气，彼此对视着，像是又一场无言的较量。半晌后，梁炎东摇摇头，拿起笔快速写了两个字，递给任非。

他本来就屏着呼吸等结论，一眼看过那张纸如遭雷击，差点没把手上的电话摔地上！

那张纸上只有两个字：

脱罪。

他惊魂未定地抬起头，极力掩饰着茫然和震惊，心里却夹杂着一点不知因何而起的兴奋和释然。不过老油条和小菜鸟之间最大的差距之一，大概就是面对突发事件时，处理问题的反应和速度，梁炎东抢在任非发问前，不动声色地把纸条拿回来，又写了几个字：

拜托。保密。

第 17 章

围 城

要说梁炎东也真是找对了人，因为这个至关重要的姑娘，他可能认识，而且瞒着队里给服刑人员偷偷干私活的事，也就任非这种惯常胆子大性子野，犟劲儿上来敢把天捅漏的人干得出来。

下午去上班的时候，他们谭老大跟着杨局一起去市里开会了，任非坐在自己的位置上仔细回忆了一下，想起来当时查晨报记者季思琪的人正好是石昊文，石昊文是队里跟他关系最好的人，因此他直接找了石昊文，跟他要当初调查这姑娘的留档。

任非把梁炎东写字的纸翻出来打开，跟电脑上的信息一对比，他们查过的季思琪跟梁炎东要找的季思琪，还真就是同一个人。基本信息差不多都对得上，只有一点，被梁炎东猜测离婚的姑娘现在还存续着夫妻关系，并且从当初石昊文所了解到的情况来看，季思琪和丈夫的感情很好，并没有像梁炎东说的那样夫妻不睦。

梁炎东身在监狱，得到的信息跟实际情况有差距是正常的。但是这个季思琪，她知不知道梁炎东要找她？那个能让重刑犯翻盘的至关重要的线索或者证据既然在她那里，那么从她在富阳桥下闹自杀，到不顾警告把连环碎尸案见报，再到后来驱车跟踪自己，这一系列的事情，真是误打误撞，还是她为了故意跟警方建立联系而有意为之？

任非一直不相信梁炎东奸杀幼女的事，他从没把那人当成杀人犯看待，而现在，梁炎东那么肯定地说他要脱罪……装睡的人终于睁开了眼睛，可是任非却又犯了嘀咕——如果梁炎东有能够翻盘的关键性证据，为什么当初出事的时候不拿出来，而甘愿受这3年多的牢狱之灾？

任非揉揉眉心，把季思琪的电话记下来，打算出去给她打个电话。没承想，她的手机竟然关机。

事情进行到这里，任非隐约有种不安。突然从路人变成证人的季思琪，就好像是迷雾中藏着的蛛丝，任非直觉只要抓住她，或许能揪出很多被掩藏至深的东西——可能是线索，可能是罪行，也可能是什么别的东西。但无论哪种，这姑娘背后牵扯出来的故事，恐怕都不像梁炎东说的那么简单。

因为突然意识到事关重要，现在联系不上对方，这就让任警官犯了职业病。他挂了电话，跟老乔打招呼说有事要出去一趟，然后直接开车去了季思琪的单位——东林报社的办公楼。

他拿着警察证一路畅行无阻，被领进晨报的办公室，一问才知道，季思琪三天前请了病假，到现在也没来上班。据任非调查得知，她平时为人内向孤僻，跟同事感情寡淡，同事中都没有人知道她老公或者家里的电话。

单位请假，手机关机，家属联系不上，三天来同事没人见过她——这简直可以去报失踪了。

"大爷的……"任非气急败坏地骂了一句，从报社出来，按之前资料中查到的地址，找到了季思琪家——那是季思琪的婚房，产权归她和老公共同所有。

　　任非按门铃没人理，拿着警察证把门敲出了要凿碎门板的气势，屋里也没有一点动静。倒是隔壁的邻居不堪其扰，打开门皱眉，一脸看精神病似的看着任非说："没在家吧？门口那袋垃圾都放了三天了，也没人扔呢。"

　　任非皱眉道："她老公呢？俩人都没在家？"

　　"你这么敲门也没人搭理那肯定是没在家啊！"邻居挺不耐烦地怼了他一句，想了想又说，"她老公倒班，有时候三两天才回趟家。不过现在是个什么情况不知道，我看他们家车一直在楼下呢，这几天都没动过。"

　　任非绷不住了。他道了谢转身下楼，出单元门的时候给他们正在开会的老大拨了通电话。

　　听筒里彩铃响了挺长时间，谭辉从会议室出来才按了接听，手机刚放在耳朵边就直接问："出什么事了？"

　　他们队里这些个牛鬼蛇神，没事在微信群里聊天打屁相互挖苦是常事，但是绝对不会没事闲得给哪个队友打电话吹牛侃大山。电话一响，只要是他们大队的号码，准是有公事要说，这是大家都有的默契。

　　任非坐在车里，从楼下仰着头看着季思琪家紧闭的窗户，深吸口气，说了个很详细的地址，"老大，我申请权限调查这周围的监控，我怀疑经常给我们下绊子的那个晨报小记者季思琪……失踪了。"

东林郊外，泗水度假区别墅群，某栋联排别墅地下室。

　　晦暗的室内泛着终日不见阳光的潮气，头顶的小灯泡发出昏黄的、摇摇欲坠的光，灯泡下方，坚硬冰冷的水泥地上放着一把钢管椅，季思琪僵直地坐在上面，惶惶不安的目光直直地盯着面前的一个小显示屏，瞪大的眼睛里闪着恐惧。

　　她手脚都是自由的，但是她一动也不敢动。身后狭窄的单人床上，男人就坐在上面，目光犹如毒蛇，把她盯得死死的，仿佛她只要挪动一点，下一秒那条毒蛇就会对她亮出毒牙。

　　显示屏里传回来的是他们家门外监控的画面。因为距离太远，画面有延迟，季思琪自己也知道，当她在显示屏里看见任非砸门的时候，这个警察很可能已经无功而返了。

　　如果他再仔细一点，或者只是一个不经意的抬头，也许他就能看见，那被安装在走廊声控灯里面的、隐藏着的监视器。那样他会意识到问题的严重性，也许就会顺藤摸瓜地找来，把她从这个恶魔手里救出去。

　　可是他没有。他走了，而她还是这样无能为力到绝望。

　　女人崩溃的、压抑的哭声从咬紧的唇间绝望地溢出来，她身后的男人站起来，走近她，微凉的手臂轻轻缠绕上女人纤细的脖颈，那动作轻柔得如同情人间耳鬓厮磨，却吓得季思琪一下子止住了哭声，只是瞪着眼睛，连头都不敢回，木偶一样。

　　"亲爱的，我是你丈夫啊……为什么你就不能坦诚一点呢？"男人咬着她的耳垂，从后面把她牢牢抱了个满怀，那声音压得很低，带着沙哑，女人身体控制不住地颤抖起来，"如果你没有我们要的东西，为什么警察会突然找到家里去呢？难不成，真是你报他们负面报多了，你突然不上班，没人给他们炒新闻了，所以甚是想念吗？"

"我不知道……"季思琪的声音打着战，眼泪簌簌地落下来，在极度的恐惧中却不敢发出一点呜咽的声音，生怕刺激到身后的男人，"我真的不知道……我不知道你说的是什么，我爸从来没有给过我你要的东西，我真的不知道——秦文你相信我，你别这样，我真的没有你要找的东西……我……"

"嘘——嘘嘘，"男人打断女人毫无意义的话，放开她，站起来。他看着监控画面，那个警察脚步飞快地下了楼，走廊又恢复了安静。他的语气听上去有点惆怅遗憾，"我要找的东西，警察现在也在找，我们都知道东西在你这里，可是你却说不知道。不知道也行，那东西只要我们双方都拿不到，这局棋监狱里那位就没机会翻盘。可是怎么样才能把对方有可能拿到东西的风险降为零呢？你知道吗？"

季思琪不受控制地发抖。秦文话里话外的意思很明显——如果她不把东西给秦文，为了也不给警方留下机会，那么在他们眼里唯一知道东西在哪儿的自己，就会死。

可是让季思琪绝望的是，她真的不知道。

她爸突然过世，没有给她交代过只言片语，后来她被秦文胁迫，以变卖东西为名，把她爸家里翻了个底朝天，跟她爸萧绍华生前有关的任何东西都不在她这儿了。可是显然秦文并没有在她爸的东西里找到想要的。

她在丈夫的监控下想尽办法接近警察，其实只是为了要揭露丈夫对她的暴行，摆脱控制重获自由，她并不是试图给警方提供什么证据，找什么线索，她也不知道为什么任警官会真如秦文猜测的那样，突然跑到家里去。

她什么都不知道，却要为了这事丧命吗？

季思琪绝望得说不出话来，而秦文在她身前蹲下来。"你也要理解我，"他说，"到你身边来，假借跟你结婚的办法找到那东西，是上面给我的任务——完不成，我也要死。宝贝儿，我们夫妻一场，你乖一点，别闹得我们非要你死我活，行吗？"

季思琪知道，秦文说的"你死我活"就是字面意思。如果她在他耐心耗尽之前还给不出他要的答案，那么他就会用她的死，来换他的活。

世上怎么会有这么冷漠残忍的人呢？为什么跟自己同床共枕，相互许诺共度一生的丈夫却这样肆无忌惮，张口闭口要杀了自己呢？

季思琪闭上眼睛，把那曾与自己最亲密的人隔绝出自己的世界，她声音很轻，哀莫大于心死似的说："你知道的，我胆子那么小，别说死，就算是疼，也够我哭上一阵的。我不敢想象死亡，可是我真的不知道。就算你杀了我，我也没办法给你答案。"

秦文深深地看着她，长长地、重重地呼了口气，从她身前站了起来。

监控一查就查了两天，得到的结果却不尽如人意——季姑娘是跟着老公一起走的，离开的时候，两个人貌似亲密，有说有笑。

因为本来就只是怀疑，没有确凿证据，任非守着约定，对梁炎东的事情只字未提，却把女神扯下了水，说季思琪这几个月常去杨璐花店买花，两个人一来二去发展成了好朋友，这几天杨璐突然联系不到她，跟他一说，他这才觉得事情有点不对劲。

跟谭辉挂了电话后任非又给杨璐打了个电话报备，女神一句也没多问就答应下来，寻找失踪人口，报案人那里就填了杨璐的名字。

　　查了监控，得到结论的任非还是觉得不对，一路又追着夫妻俩打车的车牌挖过去，最后查到了当时的出租车把他俩放在了泗水度假区。

　　当时正好李晓野路过，往他电脑上瞄了一眼，随口就吐槽："夫妻两人去度个假，瞧给你急的，跟要在犯罪现场抢救人证物证似的。"

　　任非腾地一下站起来，二话不说，抓起手机就往外走。

　　俩见面就掐的大斗鸡，任非在跟李晓野的唇枪舌剑中就没有过一声不吭的历史，这闷声不响掉头就走的态度简直可以载入了昌榕分局刑侦队的史册，李晓野惊奇地看着他旋风一般冲出门外，某根敏感的神经突然没来由地拉紧，下意识地追了上去，出了门，任非早已经不见人影了。

　　泗水度假区这边的地产多数都是卖出去被商户改成了各种类型各种档次的民宿，任非来的时候就已经打定了主意准备先碰碰运气，停了车就直奔度假区的民警值班室，说了身份和来意，把季思琪的信息一递，没想到出乎意料的顺利，竟然在一家别墅酒店的记录里翻到了季思琪和其老公秦文的入住信息。

　　这一切都太顺利了，就好像踩在游戏的预设路线去找NPC一样，任非被酒店前台领着去敲季思琪他们租住别墅的门，本来心里就在犯嘀咕的任非在大门打开看见季姑娘的一瞬间，猛地怔住了。

　　季思琪穿着小吊带睡衣，披头散发，满脸透着疲态，慵懒地站在门口，看见任非，揉着眼睛莫名其妙，"任警官？您这是……"

任非在她身上来来回回看了一圈——暴露在性感小吊带外面的皮肤上不见任何伤痕，倒是脖子锁骨有几处明显的吻痕，赤裸裸地辣着了任警官的眼睛。

移开目光，任非尴尬地咳嗽了一声，"我本来有点事想问你，你们单位说你休了病假。"

"所以您就找到这里来了？任警官跟人的本事可比我厉害多了。"季思琪有点狡黠地笑起来，那态度跟她平时畏畏缩缩的状态不太一样，似乎隐约带了点攻击性，"我前几天身体不太舒服，我老公让我休病假出来散散心。那您想找我问什么呢？"

前台带他来找人的姑娘这时候打了个招呼离开，任非朝对方点了点头，转而问季思琪："你老公呢？你跟他一起来度假，他没在？"

"他……"季思琪眼睛向后斜了一眼，欲言又止的神色让任非心生警惕，但是下一秒，只被她拉开一半的门彻底打开了，秦文只穿了条宽松的大短裤，肚子上坠着点四体不勤的肥肉，架着黑边眼镜的脸倒是白白净净的，语气中带了点愤怒和一丝刻意的讨好，"任警官，您看真是不好意思，每次见面，似乎场面都有点尴尬。"

这一男一女此刻状态如同缠绵中被人从床上揪起一样，让任非犯起了尴尬，准备好的话卡在嗓子眼里，噎了半天也没吐出来。

"恕我直言，警官，"和老婆穿着堪堪蔽体的几个布片儿站在大敞四开的门前，外面就是小区的主马路，路上偶尔有人经过，随时有被围观的风险，这让秦文对任非的沉默非常不耐烦，

"您要是执行公务，我们是愿意积极配合的，您有什么想问的，我们肯定知不无言。但如果是其他的……"他伸手在自己和媳妇儿身上比画了一下，"您看，实在不太方便。"

"是啊，任警官，"季思琪抢在任非说话之前说道，"明天我就上班了，您想问什么，要不明天您去我单位？"

这话里藏着的意思就太明显了，任非立刻点头应道："既然如此，那我今天就不打扰了，明天还到你单位去找你。"他说着顿了一下，看向秦文征询他的意见，"秦先生，明天秦太太可以去上班吧？如果明天她身体状况还是不太好的话，那我就直接叫同事过来看看算了，我们队里的法医给活人看病虽然不对口，但看个头疼脑热，扎个针开个药还是没问题的，你太太也是我们的熟人了，我们队为人民服务，能帮就帮一把，也省得你们再去医院排大长队了。"

任非话说到这个份儿上，是什么意思秦文当然能听懂，他无辜地眨了下眼睛，"思琪如果觉得自己没事了，我当然不会拦她。警官您说笑了。"

话说到这里，任警官没什么继续留下的理由，夫妻俩目送他走上马路才关了门，上一秒还如胶似漆的小夫妻同时变了脸。秦文转身贴近季思琪，女人毫无退路地被抵在门板上，惨白着脸，瑟缩成了一只惊弓之鸟。

"你做得很好，宝贝儿。"秦文摸着季思琪的脸，镜片反射出幽冷阴险的光，"明天那个条子就会去找你……这主意是你想的，所以你一定知道接下来该怎么做，对吗？"

季思琪紧挨着门，如果她的力气能撞开门板的话，她会毫不犹豫地立刻逃出去，她不惜一切代价地想要逃离这个可怕男人的魔掌。

"说话！"季思琪的一时沉默激恼了秦文，他抚摸着女人侧脸的手突然铁钳一般紧紧捏住女人的下巴，狠狠地抬起来，迫使女人不断躲藏的目光与他对视，"你背着我几次三番偷偷跟警察接触的时候想没想过有这天？嗯？你接近他们，在河边发现尸袋打电话报案也好，把他们的案子曝光也好，跟踪那个姓任的条子让他发现你也好——你做这么多，不就是为了让他们注意到你，给自己找机会从我这儿脱身吗？……你也没想到吧，有一天你为了保命，亲手把这些你为自己藏的牌送到我手上，被我利用？聪明反被聪明误的滋味儿好吗？啊？"

季思琪疼得眼泪都下来了，她用力想要掰开那只手但却无济于事，她忍着骨头仿佛要被捏碎的疼痛，拼命从嗓子里挤出两个字："印……子。"

她的意思是，如果在她下颌这么明显的位置上留下伤痕，明天一定会被任非看见。

秦文掐着她没松手，"那个小条子已经怀疑我了，你看不出来吗？你以为我会把你放出去，让你向条子揭发我吗？别开玩笑了。"男人如同看傻子一样冷冷地瞪她一眼，然后松开手，从短裤的口袋里拿出手机，划拉了几下，把手机按在女人胸前，"自己看看吧。"

季思琪拿过手机，在看见手机图库画面的一瞬间，脸上满是仇恨和愤怒。

图库里是她外公的照片。照片背景都是她外公所住的疗养院，从昏暗的光线能判断正是夜里，照片中她外公在床上安然熟睡，一个护工半跪在床边，一手拿着把尖刀虚虚地抵在老人后脑，一手举在半空，画面一角能看见她半截胳膊。

可以肯定这张照片是护工自拍出来的。可怕的是，这个护工季思琪很熟悉，这是常年照顾她外公的那个姑娘。

她每次去看老人的时候都能看见她，那姑娘给她的印象始终是踏实又靠谱的，看起来是可以信任的。不承想，她竟然是秦文他们一早安插在她身边的另一层保险。

"你……你们！"季思琪把手机紧紧地握在手里，狠狠地盯着秦文，恨不得在他身上戳出无数个透心凉的血窟窿来，"你们到底是什么人？你们究竟想干什么？你出现在我身边，处心积虑地让我嫁给你——你们甚至用那么长的时间在我外公身边安排了你们的人！我手上究竟有什么东西，让你们可以付出这么长的时间和代价来获取？"

她狠狠地指着男人，理智的那根弦终于在不断的刺激和恐惧之中崩断了，她歇斯底里，如果不是房子隔音好，任非怕是都能被她喊回来。

然而秦文却无动于衷。男人冷漠地看着她发疯不做任何回应，他的眼神却很暧昧。他看着她，目光始终牢牢地黏在她身上，直到季思琪的发泄告一段落，终于找回理智。

"亲爱的，你弄错了。"他慢慢地说，"你以为我是为了利用你才娶你的？我是因为爱你而娶你的。但是我娶了你之后，却又开始非常恨你……你不会知道我娶了你之后都经历了什么——家人被控制，被迫杀人、吸毒，染上毒瘾……我原本干干净净的一个人，就因为娶了你，莫名其妙地被拽进了地狱！"

季思琪震惊地看着他，"你什么时候杀过人？你有毒瘾？我怎么不知道！"

"你——知——道——个——屁！"秦文终于慢慢激动起来，他一把抓过女人攥在手里指向他的手机，恶狠狠地砸了出去，把它摔得七零八落，"我们婚后你总说我变了——我是变了，你还记得我们恋爱时的样子么？我已经不记得了。"秦文在季思琪眼前笑得狰狞，"我们结婚后，一伙人找上我，他们绑了我的父母，让我听他们的话，从你或者你爸那里找一件东西——我开始不想背叛你的，但他们用我父母的命威胁我，逼我杀人，录下了整个过程，以此困住我……我不敢报警，我也不敢对别人说，我更不敢对你讲……后来我妥协了。"

秦文双目赤红，面孔狰狞，但说话的声音慢慢又变得很轻，一字一句，就像心理极度扭曲的人在讲述着不为人知的秘密一样，"最开始我问过你，知不知道那东西在哪儿，你说没见过不知道……时间长了，他们以为我在敷衍他们，为了进一步控制我，他们给我注射了毒品。"

"后来我就没人样儿了。"男人又神经质地笑起来，他一步步走上前，一把抓住来不及躲闪的女人的双肩，"我落到今天这个地步，都是因为我娶了你。"

事情进展到这个地步，已经完全刷新了季思琪的认知，她难以置信地疯狂摇头，被秦文抓住的肩膀僵硬得如同不是自己的一般，"我不知道……我不相信！怎么会这样？这不是真的！如果是真的你为什么不跟我说？！你为什么不告诉我？"

"我告诉你有什么用？"秦文用力扣着她，眼里盈满了仇恨，"我跟你说，你能告诉我，我要的东西在哪里吗？我跟你说，你能让我摆脱一切吗？"

"可是我不知道……"季思琪痛苦地闭上眼睛，无助的泪水沿着脸庞簌簌滑落，"我真的不知道你们要的什么光盘在哪里……我爸这辈子根本就没看过什么光盘，他连电视都很少看，我真不知道——"

"马上就会知道了。"秦文打断她，"这不是你自己出的主意吗？你说你不知道，我也没找到，既然警察听见风声来找，那么很可能告诉他们这个消息的人，也会透露给他们一些别人不知道的线索。你跟着这个线索，等他们找到这东西了，你再把它偷偷带过来给我……"男人扣在她肩头的手劲儿慢慢放松，带着汗渍、微凉的指尖缓缓地顺着她的锁骨攀上脖颈，在皮肤上暧昧而亲昵地流连，"看，宝贝儿，其实你也没比我高尚到哪里去……哪天乖乖让我杀了你，大家全都一了百了，不也挺好的？你非要为了保命，想出这么个主意来。"

"可是我们一路上同出同入，如果你在这里杀了我，警察也一定会找上你。"

"那没关系。"秦文说，"我给那些人办事办了这么久，手里掌握的他们的信息也不少，他们总不至于把我交出去，而只要我够听话，他们就不会杀一个已经完全屈从于他们的棋子。而且——就算我杀了你抛尸，最终警察找到这里又怎么样？这房子的地下室在那么短的时间内被改成现在这样，里面连接着能实时直播我们家楼道监控画面的设备，这别墅酒店里的老板和上上下下的员工——有人知道这些吗？他们想要瞒天过海，总是有办法的。"

秦文的抚摸让季思琪控制不住地战栗，男人说的那些人仿佛是来自她所不了解的另一个世界，她喘着气，努力从凌乱的呼吸中找回自己的声音，"'他们'究竟是谁？"

"谁知道呢。"秦文耸耸肩,没再说这个,反而看着她说,"你知道吗?其实我挺想让你死的。"

他猛一用力把季思琪紧紧搂进怀里,手指从她的后脖颈缓慢摩挲着她的脊背,他的话那么残酷,可声音语调却那么温柔,"明明你才是导致这一切的罪魁祸首。"

女人在他怀里抖如筛糠,而他却突然抽出手扯住她单薄的睡裙,"可我已经万劫不复了,你凭什么……"他猛一用力,单薄的布料不堪重负被嘶啦一声从背后扯破,在女人猝不及防的惊恐尖叫中,男人一把将破碎的布料扔开,粗暴如同野兽一般,狠狠地把不着寸缕的女人摔在地板上,"你凭什么——还能好好地活着?"

在女人尖叫的拒绝和男人泄愤一般的怒吼中,已经疯了的禽兽摁住女人试图挣扎的肩膀,狞笑着压了上去……

任非第二天果然在季思琪的单位找到了她。

姣好的妆容也遮不住她全身上下透出的疲惫,任非跟她坐在报社大楼对面的咖啡馆里,左看右看都觉得这不像是刚度假回来的人。

任非坐在对面琢磨着要怎么说服她跟自己到监狱去见一个重刑犯,犹豫片刻,试探着开了口:"季小姐,你的父亲……"

"萧绍华。"季思琪打断他,直截了当,"关于我的父亲母亲等家庭情况,之前您队里调查过的。任警官,我们能直接说重点吗?"

她这个态度跟以往那个畏首畏尾的样子差太多了,任非意外地挑挑眉,随即笑了起来,"你误会了,我只是想说,你父亲以前在法大教书的时候，带过一个学生，叫梁炎东，不知道你有没有印象？"

原本已经认定警察来找自己也是要问"东西"在哪儿的季思琪结结实实地愣了一下，半晌才有点尴尬地低头喝了口果汁，"他……我知道，但他跟我爸没什么联系了……我大学毕业那年，他强奸杀人后来被捕入狱了，这事当时闹得沸沸扬扬，我是学新闻的，写论文时还拿他的事例当过材料。"

任非哽了一下，不解道："他曾经是你父亲的得意门生，你竟然没从萧老那听说过他？"

"我跟我爸的感情不是太好。"季思琪回答，"我很小的时候我爸妈离婚了，我跟我妈过，后来我妈没了，我才被他接过来。"

"你爸妈感情不好？"

"挺好的，至少我爸很爱我妈，但那时候我外公得了脑血栓和心梗，外公家又离我们家太远，我妈那边没有其他兄弟姐妹，没人照顾，又没办法把已经生病的外公接到我们这边。那时候我太小了，我爸一直在做课题，我从出生起就是我妈一手带大的，我爸根本不知道该怎么照顾我——我妈不得不把我也一起带到外公那边去生活，所以后来他们就离婚了，我妈说这样的婚姻没有意义，她也不想耽误我爸。"

任非不太能理解因为异地就要离婚这件事，他就觉得既然相爱就不应该离婚，但是又不太好插嘴别人家的事。

季思琪好像能明白他的不解，摊了摊手，"你也觉得挺不可思议，是吧？其实我也不能理解。我妈过世后我爸把外公送去疗养院，把我接了回来——其实我妈明明也可以这么做，但是她却拒绝把外公送出去让别人照顾，导致后来她自己累出了毛病。我爸为了纪念我妈，把我的姓给改成了随我妈。再后来我基本都住校，大学毕业认识了秦文，很快就结了婚，所以跟我爸的交集一直都不多。"

"那3年前梁炎东出事入狱之后，萧老也没跟你说过他什么吗？毕竟是他曾经的得意门生。"

"得不得意我不知道，但是自己学生做了这么丢脸的事，正常人都不会再想把他当谈资吧？"

任非原本以为季思琪就算跟梁炎东不熟，但至少两人是相识的，那么说服她去监狱跟他见个面，虽然可能有点唐突，但不至于费多少唇舌。没想到，作为萧绍华的女儿，她对梁炎东的了解，竟然是道听途说。

任非叹了口气，换了个话题："好吧，那季小姐能不能说说，你跟你老公是自己认识的还是别人介绍的？"

昨天见面，秦文这个人让任非心生警惕。刚才既然季思琪自己提起来，他就顺势问下去——既然这姑娘不太可能为了梁炎东去监狱，那任非只好另想办法。

"自己认识的。"季思琪说，"我大四到一家报社实习，正好赶上工会举办的一次联谊活动，我就去了，我们是在那时认识的。"

"你毕业后就结婚了？"

"没，毕业之后我俩处了有一年多吧，然后才领的证。"

"为什么之前会想离婚呢？"

季思琪若有所思地看了他一眼，似乎觉得意外又有趣，浅浅地笑了一下，"没想到警官您连这点小事都知道得这么清楚。"

任非想了想，又问："那为什么后来并没有真的离呢？"

"小夫妻过日子不顺心了耍脾气闹离婚不是常有的事吗？"季思琪一脸很矜持又不予多说的表情，"吵完架和好了，当然就不会再说离的事情了。"

"可如果只是随便闹闹的小事，"任非拿起咖啡勺，随便在杯里搅了搅，又放下了，"为什么萧老会在说和你们不成之后，醉酒骑车最终心肌梗死在了马路上？"

季思琪猛地抬起眼，手不受控制地一抖，咖啡溅出来几滴，弄脏了她浅色的长裤，但她对此却无知无觉一般，不由自主地攥紧了拳头，难以置信地摇了下头，"你怎么……你怎么会知道我爸死前曾经……"

任非深吸口气，感觉自己绕了那么大的圈子，终于把话题拉到了他的来意上，"是梁炎东告诉我的。"

季思琪莫名其妙，"他不是已经……"

"对，一个已经入狱3年多的人，却还知道你的动向，连这些细枝末节都十分清楚。季小姐，"任非满脸恳切，笃定地说，"我昨天说有事要问你，但实际想跟你谈的人不是我，是梁炎东。看在他对你的家务事这么关心的份儿上，你能抽空跟他见上一面吗？"

以为是警方办公事，听任非说到现在，俨然已经成了私人的问题。原以为会问的事情任非根本一个字也没提，跟预判完全相反，季思琪一时之间不知该如何反应。

她知道自己应该拒绝，但是话到嘴边，她突然想起她背后的那个如狼似虎的男人，临时却又改了主意，"……你让我考虑考虑。"

"好的，"任非说着看看表，"你需要多长时间考虑？"

他这架势分明是要让季思琪在这里就给答复，然而女人如今身不由己，她犹豫了一下，抿着嘴，笑容有些牵强，"我明天给你答复吧。"

"明天啊……"任非抬头，突然靠在了椅背上，目光倏然变得尖锐起来，语气中带着淡淡的揶揄，"明天给我答复，意思是需要回家问过你老公吗？"

季思琪猛地瞪大眼睛，没说出话来。

她这表情可以证实很多事情，任非的手指在桌面上轻轻敲了敲，"你还没告诉我，当时为什么要跟他闹离婚。"

女人沉默着狠狠咽了口唾沫。

缠绕在她身上的无形的锁链因为警察的洞悉而有所松动，有那么一瞬间，她几乎就要不顾一切地开始挣扎——就像她之前做过的那样，想方设法接近警方，为了摆脱秦文而寻求庇护。

她太恨秦文了，可她多恨他就有多怕他，如果任非能早一点跟她见面，如果他能早一点察觉她老公的不正常，也许她就不用在泗水度假区那栋别墅的地下室里，度过暗无天日的几天了。

在昨天之前，如果她有机会，哪怕拼得一死，她也要逃离那个恶魔的掌控，可是现在她世界上仅剩的最后一个亲人——她的外公落到"他们"手里，而一旦自己轻举妄动，心狠手辣的歹徒们很可能就会直接杀了外公来报复她。

而她又没有实际证据证明她的外公被歹徒控制，不能向警方寻求庇护，而且一旦她脱离秦文的视线，对方就会立刻做出反应——从东林市到外公所在的城市，国内没有直达航班，经停加转机算一起要耗尽整整一天的时间，就算警方肯千里驰援，或者请求当地警方协助解救，再快的速度，也不可能快得过天天守在外公身边的所谓"护工"。万一老爷子因自己而死……

季思琪把目光从桌角放着的便签本上收回来，她闭上眼睛，指甲在桌下都快要抠破了手掌，沉默良久，女人仓促地站起来，对任非说："我明天给你答复。"话落，她转身逃也似的离开了。

任非得到季思琪的回复比预想的要快，下午他还在办公室查秦文的祖宗十八代，季思琪的电话已经来了，说她同意跟他去监狱见一见梁炎东。

得到的肯定答复让任非松了口气，但是没想到，从茫茫人海中找到季思琪这事儿进行得挺顺利，反倒是带着她去跟梁炎东见面的事受了挫。

"真不行啊老大，你不是也知道吗，就接连死人那事儿，到现在上面还盯我们盯得紧呢，而且监狱领导也都换了，上次家属会见把你给弄来就是我能尽到的最大努力了，这刚过了没几天，你还要带别人来。真不行真不行，我是真做不到。"

打着电话，听着关洋那边机关枪似的一顿"不行不行不行"，任非的头一下子就大了。

"你见天儿地找他到底干什么啊？"关洋虽然问了这么一句，但其实对答案没有多少好奇，他犹豫了一下，接着仿佛下了很大决心似的，"要不这么着吧，我想办法让你跟他通个电话——目前的条件下我只能做到这样了。"

任非把一肚子的槽点咽回去，尽量心平气和地对他说："关洋同学，请问你们监狱是什么时候把梁教授的失语症给治好的？"

关洋一时语塞，觉得很委屈，半晌试探着补救道："要不你有啥想跟他说的，我帮你转达？"

任非心说我都不知道他要干吗我怎么告诉你。他揉着眉琢磨了一下，跟关洋说："你就告诉他，人我找到了，就这就行了。"

关洋狐疑，"你俩不是对暗号要帮他越狱吧？"

"你是不是傻！"任非翻了个白眼儿，他有点发愁，不知道怎么能让季思琪跟梁炎东见一面，连带着吐槽都有点有气无力的，"我一人民警察我能帮人越狱去？哦，我帮人越狱我还得找个狱警帮我递暗号等着让他戳穿我？是我没脑子还是你缺心眼儿？"数落完了，才想起来自己是求人办事儿呢，赶紧又绕了回来，"你长点心，这事儿办成了哥请你吃咱学校东门你最爱的那个王记包子去。"

关洋一脸麻木地拿着电话，"那要是办砸了呢？"

"那哥也请你吃，"任非斩钉截铁，"请你吃任记老拳。"

为了不吃任记老拳，关洋第二天一上班就找了个机会，把任非说的话原原本本地给梁炎东带到了。

梁炎东当时什么表示也没有，然而当天午饭后的自由活动，他就跟午饭吃了火药似的，转头把他们班的大铺给打了。

梁炎东刚入狱那会儿，他们班大铺周志鹏看不上他，转着弯儿找他别扭，后来把梁炎东惹急了，在监控死角，差点没把他掐死，从此以后俩人井水不犯河水，谁也没再招惹过谁。

相安无事地过了3年多，谁知道梁炎东突然吃错了什么药。

因为不说话，梁炎东动手的时候连招呼都没打一个，拍了桌子直接就打，拳头挥得毫无道理，可速度极快，以至于周志鹏根本没反应过来，挨了一拳，嘴角都撕裂流血了。他第一反应却不是还手，而是抬起头来用极其震惊的目光看了梁炎东一眼，表情好像在急于确定"这个人终于从精神障碍变成精神病了"。

但是梁炎东第二拳砸过来的时候，他就没再傻愣愣地挨打了。一来二去中梁炎东也吃了点亏，而周志鹏终于找到间隙，拉开距离就骂："梁炎东！你他妈的疯了吧你？"

可惜疯了的梁教授并不搭理他，不要命似的，抬脚就踹，俩人你来我往的缠斗中大铺渐渐不敌，一个走神险些没被砸断肋骨，倒在地上，勉强架住梁炎东的攻击，脖子上绷着青筋死命地损他："中午不就吃了个鸡翅根儿！就算你吃那鸡有禽流感，你就得了疯牛病吗！"

闻讯赶来的狱警端着枪往活动室一戳，管教拎着电棍走上来，准备给"疯牛梁"一点教训，刚走过去，却看见打红眼的梁炎东突然停手了，因为停得太突然，甚至脑袋上挨了周志鹏一个回击，他也没试图再去讨还，反应非常迅速地往地上一蹲，在管教电棍挥上来之前自己已经特别识时务地抱头蹲好了。

十五监区对于服刑人员斗殴有一贯的处理方式，一般来说，轻一点的是了解情况后，对双方进行说服教育重新学习狱内各项规章制度，附带增加做工一类的体罚。重一点的，比如像现在周志鹏这样，被打并且已经倒在地上佝偻着起不来了的，则了解了情况之后先把受伤的带去医务室治疗，闹事的一方被带去说服教育学习之后关禁闭。

差点被打成乌眼青的周志鹏被带去医务室了，梁炎东手脚都被上了镣铐，直接押去了监区长办公室——找犯人"谈心"原本就是穆副很爱干的一件事，现如今虽然穆副从副监区长升成了正的，然而接替他原来职位的人还没来，所以这些说话谈心的活儿目前还是他自己干。

梁炎东被押送过来的时候，穆雪刚已经得到了消息，端端正正坐在桌子后面了，然而当他看见梁炎东，虽然没意外，但也依旧觉得非常稀奇，隐约还带着点看戏的意思。

"说说吧，这怎么回事。"穆雪刚也没让押梁炎东过来的人走，话音刚落又想起来什么似的，径自丢了一个笔记本和一支笔在桌子上，"我总是不太习惯当年东林的'名嘴'现在说不出来话的样子——既然说不出来，那你还是写吧。"他说着又敲敲桌子，"给你个善意的提醒，最好一是一二是二地老老实实地写，这样大家都省心。"

梁炎东收回目光，在镣铐的声响中走到桌子前面，弯腰拿笔在纸上写了几笔。

穆雪刚接过来，刚扫了一眼，眼神倏然变了。但是他反应非常快，眨眼的工夫，他已经从转瞬的失态中恢复过来，看着眼前这个穿囚服的男人，觉得对方好笑又愚蠢，于是他摆摆手，让送梁炎东过来的下属离开，"梁教授，"他说着，把刚才写字的那张纸从笔记本上撕下来，当着对方的面慢慢地撕成碎纸片，"没想到这几年牢狱之灾，也没能让你那狂妄自大的性格稍做改变。"

穆雪刚把碎纸片扔进垃圾桶，拍拍手，心里觉得很可笑。"时移世易，这都多少年过去了……你怎么还把我当年求你的事儿，当成一道救命符呢？"

第 18 章

准备翻案

梁炎东当年名声大噪的时候，穆雪刚刚升任东林监狱的副监区长不久，那时候穆彦还没出事，穆雪松还是声名显赫的企业家，老穆家的买卖也还如日中天。

穆氏什么都很好，只是不干他穆雪刚的事。他少年时几乎如丧家犬一样被穆家扫地出门，这根刺已经扎在心头这么多年了，伤口已经化脓溃烂，散发出了让他自己都深感厌恶的味道。

穆彦被杀之后，谭辉曾经去找穆雪松取证，按穆雪松的说法，当初已故的穆家老爷子决定不给穆雪刚留一分钱遗产、让他净身出户的直接原因是得到准确的DNA鉴定，证明养了快20年的穆雪刚，竟然不是自己的亲生儿子。

穆雪松曾对谭辉说，这其中的缘由他弟弟是不知道的，因为不想穆雪刚最后连个根都找不到，所以一直瞒着他，任穆雪刚恨他们恨了这么些年，也没有透露过一字半句。

但实际上，当年知道穆家这些事的人，包括穆雪松，他们都没人知道，其实早在自己被赶出家门的那天，穆雪刚就清楚他到底是为什么被赶了出来——穆家人认为他不是穆家的孩子。

只是他不信。他母亲就是穆老爷子的原配夫人，他跟大哥穆雪松同父同母，母亲是什么样的人他太清楚了，他根本不相信母亲会在生下穆雪松后，又跟别人私通生下他。

但是那时候他太小了，毫无反击之力，带着一腔仇恨远走他乡，想的是早晚有一天要报复曾经诬陷他母亲的人，给他和母亲正名。

可是他没有证据。当年被逐出门的时候没有，时过境迁的若干年后，更不可能找到一点蛛丝马迹。

他因为朋友的介绍而知道了梁炎东。当年梁炎东上法庭接的都是给证据确凿的嫌疑人做无罪辩护的活儿，接案子的标准是他认为案件的嫌疑人无罪，除此之外没有其他条件，连诉讼费也是象征性地收。

而可怕的是，这个随心所欲的男人从他上法庭那天开始，就没经历过一场败诉。

当各种报道把他传得神乎其神的时候，遇到他代理的案子公开审理，穆雪刚就会找机会旁听，半年总共听了三次庭审，第三次听完，性格向来小心谨慎的穆雪刚终于下定决心找梁炎东，把埋藏在自己心里这么多年的事情跟他说了。他说他想拜托梁炎东查一件事，证明他到底是不是当初穆老爷子留下的种。

对穆雪刚而言，要对梁炎东这样一个陌生人说这事实在太难了，没有人知道他成宿成宿睡不着觉，思来想去最终纠结出这个决定之前，曾经跟自己打过多少次心理战。

但是梁炎东拒绝了。拒绝得非常干脆，一点余地都没给他留。

穆雪刚到现在都记得当时梁炎东说的那句话，他说他是个律师，不是私家侦探，不接这种挖门盗洞抠人祖宗十八代的事。最后对穆雪刚说，今天来找他说的事，他会当没听过，让它烂在肚子里，让穆雪刚放心。

穆雪刚这人，虽然记仇，可行事作风还是很光明磊落的。他记恨着梁炎东不给他办事，但是也知道俩人毕竟不是什么不共戴天的死仇，梁炎东进了监狱，闭紧了嘴巴，日日夜夜都生活在他眼皮底下，这事儿对他来说就算了。再往后，梁炎东入狱这几年也没什么事儿犯到他手上，他也就没找过梁炎东什么碴儿。

俩人就在这座监狱里形同陌路，偶尔相遇，梁炎东跟其他服刑人员一样恭敬规矩，而他也像对待其他人一样，在他面前目不斜视地走过。直到今天梁炎东把自己送到了他眼前。

穆雪刚觉得自己虽然冷嘲热讽看不上他，但并没有想为难他。谁知这人敬酒不吃，非得旧事重提，吃他那杯罚酒。

笔记本上写的是：

当年你找我的那件事，我可以帮你查。

穆雪刚看了一眼关着的门，突然压不住火，他绕过桌子走到梁炎东面前一把揪住了他囚服的衣领，猛地一拽，梁炎东没反抗，顺着他的力量被扯了一个趔趄。

"梁炎东，你也差不多该把你那狂妄自大收一收，有点自知之明！"穆雪刚揪着他，仿佛眼睛鼻子都在喷火，"当年我上赶着找你不肯帮忙，你现在是什么身份，在什么地方？我不找你麻烦已经很对得起你了，你竟然还敢给我旧事重提！"

穆雪刚说这些话的时候，梁炎东始终看着他的脸。两个人挨得实在太近了，以至于梁炎东能将暴怒的监区长脸上每一个细微的表情看得一清二楚。

梁炎东本来对自己今天闹的这桩事不是太有把握——就像他们监区长自己说的，时移世易，当初的事情，如今到底有没有结果，梁炎东不得而知。

他为了跟季思琪见面，走投无路才出此下策，但是从他进门写下那句话到现在，看着穆雪刚的反应，却逐渐把压在嗓子眼里的那口气松开了——这个宝他竟然押对了。

梁炎东打周志鹏之前就已经想好了，假设能顺利攀上穆雪刚这个人情，为了让他相信自己有能力兑现承诺而不是信口开河，他就必须把某些死守着的秘密适当地向穆雪刚透露一些。

在穆监长揪着他衣领不肯松手的时候，他一点也不挣扎，穆监长的咆哮从他左耳朵进去又从右耳朵钻出来，根本没进他的脑子。而等穆雪刚放开他的时候，梁炎东已经把诱捕这头大倔牛的步骤捋顺了。

然后他摸了纸笔，弯腰直接就写：

你想知道的答案，我将竭尽所能。

穆雪刚看完气笑了，"难道我想要的答案是在你们十五监区一大队三班的炕头上吗？"

梁炎东笔体坚定地写：

我出去帮你找。

穆雪刚看见这6个字的时候简直感到一阵荒谬，一个刑期刚从无期改成15年的因犯，竟然敢在监区长的办公桌上这么堂而皇之地写。

他眉毛拧成一团，伸手狠狠指了指梁炎东，喝骂的话几乎就要出口，却因为对方在纸上飞快写下的几句话而噤声。

我没杀人。

我有办法证明自己无罪。

我不会越狱，我会光明正大地给自己翻案，从这里走出去。

我出去，你想要的答案，我尽最大的努力帮你找。

从梁炎东用纸笔跟人交流开始，从没有哪一次，像现在这样运笔如飞地写出这么多话来。

其实他也在怕，怕监区长不给他机会让他把话写完，怕眼下除了穆雪刚多年前的一个执念外再无其他筹码的自己，换不来一个跟季思琪见面的机会。

但是他不会把害怕表现在脸上，所以等他写完这些抬头去看穆监长的时候，表情是非常从容淡定的，就好像当年穆雪刚在旁听席上看见他在法庭上侃侃而谈时的样子，就好像穆雪刚去找他帮忙时断然拒绝的样子，就好像他入狱3年在监狱里偶尔碰见穆雪刚时漠然冷定的样子。

穆雪刚死死地盯着他，指尖突然有点发抖。他看上去就像是气得不能自己，但只有他自己知道，那是源自内心的挣扎。好像被束缚已久的渴望忽然冲破了一切理智的束缚，跃跃欲试地拨乱了心弦，让他几乎就要被眼前这么几行字蛊惑。

半晌之后，穆雪刚嗓子发紧地说："你有办法证明无罪，为什么不走程序申诉给自己翻案？为什么要在这里蹲3年？"说着咽了口唾沫，色厉内荏地警告："梁炎东，收起你那些花花肠子，别以为我会相信你的胡言乱语！"

梁炎东写：

我是胡言乱语还是有凭有据，对你来说都不影响什么。如果怕我在监狱有小动作，你可以派更多的人看管我。而如果我能证明无罪，从这里走出去的话，我会帮你找线索。

356

穆雪刚的嘴角动了动。他突然把视线从梁炎东脸上移开，走回到自己的位置坐下。他眼神沉了沉，手指交叠在一起，不断轻轻敲打着手背。

"……你要什么？"窒息的沉默过后，穆雪刚深吸口气，气息听上去不是很稳，"你想要什么？"

我想见一个人。这人身家清白，跟监狱所有服刑的人都没有半点联系，不会给你惹麻烦。

"理由？"

这次梁炎东没立刻做出回应。他指尖轻轻捏着笔，笔尖在笔记本上悬出将落未落的距离，他眼睛习惯性地眯了一下，显得犹豫。

穆雪刚敲了敲桌子警告："你不说实话，我们的谈话就到此为止了。"

相似情景前两天才发生过，在他和任非之间。但他能跟任非说实话，对穆雪刚，却没有当初面对那个小刑警的信任。

犹豫了一下，梁炎东落笔写道：

她曾是我的未婚妻，现在外面的人，我只信任她一个。她来了，我会把存放证据的地方告诉她，取出证据，我就有把握翻案。

穆雪刚看完后又把笔记本扔回给他，"你怎么知道她现在还想见你？毕竟，"他伸手隔着办公桌在梁炎东身上上下比画了一下，"你现在已经这样了。"

会的。她在等着跟我见面。

穆监长都不由得生出了怀疑，"你们近期见过？"

梁炎东没反应了。

好在穆雪刚也没继续追究细枝末节，他点点头，又站了起来，穿过办公室打开门，他半个身子探出去，把等在外面的狱警叫进来，然后回头，带了点捉弄的恶意，对梁炎东说道："有什么事儿，都等你关了禁闭回来再谈吧。"

在任非焦虑等待的第四天，监狱那边终于有了消息，梁炎东不知道用了什么神通，竟然真的让狱方批准了他跟季思琪的一次"特别会见"。为此，他下午特意请了两小时的假，去报社接季思琪，两人一起去了监狱。

然而到了监狱，忐忑不安的季思琪被狱警领走跟梁炎东见面去了，为了这么两小时跑东忙西操碎了心的任警官却被拦在了大门外。

"你就等等吧，"关洋拍着他的肩膀，"你倒是早跟我说这姑娘跟梁教授的关系啊。"

任非看着女人纤细羸弱的背影渐行渐远，茫然地回过头，不太能理解关洋的意思，"什么关系？"

"不是太懂你，这种事有什么好藏着掖着的？"关洋当个谈资似的随口说，"虽然这女的现在已为人妻，但她作为梁炎东曾经的未婚妻，而且梁炎东在狱外已经没有直系亲属了，他想见见季思琪在情理中也说得过去，何况前不久他刚立了功，这个优待还是可以申请的——你要早跟我说明白，我那天哪还会琢磨你们是不是要越狱……"

"……啊？"任非微微张着嘴，看着他面前一本正经的老同学，并不能理解梁炎东这样一个拙劣的瞎话是怎么骗过监狱领导的，但他还是帮梁炎东把瞎话磕磕绊绊地给圆了，"啊，未婚妻……是啊，嗯，未婚妻。"

季思琪被人领到了一间单独的会见室，终于在里面见到了自己的"前男友"。季思琪局促地站在大门口，两手放在身前交握着，十指紧张地绞到一起，连面对站在旁边的监区长最简单的发问，也没办法很有底气地回答。

"你认识他吗？"

"认……认识。"

"他是你什么人？"

"他是我父亲以前的得意门生。"

穆雪刚审视的目光从季思琪身上挪到等在会见室里的囚犯身上，梁炎东适时地在桌子后面弄了点动静，用手势和眼神简单地表达了想要跟季思琪单独聊两句的意思。

梁炎东虽然装哑巴，但实际上这时候嗓子也已经完全哑了。穆雪刚是摆明了公报私仇地故意给他下马威，别人打个像梁炎东和周志鹏那种程度的架，最多也就关个36小时，而梁炎东被关在里边的时间足足比别人多了一倍。

穆雪刚故意整他，禁闭室里靠近顶棚的唯一一扇筑着钢筋的小窗户都被从外面关上了，整整3天，久不见光、狭窄憋闷的空间，除了送饭听不见半点动静，泛着霉味的沉郁气息几乎就要把人活生生地闷疯。

也得亏梁炎东在心理学上造诣颇高，在看不见听不见、仿佛时光行走都失去意义的封闭空间也能想办法给自己进行心理疏导。不然这么3天下来，他的失语症说不定就要弄假成真。

尽管如此，他状态还是非常不好。整个人就跟刚被人从一场夜以继日的严酷审讯中捞出来一样，精神委顿颓靡得不行，下巴的青胡楂让他看上去老了好几岁，眼睛下面也乌青乌青的，脸色蜡黄，嘴唇泛着病态的白。这个蹲了3年监狱，身上气质也没太大改变的人，只在禁闭室待了3天，就成了一个仿佛放弃一切希望，窝在监狱行尸走肉般混吃等死的囚犯。

穆雪刚对这样的梁炎东很满意，并安排他出了禁闭室的当天就跟季思琪见面。按穆监长的盘算，这是犯人们意志最薄弱的时候，梁炎东到底葫芦里卖的什么药，兴许能露出点破绽来。

会见室里，季思琪看着对面这个蓬头垢面的囚犯，已经找不到早前在各种报道里见过的冷峻帅气的影子了。他疲惫地坐在固定在地面的长桌后面，灰色的囚服上不知道是油渍还是汗渍，污了一片，他掐了掐太阳穴试图让自己更清醒一点，抬头看见季思琪小心翼翼地打量，这才放下手来笑了一下。没了手臂的遮挡，季思琪发现这人的眼睛虽然爬满了红血丝，但是目光却很清明。

"你……"季思琪犹豫了一下，实在不知道跟他的谈话应该如何开始，最终目光落到他面前的那个笔记本上，想起来之前任非跟她说的话，尴尬地开了口，"他们说……你已经不能说话了？"

梁炎东透着疲惫的脸上表情却难得的温和——"萧绍华的女儿"这个身份对他来说的确与众不同，硬要形容的话，梁炎东现在的感觉，有点像上了年纪的大叔时隔多年再见到已经长大成人的小辈亲戚的感觉。

他点点头，在笔记本上写了一句：

以前总听老师提起你，印象里，你应该还是个小女孩。

季思琪拿过他的笔记本看了看，也轻轻地笑了一下，"那都多少年前了。"

她的眼睛、嘴巴跟萧绍华长得很像，梁炎东能从她的脸上看见当年他老师的影子。

老师的事我听说了。你不要自责，老师还在的话，他肯定会说不是你的错。

透过这句话，季思琪却能看出来，眼前这男人的确是当年自己父亲最得意的弟子，也是老爷子曾经最亲近的人。因为她知道，如果爸爸当时栽倒在马路上能再醒过来的话，那他睁开眼睛看见自己的第一句话一定是说："琪琪别自责，没关系，这是个巧合，不是你的错。"——就像从小到大每次做错事，萧绍华都会对她说的那样。

季思琪深深吸了口气，也许是这几句话无形中拉近了彼此的距离，她逐渐放松了一些，抬起头来看梁炎东，"当初你为什么要杀人？你找我来干什么？"

我没杀人。我找你来，是因为我曾把能证明自己没有杀人的证据交给老师，而跟老师的最后一次见面中，他告诉我，你知道证据在哪儿。

"可是我根本就不知道……"话说到这里，季思琪知道，梁炎东想要的答案，也是她被迫来这里的原因，她心脏狂跳，尽力维持着自己那有些困惑的语气，"我不知道什么证据……我爸从没跟我说过什么证据在哪里。"

季思琪的回答，情理之中，也是意料之外。梁炎东早就知道，萧绍华没有把证据的事情向季思琪透露过。他们师徒二人扛了太大的压力和危险，而当时梁炎东入狱，萧绍华怕有朝一日保不住那份能给梁炎东洗刷冤屈的东西，孤立无援中不得不把自己女儿扯下水，但是却也竭尽所能地给季思琪上了一份保险。

当时萧绍华跟他说存放证据的事的时候，说有朝一日要是自己有什么意外，而梁炎东等到了时机成熟、要用到证据的时候，找季思琪，跟她说："小时候你总在重复做着同一件事情，现在你都长这么大了，总该让爸爸看看了吧。"萧绍华说，季思琪只要过脑子想一想，就能明白他要找的是什么。

萧绍华是防备着隐藏在黑暗中的洪水猛兽某一天嗅到血腥味儿找上自己，却不承想，他竟然在一场女儿女婿的离婚闹剧中就这么丧了命……梁炎东想到这里，也不由得叹了口气。

可是当季思琪说起"我根本就不知道"和"我爸从没跟我说过"的时候，她说得太理所当然了，好像同样的话已经说过无数遍，不经意地染上了惯性的强调来。

梁炎东的四根手指反反复复地轻轻敲击着桌面，目光从女孩脸上挪开，落在了自己放在手边的笔尖上。

紧接着，他写道：

你没见过吗？那是个光盘。

看见"光盘"两个字的时候，季思琪心里咯噔一声，几乎立刻反应过来，梁炎东所说的"光盘"，跟她老公逼着她要找的那个"光盘"，是同一个东西！

心跳如擂鼓，季思琪佯装无辜的眸光乱了，她声音有些抖，在狭小而安静的会见室里，梁炎东听得清清楚楚，"我从没见过——我爸过世后我里里外外收拾他的东西，他所有的遗物我都经手了，可是根本没有什么光盘，他也从没跟我提过把什么光盘放我这里的事情。"

话已至此，梁炎东那个意料之外的猜测被证实了。

季思琪在任非找到她之前就知道有光盘的事，并且已经为此在萧老的遗物中搜寻过，但是一无所获。看来，已经有人找季思琪问过证据的事了。

他想：她现在已经不安全了。

该怎么办？敌人行动的速度比想象的要快。

季思琪来这里，并非任非促成，而是被隐藏在她身后的势力推过来的——找不到光盘，对方把她当诱饵，企图让她在自己这里找到突破口，打开僵局，拿到东西。

光盘至关重要，他必须要拿到，不能让它落在别人手里，可一旦他把萧老告诉他的那句线索跟季思琪说了，被威胁的姑娘转头就会把得到的信息告诉他的敌人。

对方势力庞大而他身陷囹圄，如果他们得到光盘，不仅他没法翻身，恐怕连季思琪也性命难保。

不如今天就此作罢？大不了谁也得不到光盘，而只要这个东西不浮出水面，季思琪就多少有些筹码可以保命。但是今天不问，之后再想跟她见面，却是难如登天。该怎么办？萧老留下的那句话，到底问不问？

梁炎东心里飞快盘算着，四根手指反反复复地敲打着桌面，打出轻微的声响，季思琪被他敲得心慌，不经意间攥紧的手指已经在手掌上抠出了一个个指甲印，她慢慢地深吸口气，片刻后季思琪说什么也坐不住了，"梁……师兄？"

梁炎东拿定了主意，他敲桌子的手停下来，在笔记本上写：

抱歉。我以为你知道光盘在哪里，没想到却还是没有线索，一时有点失望。

季思琪咬了咬牙，问他："如果你知道更多信息或者线索，或许我可以……再找找。"

不必了。天意如此，该我认命，我认就是。

季思琪拿过笔记本看完，舔舔嘴唇，不说话了。

她神色的变化梁炎东都看在眼里，他又在笔记本上写：

以前跟老师聊天的时候，他总是说起你，说起小时候你跟着师母离开东林，你从小到大的成长历程他几乎没有参与，他挺遗憾的。

季思琪看完，心不在焉地笑了一下。

梁炎东看她敷衍也不在意，又写：

我知道你对老师一直不怎么亲，我上学那会儿跟着老师做课题，寒暑假扎在他家里，却没见你回来过。直到他离世前，你们之间还是那样吗？

季思琪低着头看着那行字出神，过了一会儿，她才摇摇头，说："比小时候好些了。我丈夫以前跟我爸很聊得来，劝我多去他那边看看他，过年过节的，他总是推着我一起去我爸那儿，感情比小时候要好些，我也不像小时候那么怨他了。"

丈夫这么好，怪不得老爷子不同意你们离婚。

季思琪苦笑，这些事情她压在心里太久了，此刻突然听一个也算是熟人的陌生人说起，大概是因为对方是个监狱中的哑巴，她对他没什么防备，也就因此放松了警惕，逐渐回想起曾经那些现在想来既痛苦又甜蜜的过往。

"是啊，我爸说什么也不同意我离婚。可是他根本就不懂……他喜欢他女婿，就说我是在胡闹，饭桌上他女婿一脸无辜，只有我面目可憎……"

所以最终是老师的离世阻止了你们离婚吗？如果那天他没出事的话，你会怎么办？我猜也许结局跟今天全然不同。

无论是写字还是推笔记本给季思琪看，梁炎东都是那么一副不紧不慢的样子，仿佛这只是多年之后终于见到了老师唯一的女儿，跟她闲话家常的叙旧而已。

"……谁知道呢？"季思琪垂着眼，鼻子有些发酸，"也许我跟秦文现在已经离婚了吧。那样的话，或许就没有后面这些事了……如果最终也没离成，我大概又会和我爸冷战，也许三月五月也不理他，像小时候那样，把对他的不满都写进日记里，等着万一哪天我外公清醒了，就让外公给我做主，去讨伐他。"

梁炎东静静地看着她，深不见底的瞳仁里飞快地闪过一丝隐晦的光，对她表示遗憾：

你小时候跟老师分开，总是会用日记这种方式表达你对他的不满吗？可是你小时候跟着师母去了外地，写日记他又看不到，为什么不用打电话这种更直接的方式交流呢？或许误会少一点。

季思琪似乎有点遗憾，苦笑着摇了摇头，"因为打电话也不知道要说什么。从我有记忆开始，我爸每天的生活始终都是在上课、带学生、做课题、开会和支援调查这些事情中无尽循环，我外公病倒，我妈怕他照顾不好我，才把我带回了外公家里。我妈是教师，为了维持生活，她在家里开班给学生补课，同时还要照顾外公和我，我爸从来没有替她分担过什么，直到后来，我妈还是怕她这个样子拖累我爸，才执意跟我爸离的婚……"

"我从小大得到的父爱有限，对父母离婚这件事没什么特别的反应，那时候我对家的概念是，家里面有妈妈、外公和我。所以我不会跟他抱怨什么，觉得说也无从说起。后来他有一次在我生日的时候来看我，顺带给我们送钱……他问我生日许了什么愿，我当时特别恶意地跟他说，希望他能不再让我这么讨厌。"

梁炎东没想到那本日记竟然牵扯出老师生前家里的这么一段

故事，不由得感叹唏嘘。

他和季思琪之间差9岁，萧绍华正经把他从学生当成徒弟亲自带在身边教的时候他22岁，季思琪才13岁，那个时候他师母的身体还没检查出问题，而季思琪跟着她妈妈还生活在外地。因着小姑娘说的这些话，梁炎东才仔细想了想，觉得那时候虽然老师也经常把母女俩挂在嘴边，但的确是很少去看她们，而且梁炎东印象里，萧绍华每次去探亲都是挺兴奋地走，又挺不是滋味儿地回。

梁炎东不是八卦的性子，老师家里的事，除了老爷子偶尔憋不住跟他念叨，他从不插嘴，也不多问，始终扮演树洞的角色。

但即使是这样，他也知道，萧绍华并不是季思琪想的那样无情，所以他犹豫一瞬还是写道：

他始终觉得很亏欠你们，哪怕他把工资奖金之类的收入大部分都寄给你们，他还是觉得很愧对你们母女。每次去看你们之前，他甚至会问我们这些他带的学生，小孩子喜欢什么，该怎么讨孩子欢心。

季思琪看完，沉默了片刻，她眼圈有点红，"最能讨孩子欢心的不过是陪伴罢了。他没陪过我，所以我对他没有感情，甚至看见我妈累成那样，我会恨他，觉得他对我们不负责任——我当时满脑子都是这种想法，你让我怎么喜欢他呢？"

梁炎东粗重的眉微微拧了一下：

但这不完全是他的错。就像师母故去后，他把老人安置在疗养院一样，当年如果师母也这么做的话……

季思琪看完也并不强词夺理，"你说得对。一个巴掌拍不响，造成那个局面我母亲也有责任，但是那时候的我不会这么想，我的天平是完全向我母亲倾斜的。"

梁炎东叹了口气：

看来你当初生日许的那个愿望并没有实现，大多数时候，你还是讨厌他的。

"是的，"季思琪说，"所以那天我爸送了我另一个礼物，他到文具店给我买了个带密码锁的日记本——他说以后我对他有什么不满，就都写下来，等他下次来了就拿日记本给他看，他就按照上面的一条一条都督促自己改过来。"

那他改了吗？

"没有，"她笑着摇了摇头，"等我写到他来的时候，他管我要，我突然觉得做这件事很幼稚，所以拒绝给他看。他为了要看日记跟我磨了很久，闹得我不耐烦了，我就说，我要留着等外公哪天清醒了给外公看，让外公找他算账，所以我不会提前给他看，让他有准备……"

梁炎东听了也笑了笑，就听见女孩儿接着说："但是明明知道这是个很幼稚的事，却成了我对他不满的一种发泄途径，明明已经知道这是个无用功了，可是等他走了，我不高兴的时候还是会把事情都写到日记里去……我高二的时候被他接回东林这边，转学住校，后来再想想当初的那个日记本里记的内容，自己都觉得特尴尬。"

那日记挺有意义的，你没拿回来？

"没有，"季思琪回答，"当初回来挺仓促的，而且上了高中，小时候的穿的用的和课本什么的基本都用不到了，就都留在外公的房子压箱底了。那本日记怕拿回来被我爸看见，所以一起都留在了外公那儿。"

梁炎东的嘴角轻轻地抿了一下。

他写道：

那真是遗憾。老师再也没有机会知道那本日记里的内容了，也没有机会根据你的需求做出改变，让自己变成一个符合你要求的好爸爸。

季思琪看见这句话，通红的眼睛落下泪来，洇湿了笔墨，墨迹随着水渍化开，她觉得那形状，一如她内心已经化脓溃烂的伤口，已经没有疼痛感了，但是却怎么也补不好。

梁炎东舔了舔干裂的嘴唇，把女孩的眼泪看在眼里，无声地叹了口气，收了收心不动声色地把得到的信息整理了下。

而通过刚才的那些对话，再结合最后一次和萧老见面他说的话，梁炎东得到的结论是：季思琪小时候总是重复着把对父亲的不满写进日记里这件事，并且从没让萧老看过。

可以肯定，这本日记就是他要找的东西所在。

而日记，此刻还在千里之外的季思琪外公家的老房子里，跟她小时候的书本放在一起。

至此，梁炎东想要的信息都得到了。

第 19 章

冒死取还

季思琪从监狱出去的时候有些恍惚。

她来之前以为梁炎东就是那个能给秦文透露更多线索的关键人物，来了之后她确认了梁炎东确实也在找那个光盘，可是当听说她并不知道的时候，他甚至没有过多追问什么，反倒和她聊了很多琐碎的东西。

在监控室里一直听着两人拉家常的穆雪刚，摘下耳机的时候，耳朵嗡嗡响，却没抓到梁炎东的半点破绽，两个小时一到，终于忍无可忍地叫看守去敲门，季思琪就这么被从会见室里带了出来。

等在外面的任非见到季思琪的时候，看到她的脸色明显不太好看，像是对什么东西怀有深切的恐惧，任非以为是在监狱里发生了什么，可是从她上车，任非问了一路，关于这一点，姑娘给的答复始终很明确："真的什么也没发生，他问我知不知道一个光盘在哪里，但是我从没见过。"

任非越发地疑惑了，"那你怎么从里面出来就这么心不在焉的样儿？好像看见了洪水猛兽似的。"

季思琪摇摇头没吭声。

任非看了眼表，打着方向盘把车开上主路，"这个点儿你单位也马上下班了吧？我直接送你回家？"

"不回家，"任非话音刚落，季思琪立刻反驳，刚说完她自己也惊觉有些突兀，想了想就试图补救地说道，"我……我还有点事要处理，先不回去。"

又到了晚高峰，外面车流不息，车里面却突然陷进了沉默。任非转头盯着季思琪打量了半晌，"你是不敢回家吧？"他打破沉默，没头没尾地突然发问，"你那老公是不是有问题？"

她有点僵硬地转头，咬着嘴唇凝视着任非，试图从刑警的脸上看出些什么端倪来，"……你为什么这么问？"

"很明显啊。"任非说，"你老公把你带出门，都老夫老妻了，又不是小三小四新欢燕尔，出去度假，犯得着俩人窝在别墅里几天几夜不出来吗？而且上次我请你来跟梁炎东见个面，你要问你老公，这会儿又不想回家。"

季思琪别过头，看着窗外，"恶意揣测别人家庭不和，不合适吧？"

"我恶意揣测？"任非啼笑皆非地说，"你自己照镜子看看，自己一脸活见鬼的表情，还要恶意揣测！你为什么不想回家？跟梁炎东见面，你问过你老公的意思，按理说他跟梁炎东八竿子打不着的关系，就算你没有提供给梁炎东他想要的信息，但要因为这个不敢回家岂不是太可笑了？除非是秦文并没有表面上去那么简单。"

"不……"季思琪无意识地抓紧她放在腿上的帆布包包，仿佛这样的动作能给她带去一丝慰藉和勇气，她深吸口气，突然转过脸，指着前面，对任非敷衍地笑了一下，"我不回家，只是因为我老公就在前面。"

任非顺着她手指往前看了一眼，这才认出来，果然前面堵他路的那车就是之前季思琪开着跟踪他的那辆小白车。

"任警官，麻烦您过信号灯后，给我停一下吧。"

"季思琪，"前面的红灯变绿灯，原本被直行车堵了右转道的任警官瞬间也成了站错道的糊涂蛋。他把右转灯关了，跟在前面的小白车后面一起过了信号灯，在季思琪要下车前非常严肃认真地对她说，"我不知道你和你老公之间究竟是怎么回事，但是有一点你一定要牢牢地记清楚——你之前一直跟在我们队后面采新闻，对我们刑侦队都很了解，而我也是警察。如果你有什么事情或者有什么其他的危险，你都可以给我打电话发信息。"

季思琪的手紧紧握着车门拉手，鼻子发酸，眼泪转瞬之间已经模糊了视线。

任非的话在她因为恐惧而封闭的心中打开了一个豁口，有那么一瞬间，她真的想把一切都跟任非说出来，请求警方的援助，请求他们去解救千里之外命悬一线的外公，请求他们把秦文绳之以法。可是已经什么都来不及了，小白车停在路边，在晚高峰的车流中挡住了CRV的去路，任非不得不停下车来。在后面一大片暴躁的喇叭声中，秦文下车径直走过来，推了下眼镜，礼貌地敲了敲副驾的车窗。

季思琪咬破了嘴唇内侧的嫩肉，在舌尖尝到淡淡的血腥味的同时，她瞪大眼睛，硬生生将眸子里的泪水憋了回去。

她的手有点抖，拉了一下车门拉手没拉动，仓惶的目光带着拼命鼓起的勇气和决绝看向任非，"任警官，麻烦开下锁。"

任非隔着车窗眸光锐利地盯着门外的秦文，半晌之后，秦文再次敲了敲玻璃，他放弃似的开了车门锁，对季思琪沉声嘱咐："我刚才说的话你再考虑考虑。保重。"

季思琪跟梁炎东见过面的第二天，任非意外地先接到了梁炎东从监狱打来的电话。

其实要严格说起来，这电话也不是梁炎东"打"的，他就是握了个听筒贴在耳朵上，旁边他们班管教关洋把他的字再念出来给任非听。

来电显示是个陌生的座机号，当时任非心急火燎正烦得很，看了眼号码就觉得又是不知道哪里来推销的，他要是没有"接电话强迫症"，这会儿一准儿就给挂断了，于是他接起来就一口气喷过去："我的工资就够我吃饭穿衣加油租房子，没闲钱搞基金买保险，付不起首付也没打算砸锅卖铁买第二辆车——您还有别的事吗？没事挂了吧！我这正忙着。"

关洋被他连珠炮一般轰得发蒙，跟梁炎东俩人在电话隔间里相互看了看对方，冲着听筒投诉："你丫早餐吃的是火药吗？"

任非一听动静就反应过来，"你拿哪儿的电话给我打的？"

"我们监区的亲情电话。"关洋没好气地回答他，"再让你探监我是没辙了，不过我们这宽管犯人每个月有两次跟亲属通亲情电话的机会，每次10分钟，梁教授现在就在我旁边，你有什么要说的赶紧吧。梁教授这边要有回应，我再念给你听。"

突然变成梁炎东家属的任非愣了两秒立刻反应过来，"安全吗？会不会被监听？"

关洋在电话那边叹了口气，"我们这儿就是监狱了，还听你个亲情电话干什么？时间有限，你赶紧的，你这样我觉得你们俩是在偷情……"

不止任非，连关洋旁边的梁炎东都险些被口水呛了一下。

"咳……那什么，梁教授。"时间有限，任非没工夫回怼关洋，他咳嗽了一声，想先问问梁炎东让他找季思琪到底是怎么回事，没想到刚开了个头，就被关洋打断了。

"你先别说话，梁教授写着呢，挺长一段，他写完我给你念。"

任非乖乖地闭了嘴。

半晌之后，他听见关洋给他念："梁教授说，有个不情之请，拜托你帮他去江同市滨江路23号的一栋老宅301里找一个日记本带回来，日记本应该是跟一些初中的旧书籍放在一起，封皮是粉色的可能性很大，带一个密码锁。"

这跟任非预想的谈话内容之间差了十万八千里，但他的第一反应竟然不是问为什么和该不该去，而是问："我去了之后怎么跟户主说？总不至于砸开门冲进去就翻东西吧？又不是执行搜寻任务……"

"你等会儿。"关洋一边看着梁炎东写一边跟任非说，他觉得自己身为管教，帮不能说话的重刑犯通电话这事不能算违规，甚至还很有人道主义精神，因此并没有多么紧张。等梁炎东写完，他又念道："梁教授说，那房子空了很多年了，没人住，你想个办法……"关洋念到这里，哽了一下，才接着又念："摸进去。"

任非拿着电话瞪着眼睛，"你让我撬门压锁？"

"梁教授说，抱歉，我知道这很为难你，但是除此之外没有其他办法了。那日记里有我要的东西，但这件事不能让季思琪知道。她已经被人控制了，处境十分危险，你们最好把她保护起来，以防再有命案发生。"

任非听完简直要跪了，"你怎么知道她被人控制了？"

"等会儿！没念完呢！"关洋打断他，接着念道，"另外，你此行也要十分小心，如果可以，最好叫上信任的同事跟你一起。除此之外，行踪别跟任何人提起，拿到日记也别让任何人知道，否则的话，我怕你也被人盯上，会很麻烦。"

关洋念完，这次任非不抢答了。他握着手机，眉心纠结地拧在一起，眸光闪烁不定，嘴唇紧抿。

任非觉得自己一定是疯了，要不就是中了邪，在不知不觉中被监狱里的梁炎东蛊惑了，他竟然真的为了那男人的三言两语，强行从谭辉手里抠出来三天假，穿越了大半个国家，连转机带经停地折腾了将近一整天，来到了梁炎东所说的江同市，大半夜蹲在季思琪外公家的窗根底下，一边对自己的行为深感懊恼地抽着烟，一边又背叛了理智琢磨着怎么撬门压锁翻进去。

9月底的江同市天气还是很炎热，他脱了外套，塞进随身的黑色运动双肩包里，那包里还装着一些诸如螺丝刀金属锤和小撬棍之类的工具。

他折腾了一天，平时凹造型的头发此刻被汗浸得一缕缕扎在脑袋上，加上脸色不太好看，夜深人静中，眼睛始终盯着一家人的窗户，看上去的确很像准备伺机而动的小毛贼。

在第四根烟抽到一半的时候，任非拎着背包站起来，活动了下自己蹲麻了的腿，把烟吐了，抬脚踩灭了那一丁点火星儿，深吸口气,终于拿定主意,朝着单元门走了过去。

他清楚自己是什么身份,知道自己正在做什么,也知道如果这件事搞砸了,他要为此承担怎样的责任和代价。

他知道自己为什么选择刑警这个职业,清楚他在这个岗位上的追求。记得穿上警服的那一刻,他以头顶那枚警徽的荣耀起过的誓,秉持着只要还有一点怀疑就要追究到底,给每一个生命以尊重,给每一份尊严以公平公正的对待,寻找真相,不让有罪之人逍遥法外,也不使无辜之人平白蒙冤的信念,这一路,哪怕栉风沐雨,也要不忘初心,砥砺前行。

这就是他的信仰。哪怕赴汤蹈火,也值得坚守的信仰。

他不相信梁炎东有罪,既然监狱里那个装睡的人睁开了眼睛,那么他愿意押上他的信仰,赌这一次。

居民楼这一片都是许多年前动迁之后回迁的,物业是由所属社区统一管理,但因为社区经费有限,各种杂费又经常收不上来,所以单元门的锁坏了几年也没人来修过。

任非作为一个准备半夜干坏事的"小贼",对这种设置非常满意,拎着包轻手轻脚地摸进去,按梁炎东说的地址,上了三楼,站在了301门前。

那是个老式的铁皮防盗门,估摸着这门正经配的可能还是当年那种单片的黄铜钥匙,然而任非看看那个锁眼,觉得哪怕是这种窃贼拿根别针就能撬开的锁,他恐怕也很难搞定。

他琢磨了一下,把包小心地放在地上,半蹲在门前,从包里先摸了把螺丝刀,可惜他的螺丝刀刚从包里露了个头儿,他就被突如其来的开门动静给吓得又缩了手。

对面的门从里面打开了,一个40多岁的女人,披着卷发穿着睡衣，眼神里充满了审视，手里抓着手机，"你谁啊？在干什么呢？"

坏事还没做就被抓了个现行，任非脸色通红，尴尬地放下背包，在裤子上抹了把手心的汗，"那个……这是季庆会季老先生的房子吧？我受他孙女季思琪的托付，帮她过来看看房子，但是没想到过来的时候丢了她给我的钥匙，您看，我这也是刚才翻找半天才发现的。"

女人不太信任地打量着他，"老季家多少年没人回来了，突然就让你深更半夜来看房子了？还这么巧就丢了钥匙？"

任非来之前就怕出这档子事儿，为了应付盘问，他特意做过季思琪家的功课，但是即便如此，此时此刻任非还是觉得那些背书似的信息无法取信于人，他心里琢磨着怎么编一个顺理成章的故事，张了张嘴，却还是一个字也没说出来。

这时候楼下传来脚步声，有个少年人的声音伴着脚步一起轻快地上了三楼，"妈，不是说了不用等我的吗？我带钥匙了。"

任非跟看救星似的一转头，看到背书包穿校服的小男生上到了这层，隔着几级台阶迎上他的目光，对他礼貌地笑了一下。

倒霉的任警官这才明白过来，让他出师未捷的真正原因并不是他动静太大被人发现，而是因为楼上正巧有个趴阳台等儿子补课回家的妈。

任非估摸着自己蹲在楼下时间太长，肯定是成了孩妈眼中平时法制节目里说的"形迹可疑男子"，这么想想不由暗暗庆幸，多亏刚才螺丝刀没明晃晃地拿出来，否则可能对门直接就把报警电话拨出去了。

女人见儿子回来了，在儿子与"形迹可疑男子"擦肩的时候赶紧叫他进屋，等着孩子换鞋进去了，她才一手扶着门把手，一手拿着手机撑在墙上说道："钥匙丢了也没你这大半夜往人家门里摸的，当初季姐出事，他家姐夫来料理后事的时候跟我说过，家里钥匙一直让老爷子带着的。你要真是钥匙丢了，你就让小姑娘自己去找她外公要。他们人走屋空的时候我答应过帮忙照看房子的，你今天要再不走，我可要打电话报警了啊！"

任非听她说要报警时的心情非常微妙，没多说什么转身走了。出了楼道，他站在万籁俱寂的旧楼群里，路灯昏暗中，突然生出了一点背井离乡的凄凉来……

他拿手机搜了下旅行软件，现订了间房，然后拦了车，直奔酒店而去。在车上他琢磨着，既然硬的不行，那只能试试软的——季思琪外公所在的疗养院地点他知道，于是准备明天去外公那边碰碰运气。

第二天任非起了个大早，洗完澡把自己平时故意抓起来的头发都向下梳得服帖整齐，对着镜子把自己拾掇成了一个朝气蓬勃的青葱无害样儿，在酒店吃了早餐，直接打车去了客运站。

季思琪的外公季庆会老先生的疗养院在江同市辖下的一个沿海镇子的海岛上，先要坐大概一个半小时大巴，然后在码头换渡轮，20分钟能到岛上，据说上午岛上码头都停着疗养院的面包车，专门接上岛去看望老人的家属。

连车带船的颠簸了一路，真正上岛的时候快11点了，任非找到贴着疗养院名字的那车，报了季庆会的名字，又等了一班船，一台车凑够了4个人，司机开着车回了疗养院。

虽然上车跟司机报了季庆会的名字，但是并没有能证明他跟季老先生有关系的证件，访客登记的时候，任非琢磨了一下，直接拿了自己的警察证，跟接待的人说办案需要，他特地来找老先生了解一些情况。

这么折腾一圈，他被人领着见到季庆会的时候，正好赶上了饭点。私人疗养院环境很不错，饭菜是自助式的，4个人的红木小桌子干净整齐地排在餐厅里，季庆会和另一个老人相对而坐，两个人的饭菜都刚动了几筷子，老人衬衫下面瘦弱的身板如同套在斗篷里的枯树枝，凸出的骨架将衬衣顶出锐利的棱角。

领任非进来的负责人不错，给他指了季老的位置，又跟他说："季老来我们这儿的时候就患有脑血栓和心梗，如今年纪大了，添了糖尿病，而且患有轻度阿尔茨海默病，身体每况愈下，交流也不太容易了。这都中午了，你要不也打份饭，坐那边跟他边吃边聊吧，你跟他做一样的事，他会比较容易接纳你。"

所谓的"阿尔茨海默症"，其实就是老年痴呆，病人记忆混淆、思维混乱、智力倒退，更严重点儿的，可能连至亲也认不清楚，交流会很困难。

别人听说要找的人得了这病，心估计得凉半截儿，但是任非听完，反而悄悄吐了口气。

当年他舅舅和表妹跟着她妈一起遭了意外，留下舅妈受了极大的刺激，直接进了精神病院，这么多年下来，任非在去看望舅妈的过程中，积攒下来了无数跟神志不清的人沟通的经验。

他听完琢磨了一下，点点头，跟负责人说："麻烦您，能先让季老对面那位老爷子离开那桌吗？"

负责人点头过去把人请走了，任非抻着脖子眯着眼睛看了看季老餐盘里的菜，自己拿着盘子也夹了份一模一样的，一手端着餐盘一手又整了整衣领，放慢了脚步，咧出一个露8颗牙的标准笑容，在因为饭友离去而皱眉不高兴的老人对面坐下来，亲切而热络地做自我介绍："外公？外公好，您还记得我吗？我是思琪的丈夫，您的孙女婿，秦文。"

领任非进来的负责人本来是怕老人突然激动再出什么乱子，就待在餐厅门口，然而不到一顿饭的工夫，他就瞠目结舌地看着老人笑呵呵地拍拍小伙子的肩膀，任由这名警察搀扶着，两个人跟爷孙俩似的亲密无间地往宿舍去了。

"你说说你们这些小年轻啊，怎么比我们这些老不死的脑子还臭？"季庆会捏着任非搀扶着他的手背，动作亲切热络，脸上俨然就是老人看后辈时那种欢喜、欣慰的表情，"我现在这样，钥匙放在哪儿我都还记得呢，你说你们这刚结婚回个门儿，嘿，门儿还没进去呢，先把钥匙丢了。"

"就是，我也说她呢，整天都跟小糊涂虫似的。"任非扶着老人一心三用，季庆会如今有点口齿不清，加上说话带方言音，他得仔细分辨才能听得明白，听明白了还得琢磨着怎么回话，末了还抽空观察这疗养院后院的宿舍环境，"可是思琪她也不听啊，我说什么她都振振有词的，说这次就是着急想回家，特别想让您早点看到她婚后是什么样儿，结果才忙中出错了。"

"唉！你说她干什么？我告诉你，你可不能欺负琪琪啊！钥匙丢了就丢了嘛，丢了我这儿不是还有吗？你拿回去给她，让她赶紧开门进去，这么热的天儿等门口进不去，晒坏了可怎么办？"

任非三言两语让老人相信了他是自己的孙女婿，但一说到结婚，老人的思维就直接跳转回了两年前季思琪和秦文婚后一起来看他的时候，他按照自己的记忆把那段往事翻出来又重新编排了一遍，任非也没纠正，只是顺着老人的思维把他的目的悄悄地加了进去。老人虽然意识不清楚了，但言语间能看出来他很疼爱这个外孙女儿，爱屋及乌也很喜欢她丈夫。

任非做这件事良心上其实挺过意不去的，但是既然打定了主意，也没有中途退缩的道理。

季庆会行动不便，就住一楼，屋门是朝着外面这条石板小径开的，出来进去很方便。任非跟着他掀开门帘进去，惊奇地发现竟然是个不大的一室一厅，一名穿着水蓝色护工服的女人正把茶几旁边一个插着树枝的罐头瓶抱起来，听见门帘的动静也没留意，就是随口说着："季老，您怎么又折树枝放瓶里啦？都说了树上开花得再过半年，你再这么折下去，门口那棵树都快让您掐秃了。"

"这不都已经过半年啦？你看我们家琪琪都已经结婚了。"老人说着把任非往前面一推，"小季你看看，这是我孙女婿，小伙儿不错吧！哈哈。"

女护工照顾季庆会快两年了，人家姓李不行季，刚来的时候季庆会脑子还没现在这么不清醒，原本是记得她姓名的，但后来病情加重，小李常年照顾着他，在老人的世界已经把她看成了自己生活的一部分，就执着地给人家姓氏上面添了一撇，任小李怎么纠正，也再没改过来。

脑子不清楚的老人没觉出问题，但随着老人的介绍，护工转过身，看见任非的时候眼神难以掩饰的诧异却被任非瞧得清清楚楚。

"这……"小李把手里的罐头瓶连着一瓶子的树枝放下，"老爷子您记差了吧？可别让人忽悠了，您孙女婿早前来看您那次我也见过，不是长这样儿啊！"

"不对，你才记错了，去年我还没孙女婿呢。"老人摆摆手，一副拿她很没办法的样子，说完径自去翻电视下面的小柜子，嘴里还念念有词，"你们现在这些年轻人啊，记性怎么都这么差了。"

小李的眼神来来回回地在季庆会和任非身上转着圈，迎着对她微微点头致意的任非愣了愣，张嘴想说什么，却被随后跟过来的负责人拦住了。"小李，"负责人对小李招手，待她走近了，负责人又说，"警察来查什么案子的，这事儿你别管了。"

她从任非身边经过的时候，任非也转了身——他原本对这护工没什么戒备，但是负责人说完这句话，他看见小李满脸震惊错愕后强自镇定的表情时，突然觉出不对来。

也正在此时，翻箱倒柜的季庆会拍了下大腿，把系着小红绳的钥匙放到任非手里，"好孩子，快回去给琪琪开门！"

"这不行！"小李突然跑回来，一把抓住老人的手腕，"老爷子，这人不是秦文！"

任非把钥匙攥在手里，另一只空着的手也在下一秒抓住小李的手腕，"您了解得不少，还知道我叫秦文。"

"你根本不是！"女人突然异常激动，她在任非手里挣了一下没挣开，立刻转头朝身后的负责人报告，"院长！这人来路不明，这是季老家里的钥匙，万一他心怀不轨——"

"哎哟，你们两个小娃娃，怎么好好的突然吵起来了？"

老人家不甚清晰的声音在莫名紧张的氛围中显得微不足道，负责人过来安抚地拍拍小李肩膀，"你别这么紧张，他的证件我们都核验过了才让他进来的，错不了。"

"但是！……"

负责人又拍了拍小李的肩膀打断她，不得已，小李终于松开抓着老人的手，接着，任非也松开了对她的钳制。

手松开了，彼此看对方的眼神却着实不那么友好。

"麻烦您，"任非手里攥着钥匙，眯着眼睛，目光跟钉子一般钉在了女护工身上，"好好照顾我外公。今儿我可跟您见了面，我这人认脸的本事一向很好，我外公要是有个什么意外，天涯海角，我可是要找您追责的。"

他这话说得抑扬顿挫，警告威胁之意相当明显。负责人听完，莫名其妙，皱了眉赶紧说："我们这是高端的私人订制式疗养院，员工都是经过专业培训的。"季庆会在一旁一迭声地说着："没有没有，小季对我很好。"而小李作为当事人，听完却只敷衍着笑了一下。

笑意还没完全在嘴角晕开，就对他们院长点点头，"既然这样的话，那我就不管了，我去把垃圾扔了。"

她说完转身抱起那个插着树枝的罐头瓶在任非的盯视中快步走了出去，而她前脚刚走，任非就对院长说："那个小李有问题，您最好留意着点，查查她的来历，也别再让她接触季老，我怕会出娄子。"

季庆会抗议道："那不行，我跟小季都这么亲了，我就要小季照顾我。你怎么还在这儿呀？快去，快去给琪琪开门。"

季庆会说完就把他往外推，任非顺着他的力道往后退，一边退一边对院长说："麻烦您，找辆车把我送到码头去，我还有急事，得赶紧走。"

院长一迭声地答应了，先是给任非找了台车，告诉他去大门口等，接着到底是不太放心，又给护理部的主管打了个电话："你找两个靠谱的老员工过来季老这边，先多照看着点儿。"两句话说完，再找任非，这名外地的警察已经没影儿了。

任非一路疾跑到了大门口，一台小车已经在等他了。他开门上车，还没在副驾坐好，就先急三火四地对司机嘱咐："师傅，到码头，麻烦您快点。"

司机不是个多话的人，车门刚关好，司机就踩着油门沿着海岛狭窄的公路，飞快地开向了码头。

车里安静得很，任非紧绷着神经接连几次看后视镜，确定后面没有什么车辆行人跟上来，这才悄悄地松了口气，心里盘算着这件事的来龙去脉。

梁炎东见了季思琪后，季思琪说梁炎东并没有得到想要的答案，可是转头那男人就把至关重要的信息告诉了他，并越过季思琪，让他这个外人来办这件事。

任非猜测，梁炎东避开季思琪是为了防备她老公。因为溜门撬锁行动失败，阴错阳差跑到这座疗养院找钥匙，碰见了那个姓李的护工，他骤然意识到，整件事情并没有他想的那么简单。

这个护工有问题，从护工说秦文名字的时候就可以看出，她跟秦文之间一定有联系，那么是秦文把她安排在这里的吗？她在为秦文办事，还是跟秦文之间各取所需？

可是他在来之前查过秦文，他是一个从小到大都活得十分干净的人，而且综合来看，他也没有这个能力安排一个人在千里之外潜伏在老爷子身边。可是这个护工明明已经在季老身边待了很长时间了。

整件事情，任非知道的信息实在太少了，但是事情发展到现在，他隐约已经可以猜到，秦文也好，那个护工也罢，他们背后，一定有个更强大的势力，在始终牵着这根线。

是什么人一早就把小李安插在了看似已经完全无用的季老身边？无论是什么人，可怕的耐心、强大的控制力和极深的城府都让任非感到震惊和害怕。

而既然对方能在季老身边安插眼线，那季老家或者海岛上呢？他和梁炎东的"密谋"有被人察觉吗？他有被人监视吗？他现在还安全吗？

全都不知道。

他唯一能够确定的是，梁炎东要的那个光盘一定非同小可，所以无论如何，他一定要找到那个东西，带回去。

可这不是他的城市，这地方他全然陌生，而他的助力他的兄弟远在千里之外，此时此刻，他必须一个人面对未知的势力和危险。

护工小李假借扔垃圾从房间出来，随手扔了罐头瓶，一边尽量按捺着脚步让自己看上去跟平时无异，一边掏出手机打了个电话，电话那头刚接起来，她立即恭敬又急切地跟对方汇报道："先生，我是星海疗养院的小李。刚才有个警察过来，从季老这儿取走了他家里的钥匙，院长当时在场，我拦不住，现在人恐怕已经往码头去了，向您请示我是否需要追上去，还是在这里待命？"

"几个人？"

"只有一个。"

电话另一端，男人的身影被宽大的老板椅背遮挡，没有迟疑，很快给了非常明确的命令："追。跟紧了，但不要打草惊蛇。"

女人得了令，挂了电话。深陷在老板椅中的男人透过落地窗，居高临下地看着街道上蝼蚁般的车辆行人，没有回身，阴沉地对始终候在办公室里的另一个男人说道："警察比我们先拿到东西了。秦文那个没用的东西，连自己女人的嘴都撬不开。你琢磨琢磨，这夫妻俩对我们还有没有用，没有就处理了吧。"

西装革履的中年男人微微弯腰俯身应"是"。

片刻的沉默后，老板椅上的男人点了根烟，问："我们在江同市区那边有没有人？"

下属躬身说："没有。江同毕竟太远，当初只是为了怕警察去抢人，在码头安排了两个人准备接应的，实在没想到我们要的东西会藏在季庆会那儿。"

男人从鼻子里慢慢地吐出一口长长的烟，语气缓慢慵懒中透出一股冷漠森然，"你去安排一下那俩人，让他们务必先于那个警察赶到季家老屋外面守着，等对方拿到东西出来，连人带光盘，给我一起留下来。"

"是——"

任非离开海岛的时候十分谨慎，他甚至没坐轮渡，快到码头的时候让司机又转了个弯儿，带他到旁边的一个游艇码头，在卖船票的小木屋里花400块钱包了艘快艇，又十分坚持地自己选了船和驾驶员。

离岛之后，任非只花了10分钟不到就踩在了对面的陆地上。快艇到达和轮渡靠岸的时间错开了，他下船的时候一眼看过去没有发现可疑身影，搭了辆黑车从码头一路又开到客运站，大巴开回江同市郊，任非在一个公交车站下了车，随即叫了辆网约车。

车跟着导航一路往滨江路23号的居民楼开，任非觉得事儿没这么简单，磨着后槽牙盘算了一会儿，用手机搜了家租车公司下了订单，跟司机说了个地址，"师傅，您先带我到这儿去吧。"

师傅听完挺诧异，"你打着车呢，还租车？"

任非随便应了一声。

任警官虽然给人的印象就是肆无忌惮胆大包天，但真遇事的时候，其实是个胆大心细的主儿。他去租车点办了手续选了车，末了了加了接待他的业务员微信，给小哥发了个红包，麻烦对方先帮他把车开到滨江路去，明天一早去机场再把车帮他开回来还了。一切安排完，他自己又坐回到了来时叫的那辆网约车上。

网约车司机被任非唬得晕头转向，看不明白他葫芦里到底卖的什么药，从后视镜时不时地看看跟在他们后面的那辆租来的车子，几次开口问，后排的乘客却始终没再说话。

等快到滨江路23号，在离目的地还有一栋楼的那条马路上，任非让车先停下，指挥后面跟着的租车公司的业务小哥帮忙把租的车停在路边，自己取了车钥匙才又回来。司机一脑袋问号，满心忐忑地好不容易开到23号一个单元门口准备结单了，任非又在后座上说："师傅您别结单了，在外面等等我吧，我取了东西就下来，您再带我去趟机场。"

司机要按结单的手又从屏幕上挪下来，莫名其妙地回头看他，"小伙儿怎么神叨叨的？"

"哎哟，您管我神不神呢，左右您在车里坐着吹空调等不是比您在马路上跑强嘛，再说，机场还是个大活呢，这样，一会儿到了我给你双倍钱。"任非仗着早上出门收拾出来的那张三好学生似的无害脸，对司机眨眨眼睛，打开了车门，"您可别走啊，您走了我给您差评哟。"

任非从包里摸了副太阳镜，故意从临街的那一侧下车的时候，深深吸了口气。他的每一根神经，每一块肌肉，都随之戒备地紧绷起来。

他绕过车子走向单元门，泛着蓝光的骚包镜片下面，一双眼睛如鹰隼般，在几步路的时间里，迅速地把周围的环境都扫了一遍：楼头一伙大爷在打扑克，单元楼门正对着的树荫下，三个大妈坐在铺开的大纸壳上面哄两个连站也站不稳的小奶娃娃玩，一个清洁工正把一个清空了的垃圾箱推向楼尾，一辆装满了快递箱子的小三轮从隔壁单元楼开过来，停在了玩扑克的老大爷们的附近。

任非稍稍松了口气，不动声色地随手带上单元门，进了楼道，任非从身上快速掏出钥匙进了屋，把门反锁好，一呼一吸间就被一屋子陈腐的味道闷住了。

屋里的家具都用白布罩上了，如今布上落的灰摁上去都能留下个手印子，可见这间老屋很久没人回来过了。

房子是个三室一厅，任非绕着客厅转了一圈，把房门都打开，很快就确定了最右边的那个稍小点的房间是季思琪曾经住过的。靠墙的两个书柜里，一排一排全是中小学课本和中学生必读世界名著之类的书籍，也有些小说、漫画、小杂志掺在其中。

梁炎东让他在旧书中找一个带密码锁的日记本，并且猜测那个日记本是粉色的封皮。可任非在书架上搜了一圈，没找到。

他在屋里又转了一圈，小心地掀开家具上盖着的布，发现目标不在这里之后，又轻手轻脚地按着原样一块块把布盖了回去——任非不敢开窗户，可成年累月的灰尘被抖落开，混在空气里一个劲儿地往他鼻子里钻，他忍不住地想打喷嚏。

任非捂着鼻子一边克制着要打出一个惊天动地大喷嚏的欲望，一边伸手拉学习桌下面的小抽屉，没想到用力也没拉出来，低头看看，顿时有些啼笑皆非——这玩具似的小抽屉竟然还被上了锁。

这锁可不知道钥匙在哪里了，不过好在他工具带得齐全，撬开这么个小玩具锁还是非常轻松的。

他从包里翻出小螺丝刀，伸进锁眼用力一撬一拧，就听着咔嗒一声轻响，那把小锁头被他成功撬开了。

抽屉里真就有个日记本，粉色的，塑料软皮封面，侧边带密码锁，是一排跟小纽扣似的钉在上面的能左右拨动的白色按键。

这种日记本任非小时候也用过，一排10个能拨动的按键，代表0～9这10个数字。玩过这个的心细些的孩子大多数知道要打开这种"密码"有个诀窍——把10个按键按照同一方向全部拨动一遍，从手感上就能明确地感觉到，4个密码键跟其他非密码键的拨动手感是不同的，密码键的手感更"脆"，把这4个按键留在右边，其余的全部拨回左边，拨动开锁键，直接就能把日记打开。任非三两下打开密码，日记本用了一大半，前面密密麻麻的字和图，任非没有窥探别人隐私的毛病，只粗粗过了一眼就翻过去，书页冲着桌面抖落了几下，并没看见有梁炎东所说的什么光盘夹在其中。

他看了下表，又拿起手机看了眼打车软件——车还在计时，金额在缓慢上涨，楼下司机大概是害怕他真给差评，一直在等着他。

他定了定神，把日记本放在书桌上，从扉页开始，耐着性子一页一页地翻，翻到最后，他终于觉出不对了。日记本的封底内侧糊的那张纸跟整本日记的感觉不太一样，虽然都泛着具有年代感的淡淡烟黄，但仔细对比的话，还是能看出来，封底内侧糊的那张纸比前面的颜色要浅。

连一瞬的犹豫也没有，任非立刻就把刚才随手放在桌子上的螺丝刀拿起来，尖端沿着边缝，把封底的内页划开了，用手小心地抠出了卡在软塑料皮和硬纸壳之间的一张光盘。

光盘A面用蓝色记号笔标着"Jan.N8"，任非猜着，应该是1月8号的意思，或者是1月份按序号排下来的第八张光盘。

这里面究竟刻的是什么呢？

任非的手指轻轻地在"Jan.N8"上摸了一下，定了定神，用手把光盘表面擦干净，小心地放在了背包最里面的暗袋里。

第20章
落　刀

任非放好了光盘准备离开，刚把季老家各种罩布都蒙好，就听见安静的客厅里有一阵细碎的金属撞击声音。

任非后背的汗毛都竖起来了，他凝神循着声音找过去，只听细碎的金属声音过后，有弹簧发出的细微脆响，与此同时任非的目光正好落在大门的门锁上，然后他眼睁睁地看着那道明明已经被他反锁了的防盗锁，被人打开了，而他此时的反应也非常迅速——跳窗跑。

这是他昨天在楼下蹲了半晚上琢磨好的退路。当时他想的是如果撬门锁的事被人发现，就跳窗跑路，因为二楼一楼的窗子都有防盗栏，所以他踩着防护栏爬下去再从楼后的另一条小路溜走，成功率几乎是百分之百。

但是那时候他并没想到，这条昨天晚上没用上的跑路办法，今天会用来保命。

因为知道对方不会善罢甘休，所以他让网约车停在了单元门口混淆视听，把他还会乘那车离去的信号释放给对方，他下车故意绕过车尾才走进楼里，就是为了观察周围的环境，他压根不会坐打到的那车走，实际上，他另租的那辆车，才是他跑路的工具。

任非没有半点迟疑，拉开窗户跳了下去。他一脚踩在二楼窗户防盗护栏的顶上，被他锁上的房门就已经被人轰然踹了一下——那动静比起刚才撬锁不知道大了多少倍，但是之后竟然再没别的动静。任非先是愣了一下，紧接着隔壁屋的窗户被人从里面打开了。

紧要关头争分夺秒，对方开了大门发现不对之后，放弃撬第二道房门，当机立断地选择了从隔壁查看情况，一眼看见正从二楼下到一楼护栏的任非。头探出窗外的男人想也不想地跟着踩上二楼的防护栏，纵身跳了下来！

任非这人其实挺虎的，情绪上来什么都豁得出去，很有那种"你威胁我，老子就跟你干到底"的冲劲儿。

他从一楼护栏攀下来落地太猛，脚踝在地上狠狠戳了一下，但是他根本无暇顾及脚踝疼痛，刚一站稳就脚不沾地拔腿飞奔。

任非脚踝的隐痛多少耽误了一点跑路的速度，而他身后的男人飞毛腿似的拼命狂追，他们之间的距离在不断缩短，任非甚至能感觉到这些亡命徒身上特有的腾腾杀气。

他第一次感受到了致命的威胁，从而激发了身体更多的潜能，让他忽略了脚踝的疼，不要命地往停车的那条马路冲。可再多的潜能，也抵不过钢筋铁骨机械猛兽的碾压——在他绕过后面那栋楼，看见了自己租的那台车，慌乱中按遥控钥匙准备开锁之际，一辆黑色轿车斜刺里突然冲出来，踩死了油门咆哮着朝他直接就顶了过来！

千钧一发之际，任非比常人敏锐的第六感就像是在背后长着的另一双眼睛，让他在电光火石之间当机立断，长腿一迈的同时纵身一跃——他在车子撞过来的同时，从车前盖上滚了过去。

　　扑在车前盖上的时候，任非正好看见了开车撞他的司机，居然是海岛疗养院里的那个小李。任非本能地想骂，但此刻他五脏六腑都仿佛移了位，一句国骂从嘴里吐出去愣是没发出动静。

　　那个小李看见任非就跟见了杀父仇人似的，那架势简直是要一路把人顶到死为止，但是她没想到仓促之中这个警察竟然想了这么个辙，逃过了一劫，而这时候她想再把他从车前盖上弄下去碾死，已经来不及了。

　　小李咬牙急踩刹车，两个大汉眼看就要追上来，任非因为刹车的惯性又从车前盖摔到地上。从地上爬起来，额角都磕破了，下巴也在车盖上蹭出了血，腰疼得直不起来，但是却没敢缓口气儿，他按下死死抓在手里的遥控钥匙开了车锁，一只手捂着肚子跟跄着钻进了驾驶室。

　　任非疼得连大气也不敢喘，他一手系上安全带，一手飞快地打火，油门一脚踩死，在前面小李那台车掉了个头冲过来的同时，不管不顾地猛打着方向盘。

　　事情到了这个地步，已经没时间考虑太多了。他在过来的路上已经仔细看过了去机场的地图，性命攸关的时候任非自己都没想到他的脑子竟然比平时清晰清醒，所有看过的地图都在脑子里自动成像，他打着方向盘一路疾驰，车子就如同贴着地皮往前蹿的火箭，一路闯了无数个红灯，在后面小李的穷追不舍中，玩命地飙上了去机场的高速。

　　任非死死咬着牙，此刻整个胸腔、腹腔都疼得要命，他脸色煞白，额角的冷汗滑过带伤的脸颊。片刻之后，他把目光锁在了目之所及的最前方——一排拉货的集装箱重卡上。他深吸口气，拍了下方向盘，喃喃地跟这租来的车嘀咕："小爷今天能不能逃出生天，可就看你给不给力了小兄弟！"接着，他就一脚油门踩到底，用最快的速度朝最前面的一辆重卡追了上去！

后面的车子几乎同时不要命地加速，任非抢先钻了个空子，从两台重卡之间开过去，在重卡司机气急败坏的喇叭声中换了车道。此后，他跟重卡保持了一样的速度，借着重卡的车身的遮挡，暂时让自己离开了对方的视线范围。

对方一时看不见他，不得不跟他如出一辙从两台重卡中间窜了过去。

高速上的重卡车队一时之间全乱了套，震破耳膜的喇叭声响成一片。任非穿梭在重卡之间，屏着呼吸，连眼睛也不敢眨一下，生怕一个闪神就在重卡轮胎底下被碾成肉泥。

左左右右绕了好几次，眼看就要绕到重卡车队最前面，他的车将失去遮掩的时候，任非终于看见了最近的高速出口。他死死咬着牙，在最后一次变道的时候，趁着对方还没过来，把车开出了高速！

等对方变道过来，发现任非的车已经下了高速，而他们的车已经开出匝道老远，来不及了。

任非下了高速跟着导航绕了一大圈，把车开到机场的时候，距离他那个航班起飞还有不到一个小时。

直到进了候机大厅找到了登机口之后，神经紧张到快要崩断的任非才瘫坐在椅子上，闭着眼睛微微仰着头，长长地出了口气。

他不担心追他的人会追到候机大厅，机场安保向来严密，即便他们真追到了这里，在这种众目睽睽的场合，他们也不敢轻易对他动手。

定了定神，半晌后，任非睁开眼睛开始打电话。但是他的状态已经非常不好了，电话一通，张嘴竟然没发出动静来，那边谭辉连着"喂"了两声，他才一边捏着嗓子一边咳嗽了两声。

"喂喂？任非？"因为队里潜移默化的约定，没有正经事大家基本是不打电话的，现在任非打了电话除了咳嗽就没听见别的动静，远在东林正蹬自行车下班回家的谭辉干脆把车在路边停了，提着嗓门跟喊麦似的在路边对着电话叫他，"任非？"

"……队长，"任非被他们队长叫回了魂儿，扯着干涩的嗓子回应，"我有几件事要跟你汇报。"

"汇报？"谭辉一下子抓到重点，顿时就觉得心头隐隐蹿出了一把火，"你寻死觅活请的假你不好好歇着，你汇什么报！"

这种时候，任非没精力也没时间解释前因后果了，只能尽量简明扼要地说重点："我现在在江同机场，我的飞机明天凌晨一点半抵达东林。队长，你让咱们的人在机场接应我一下，我手里有3年前轰动全城的那个奸杀幼女案中梁炎东的无罪证明。有一伙人也在打这个证据的主意，我在江同跟他们撞上了，刚才过来机场的时候一路被人追杀，我怕他们现在没得手，会在东林机场劫我，我需要支援。"

如果任非就在他面前，谭辉觉得自己能把这小兔崽子当活道具，给他表演一个徒手撕鬼子。可是现在时间地点形势全不对，谭队长甚至连插嘴骂一句也不行，能做的只是满腔激愤地在最短的时间内消化一大堆信息。

"还有那个之前一直想方设法跟在我们后面抓新闻的晨报记者季思琪，是这件事情的关键证人，她可能正在遭受人身威胁，她那个老公有问题，希望申请对季思琪采取证人保护，对其丈夫秦文进行重点监控。季思琪还有个外公在江同的一家海岛养老院，身边有'不明势力'埋伏的暗桩，请求联络江同警方，同时对季庆会老人进行保护。"

　　任非隔着电话都能听见那边谭辉磨牙根儿的动静，这要是搁平时他估计就不敢再吱声了，然而今时不同往日，哪怕谭队现在拿着刀站在他面前，他还是得硬着头皮把话说完："最后一点，今天对我围追堵截的人有3个，可以断定他们跟秦文之间有联系。他们势力已经跨区跨省，抢证据明显是不想让梁炎东翻案，各种原委错综复杂一时难以查清，情况特殊，队长您想想办法，看能不能让监狱那边对梁炎东进行单独关押，以保护他的人身安全。哦，对了还有，刚才生死时刻我一路超速闯了红灯到机场，车牌我等下发你微信，你联系江同这边的时候顺带帮我把违章处理下。"

　　谭辉的手原本只是扶着自行车把上，此刻却用力得像是要把车把从自行车上薅下来似的，手臂上青筋暴起，他忍了又忍，强行把所有咆哮都咽回去，杀意沉沉一字一顿地对任非说："……小、兔、崽、子，等你回来，看老子不拆了你的骨头！"

　　"等我回去把骨头都拆下来给你拿去喂狗。"任非又压抑地咳嗽了两声，知道自己理亏，巴巴地讨好他们队长，"队长，我马上登机，先这样了，等明天见面我让你拆骨头。"

　　挂了跟谭辉的电话，他紧接着给关洋打了一个："你帮我跟梁教授说一声，东西找到了，在我手里，目前安全，明天就能把东西带回去。剩下的事情，让他快点着手准备，以免夜长梦多。"

那边关洋答应下来，任非又嘱咐："你这几天把梁教授看紧点儿，外面不太平，我怕有人狗急跳墙直接对他下手。"

两个电话打完，任非彻底松了口气。紧绷着的肌肉和神经一松，他才反应过来，之前躲车那一扑一滚，那种让他觉得五脏六腑都移位了的疼，其实是以胃部为中心，源源不断扩散出去的。

他窝在椅子上摁着胃，疲惫地半眯着眼睛，很快额头上就沁出了一层薄汗。

其实他这个状态已经不适合长途飞行了，最好的处置方式应该是现在出机场打车去医院，最不济他也应该去个机场医务室，但是眼下已经没时间了。

任非闭着眼睛小口小口地呼吸，就这么咬牙挨着，没几分钟广播一响，任非咬着牙站起来，拎着他一直没离手的背包，一瘸一拐地上了飞机。

飞机刚滑行的时候任非就睡着了，他睡得昏昏沉沉，自始至终夹着背包的两条小腿都没放松过哪怕一丁点。

任非活了24年，除了给他妈和舅舅表妹追凶，没对什么事情这么执着过，但眼下背包内袋里的那张光盘，在经历了近乎生死劫难后，成了他拼了命也要守住的东西。事到如今，他守的已经不是这个东西本身，而是自己成长过程中的勇气和信念……

类似这种没头没尾的想法，在他迷糊成一团糨糊的脑子里来回游荡，任非有的时候觉得自己是在做梦，有的时候又觉得其实是醒着的，这么一路混沌，直到飞机落地剧烈地震了一下，他才恍惚地睁开眼睛，半晌才回过神来——他得在这个地方转机。

回程航班没有经停，跟他这个航班时间匹配到一块儿的转机班次，中间间隔最少也有3个小时，他从到达口出来又上楼，找了个距离最近的茶餐厅，让服务员给随便上个套餐，一头就朝着双人沙发倒了下去。

他发烧了，身体的应激反应逐渐抽走他所剩无多的体力精力，他应该吃点东西喝点水补充下体力，但是不知道胃部受伤情况，他不敢贸然进食。

点了套餐也就是为了找个地方能休息会儿，服务生把饭菜端上来他一口没碰，调了个闹铃，在沙发上躺到快要登机，他才摇摇晃晃地去卫生间洗了把脸，拖着仿佛虚浮的脚步又过了一次安检。

再爬上飞机，他连昏睡也睡不着了，胃疼到简直不堪忍受，偏偏还咳嗽不止，冷汗沿着鬓角流下来滑过脸颊，很快贴身的衣服就被汗打湿了。

他也不知道飞机到底飞了多久，强烈的痛楚让他觉得时间过得好慢，最后任非实在咳得受不了了，把数次过来问他需不需要帮助的空乘给叫了过来，要了杯温水，然而这一喝却不得了，他小口小口地抿着咽下去，没隔多一会儿，竟然生生呛出一口血来。

旁边的大叔见状也吓得喊了一声。他不想引起太多注意，勉强摆手，大叔却不听他的，惊慌地又把空乘叫回来。午夜航班因他而起的小骚乱中，任非咬着牙弯腰把夹在两条小腿中间的背包拎起来，背在身前两手扣着，怕再出状况。他用尽一切方法死撑着保持清醒，从来都不知道自己竟然会这么狼狈。

飞机着陆，周围影影绰绰，任非已经不太能分辨这些人都是谁，自己又在哪儿，只有所剩无几的一点意识让他在一片嘈杂中勉强能听到有人说落地了让他再挺一挺，医疗队马上就来，任非死命地眨了几下眼睛强撑着打起精神，一手依然固执地抓着他的背包，一手从裤兜里摸出手机开机，找到谭辉的电话，胡乱地塞到了一个空乘手上，"……不要你们医疗队……给这个号码打电话，他在外面等着接我呢。"

空乘就没见过这么固执的人，状态跟快要死了似的，竟然还敢说出不就医的话。然而并没有人理一个意识不清醒的重病患的要求，几个人合力把他抬到医疗组的担架上，那个被他"托付"的空乘拿着他手机，也跟着医疗组一路跑，一边跑一边按任非说的，拨通了谭辉的电话。

任非那时候其实已经顾不上空乘对着电话说什么了，但是当空乘按照谭辉的意思把手机贴他耳朵上的时候，他却听清了谭辉声音，稳若磐石、铿锵有力，"我们都在外面，你放心，出不了岔子，这就来接你。"

任非听完连嗯一声的力气都没有，死撑着的最后一点清醒因为队友的到来而松懈，他脑袋一偏，彻底晕了过去。

凌晨两三点通常是人睡眠最深的时间段，熟睡之中被电话吵醒，这对在公安局任职多年的任道远来说，早已习以为然。

但是今天当他把电话接起来，沉默中听对方把话说完后，10多年来第一次有点恍惚。他们竟然在电话里跟他说，他儿子受伤昏迷，现在正躺在120急救车里被送往东林二院。

转瞬的茫然，更多的是焦急、慌张和不安，任道远就像任何一个乍闻自家孩子吃亏受伤的老人一样，一下子从床上坐起来，穿上外裤拎起外套就往外跑，把车开出来的时候一手握着方向盘，一只手还在系衬衫的扣子。

他的手指抖得控制不住，一阵没来由的心悸让他心头乱成一团，往医院开的时候，在这座他无比熟悉的城市，他甚至开错了路。似乎从未被击垮的任局，此刻的确是害怕了。

本来以为时间可以抹平当初妻子骤然离世的惊悸和痛苦，然而当他接到电话，得知儿子生命受到威胁的这一刻他才明白，用了多少年才终于止血结痂的伤口，经不起一丝风吹草动，如果任非再有个意外，他怕是再撑不下去了。

任道远赶到医院的时候，任非正在检查室里做胃肠检查，他的两个领导——昌榕分局局长杨盛韬和刑侦大队长谭辉都在，还有几个人守在门外，任道远叫不出名字，但知道都是任非的同事。

任道远深吸口气尽量平复情绪，抬头看了眼检查室的牌子，声音还是杨盛韬听惯了的沉定严肃，只是语气低沉了些，"怎么回事？"

杨盛韬叹了口气，他也想知道到底是怎么回事。

谭辉接到任非求援电话的时候已经是下班之后，他挂了电话临时把他们队里的几个人又叫了回来，但是因为那时候杨盛韬已经走了，而申请证人保护也好，申请实时监控也罢，这些东西都需要审批权限，但是谭辉没有理由没有证据，身为队长，他实在没办法因为任非的三言两语就跟杨盛韬申请，就算他说了，无凭无据，杨局也不会同意。

谭辉原本是想着等接到了任非，让他把前因后果说明白，他们几个把该折腾的文件都弄好，明天拿着去找杨局批示，因此他今晚上就没想惊动杨盛韬。但是没承想，任非竟然是躺在担架上被人抬下飞机的。

人昏迷不醒，脸上青紫擦伤清晰可见，手却死死地抱着胸前的背包，这场面看得连谭辉都眼睛发酸。而整件事随着任非的受伤昏迷，也从"小刑警再次不顾大局擅自行动"而升级到了另一个更严肃的层面。

看杨盛韬不说话，任道远就把目光落在了谭辉身上。

可惜谭辉知道的内容也不过就是任非电话里的寥寥几句，一五一十地跟任道远说了，等最后说完，任道远那脸色简直就跟黑云压城似的，简直快要活生生把城楼给压塌了。

"……梁炎东的无罪证明？"任道远每一个字说出来都像是在仿佛冻结的空气里喷出了一个小火球，噗噗噗地烧得人不敢靠近，"梁炎东竟然让任非去给他找无罪证明？混账东西！他找任非干什么？他要脱罪他怎么不来找我啊？"

任道远的话有点让人听不懂，但没人敢问。任道远背着手在医院走廊上跟头困兽似的来回踱步，简直被任非的一趟江同之行惊起了一后背的白毛汗。他越想越后怕，半晌的沉默后终于忍无可忍地指着检查室，又心疼又生气，恨铁不成钢地骂："小兔崽子自己作死不知天高地厚！等你出来我非扒了你的皮！"

他骂完缓了口气儿，停住脚步，从谭辉手里把他儿子的背包拿过来翻了一圈，从内袋拿过光盘，盯着上面写的编号看了片刻后目光一凛，转头果断地跟杨盛韬和谭辉说："按任非说的做——对季思琪进行证人保护，对其丈夫秦文实行24小时严密监控，一旦发现不对立刻逮捕，同时联系江同警方协助保护季庆会安全，调查拦截任非的那些人的身份——不用走流程，我批了。

先执行，之后拿着东西直接找我签字补个文件就行。"

"至于那个梁炎东……"他说着把光盘递给杨盛韬，"安排技术人员看看里面刻的是什么，仔细核验资料真伪，然后给我回复。如果光盘内容确与梁炎东的案子有关，我让人去跟监狱管理局那边沟通，先把梁炎东单独收押。"

大局长坐镇，魄力十足。谭辉眼睛一亮，立刻安排人该干吗干吗去了，检查室门口剩下他们三个外加一个石昊文守着。检查室的门打开了，任非被护士从里面推出来的时候还在昏迷。任道远一看他儿子那脸色顿时心疼得不行，但是回头去找大夫的时候表情还是跟刚才安排工作一样的严肃，"大夫，我儿子怎么样？"

"胸壁多处软组织挫伤伴有胸腹皮下出血，初步考虑是交通事故。"医生皱着眉毛说，"伤的地方虽然多，但都不严重，及时就医尽早控制病情的话不至于闹到这个地步——我听说他是被人从飞机上抬下来的？现在的小年轻太胡闹了，撞成这样还打了个飞的跑回东林来治病，这么信任我们医术，我得跟医院申请给他颁个奖章。"

大夫没好气地夹枪带棒，平时数落惯了别人的任道远此刻不得不绷着脸听训，完了还得接着问："他现在的情况要紧吗？用不用手术什么的？"

"不用手术，遭罪是肯定的了，去办住院，吊水观察着吧，他胃出血，这几天不能吃喝，得打营养液。"

"什么时候能醒？"

医生要笑不笑，"他这个样子，估摸着最快也得下午吧。"

任道远忙不迭地点了点头，感激地对医生道了谢。

然而据说下午就能醒的任非，到了傍晚也没睁开眼睛。他躺在监护室里，身上插着各种仪器的管子，各项数据都平稳正常。

到了晚上，任道远说什么也坐不住了，他又把值班大夫找来，并且再三要求着，硬是让医院又给任非查了个头部的磁共振。

其实任非凌晨送过来的时候已经做过颅脑平扫了，没有问题，但是任道远怎么也不放心，他怕是任非撞伤了脑袋CT没查出来。

等到磁共振结果出来，他悬着的心放下一半，却还是忧心忡忡，"哪儿哪儿都没问题，为什么孩子就是昏睡不醒？"

"身体的应激反应。他在彻底失去意识之前一定是已经过度体力透支了，身体各项机能苏醒恢复都需要时间，等人体自行调节好了，他就醒了。再说，你看这体温不都已经开始往下降了吗？"医生如是说，任道远也只能又一次点头。

几乎一年365天不缺勤的任局罕见地一连请了两天假陪床守儿子，而任非一连4天朋友圈不更新微信没回复打电话没接，让跟他处于暧昧期的杨璐再也坐不住地找到了任非单位，在得知任非受伤昏迷不醒之后，打车直接就去了二院。

于是任非这位朋友之上恋人未满的女神，跟他这么多年也亲不起来的老爹，就在这种情况下，在病房里毫无铺垫地见了面。

万分尴尬之际，杨璐垂头遮挡自己一瞬间的错愕，不太好意思地抬手把长发往耳后撩了一下，对任道远礼貌地笑起来："……伯父好，我听说任非受伤了，过来看看他。"

她这是把如何看待自己的权利还给了任道远，人精似的任局自己也明白，因此也勾勾嘴角，笑着直接就问："这两天任非手机时不时就要响一次，我看都是一个号码——你就是他手机里那个'女神'？"

杨璐的脸一下子就红了。她这两天的确一直尝试联系任非，突然被他的家长用这种称呼问了一句，就算她心思玲珑，脸上到底有些挂不住了。

任道远和杨璐说话的时候，谁也没注意到任非手指动了动，而等他们注意到的时候，昏睡了两天的男人突然木乃伊诈尸一样，腾地一下从病床上坐了起来！

就像是睡梦中又遭受到了致命的重击，任非脸色难看得要命，疲惫虚弱中夹杂着来不及掩饰的骇然和惊悚，他微微张着嘴，转动着眼珠，看见任道远的时候，仿佛是想松口气，却又猛地更加紧张起来。"爸……"他声音发着抖，杨璐就站在他旁边，他却无暇顾及，"我手机呢？"

任道远被他霍然起身吓了一跳，不由分说就要扶着他再躺下，"什么手机，别醒了就找事，大夫让你躺着别动，赶紧躺下！"

"不是，你赶紧把手机给我，我有正事儿！"任非情急之中一把拔掉了手指上夹着的血压器，说话一着急，喊出来的声音都还是嘶哑的，"人命关天，你快点给我！"

任道远看他这样子，反应过来这的确不是睡到发了癔症。从旁边桌子的抽屉里把手机找出来，刚一拿在手里，就被任非抢了过去。

"喂？"任非声音紧绷，"老大，季思琪呢？你们有把她保护起来吗？"

一瞬的沉默，谭辉听上去有点怪异的声音从听筒中传出来："……有。"

任非听着这动静，心里那不祥的预感越发强烈，几乎就要跟睡梦中的直觉撞在一起，碰出让人心悸的电光来。他忍着胸腹脾胃的疼痛，像个刚被人从水里捞出来的溺水者一样，神经质地大口大口地喘息着跟对方确认："……她没事吧？"

　　比刚才更长的沉默过去，谭辉语气沉重地对他说："她死了。就在一分钟之前……就死在众目睽睽之下，就死在我眼前……"

第 21 章
失　序

季思琪是昨天傍晚的时候被谭辉他们接走的。

因为当时各种情况都不明朗，他们要监视秦文就不能贸然把季思琪带走打草惊蛇，可那天正好赶上周末，刑侦队的人在外面蹲了大半天也没见季思琪家里有人下楼，最后还是谭辉让人找季思琪单位的领导，硬是大周六给姑娘安排了个夜市暗访，等傍晚姑娘下楼，这才名正言顺地把人带走。

季思琪当时没说什么，昌榕分局刑侦队的这几个人她都脸熟，所以跟他们上车之后，季思琪脸上甚至露出轻松的表情。

但是没想到的是，季思琪被他们接走，暂时安顿到了昌榕分局的宿舍之后，竟然问什么都不说。

后来谭辉别无他法，把自己所知道的任非去江同的事从头到尾先给她说了一遍。季思琪神色变幻，直到听说他们已经联络江同警方协同保护她外公的时候才慢慢地抬起头，小声地跟警察们确认："……我外公现在是安全的吗？"

谭辉很确定地回答她："江同警方已经开始行动了，你外公

405

所在的那个疗养院我们也确认过，院长亲自派了信得过的人在照顾老人。"

季思琪咬着嘴唇点点头，忽然又不安地摇摇头，接着问他："你们能像现在对我这样，先把我外公带到你们自己的地方保护起来，直到整件事情都结束吗？"

谭辉被噎了一下。这毕竟是跨省协同，东林警方跟江同那边此前从没有过交集，虽然对方出警，但这件事能做到什么地步，他实在不敢说。

谭辉正琢磨着要说个模棱两可的漂亮话先把她安抚住，然而季思琪没给他机会，"有个照顾我外公一年多的护工，她是跟秦文一伙的，他们用我外公的生命威胁我，让我不要轻举妄动。"

"那个护工已经离开疗养院了。"

"但是我不知道疗养院里还有没有被安插其他人——他们处心积虑，为了挟持我，为了得到那个我根本就不知道的光盘，可以让一个人在我神志不清的外公身边蛰伏这么长时间……他们的耐心太可怕了，我不敢冒险。在确定我外公人身安全得到切实保护之前，抱歉……我真的什么都不敢说。"

就因为这个，谭辉他们跟江同警方反复沟通联络走程序，等那边的警察把老人带出海岛暂时送进了有合作的公立医院病房照管，照片发回来给季思琪看过了之后，就已经到了快下班的时间。

季思琪要求用手机跟她外公视频说几句话。

这要求没什么难的，谭辉跟对方警察相互加了微信，老人脑子不清醒了，但是手机刚一有画面，他一眼就认出了季思琪，"琪琪啊，秦文那小子把钥匙给你了吗？你进屋了吗？天热，让你妈给你拿冰棍儿吃啊。"

手机里的老人笑呵呵的，满脸慈爱，可是就这么几句话，就说得季思琪泣不成声。

她不想让老人看见她哭，转过脸，但压抑的哽咽还是从听筒传了过去，老人开始并没有意识到这是什么动静，他一边说"你大声点外公听不见"，一边把手机贴在耳朵上试图听得更真切一点。季思琪的视频画面顿时被老人脸上苍老的皱纹、大片大片的老年斑、只见银丝的鬓角填满，她情绪更加激动，简直说不出话来。

片刻后，季庆会也听见了他外孙女哭，顿时就急了，他一边喊着，一边抓着手机颤巍巍地从病床上下来。大概是被人拦住了，老人情绪激动，含混不清地跟对方争执着，说他不能让他家大琪琪被别人欺负，争执中弄掉了手机，视频信号顿时断了。

季思琪的世界突然恢复了安静，却如同死亡一般的，沉寂得令人心惊。

谭辉等她哭着发泄了一会儿，挺别扭地劝她："别哭了，等这事儿了了你再去看他就好了啊，你还可以陪老人多住一阵子。"

季思琪吸吸鼻子，勉强打起精神，点了点头。

那个时候，谁也没想到，这视频里匆匆的一眼，竟然就是季庆会老人和他从小疼爱的外孙女之间的永别。

谭辉这一辈子见过很多死亡，自杀的、他杀的、尸体情况多骇人的他都见过，但是没有哪一次的死亡能比此时此刻倒在地上的季思琪更让他感到震惊悚然。

"你能想象吗？她当时就坐在我对面，动作、表情、言语……一切如常，然后突然好像很痛地闷哼了一声，紧接着就从椅子上栽下去。"

胡雪莉带着法医组的人闻讯赶来的时候，谭辉已经挂了跟任非的电话，他虽在尽力维持着清醒和镇定，但却颓靡得不像样，"我起身绕过去在她身边半蹲下喊她……发现不对叫人帮忙，他们去叫你，去打120，但是都没用了，从跌倒到确认死亡，整个过程不到两分钟，不到两分钟……她就死了，就死在我眼前。"

胡雪莉从没见过谭辉这样子，她用力握了握男人紧绷到坚硬的肩膀，"你冷静点，事情还没完。"

何止是没完。

谭辉知道，季思琪的死，才仅仅是个开始。

一个被警方特别保护的人，身上没有外伤，上警车的时候生龙活虎，这才二十几个小时，人就在警方的地盘上，在警察的眼前，突然猝死了。而季思琪倒下之前，还有话没对他们说完。

无论死因是什么，她不可能是自然死亡，这是隐藏在幕后的凶手，对他们赤裸裸的挑衅。

谭辉颤抖着抽了口气，抬手拍了拍脸，让自己从失控的情绪中走出来。但他手下失了准头，两只手拍在脸上噼啪作响，活像是狠狠扇了自己几个大嘴巴一样。

胡雪莉沉默地看着他，跟法医组的人一起把季思琪的尸体抬往法医室，从他们办公室出来的时候，看见谭辉猛地站起来，声音沉重语气森然地下命令："老乔！带人去把季思琪那个畜生老公给我拘起来！"

跟谭辉打完电话，有将近两三分钟，任非整个人都是完全静止的。他爸说什么他听不见，杨璐握住他的手他也感觉不到，耳边嗡嗡作响，脑子里回放的全是把他惊醒的那个梦。

从未失灵的死亡第六感，强行拽着他从昏睡中醒来，然后紧接着，谭辉就确认了这个噩耗。

任非无意识地把手从杨璐微凉的手心里抽出来，抬起双手，捂住了脸。

他想，我应该早点跟队里说季思琪的情况的。如果不是我自以为是，如果早点把季思琪保护起来，她就不会死。季思琪死了，季庆会老人无依无靠，疾病缠身，谁来照顾他？梁炎东拜托我保护季思琪的安全，人死了，我又该怎么跟他交代？

无法形容的疲惫感迅速吞没了他，睡了两天，胸腹疼痛也没减轻多少。任非无力、悔恨、恼怒、黯然，连着多日的紧张情绪，季思琪的死就像最后的一箭刺穿了他始终紧绷着的那根弦，让他有点控制不住自己……

压抑到极致的呜咽低低响起，这么多年没见过儿子哭的任道远措手不及，杨璐柔柔地看着他，没考虑任道远会怎么看她，轻轻地把情绪彻底失控的大男孩搂进怀里。

这是他们第一次这么亲近，杨璐身上有常年待在花店里浸出来的、任何香水也无法模仿的馨香，清甜温暖，绵软柔和，被这气味儿包围，人很容易放松神经，渐渐冷静下来。

任非闭着眼睛颓然地靠在杨璐肩头，听着他的女神用和缓安宁的声音说："我不知道都发生了什么事，但我猜，你失踪这几天，应该都跟你刚才那个电话有关。我很遗憾你要保护的人离世，如果为离开的人再做点什么会让你好受一些的话，无论什么，我都支持你，如果你需要，我陪你一起去做。"

任非的眸光闪了闪，缓缓地从她肩膀上抬起头，静静地愣怔了片刻，终于把自己从失控中抽离出来。

他抬手胡乱抹了把脸，沾着点泪痕的手又在杨璐手上用力握了一下。杨璐没有躲，面对面地看着他，眼神带着点鼓励和信任。

"你说得对，"半晌之后任非哑着嗓子说，"我该做点什么，给他们一个交代。"

任非是坐他爸的车回的分局。这12年来，他跟他爸同乘一车的次数已经屈指可数，活到24岁，带着个女性坐他爸车上更是第一次。

任非的理智这时候已经回来了，终于想起来，不管怎么说，这也是杨璐跟他爸第一次见面，按他们现在的进展，他现在应该正式把杨璐介绍给他爸了，而不是回避。

虽然他知道今天的情况杨璐肯定能理解，但他不想让杨璐体会那有可能出现的不安和委屈。可是凝重气氛中他琢磨半天也没能开得了这个口，车却在他们分局门口停了下来。

任道远跟他们一起下车，看了欲言又止的任非一眼，明显是看出了儿子在想什么，给他找了个台阶下："你还没跟我介绍一下，你朋友叫什么。"

"啊，她叫杨璐。"任警官如获大赦，"是我——"他想说，杨璐是我女朋友，但是话到嘴边，又觉得很唐突，他还没有正经跟杨璐求过爱呢。

"女朋友"三个字硬生生地被他咽了回去，磕磕绊绊不太自然地接了句："……女神。"

杨璐没憋住，轻轻笑了一声。

任道远那张不苟言笑的脸上倒没有什么特别的情绪，只是又看了他儿子一眼，然后对杨璐说："那不好意思了，杨小姐，今天的情况，恐怕得你自己回去了。"话说得有点硬，但是语气其实挺慈祥友善的，看得出第一次见面，老爷子对杨璐的印象还不错。

杨璐点点头，她的笑从来温润和煦，此刻对上任非的长辈，那表情也是谦和平顺的，"没关系的，住店就在前面那条街对面，绕过去就是了，走路也就10来分钟。"

杨璐走后，任道远跟着任非一道往办公楼走，路上似不经意地问儿子："她是干什么的？"

"开花店的。"

"怎么认识的？"

杨璐走了，任道远和任非的父子关系迅速恢复到平日状态，任道远开始关心起儿子的交友问题，而任非觉得他老子这是在查户口，再想想他跟杨璐相识的原因，顿时身上的刺一根根地冒出来。他看了任道远一眼，抬脚几步迈上办公楼的台阶，在进楼之前，转过头漠然地回答落后他两步的任道远："给我妈买花认识的。"

这是个软肋，被戳了一针的任道远沉默了。

任非是大老板儿子这件事昌榕分局里只有杨盛韬和刑侦队的人知道，因此办公区大部分人看见任道远风风火火跟着任非冲进来都很诧异，大家下意识地站起来，但是任道远没给大家打招呼的机会，跟在任非后面直接就去了刑侦队的办公室。

看见任非和任道远俩人一块儿过来，谭辉和杨盛韬都有点诧异。

但毕竟任道远的官衔儿在那儿摆着，如今突然就这么招呼也不打一个地进了办公室，马岩他们几个说不发怵那绝对是骗人的。

好在任道远自己也有自知之明，摆摆手，也没等他们打招呼，先把自己撇干净了："你们说你们的，我来不是公事，就是为等他完事了再把他逮回医院去。"

全队鸦雀无声，一个个咧着嘴假笑着不说话。

任非把在场人的反应看在眼里，也不管是不是落了他爹的面子，张嘴就说："你要不是来视察的，那就去外面等我吧，你在这儿大家都有障碍。"

任道远眼睛立刻直起来了。

杨盛韬见识过他们父子拌嘴时的糟心样儿，当下就觉得头皮发麻，赶紧在自己身边搬了把椅子，还故意弄出了挺大的动静，搬完就用典型和事佬的态度招呼任道远："障碍什么，我不也在这儿旁听呢，任局来我这边坐吧。"说着又示意任非："住着院呢，你也敢跑回来瞎闹，赶紧找地方坐！别浪费大家时间。"

任非一声不吱地绷着那张苍白蜡黄的脸找个地方坐了，任局却没坐，他目光沉肃地看着任非的背影，沉默几秒，竟然真面无表情地走了，"你们说吧，我去外面等。"

全体目瞪口呆中，谭辉清了下嗓子，"那我接着说。"

谭辉他们习惯了跟时间赛跑，因此他一个动静把大家的注意力全拉了回来，即使队里很关心任非的身体情况，但是眼下并没有时间多问一句。谭辉说着往任非身上看了一眼，任非会意地点点头示意他没事，谭辉接着就说："我们去拘秦文的人在他家并没有找到人，目前看那厮是跑了。但是根据季思琪生前对我的叙述，我们的人的确在他们家楼道声控灯里找到了监控设备。她说的泗水度假区，秦文曾囚禁她的那栋别墅，我们的人也正在赶过去，相信很快会有消息传回来。法医组那边正在对季思琪进行尸检，关于死因，那边最迟明早会有结果——无论死因是什么，相信都跟秦文脱不了干系。"

谭辉每说一句，任非就心惊肉跳一次。

秦文竟然在他们家的声控灯里装了监控。那么，他当时去季思琪家里敲门，整个过程都落在了秦文的眼里——秦文明知道他在找他们，却依旧躲在泗水别墅以不变应万变……原来那时候他已经落到了秦文的算计里。

秦文也要找光盘，那时候，秦文很可能已经知道了，梁炎东会托人找季思琪……他以为季思琪会告诉梁炎东，或者梁炎东会有更加可靠确切的线索……秦文把季思琪当诱饵，等着坐收渔翁之利。

如果不是梁炎东机警，猜到了光盘所在而没有告诉季思琪的话，很可能现在光盘已经落入他们手里，而季庆会也好季思琪也罢，这些对他们来说已经失去价值的诱饵，恐怕在几天前就会被吃掉了……

耐心十足、手段狠辣、势力不明……这样的对手，刷新了任非从警以来对"罪犯"的认知。

"整件事情不可能是秦文在主导，"任非舔了舔干燥的嘴唇，"从在江同对我下手的那三个人的表现来看，秦文并不像是能控制住那些人的主儿，但是他们跟秦文的目的是一致的，就是为了光盘，所以我还是坚持，秦文跟江同那三个人都听命于背后某个更加强大的人物或者组织，而这个人或者组织，不想让梁炎东从监狱里走出来。"

"已经通知技侦那边协助我们定位秦文的手机，秦文背后到底是什么，等把他抓回来就知道了。"谭辉点头认同了任非的猜测，他两眼发红，表情冷厉如同急于挣脱牢笼的困兽一般，"你拿命护着带回来的那个光盘也是一段监控录像，昨天技术那边已经分析过了，录像是真的，没有问题。里面记录的是某医院的一个实验室或者贮藏室，有个医护人员打扮的人进去在冷冻箱里取了个什么东西——监控拍到了他的半张脸，但不是太清楚，技术人员正在尝试画像。除此之外，可以确定光盘A面标注的'Jan.N8'没有特殊意义，监控录像里有时间，是三年前的1月8号凌晨两点半。至于是哪家医院，考虑本市可能性大，我们的人已经带着拷贝画面去挨家排查了。"

说到这里，谭辉把面前用夹子夹着的一叠资料向前推了一下，离他最近的马岩率先拿过来，发现里面是一部分复印的卷宗，里面记录的案件是三年前梁炎东犯下的那桩奸杀幼女案！

而当马岩在卷宗上看见梁炎东作案时间的时候，忍不住倒吸了口气。

"没错，"谭辉在马岩惊讶地看向自己的时候肯定道，"我去调了梁炎东的卷宗，巧的是，他奸杀幼女案发当天，是三年前的1月9号。也就是说，这个监控的第二天，梁炎东就犯案了。"

梁炎东当年的案子不是昌榕分局这边经手的，很多细节他们并不知情，马岩用最快的速度把卷宗大致翻了一遍，有点惊奇地抬头，"最开始，警方抓到的凶手不是他？"

"是个有前科的无业游民，叫郑志成，案发时距离他上一次盗窃罪出狱不满一个月。民警是和孩子的家长一起在案发现场逮到他的，大人们赶到的时候，孩子已经没了，而郑志成正从孩子身上把自己的外套拎起来穿上。"

谭辉叙述的时候，任非急不可耐地把卷宗从马岩那儿拿过来看，他快速翻看，说话有点心不在焉，"我当时挺关注这个，网上多数采访报道我都看过，说是梁炎东当时本来是嫌犯的辩护律师，结果不知道为什么，突然在庭审的时候自己认了罪。"

"对，"这些细节谭辉在几年前听经手这案子的哥们儿提起过，现在回想起来依稀还记得当初的震惊，"梁炎东当时接手这案子，本来是为了给郑志成做无罪辩护，也不知道怎么回事，反正整件事后来戏剧性地发生了翻天覆地的转折——在化验结果出来后大概半个月吧，庭审前被害人家属得到一封匿名信，举报残忍杀害女孩的凶手并非郑志成，而是担任嫌疑人辩护律师的梁炎东。后来庭审，被害人家属当庭指认梁炎东是杀人真凶，要求提取梁炎东的活体样本跟女孩体内精斑进行DNA比对，让人意想不到的是，家属指认后，梁炎东竟然当场对犯罪事实供认不讳，甚至当庭还原犯罪现场和犯罪细节……"

任非把卷宗翻完，听着谭辉的叙述有点愣神——即使早就知道结果，但听见事情真实的经过，还是骇然。

"因为被害人年龄太小，考虑到家属心理诉求，案件当时没有进行公开审理，家属也拒绝采访，所以完整知道这些细节的人不多。案件真正开始受到关注，就是从梁炎东被收押后开始的。没几天庭审中梁炎东当庭认罪的视频意外流出，此后各大媒体铺天盖地报道，大多是从'杀人者替无罪者做辩护，梁炎东城府深沉人面兽心'这些角度切进去的。"

"可是……"任非无意识地张着嘴，连身体的不适都感觉不到了，"如果我带回来这个光盘真如他自己所说，是他能翻案的关键，而这光盘这几年都是被他老师萧绍华藏着，三年前他就有能证明自己无罪的有力证据，那为什么他要冒着很可能被直接判死刑的风险认罪？"

谭辉沉着目光摇头，"不知道。所以我们一直都认为，他是罪有应得。"

任非抿着嘴唇，不说话了。

这时，办公室的电话响了，马岩去接，应了几声挂了电话回来就说："老大，技侦那边有消息了，他们通过手机信号锁定了秦文的位置！"

谭辉拍桌而起，"让他们把位置发到正在搜捕秦文的老乔手机上，弟兄们，走了，抓'鸡'去！"

他们队向来反应迅速，随着谭辉一嗓子吼，大家已经都有了动作。任非下意识地要站起来跟着一起走，被绕过桌子的谭辉一把按住了肩膀，"别说任局在外面，就是他不在，拖着个胃出血脾破裂的破烂身体，我也不能让你跟着去。"

任非此刻身体确实是难受，去了八成也是拖后腿，何况他爹现在还跟个门神似的守在外面，于是点头妥协了："那行，那……我去狐狸姐那边……看看。"

谭辉他们走后，任非敲开法医组的门，胡雪莉却没让他进。

任非的声音压抑沉重中带着恳求，"狐狸姐，你让我进去看看……我就，就是想再看看她……"

这两天胡雪莉也大概知道了任非身上发生的那些事儿，因此听说他来，知道别人未必能劝得住这小子，摘了手套出来了。任非话音未落，她却根本连考虑都没有就断然拒绝，态度十分强硬，"死者没有外伤并且排除了中毒的可能，为了进一步查明死因，里面在进行解剖，胸腔已经打开了，现在不方便外人进去，你这样会妨碍我们工作。"

任非嗓子发紧声音发涩，"……是他杀吧？"

"目前已经有些眉目了，正在进一步确认，结果出来我会出报告。"

冷面女王没有正面回答他，说话非常公事公办。他们局里一般人听了这话就会讪讪地作罢了，然而刑侦队整天跟法医组打交道，任非更是从进队开始就努力抓住各种机会抱紧首席法医的大腿，跟胡雪莉混得挺熟，这会儿听着这话不肯买账，皱着眉叫了一声"狐狸姐"。

那动静怎么说呢……隐约有点大男孩落不下面子的哀求，胡雪莉静静地看了他几秒，叹了口气，做了她最大的妥协，"好吧，你就在外面坐着吧，结果出来我知会你，你先跟你们队长汇报一下。"

任非抻着脖子在她关上门之前大声地喊了一句："谢谢狐狸姐！"

因为秦文的行踪已经被锁定，谭辉他们这次的抓捕行动没费多少周折，快半夜的时候，刑警们把秦文给拘了回来。

彼时去泗水别墅调查取证的石昊文也有消息传回来，说他们在秦文租住过的别墅地下室的确找到了另一套监控设备，别墅所属的民宿酒店老板却表示对此毫不知情。他们正带着老板往分局赶，而等儿子等到半夜的任道远被杨盛韬请到了自己办公室休息，任非还守在法医组没回来。

谭辉他们直接把秦文铐在了审讯室，谁知刚一坐定，秦文这一路铜浇铁铸似的嘴巴竟然率先开了腔："你们领导呢？我要见你们领导，我要求申诉！你们有逮捕令吗？深更半夜的你们凭什么抓我？"

"抱歉，逮捕令没有，但拘留证是我们局长亲自签的，这个在拘你的时候已经给你出示过了，我们按章办事，你找谁都没用。"谭辉一边说一边和李晓野在审讯桌后面坐下，"至于凭什么深更半夜抓你……难道半夜不能抓你，得白天才能抓？"谭辉一进屋说话表情行为就跟个土匪头子似的，气场非常瘆人。

秦文是个文化人，但自从他牵扯上那些人，对凶神恶煞的嘴脸逐渐有了免疫，他也不相信公安局审讯室这个监控无死角的地方，警察真敢对谁抢拳头，因此并不特别惧怕谭辉，他只是皱眉说道："你们凭什么抓我？"

谭辉此刻眼里全然不见出警前的哀愁和沮丧，他就跟个没事人似的答道："因为你媳妇儿啊。"

"我媳妇儿傍晚出门去采访，到现在也没回来，我担心她这才出去找她，怎么啦？"秦文坐在椅子后面，脸上流露出一丝恰到好处的茫然和疑虑，"警官您是见到她了？"

"我不仅见到她，我还接了她报的案。"谭辉歪着脑袋打量着眼前这个太过淡定的人，"她说，她丈夫囚禁她、胁迫她、虐待她。"

秦文短促地笑了一下，"夫妻间闹矛盾，就算一方报警，也该是民警出面走访调查调解吧？这种鸡毛蒜皮的小事儿，什么时候也轮到刑侦队出面解决了？"比起别人战战兢兢地来受审，他这简直是教科书级别的临危不乱，非但没不知所措，竟然还有胆量挑衅，"警官，您这说好听点叫越俎代庖，往难听了说……哟，那可就实在不太好听了。"

"你不就想说我们狗拿耗子多管闲事儿吗？嗤，还真是文化人，高学历高智商，知道有些话说出来可能要惹麻烦，就说一半留一半呢。"要论嘴皮子功夫李晓野就没认过怂，他随手转着笔，一句话明里暗里意有所指，末了朝秦文扬了扬下颌，"没事儿，想说啥您随意，哥们儿受得起。"

旁边谭辉接着说："民事矛盾确实不该我们管，但这一类已经威胁到公民生命自由的安全问题，我们就责无旁贷了。"

"好吧，"秦文摊摊手，做出一个非常无辜的表情，"既然这样的话，我接受警官们的问询。我媳妇儿呢？让她来吧，我愿意跟她当着您二位的面对质。"

谭辉说："季小姐说她怕极了你，不想再面对你。"

秦文问："那证据呢？你们指控我家暴虐待的证据呢？"

"你家走廊的声控灯里有监控，我们顺藤摸瓜，查到了设备终端是架设在你家里的。"

"那并不能证明什么，说到这个我也很苦恼，"秦文摆出了一个无可奈何的表情，"夏天的时候我们家门口挂着的纱帘被人用刀割坏了，我和我老婆因此都十分担心，怕有人要对我家使什么坏，这才在走廊装了监控，之所以装在声控灯里，是怕万一被歹徒发现，先破坏了监控镜头再入室抢劫什么的，那样放了监控也是没用，所以才选了这么个地方。"

这一番说辞简直就像是之前打过数次腹稿似的。谭辉挑了挑眉，表情也是波澜不惊的，"那你们在泗水租住的那栋别墅地下室也有同样的监控，这一点你怎么解释？"

秦文瞪大眼睛，顿时震惊地反问："您说什么？地下室还有监控！这我就不知道了，我们没去过地下室。不过您要这么说的话，我会考虑投诉他们酒店，竟然在地下室装监控——这是涉嫌偷窥住客隐私吧警官？您说我要告他们的话一告一个准吧？"

"如果你能证明自己无罪，从这里走出去之后爱怎么告怎么告，我们对此提供精神上的支持。不过现在，你得先来解决你自己的问题。"谭辉不痛不痒地耸耸肩，把话头转回来，"季思琪说，那三天，你都把她困在地下室里，不停地用尽各种手段逼问她一样东西的下落。"

秦文啼笑皆非，"没有，绝对没有。"

"是吗？"谭辉也笑，说话的语速很快，表情就跟看一个浑身破绽的小丑在犹不知情地练杂耍一样，"可是我们的技术人员在监控设备里，捞回了一部分你没清理干净的视频画面。"

秦文嘴角的笑容有一瞬间的僵硬。但紧接着他神色一缓，"警官，您在诈供。我根本没去过地下室，里面怎么会有'我'没清理干净的画面呢？"

"我没必要诈供。"谭辉回答他，"季思琪外公身边有你安插的眼线，你用她外公的性命威胁她按照你的吩咐做事，但现在她外公已经被江同警方保护起来，你失去了继续让季思琪听命于你的筹码，而我手上有你犯罪的重要证人——你要不信，可以看看这段视频。"

季思琪和季庆会视频通话的时候，他在季思琪身后录了当时的那段视频。画面里，季思琪因为她外公的几句话而泣不成声。

谭辉注意到，看完视频之后，秦文嘴角的笑容有点维持不住了，他接着说："你应该认得这手机，就是你媳妇儿的。你倒真是狠得下心，老人已经这样了，你竟然还把主意打到他身上。"

秦文把手机扣着放在面前的小桌板上，也不知道为什么，那手机上玫瑰金色的外壳让他觉得有点心慌气闷，他把视线从那上面挪开，"……我不知道你在说什么。不过，把我外公从疗养院接出来，你们问过思琪的意思吗？如果老人在此期间出了什么意外，我会立即起诉你们。"

"在你起诉我们之前，你老婆应该会先起诉你。"谭辉悠悠地说，"你刚才说我诈供，但在别墅地下室翻出来的视频画面，季小姐已经确认过了，就是你把她囚禁在里面时的录像。你如果不相信，待会儿可以跟我们再去看看被紧急抢救回来的'珍贵'影像。"

"在你们带我去看录像之前——"秦文轻轻地抿起嘴角，"我要先见一见思琪，我想当面问问她，夫妻一场，为什么要这么污蔑我。"

"季小姐说了她不想面对你。"

"不是她不想面对我！"秦文把那玫瑰金色的手机攥在手里，像是在以此确认什么似的，他显然被所谓"已经还原的视频录像"扰乱了节奏，情绪有点失控，突然拔高了的声音带着几分暴躁，竟然是极其笃定的，"是因为你们根本就死无对证！"

旁边拿笔记录的李晓野停笔若有所思地抬头看了秦文一眼，秦文霎时意识到不对，倏地闭嘴，在骤然陷入沉默的审讯室里，空气中飘浮的每一粒尘埃都像是一颗颗砂砾，被外力一个又一个地揉进秦文的心里，让那原本无懈可击的人顿时在一阵阵刺痛中破绽百出。

沉默中，谭辉把他始终跟得了歪脖病一样偏着的脑袋摆正，露出一个恍然大悟的神情，"哦——季思琪死于今天傍晚，就是这段视频之后没多久。事发突然，全局上下也只有我们刑侦和法医那边的人知道。从开始到现在，我可只字未提季思琪死亡的事情，不知道，秦先生您是怎么知晓的？"

谭辉根本没给秦文再反口的机会，直接把结果说了一遍，末了收了唇角玩世不恭的笑，冷冷地看着对面木然石化的嫌疑人，目光犹如利刃，直接把对方钉死在的犯罪的耻辱柱上。

秦文跟谭辉对峙着，他几次试图否认，但说出的话无一例外地都被谭辉更加掷地有声的反问给顶了回去。

秦文的神色有点颓然，最后他不再多说一个字，面对谭辉一个又一个的问题，只不停地说他要求请律师。

而此时秦文并不知道谭辉手里其实根本没有地下室的监控画面还原记录，人证死亡，物证不足，如果他们没办法在48小时内重新找到证明秦文犯罪的强有力证据，那么时间一到，他们不得不放他走。

第一轮审讯告一段落，谭辉从审讯室出来的时候，已经是第二天的凌晨了，刑侦办公室灯还全亮着，刚进走廊就能闻到办公室里飘来的各种速溶咖啡和烟草混搭在一块儿的味道。

大家还在忙，为寻找罪证而争分夺秒，谭辉进门的时候把不知道是谁放在门口桌子上的半罐红牛顺手拿起来一口喝了，听见走廊急促的脚步声，向后倾着身子探脑袋出去看了一眼，看见穿白大褂的胡雪莉并不意外，但看见跟她一起过来的任非却着实惊了一下，"你还没走呢？"

"走个屁，结果不出来他能走？就蹲我门口了，跟狗皮膏药似的。"胡雪莉手里拿着尸检报告，进屋之后把任非摁在一台没开的电脑显示器前，抓着他的下巴逼他看显示屏上映出的自己，"你自己看看你这脸色！跟我解剖室里躺着的也没什么区别了吧？两天没吃没喝，一个靠打营养针活着的，伤还没好的人这么折腾！我告诉你，你要是死我面前了，这罪我可不认。"

任非被她捏着，想躲没敢躲，干巴巴赔着笑，口齿不清地应声："嘿嘿，听狐狸姐您说完结果我就滚回医院去还不行吗？"

胡雪莉虽然嘴上说着结果出来就通知他，但最终还是把结果形成了一份报告，并且带着报告和他一起来了刑侦的办公室。她瞪了任非一眼，转而问谭辉："死者生前有没有说过哪里不适？比如右腋下或者右肋之类的疼痛，或者呼吸困难？"

谭辉回忆了一下，紧接着想起了一个细节，"就跟她外公视频那会儿，后来哭得起不来，我拽了她胳膊一把……应该是右边，她说我劲儿大，扯得她肩膀都疼。……呼吸困难没说过，但是她跟我来局里指证秦文，反正我看她是挺不好受的，说几句就喘两口，我以为是她情绪太紧张激动……"

"应该不是肩膀疼，是腋下，因为紧张，所以她把疼痛混淆了。她喘，是因为呼吸不畅，但是这种症状不明显，别说是你，死者本人一般也不会往要命的地方想。"胡雪莉把尸检报告递给谭辉，径自做汇报道，"我们打开了死者的胸腔，死者右肺明显萎陷，左右胸后壁第七胸椎棘突距脊柱3.8厘米处胸膜下检测出少量对称性出血。"

翻着报告的谭辉看着报告上的死因简直有点难以置信，"……针刺的？"

"对，"胡雪莉点点头，肯定地道，"背部第七胸椎棘突下，正中线旁开1.5寸处是人体膈俞穴，主治呕吐、气喘、咳嗽和贫血之类的症状，为八会穴之一，是针灸理疗的常用穴，一般针灸上是采用俯卧位，斜刺1.8～2.6厘米左右，但是如果针刺过深，就会引起气胸。"

"死者体内检出少量安眠药物残留，除此之外，面部、嘴唇及指甲颜色发绀，体表无明显伤口，膈俞穴表皮亦无出血。但通过上述结论，我们做了进一步的解剖和检验，显微镜下膈俞穴皮下至胸膜检测出圆形针孔，出血可见，伤口深约4.2厘米，刺破了胸膜及肺部组织，进而导致了右侧张力性气胸，伤口形成时间距离死亡时间在18到24小时之间。气胸最明显的临床表现是呼吸困难，伴有肺部周围组织疼痛，及时就医不会致死，但如果错过最佳治疗时间，就会导致窒息死亡。同时，超过规定标准但仍尚属安全的范围内超量使用安眠药物，会导致一定程度的神经反应迟钝，季思琪之所以腋下疼痛、呼吸困难自己却没当回事，一方面是由于精神过度紧张，另一方面是因为她在此之前曾超量服用安眠药。"

胡雪莉说着顿了顿，一夜没睡，她眼睛下面乌青一片，脸色惨白，"所以，季思琪是死于锐器针刺伤，凶器为针灸用长针可能性较大。"

谭辉沉默地听完，深吸口气点点头，"老乔，天亮之后你带人去秦文他们家里搜一下，看有没有狐狸说的针灸针和安眠药。"他说着把手里的尸检报告放下，看了眼表，声音透着熬夜透支的沙哑，"都这个点儿了，大家伙儿也都别回去了，办公室对付着眯一会儿吧，等会儿天亮了还有得忙。还有你，"他又朝正捂着胃佝偻着靠墙站着的任非偏偏头，"回医院去吧，你目前这个状态在这儿也帮不上什么忙，出了问题我还得分人手照顾你。再者，就算你自己熬得住，你也得考虑考虑任局那个岁数的人扛不扛得了。"

任非自己心里也有数，他的体力已经差不多快用尽了，因此终于听了劝，去杨局的办公室把他爸叫下来，爷俩儿迎着凌晨的那颗启明星，沿着寂静而空旷的马路回了医院。

一路上任非都靠在后座，他满脸疲惫，因为不舒服而微微皱着眉，却睁着眼睛，就这么不动也不说话地坐着。任道远本来从昌榕分局出来的时候也是遮不住的倦容，然而车开了大半，他却清醒了，总觉得任非这个状态不太对劲。

摸不准也不敢瞎猜，任非这个状态他不想再跟儿子起冲突，左思右想，就问了任非目前的案情。

任非把知道的简明扼要地跟他说了，又过了一会儿，他才问他爸："既然已经证实我带回来那个光盘内容属实，那梁炎东在监狱……"

任道远打断他："我已经跟管理局那边说过情况了，介于目前情况未明情势特殊，建议先把他单独关押。"

"那监狱那边同意了吗？"

"我也只能建议，至于到底落不落实，那是监狱那边的事，我也管不上了。"

"你们告诉梁炎东光盘已经找到了吗？那个光盘，技术人员分析过之后，给梁炎东了没？"

任道远把车开进医院的停车场，听见这个有点不悦地从后视镜看了任非一眼，"那个光盘作为证据，该去哪儿去哪儿了，给他干什么？"

任非听了这话，慢慢从座椅上坐直了，"他说自己没有罪，他拿光盘要翻案的啊！"

"他说翻案就翻案？难不成他说明天再翻司法局、检察院，这两家明天也要敞开门给他翻？要翻案也得走程序，找律师拿证据提申请等调查等开庭——法律一天不改判无罪，他一天就还是服刑犯人的身份。光盘不能带进监狱，这规定他比你清楚，翻案的程序他也比你明白，你现在照顾好你自己就得了，少咸吃萝卜淡操心。"

任警官被噎了一下，身体实在是不舒服，精力有限，难得地没有回嘴，借用下车后甩车门表达了他的不满。

黎明的曙光刺破黑暗，漫长的黑夜终于过去，与昌榕分局一街之隔的小花店，亮了一宿的小台灯在此时被杨璐轻轻关掉了，她放下手中的钢笔，笔下是她抄了一夜的《圣经·旧约》《出埃及记》选段，漂亮的花体英文整齐地排列在暖黄色的纸张上，仿佛带着虔诚和信仰，一丝不苟。

她从椅子上站起来，活动了一下因为彻夜抄经而酸涩的关节和肌肉，走到窗边站了一会儿，看着旭日初升，温暖和煦的光芒驱散天空最后一点黑暗，从容不迫地洒落在每一寸土地上，很快，它将叫醒这座城市的每一个人。

阳光逐渐有点刺眼了，杨璐收回目光，动作很慢地从身后摆满各种鲜花干花的架子上抽出了一支半开的紫罗兰。

国内早就过了紫罗兰的花期，这些是她前几天刚从国外市场空运回来的。整座城市，只有她这里一年四季卖着紫罗兰。

偶尔有特殊用途，知道门路的人会过来这里买，但大多数时候，这花就是她自己看着，像照顾情人似的，一天一天地照顾着。

她静静地看着手中那支紫罗兰，水葱似的指尖小心地拂过柔弱的花骨朵，她看着那紫色的小花有点出神，好一会儿，才轻轻地叹了口气，"陈叙，我有点不知道该怎么办了……"她在花架旁边坐下来，轻轻蹙着眉，紫罗兰映在她眼底，似流淌成了化不开的愁绪，"他受伤了，我去看他，意外撞见了他爸爸……我没想到他竟然是市局家的公子，我跟他也认识这么久了，他身上一点官二代的样子都看不见……他是个很好的人，可是现在看来，我终究是要对不起他了……"

她有点难过，也有点不知所措，手无意识地捻着花枝，半开的紫色花朵随之不停地旋转，过了好一会儿，她才从对任非的愧疚中回过神来，紧接着，在花瓣上落下了蜻蜓点水般温柔缱绻的一个吻，"你放心，我会给你报仇的。我们团聚的那一天，不会太久了。"

第 22 章
借势而上

早上带人去季思琪和秦文家里搜凶器的老乔，快到中午才回来。

他们家虽然就是个两室一厅，但针灸针这种东西实在太不起眼，要不遗漏地把每个角落都搜上一遍，还要把搜过的地方尽量再摆放整齐，老乔他们整整折腾了一个上午。

好歹把针灸包翻出来带回局里，没想到结果却不尽如人意——针灸用的针太细了，且不说有没有被秦文处理过，单凭拔针的时候针上难以沾留体液这一点，法医就很难在上面提取DNA。

无法提取DNA与死者进行比对，这就无法证实这包从秦文家里搜出来的针灸针是杀死季思琪的凶器。

谭辉失望地叹了口气，"老乔一起带回来的安眠药呢？"

"正在对安眠药和季思琪体内残留药剂成分做化验比对，"胡雪莉知道他在想什么，直截了当地说道，"但超量服用安眠药不是季思琪的死因，所以就算你们找到的安眠药跟季思琪曾经服用的是同一种，也证明不了什么。"

"……我知道。"谭辉头疼地用力按了按眉心，"死马当成活马医吧。"

谭辉回去又审了秦文他们租住过的那个泗水别墅的老板。无奈老板真是对自己公司别墅的地下室为什么有监控的事情毫不知情，快要胖成球的他，体重和胆子成反比，进了问询室就哭天抹泪一个劲儿地喊冤枉。

谭队长从问询室出去以后，敲着脑袋让人把老板给放了，自己一个脑袋两个大地瘫在了工位上。

证据不足，刑侦队的工作毫无进展，每个人都忧心忡忡，但继续耗在这里不是办法，毕竟谁都不是铜浇铁铸的，下午6点多的时候，谭辉拍板，让大家都下了班。

养精蓄锐到底是有好处的，周二上午，竟然意外有了新的收获——技侦那边在季思琪的手机里找到一个独立加密文件。

此时距离要因证据不足释放秦文，还剩下不到20个小时。谭辉等人焦虑地等待技术组破解季思琪的加密文件的时候，另一个消息传回来——任非带回来的那张光盘所属的医院找到了！

秋老虎凶猛，这几天一直在外面跑，搜了泗水别墅又去支援同事查找光盘来历的石昊文迈着大步冲上楼的时候，鼻尖还沁着汗珠，他本来就黑，这几天被太阳烤得活像是从非洲回来的，"光盘内容，是省医大附属医院生殖医学中心的省人类精子库的监控影像！"石昊文累得呼哧带喘，语速却很快，"但是时间太久了，医院的人已经无法辨认监控里出现的那个男子是不是他们医院的员工，只说按照医院规定，精子库晚上是不许进入的。"

谭辉磨着牙，"你再去给市局技侦打个电话，催催那边的专家们，看录像里那个可疑人的画像什么时候能给我们。"

石昊文点头应声而去，分局技侦组负责人给谭辉打了个电话："老谭你过来一趟吧，你给我们那个手机里的加密文件已经解出来了，好家伙，这信息量可够大的。"

技侦组搜出来的加密文件，竟然将季思琪没来得及对谭辉说完的话补全了。于是谭辉带着李晓野，拿着针灸包、安眠药和季思琪的手机，一起奔向了审讯室。

"所以，季思琪死于锐器伤，凶器就是你面前的那包针灸针里最长的那根，并且她此前曾超量服用安眠药，法医把我们从你家找到的药片跟她身体残留的成分做了比对——是一样的。"谭辉把尸检结果的主要内容跟秦文说了一遍，"你还有什么要说的？"

"我家里有针，并不能证明这针就是我杀人的凶器。"谭辉是故意拖延，把秦文放审讯室里之后根本就没再把他弄出去。他被迫在这狭窄逼人的地方熬了将近40个小时，此刻头发打绺、满脸油腻、眼睛发红，浑身上下都透着一种萎靡疲惫。但即便如此，说话的时候头脑还是很清醒，"就算我妻子在家的确曾服用过安眠药——当然，我不可能时刻关注着她，所以不知道她是不是真的如你们所说，超量服用了安眠药。但就算是，这跟我妻子的死也没有关系，你刚才也说了，服用安眠药不是她的死因。"

"还有，"秦文眼睛发涩，一睁大就流眼泪，于是他干脆眯起眼去看面前的两个刑警，"你们说，我妻子是被我威胁，为了保护她的生命安全，所以周六晚上你们带走了她——可她离开家的时候好好的，结果却无缘无故地死在了你们这里，而后你们立刻把距离现场十万八千里的我当成了犯罪嫌疑人……警官，恕我直言，我怀疑我妻子的死跟你们有脱不开的关系，并且在出事后，你们找我做替罪羊。"

秦文这番话说起来自然流利，在这种完全被动的弱势地位中，竟然不卑不亢很有气势。谭辉深受感染，起身给他鼓了鼓掌，"秦先生说得真好。突然'无缘无故'死的人是你老婆，而你竟然能这么条分缕析地辩驳，全然不见半点悲伤，真让人刮目相看。"谭辉说着，走到他面前，如同头天晚上秦文做的那样，把季思琪的手机反扣在秦文面前的小桌板上，而后他双手撑着桌板，慢慢俯下身，逼视着秦文，声音冷得像在冰窖里浸透了似的，"我们在季思琪手机上找到了一个加密文件，破解了之后发现这是季思琪写给你的——创建时间是她死亡的前一天夜里。你可以自行查看这文件详细信息，以证明这的确出自你妻子本人之手。"

"秦文，"谭辉在他耳边一字一顿，"你娶到了一个好妻子，你的所作所为，对不起她曾经给你的爱。"

秦文攥着拳头的手突然抽搐了一下，他下意识地想拉开跟谭辉的距离，却最终在谭辉无形的压力中拿起手机，发现那是存在记事本中的文字：

秦文：

　　我不知道你还能让我活多久。

　　你跟我说过，你得不到光盘会死，而在你死之前，会先杀了我。

　　现在光盘已经被别人拿走了，我知道，我们两个，都已经到了穷途末路。

那天你得到这个消息的时候，我以为你转头就会杀了我，我吓得不敢睡觉，可我也不敢锁门，我怕锁门会更加激怒你，万一你砸锁进来，那我将无路可逃。

我外公的命在你手里，我无法反抗你，就像个待宰的羔羊，不知道屠夫的刀会在何时落下来。

后来你进来，喂我吃药，你说是安眠药，我不信，我怕死，但当死亡到来的那一刻，原来并不像想象中那么难以接受。

我以为那是你的手段，但没想到，我还会睁开眼睛，看见第二天午后的太阳……

我知道我们已经没有爱了，我恨你，你也恨我，但我们恋爱、结婚，又同床共枕这么久，因此我觉得你再怎么丧心病狂，多少会顾念些旧情。或许，真要动手的时候，你会舍不得杀掉我。

你说你后悔跟我结婚，如果没有跟我结婚，你就不会被别人控制，变成现在这个样子。

我很抱歉。但如果重来一次的话，我还是会选择你。

如果时间倒流，如果我知道未来有这样的结果，那我当时一定会拼命从老爸那儿问得光盘的下落，然后给你；我会跟你一起想办法逃离他们的控制，总之我不会让你一个人孤军奋战，把自己撞得头破血流，也把我摔得遍体鳞伤。

我不是一个有责任感的人，我自私、固执，我不在乎那个光盘到底有什么用，只要它能帮我们逃离困境，我将为此不惜一切代价。

可是秦文，时光没有倒流，我不会再见到我爸，而我真的真的不知道那个光盘在哪里。

我真的不知道……我没有骗过你。

你为什么就不能对我有一点信任呢？如果最开始的时候你把一切都告诉我，我还来得及问我爸你要的东西在哪里，我们无论如何都不会走到今天这一步。

可惜，现在说什么都晚了……

前天你跟他们打电话的时候我听见了，他们催你赶快动手，你在电话里答应得很痛快，可是我竟然到现在还活着……

你明知道单位派我去夜市暗访的事情有蹊跷，却还是放我下楼了。是你把我交到警方手里的，你这么做，是借警察的手保我的命吗？

如果真的是这样，我不后悔和你相遇，不后悔爱过你，不后悔嫁给你。

如果真的是这样，等一切结束，我愿意试着跟你重来一次，如果你愿意的话。

秦文拿着手机的手抖得厉害，手机几次差点脱手，好不容易才把内容看完。

很长时间的沉默后，这个在警方面前始终不肯松口的男人，抬手挡住脸，肩膀控制不住地颤抖，他的手指紧紧地压在眼睛上，但是很快，眼泪还是从指缝流出。

"傻女人……你说她多傻啊！"秦文一边哭一边笑，因为拼命压抑着哽咽，他的声音听起来格外别扭诡异，"她居然以为我在借你们的手保她的命！"

"我都已经这样了，我早晚是要死的，我为什么要保她的命啊？我宁愿她早走我一步，她怎么会以为我舍不得杀她呢？"

秦文抹了把脸，狠狠吸了下鼻子，放下手，长腿一伸，仿佛什么都放弃了似的，瘫在椅子上，眼睛无神地看着前方，"我之所以让她下楼被你们带走，就是因为我要演一出栽赃嫁祸的好戏呀……他们告诉我，把长针扎在膈俞穴上，刺破肺泡，死亡会发生在一天后，神不知鬼不觉，为此我练习了好一阵子。之所以多给她喂了两粒安眠药，是想要她多睡一会儿，睡得越久越沉越好，这样我在她沉睡的时候用针刺她，她就不会有感觉，醒来后神经因为安眠药的麻痹会感应迟钝，此后随便她干什么，只要死的时候别在我身边，别在家里，我就是安全的。"

　　"她竟然以为我没有对她动手？哈！还在死神一步步走近的时候，天真地写这些东西，异想天开地做梦如果劫后余生了该怎么办？哈！哈哈哈……"秦文笑得比哭都难看，"都毕业这么多年了，她还是那么天真！这个傻女人，傻女人……！"

　　秦文的情绪已经完全失控了，说到最后，竟然发泄似的一把将季思琪的手机抓起来狠狠地摔在了地上！

　　"哎！"谭辉一个箭步冲上去，然而根本来不及，只听哐当一声响，正低头在笔记上奋笔疾书的李晓野怵然抬头，就看见谭辉正好从地上一把抓起了手机——手机带着壳贴着膜，这么一摔，除了玻璃膜四分五裂外，其他地方竟然没坏。

　　谭辉和李晓野对视一眼，两个人同时松了口气。

　　秦文摔完手机，跟被下了定身咒似的，也不哭了，瘫坐在那里，连眼睛也不眨一下。谭辉拿着手机搁他眼前晃了晃，也不由得感叹了一句："这手机质量可真不错，你送的还是她自己买的？"

　　"……去年她过生日，我送她的。"

"按说你那时候不就已经对她心怀鬼胎了吗？竟然还舍得送这么贵的东西。"

秦文没吱声。

如果没有这些事，如果没走到这一步，季思琪其实是秦文打定主意要携手一生的爱人。

但事已至此，多说无益。谭辉也不追问这个，他等了一会儿，看秦文的确没有要说话的意思，突然话锋一转："你和季思琪都提到的那个'他们'，都是什么人？"

既然认下了季思琪这条人命，他也就没什么好再继续隐瞒的了，他就木然地照实答了："一个叫林启辰的人。"

"还有呢？"

"我不知道。'他们'其中的一些人我虽然见过，但都是照面而已，跟我接触的始终都只有林启辰一个。"

谭辉点点头，朝玻璃那边打了个手势，玻璃后面的人会意，立刻安排人调查秦文所说的这个"林启辰"。

这时候，石昊文敲门进来，跟谭辉汇报道："老大，市局技侦那边的专家给回复了。"

市局技侦的几名专家根据光盘录像里那个不太清楚的侧脸，还原了夜闯精子库的可疑人正面画像。从画像上看，这人的面部特征还是很明显的，国字脸，杂乱无章的张飞眉，鼻梁不高，嘴唇很厚，五官组合在一起透着一股子憨厚劲儿。

马岩看着显示器上的画像摸着下巴，"我怎么觉得这张脸有点儿眼熟？好像是见过，但是对不上号。"

谭辉眯着眼睛打量着照片，"这么看是张大众脸，觉得眼熟也不奇怪。"

这时候，负责查"林启辰"的警员在办公室门口探头，扯着脖子问："谭队，有没有确切信息？林启辰这名字一搜全市有好几十个！"

"没有！挨个筛吧！"谭辉烦躁地回应，"还有，把这个画像也导系统里面，筛一下符合面部特征的人！"

门外的警员答应一声就要走，突然，马岩喊了声"等会儿"，顿时又站住了脚，听见马岩问谭辉："老大，你没觉得林启辰这名儿耳熟吗？"

谭辉有点茫然地抬起头。

马岩会意，不等他问便直接说道："上次监狱杀人案，那个钱禄的外甥女赵慧慧，你还记不记得？当时我们没头苍蝇似的把每一条线都捋了一遍——后来不是知道了有个账户每学期都给赵慧慧打款交学费吗？那个开户人！"

他这么一说，谭辉想起来了。

谭辉顿时神色一凛，跟等在门口的警员吩咐："翻监狱案的记录，调那个给赵慧慧转学费的林启辰的信息，把他的正面照给我找出来！"

门口的警员忙不迭地答应一声，转身跑了。

谭辉正在等信儿的时候，又意外地接到了楼下打来的电话，说是有访客找他，来人自称是东林监狱的管教。

原本正在琢磨前前后后这些事情的谭辉心烦意乱地下楼，正好看见之前打过交道的关洋在大厅等他——手里还拿了一张卷成卷的打印纸。

"梁教授让我转交给你的，说这是当年'摸进去'的那个人，你们应该用得上。"

谭辉挑着眉毛从关洋手里接过纸，打开，下一秒表情变了几变，心里不得不承认，梁炎东这人，的确是有些怪才。

关洋带来的纸上，是一幅用铅笔画的人物画像。大体看上去，跟技侦专家们给的画像很相似，只是细节方面处理得更加到位。

正好此时马岩给他打电话，说那个林启辰的照片找到了，让他回去，他跟关洋打了招呼，拿着梁炎东的画像回自己办公室，眼睛刚一看显示器，下一秒就愣在了原地——显示器照片上的林启辰，跟他刚刚得到的梁炎东的铅笔素描画像对比，从五官长相到面部细节特征，竟然分毫不差。

秦文背后的主使，3年前摸到精子库形迹诡秘的可疑人，在钱禄入狱后一直负担赵慧慧学费的汇款人，看似绝不可能有任何交集的事，竟然同时指向了一个人——林启辰。

谭辉的职业敏感告诉他，把这个萝卜拔出来，带出的不仅仅是泥，甚至在泥中盘根错节隐藏至深的老根，也会被一起掀出来。

这是个挑战，隐隐地让人兴奋。

然而萝卜在地里埋久了，修炼成精变成了人身，知道有人要抓它，脑袋一缩钻进地里打游击。谭辉他们用了整整一个礼拜，才在邻市警方的协同下，锁定了外逃的林启辰的踪迹。

抓捕的时候，林启辰悍然拒捕，他仗着手里有枪，跟执行抓捕任务的刑警们对峙了足足两个小时，谭辉他们最后以两人受伤的代价，把手铐铐在了林启辰的手腕上。

任非出院归队的那天，石昊文和他们队的另一个同事跟接班似的住进了二院，而持枪袭警的林启辰坐在分局的审讯室里，豁出去了的犯横，一脸嚣张，"没错儿，控制秦文接着又用秦文控制他老婆，外加指使江同的人追杀那个条子。对，这些都是我干的，我都认。你们也不用问我原因，我就是不想让那个姓梁的拿到证据从监狱出来，我就是看他不顺眼，他在外面的时候挡了那么多人的道儿，多惹人烦啊，我就是不想让他出来看着碍眼。"

林启辰大大咧咧地坐在椅子上，两道张飞眉要飞到天上去了似的嚣张，"还有，你们也犯不着想方设法套我的话，就别浪费时间了，我没被谁指使，整件事情我就是主谋，您该起诉起诉该判刑判刑，我都认。当然了，您也甭吓唬我，我知道我再怎么也判不了死刑，我手上没有人命官司，杀秦文婆娘的人可不是我。"

"认了就好，没想到你还挺配合的。你这么懂事，我们也省事了。"谭辉难得穿了警服，大概是这身装束本身就有着某种约束和克制的力量。谭辉面容整肃地端坐在审讯桌后面，对打伤他两个哥们儿的林启辰恨得牙痒痒，但表面上却表现得很克制，没了平时那种吊儿郎当样儿，语调显得格外严厉，"那么，请你继续'懂事'下去，跟我们说说，3年前1月8号凌晨两点半，你趁夜摸到省医大附属医院生殖医学中心6楼的省人类精子库里，干什么去了？"

无法无天的匪徒卡了壳，紧接着，矢口否认："什、什么乱七八糟的！我听不明白！"

"好，听不明白，那我就往明白了给你讲一讲。"谭队长耐着性子，"林先生，就你这种人，要说因为'梁炎东挡了那么多人的路'就抢夺证据不让他翻案，说实在的，太扯淡了。"

"如果我们没有得到光盘，你还可以往别的地方多扯一扯误导我们，以此来给自己寻找机会拖延时间，但不巧的是，光盘现在不仅在我们手里，我们还还原了当时在精子库里那个人的面部特征，而这些特征又恰巧跟你完全一致——当然了，你可以否认说那个人不是你，但监狱里蹦着高儿要翻案的梁炎东已经指认你是当年奸杀幼女案的真凶。同时，跟梁炎东翻案有牵扯的季思琪死亡，又跟你有千丝万缕的联系，这都让我们不得不对你高度怀疑。"

"谭队长，"林启辰一语不发地绷着脸听他说完，突然咧出一个嘲讽的笑，"欲加之罪何患无辞，我这刚说完我手上没人命呢，你就扣一屎盆子在我脑袋上，别是因为我打了你两个人就伺机报复吧？怎么着？两个警察不过是受了点伤，难不成您就非得让我赔命才行吗？"

这话说得太难听了，旁边一直忍着不出声的李晓野霎时抬起头来，猛地捶了下桌子，"你给我老实点，别满嘴跑火车！"

林启辰哼了一声。

就在这时，审讯室外有人敲门。李晓野狠狠地瞪了林启辰一眼，站起身，开门就看见今天刚归队的任非站在门口，他往里面看了一眼，目光有点讳莫如深。

他在他爸如同守门员盯球似的严密看守下整整住了10天院，胳膊腿都快生锈了，医生一批准出院，他就蹦高地从病床上跳下来，手续都不肯让他爹去办，自己拿着结算单一溜烟地跑了，没想到下楼结算的时候碰上在给石昊文他俩办入院的马岩……

一听前因后果，多少天来被困医院郁结于心的任警官差点原地爆炸，连招呼都没打，从石昊文病房出来，跟着马岩就一路回了分局。

胃出血住院的任警官生生瘦了一圈，脸上棱角更加分明，轮廓也愈发深邃，"秦文那边出了点状况，你让老大出来一下。"

李晓野回头低低喊了谭辉一声，谭辉出门反手把门关死，任非快速地跟他汇报："那个秦文吸毒，审讯过程中毒瘾犯了。"

对秦文的审讯一直在继续，警方希望从他身上取得更多有用的信息，任非刚回来就被谭辉安排到了审秦文那一组，没想到这几天都很老实的嫌疑人，今天屁股还没坐热，竟然抽搐号叫着仰倒在了椅子上口吐白沫了。

他就像是被推下悬崖的亡命徒，偏偏腰间还系着让他不至于真的掉下去的那绳子，所以即使意志不清，也本能地声嘶力竭地喊叫着林启辰的名字，希望那个人能给他一剂救命的药。

然而今时今日，别说林启辰已经落网，就算还逍遥法外，秦文也已经成了他的弃子，林启辰巴不得秦文赶紧去死，无论如何都不会再施舍半点的"特效药"。

不过短短几分钟，秦文已经连声音都发不出来了，跟任非搭档的马岩在第一时间就打电话给胡雪莉求救。当胡雪莉赶到的时候，本来就沉闷的审讯室里已经弥漫了一阵令人作呕的便溺味道——秦文失禁了。

"今天提审他的时候就不太对，"马岩站在审讯室里拧着眉毛跟赶到的谭辉汇报，"一直在打哆嗦，问他怎么了，他就说是感冒。我没想到他竟然……"

"肯定是吸毒反应。虽然没见针眼，但胳膊血管上还留有青

440

紫瘀痕。不过奇怪的是按他这个成瘾反应，瘾头应该已经很大了，毒瘾发作的周期也更短，可是他被拘了一个礼拜了，毒瘾竟然才发作一次，有点不合常理。"胡雪莉把采血针从秦文另一只手臂的血管里抽出来，拿了棉花摁住针孔，朝任非打了个招呼示意他过来继续帮已经昏迷不醒的秦文摁着，"我给他注射了镇静剂，但是我们组里没有必要的治疗措施和设备，你们还是尽快把他送医。血液化验的结果我会尽快提供给你们。"

谭辉点头。

任非帮秦文的针眼止了血，松开手直起身。他有洁癖，这会儿离失禁的秦文这么近，刚出院的人脸上硬是被恶心得没有一点血色，"秦文神志不清的时候一直求林启辰'让他吸一点'，没想到这个人渣还涉毒……差不多是坏事做尽了。"

始终没说话的谭队长沉吟着，若有所思地忽然说："你们还记不记得，监狱案里那个死者钱禄，生前也有相当严重的吸毒史。"

任非和马岩猛地抬眼看向他，谭辉却看着椅子上不省人事的秦文，冷冷地笑了一声，"监狱案里曹万年的同谋田永强突然死了，背后牵扯的事情这么长时间我们也没再查出头绪，现在倒好，不请自来，这三桩案子，还真牵扯到一块儿了。"

这念头一起，谭辉就拍板下了决定："你们跟监狱那边安排一下，我得去见一见梁炎东。"

从自己住院到现在就没得到过有关梁炎东任何消息的任非立刻眼睛一亮，自告奋勇："我去安排，老大，你带我一起去呗？"

谭辉瞪了他一眼，没说行也没说不行。

谭辉跟梁炎东的见面安排在了两天后的周五，没像任非自己见梁炎东时那么费劲，任非直接给谭辉走的提审程序。

然而谭辉去见梁炎东那天，打定主意千方百计要跟去的任非，却被开着车堵在分局大门口的任道远给强行叫走了。走的时候谭辉看大老板面色不善，估摸着爷俩儿又即将掀起一场腥风血雨。

但这爷俩怎么闹都不关自己的事儿，谭队长乐得耳根清净，一个人去跟梁炎东见了面。

然而他去了就有点后悔了，深深觉得应该把任非这位梁炎东的"迷弟"带过来，见证一下这历史性的时刻——哑了快4年的梁炎东，竟然就这么莫名其妙地突然能开口说话了！

乍然听见梁炎东声音的谭辉就跟被人耍了似的，震惊得思路顿时有点接不上了，说话都打了磕绊，"不……不是，这怎么回事？你、你会说话啊？"

梁炎东没进监狱前本来也是个少言寡语的人，法庭上跟人针锋相对往往都是直戳痛点一针见血，这几年没说话，天生的少言寡语加上后天的"功能退化"，致使他现在说话更加言简意赅，连最基本的打招呼寒暄都省了，"保命之举，情非得已。"

好在谭队迅速从惊骇中调整过来，思路立刻跟了上去，"谁想要你命？"

"太多，记不住。"

"10年前，我读博二的时候，因为种种原因，曾参加过一次社会上发起的公益活动，去省医大附属医院捐过精。"

谭辉点点头，因为早就猜到了大概的原因，所以并不意外。3年前梁炎东认罪的直接证据是在死者身上找到了他的精斑，如今梁炎东口口声声说光盘里的内容是他翻案最大的筹码，而录像里有人摸进了当时的精子库，种种事由，稍微放在一起联想一下，基本就能得出结论。

梁炎东对他的反应不置可否，继续用有些暗哑的低沉嗓音说："林启辰盗走了我的体液样本，能证明这件事的证据之一是，现在省精子库里面保存的我的样本一定有缺失。"

"以及，"梁炎东顿了顿，看着谭辉，脸色沉和平淡，声音里透着不急不躁、淡然笃定的意味，"我有人证。"

谭辉猛地抬眼腾地一下从椅子上站了起来，"你说什么？"

"没错，我有人证。当年我认罪之前，警方率先锁定的嫌疑人是个叫郑志成的惯偷。案发现场，家属和警察目睹他从女孩尸体上爬起来正在穿外套，现场可谓人赃并获，但事实是郑志成当年盯上了受害人的手机，偷偷躲在暗处尾随女孩准备伺机行窃，没承想竟然看见女孩行到偏僻处时被人打晕抱走，他一时脑袋发热没想那么多就悄悄跟了上去。

"他不过就是想从女孩身上偷个手机，没想到却成了那场凶案的唯一目击证人，并且还把火引到了自己身上。歹徒行凶到一半，女孩突然醒了，拼命挣扎，四周没有能拿起反抗的东西，她就从口袋里掏出手机砸歹徒的头，后来手机被歹徒夺走扔掉，再没多久，他就下手把女孩杀了。

"他离开后，目睹一切的郑志成从暗处出来，并不想管闲事，但可能是对手机执念太重，他鬼使神差地找回了那个手机——好在当时是冬天，他戴着手套，没有破坏手机上的指纹痕迹。而捡了手机之后，他难得又动了恻隐之心，把自己外套脱了盖在孩子身上——盖了又觉得不对，怕这样警察到时候锁定他是凶手，而他是个有前科的，百口莫辩，就又要把衣服拿回来穿好跑路——就在这时，被害人家属和警察一起找到了现场，看见了他穿衣服那一幕。"

梁炎东说："这才是事实。我给他做辩护律师的时候调查过，后来我也想了些办法找到那部手机查证过，上面的确有被害人和歹徒两个人的指纹。而通过指纹查到真正凶手之后，我才意识到，对方突然抓了个女孩又奸又杀，并不是心理畸形临时起意，很有可能是为了栽赃给我。为了证实这个猜测，案发后的第三天，我去精子库那边查了监控，果不其然，8号晚上有人趁夜摸进了库房。"

谭辉慢慢地坐回椅子上，消化这些爆炸性的信息，努力从中分辨这些话的可信程度，半晌过后，他问梁炎东："两个问题。第一，你怎么断定凶手是要栽赃给你而去精子库求证？第二，你说的人证和凶手是谁？"

关于人证和凶手，答案其实已经很明显了，但谭辉就是想再从当事人嘴里得到明确的答案。

梁炎东知道他是什么盘算，配合地点了下头，"你的第一个问题之后我会告诉你。我现在我先回答第二个。歹徒就是林启辰，而我的人证是郑志成。我意识到事情不对之后，对带有林启辰和被害人指纹的手机做了处理，保留指纹封存证据，让郑志成以为我是为了救他而自己担下了杀人的罪责。在这种情况下，把证物交给他保管，并且让他去沿海那边的乡下老家躲一躲。"

谭辉问："都过去快4年了，你还能联系到他吗？"

"能，"梁炎东想都没想，非常笃定，"两年前他换了地方，托人给我送东西进来，里面夹了新的联系方式。郑志成这样的人，虽然日子过得不光彩，但很讲义气，你救过他的命，那跟他就是过命的交情，总会念着你的好。"

谭辉心有余悸地深吸口气，"你明明知道一切，为什么不想办法化解，反而由着对方把你弄进监狱？"

"由着他们的话，我早就被执行死刑，现在已经死透了。"梁炎东微微眯起眼睛，淡淡地笑了笑。他其实不太想回答谭辉的问题，但是也知道眼前这个刑侦队长不像任非那么好对付，略一犹豫，还是半清不楚地解释了两句："虽然坏事都是林启辰干的，但他背后还有人，而且在东林势力庞大根深蒂固，我斗不过，只好以退为进，保命为上。"

谭辉不说话，挑起了一边的眉毛，明显是不买账。

梁炎东的几根手指来来回回轻轻敲着桌面，眼神毫不回避地跟他对视半晌，"好吧，我因命案进监狱，是因为在此之前，我查到了些苗头，觉得林启辰背后的人跟东林监狱之间似乎很有故事——对方应该也是因为我察觉到了这个，才着急要把我灭口。可我当时在东林势头正盛，他们知道贸然动了我一定会引起轩然大波，所以才想了那么个掩人耳目的办法。"

谭辉追问："那你这些年查到什么了？"

梁炎东眯着的眼睛慢慢睁开，嘴角带着一点弧度，言语间十分笃定："至少我可以肯定，钱禄入狱前，跟林启辰背后的制毒贩毒组织有关联。而他的死，应该也跟他们脱不了干系。当初唆使曹万年犯罪的田永强，也不过是给他们当了把枪使罢了。"

第 23 章

风声鹤唳

　　谭辉从监狱出来就去了二院，秦文在警方的严密监控下，正在二院的特护病房接受治疗。他到医院的时候，秦文早就已经醒了，出乎意料的是原本被任道远叫走的任非竟然也赶了过来。

　　谭辉过去的时候，他正站在走廊尽头的窗户边上，嘴里叼着根烟，但没有点燃，磨牙吮血似的使劲咂巴着烟丝的味道，直到谭辉走近把烟从他嘴里薅下来扔进垃圾桶。

　　谭辉一看任非一副凶恶表情就知道这对父子又把"天伦"过成了"天劫"，看着闷不吭声的小任警官，就顺嘴八卦了一句："住院的时候好歹能相安无事，这怎么刚出了院，就得面对面地再掐一架？"

　　"我觉得我爸这人没救了，"任非实在是一肚子火没地方发，掐着腰困兽似的原地转悠了两圈，"我住院他不是见过杨璐了吗？后来杨璐再来看我，他俩也相安无事啊！你说老头儿有什么要问的问我不行啊？今天我前脚出院，他竟然后脚就找到杨璐店里了解女方家庭情况去了！哎，队长你说这叫什么事儿？"

446

谭辉不知道该说什么好，干干巴巴地接了句："那他刚才来找你是……"

任非停下了原地转圈的脚步，翻了个白眼，"杨璐自己跟他说的，离过婚。他估计是没想到吧，这不就跟受刺激似的风风火火杀过来了。"

"老人嘛，杨璐离过婚，又大你那么多，任局想不通也是能理解的。"

"他不理解无所谓啊，反正我又不是跟他过日子。"

谭辉挑挑眉，"你不跟任局过日子，婚礼总归还得任局给你办吧？婚房也得任局买吧？他发表意见也没什么不对。"

"他那是发表意见吗？美其名曰什么原本是觉得姑娘人不错，打算去了解了解没什么问题之后就定下来——他说他还挺意外杨璐是这种情况，我看他还挺委屈！"任非压着火说到后来简直气笑了，"再说，买房也不用他，我自己有公积金。"

"你有公积金你有存款吗？公积金也不够你付首付。"

任非一口气儿差点没喘上来，但偏偏不敢跟他们队长犯浑，"不是，队长，你要再这么说话，咱们可就要把天聊死了啊。"

谭辉安抚地拍拍他肩膀，岔开了话题："不是说秦文已经醒了吗？说什么没有？"

"我也刚过来没一会儿，这不一直在这儿冷静情绪了……"

"走吧，"谭辉跟病房门口的同事打了个招呼，"我们进去看看这位了不起的瘾君子。"

任非两步追上去，进门之前抢着问他："梁炎东那边是个什么情况？说了什么没？"

"翻案的事情因为他手里有证据，任局又在后面推了一把，所以程序走得挺快，再审开庭的时间就定在下个月。至于其他的，待会儿回去的车上我再跟你说。"谭辉说着，推开了病房的门。

病床上的秦文脸色蜡黄，听见动静转头看过来，眼神有些涣散，等他俩走到床边了，才认出来他们是谁。

任非正好一肚子火没地方撒，这会儿算是找到了对象，抱着双臂站在床头，半阴不阳地嘲了一句："秦先生，你可真让我们惊喜，还有钱吸毒，私房钱攒了不少吧？"

他本来以为秦文是不会配合的，没想到话刚起了个头儿，病床上的男人反倒像是已经完全放弃了抵抗似的，直接竹筒倒豆子似的全说了："不是我自己想吸的，是林启辰他们逼我的。"秦文慢慢转回头，他看着天花板，缓缓闭上眼睛，声音很慢，从心里透着深深的疲惫无力感，"刚结婚没多久，他们找到我，要利用我控制思琪……我不同意，后来他们就给我打了这种毒品。"

谭辉和任非两个人交换了个眼神，病床上的秦文却沉浸在自己的回忆里，颓然地摇了摇头，"我不知道他们给我打的这东西到底是什么，但最初第一次注射，一个月都没反应，大概过了一个半月，有一天我突然就不行了。后来我才知道，林启辰背后有个制毒贩毒的网络，这东西是他们新研制出来还在试验阶段的新型毒品，潜伏期长，但一次成瘾，一旦沾上，终身都难以戒掉。"

谭辉问他："你一直说的'他们'到底都是谁？"

"我真不知道，"秦文说，"我只知道他们跟林启辰有密切接触，跟那个毒品网络也脱不开干系，我不知道他们叫什么，也没有任何相关的信息。我说的都是真的。如果你们能把他们挖

448

出来，我可以指认。……但我有个条件。"

床头站着的两个刑警同时猜到，秦文这种人，肯这么坦白地交代，就一定是有目的的，"你说。"

"等你们找到制毒窝点后，在我还能活着的剩余时间里，给我提供毒品注射。"

谭辉摇摇头，"我们会送你去戒毒所。"

"林启辰对我说这种东西戒不掉。"

"没有戒毒所戒不了的毒。"

"就算能戒，有什么意义？"秦文闭着眼睛自嘲地笑了一声，"我杀了我妻子，早晚要给她赔命的，你们是想让我在剩余不多的日子里都痛苦地在戒毒所度过？拜托，给点人道主义关怀行不行？"

"让你拥有正常人的尊严，意识清醒地为自己犯下的罪孽承担责任，就是我们能给你的最大的人道主义关怀了。"

秦文不置可否地哼笑一声，慢慢翻身背对着他们，说什么都不肯再说话了。

鉴于这次案情复杂，又牵扯到制毒贩毒，市局方面派了人过来支援，但因为林启辰嘴硬而警方掌握的线索有限，谭辉他们为了查出林启辰背后的制毒贩毒组织，挖门盗洞地来来回回大半个月，最终锁定了5个嫌疑人。5个人中，有个叫陆歧的，是包括林启辰在内的毒贩们拥趸的核心人物。

因为有市局过来的人，谭辉他们被迫改了在自己办公室拉白板就开会的习惯，难得规矩地去了分局的大会议室，一大帮人围着长桌坐了一圈，投影仪上打着涉案的人物关系图。

"这个陆歧现年58岁，年轻的时候在本地企业穆氏集团任职，做董事长助理，后来穆老先生过世，他又辅佐当时的少东家穆雪松接替了穆老先生的位置，但前些年从穆氏辞职了，后来自己经营了一家信贷公司。公司各种手续齐全，从表面上看业务很干净，但暗地里有高利贷暴利催债行为，他的老婆孩子这些年都在国外没回来过，他每年会飞过去跟家里人团聚。"

任非一边叙述案情一边用红外线笔在投影上示意，"最初觉得他可疑，是因为我们在林启辰家里座机的通话记录上查到一个通话频繁的手机号码，机主名叫崔照熙，35岁，知名985院校化学与生物学双硕士学位，经秦文指认，证实这个人就是当初第一次给他注射毒品的人，而这么个人，竟然挂职在陆歧的信贷公司做顾问。"任非的笔在复杂的关系图之外的那个名字上圈了一笔，"陆歧从穆氏辞职前曾辅佐过的穆雪松，他的儿子穆彦，也是监狱杀人案的被害人之一，但目前没有证据表明穆彦的死跟林启辰或者陆歧有任何联系。"

"钱禄死前留下'遗书'，当初经他外甥女赵慧慧证实，钱禄从小没上过学，离家以前大字不识几个，更不懂用标点。但钱禄留下字条的内容不仅写了非常复杂的'熟'字，而且标点全对。我们一直在追查这件事，近期终于有线索证明，当初教钱禄写字的人，就是后来被钱禄杀死的女人。两人曾经关系密切，我们推测帮钱禄戒毒的人应该也是她，但最终是什么原因致使钱禄对女人痛下杀手，现在已经无从考证。不过我们猜测，钱禄曾经的毒品来源很有可能也是林启辰他们提供的，钱禄入狱后，林启辰这样的亡命徒竟然会继续负担他外甥女的学费，应该是钱禄手中握有林启辰等人的把柄，而负担赵慧慧学费是钱禄为他们保守秘密的条件。钱禄被杀，虽然凶手已经伏法，但很有可能也是因为他所知道的事情，间接被林启辰等人灭口。"

"此外，"谭辉在任非说完之后沉声补充道，"5名嫌疑人中有3名行踪已锁定，但是因为毒贩们制毒的窝点还没找到，所以暂时不能打草惊蛇。"

没有人对此有疑问，谭辉起身坐到电脑前，在投影上换了另一个文档，"那么来说下一步行动……"

老城区拥挤杂乱的老式建筑群中，嵌在红砖墙上的黑色铁门毫不起眼，一辆老旧的银色小车弯弯绕绕地从胡同口开进来，小心翼翼地停在门口。熄火后，戴着墨镜的男人从车上下来，谨慎地看了看周围，大镜片没遮住的地方，皱纹在脸上留下了岁月的痕迹。

他轻车熟路地把手伸到大门的门孔里，去打开里面插着的门闩，外面看着不起眼的老宅，小院里面倒是花花草草假山盆栽设计得十分精致。他穿过小院，从摆放着古典红木家具的小客厅上楼，正巧一个披着长发、外表沉静的女子从书房娉娉婷婷地走出来，跟他迎面碰上，男人嘴角向下抿出了冷淡而不屑的弧度，张嘴阴阳怪气地跟女子打招呼："哟，杨小姐，你也在。"

女子抿唇微微一笑，嘴唇的形状非常好看但唇色极淡，跟夏天将开未开的水莲花似的。那是副很恬静娴雅的长相，只是看向男人的目光却太冷了，仿佛有毫不掩饰的恨意从黑曜石一般的眼睛里流出，不强烈，却很深刻，"陆总快进去吧，先生——可是等您半天了。"

虽然相看两厌，但女子的话显然提醒了男人此来的目的，他冷冷地盯了她一眼，转身快步走进书房，反手关上门的同时摘下了墨镜——就是那天接到护工小李的电话，下令在江同的手下追杀任非抢夺光盘的那个人！

但不同的是，那天他坐在老板椅上，俯视落地窗外楼下的芸芸众生，而此时此刻，却如同当天站在他身边的林启辰一般，对上首的男人点头哈腰，一举一动，无不恭恭敬敬。

"穆总。"

桌子后面的先生没抬头，他正专注地给一只名贵的古董钢笔做保养——他对钢笔有种偏执的喜爱，旁边有个落地的柜子，从上到下，摆满了他的收藏品。

陆歧弯着的腰始终没敢直起来，他无声地深吸口气，像是给自己做了些心理建设，然后压低了声音，诚恳而谨慎地说道："穆总，这次的事情，是我考虑不周办事不力，但林启辰已经被抓好一阵子，加上过几天就是梁炎东那个案子开庭再审的日子，林启辰是铁定要栽在上面的，他一旦没了生路，怕是要把知道的都倒出来了。"

被叫"穆总"的老人慢慢拧上笔管，又用鹿皮轻轻地擦去留在钢笔上的指纹，用鹿皮垫着钢笔轻轻放进锦盒里。他始终不说话，像是没看见眼前诚惶诚恐的手下。下首的陆歧似不堪承受压力，腰有点躬不住了，控制不住地打战，额头沁出冷汗，令人窒息的沉默中，他终于再也坚持不住，"扑通"一声跪了下去！——"穆总！穆总我错了，我保证这样的错误不会再犯第二次，求求您给我条生路，您想个法子把我送出国吧穆总！我不能被抓住，您看在我的大半辈子都在为您和老董事长效力的份儿上，我不想死，我不想死啊！"

穆总把放钢笔的盒子扣好，这才慢慢地抬眼，"老陆，你这是在威胁我，你大半辈子都待在集团，知道集团最核心的秘密，也掌握着我的把柄，所以我不能让你落到警察手里，我能对你见死不救？"

男人一慌，猛然反应过来情急之下说了不该说的话，忙一迭声地澄清："不不不，不是穆总，我绝对没有那个意思！我只是——我太着急太害怕了，我不知道该……"

"这件事，你知道也好，不知道也好，它都已经发生了。"穆总说，"3年前你让林启辰栽赃梁炎东那事儿干得就不利索，他入狱后我也交代过你，找机会把他跟我们放在监狱里的其他'垃圾'一起处理掉，你倒好，总说找不到合适的机会，生生把这件事拖了3年，如今让梁炎东找到翻盘的机会，还让警方钓上了林启辰这条大鱼……老陆，看来人年纪大了，不服老是真不行了。"

"穆总……"

穆总抬抬手打断他："老陆，你说得对，你跟我这么多年，没功劳也有苦劳，这事儿出了，我不能也不会不管你，但是你得跟我坦白，警察现在搜你们的人搜得满城风雨，仅仅只是因为当年栽赃梁炎东和前不久监狱的事情败露吗？"

"穆总！"陆歧猛地抬头，因为情绪太激动，脸都快皱到一块儿了，"我是什么样的人您是知道的！这么多年，我对集团、对您，始终都是忠心耿耿的，我做了什么事情，怎么可能瞒着不让您知道呢？"

穆总慢慢地从红木椅子上站起来，形若有质的目光压在了陆歧身上，他声音沉肃、苍老却掷地有声，"所以，警察找你，只是因为梁炎东和监狱的事情，你对我没有任何的隐瞒吗？"

"我发誓！"面对穆总再一次的逼问，陆歧猛地直起身来，他举着手臂竖起三根手指，字字句句斩钉截铁地发誓，"警察找我就是因为这个，我……我对您，绝对没有任何的隐瞒，我发誓我说的都是真的，否则我天打雷劈不得……"

"行了，"穆总打断他，把保养过的钢笔放回旁边的架子摆好，慢慢地踱步过去，伸出手示意陆歧起来。陆歧惊魂未定地轻轻搭着他干燥的指尖战战兢兢地站起来，看着穆总脸上终于堆起了和气的笑容，"逗你的。我信你，毕竟，你是这么多年来，唯一一个让我舍不得放弃的人。"

陆歧的心如同被数根铁丝紧紧勒住了，每一次呼吸都能感受到窒息般的痛苦，他知道，这位穆总所说的"放弃"，其实就是死。每一个被他放弃的人，如今都已经是死人了。

虎毒还不食子，可眼前这个年龄甚至比他还要小一些的人，表面看上去睿智平和与世无争，骨子里却是个比老虎不知毒了多少倍的恶魔。

陆歧心里很清楚，对恶魔说谎的代价是什么，可如今他已经走投无路了，外面警察在四处找他，他自己得力的手下大多已经形迹败露不能再用，而他知道的出国门路也已经不安全，除了到这里来与虎谋皮，他着实是没有其他办法了。

被警察抓到就是死，如果他能暂时骗过穆总，让他把自己弄到国外去，哪怕此后背着穆总制毒贩毒的事情败露，到时候天高海阔，穆总也没办法再把他怎么样。

这是场豪赌，他知道胜算很小，但赢了就是天高海阔，他不得不孤注一掷。

扶他起来的时候，穆总的手指沾上了一点陆歧手上的汗渍，他顺手在陆歧的风衣领子上擦了一下，继而拍了拍陆歧的肩，"我会想办法把你弄出国去的。毕竟，兔死狐悲，我也不想你哪天落在警察手里，把我再供出去。"

"穆总……"

穆总没再理他。他缓步走回桌前，抬手按了下桌角复古银色传唤铃，片刻后，不知躲在这小院里什么地方的两名黑衣男子悄无声息地进门，站在陆歧左右，对他弯腰行了个礼。

"你们先找个地方带老陆过去避避风头吧，等这阵子风声稍微过去一点，再把老陆送出去。"

两个男人一句废话都没有，低头称是，随即一左一右"护送"陆歧出了书房。

看见这俩人进屋的时候，陆歧就隐隐觉得事情有些不太对，然而这时候再说什么都晚了，为了博取穆总更多的信任，他只能感恩戴德地再三谢过穆总，跟着他们从书房出来，看见早已等在书房门外的女子，发泄似的狠狠地瞪了她一眼。

女子冷笑着目送陆歧下楼后，缓步走进书房，拿过一旁的小茶壶，给已经坐回椅子上的穆总倒了杯茶——她手法熟稔，眼睛温润柔和似一湖秋水，没有半点方才陆歧站在这里的战战兢兢，"您真打算救他吗？"

穆总轻呷了口红棕色的茶汤，没了方才咄咄逼人的气场，对女子的态度倒是和颜悦色中带了几分宠溺，"你啊，到我身边来也有几年了，真是无时无刻不在想着让他死啊。"

女子嘴角的笑容缓缓收敛，静静地看着他，眸光清澈坦荡，

"他杀了我丈夫。"

穆总强调："那男的死时你们还没结婚。"

"那也是我爱的人。"女子倔强地反驳，"您知道我当年为什么千方百计地来到您身边……穆总，您也知道我没剩下多少时间好活了，如果我死了陆歧还活着，我会死不瞑目的。"

女子声音柔柔的，像轻纱飘荡在空气里，哪怕说的话不太好听，却是让人很舒服的。她那么倔强，那么高傲，又那么柔软，那么脆弱……她站在那里，身上浸透了淡淡花香，让人着迷，也让人沉溺。

"你啊，整天死啊活啊爱不爱的，没个正经话。"男人拿她没办法，叹了口气，伸手一搂，让女子顺势坐在自己腿上，他胳膊环着她不盈一握的纤腰，另一只手抬起来戳了戳她饱满的脑门儿，"你也不稍微动点脑子想一想，这都什么时候了，我怎么会这么轻易就让陆歧跑出我视线之外呢？他既然来了，对我们来说，我来掌控他，总比他落在警察手里安全。看看吧，如果只是梁炎东那一件事，还动不了我的根本，那等着风声过了，把他送出去避一避也是可以的，毕竟这么多年，我用他实在是用顺手了。"

女人任他搂着，咬着嘴唇，"那如果刚才他对你发的誓是骗你的呢？"

"骗我啊？"穆总嘴角勾起一抹冷笑，却很宠溺地在女子头上揉了揉，"他连我也骗，那我只好送他去见你从前的男朋友，给你做人情了。"

"不，"女子看着他的眼睛，伸手环住他的脖子，"我男朋友在天堂，而陆歧，他会下地狱的。"

陆歧被自己的主家安排人软禁起来的第三天，谭辉他们收到了一封匿名的举报信，信是直接投到他们分局报箱里的，信件内容十分劲爆——对方举报，城南的某个由山体防空洞改造的香蕉冷库，就是警方正在全城秘密搜查的制毒窝点。

得到讯息的谭辉等人查验后于收信第二天联合市局警力迅速展开行动，东林市安定平和的外表下，警方和毒贩的角逐由此正式拉开帷幕。

在警方对制毒窝点展开突击围剿的同时，也是这一天，梁炎东的案子，终于在省高级人民法院，迎来了开庭重审的日子。

两件事好巧不巧地撞在了同一天，一直想亲眼见见梁炎东在法庭上是什么样儿的任非不无遗憾地坐在队里的车上，翻出手机给梁炎东的律师发了个短信，没说别的，就俩字儿：加油。

这律师是梁炎东自己点名找的，据说是他以前律所的合伙人，任非帮着他把人给找着了，剩下的他也帮不上什么忙。

他们队里有规定，出这种任务的时候要关机，他短信发过去，正准备关机，想了想，觉得今天这行动危险系数是有点高的，也不知道哪根多愁善感的筋搭错了，他又打开微信给杨璐发了个消息，约她明天晚上一起吃饭。

也不知道是不是错觉，他总觉得自从被他爸当面查过户口后，杨璐对他的态度有些疏远了，怕被拒绝，发完也没等他的女神回复，赶紧就关了机。

城南高乐山脚下靠着公路有几个战时留下的防空洞，当时用没用上不知道，反正战后是废弃了。后来，市政部门沿着高乐山修了公路，相距不远正好规划了一个水果运输和批发市场，这几个防空洞也对外招租，因着地利的关系，分别被两家公司买下来，改成了香蕉冷库。

为了避免打草惊蛇，出警的车队划分成好几条线路分散着朝目标去的，车子没开警铃，速度却风驰电掣。这次行动是谭辉和市局禁毒支队的支队长领头，对外绝对保密，除了必要人员，出警公安和缉毒特警都是上车前才知道目的地和具体行动方案。

开到城南的香蕉冷库，十几辆警车和防爆车把目标冷库堵得严严实实，配枪的便衣和全副武装的特警按计划迅速展开行动，外围警察刚把隔离带拉起来没多一会儿，已经有持枪特警押着戴黑头套的毒贩，陆续从冷库出来，一路押上了车。

围剿的过程中任非他们在制毒工具后面发现了一个暗门，打开后里面竟然是一段从山体内掏出来一路盘旋向上的楼梯，任非站在楼梯口小心谨慎地端着枪抬头向上查看，然而就在这时，耳机里负责核对被捕人员的马岩向队里汇报，落网嫌犯中没有发现负责研制新型毒品的崔照熙。

任非闻言连一秒钟的犹豫都没有，就拉开手枪保险，顺着楼梯追了上去。楼梯的尽头是一个布满铁锈的小门，门被人从外面锁上了，任非照着锁眼开了一枪，门锁应声而断，他推开门，弯腰钻出去，看着眼前的情况，倏地倒吸了一口冷气。

他前方不远处就是高乐山上的那座古刹寺庙。寺庙历史很悠久，据说相当灵验，哪怕寒冬腊月，依然香火不断。

这种情况下，毒贩藏进人群，搜捕难度加大，而一旦崔照熙狗急跳墙挟持人质，警方就会变得非常被动。

呼气成冰的天气里，任非舌尖顶着上颚，透过眼前的白雾，看着在大殿里里外外虔诚叩拜的信众，听着从后面追上来的谭辉通过对讲机调遣人手包围古刹。

好在他们都身着便衣并不引人注目，两人沿着陡峭的斜坡爬到了水泥栏杆旁边，在几个上山信众震惊的目光下堂而皇之地翻过围栏，分头从弥勒殿里绕过，又从大殿后面的门出去，分左右上了台阶，往人流最多的大雄宝殿方向去了。

信众在鼓楼下排着队等着上去敲鼓祈福，几乎不间断的鼓声夹杂在袅袅佛音里，让冬日淡薄阳光下的寺庙更显肃穆庄严。

任非眯起眼睛，透着寒意的眸子在等待敲鼓的队伍中一一扫过，忽然间他顿住目光，随即从后腰摸出手铐装进裤兜里，他垂着眼皮儿，吊儿郎当地朝队伍里一个穿灰色中长款风衣、戴着黑框眼镜的男人走过去，"听说这里很灵验，可我是个唯物主义者，所以此前从没来过。但今天我有点后悔，应该早点来的。"任非语气轻快，闲话家常一般随意地说着话，但是他言语时状似亲热地搂在灰衣男人肩头的手却扣得很紧，如果忽略掉他借着这姿势而顶于男人侧腰的枪口的话，他此刻的反应表面看起来就如同突然偶遇多年不见的老友一般，"佛陀会保佑每一个心存善念的人，让他们远离苦难，也会让作恶的人无所遁形——古刹果然很灵验。"

任非维持着之前的姿势，强行把男人带离了排队敲鼓的队伍，等出了人群，他把灰衣男堵在楼梯围栏与自己之间，放开他的肩膀，把他用来伪装的眼镜摘了下来——镜片后面，是一张与嫌犯照片别无二致的脸。

任非扬手扔了眼镜，手臂顺势扼住枪口威胁下不敢轻举妄动的男人的脖子，语气中的亲昵还未褪去，却又染上了从骨子里透出来的憎恶，"您说是么——崔照熙先生？"

被枪口顶着的灰衣男人，一瞬之间面如死灰。

这一天，警方针对毒贩的抓捕行动，4名重要嫌疑人落网，主犯陆歧依然在逃。

同时，庭审那边也有了新的消息——梁炎东的律师下午给任非回了短信，说是他们这边证据充分，庭审顺利，没意外的话，改判无罪的判决书应该在年底就能下来。

得到消息的任非松了口气，他想去监狱看看梁炎东，也想给律师打个电话了解一下庭审的具体情况，然而事实上他并没有时间做这些事。抓捕行动过后，任非跟他的同事们一起忙出了前所未有的新高度，连杨璐没有答应他第二天约吃饭的提议，他也没工夫给女神打个电话试图挽回一下。

他每天晚上回到家，几乎都是在重复同一个动作——把自己死狗一样扔在床上一动不动。但是人静下来，脑子却依然因为白天太多的事情而超负荷运转，嗡嗡嗡嗡跟捅了马蜂窝似的响成一团，闭上眼睛，头脑中一帧一帧地快进着各种有用没用的画面……

他们查到那个用来制毒的香蕉冷库，竟然就是穆氏集团下属的一家水果货运公司，货运公司的老板和他们的母公司穆氏企业现在的主要负责人已经都被扣下了。而说到穆氏，几乎他们队里的每个人都能想到前些年从这个集团急流勇退下来的老东家——穆雪松。

因为穆雪松已经不管集团的事情了，跟案件没有直接联系，他们没办法像控制穆氏现任负责人那样把上了年纪的老人家直接扣起来，只能传讯，但是连续传讯三天，却没问出半点蛛丝马迹。

任非睁开眼，一时半会儿睡不着，干脆强打精神翻起了手机。

他叹了口气，点开跟杨璐的微信对话框，最后一条消息还是上次女神拒绝他的约饭邀请的回复，此后两个人再也没有对过话。

任非看着杨璐的头像有说不出的懊恼失落，知道杨璐这是真的开始疏远他了，而他却不知道该怎么办好。失落又烦躁地在床上翻了个身，他抓着手机想打个电话给她，但看了眼时间又觉得这会儿太晚了不太合适。他在纠结中眼皮越来越沉，不一会儿，终于意识模糊地睡着了……

老城区外表看上去不起眼，里面却低调奢华的小院里，楼上的书房亮着台灯，前些日子坐在这里轻描淡写地安排陆歧生死的穆总，此刻气到手抖，"想不到啊，陆歧那老小子真是财迷了心窍，竟然真敢背着我，用公司名下的冷库继续干着制毒贩毒的勾当！……"男人苍老的声音听上去很压抑，室内昏暗的灯光将他大半边脸都隐藏在晦暗不清的阴影里。

半晌，他从桌子后面站起来，随手把方才摁劈了笔尖的钢笔扔进垃圾桶，"陆歧留不得了，等风声稍过，得赶紧把他料理了。"

陆歧找上门那天陪在老爷子身旁的女人今天也在，她穿了件冬款的墨绿色过膝长旗袍，更显得整个人纤细柔弱，气质与这房子的风格非常相衬，方才打开门端着炖盅走进来的时候，就仿佛是从民国的油画里走出的优雅婉约、风韵卓绝的妙龄女郎。

她把夜宵一一摆在旁边的小茶几上，抬头朝说话的人看了一眼。她今天勾了流畅的细眼线，眼线尾部微微上挑，配着挽起的长发，恬淡中多了些不同往日的媚态，"可是警方才传讯过您，这阵子一定会暗中盯着和您有关的人，要动陆歧……您用自己的人，可能不太合适。"

老人叹了口气，从灯下阴影里转出来，绕到茶几前坐下，抬头的时候，那张脸清清楚楚地映在女人平静如水的眸子里。

"不合适也没办法，这个当口，总不能买凶杀人，不知底细，比用自己的人更危险。"穆雪松端起炖盅打开盖子，拿过白瓷的勺子浅浅喝了一口，"这些年我自断羽翼，不惜一切代价，本想让穆家从早年那些见不得光的生意里干干净净地洗出来，谁知道就差一点，竟然让陆歧给毁了。"

女人在他旁边坐下来，"人活一辈子，哪能没有劫数呢？绕过去就好了。"

"也许是劫数，但更可能，这就是穆家的命数。"穆雪松看着身旁的女人秀丽沉静的容貌，从开始失控的愤怒中冷静下来，唏嘘着喟叹，"我做的那些事，怕是连祖上的阴德也一起损了，遭报应也是应该的。"

"先生……"

"你不用劝我，"穆雪松摆摆手，把炖盅放下，目光从茶几上女人细心准备的菜色上一一掠过，半是欣慰半是迷恋地看着她，"这几年你跟在我身边，所求什么我是清楚的。等风声过一过，我料理了陆歧之后，你就走吧。毕竟这些年我们做的事情，跟你也没有什么关系，你清清白白一个姑娘，不必蹚这趟浑水。"

"不，"女人声音像上好的锦缎，柔软却带着十足的韧性，"灭口陆歧的事情，我有个想法，不知道先生能不能成全？"

她一说，穆雪松就笑了，有点啼笑皆非的无奈："怎么？杀了他还不解恨，是要把他折磨致死才算给你前男友报仇吗？"

"先生说笑了。"女人也勾了下嘴角，但笑意转瞬之间就消失了，"当年陆歧指使打手活生生打死了我的未婚夫，这仇我是一定要报的。这些年我孤身一人跟陆歧纠缠，受先生庇护照顾，您的恩情我也一定要还。所以……我想亲手去杀陆歧——您的人会被警察看死的，但没人会对我有防备。他死了，您就安全了。而我……反正我活不了多久了，不在乎早死还是晚死。"

穆雪松握住女人放在膝盖上的手，拇指摩挲着她手背冰白微凉的皮肤，表情显出了些纵容和宠溺，"你这丫头的倔脾气，这几年倒是一点没改。"

女人笑了笑，没说话。她知道穆雪松向来行事独断，别人劝得越多，反而会让他生疑。

半晌之后，男人探究打量她的目光慢慢收敛，他松开她的手，在她手背上轻轻拍了拍，语气竟是欣慰的："阿杨，你总是这样出其不意地改变我对你的看法。好，你去吧。前期的事情我会让人都替你安排好，等陆歧的事情了了，我带你一起到国外去。"

女人点点头，眸光无悲无喜，依然笑得恬淡坦然……

第 24 章

追凶十二年

　　梁炎东的案子重审判决结果下来得比预料中要快，半个月后，在这个冬天第一个大雪纷飞的日子里，省高级人民法院对梁炎东奸杀幼女案再次公开宣判，撤销该案件原审判决，改判原审被告人梁炎东无罪，梁炎东被当庭释放。

　　至此，背负了近4年禽兽骂名的梁炎东，终于为自己平反，挣开了压在他肩上沉重的、耻辱的枷锁，得以从东林监狱这座囚禁了他上千个日日夜夜的围城中堂堂正正地走出去。

　　等判决的日子里，任非曾百忙之中抽时间去看过梁炎东一次——当时还没人跟他透露过失语的梁教授竟然能说话这件事，所以当时突然听见梁炎东的声音，任非震惊得如同做了个荒唐的梦，缓过神来都不知道该如何反应。

　　等惊骇的劲儿过去了，他就想听作为当事人的梁炎东自己说说，这认罪又翻案，从头到尾到底是怎么回事。

　　可是梁炎东没说。虽然开了口，但男人还是沉默寡言，听任非唠唠叨叨急火火地问了一大堆，当时却只淡淡地回了一句：

"一言两语说不清，等出去有机会再给你讲。"

没回答，但是也没拒绝，画了个大饼，馋得任警官舔着牙跟他约定："那你出狱的时候我来接你，反正刚出狱你也没什么地方可以去，不如你就先住我家，然后这案子的始末，你也可以慢慢跟我说。"

然而梁炎东却不是太赞同他这个提议："出狱我可以先住酒店。"

任警官明显没考虑那么多，张口就反问："你的钱不是当初都当罚金赔偿给被害人家属了吗？刚出狱你哪来的钱住酒店？"

"我给自己留了后路。"

"好吧，就算你留了后路，那你出狱就能提出钱来吗？"

被戳了痛点，梁炎东无话可说了。

彼时，任警官很兴奋地拍板钉钉："那就这么说定了，你出狱我来接你！"

然而，当时信誓旦旦许诺的任警官，在梁炎东离开监狱这一天却爽约了。

漫天鹅毛大雪，万物都在风雪中迅速萧条孤寂下去，梁炎东穿着当年入狱时的旧夹克，拎着瘪瘪的行李包，一个人从监狱灰色的大铁门中走出来，他站在空空荡荡的巷道上，有那么一瞬间，他罕见地有些茫然，不知道自己接下来该去哪里，要干什么。

跟任非打了这么久交道，梁炎东早就品透了他的为人，对他没有戒心也足够信任。知道任非要来接，所以梁炎东懒得再去考虑出狱后的第一步应该怎么安排，他前段时间为了赢自己的案子，殚精竭虑算计太多，等一切终于尘埃落定，近4年来始终被压抑埋藏在灵魂深处的疲惫悄无声息地席卷而来，在他还来不及提防的时候，就已经将他完整地吞噬进去。

他太累了，就没想那么多，本来打算随便任非那小子怎么安排都无所谓，先把自己情绪调整好再说别的。所以他也没想过，任非没来的现在，他应该怎么办。

就在监狱门口，他突然想起几年前他被押送到这里服刑的时候，一路跟过来的媒体的长枪短炮。时隔3年多，当时让媒体恨不得把他一举一动一个眼神都解读一遍的人，在时间的长河中已经变得可有可无。

这几年，被困囹圄举步维艰的时候，为了保命担惊受怕的时候，牢狱生活艰难颓丧的时候，他也会想，当初自己就这么一身孤勇地闯进来，用可能断送自己一生前程的结果为代价，为自己多年前所求执念埋单的做法，到底值不值得。

但有关"值不值得"的问题，其实是最没有意义的问题。时间一直在向前，自己做过的事，自己下过的决定，无论经过多久，都必须要有一个明确的、符合预期的结果。否则，已经经历过的这些，都将失去意义。

梁炎东微微仰头，冰冷的雪花落在脸上，他本能地闭眼，深吸口气，试图将脑子里那几乎不该属于他的茫然和落寞驱散。

远处有车子的声音由远及近。梁炎东深深吸了口冰凉的空气，睁开眼，棱角分明的脸上情绪半点不露，他循声转过头，黑色捷达缓缓停在他身边，车窗降下来，他看见了十五监区长穆雪刚的脸。

梁炎东微微眯着眼睛，拎着行李包，没动。

穆雪刚从里面给他开了副驾的门，看着他，也没说话。

两个男人僵持不过几秒，梁炎东一弯腰，钻了进去。

车子开上主路，刚刚无罪释放的男人瞬也不瞬地盯着前方，隔着玻璃看几年来城区的变化，半晌，穆雪刚咳了一声，开口打破了沉默："你在监狱里答应过我的事情，别忘了。"

梁炎东仍旧看着前方，"不会。"

"什么时候给我准确答复？"

半晌的考虑过后，梁炎东不带犹疑地回答："元旦前。"

这显然是个让穆雪刚满意的答案，他点点头，"我送你到哪儿？"

这一次，梁炎东明显要比方才考虑得更久，直到车子开过第二个红灯，他才终于打定主意，说了让监区长备感意外的地点："昌榕分局。"

梁炎东往昌榕分局去，而本来打算开车去接梁炎东的任非，被一辆黑色轿车挡在了分局的大门口。CRV的车头差点撞在黑车的车门上，任非还没来得及发作，他老子已经气势汹汹地从黑车里出来，把他驾驶室的门拉开了，"你给我下来，你要躲我躲到什么时候？"

任非在车上没动，"我是不想看见你，不是躲着你。你把车子往旁边挪挪，开着个私家车往警察局大门口堵，爸，您这是要以权谋私啊？"

任道远在公安系统里干了大半辈子，还从没干过什么以权谋私的事情，但今天理智已经被现实冲到了外太空，老爷子懒得跟他废话，竟然直接把他儿子从车里薅了出来，"我要说的是你跟杨璐的事儿，我要说的事情都不太好听，你要是想在你单位闹得人尽皆知，那我就在这儿跟你说！"

任非咬牙瞪眼地跟他爸对视半晌，最终猛地拨开他爸薅着他的手，把车开回了院里的停车场，回来坐进了他爸的车里。

让任非没想到的是，任道远再张口，先说出来的竟然是句道歉的话："在跟你说接下来的事情之前，我要先跟你道歉——我去查了那个杨璐，我翻了她的底。"

任非原本一脸冷漠地扭着头看着窗外的大雪，听见这话猛地转过头来，看陌生人似的看着他爸，"你疯了！你这是……你这是以权谋私你知道吗？"

"你可以去举报我。"任道远看着他儿子，表情严肃得如同坐镇大案指挥现场，"但前提是，你能拍板跟我说，你那个女神是干干净净没问题的。"

任非皮笑肉不笑地哼了一声："爸，您这么说话可就跌份儿了啊。"

"我跌份儿？跌什么份儿？脸面？身份？那都是个屁！"任道远恨铁不成钢地怒喝，"那个杨璐的底细你知道多少？你知不知道她那花店背后的老板是谁？你知不知道她以前那个男朋友是怎么死的？你知不知道她已经没几天好活了？"

任非这些年虽然跟他爸整天不对付，但即使针锋相对吵起来的时候言语上也还是克制的，但此时此刻，他突然之间有种无法控制的、被人冒犯了的恼怒一下子冲到了脑门，让他几乎口无遮拦地吼回去："你胡说八道什么？！杨璐是离异，哪来的男朋友死了？"

"胡说八道……胡说八道！"任道远把中控台上的一个牛皮纸袋一把摔进任非怀里，"你醒醒吧！这是5年前一起刑事案件的庭审记录——你那个女神杨璐，她根本没结过婚！她以前有个男朋友叫陈叙！"

得知一切事情时的震惊，担忧儿子不知不觉掉进犯罪团伙算计的后怕，对杨璐隐瞒欺骗任非的愤怒，所有的一切都化为了此刻的疾言厉色，任道远语速极快，根本不给任非留任何可能插嘴质疑的机会，"陈叙当年从陆歧的借贷公司借了一大笔钱，后来被陆歧的打手打死了！陈叙的死，陆歧是幕后黑手，当年找不到更多证据证明陆歧跟陈叙的死有关，再加上他们公司中层有人认罪，这事儿就这么过去了，但是作为陈叙拿命换回来的人，杨璐不可能不知道她未婚夫究竟死于谁手！可是你知道杨璐花店的幕后老板是谁？也是陆歧！陆歧跟杨璐之间有单向大额转账记录，从3年前开始，金额累计达到64万！

"杨璐为什么要把杀夫凶手当幕后金主？陆歧明知道杨璐是什么身份为什么还要给她钱？杨璐在整个贩毒制毒案里有没有扮演什么角色？她明明没结婚却为什么跟所有人说她离异？她接近你有没有其他的不可告人的秘密？我滥用职权？任非，你动动脑子自己琢磨琢磨，杨璐这个人，到底是不是你想的那么简单！"

眼见着任非变了脸色，任道远才从疾言厉色中勉强缓了口气儿："杨璐的就医档案，陈叙案子的卷宗，陆歧的银行转账记录，所有的东西都在你拿的那个袋子里，你自己看看吧。"

任非机械而麻木地看完资料，便魂不守舍地从车里出来，对身后他爸的呼喊充耳不闻，脚下踩着厚重的积雪如同踏在云端，他走得踉跄而小心，仿佛一个不经意，这被击垮的肉体，就要坠到万劫不复的深渊去。

任非被他爸从自己车里拽下来的时候没穿外套，此刻他就穿着件单薄的毛衫迎接着这漫天肆虐的风雪。然而他并不觉得冷。他什么感觉也没有，没有愤怒，没有疑惑，没有怨怼，甚至没有心痛，他满脑子只剩下一个念头，那就是他要去找杨璐，他要拿着这些东西，当面向她问问清楚。

不管杨璐是承认还是否认，只有在见过她之后，任非觉得自己才能面对现在所发生的一切，在此之前，他不想说话，不想思考，也不想停下脚步。

直到他的脚步被路口花店拉下的卷帘门所阻止——几乎全年无休的花店，今天，大白天的竟然关店了。

任非站在店门前，一阵难以言喻的心慌突然冲破了麻木的躯壳，转瞬之间沿着血液烧遍神经，他几乎站不住，跟跄着往后退了一步，手里一时没拿稳，那个装满了各种"证据"的档案袋重重地掉在地上，袋子落进雪中，任非愣了愣，弯腰去捡档案袋，刚把袋子捡起来，手机就响了。

他机械地把手机掏出来，不太想接，不想跟任何人说话，也不想做任何事，只想一个人找个地方躲起来消化这突如其来的一切，然而多年来的习惯却让他的手指下意识地在手机上划了一下，破锣似的大嗓门从听筒里传出来："任非？你人呢？快快快，赶紧回来准备出警，陆歧藏身地点有眉目了！"

陆歧这个名字像钢针一样，刺得任非那已经停摆的脑子一阵生痛，又仿佛生生把任非飘荡在半空中没着没落的灵魂拽了回来，下一秒，他拔腿就往回跑。

他整个人都不太清醒，跑的时候连电话也没挂，然而步子迈得太大，他脚下一滑刺溜一下差点在雪地里开个竖叉，他狼狈地爬起来，一头冲回了局里。

城南一个废弃多年的重工业区，成排的灰色水泥厂房在大雪中显出斑驳的颜色，厂房的窗户都碎了，当年职工宿舍楼里没拆掉的窗帘也褴褛褴褛地吊在窗户上随风飘荡，整座旧工业区活像一座被恐怖片剧组新搭建起来的"造鬼工厂"。

某个厂房附近，一辆白色面包车悄无声息地停了下来，车门打开，从驾驶室下来一个穿着灰色貂绒大衣，几乎整张脸都遮在厚厚的白色针织围巾和同色帽子下的女人，即使层层包裹，但她还是显得清瘦，脚上一双过膝的粗跟长靴，这么大的雪，她踩着六七厘米的大高跟走在雪地里，步子却又快又稳没有丝毫动摇。

她快步走进一栋顶棚很高的厂房内，穿过各种废弃的设备和砖瓦路障，踏着铺满厚重灰尘的台阶上了二楼，拐了几个弯，然后拉开了走廊尽头的一道铁门——是很大一个空间，最右边是铁板搭的逃生梯，这是当时应对紧急情况的一块区域，所以相对于一路上的鸡零狗碎，这里宽敞而空旷。

其实也不是全然的空旷。这个废了十几年的地方，此刻有3个大活人。

女人并不意外，她在门口只微微停顿了一秒钟，而后就朝他们走过去，高跟鞋在空旷的水泥地上踩出令人心悸的声响。

当她站定，其中一个黑衣的男人跟她打招呼："杨小姐。"

女人点点头，并不废话："该怎么做，穆先生都吩咐过你们了吧？"

男人看着她，眼里有一点说不清是窥探还是恐惧的光，闻言赔了个笑，"是，都知道了。"

"那麻烦你们了，帮我把来时的痕迹处理干净——要小心仔细一点，外面下着雪，可能会给你们带来一定麻烦，就辛苦你们了。我这边处理完了他，就去跟你们汇合。"

女人的声音温润沉和，这跟她接下来要干的事情实在天差地别，以至于男人犹豫再三，也没把那句话直白地问出来。

他斟酌了一瞬，换了个方式小心地问她："你搞得定吗？穆先生说你没受过专业训练，怎么消音、保险、瞄准、射击这些要点你都掌握了吗？"

"消音器来的时候穆先生帮我装好了。"女人似乎笑了一下，厚围巾和大帽子遮掩下，露出来的秋水般细长漂亮的眸子弯出了很柔顺的弧度，"我会开枪，一枪打不死也没关系，多开几枪，他早晚会死在我手上的。"

被牢牢绑在凳子上堵着嘴的人瞬间瞪大眼睛，瞠目欲裂地瞪着女人，喉咙里发出呜咽的声音，他拼命挣扎，身下的凳子因此而摇晃，被站在他两侧的黑衣保镖共同伸手摁住了。

凳子上的男人就是陆歧——一个在忠心追随穆雪松若干年后，终于因为自己的贪念惹了祸事，而被穆雪松放弃的人。

女人跟陆歧有杀夫之仇，这在集团内不是秘密，但不肯借他人之手，一定要亲自替未婚夫索命报仇的女人，却让他们感到震惊。

明明是那样柔弱，仿佛雪花一样，碰到一点温度就会融化的生命，竟然处心积虑地摸到穆先生身旁，在毫不掩饰意图的情况下，成了跟虎狼最亲密的人。

得到穆雪松的庇护，这些年，连明知道她对自己有杀心的陆歧，也没办法动她一根汗毛。脆弱的生命，通过寄生的方式，成了危机四伏的黑暗森林中一人之下的存在。

两个男人点点头出去，剩下女人与被迫等死的陆歧，冷风在空荡的大楼里刮出哨音，如同当年冤死亡魂凄厉的呼啸。

"你知道我一直都想让你给我未婚夫赔命，当年你说我妄想，但现在你看，我还是做到了。"女人从大衣的口袋里拿出手枪，动作有些生涩地拉开保险，慢条斯理地对满面惊恐憎恨却说不出话来的陆歧说，"我也知道，你一直都想除掉我，如果不是穆先生，早在几年前我想方设法给我未婚夫申冤的时候，就被你杀害了。上次那辆要撞我的车，就是你最后的挣扎了吧？0Q813，我认识这个车牌，是你一个手下的。那次你几乎就要得手了，可惜，最后我被跟我一起的人救下了。"

"所以，我们两个之间这场你死我活的较量，最后是我赢了。"女人温柔得仿佛能化开冰雪的声音，不知何时开始，已经变得跟着漫天的狂风大雪一样冰冷，她那双总是含情脉脉的眸子里，此刻流露出仇恨和快慰糅杂在一起的寒光，"正义到达不了的地方，还有黑暗能够覆盖。"

话音刚落，装了消音器的手枪发出一连串轻微的声响，打偏到地面、墙柱和钉进血肉里的子弹所发出的动静混成一片，她柔弱的身躯被子弹的后坐力带得微震，枪口隐隐冒出的火光映在她苍白的肤色、倒映着血色的瞳仁上，直到子弹打空，直到面前椅子上已经成了血葫芦的人停止挣扎。

女人几乎是下意识地从另一只口袋里掏出了另一把枪——直到她又一次把枪口对准面前那具浑身上下血色斑驳的尸体，她才从失控的情绪中缓过神来，她才意识到，被绑在凳子上的这个人，已经死了。

她急促地喘息着，耸动肩膀，当她终于可以随着陆歧的死放下仇恨的时候，她突然无力地跪倒在地上，捂着脸，6年来第一次无所顾忌地放声痛哭。

女人的哭声回荡在空无一人的废弃厂房内，回声一圈一圈地漾开，像是从地狱唱响的哀歌，凄凄切切，连绵不绝……

听见"陆歧"这俩字跟打了强心针似的冲回局里的任非，此时正无精打采地靠在车玻璃上，强迫自己清醒地听完队长的战术安排，然后在一片"没问题"的回答中，蔫蔫地点点头。

他这模样，就连瞎子也能感受到的颓丧，让谭辉在下车的时候拦住了他，"你这状态不是抓人是添乱，待在车上等调度吧。"

任非直愣愣地看看谭辉，摇摇头，但是在谭辉丝毫没得商量的坚持中，他又不得不点点头退回了车里。

关上车门，他觉得自己像一只缩了头躲在壳里的乌龟，直到难以形容的心悸和战栗在电光火石之间犹如一道电鞭狠狠抽在神经上，强烈的刺激让任非一下子就从失控状态中惊醒，他猛地拉开车门跳下了车！

有人死了，就在刚刚，几秒钟之前。

他感受到了，他确信，他从没如此近地靠近过命案发生的第一现场，从没在生命逝去的第一时间，如此强烈又如此笃定地意识到命案的发生。

可这种鬼天气，工厂区除了他的队友和他们的目标外不可能再有其他人来，那么刚才一瞬间让他感受到死亡的人，是谁？

是他正在厂区对毒贩匪徒进行搜捕的同事，还是双方交火中被他们击毙的人？

任非不敢往下想。他疯了似的冲下车，那一刻儿女情长全都被甩在脑后，他在窒息般的紧张恐惧中第一次尝试着凭借潜意识中的强烈指引，朝着死亡气息最浓的方向飞奔而去，一路上脑子是空的，身体却仿佛被热血填满了。

直到他脱离了大部队，走出了他们预先划定的搜索范围，踩着尘土拾级而上，推开了二楼走廊尽头的那扇防火的大铁门——女人的呜咽因为铁门的声响戛然而止。

任非双手持枪食指钩住扳机，稳稳地对准跪倒在地的女人，一步步地靠近，命令："不许动。把手举起来。"

他的声音让女人身体不易察觉地微微震了一下，女人维持着背对任非跪坐在地的姿势，慢慢举起双手，在她身后，任非因为椅子上死透了的血葫芦和女人旁边地上的手枪而抽了口气。

他认出了凳子上绑着的人是陆歧，也看得出是眼前这个女人杀了他，并且手段极其残忍。

他因此提了十二分的小心，戒备地靠过去，本来准备先铐了女人再说，然而当他走近，俯视着跪坐在地上举着双手的女人时，一阵突如其来的熟悉感几乎在他毫无防备的情况下席卷了他。

他认得这个背影，并且绝对不会认错。哪怕在人头攒动的闹市街头，他也能一眼把她找出来……可是他不敢相信。

他狠狠吞了口唾沫，尽力滋润干涸得快要裂开的嗓子，"站起来，转过身。"

他太紧张太害怕了，以至于女人站起身的时候放下了手，他也丝毫没有察觉出不对。

而她就在他瞠目欲裂的逼视中，缓缓地转过身来——大半张脸都藏在围巾和帽子下，只有那双眼睛，没有任何遮拦地与他对视。

任非看见那双眼睛，脑子里"嗡"的一声，感到一阵眩晕，差点连枪也拿不动，他张嘴说话，却听不见自己发出的声音，只知道他说的是："把围巾摘掉。"

女人没有摘掉围巾，而是用另一只满膛的手枪虚虚地悬在半空，对着他胸口。

他看着女人那双仿佛会说话的眼睛，觉得她是要对他说"抱歉"。可是他想要的不是抱歉，他就想问她一句，到底是为什么。

但是女人没有给他机会。

消音手枪和子弹入肉的闷响外界几乎听不到，但他却感觉到这两种声音一起在耳朵里爆炸了，疼痛席卷全身，鲜血迅速染红了他单薄的驼色毛衫，抽干了他全部的力气。

他像个被人剪断了提线的木偶，嘭的一声仰面栽倒在地上，飞灰四起中，他绝望地看见女人放下枪，把遗落在地上的那把也捡起来，迎着风雪，走向了逃生通道。

她最后远远地看了他一眼，然后头也不回地消失在了这场漫天的大雪里。

任非张张嘴，疼痛和失血已经让他喊不出来了。他挣扎着试图从地上爬起来追上去，然而身体和精神被绝望占满，已经再也无法挖出任何一点潜能，只像个破布偶一样狼狈地倒在地上。他朝空无一人的逃生通道无声地嘶吼："回来！杨璐……回来！回来……"

没有人回来。只有无尽的寒气从门户大开的逃生通道倒灌进来，在冻僵了陆歧尸体的同时，也冰封了任非对爱情最旖旎温存的幻想。

求援，汇报，被抬上担架送进急救车，虽然大量失血造成眩晕和虚弱，但任非的意识始终是清醒的。

他清醒地跟队友描述自己所在的位置，清醒地跟谭辉汇报当时的情况，清醒地看着急救医生给他包扎吸氧做紧急处理，然后清醒地……隐瞒了杀陆歧的凶手的身份。

对谭辉摇头说没有看清凶手体貌特征的时候，任非的良心受到了巨大的谴责，这种谴责促使他直到被推进手术室打上麻醉的前一秒，都直愣愣地睁着眼睛看着天花板，像是在内心拷问那个为了一己私欲而欺骗所有人的自己。

所有的嫌犯都在指认陆歧，所有的证据都证明陆歧背后还有老板，然而陆歧却在警方赶到的前一刻被杀死了，线索断了，局里上上下下这么多个日日夜夜的忙碌全都打了水漂。

他明知道谁是凶手，可他就是张不了口。从手术室出来的时候麻醉的效力其实就过了，任非闭着眼睛装昏睡，在一波波来看望的人的各种目光下熬过了24小时，最终却在梁炎东微带沙哑的声音中不得不睁开了眼睛——"你知道杀陆歧的凶手是谁。"

彼时任道远要到省厅去跟上级领导汇报案情，梁炎东等他走了，关上了单间病房的门，坐在病床前，那双细长深邃的眸子像一张沉重的网，将他兜头包裹其中。

任非装不下去了，只能睁眼。

也许是准头不好，也许是有心放水，杨璐瞄准任非胸口的那一枪最终伤了他的肩膀，右边大半个肩膀都缠着绷带，他挣扎着想坐起来却使不上劲儿，梁炎东默不作声地架了他一下，扶着他坐起来，又调高了半截床板的高度，垫了枕头让他靠着。

任非忍着疼吸着气缓了好一会儿，才对梁炎东短促而僵硬地笑了一下，"没想到你会来看我。"

"我出狱没见你，怕你有什么事就去昌榕分局找你，后来见到杨局，他正好接到陆歧被杀、你被歹徒击伤的消息，我就跟他一起来了。"梁炎东难得愿意浪费唾沫把一件事的前因后果都叙述一遍，他坐在床边看着任非，眼底有一点任非看不懂的微光在流动，"我也没想到，你是任局的儿子。"

任非寥落地勾了下嘴角，语气很僵硬，"任局是任局，我是我。任何时候，你可以因为任何理由改变对我的态度，但唯独不要因为我爸。我跟他不是共同体，我也不是'局长'的附庸。"

梁炎东随便从桌上拿了个苹果，锐利的刀锋在素白的指尖游刃有余地旋转。他并不看任非，只是等他情绪冷静下来后，又在他心里搓了把火，"你这么抵触你爸，是因为直到现在，你母亲和舅舅、表妹被杀的凶手也没找到吗？"

任非猛地转头，布满红血丝的眸子死死盯在梁炎东脸上，他想问为什么我家里的陈年旧事你会知道得这么清楚，但转念一想，当初案件轰动全城，梁炎东在没入狱之前跟市局警方关系密切，他知道也是很正常的事情。他张张嘴，什么也没说出来。

"十多年前，我的博导，也就是季思琪的父亲萧绍华先生，曾经在市局做过几年特别顾问。那年'6·18'连环杀人案发生，任局家里出事，全城追凶却毫无所获，老师曾带我到任局家了解案件的具体情况——当时任夫人刚出殡下葬，我在任局家里见过你。"

梁炎东说的内容跟任非以往听过的任何一个版本都不一样，以至于那一刻任非除了难以置信地看着他之外，竟然不知道自己该怎么接他的话。

任非努力回想12年前他妈出殡之后的事情，努力将记忆里零碎的画面从时光深处挖出来拼凑在一起，直到他勉勉强强地组成一幅不够完整的斑驳画面——那时候他刚12岁，还没有面对生死的勇气，所以他把对自己当时懦弱逃避的悔恨和自责，通通变成了对父亲的埋怨，埋怨他堂堂一个东林公安的副局长，为什么连杀害自己媳妇儿的凶手都找不到。

从埋怨到愤恨再到厌恶，他从那时起就疏远任道远，但因为知道那天会有据说非常了不起的专家来家里了解情况分析案情，所以他没离开家，专门坐在大门前面的台阶上等专家。

他看着专家来了又走，脸上是拼命强撑着的冷漠，眼里却是急切而踌躇，可直到他们开车离开，他也没说出一句话，更没有得到希望的答案。

"我到现在都记得你当时的眼神，就像是绝境中看见了一根不足以救命的茅草，却爆发出摧枯拉朽的求生欲……我被你感染了，所以上车离开的时候，我就下定决心，无论经过多久，无论过程有多艰难，我一定要帮门外那个孩子把杀她母亲、舅舅和表妹的凶手找到，我不想辜负他的那份期待。那年我上博二。"

梁炎东回忆着当时，目光因为回忆而越发深邃悠远，他一边说着，一边唏嘘地摇了下头，"但是我没想到，时隔这么多年，我竟然会在'6·18'的案件之外跟你再见面，并且……"梁炎东摊摊手，想起第一次在监狱见面时，一门心思朝他撞过来的愣头青，有点好笑地勾了勾嘴角，"是以那种身份和方式。"

任非因为梁炎东这番话而心中巨震。这么多年了，因为不相信老爸，他想尽办法试图找到当与年案情有关的蛛丝马迹，始终把给老妈报仇当成支撑自己一路向前的执念，而这条路前路茫茫，他自始至终都是一个人踽踽独行，从不曾跟任何人述说过其中的悲恸和煎熬。但是现在，突然间有个人说，因为当初自己的眼神，而下定决心一定要把这个案子追查到底。

这消息实在是太不可思议太刺激了，以至于当任非从慌乱震惊中回过神来的时候，说话都磕巴了："那你……你现在……"

任非磕磕绊绊地说不出下文，梁炎东把手里削好的苹果递到他手里，径自说道："即使没遇到你，我也会把这件事继续调查下去。"

任非的手因为梁炎东最后的这句话而抖了一下，他似乎想说什么，但转念间已经咬住苹果，把想说又不能说的话全都咽了回去。半晌，他犹豫着，十分没底气地说："那个……梁教授，杀陆歧的凶手，你能当不知道吗？"

任非不想让梁炎东插手这件事。他不插手，任非就有把握能把杨璐的身份瞒过去。

他知道这样做不对，他在心里谴责唾弃自己，但是思想已经挣脱理智的束缚完全不受控制地向深渊坠落，任非想，也许这就是爱的力量。

他真的深深地深深地爱过那个给了他一颗子弹，将他与她的关系猝然画上句号的女人。

梁炎东看着任非在说出那句话之后，一连串痛苦而纠结的微表情，他手指轻轻地敲着自己的手背，在沉寂的病房中，突然轻声开口道："杀陆歧的是个女人。"

就跟身上插的各种检测仪突然漏电了似的，任非猛地一震，倏然抬头。他说着又看了任非一眼，目光有些不可思议，"她是……你女朋友，或者你心里暗恋至深的人。"

"梁炎东！"任非失控，他佯装的冷静在眼前这人的只言片语中土崩瓦解，就像一头暴露在猎人枪口下的凶兽，面对致命的威胁，浑身的毛都炸起来试图反扑，但牙齿却被人率先打掉了。

一声断喝之后，他什么也说不出来，激烈的、失控的情绪让他剧烈喘息，身上刚缝合的伤口因此撕裂般地疼起来。

他慌乱地把手里的苹果扔在桌上，痛苦地把手插进头发里，脸埋进掌心，声音在手掌的遮挡下听着发闷，"别说了……求你了，你别再说了。"

梁炎东看着他，脸上透着生冷无情的味道，"你知道你在干什么吗？你—— 一个警察，包庇凶手，你知道你要为此付出什么代价吗？"

任非一手捂着脸，颓然地向后仰倒回枕头上，"……我都知道。可我不能眼睁睁地看着她……"

"那你知道，"梁炎东打断他，"我跟杀陆歧的凶手，是什么关系吗？"

"整件事情，从目前的情况来看，都是因为我要翻案而引起的——秦文受人指使杀了我导师留下的唯一血脉，而我相信经过这么长时间的调查，你们一定也有数，目前暴露的陆歧并非真正主谋，但陆歧却是找到背后那个人的唯一线索。现在，陆歧死了，那么杀他的人，就成了唯一可以追查下去的关键。她或许知道那个始终隐藏在黑暗中，却操纵了一切凶案的幕后主谋是谁，再不济，她也会知道其他至关重要的信息和线索。"梁炎东说着，摇摇头，"所以我一定要找出她。"

半晌，任非突然想起什么，倏然转头看向梁炎东，他眼底带了点连自己都不知道的戒备和敌意，但更多的却是坚持和期盼，"梁炎东，我当初为了拿光盘助你翻案，差一点就把命留在江同——我就想问问你，你欠我的这个人情，你还打算还吗？"

梁炎东静静地看着他，削薄的唇峰抿得很紧，眸光晦暗而锐利，任非咬着牙一眨不眨地跟他对视，有一瞬间甚至觉得他比法庭上判决的法官更加理智，也更加冷酷无情。但良久之后，就在任非以为梁炎东根本是不屑于回答他这个幼稚问题的时候，男人竟然问他："如果我对你说，我怀疑指使陆歧的幕后主谋，跟当年'6·18'大案有关系的话，你还会继续这样固执地包庇她、阻止我吗？"

任非张着嘴，茫然地看着梁炎东，"……你说什么？"

任非第二次从医院逃走了。趁着他爸没回来，梁炎东前脚刚走，他后脚就给杨璐打电话，打了十几个都无人接听后，他拖着受伤的身体，匆匆裹上外套，步履不稳地上了出租车，直奔杨璐的小花店。

他明白，事发前他爸已经为了他去查过了杨璐的过往经历，如今就算他不说，就算他能阻挡梁炎东去查，杨璐的暴露也只是时间问题。而他所能做的，只有在自己能够控制的范围内，为杨璐争取更多的时间——离开也好，想办法自救也好，哪怕只是获得相对多的休息时间以便对抗未来无法逃避的高强度审讯……什么都好，他只是不想亲口去指证他爱着的女人，他只是想给杨璐多一些时间。

但是他没想到，大雪过后，那家转角的花店竟然开着。

路边小花店在大雪天鲜少有人会来，店门口只留下寥寥几个脚印。松松软软的积雪被北风吹起来，打着旋刮到近前，晶晶亮亮的颜色蒙住任非的眼睛，带来一瞬的清凉和黑暗，睁开眼睛的时候，他鼓起勇气从蒙着些雾气的橱窗向内望，心在一瞬的停顿之后倏然狂跳——让他心心念念的那个人，正在花丛中的小木桌上枕着胳膊浅浅地睡着。

一如他第一次误打误撞地推开花店的门，风铃清悦中，他第一眼看见杨璐的样子。她在熟睡中抬头，脸上带着初醒的懵懂迷离，眼神柔和地问他："想买什么花？还是随便看看？"

那是很久以前的事情了。他们曾经手牵手，但跋涉得太久，来路已经消逝在时间的长河中，再也望不见了。

就在他站在空寂的街头与心头难以名状的痛楚对抗的时候，杨璐不知道什么时候醒了，正隔着玻璃，维持着从浅眠中初醒的姿势，坐在椅子上静静地看着他。

他推门进去，依旧有风铃轻响，杨璐坐在桌边浅颦轻笑，手边还是那本怎么也读不完的圣经，"你来啦。"她看着他，一颦一笑一如往昔，像是他们之间从来不曾有那场大雪的阻隔。

任非张张嘴，喉咙发紧，嗓子里跟被塞了一团棉花似的让他每一个字都说得滞涩艰难："……你知道我会来？"

杨璐的目光从他的脸上慢慢落到他右肩下方——任非受伤动作不便，羽绒服外套里面什么也没穿，隔着没拉到顶的拉链就能看见肩膀胸膛缠着的绷带。女人脸上清浅的笑维持不下去了，她站起来，走到任非跟前，垂在身侧的手指犹豫着想打开羽绒服看看他的伤，但最终她什么也没做，只是微微仰起脸，"伤得不要紧吧？"

任非脑子里嗡嗡地乱成一团，最终那些在他头脑里三天三夜也说不完的话，都变成了简短而颓然的3个字："……为什么？"

"为了给我的未婚夫报仇。我没结过婚，之所以对所有人这么说，是因为离异的借口可以帮我挡掉一些不必要的麻烦。

"6年前，我跟我的未婚夫正在筹备婚礼的时候，我被医院确诊了慢性骨髓性白血病。治疗花掉了我们两个家庭全部的积蓄，后来，陈叙就去找了信贷公司，拿我们的婚房做抵押借了钱。这事他当时跟我说了，他说只要人在，钱就可以再赚。当时我正在做第一阶段的化疗，出乎意料的效果非常好，最初来势汹汹的病情得到了控制，并且一直很稳定，我和陈叙都把这当成了劫后余生的信号，但当时我们都不知道，陈叙借钱的那家借贷公司'九出十三归'的规矩到底有多可怕。

"半年后，我还剩最后两个化疗疗程，一切都胜利在望，就在这时候，那家公司突然给他寄了账单，催促他还钱，还不出钱就让他交房子，而那个时候，我们利滚利的债务已经达到了70余万。直到后来陈叙找他们数次理论之后，被追债的人堵在家里打死……我都不知道中间到底出了什么事，我家里人和陈叙的父母想尽办法用各种理由骗我陈叙为什么不再来看我，直到两个月后我最后一次化疗结束，直到陈家和打死陈叙的公司打官司的一审判决结果下来，我才知道这一切。

"陈叙死在了我们的新房里，那是他用命保护着要给我留下的房子，可当我推开大门的时候，却在里面找不到半点陈叙曾经存在的气息，我甚至没见到我未婚夫的最后一面，最后等着我的，只有墓园里他冰冷的墓碑。

"那家公司就是陆歧用来为贩毒洗钱的信贷公司，我知道当初被判关到监狱里的替罪羊不是害死陈叙的唯一凶手，他们每一个人我都不想放过，而陆歧是让一切罪恶发生的罪魁祸首。

"陈叙死了，把我的一切希望和信念都带走了，死亡也不再让我感到恐惧……从那时起我就放弃了继续治疗，化疗的副作用过去后，我想尽了一切办法，要找陆歧的罪证，但我终究不过是个手无缚鸡之力的女人，没过多久我被陆歧抓住，我在他手里染上了毒瘾。

"谁知道后来误打误撞，竟然因此撞进了这个犯罪集团的老巢里，认识了穆雪松……然后我才知道，原来陆歧也不过就是穆雪松的一枚棋子，穆雪松才是最大的幕后黑手……

"他的出现分担了我对陆歧一半的仇恨，我用了很长时间接近穆雪松，从始至终都没有对他隐瞒过我和陆歧之间的杀夫之仇，我接近他就是为了有一天借他的手给陈叙报仇，也告诉他我得了白血病，拒绝治疗，没几年好活。我目的很明确，也许是觉得有欲望有目的的灵魂好掌控，也许是因为我这样一个数着日子等死的女人没威胁，总之虽然他一直不信任我，但他很喜欢我。

"当时正好穆雪松要从毒品生意里抽身，连带着，他也帮我戒了毒，然后把我留在了身边。但其实自负如穆雪松，他并不知道，他的心腹陆歧，将他放弃的毒品生意暗地里接到了自己手里，背着他把贩毒网络发展得更大，而赚到的钱却都进了他一个人的腰包。

"关系稳定之后，穆雪松帮我在我看好的这块地方盘了店面开了花店，从盘店到后来我的生活开销，所有钱款都从陆歧的账上出，他像是在逗弄小猫小狗，我和陆歧每次见面剑拔弩张，他却看得很乐呵。

　　"我就这样过了很久，直到后来我认识了你……穆雪松知道我跟你的事，但是他从不阻拦——他就想做一个冷眼旁观的看客，看着一切的悲剧上演却不插手。我在他身边这么多年，却没拿到什么能坐实他犯罪的证据，但知道他有个账本，锁在他房间暗格的保险箱里，账本记录着这些年他所有的黑市交易，不过我始终没机会接触保险箱，也不知道密码。

　　"这一次，陆歧贩毒东窗事发，警方顺藤摸瓜传讯穆雪松，把他打了个措手不及，他手底下所有能动的资源都被你们看死了，他在为如何不露痕迹地杀陆歧灭口的事情头疼，而跟陆歧有血海深仇的我刚好自告奋勇。

　　"现在风声太紧了，他连杀陆歧都要假我之手，此刻更不敢再随便对谁下杀手，那样可能会给他的逃亡带来更多的麻烦……所以他只能带上我，哪怕是把我带出境后再下手杀了我。

　　"而我呢，也只有这么做了，被他带着一起走，才能把他准备逃亡的时间和线路告诉你们。逃亡路上充满变数，以我对穆雪松的了解，与其带着账本走，不如把它放在安全的地方——这么多年我们相互试探，我多少是知道的，他那个账本上记的不只资金往来，更多的是权钱交易的灰色记录和听命于他的人的致命把柄，那是他控制手下猎犬的保命护身符，他绝不会毁了那东西。我想来想去，觉得他也不会转移账本，毕竟放账本的暗格是他觉得最安全的地方。所以，你们找机会把那个锁着账本的密码箱拿到，就算没有陆歧这个人证，也足够将他绳之以法。"

杨璐说得轻描淡写，从始至终语速和音调都没有改变过，任非却因为她所说的每一句话而胆战心惊。

在他爸给他看资料之前，他不知道杨璐是个白血病患者；在杨璐自己跟他坦白之前，他不知道这样一个山水画中走出来似的女人曾染过毒瘾，也无法想象这样看似柔弱文静的女人，竟只身一人深入虎穴，在杀夫仇人身边殚精竭虑独自经营这么多年。

就像他至今也无法说服自己接受杨璐曾开枪杀人，并将他打伤的事实一样。她太出乎他的意料了，她所做的一切都跟她外表给人的感觉截然相反，当掀开面具后，任非看着那张他魂牵梦绕过的脸，恍然惊觉，原来认识这么长时间以来，他从未真正走进过她的生活，走进过她的内心。

但不管杨璐这个人如何，他对杨璐的感情却是真的，而任非也能感觉到，杨璐对他，也并非无情。只可惜他们之间已经是无法改变的死局。

震惊过后却是怎么也捂不住的心疼，他深吸口气，想去抱抱杨璐，可是刚一有动作，杨璐却拒绝地往后退了一步。任非的手僵在半空，半晌之后，他摇摇头，觉得有些事情，他依然不能理解，"可就算你不做这一切，你不杀陆歧，我们一样能……"

"不一样。"杨璐少见地在他说话的时候打断他，声音还是那样温柔，只是每一句都斩钉截铁，"我是一定要亲手去杀陆歧的，我也要用自己的办法把穆雪松带到你们面前——这是我对陈叙的交代，是对我这几年来殚精竭虑熬过所有耻辱和痛苦的交代，是对我以放弃自己生命为代价选择复仇的交代。所以……任非，对不起。那天我没想过要杀你，可是我也不后悔对你开枪……那天我一定要从那里逃出来，否则的话，我这些年所做的一切，就都白费了。"

"所以……穆雪松果然就是在背后操控陆歧犯罪的那个人。但如果陆歧贩毒的事情他后来并不知情的话，那当年陷害梁炎东的事情呢？还有前不久，钱禄和他自己亲儿子穆彦的死，甚至田永强的死呢？跟他有没有关系？"

杨璐转过身，从桌子上那本《圣经》里取出一个素净的白色书签，闻言对他摇了摇头，"我不知道。"

"最后一个问题。"任非看着她走过来，一阵熟悉的局促和没来由的紧张让他猛地深吸口气，他想问她有没有爱过他，但话到嘴边，却不由自主地变成了那个他心中更深的疑问，"我们……你……你有没有利用过我？"

杨璐笑起来，她还是摇头，说话的同时，把手里的书签递给任非，目光坦荡地看着他说："没有。"

如同一块悬在头顶的大石头落了下来，他接过杨璐给他的书签，低头看了一眼，这才发现，原来这张书签上面，竟然还写了字。字体娟秀，笔锋内敛，他认得出来，是杨璐亲手写的。

"是穆雪松准备逃往境外的时间、地点和路线。"杨璐两手交叠放在身前，看着任非的目光充满了信任，"明天下午3点，后面的一切，就拜托你了。"

任非手里握着有如千斤重的书签。书签的正面，是淡淡水彩晕染开来的两朵摇曳在风中的虞美人。曾在杨璐的一大堆花卉书籍中偶然翻到过这种花的介绍，他记得虞美人的花语是……生离死别。

一瞬间，他手上一松，书签飘然落地，他猛地抬眼，惊魂未定中急于寻找答案似的连忙去看杨璐，却听见女人诚挚地微笑着对他说了一声——"保重"。

第25章

缉拿归案

　　那天任非是一个人从花店出来的。不长的一条街，他走了很久，其间无数次想回头，脚步踌躇，那些死去的情愫从死灰复燃到再度归于沉寂，他终究坐上了回医院的出租车，踏上了与杨璐分道扬镳的路。

　　他带不走杨璐，女神的拒绝十分坚决。她就是要这样，可以为陈叙做出任何牺牲，却不会为了任非而改变。

　　11月19日下午，东林昌榕分局刑侦大队根据线人举报，倾巢而出，兵分两路，一队前往临近城南废弃重工业区不远处的一个老渔人码头，对涉嫌贩毒制毒、监狱凶杀等多起案件的犯罪嫌疑人——穆氏集团前任掌舵人穆雪松实施抓捕。另一队前往穆家位于老城区的旧宅，搜索线人提到的"账本"和其他犯罪证据。

　　头天晚上，任非带着杨璐给的信息回了局里，把一切都对谭辉说了。坐在他们队长对面说这些的时候，连任非自己都觉得可笑，几个小时前他还想尽一切办法试图掩盖杨璐的犯罪事实，而转眼间，他却已经坐在这里，亲口将那些他要掩盖的罪行，告诉了谭辉。

其实任非心里比谁都清楚，杨璐是在用这种办法，强行把他从职务犯罪的悬崖旁拉了回来。她把他的退路都想好了，可是自己却义无反顾地走向了悬崖。

谭辉拒绝了任非要跟他们一同参与抓捕穆雪松行动的请求，当晚派人把他送回医院交给任局，然而第二天下午，任非在梁炎东的帮助下再次"越狱"，由梁炎东驾车，俩人尾随在警队的后面，一前一后去了老码头。

老码头是个特别寒酸的小地方，周围海域有渔民搞近海养殖，水下又是竿又是网的，水域情况非常复杂，稍大点的船只都不会往这边靠，码头停着的也都是些自家渔船，天暖和的时候，渔民们就把船挨着拴在码头周围的水泥石基上，就着船卖水产，冬天冷了不出海，船也拴在这里。

如果不是线人提供的线索，还真就没人会想到穆雪松竟然会在这样的天气里，选择从这里出海。

风险很大，但不得不承认，从这里逃脱的概率也很高。

穆雪松出逃的快艇早就安排好了，按原本的计划，他们乘快艇出了这个港，在远海会有他另外安排的人接应换船。

为了避人耳目，穆雪松没带多少人，除了他和杨璐之外，就带了4个保镖，快艇也只有一艘。而谭辉他们赶到的时候，正好把准备上快艇的穆雪松一行堵个正着。

警方和护送穆雪松离开的保镖们真刀真枪地对上，走投无路之际，犯罪分子们竟然狗急跳墙，不知道是谁打了第一枪，那枪声引燃了导火线似的，导致双方爆发了短时间的激烈交火，而在交火过程中，穆雪松把手里的一把匕首放到了杨璐的脖颈上。

任非赶到的时候，看见的就是这一幕。

即使已经做过了无数次心理准备，看见这一幕的时候，任非还是觉得脑子"嗡"的一声，他甚至来不及思考什么，本能地把话喊了出去："住手！"

"都住手！"

任非惊惧交加的一嗓子跟穆雪松中气十足的喊声叠在一起，平地炸雷似的，让在跟犯罪分子对峙的谭队都没忍住，立即回头往任非的方向看了一眼。

梁炎东死死摁着暴露在保镖枪口下的任非不让他上前，而穆雪松在看见他的时候，竟然不合时宜地笑了一下。

男人低头，跟杨璐差不多是个交颈的姿势，即便在千钧一发的此刻，他跟杨璐说话的时候，声音还是温润而和暖的，"阿杨，是你告的密。你可真是领情，这些年我这么对你，末了，竟然是你出卖我。"

杨璐早就已经看透了生死，脖子上这把匕首带来的杀意，并不能让她动摇。寒风中，女人那张似乎永远恬静温柔的脸，婉约的眉目终于透出了凛然的冷意，"这些年，我在你身边所做的一切，无一不是让你相信我跟陆歧有不共戴天之仇，但是穆先生，从我们最初相遇的那天，从我知道陆歧背后还有你开始，我要报复的，就不只是陆歧一个人了。是你的纵容才有了陆歧的肆意，陈叙的血，也染过你的手。"

穆雪松了然地点点头，但是并不愤怒，他看着受伤倒地的那个手下被警方拖走控制起来，剩下的最后一个保镖虽把他护在身后却也挡不住警方十几把手枪的瞄准，可就是这么个处境，他竟然还有心情与被他挟持的女人八卦任非的身份："……他就是你喜欢的那个'小朋友'。我听说，是任道远的儿子。"

自己性命不保之际连眉毛都没动过一下的杨璐，脸色猛然变了。

她下意识地想回头，但穆雪松立即用更强硬的力道钳制住她，他目光落在任非身上，朗声命令："那边的小朋友，你过来换她。不然的话，我让她死在我前面。"

一句话，让任非成了全场目光的焦点。队友阻止他不要乱来的声音，钻进他耳朵里也落不进他心里。任非眯着眼睛，漆黑的眸子里透着冰雪似的寒光，"你逃不掉的。"

穆雪松说："能不能逃是我的事，她是死是活，可就是你的事了。"

"好。"任非勾起一边的嘴角，痞气地笑着，竟然就这么应了下来。话音落了，他就转头朝他们队长扬了扬下巴，"老大，待会儿该打就打，不用顾及我。死了算我殉职，我爸那人公事儿比私事儿办得明白，不会找你们麻烦的。"

他说这话的时候，耷拉着肩膀，歪着脑袋，整个人站在那里就跟个浑不懔的纨绔子弟似的，身上那张扬跋扈无所顾忌的气场，全然没有一个刑警该有的样子。但是知道他和杨璐之间事情的同事们都明白，他这是豁出去了。从知道杨璐所有故事之后，他拼命压抑的悲愤和绝望，在穆雪松逼他拿杨璐做交换的那一刻全爆发出来。

他不能眼睁睁地看着杨璐被杀，可穆雪松不伏法他也誓不罢休，为了这个他和杨璐共同的目的，哪怕是要用他这条命做代价，他也绝不要给穆雪松哪怕一丁点儿的机会。

谭辉看着一步步上前的任非，顿时只觉当初刚进队的那个做事不顾后果的纨绔少爷又回来了。他气得脑袋发胀，知道再说什么都没用了，只得跟兄弟们一边缩小包围圈，持枪跟犯罪分子对峙，一边试图把任非拽回来。

人群之外，梁炎东看着步步挨近的任非，听着杨璐失声的哭号，默不作声垂下眼，在他摊开的掌心里，赫然是一个掌心大小的软牛皮刀鞘，而那出鞘的刀，此刻正藏在任非的袖口里。

他知道自己要什么，求什么，他再不会用把自己撞得头破血流为代价，硬碰硬地去为他的目的买单。

他知道打定主意要换杨璐的时候，他的队友们会追上来，他也知道穆雪松既然要跑，势必会遣最后剩下的那名手下先去把快艇开过来。

而只要杨璐离开穆雪松的控制，他身上这把梁炎东不知打哪儿弄来的匕首，就一定会给已经包围过来的队友们争取反应时间——不用多，哪怕只是几秒钟，也足够谭辉他们掌控局势。

除了梁炎东，没人知道他身上藏有把锋利的匕首，但是怎么也没想到，也没算到这个当口，杨璐竟然会为了他而慨然赴死……

杨璐喊"不要管我，不要过来"的声音他只当是听不见，可杨璐眼见着他朝着穆雪松步步挨近，仰着脖子决然撞上穆雪松的刀锋。

……

那个瞬间任非就如同被满目殷红烫哑了嗓子，他一点声都发不出来，他看着杨璐瞠目欲裂，下意识地攥紧拳头，掌心里藏着的匕首差点没割断他的掌心，却浑然未觉。

他算计里本该由自己给穆雪松制造的一瞬间慌乱最终竟然是杨璐完成的，他的队友们按他的预想抓住机会冲过来。穆雪松

494

被谭辉带人摁倒，杨璐就像一片被吹落的树叶一样飘然倒了下去，任非跟跄着轰然跪倒在她身边，把她抱进怀里，拼命地想摁住她脖子上那个不断往外涌血的刀口，但是那殷红的颜色就跟拧开的自来水似的，怎么堵也堵不住。

"别……别哭……"她的声音再也不好听了，每个字说出来都带着漏风似的"嘶嘶"声，喑哑而勉强。

她吃力地抬起冰凉的手轻轻抹掉任非的眼泪，刚一碰到男人脸上滚烫的眼泪，立刻被任非按住，他把她的手心贴在了自己同样冰凉的脸颊上。

任非的手刚才受伤了，极深的一个口子也冒着血，血液顺着掌心与指缝滴下，眨眼间任非的半边脸都染上了与杨璐脖子一样触目惊心的红。

"……你怎么这么傻，你为什么要——你挺住，杨璐，杨璐！120马上就来了，你会没事的，你会——"

"我会死的，我要死了。"杨璐蓄了好几口气，终于打断他，她艰难地笑着，脸色透着雪一样的白。

任非浑身都发着抖，把她牢牢地抱在怀里，从认识到现在，这是他第一次这样抱她，却是在这样生离死别的时刻。

"你怎么能这样……你怎么能这样……"任非不知所措地不断呢喃着同一句话，男人痛苦哽咽的声音让女人久未有过波澜的心拧了起来，她轻轻捏捏任非的手指，努力撑着愈见沉重的眼皮，"任非……对不起。我该站出来指认穆雪松所犯的罪……但他对我始终防备，我所能提供给你们的，也就只有这条路线和那个被锁住的账本。我杀了人，自己也已经病入膏肓，可我不想站在被告席上让我的家庭蒙羞，这样的结局很好。"

"任非，请原谅我的任性，你是我见过最纯粹可爱的男孩，我对你动过感情，可是我却承受不起你的爱……抱歉了，请好好地活着，幸福地活着。"

这些话对此刻的她而言实在是太多太长了，她说得断断续续，拼尽了生命的最后一丝力气，她拼命睁着的眼睛随着越来越弱的声音逐渐阖起，话音刚落，她动动嘴角，似乎想再对任非笑一笑，但是捏着任非手指的手劲一松，忽然无力地垂了下去……

任非昨天拿到那个书签的时候就想过，如果杨璐离开了，他会怎样悲痛欲绝，歇斯底里。然而真到了这一刻，却并没有想象中的场景。无声的恸哭在灵魂深处，已经把他胸膛击穿，把心脏捣碎了。

抓捕穆雪松的那大，昌榕分局的另一队人马按照杨璐给的信息，果然在穆家的老宅的暗格里找到了保险箱。

穆雪松被带进了昌榕分局，但他拒绝开锁，对自己的一切罪行更是三缄其口。他因为保镖持枪袭警、本人挟持人质、拒捕后致人质死亡而被刑拘，案件侦查工作仍在继续。

穆雪松那个上了锁的保险箱里面连了个微型高爆炸弹，密码输入错误则会自动引爆，市局那边派来支援的技术人员折腾了两天也没敢下手。后来任道远坐不住了，亲自打电话到省里借人，省厅的几个技术专家又找了个编外人员，连带着刚刚出狱、跟公检法系统关系都十分微妙尴尬的梁炎东和另外两个心理学教授一起，几个人把跟穆雪松有关的所有资料都整理出来琢磨了一遍，在屋子里憋了两个白天加一晚上，最终确定了几个数字。

前面5个数字确定得很顺利，唯独最后一位数在"6"和

"9"之间产生了分歧。

"6"和"9"之间，肯定有一个是能安全打开保险箱取出账本的正确数字。错误率在50％，但任务的容错率是0。

僵持中，梁炎东放下手头无解的工作，用自己在警方"技术小组成员"的新身份跟上级领导打了报告，得到特批，让谭辉给他提了暂时羁押在昌榕分局的穆雪松，又跟谭队借人，带着任非去了审讯室。

"没想到，我们明争暗斗这么多年，你和我的第一次见面会在这里。"

穆雪松坐在固定在地面的椅子上，闭着眼睛连眼皮都没动一下，"我不知道你在说什么。"

"你不用知道，"梁炎东在审讯桌后面坐下来，嘴角掠过一丝讥诮，"你只听我说就够了。"

穆雪松向下轻抿嘴唇，对此仍然不置一词。

任非前两天拖着个还没拆线的肩膀，刚以朋友的身份参加完杨璐的葬礼。本来以他跟杨璐的关系，谭辉是禁止他直接参与对穆雪松的审讯的，但碍于梁炎东的请求，他才同意任非像今天这样跟穆雪松面对面"交流"。

虽然不知道梁炎东葫芦里卖的什么药，但此时任非已经气红了眼，见嫌犯始终置之不理，一拍桌子就要发作，被梁炎东拽着胳膊狠狠摁了回去，"你也是，听着就好。"

"穆先生，你和你的手下一直认为，我盯上你们，是从早年间我经手的那个吸毒过量致死的案子开始的，但事实并不是这样。"梁炎东说话的声音透着不加掩饰的淡淡嘲讽，"我查你们要比那个时间早得多。"

"其实最初，我只是在追查12年前的'6·18'特大连环杀人案——凶手前前后后一共杀了8个人，没有作案动机，像是在随机挑选猎物。当时全城人人自危，但凶手就像人间蒸发，至今仍不知生死，下落不明。"

梁炎东说到这里的时候任非就猛地抖了一下，他下意识地转头去看，然而梁炎东递给他一个眼神，无声地将他差点脱口而出的追问压了下去。

"整个案件中，除了其中3人是亲属关系外，其余被害人看似并没有共同点，但是后来在得到的几份资料中我发现，除了那一家三口外，还有4名死者，分别是帮个体小公司代账的会计，退休了的国企库管小领导，在公司做行政的小姑娘，赋闲在家好几年的市场客户经理。最最有趣的，是最后一名被害者，资料上写的是无业，却有多次往来于大陆和澳门、缅甸的出境记录。

"最后一名被害者是个32岁的轻熟女——十几年前，澳门也好缅甸也好，交通都没这么方便，那么，这两个地方有什么东西在吸引她，让她一个年轻女性敢冒风险数次前往？又是什么，让她在几年后突然结束了这种频繁的出入境，决定老实待在东林了？

"后来我去找了死者生前的同居男友，跟警方调查的结果一样，她男朋友给出了她当初那些出境记录的理由，合理合法，找不出破绽，但我不相信。

"那个时候死者的男友参加了一个社会公益组织发起的捐精活动——在整个捐精过程的半年时间里，捐精人是不可以有性生活的，他想用这种方式悼念他的女友。

"为了跟这个人拉近关系，后来我也参加了当年的这个活

498

动——也是因为当年的这个行为，给你们后来盗取标本栽赃嫁祸我奸杀幼女，提供了方便。"

穆雪松终于慢慢睁开眼睛，幽深的眸光慢慢地落到梁炎东身上。

"那时候我跟死者的男友年纪差不多。大概过了小半年吧，我跟他已经很熟悉了，后来有一次我故意提起，他终于告诉我，那个大他6岁的女朋友，曾经去澳门和缅甸，是为了——赌博。

"在他嘴里，他女朋友有神乎其神的赌技和千术，后来在缅甸赌场玩得有些过了，不敢再出去，这才回了东林。没多久，就被这边的一个老板收归麾下。

"但是他不知道女人究竟在哪里上班——他是靠女人的钱养着的，怕丢了饭碗，所以什么事情女人不说他也不会多问。我从那男人身上得到的线索到这里就终止了。不过把这个女人的工作跟其他4个联系在一起想一想，就又得到了有趣的结论。

"会计是管钱做账的，行政是做后勤保障的，库管领导能够胜任进货和仓储等事宜，所谓的市场客户经理则跑市场拓展业务，而幕后老板招安一个逢赌必赢的赌徒，必定是用来镇场子的。5个人画成一个圈，可以得出结论，他们的死，跟某个地下赌场有关系。可是朝夕之间把5个人都'处死'，赌场的老板如果不是个疑心病太重的蠢货，那就是他不想再经营这个赌场，而这5人知道得太多，留不得。

"5个死者分管了地下赌场的5种职责，但除了他们之外，对于这种干见不得人的勾当来说最重要的，负责保全工作的保镖打手之类的人却没在死亡名单上出现。那么有没有一种可能，是负责赌场安保的某个人，下手杀了他们5个？"

穆雪松终于开口，他哼笑一声，透着疲态的脸上，表情竟然还是施施然的，"所以你有结论了？"

"没有。"梁炎东大大方方地说，"我想起在那个男人跟我透露他女朋友出国赌博之前的三个月左右，城郊发生了一起因瓦斯爆炸引发的火灾，把一个上世纪留存下来的建筑烧成了灰。后来搜索清理现场，警方才从烧成破烂的赌博机器得到结论，那竟然是一个赌场，并且赌场的负责人已经葬身火海，当我查到这里的时候，案子早就已经结案了。所以我的猜想和线索到这里又断了。"

"再后来我为了要当时警方现场拍摄的烧焦尸体和现场情况的照片，不得不对我的导师萧绍华坦白这一切，然后我和老师一起分析手上所掌握的全部资料，开始尝试对凶手进行画像。但当时我们能得到的线索有限，我和老师死抠了几个月也没有进展。后来赶上我博士快毕业要写论文，毕业了又被老师扣在学校做了3年讲师，好不容易终于等到老师退休，他前脚退休，我后脚就从学校辞职，跟人合伙开了律所。"

他这番话说到后面，已经不是说给穆雪松听的了，而分明是在对坐在旁边的"被害人家属"解释。

从梁炎东在医院跟他说12年前他们见过面的时候开始，直到现在，任非从没主动问过梁炎东查到过什么，有没有什么当年无人知晓的线索。

他克制着自己从来不问他，同时也相信如果梁炎东想让他知道，那么他早晚会说。但是他没想到，这男人竟然在这个时候，这样的环境中，把12年来的种种情况都跟他解释了一遍。

任非瞪着眼睛，一时之间竟然不知道该说什么好，而梁炎东挑着眉毛回看他，竟然给他比了个"闭嘴"的手势。任警官被迫住口，就听梁炎东又说："开了律所大概两年后，我接到了那起3人吸食新型毒品过量致死的案子，非常巧合，在这个案子中，我的当事人曾经在钱禄奸杀妇女案中指认过他是凶手。当然了，案件最后的结果证明钱禄跟这3个人的死亡没有关系，但我在根据当事人提供线索对钱禄进行调查的时候，却意外地摸到了一条藏匿至深的制毒贩毒利益链条。"

"后来的事情，"梁炎东的手指轻轻扣了扣桌面，"穆先生，想必你也很了解了。"

穆雪松做出了一个洗耳恭听的样子回应："愿闻其详。"

"这个链条里，我首先找到了钱禄的上家，就是林启辰。但当我准备找到钱禄跟他摊牌再顺藤摸瓜的时候，钱禄出事了。他突然失心疯似的暴力奸杀了一名女子，经各方确认，钱禄作案前跟死者并无任何联系。但已经跟了钱禄快一年的我很清楚，死在他手里的那个女人，是他不为人知的热恋女友——当时我无从得知是什么原因，致使钱禄跟那女人只敢偷偷摸摸背地里来往，直到前不久钱禄死在监狱里，尸检化验报告写明他生前曾大量吸食毒品，我才把这一切都连上。当然了，这是后话。

"我相信任何事情的发生都不会是100％的巧合，当时钱禄被判进了东林监狱十五监区，但巧的是，这让我想起了当年我在学校当讲师那会儿曾经看过的两则新闻——东林监狱十五监区先后有两个犯人自杀了，那两个人生前的罪名，一个是赌博，一个是洗钱。

"再后来……我请人帮我拿到了东林监狱最近10年间的服刑人员非正常死亡记录。

梁炎东勾着嘴角，看着穆雪松微微眯起了眼睛，"真是惊喜啊，记录在案的7起死亡案例当中，十五监区的比例是最高的——那么大的监狱，十几个监区，十五监区非正常死亡的人竟然就占了4个。

"而就在我看到这些记录之后不久，一方面我通过林启辰，隐约摸到了他背后那张盘根错节的关系网，同时你们也对此有所察觉，你们开始软硬兼施企图威胁我罢手——其中种种你知我知，今天不必再提。另一方面，老师因为身体的原因辞去了警方特别顾问的工作，同时把我引荐给了市局，我从而开始接替老师，为警方做嫌犯的犯罪心理分析，就是在这段时间，我拿到了更多关于当年'6·18'案件的相关内部资料。

"后来我把所有资料整理好，拿去跟老师一起分析研究，开始对当年的逃犯做细致的面部特征画像。为了画出这个人，我和老师整整用了大半个月的时间，当人像出来之后，我们又用了更长的时间来确认每一个面部细节是否准确。"

穆雪松就好像是在听一个事不关己的故事，竟然饶有兴趣地应了一声："哦？那后来你画对人了吗？"

"不好说，"梁炎东继续说，"毕竟我和老师画出来的那个人不是你。"

"当然不可能是我。"穆雪松笑了一下，"虽说墙倒众人推，可你也别为了讨好你旁边那位市公安局局长家的公子哥儿，就什么屎盆子都往我脑袋上扣。我猜得到当年当街被杀的那'一家三口'就是任警官他们家的人吧，但这罪，我可不认。"

"认不认你也不用跟我说，我不是警官也不是检察官，不负责审理你，我今天就是为了讲故事来的，我说我知道的，至于你承不承认，跟我没关系。"

"那次画像花费了我和老师太长的时间，最后的画像出来，我们师徒二人确认误差不会高于15％的时候，老师就告诫我，'6·18'案子背后的水太深，让我别去搅这趟浑水，我当时自己也吓着了，所以曾经有段时间我也犹豫不决，为此收回了所有伸出去的触角——可惜你们的人并不知道。"梁炎东看着穆雪松摊摊手，"不知道是你哪个没脑子的手下安排的，竟然在那时候派了辆车试图撞死我。可惜，非但没撞死我，反而激怒了我——无非就是鱼死网破嘛，你们要玩，我就陪着你们玩到底。"

"后来就是你们陷害我，让林启辰去精子库盗取我的样本去布置现场，再后来，被引过去的警方和家长却在那里抓到了郑志成——他的家人误打误撞地找来，求我给他做辩护，而我也因此救了自己一命。"

"当我意识到你们的谋划之后，先是找省医院熟识的大夫帮忙拿到了林启辰偷精子的录像，请老师帮我保管，又安排了郑志成之后的去处，做好这一切后，我当庭认了罪。在我被收押期间，让我意外的是，老师找到了任局，劝他来见我一面。"他说着看了任非一眼，"当年在任局最欣赏器重我的时候，结果我闹了这么一出，就相当于在他脸上狠狠打了一巴掌。我不知道老师具体跟任局都说了什么，但最终的结果，是他让任局开始怀疑，这些年来隐藏在背地里，把东林搞得乌烟瘴气的那些黄赌毒之类的污泥洪流，很有可能都是受一个庞大的犯罪组织操纵，并且，东林监狱十五监区很有可能已经成了一个藏污纳垢的地方。"

"我有把握不被判死刑，但老师不放心。他想尽了办法说服了任局，同意让我以警方卧底线人的身份打进监区内部戴罪立功，作为交换条件，他要保我不被立即判死刑——但其实我是知道的，那不过都是当时的猜想，我们没有证据，当时我们唯一能拿出去说话的就只有那几个十五监区的死亡案例，但那在当时是无足轻重的……老师曾说他这辈子没做过亏心的事，没做过任何没有理论依据的结论，但却为了给我这个徒弟的命多上一层保险，做了这样的事……再后来，就是我在监狱装聋作哑的那几年。"

穆雪松听后竟然啼笑皆非地摇摇头，几乎是无奈地叹道："你在监狱服刑，另一个身份竟然是任道远的线人……这倒真是没想到。"

梁炎东对此不置可否，他环抱着手臂站了起来，走到审讯桌前面，靠在桌边，两条长腿交叠在一起，是个气定神闲的姿态，"如果不是任非误打误撞跑到监狱来找我帮忙破案，让你们重新意识到了我这个废物竟然还有锋芒能杀人的话……你们可以蛰伏更久。那么事到如今，或许赢的是你们也不一定。"

穆雪松很无奈地耸了耸肩。

"穆先生，你很喜欢别人被你掌控的感觉吧？无论是下属、合作方，还是……骨肉至亲，你讨厌他们任何一个人脱离你给他们写好的剧本去恣意生长，在你的世界里，任何的'违规'，都是不容许的。你讨厌那种失控感，那会让你感到焦躁，让你觉得手上的权力正在看不见的地方悄悄流失，这种感觉会让你如鲠在喉夜不能寐，对吧？

"钱禄入狱前曾经帮你经营毒品生意——他是被你看上并从下面一手提拔起来的人，为了让他受控于你，你迫使他染上了毒瘾，并在之后一步步扶持他做了你毒品生意的负责人，但是你还是不信任他，你要另外再找个人去监视他，而这个人是你的情妇。但让你万万没想到的是，你的情妇后来竟然爱上了他，并且想尽一切办法偷偷帮他戒毒，教他写字，两个人整日谋划着怎么远走高飞！

"当你突然发现这一切，你忍无可忍，恰逢当时警方展开突击扫毒行动，你决定放弃钱禄这张牌并且报复背叛你的女人。你答应并且向钱禄保证，他背叛了爱情并入狱服刑之后，只要他嘴严，赵慧慧从小到大上学的一切费用就都由你的人安排。至于你为什么当时不直接杀了他们两个——那是因为你不敢。全城扫毒的风暴中，钱禄非正常死亡，钱禄的吸毒史就会被发现，警方会顺藤摸瓜找到更多线索，在你还来不及把罪证清理干净的时候，他们会把你的贩毒团伙揪出来！而钱禄入狱就不一样了，等风声过了，所有人都忘了他这个人的存在，在那么一亩三分地里，你照样可以买通里面的犯人，神不知鬼不觉地让钱禄永远闭嘴。我猜，其他死在十五监区的人，也是因为类似的原因吧？

"至于你的亲生儿子穆彦——他曾经营的那个模特公司其实就是个空壳吧？那里头有多少小姑娘曾经是你给你那些'高端客户'准备的玩具，穆彦爱上的那个女孩儿也是这些姑娘中的一个吧？你不会在意你儿子干了什么风流事，但你无法忍受的是你儿子竟然爱上了她！穆彦真的有性虐待癖好吗？他失控错手杀了女孩儿的那天晚上，事发前他是怎么突然失控变成那样的，穆先生，你是不是应该比当事人更清楚？

"钱禄的死和监狱里几次三番试图置我于死地的人，我敢肯定是受你的指使，但是穆彦呢？你毒到连你儿子都不放过！"

梁炎东语速极快句句铿锵，几乎不给穆雪松任何喘息和思考的时间，然而在他猛然收音的一瞬，被困在座椅间的花甲老人如同受到了极大的冒犯一样，忍无可忍地一巴掌拍在了面前的小桌板上，"胡说八道！"声如洪钟，尾音竟然在审讯室里出了回音。

任非都被他唬得一哆嗦，梁炎东却站了起来，走到穆雪松身边，突然抬手薅掉了穆雪松的几根头发，嘴上却不痛不痒地回答着："是不是胡说八道，等打开了保险箱，自然就真相大白了。"

穆雪松被揪得一哆嗦，反应过来倏地勃然大怒，"你干什么？"

"啊，"梁炎东举着几根花白的头发仔细检查确认了上面的确有带毛囊，"有人委托我想办法确定跟你的血缘兄弟关系是否属实——就是穆雪刚，当年陆歧在你父亲病床前，拿着DNA鉴定结果说他不是你们老穆家的种的那个穆雪刚。哦，对了，说到这个，既然陆歧效忠于你，那当年他拿着那份鉴定挑你爸卧病在床的时候去离间，是有心还是无意，也很难说呢。"

"害父杀子，陷害弟弟致使母亲背负通奸罪名，穆先生，就算抛开你那些见不得人的产业，单单这几项，也够你下地狱了。"

穆雪松这下子是彻底失控了，他试图站起来，但动作被座椅和手铐限制，挣扎之下扯得身上金属桎梏叮当作响，"你给我站住！把头发还给我！你凭什么？你已经没有律师从业资格了，凭什么接案子，有什么权利对这种事情进行鉴定？"

"真是不好意思，"梁炎东把几根带毛囊的头发放进证物袋，从兜里掏出了一本证件，朝穆雪松晃了晃，"我已经去司法局申请了恢复执业，并且证件已经发下来了。所以我今天为了我的委托人来找你，从法律的角度来说，也是名正言顺的。"

他说完就转了个身，对僵坐在一旁，愣神拼命消化过载信息的任警官招了招手，带着他从审讯室出去了。

任非走出去的时候脸色有点发白，看人的眼神都发怔，梁炎东带着他一路出了分局的办公楼往他们技侦小组的临时办公室走，被大楼外面的冷风一吹，他缓过神般猛地吸了口气，梁炎东不停脚步地问他："6和9，你觉得，保险箱最后一位应该是多少？"

任警官出离地震惊了，"这种事情，你敢信直觉？"

梁炎东没吭声，目光轻飘飘地看了他一眼。

任非认怂，静下心来仔细想了想，片刻后跟梁炎东说："我的直觉是9。"

"正巧，我的直觉也是9。"

"不是吧！你真准备凭直觉开锁？"

"我说过了，没有100%的巧合。我说的9，一半是凭直觉，一半是凭经验判断。"

"什么经验？怎么判断？"

"有个词儿叫'九九归一'。穆雪松那种人，以自我为中心，谁也不信，一边恨不得把所有权力都集中在自己手上，一边又不想自己手上染血，他的控制欲太强了，不接受任何他所要求的规则被改变……这种人，我猜他所信奉的幸运数字一定是9。"

"……那你怎么就敢这么肯定密码尾数一定是9？"

"因为经验和判断啊。"

"这叫什么经验和判断？"

梁炎东在他脑袋上拍了一下，"那你的'死亡第六感'，有理可依，有据可凭吗？"

任非被堵得哑口无言，不吱声了。

那天晚上，在重重防爆措施防护中，他们输下了连日来梁炎东费尽心力预测的最后一位数9。

命运大概的确会眷顾正义的一方，有惊无险，保险箱弹开，跟高爆炸弹一起暴露在警方眼前的，还有至关重要的账本。

但是最终得到的账本跟杨璐的线报之间存在了极大的误差——不是"一册账本"，而是满满一箱子。从老式钢笔手写到打印机的打印纸，箱子里的"罪证"，几乎跨越了一个甲子。

警方整理账本梳理案情从而对案件进行进一步侦破，一系列的事情，足足进行了23天。之后，骇人听闻的特大犯罪集团"穆氏企业"浮出水面，案情几乎震惊全国。

穆家是从穆雪松父亲那辈开始涉黑的，穆家祖上在战乱年代积攒下来的家底儿，在穆雪松父亲手里走了歪路，紧接着，又在穆雪松的继承下"发扬光大"。

穆氏集团明面里做着遵章守法的实业生意，暗地里黄赌毒经过几十年的经营积累，逐渐形成了一条完整的产业链。穆雪松接手的前些年里原本还顺风顺水地平稳运作，后来赶上国家一次次严打，穆雪松意识到，再这么下去，他们整个家族近百年的基业迟早要被人挖出来玩儿完。而彼时明面上的产业已经风生水起，穆家的财富已经不需要再靠暗地里的勾当来支持。

也就是这时候，他准备弃卒保车。

想要安全抽身，必定不能留下任何痕迹，为了不让人察觉，他拔掉自己黑色羽翼的过程很慢，战线前前后后足足拖了近10年，那些产业里知道情况的人，随着他的计划接连被他悄无声息地亲手埋葬，而东林监狱的十五监区成了他买通服刑人员帮他处决在外面无法处决之人的行刑之地。在十五监区的非正常死亡名单中，除了折在"监狱连环杀人案"里面的钱禄、穆彦、代乐山和田永强外，其余4个死者中，有3个人是死于穆雪松的刻意安排。

钱禄的事情，整个跟那天梁炎东对穆雪松说的差不多，但让梁炎东感到意外的是，穆彦竟然不是穆雪松下令杀的。

穆彦的死是个意外。他自以为控制了田永强，却低估了田永强对强奸犯的痛恨。田永强私自跟曹万年里应外合对穆彦下手，田永强到死也不知道，那个隐藏在幕后的雇主到底是谁，更不知道，他伙同曹万年杀掉的穆彦，是他雇主的儿子。

而当初穆雪松联合陆歧设计陷害穆雪刚，说他不是穆老爷子亲生的谎言，被穆雪刚来见他时带来的一纸鉴定拍了个粉碎。穆雪刚得以认祖归宗，把穆夫人的骨灰迁回祖坟与穆老爷子合葬，而穆雪松，就此被死死钉在了耻辱柱上。

天理循环，果真是报应不爽。穆氏背地里的涉黄产业随着当初穆彦入狱而倒闭，而后穆雪松本人假装引咎辞职从管理层退下来。至于曾经毒品生意的负责人钱禄，穆雪松原本给陆歧的命令是，让他在钱禄入狱后就将其"处理"掉——陆歧跟穆雪松30几年，是穆雪松唯一信任的心腹，但没想到的是，他财迷心窍，竟然背着主家暗地里转移了制毒设备，接着穆家原来的线偷偷地经营了下去。

至于地下赌场，倒真是当年瓦斯爆炸又燃起大火的那处山庄。当年负责赌场经营的5名主管皆已被"清理"，对他们下杀手的人，就是兼任安保职责的赌场负责人，而这个负责人，最终在那场大火中葬身。

至此，已经可以确定，当年葬身火海的穆家赌场负责人，就是12年前"6·18"特大连环杀人案的凶手。

唯一存疑的一点是，凶手受穆雪松指使对其他5人痛下杀手理由尚算充分，但是却找不到杀害任非母亲、舅舅和表妹的一丁点动机。

任非对这个结果非常不能接受。他找上梁炎东，把什么原则通通都丢到了外太空，刚一见面就追问他，当年他在掌握详细信息后，画出来的凶手画像到底是谁。

梁炎东直视着他，罕见地犹豫了很久。最后，他从自己的手提包里拿出了一张折得方方正正的素描纸。

因为年代久远，纸张已经隐隐泛黄，任非接过来打开，里面是一张五官描画得非常细致的素描。

打开的一瞬间，他只觉得那张纸上画的人看上去有些眼熟，而等他仔细端详终于意识到这个人像谁的时候，却整个人顿时如坠冰窖，原地僵住了。

梁炎东给他的那张画像有着跟他父亲十几年前……一模一样的脸。

任非指尖一松，那张泛黄的画像飘然落地，被梁炎东捡起来，任非茫然地下意识地摇头倒退，"……不，这不可能。这不可能。"

梁炎东一把拦住他，"当年画出这张脸的时候我和老师也吓坏了。当时我们以为任局监守自盗贼喊捉贼，甚至把势力渗透进了市监狱……后来即便老师为了保证我不被判死刑而说服他，让我以线人的身份入狱，我和老师也无法信任他。我们一直猜测，他之所以会同意老师的提议，是因为他也有不可告人的打算，正好借坡下驴……我当时装哑巴，其实是把任局当成了最大的潜在威胁，装给他看的。不过现在看来，任局如今对我成见这么深，就是因为我进监狱就哑巴了，从没有给他传递过任何线报，所以他觉得自己是被我和老师连起来唬了一道，成了我逃脱应有罪责帮凶的缘故吧。"

"你什么意思？"任非连嘴唇都是抖的，却从打战的牙缝里挤出来几个字，"我爸……"

"其实在穆雪刚证实身份得以认祖归宗之前，这么多年过去了，我始终都认为那个幕后黑手是任局，直到最近……"

梁炎东翻开案情整理记录，找到其中一页，指着上面的一个名字，示意任非去看，"你仔细看看，这个人，你对他，对这个名字，就没有过任何一点怀疑吗？"

梁炎东指的就是当年葬身火海的穆家赌场负责人，他的名字叫任重。

任非猛地抬头看他，目光仿佛在急切地求证什么。

梁炎东不由叹了口气，看着他的目光竟然有些怜悯，"虽然任这个姓氏的也不少，但是比起百家姓里那些靠前的，也算不得多吧？"

"任重，"任非把快要被自己抓破了的案情记录抽出来，狠了狠心，最终还是把那剜心窝子的两个字说了出来，"……道远。"

"你母亲他们3人的死因，还是回去问问你父亲吧。"末了，梁炎东甚至不忍再面对任非，转头欲走，开了门，却迎面撞见了不知道在门外站了多久又听到多少的任道远。

任道远与梁炎东一个出一个进，当他站在儿子面前的时候，市局历来行事雷厉风行的老局长，仿佛一下子苍老了十几岁。

会议室除了他们俩再没有别人，父子相对，一时间都不知应该从何说起。

"我和任重是同卵双胞胎。他是哥哥。你奶奶生我们的时候家里条件不好，吃饭都成问题，生下来之后，取好了名字，就让人把哥哥抱走了。后来条件好了点，你爷爷奶奶想把孩子认回来，却已经找不到当时领养任重的那户人家了。"

停顿半晌后，任道远又艰难地开了口，他身体有些打晃，但还是固执地站着，直视儿子，眼中的愧悔和负疚都被任非看得一清二楚，"我们从有记忆开始从没见面，当年的连环杀人案爆发，在你母亲和舅舅他们之后，有一次他对我下杀手——那是我们第一次真正意义上的见面，看见那张脸，我就知道，他就是我那个当年被抱走的大哥。

"……他当时已经疯了。他说他要取代我。我们长着一模一样的脸，只要我死了，他就可以用我的身份，拥有我的一切——他说这些年我出现在公众视野里的时候多，他一直都在模仿，他模仿得很像，除了朝夕相处的妻儿，别人看不出破绽……所以他伺机对你母亲下了杀手，当时他没看见你，但你舅舅追上来，他也干脆一不做二不休……

"我悲愤交加彻底被激起了血性，拼死反抗搏命间，他竟然不敌我，他见事情不好，找到机会转头就跑，我追他一直追到当

512

年那个地下赌场，对峙很久。为了摆脱我，他甚至炸了山庄内的瓦斯管道，爆炸又意外引起了大火……可他就算走投无路也不肯跟我回去投案，竟然从楼上跳进了楼下大厅的大火中，跳下去之前跟我说，我不让他如愿，我这辈子也别想过痛快……"

任道远苦笑一声，自嘲地点点头，颓然道："他说得对，这辈子，我是过不痛快了。"

任非一语不发地听完，几乎支撑不住地跟跄了一步，撞上身后的凳子，他就跟轰然间被人在膝窝敲了一棍子似的，两腿一软一屁股歪坐到凳子上，抓住桌边才勉强稳住自己没栽倒过去，还没等坐稳，他的质问已经响彻整间会议室："……你早就知道凶手是谁！你早就知道你为什么不说？你为什么这些年一直瞒着不说？啊？"

"我不能说。"任道远的眼睛里泛出红血丝，他强撑着冷硬的姿态站在儿子面前，被压抑到极点的情绪撑得他脖子脑门青筋统统暴起，声音听上去依然那么理智冷静，"当时那个情况，你妈你舅舅你妹妹再加上你外公！转眼之间一家折了四口人，你舅妈进了精神病院，你还在上小学六年级——我把真相公布出去之后，如果我饭碗丢了，你怎么办，你舅妈怎么办？你们俩的生活费从哪儿出？而且当时已经是那种结果了，难道我还要告诉你，杀了你妈你舅和妹妹的人是你大伯，再给你火上浇油吗？"

"他不是我大伯！"任非愤恨不能自已地猛捶着桌子，粗暴怒吼着打断他，嗓子都吼破音了，"那个禽兽，畜生！别把他跟我挂在一起，他让我恶心！他不配！"

"这么多年来，我阻止你进警校，其实就是害怕有这一天。

但是这一天真的来了，却没我想象的那么难熬……起码你现在长大了，有能力养活自己，而我，也终于可以因此卸下压在心里多年的石头，承认我曾经包庇罪犯的行为。"

任道远在任非对面坐下来，他试图抓住任非的手，却被任非一把甩开，沉默中，老人也不再尝试。他把另一只手拿的牛皮纸袋放在桌上，推到了任非面前，"里面是我的辞职信和自我检举的汇报材料，我将为我所做的一切负责，接受组织的审判。"

"我一直怕……你这个性子进了公安当了刑警，万一有一天没有我在你背后给你当后盾了，你怎么办。但从你入职到现在的表现来看，即使没有你爸，你也会是一个出色的好刑警。"任道远说着，苦涩还未褪去的嘴角浮起了一丝欣慰的笑，多少年流血不流泪的老人，此刻憋红的眼睛里再也压不住眼泪，他嘴唇打着战，抬手拍了拍儿子的肩膀，语气竟是任非这么多年都没听过的自豪，"小伙子，好好干！爸为你感到骄傲！"

任非几乎再也无法忍受，猛然站起来，连从不离身的手机也没拿，转头就快步往外走，刚出了门，就开始逃也似的奔跑。他将一切呼喊甩在身后，他抛下的所有残酷的真相散落在他经过的每一个地方。

直到体力透支，他停下来。急促的喘息中，冰凉的寒风顺着喉管钻进胸腹，搅得五脏六腑都针扎似的疼。

脸上有丝丝的凉意不断融化，他茫然抬头看，发现天空竟不知何时又飘起了小雪。一颗一颗小冰晶，从天而落，在地上铺满了一层精致的银色碎屑。那些让人恨不得一头扎进山涧摆脱掉的烦乱和痛苦，似乎也被这星星点点的凉意安抚。不知何时，不知过了多久，他终于逐渐平静下来。

任非踉跄地站直身体，迟钝的神经这才反应过来，旁边有人，不知道已经陪他站了多久。他还没找到勇气回头看，一根烟已经递到了面前。

他把烟接过来，微微侧头，正好看见谭辉吊儿郎当地斜靠在篮球架子上，朝天空吐烟圈。

谭辉看了他一眼，又把手里的打火机打着了火，任非犹豫一瞬，叼着烟凑过去，就着他们队长的手，把烟点着了。

两个人谁都没说话。直到谭辉一根烟抽完，把烟蒂扔在地上抬脚踩灭了，抬手没轻没重地在任非刚长好的枪眼上捶了一拳，"小任同志在这次异常复杂的案件中表现突出，回头哥给你申请评先进！"他说着挤眉弄眼地故意往任非受伤的地方瞄了瞄，"放心吧，就凭你英勇负伤这两回，咱队里的哥们儿也不能亏待你！"

谭辉说的话意思很明确——入队以来，任非的拼命、成长和进步，连惯常瞧不上他的老乔也得毫不犹豫地点头承认。队里所有人都是凭任非自己的表现接纳他的，之前没有人因为他后面的局长老爸让着他，现在也不会有人因为他有一个等着被双规的老爸而排斥他。

任非鼻子一酸有些哽咽："老大……"

说谢谢的话刚开了个头，就被他们队长堵了回去："哎，什么谢谢对不起之类的，就甭说了啊，没用，你没对不起谁，我也没做什么值得你感谢的事儿。"谭辉一本正经地说到一半，忽然又咧嘴一笑，"再说，咱队里也不兴那个。真要表达表达，赶明儿发工资了，叫哥们儿凑一桌就行了！"这么一说，倒是把任非逗得弯了弯嘴角。

谭辉这段时间忙得脚打后脑勺，出来一根烟的工夫就着急得回去坐镇，说完跟来时候一样，连个招呼也没打，拍拍屁股回去了。

不远的办公楼的二楼，梁炎东站在某扇能看见小操场的窗户前，隔着纷飞的小雪，看任非从那个差点垮下去的颓靡样子，到重新慢慢站直的挺拔身姿，他深邃眼眸中还没完全浮起的一丝担忧转瞬已经褪去，抬头看看逐渐放晴的天空，慢慢挑起嘴角，勾出了一个平淡而满足的弧度。

风雪过后，新年，马上就要来了。